谨将此书献给我的母亲和她的兄弟们

沃 土

[散文卷]

安共乐 著

中国商业出版社

图书在版编目（CIP）数据

沃土：全 2 册 / 安共乐著. —北京：中国商业出版社，2013.11
ISBN 978-7-5044-8331-7

Ⅰ.①沃… Ⅱ.①安… Ⅲ.①散文集－中国－当代 Ⅳ.①I267

中国版本图书馆 CIP 数据核字（2013）第 275769 号

责任编辑：史兰菊

中国商业出版社出版发行
010-63180647 www.c-cbook.com
（100053 北京广安门内报国寺 1 号）
新华书店总店北京发行所经销
北京明月印务有限责任公司印制

*

710×1000 毫米　16 开　48.25 印张　4 插页　609 千字
2013 年 12 月第 1 版　2013 年 12 月第 1 次印刷
定价：98.00 元（全二册）
* * *
（如有印装质量问题可更换）

序

凤 翔

我和安共乐同志是老朋友了。

我们相识于上世纪80年代上半期。那时，我的孩子在朝阳区的北京市第81中学校读书，他是该校的老师。该校有一位李章现老师，是北京市朝阳区的业余文学作者之一，是我的老熟人。一次，我到学校去给孩子开家长会，经李章现老师介绍，我和安共乐同志相识。从此，三十多年来，我们的联系一直没有中断。

安共乐同志的文学悟性极好。当初，他给《北京晚报》的五色土副刊投稿时，几乎是一次上一个台阶。很快，他就步入文学的殿堂，成了五色土副刊中的重要作者之一。后来，他离开学校，调到中国商报社当编辑，我们俩成了同行。他主管《中国商报·收藏拍卖导报》后，约我写稿，于是，我在他负责的版面上发了一些小文章。我又成了他的业余作者。

2013年春节，他和一帮朋友到我家聚会。聊天儿中，他对我说，他正着手编辑他过去发表的作品，要出书。我为他感到高兴。对一位作家来说，将自己的作品结集出版，是一件人生的大事儿，值得庆贺。不久前，他来电话，让我为他即将出版的书写一个序言。我毫不犹豫地答应了。不久，一部

厚厚的书稿就摆上了我的写字台。

我认真拜读了安共乐同志的书稿。这使我对安共乐同志本人、他的家庭、亲友、作品等,有了更多的了解,令人高兴。

安共乐同志从小生活在一个革命的家庭中。他的父亲19岁便出来参加了革命工作,他的母亲1939年参加抗日战争。1940年,冀鲁豫成立以黄克诚为主任的抗日军政委员会,他的大舅安法乾是七委员之一。从那时起,他的家庭成了日伪反动派袭剿的目标之一,他的外祖父、外祖母为此有了很多令人惊心动魄的经历,吃了许多苦。安共乐同志的家庭,为中华民族的解放,是做出了贡献的。这样的家庭环境,不能不影响安共乐的思想与成长,这使他作品的思想倾向健康向上。

由于革命工作的需要,他的母亲不能把幼小的他带在身边,而是让他多年和外祖父、外祖母生活在河南省农村的老家中。多年的农村生活,家乡的田野、庄稼、野菜、瓜园、看瓜的窝棚,甚至家乡的风、雨、雪、蛙鸣、青杏等等,都深深地印入了他童年生活美好的记忆里。这些深深的印象,经过岁月的酝酿,好似化成了美酒,又从他的笔尖上流泻而出,化成了一篇篇美好的散文。文中那浓郁的生活气息,给人留下了深刻印象。

安共乐同志是一位重感情的人。他的外祖父、外祖母、大妗子、表哥,特别是和他感情深厚的二舅,还有到东北插队时的兵团战友,连队的炊事员等,他们一起生活、战斗时的那一件件感人往事,令人难以忘怀。安共乐细腻地把它们记录、描绘下来,成了一种真实的历史记忆。因而,这些文章便有了一定的史料价值。

祖国壮丽、秀美的山河,紧紧系着每一位中华儿女的心。安共乐同志热爱祖国壮丽的山河,旅游、欣赏祖国山河的壮丽,成了他近年生活的内容之一。他每到一地,都以日记形式留下了一篇篇美丽文字。他的旅游日记,让

人跟随他的脚步，游览了祖国的山河与大地。其中，我对他去西藏旅游的那一组日记最感兴趣。由于年龄大了，害怕高原反应，我不敢去西藏。《拉萨晚报》在纪念活动时，曾给我寄来请柬，是我的一大遗憾。读了安共乐同志的这一组日记体散文，填补了我精神生活中的一些空白，让我得到了满足。

安共乐同志还是一位爱动脑筋，勤于思索的人。在这部书稿中，有几篇是他对某些社会问题的观察、思考、讨论。他对这些问题的观察和见解，引人思考，给人以启迪。

看完这部书稿，我感到受益匪浅。此书出版后，我坚信，它不仅会给社会留下一些珍贵史料，还会受到读者的欢迎。作为多年的朋友，我对安共乐同志此书的出版表示祝贺！

是为序。

（2013年白露节）

注：凤翔为李凤祥同志笔名，现为中国作家协会会员，中国晚报协会副秘书长。

自序：我也曾是留守儿童

我也曾是留守儿童，从两三岁一直留守到7岁。那时，我母亲先在平原省（河南省前身）、后在北京工作，我留守在河南省的姥爷、姥娘家里。

母亲说过，她不曾想让我留守，但没有办法，她要工作。她多次提起，上世纪50年代初，我两岁时，她在河南南乐干校学习，也曾把我带在身边，住在集体宿舍里。但我夜里总哭，影响同宿舍人休息，没办法，就抱着我睡在旁边四面透风的柴房里，地上铺上草。那时是冬天，夜里很冷，柴房没有火，没两天，我被冻病了。犹豫再三，结果，母亲还是把我送回姥娘家。

对这些事，我似乎还有些印象。我脑子里有时会隐隐约约地浮现出母亲在干校操场做操和抱着我睡在柴房草堆里的情景。

回到姥娘家，母亲有时会回家看我。在无数次的母子离别中，我只记得其中一次。

那是一个秋日黄昏。我在村东头玩耍，一个同伴从村里跑来告诉我：你娘走了。我顾不得身上的土，急忙往东面追去——我知道，回家是没用的，母亲已经向东走了。我没哭喊，只想截住她。但很快，追到路口，我失望了，没有看到她的身影。

自序
Preface

我心里有些失落。

稍晚，从村里传来姥娘喊我的声音：小儿——，小儿——，你在哪儿——

那声调拉得很长，夕阳下有些凄楚，以致我至今还记得。据姨姥娘后来回忆，我当时应了姥娘，回喊：小儿在这儿呢——

其实，我记得这事，也记得那声调。我当时这样回答，是为了不让姥娘着急。回到家，姥娘竟高兴得笑了，说我懂事且乖巧。也因了这事，我赢得家里及亲戚们的喜爱。

好像从那次分别开始，我有许多年没有再看见过母亲。后来稍大，我渐渐知道，母亲已调到北京工作了。

母亲1939年参加抗战，经历过许多惊心动魄的事。在后来的日子里，母亲、两个舅舅时常向我提起当年他们的艰难经历。

当时，我留守的最亲密伙伴就是表哥惠民。他同我一样，也是留守儿童。他爹——我的大舅也在北京工作。后来听姥爷说，大舅早年投身学生运动，后来参加抗战，是冀鲁豫抗日根据地的创建者之一。

由于我和惠民都是留守儿童，村里时常有些小孩在我们耳边唱歌。开始我听不懂，后来听多了渐渐地明白了歌词的内容。他们唱的歌词是：小白菜啊，地里黄啊，从小生来没有娘啊……

这首歌曲调凄婉动听，每当听到这首歌，我的心里都要漾起一股酸酸的滋味；而表哥惠民，总是一句话不说，默默地走开……再后来，我知道了，这是一首河北民歌，是讲述一个孤儿是如何受后娘虐待的。村里小孩儿对着我们唱，不知是奚落，还是嘲笑，或是同情……

我和惠民几乎天天泡在一起。惠民比我大六岁，以致他在村小上学后，我也搬张杌子坐在他的旁边。再后来，他到镇上上了高小，接触的时间少

了，于是，我就每天早上早早起床，跑到他和妗子睡的南屋床上，钻进他的被窝里再躺一会儿。

小时的我，不知是需要呵护，还是寻找心灵依托，总之，需要有人在我身边，而姥爷、姥娘整天忙地里的活儿，有时顾不上我。因此，表哥惠民则成了我的亲密伴友。

那时，农村生活艰苦，什么也吃不上。记得母亲说过，我在姥娘家时，她经常给家里寄钱，但都让姥爷攒起来盖了房子，家里始终过着拮据的日子。我留守时期，很少能吃上白面馍馍，只有在生病时，才能喝上一碗滴了几滴香油的细面疙瘩汤。有时实在馋了，央求姥娘，姥娘就从饭篮子里拿出一个黄面（棒子面）窝窝（窝头），里面放几个酱豆（自制豆豉），撒上盐，再滴两滴香油给我吃——当时我闻着那香气，简直就是过年的生活了。

姥娘家村里有个丧葬风俗，就是死者下葬前，家里人要在自家门前泼一桶煮熟的小扁食（馄饨）——后来我想，这可能是家里生者祈求地神保佑死者的。而这桶小扁食（只有十几个）就成了村里小孩子们在地上争抢的美食。我眼睁睁地看着大一点的孩子们从地上一把把小扁食抓起，连同泥土一起塞进嘴里，羡慕极了。我年龄小，待要伸手时，他们早已把地上的小扁食抢了个精光。

农村缺医少药，即使生病了，也只有硬挺，挺过去，病就好了。

我听母亲说，她年轻时奶不好，我前面还有一个哥哥，一个姐姐，都没成活，生下不久就过世了。我刚生下时，身体也不好，呼吸很弱；即使头睡偏了，家里人也不敢碰我。结果，我现在的后脑勺一边竟是偏的。母亲说，半岁多的那年冬天，我病得厉害，大家都说活不成了。姥娘家还是套了大车，由大妗子（惠民娘）怀揣着我，和母亲一起冒着大雪到几十里外的先生

自序
Preface

家看病。

母亲说,那天真冷,雪很大。但我命大,病居然好了。

我小时牙不好,总爱生疮(发炎)。刚开始忍着,夜里用凉手巾敷上,实在疼得受不了,白天姥娘就背着我到村西头让三老爷看看。三老爷是个古怪老头,头上老是戴着一顶清末流行的老式黑帽盔儿,鼻子上架着一副黑边眼镜,留着八字胡,喜欢从眼镜上面看人。我有些怕他。

他先让我张大了嘴,说是看看,然后趁我不注意,猛地把一把小刀伸进我嘴里,用力在牙床上一割……顿时,我疼痛难忍,大声喊叫,血一下子就从嘴里流了出来。但这一招很灵,过一阵牙就不疼了。

我有时发热头疼(用现在的话说是感冒),听大人说,冬天的苇根和干柳条能治病,我就勉强支撑着身体到村东的苇坑里挖苇根,顺便再捡几个干柳条拿回家。于是,姥娘就把它们放在锅里熬水让我喝。我记得这个办法并不管用,水喝下去,苦苦的,头还是痛。

在印象中,我还真的到集(镇)上看过病,是姥爷用自家的小独轮车推我去的。去时,在我身子底下还铺了一床自织的青花布褥子。到了那里,看病先生也只是简单问问,草草给我包两包药拿回去了事。

我五岁上学。为什么?是因我为陪表哥常在学校教室里坐着。先生及姥爷都说,反正在教室坐着,干脆就上学吧。于是,我就成了一年级小学生。

这是村里办的一所初小,只有一个教书先生,大概姓王,用现在的话说,就是复式班:一个教书先生教初小四个年级。我上学一年多究竟学到了什么?现在实在回忆不起来。但有两件事是忘不了的。一件事是避讳。就是凡书中课文里出现自家长辈名字中的字,要用铅笔涂掉,读书时或跳过,或发别的音代替,否则是犯了大大的忌讳。第二件事就是

vii

课间摘柳叶。儿时的我和村里的小伙伴们一样一年到头也吃不到糖,但听说下了腻虫子儿的柳叶是甜的,于是,每逢夏日课间,我们就爬上学校院墙登着墙头够柳叶舔吃。那柳叶须是黏的才甜,因为那是腻虫下了子的。时间长了,学校墙边的那几棵柳树一到夏天总是光秃秃的,学校的院墙也让我们扒坏了一大截。那时,我们只顾舔吃柳叶,根本没有讲究卫生的概念。

长时间远离母亲,与姥爷、姥娘生活在一起,和他们建立了深厚感情,以致对自己父母的印象也渐渐淡漠了。记得我刚到北京后不久的那年冬天,一天大清早,忽然有人敲家门,也许是心灵感应,我一下子就听出那是姥爷的声音。于是急忙开了门,并不顾天寒地冻,竟光着脚跑到楼下车站去接姥娘——当然,这是后话。

留守期间,母亲也曾尝试把我接到北京,并送到幼儿园里。但我太淘气,不是打架,就是趁着保育员不注意往外跑。幼儿园实在管不了,就让母亲把我从幼儿园接回家。怎么办?送回姥娘家,又成了母亲惟一选择。这次我在北京总共住了不到半年时间。

就这样,我再次被送回河南姥娘家。

其实,姥娘家的生活也很有意思,在我幼小的记忆里,有着许多值得回忆的人和事。

我姥娘家居住地是个不大的村庄,但它很美丽。村庄四周被苇塘和绿树包围着。有人曾说,凡从附近经过,大老远就会看见一大片绿树和一坑坑芦苇。那,就是姥娘家的村庄了。既然有水有树,春夏两季就是最美丽的季节,因为春天有花,夏天有柳,像个天然花园。

那时,春天,我常和村里的小伙伴一起到地里挖野菜,边挖边唱儿歌。回家后,姥娘把我挖来的野菜洗过,放在大锅里做黄面粥或和黄面搋和了

自序
Preface

蒸菜馍。至今,一想起当年的野菜黄面粥,口水还情不自禁地从舌根下漾出来。

夏天的早晨,我常拉着姥娘的衣襟到村东的老坟地摘金针菜(黄花菜)。我记得那时姥娘家的老坟地域很大,一个个坟头空地间长着许多几人合抱的苍柏和高大白杨树,地上开满各色野花,草、小树挤得密密麻麻。不顾浓重的露水打湿裤脚,我和姥娘在树丛草间寻找着盛开的金针花。夏天的树、草一片绿色,一旦金针花开放,就像人闪着光的眼睛,在树、草丛中眨呀眨的,有时又会隐在树后,像是与人捉迷藏。我看见了,就会放开姥娘,很快跑过去采摘下来。

回到家,姥娘把刚采回的金针用水焯了,打个鸡蛋,抓把酱豆撒在碗里,再放在大柴锅里和馍馍一起蒸。熟了,金针、鸡蛋、酱豆凝成一体,滴几滴香油,吃一口,喷喷香。

中午,是我们下坑玩水的好时间。村里的小伙伴们纷纷来到水坑旁边,脱了衣服一丝不挂地跳进水里,追逐,打闹,学狗刨游泳,能一直在水坑里泡到日头西斜。

七八月份,地里的瓜熟了。瓜地、看瓜的草棚是我最好的去处——因为姥爷是村里最好的瓜把式。在那里,不但可以吃到瓜,夜里还能住在瓜棚,躺在临时搭成的地铺上,仰头看银河,细数天上的星星,想象发生在天宫里面的神话故事。

秋天是最值得回忆的日子。下午,我们会背着筲头到玉米地或高粱地里割草。渴了,用地头的蓖麻叶叠成小桶,几个人解下腰带接起来提着小桶在井里打水;饿了,摘几把毛豆或刨几个红薯烤着吃。

烤吃红薯是极有情趣的事。就是先在地上挖个小坑,然后在坑顶悬空架上一层土坷垃。一切准备好了,就在坑里点起火,直到把坑上面的土坷垃烧

红，再把挖好的红薯放进火里。最后，用铲子使劲把烧红的土坷垃拍下，盖住红薯，再在坑上面压上一层土。等我们割满一筐草回来，用铲子挖开坑，扒出红薯。这时的红薯完全烤熟了，烫着手，一掰两半，冒着热气一吃，从嘴一直甜到心里。

冬天若是无雪，我们会牵着自家狗到野地里追野兔子。先是仔细搜寻每一个垄沟，一旦发现野兔子，就会放开狗撒腿猛追。而我们则紧紧地跟在狗的后面跑得气喘嘘嘘，出一身臭汗。说来好笑，记忆中，我们追了许多年，竟没有追上过一只野兔子。虽如此，但这段美好的记忆却深深地留在了心里。

夜里，月下，我们还会搬着梯子拿着电筒在房檐下掏小小雀儿（麻雀）窝。我们自然知道每一个小小雀儿窝在哪里，因为白天已经仔细侦查过了。

那时老家的夜亮极了，月亮又大又圆，照在地上一片雪白，人影也拉得长长的。

我最难忘的是每年年下的拜年。当村里家家户户点亮门口的路灯（用四方玻璃罩子做成的蜡灯）和放在门墩上用黏面做的油灯后，爆竹开始在村庄上空炸响，我们也手拿"狄狄筋"（药捻）在村中疯跑，手里的"狄狄筋"划出各种美丽图案。直到自家年夜饭熟了，大人们高一声低一声地把自家的孩子叫回家。

那时的小伙伴们饭后是舍不得睡觉的，都焦急地等待着半夜里的大拜年。

拜年终于开始了，小伙伴们都穿着临时缝上许多大小不一布兜的褂子相约到各家给长辈磕头。敲门进去，大家互相挤在一起，说声"拜年了"，前面的伙伴齐刷刷地跪下，后面的人则躲在黑黝黝的灯影里弯弯腿做样子。于是，老人们就忙不迭高兴地从炕上下来，一边拉我们起来，一边往我们

自序
Preface

的口袋里塞落花生。小伙伴们忸怩作态假意推让，但脚并不往外走，直到把衣兜装满。就这样一家一家走，不一会儿，所有小伙伴的衣兜都装满落花生，这才心满意足回家作罢。而这几个兜里的落花生，足够我们吃上好几天。

……

就在有趣的玩耍中，我和姥娘家的小伙伴及表哥惠民建立起了深厚友谊。以致我到北京的许多年后，那些小伙伴们还不断地打听我，让到北京来的大人们给我带话：有时间回姥娘家看望他们。

提起我和表哥惠民的亲情，深厚程度竟不知该用什么词语形容才好。但我至今还记得小时发生的一件事。

那年，惠民哥姥爷去世，大妗子带着他到王庄送葬。两天后的一个下午，我脱了鞋和本家同岁侄子寄生在村里沙堆旁玩土。一会儿，我忽然感到寂寞，就和寄生商议各自瞒了家长到王庄去找表哥。走时，我把鞋忘在了沙堆旁，光着脚一路狂奔直奔王庄。到王庄见过表哥，再吃过晚饭，夜里我们就住在了那里。没想到的是，我们的不告而别却急坏了姥爷、姥娘和寄生爹娘。最先发现找不到我的是姥娘。随后，她告诉了姥爷。于是，他们两人急忙分别去找，并边找边喊；结果找遍全村，也不见我的踪影。晚上，他们又挨家挨户地敲门询问下落，但谁都说没有看见过我。这时，姥爷、姥娘急坏了，正没办法，忽然有人在沙堆旁发现了我的鞋，姥爷以为我准是瞎跑掉进了井里，就急忙组织人在井里打捞，把村里所有的井打捞了一遍，结果还是没有。半夜，就在姥爷姥娘近乎绝望时，忽然听说寄生爹娘也正急着找寄生，这才猛地想起，我们俩是否相约去王庄找表哥惠民了？情急之下，姥爷连夜赶到到了王庄。

下半夜，直到在王庄大妗子娘家炕上看见熟睡的我时，姥爷才把一颗提

到嗓子眼的心放在了肚里。他长出了一口气,但并没舍得叫醒我,就急忙转身回家了,因为他还要告诉一夜没睡正在担心受怕的姥娘和焦急的寄生爹娘。

直到第二天早晨起床后,大妗子才告诉我姥爷着急并连夜找来的事,给我找了一双大鞋,安排人把深一脚浅一脚跩拉着一双不合脚鞋的我送回了姥娘家。

1956年,我7岁,该正式上学了,母亲决定再次接我到北京。那年,正逢在中国人民大学就读的二舅暑假开学,就把我带到北京。在北京,我放弃了村里一年多的学习经历,重新从小学一年级开始上起。

1956年开始,我在老娘家的留守生活正式结束了。三年后,姥爷、姥娘也搬来北京,再一年,表哥惠民也来到了北京。

那几年的留守生活,我有痛苦也有欢乐,有失落也有收获,有伤感也有希望。现在想,大概每个剧变时代,都会给作为社会组成的最基本单元——家庭留下或深或浅的烙印。迁移,留守;悲剧,喜剧……这是历史发展的代价。

那段日子,我永远不会忘怀。因为,那时姥爷、姥娘和母亲都还活着。而现在,他们却永远活在我的心里了。

我爱他们。

2013年2月11日北京

目录
CONTENTS

风情

故乡的雨 ………………………… 2
风雨黑龙瀑 ……………………… 4
小河 ……………………………… 6
过年 ……………………………… 8
春忆 ……………………………… 10
白云悠悠 ………………………… 12
故乡的杂菜 ……………………… 13
风 ………………………………… 16
拾取秋天 ………………………… 17
雪 ………………………………… 20
水上月色 ………………………… 22
住房滋味 ………………………… 25
耕织图里识农桑 ………………… 28
野菜 ……………………………… 30
黄山印象 ………………………… 34
梅园春 …………………………… 40
大香山遐想 ……………………… 41
香山雪 …………………………… 46
三月雪 …………………………… 49
蜡梅花开 ………………………… 50

I

桃花雨……………………………… 52
访梅………………………………… 53
日出扶桑照黄河…………………… 62
今年的香山蜡梅…………………… 65
英雄和历史在绥德交汇…………… 66
米脂，一个激发灵感的地方……… 70
统万城，曾经的匈奴乐园………… 73
微山湖畔大风歌…………………… 76
坝上四日…………………………… 79
新昌平山水记……………………… 84

亲情

青杏儿……………………………… 112
瓜棚旧事…………………………… 113
箫…………………………………… 116
深情难忘…………………………… 118
又是春天…………………………… 121
女儿的世界（之一）……………… 127
大舅妈……………………………… 130
女儿的世界（之二）……………… 135
二舅………………………………… 138

友情

槐开时节…………………………… 162
农家饭……………………………… 171

II

目录
Contents

"遭遇"厅长 …………………………… 172

明信片的故事 ………………………… 175

签名书的情谊 ………………………… 177

编辑感言 ……………………………… 180

云的回声（之一）…………………… 184

云的回声（之二）——教师节写给我尚未
　谋面的学生 ………………………… 185

读评有感（之一）…………………… 188

读评有感（之二）…………………… 191

读评有感（之三）…………………… 194

致君穆 ………………………………… 198

再致君穆 ……………………………… 199

难忘岁月·北大荒老照片（一）殿成 …… 200

难忘岁月·北大荒老照片（二）付师傅 … 203

难忘岁月·北大荒老照片（三）小人儿 … 208

难忘岁月·北大荒老照片（四）九斤
　粉条 ………………………………… 215

老照片的后续故事 …………………… 220

后续故事之故事后叙 ………………… 230

聚会（之一）………………………… 234

聚会（之二）………………………… 236

读友人诗评有感 ……………………… 240

闻友人之将赴新加坡 ………………… 242

留守者 ………………………………… 245

III

世情

- 吃糖 ················· 250
- 忽闪的大眼睛 ········· 251
- 老面相的尴尬 ········· 253
- 寻阳台 ··············· 258
- "千古一法"说短长 ····· 260
- 岁月留痕 ············· 263
- 玩儿的诠释 ··········· 266
- 收藏的品位 ··········· 267
- 闲话"敝帚自珍" ······· 269
- 国字当头 ············· 271
- 小草民与大手笔 ······· 273
- 瓷都 ················· 275
- 闲居 ················· 277
- 迟到的收藏 ··········· 280
- 藏书记 ··············· 282
- 尺牍屑语 ············· 285
- 尺牍絮语 ············· 287
- 燃烧的青春——祝贺《青春的白桦林》出版 ··· 289
- 关于史铁生 ··········· 290
- 苍凉的回望——读《北大荒岁月》 ··· 293
- 我与歌剧电影《刘三姐》的情缘 ··· 298
- 宿舍故事 ············· 302
- 固安杂忆 ············· 311
- 后记 ················· 327

风情

故乡的雨

今年暖春，北京的玉兰比往年早开半个月。但没想到忽然下了一场春雨，雨过后便是五六级间七级的西北风，把风和日丽搅得天寒地冻。还好，雨中或风中玉兰依然洁白而秀美，未开的花苞还坚挺在枝头。雨中花，剔透晶莹，加上花片上滚动的雨滴，更增加了几分娇丽。

下个星期天，寒流已过，封冻的春意又重新苏醒，我便约了朋友看花。未曾想经冻的玉兰外瓣枯萎，日晒后一树枯黄，早已不是"一枝春雪冻梅花"般的景象。我失望而归。几天后，我又从花下经过，竟看到玉兰花枯瓣脱下，新瓣绽开，未放的花苞又张开了嘴，一树冰雕玉琢气象。没想到春雨无欺，节令的魔棒竟把春天挥洒得如此完美。

我爱春天，更眷恋下春雨的天气。也许这时人们的遐思如春天的生命一样萌动着生机，使人们容易产生无边的联想；抑或春雨寄托着对逝去日子的眷恋和对未来的期盼。所以，每逢北京暖风乍起，我便自然而然地想起了故乡的春天。尽管春雨时常给刚刚享受春阳暖意的人们带来丝丝寒意，但，我还是喜欢春雨，想起故乡细雨催春田野萌动的情景。记得那时，冬雪融尽，当春的轻雷从遥远的天边飘过，我便时常站在村头远远望着远天静静飘飞的云朵，期盼大自然的恩泽——春雨的到来。

故乡的云飘得很远很远，我的思绪也飘得很远很远。似乎远雷消匿的地方隐藏着无数动人的故事。春雨稀时，三点两点，轻轻落下；春雨密时，稀稀沥沥，飘飘洒洒。且不说雨中碧绿的麦苗、绿树别有一番景致，就说夹在麦田之间的小路光滑而明亮，蜿蜿蜒蜒，就会勾起人们无边的遐想。

我也迷恋随风潜入夜的夜雨。它们悄悄的，静静的，就像踮脚夜行的脚步,在原野上徜徉。当雨滴拉成丝,连成片,雨帘后的几点昏黄的灯光就会给你的心绪罩上丝丝神秘,仿佛大自然与初生生命的交谈,又像情人间的窃窃私语。这时,眷恋与亲切笼罩了你的全身,你切不要高声喧哗,让静谧紧紧地拥抱着你,笼罩着你,尽情享受这无声的快乐;你心底会渐渐地升起一种念头:时间慢一些,再慢一些,好让雨脚放缓行进的步子。

春雨无骤,却有无尽的情味。

我也喜欢故乡的夏雨,它们几乎覆盖了我整个关于故乡七八月份的记忆。故乡的夏雨来得快,来得急。你或从田间往家里赶,就会看见大块大块的乌云压着树梢和高粱穗飞涌,田野一片漆黑。这时,你会听到阵阵刷刷声由远而近。有经验的老农说这是听雨。这刷刷声越来越大,一会儿,豆粒般的雨滴终于砸下来,打在庄稼叶上"啪、啪"作响。抬头望,雨像从天上乌云中斜刺里拉下来的一条条亮线。那亮线越来越多,越来越密,转眼连成一体,便成白茫茫一片了。在我记忆里,最令人惊惧的莫过于田野的雷电了,不说炸雷的脆响在头顶盘旋,就那游荡在墨黑乌云背景中的闪亮长蛇,从头顶一直伸向田野深处,也足已让孩子们心惊。但外祖父却不怕。每当大雨时,外祖父都头戴草帽,身披高粱叶编成的蓑衣,扛着铁锹到地里排水。我羡慕极了。后来,外祖父用高粱叶也给我编了一件小蓑衣,每当雨时,我便披了蜷缩在蓑衣里跟外祖父一起下地。耳边是雨打蓑衣的声响,还能嗅到阵阵高粱叶潮潮的清香,简直惬意极了。我的心里便得到一种满足。

雨后,我常常拉了外祖母到村边看虹。虹很美。乡下的虹格外长,格外弯,色彩格外分明,它像一座彩桥横亘在田野和天际之间,在我想象中,那上面该有许许多多动人的故事。

水塘涨满了,芦苇一片葱绿。蹲伏在苇下的青蛙高一声低一声地远近唱和着。芦杆上趴着蚱蜢般的绿色昆虫,有的还长着薄薄的小翅。人走近了,

它们便迅速地躲到芦杆后面,还不时瞪大眼睛侧过身来观望,逗人极了。你有时走着走着,便会从身边低矮的小树上"吱"地一声飞起一只蝉来,吓人一跳。这时也许会有小伙伴把你骗到树下,乘你不备猛踢或猛摇树干,树上的积水就会倾盆般洒落在你身上,把你浇成落汤鸡。即使这样,你的心里也会充满快乐。

秋天的雨细而绵长。淅淅沥沥地能下好几天。夏天逞威的炸雷也渐渐失去昔日的狂躁。即使秋雷在秋夜里偶尔呢喃一次,也变成无可奈何的长叹。毕竟季节的脚步是留不住的。故乡的早秋,秋庄稼尚未收获,农人便期望着,期望秋雨会让秋实更丰满,收获更丰饶。渐渐地,随着气温的下降,秋庄稼的叶子开始由绿变黄,整个季节开始成熟了。

这时故乡的秋雨最体人意。秋高气爽,不到秋庄稼收完她是不会光顾的。即使来了,也如初婚的少妇,缠绵而温存。她总是静静地落下又静静地离开。傍晚雨霁时,我最喜到村外看萦绕在村头的炊烟。这时的炊烟一层一层,低垂而清淡,被压在浓浓的湿雾里,久久不散,里面还浸着淡淡的禾香和饭香——此情此景,只有收秋后才能看到。

然而,儿时的我最怕白露后的秋雨,因为过了白露,就如农人所说,一场秋雨一场寒,冬天快来了。

即使这样,人们常安慰自己:冬天到了,春天还远吗?

(1994年8月16日《北京晚报·五色土文艺副刊》)

风雨黑龙瀑

早听说崂山黑龙潭瀑布,只是无缘一见;好不容易有了机会,又遇到当年的十五号台风。虽说风暴中心不在崂山,但那风,那雨,也是内地人所罕

见。干脆横下一条心,来个雨中游,岂不更有兴味?

汽车停在崂山脚下,导游说,拾级而上十五分钟便到黑龙瀑。打开车门,急撑伞,一头扎进风雨里。一阵风卷来,伞布翻上去,忙转身用伞顶风站着,才发现背后是茫茫大海。举目望,只见海面乌云滚滚,白浪滔天,巨浪打在石砌的堤岸上,海浪窜起多高,发出阵阵轰鸣。

顺着石阶蜿蜒而上,风雨越发紧了。风打着旋,卷着急雨,横扫在身上,浑身湿透了。干脆收了伞,任风雨肆虐。走了几十米,轰鸣声依旧,是涛声,是瀑声,谁也分不清。抹一把雨水,抬头看,山头浓云飞涌,漆黑一片,向人们头顶压来。向上走不远,便遇到同车的游人往回走,一问才知道,他们惧怕风雨,不敢再往上走。我真为他们惋惜。

山路旁设立的售货帆布棚,有的被风掀翻,趴在雨水里;有的挣断了绳索,在风雨中飘摇,不时发出"啪啪"拍响。售货的小贩们早已逃得不知去向。这里的石阶不陡,但很滑,我们一行人,谁也不敢大意,一步一步地往前登。

山路弯过几弯,耳畔的轰鸣声更大了。寻声而望,透过右侧的树隙,时隐时现露出奔腾的谷水,见了谷水,有了希望,精神为之一振,步子也大了起来。闪过一个小山嘴,迎面看见二叠瀑水挂在眼前:上面一叠宽而陡,下面一叠窄而急,都呼啸着飞流而下。

疾走几步,赶到窄瀑前,细看,才发现瀑水是从上面的水潭中直流下来的。偌大的一个水潭,水从一二米宽的石罅中翻挤而出,那汹涌,那撞击,那咆哮,真可算是"惊涛崩云"了。最壮观的是最上面的一叠瀑水,这就是黑龙瀑了。上行不远,只见一排巨大水帘从瀑顶齐刷刷地垂泻下来,形成无数条银色的水柱,那一条条巨大水柱互相粘连着,碰击着,砸在水潭里,激起一片雪白的水花,那水花蹿起来向四周翻卷着,上面腾起一层蒙蒙细雾。

细雾未散尽，便和雨搅在一起，在风中飞散开来，迎面扑在人的脸上，身上。看看同行者，身上着了雨水，个个大水淋漓，像刚从水里捞出来一般。再看潭水，湍流飞旋，浪花滚滚，分明潭底有一条蛟龙在搅动。

黑龙潭前，凌空横着一条索桥。站在索桥上，对面可观黑龙瀑全景。我站在摇摇晃晃的索桥上，沐风雨，观飞瀑，听水声，望着头上的浓云，脚下沸腾的瀑水，一种雄壮，一种恢弘，一种博大的感觉油然涌上心头。我在桥上站了很久，看了很久，听了很久……

回到车上，导游问，此游如何？我擦着身上的雨水，说，壮哉不虚此行。导游介绍，今年雨水多，又赶上十五号热带风暴带来的充沛降水，今天的瀑布比平时大几倍，能看到如此壮观的瀑布，也算是数载难逢了。

我希望有机会再去看崂山黑龙潭瀑布——在风雨中。

（1994年12月3日《北京晚报·五色土文艺副刊》）

小河

上世纪60年代以前，北京城东旧居北面，曾有一条小河。河面不宽，水流缓缓，蜿蜒从西向东流淌。那时，河水清澈，游鱼成群，并有虾蟹；两岸碧树成阵，柳浪如烟，是我春日常去的地方。

傍晚，我曾沿着小河西行溯源，但终因暮色苍茫，天时已晚，便喟然而返，眼望着河道隐没于一片沼泽苇地之中。我也曾顺流而下，寻觅小河流水的归宿。只见她逶迤东行二三里，便阻于一闸，河水从闸口飞腾而下，挂出一席平滑的水帘，落在水下潭里，它虽没有名山大川飞瀑宏伟的气势，倒也飞珠溅玉，哗哗有声。水出闸口，河道变窄，小溪般弯弯曲曲地在田畴中穿行，数里后注入一未名湖。

现在根据回忆推想,那西面的沼泽地似是现工人体育场东面水域,而城东未名湖应为红领巾公园里的水面了。

小河中段较宽,也是她最富魅力的地方。这段河两岸多柳,柳枝又多向水面斜生,茁壮而不失婀娜,尤其柳条垂丝,纤细入水,时有飞燕穿鸣,颇见野趣。柳间杂生少许杨树,因春天杨柳叶颜色深浅不同,碧绿中便有了层次。春天在河边漫步,是一大享受。暖风乍起,吹皱一河春水,迎面拂来,细品,竟像梦中少女的鼻息,均匀而又流畅,柔和而细软。它撩起人的发梢扫在脸上,痒痒的,一直痒到心里。它划过水面,轻摆垂柳,柳丝便在水中荡漾,正像春的触角,深入涟漪,感受碧水融融的抚爱。于是,便使人想起《红楼梦》中关于林黛玉"弱柳扶风"的描述。我想,"弱柳"自然是春天的柳丝,而非夏日的柳条,它除描绘林黛玉体质的柔弱,更主要的应是体现她体态的婀娜吧?

早年,河上有一木桥,在绿树丛中了无雕饰地横卧于碧波之上,颇有情致。我喜欢登上桥头,凭栏顺河远望,品味绿树天边合、碧水云里流的情趣。说来也怪,夹岸的春树,翠绿娇嫩中略含了淡黄,如团如簇,绝无突兀斜枝,这正是自然界造化和谐的神功吧。待燕子在水面上下翻飞呢喃作语时,水里的鱼儿便游上水皮儿凑趣。这时我便拿了烧红了的针弯成的钓钩,穿上线,站在桥上垂钓。有一次,鱼儿上钩,我用力一提,线竟被桥栏上的裂缝夹断,下得桥来找钩,却在水底发现一只小蟹。它正在水里用心修剪着双螯。我不忍抓,眼睁睁地让它游走了。

小河南岸林深树密,一直延伸到民居檐后。这里也便成了鸟儿的乐园。喜鹊的叫声欢快却缺少节奏,黄雀的叫声明朗却又急促,只有偶尔传来的布谷鸟的歌唱婉转而悠远,不能不使人想起远方的山谷和密林。

儿童的心境更贴近自然,也最能用自己的理解破译自然的秘密,更能用

自己的方式享受大自然无私的赋予。他们用柳条做成柳笛,不停地吹响,与深藏在树叶中鸟儿的鸣唱应和,在他们心目中,这才是春的鸣奏。男孩子们把剥了皮的柳枝当作战刀握在手里,鼓起十二分的勇敢呼喊着向密林深处挺进。于是,小河边这块静谧的土地便充满了生机,一片盎然的春意便在河面上不停地流动。

这条小河给人带来许多春日畅想,而春给这条小河带来太多太多的美丽。可以说,她是大自然的杰作。

多少年后,我再次来到这里,那条小河已被矗立的高楼、笔直的马路替代。这些建筑正向人们展示着现代生活的风采。但我一想到这条小河,想到它带来的春的魅力,心中总涌起一种失落,总觉得大自然不应在人类日益丰富的生活中隐退。

大自然是生存的母体,没有它们,人类将一无所有;或者,没有它们,也就没有人类。

(1995年4月15日《北京晚报·五色土文艺副刊》)

过年

每逢春节,我就想起儿时在故乡过年的情景。故乡的年下虽没有北京热闹与富华,但那浓郁的乡情和过年气氛却别有一番味道。

年三十,日近黄昏,当第一声双响爆竹在半空炸响,浓重的火药香便与漂浮在屋顶树梢的袅袅炊烟融合在一起,凝成了乡村浓厚的节日氛围。于是,各家各户便呀呀地打开大门,任久被关在屋中院内的饭香向街中飘去。除夕夜便在爆竹声与饭香的混杂中拉开了序幕。

人们纷纷从各自的院里涌出来,大人们放双响,拉小鞭,噼噼啪啪中还时而掺杂着几声震耳欲聋的震响，整条街充满着欢愉和温馨。孩子们不敢放爆竹，便手拿着长长的"迪迪筋"（一种药捻）燃放。他们有的用手使劲地摇，在暮色中划出各种图案；有的干脆飞跑起来，任手中的"迪迪筋"向四周喷爆点点火星。若在夜里，远远一望，正如平地上划过道道流星。大人们的喧笑与孩子们的追逐嬉戏呼喊，昭示着村庄节日的祥和。

天黑时，各家各户便点亮了直立在大门口的路灯。这种叫"气死风"的路灯，其实是一根木棒托着个方方的纸糊罩灯。罩灯因各家的灯纸是五颜六色的，有的甚至在灯纸上绘了图案，因此便吸引了无数人围观评说。有的孩子们干脆手拉手围着路灯载歌载舞。当全村的路灯都点亮时，站在村口一望，路灯弯弯曲曲连成一线，高低明灭，像一条首尾不断摇动的彩龙。

路灯点亮不久，人们开始吃年夜饭。辛苦与节俭了一年的农人们表现出极大的慷慨与奢华，尽量把年夜饭做得丰盛。饭前的敬神仪式虔诚而庄重。我不知道为什么每次家中的祭神活动都由外祖母进行。外祖母总是把最好的饭菜敬在门神、灶神、财神和祖宗的牌位上，而且口中念念有词，像和众神们说着什么。祭神后，大家便心安理得地围桌坐下吃饭。

故乡的风俗与北京不同的是年三十就开始拜年，一俟拜年人到，主人们便极热情地挽留客人上桌饮酒吃饭，直到客人把所有的菜都吃遍拍着肚皮表示再也吃不下时才作罢。

记得我当时对年夜饭并不感兴趣，我感兴趣的是饭后提了外祖父用猪蹄角做成的小灯约几个小伙伴给长辈们拜年。猪蹄角小灯小巧别致，是挖空了的猪蹄角灌满了油做成的，提着它拜年是我记忆中的一大乐事。走进长辈们的屋门便朗声喊："给你老拜年了。"前排的小伙伴便跪下磕头，后面的人便站在暗影里弯弯腿做做样子。长辈们看有人拜年，便认为自己有极大的面子，高兴得笑不拢嘴，忙不迭地从炕上下来往我们口袋里塞花生，我们亦假

意忸怩推谢，直到口袋装满才兴高采烈地出门去。不知咋的，记得那时的花生极脆极香。

过年必定要吃年糕。故乡的年糕其实是用黏面做的窝窝，吃法也有些奇特。年糕蒸熟了，便在窝窝眼里倒上油放在门扇下的两个门墩上点着，光焰极亮，它与大门口的路灯灯光摇曳成趣，是一户人家年三十最辉煌的地方。因想吃年窝窝，我便站在门前盘桓，总嫌灯油燃得太慢。直到油尽，大人们才说："熟了，吃吧。"

大人们注定要守岁，因为他们舍不得告别一年中最开心、最向往的时刻。这里面既蕴含着辛苦一年的慰藉，也蕴含着对新一年的憧憬。而我年龄尚小，困了便不知不觉地在温热的炕上睡去，直到大年初一早晨被吃饺子的爆竹声惊醒。

（1996年2月21日《北京晚报·五色土文艺副刊》）

春忆

在河北农村工作时，时常利用闲暇到春野中漫步，体味华北平原旖旎的春光。

单位东侧有一片一望无垠的麦田，夹在麦田中间的是一条向东延伸的平展如砥的小路。小路两边密密匝匝生长着低矮的柳树丛。熏风醉人时节，那卧在柳条上的如细蛹般的叶芽便开始萌动，悄悄把自己娇嫩的身躯舒展开来。这时，顺着小路放眼望去，丛丛簇簇的春柳便染上一层鹅黄，嫩嫩的，柔柔的，带着几分春绿的含蓄与朦胧，渲染着自然界有如"杨家有女初长成"式的温柔梦境。

沿着小路走，你发现自己陶醉于深深的惬意里，会用双手托起一枝柳

条,看看,嗅嗅,就像托起整个春天的灵魂。

我喜欢站在小路旁的地头望无际的麦田。天幕下,麦田一碧万顷。这是一种孕育于秋冬春三季的博大壮美。它坦荡,它辽阔,它融入并凝聚了大自然的一切秀色,是横亘于天底下的绿色精魂。偶或春风荡漾,麦苗便荡起层层浪潮,这绿色浪潮静静的,柔柔的,但你还是感觉到发自地层深处的大自然澎湃的活力;感受到一种无声的汹涌,一种色彩的气势;感受到那夹带在温馨暖流中的寒意被融化的力量。这时,你的心胸会变得博大,似乎会容下整个天宇。

在土丘上闲步,会蓦然发现向阳处,几棵绿了的野菜默默地舒张了叶子匍匐在地上,尽情享受阳光的拥抱。土丘旁无水,竟会从地下钻出几头肥壮尖直的苇锥。苇锥刚出土,青绿中暗含了紫红,在我意向中,这应是春天最浓重的色彩了。真难想象,夏季它们会生长成秀女般亭亭玉立的芦苇,秋天芦苇又会吐穗扬花,汇成一塘洁白美丽的风景。

有时,我们也会信步走进村里。因农人们大都去忙春,少有人迹,只是偶尔从静静的深巷中传来几声嘹亮的鸡鸣犬吠。每当这时,同伴们就会大发思古幽情,感叹中国农人"日出而作,日入而息"的古老习俗,产生一种返璞归真的遐想。更有人由"狗吠深巷中,鸡鸣桑树巅"羡慕晋时陶渊明的归隐,为其"不为五斗米折腰"的气节叹息,尽管村中农家小院里的杏花正开得热闹,有浓浓的关不住的春色。

转瞬间这已是十余年前的事了。前几日,收到河北友人的来信,约我再去赏春,他说,现在那里的春天更美丽。

(1996年3月26日《北京晚报·五色土文艺副刊》)

白云悠悠

闲暇时,我喜欢看天空的白云,尤其喜欢看湛蓝秋空下的白云。

第一片飘入脑际并永远悬浮在我记忆深处的,是故乡一望无际的高粱地上空的那片白云。几场大雨过后,风渐渐凉了。那被圆圆的夕阳反复碾红了的晚霞,把本色赠给了高粱。于是,青绿的、被大自然娇宠得带有几分傲慢的高粱,便又戴上了一顶高贵的火色皇冠。正当你陶醉于这壮美的图景时,会从那片红高粱上空静静飘来一朵或一片云。那云雪白雪白,纯净得没有一丝杂色,像少女,悠悠地在深蓝色的天空中流动。我久久地翘首仰望着火红高粱上空飞动的白云,看累了,就会仰面躺在地上,再久久地望着她悄悄掠过,又渐渐远去,心中轻轻问,她从哪里来,又到哪里去?

我忘不了五大连池的云。那是我下乡来到北大荒后的第一个星期天下午,我独自坐在离连队不远的连绵不断的石龙岸上,面对着秀美而辽阔的火山堰塞湖,望着远方休眠的老黑山、火烧山和蜿蜒在大山之间的原始白桦林带,任微风轻吻着我的面庞。我的目光望得很远,我的心飞得更远。看着想着,天边,压着泡子水迎面飘来一片白云,一朵连着一朵,独立而又连绵,映在深绿色的水里,铺成一湖白色的莲花。清风徐来,涟漪微起,细浪与莲花共舞。一朵莲花在水中破碎,又一朵莲花飞来,水中摇动着白色的精灵……抬头看,眼前的白云越飞越高,掠过头顶……

今年秋天,我有幸重新踏上阔别二十年的东北大地,当耳畔又萦绕起熟悉的乡音时,我便产生了一种激动。我太爱它,因它占有了我生命历程中最美好的光阴。我把它当作故乡。在这里,我流过血,洒过汗,点燃并熄灭过我青春的火焰与希望。

出差单位南侧有片红高粱地围着的水塘。忙余,秋晚,我便在塘边小坐。红高粱,白云,故乡,五大连池……联想在思绪中伸长。这里的白云似曾相识,既有故乡的悠远又有五大连池的连绵。小小池塘,竟拥挤了这样丰富的内容。夕阳下,我抬头仰望,天上的云雪白而厚重,成团成片。细看,她不再像我记忆中儿时白云那样平静,她多了几分美丽,多了几分雄浑,多了几分妖娆,像海浪,不断翻腾着,汹涌着变幻的身姿……

于是,我坐了很久,想了很久。

(1996年12月20日《北京晚报·五色土文艺副刊》)

故乡的杂菜

提起猪肉炖粉条,人们自然会想起东北。其实,中国北方大多数地区甚至南方人也喜吃此菜。在故乡,杂菜是猪肉炖粉条的别称,只是菜中加了些白菜、豆腐之类,增色、增味、增量,以昭其杂而已。

儿时,故乡生活极贫苦,吃杂菜不易。平时吃惯了红薯、玉蜀黍面,吃白面便是少有的奢侈。只有走亲戚才肯蒸上一篮子白面馍带上。记得有一次外祖母带我回娘家返回时,大车经过一个水沟颠了一下,押回的一篮子白馍有几个滚到地上沾满了泥水,但外祖母急忙跳下车捡了回来,并为此心疼了好几天。当时农家吃白面馍如此不易,更不要说炒菜了。有时馋了,外祖母便拿来一个黄面(玉蜀黍面)窝头,用筷子头在油瓶里蘸一下,滴一滴香油在窝头眼里的盐上,然后我便一小块一小块地把窝头掰碎了蘸着吃,生怕哪块窝头掰大了,多蘸了香油。现在忆起来,那味道极香极美,吃一口香在心里,真如过年一般神仙的日子了。

我小时体弱,但头疼脑热挺一挺也便过去。有时头疼得厉害了,就上炕

躺着。后听大人说,坑(水塘)边的苇根和干枯的柳枝熬水治头疼,我就自己到村边坑里捡,回家让外祖母煮水喝。实在头疼熬不过去,外祖母便采些野菜,抓一把白面,做一碗疙瘩汤再滴两滴香油喝下,发了汗,病便好了一半。也许是油香,引得我急喝;喝急,自然出汗;出汗,头疼也就减轻。回忆起当时的疙瘩汤,不要说细品那最后一丝挂在嗓子眼里的香油余韵,更不论喝饱后漾在口里的香嗝足以让人屡屡品味不已,就连头疼也忘记了,且晚上的睡梦也会增加几分香甜。

至于杂菜,儿时的我平时便很少问津了。但农家只两件事是个例外。一是村里的红白喜事,一是过年杀猪。红事不说,因为那不是小孩子所能介入的——新娘子下轿,进门,繁琐的仪式让孩子们不耐烦;况在拥挤中看不见新娘子的俊脸——连这点奢望的丢失也令人沮丧。然后是吃酒席。孩子们便被关在大门外,只有大人们在院子里吆五喝六地喧哗。据大人们说,酒后必定是每人一大碗杂菜就了白面馍撒开嘴吃个痛快。偶然看见有大人打着饱嗝抹着油光光的嘴从院子里出来,眼神中透出贪婪满足后的惬意,真让人羡慕不已。至于孩子们,也只有站台阶、爬墙头、扒门缝、闻香味的分了。

白事则不同。因是晚辈,小孩子参加是天经地义的事。故乡的丧礼很有趣。大致是发丧前,为了笼络地府诸神善待逝者,丧家先包两大桶手指肚般大小的饺子,煮熟了趁热泼在地上——这自然成了孩子们争吃的美食。他们急忙围笼过来从地上抓起连同泥土一起塞在嘴里——至于卫生,当时是没有概念的。然后是棺木起杠、举幡、抛纸钱、奏哀乐,大队的纸阵——纸人、纸马、纸车等缓缓前行。后面紧跟着排列整齐、穿麻戴孝的哭丧队伍,他们自然大多是妇女和儿童——成年男人们都跑去干抬杠、挖坟等重活去了。故乡的妇女极会哭,用一条折叠成方形的布巾捂了嘴,一边哭,一边说些什么。哭腔尾音拖得很长,像民间艺人鼓词中的唱腔。细品,富有乐感。现在回忆起来，便想起黄山脚下黟县妇女的哭歌，那里面也隐含着悲凉的诗意。这场面极有气势，并令人感动——这是题外话。这哭丧队伍中的哭大有讲究，有悲痛欲绝泪如雨下的，自然也有干打雷不下雨的。我无意留意妇女哭腔的悲凉，所关心的是葬后丧家款待的那顿饭——一碗香喷喷的杂菜和两个白面馍。

我曾有幸随着外祖母坐在丧家院子里的饭桌前，一边看着院子里的热闹场面，一边焦急地等待着饭菜端上桌来。一旦饭菜上桌，人们便迫不及待地吃起来。那杂菜极香，远远胜过窝头眼儿里的香油加盐和漂了几滴油星的疙瘩汤。我最爱吃瘦肉和长长的粉条。瘦肉用牙撕成一丝一丝的，极香又不腻口，我们小时都管它叫丝儿肉；而长长的粉条则是把它的一头放在嘴里，运足了气，用力一吸，就滋溜溜地钻到嘴里，滑溜极了。故乡的粉条是白薯做的，筋道不易断，一口一根，真叫痛快！我素不喜吃肥肉，把它全孝敬了外祖母。

过年时节，腊月二十三家境宽裕的人家开始杀猪。场院支起大锅，烧水，屠宰，褪毛，屠夫的活计干净利落。场院里围着许多看热闹的人们。杀猪的场面让人心惊而快活：屠夫当着众人面生吃还冒着热气的猪心、猪肝，刺激而令人肉跳。猪的头蹄下水自然是大人们上好的酒肴，卖剩下的肉除一部分剁成馅留着大年三十或初一包饺子，余下的切成块，一些腌作腊肉留待春天吃，另一些则炖熟放好，吃时放上白菜和粉条或其他菜蔬，加热后也就成了杂菜。但杀猪当天的杂菜是一定要吃的。

过年当然少不了吃杂菜。老人们说，杂菜重在"杂"。"杂"，五谷丰登之谓也，是万万不可少的。

转眼几十年过去了。现在故乡的人们依然爱吃杂菜，只不过现在是现吃现买肉现做，并多了许多新花样。近些年无缘回乡，更无缘吃到故乡的杂菜

了。或有故人偶至,便邀来一餐,大饮小酌。花样虽多,但依然少不了杂菜。但如今无论怎样吃,已远非昔日味道了。

(1997年2月北京)

风

平日难休闲,今天偶得,随意拿起一本书来读,翻开竟是宋玉的《风赋》。静下心读罢,却又忽发奇想,想从文字中寻出宋玉所描述风的季节来。沉思良久,竟无功而止。细想不觉好笑,笑自己迂,《风赋》本谏讽之文,借物喻事,文中有雄风、雌风、大王之风一说,岂能分出季节来?倒是宋玉《九辩》中有关秋风的文字说得明确:"悲哉秋之为气也!萧瑟兮,草木摇落而复衰。"我又想,如他真的写春风又会是怎样的文字呢?

于是,我便放下书走到街上。一出门,顿觉一股暖意扑面而来。信步而行,看见路旁一棵棵杨树返青的枝条上已吐出长长的棕色"毛毛狗"来,蓦地,我想起去年此时风中"毛毛狗"纷纷坠落的情景。这,也算北京春日的一大景观吧。

日有所见,夜有所想,半夜果然起了风。风吹动窗钩击打玻璃的"啪"、"啪"声响,把我从酣睡中惊醒。夜,很深,很沉,很静。朦胧中,我睁开眼睛望着窗外。几缕昏黄的灯光从外面洒进来,柔柔的;而窗外那棵依墙而生的杨树枝条的暗影却在窗纱上轻轻地摇动。这时,我的内心便产生一种温热,仿佛有一股热流在身上涌动。三月了,时序已悄悄叩开春天的门扉。我静静地听着,想象中,窗外那风或许是东风吧;而那时缓时急的风声又像时节的低语,它似在与萌动的绿色交谈。是呼唤春雨吗?

是的,是该下场春雨了。

于是，我又想起故乡的春雨。夜，也是这样深，这样沉，这样静。我趴在窗前默然向外望，细雨如幕，滴滴答答，屋檐下缓缓的滴雨奏响了乡村的春曲，编织出一条横卧于村中清晰可辨的油光光的小街和小街后面一片深隐于暗夜中的黑黝黝的屋顶。静默的农家小院和被细雨打湿了的一豆豆昏黄的灯光，点染着春夜中朦胧与安宁交融在一起的诗意。我有时会想得很多，想得很远，好像双眼会透过雨幕看到包围着村落的麦田，听到饥渴的麦苗吸吮春雨的声响。明天清晨，原野将是一片绿透了的世界吧。

风声细细。我又想起中南海南墙外那一排玉兰树与树下一丛丛迎春。每年三月，我都到那里看花。玉兰与迎春开在百花之先。玉兰花大而肥，白里微紫，显得高洁而雍容；迎春花小而艳，黄中呈娇，显得浓郁而典雅。乍暖还寒时候，春风鼓动，两花同时开放，树上树下白黄相映成趣，吸引了许多寻春的足迹。更有许多摄影爱好者，他们想把早春留在光阴的定格里。人们把这里的花看成是北京最早的春意。

风声隐隐，夜色浓浓。我合上双眼，仿佛自己躺在春天的怀抱里，感受大地温暖而酣畅的呼吸，品味大自然给予的生命活力的那丝沉醉。

我不想睡，但还是睡着了。梦中，我驾着风，走入春天……

（1997 年 3 月 28 日《北京晚报·五色土文艺副刊》）

拾取秋天

一

一个小女孩拉着一位年轻妈妈的手，在瑟瑟秋风里，在一片片纷纷飞落的金黄色银杏叶铺就的厚厚的林间小径中徜徉。年轻妈妈被这金黄色的秋天

陶醉了，好像她的身体、灵魂和深隐于心底的那片纯情都融化在大自然的抚爱里。她轻轻地弯下腰，从地上拾取一片金黄色的银杏叶，就像拾取一个完整的秋天，或是拾取银杏叶由嫩黄到金黄的童话。

她把银杏叶托在手中仔细看着，然后又放在鼻子下深深地嗅。那片叶子便在她鼻下涌动的气流里抖动。小女孩痴痴地看着妈妈，在她眼里，美丽的妈妈就像秋风中的女神。她扬起童稚的小脸，忽闪着眼睛困惑地看着妈妈变得纯真的神情，然后猛地扑进妈妈的怀抱，大声说："妈妈，你是否要跟她走？"

年轻的妈妈从沉醉中惊醒，问："跟谁？"

"她！"小女孩用手指指树梢。

这时，一阵秋风掠过，几片金黄的银杏叶飘下，一片落在小女孩的头上，一片落在年轻妈妈的心里。

二

小女孩拾起一片银杏叶，也学着妈妈的样子先是托在手里看，然后放在鼻下嗅。她没发现这片叶子有什么不同。但她忽然觉得秋风是从树上飘下来的，便好奇地问："妈妈，你看，多像小扇子。秋风是她扇动的吗？"

年轻的妈妈笑了，面颊上现出两个酒窝。她似沉思了一会儿，轻轻地点点头。

小女孩高兴地跳起来，她为自己的想法被妈妈肯定而兴奋不已。她歪着头一本正经地对妈妈说："我也要变成一片银杏叶，扇啊，扇啊；秋风也吹啊，吹啊……"

妈妈摇了摇头，蹲下身子对女儿说："秋天是成熟的季节，银杏叶才变

得金黄，才能扇动秋风，才能慢慢飘落。春天才是童年，我的女儿属于春天。"

小女孩想起春天，想起春天的花，春天的草，春天的风，春天的雨……但她怎么也弄不明白，春天为什么没有金黄色的小扇子！

三

林子里飘来一阵阵俊男靓女欢快的笑声，他们拿着相机摆出各种姿态照相，他们把金色的交谈留在秋天的记忆里。

年轻的妈妈被这金秋里的剪影感动了，一动不动地站在落叶缤纷的图画里，一任秋风撩起她那深色的裙角，一缕黑发在她那明媚的眉宇间轻轻飘动。她觉得自己还是那样年轻，但在大自然面前也还是个孩子。

小女孩似乎读懂了妈妈的神情，在一边静静地站着，不忍心打扰妈妈对秋天的沉醉。但她还是终于忍不住，轻轻地摇动妈妈的裙角，仰着小脸望着一片片从树枝上飘下的银杏叶，问："小扇子为什么会从树上落下来呢？"

妈妈说："小扇子摇啊，摇啊，摇累了，老了，就从树上落下来了。"

"那叶子为什么都落在地上呢？"小女孩蹲下身来，用手抚摸着地上的一层黄叶问。

"大地是妈妈啊。"妈妈深情地说。

小女孩似乎领悟到什么，猛地站起来，用双手紧紧抱住妈妈的双腿。

一位年轻的摄影师走了过来，摄下了这位幸福的妈妈和幸福的小女孩，在她们身后，是一片金灿灿的银杏树……

（1997年12月6日《中国物资报·文学副刊》）

雪

人大多喜欢雪和下雪的天气。因为洁白的雪和迷蒙的雪景总能让人产生联想。或在大雪纷飞中缓行于山林溪谷，或在雪霁初晴之日登高远眺，雪同时带给人的是无尽的惬意和舒旷的胸怀，人们或可从中寻觅出许多美好的感受。

少时读《水浒》第十一回林冲雪夜上梁山中的雪景描写，印象极深："时遇暮冬天气，彤云密布，朔风紧起，又早纷纷扬扬下着满天大雪。行不到二十余里，只见满地是银。"总想象着林冲在漫天大雪中身着披风，头戴雪帽，肩一支系着酒葫芦的花枪夜中独行，似乎不是落难中去梁山落草，而是皴染一幅大雪夜行图，真别有一番意趣。

后稍长，又读唐边塞诗人岑参《白雪歌送武判官归京》，其中"忽如一夜春风来，千树万树梨花开"，写尽西北边塞雪景之美，充满了浪漫主义情调。而"山回路转不见君，雪上空留马行处"，情真意切，韵味连绵无穷，给人以无边的遐想。我曾多次去过江南，但遗憾的是从未观赏过江南雪。但南宋词人吕本中却把江南雪写得极为玲珑。他那首有名的《踏莎行》中写的"雪似梅花，梅花似雪，似和不似都奇绝"。叫古今文人称道不已。这位江南才子踏雪访梅词令表现出的高雅情致，醉倒了许多后人。就连伟大作家曹雪芹在《红楼梦》第四十九回中也情不自禁地借宝玉行迹书写了一段访梅情节："……（宝玉）顺着山脚刚转过去，已闻一股寒香扑鼻。回头一看，恰是妙玉门前栊翠庵中有十数株红梅如胭脂一般，映着雪色，分外显得精神，好不有趣！"

我想起大兴安岭的雪。大兴安岭的雪用现代京剧《智取威虎山》中少剑波的一段唱词描写最为贴切："朔风吹，林涛吼，峡谷震荡。望飞雪，漫天舞，巍巍群山披银装，好一派北国风光。"东北林海雪原的壮丽风光充满了诗情画意。

有时我也想，文人笔下，西北的雪太富丽，东北的雪太丰厚，江南的雪太雕琢。北京的雪呢？

我想起李白《北风行》中"燕山雪花大如席"的句子。不管这是真实中的夸张还是夸张中寻找真实，但可惜的是前几年北京从未下过一场像样的雪。

企盼中，我又想起张恨水先生《啼笑姻缘》中有关旧北京城雪的描写："走上大街一看，那雪都有一尺来深，南北遥遥，只是一片白。天上的雪片，正下得紧。白色的屋宇街道，更让白色的雪片，垂着白络，隐隐地罩着，因之一切都在朦胧在白雾里。"而作品西山晴雪中樊家树送关义士父女回山东的一段文字，写得苍凉而悲壮，让人回顾品味不已。但可惜的是，作者在这里却没有相应的雪景描写。而夜间樊家树在何家得关秀姑窗外抛花后的雪景描写，虽文字不多，却凄婉而动人：（樊家树）"连忙向窗外看时，大雪初停，月光照在积雪上，白茫茫一片乾坤，皓洁无痕……窗外天上那一轮寒月，冷清清的，孤单单的，在这样冰天雪地中……"

终于，今年年初北京下了一场雪，好大好大的一场瑞雪。第二天天气放晴，我便约了友人去西山看雪。登上山顶抬头西望，但见群山起伏，银装素裹，如蜡象奔腾起舞，一片雪海茫茫；回首极目东眺，山下一马平川白雪皑皑，似雾非雾地展铺在无垠的天宇下。远处雪中，楼群错落，冬树历历，银色渺渺，都笼罩在白灿灿的日光里……

雄浑的美，这也许是现代北京雪的风格吧。

（1998年1月7日《北京晚报·五色土文艺副刊》）

水上月色

　　山中有泉，谷中有溪，崖上有瀑。旧时北京为水城，泉流分布之多可与泉城济南媲美。别的不说，仅曾被清乾隆帝题为"天下第一泉"的玉泉山玉泉就名扬天下。昔日北京名泉无数，而以万泉庄泉最负盛名。据《宸垣识略》载：这里有大小泉眼28处，并刻石以志之曰："沸泉"、"屑金泉"、"露华泉"、"跃鱼泉"、"琴脉泉"、"浣花泉"等，名皆颇具诗意。昔时昌平百泉庄泉水尤盛，或清澈见底，或流沙浑漫，或奔涌如雷；最著名者当为白浮泉，是当时北京的主要水源，元代著名水利专家郭守敬曾引泉至潞河以济漕运，为历史上著名水利工程。

　　旧时泉水汇流北京，使北京成为名副其实的水城，京城周边多地湿地环绕，可豪称泽国福地。

　　昔日北京广阔的水域已远非今日可比，现在有些地方也只留下一些象征性地名用来缅怀历史上丰水年代。也许北京人过惯了多水的日子，以致现在还想往、追寻前人赏水的浪漫情调：凡有水的地方，人们都会聚拢来，赏月，品茶，听唱，泛舟，尽情享受水带来的那份惬意。尤其夏夜，临风舒展着的月辉如潋滟湖光的眼神，平铺着魅力，吸引着世人融入诗意情怀，品尝苏东坡"白露横江，水光接天"的真切滋味。

　　我也爱水，每逢节假都要到富水之地盘桓逡巡。尤其夜晚，掸落白天的浮尘，疏放散漫的心情，漫步于水边月下，或泛舟于清风水影，尽情享受一轮皓月带给我的快乐。

　　京城水乡皓月迷人三五处，可谓人间仙境。

　　什刹海听琴。前几年重新疏浚的什刹海通航，仿《清明上河图》打造

的几十艘木质摇橹船，吸引了许多游人。人们在什刹海泛舟，不但可乘凉消暑，还可以品茶看景，感受江南风韵。平湖，风荷，垂柳，城楼，绿色从荡动的水中打捞出古韵，带着诗意丝丝浸入胸怀让人沉醉。今年天热，人们白天多不出行。于是什刹海的夜航船便成了人们顾恋的去处。夜航船每晚六点半到九点半开航。船上备有各色茶点，还有北京风味小吃；也可预定夜宵，如位于著名景点银锭桥桥头的烤肉季的烤肉：待船慢行至银锭桥小泊，便有人从烤肉季送来烤肉或其他吃食到船上。舟子摇橹行舟，游客细斟慢酌，却也别有一番情趣。夜航船新增项目中最醉人的要算听琴。如游人肯花100元，就可聘乐工上船演奏，乐器有琵琶、胡琴、洞箫等，或古乐，或现代曲，曲目由游人自选。

夏夜，若晴空万里，皓月当空，水面晚风细细，水中灯火摇曳，边品茶或小酌，边欣赏丝竹，一曲《梅花三弄》或《行云流水》，足以让人倾倒。静夜中丝竹声声，如玉盘落珠；洞箫呜咽，如泣如诉，更兼呀呀橹声和哗哗水响，胜苏东坡《赤壁赋》中描绘的意境远矣。这时，人们是禁声的。有人慈眉半闭，有人寄意华魄，尽情享受乐曲带来的醉意。

更有韵致者，船家为游客准备了许多船形纸作荷灯，中置小烛，游船行至中流，游客将它们点燃，一个个放在水面上，看它们静静地漂移，一串串，一点点，与岸上的灯光相映成趣。随着航船远行，它们便渐渐地消失在脉脉清晖里，只有悠悠乐声在水面滑动。

卢沟望月。卢沟桥下永定河多年无水，卢沟桥便成了旱桥；"卢沟晓月"乾隆石刻犹在，但无水之月也就失去了昔日的魅力。我想，昔日"燕京八景"之一的"卢沟晓月"不但蕴涵了天上月，也还蕴涵了水中月吧？不但蕴涵了晨曦初现，也还蕴涵了芦花流水吧？不敢说淡星下远处有时会飘来欸乃渔歌，而清晖里微风卷浪，水拍岸柳应是有的吧。而现在的北京人，与昔日

的"卢沟晓月"已多年交臂相失了。

今年7月,北京下了一场大雨,水量颇丰。永定河三家店闸竟也开闸放水,加上多道蓄水,顿时卢沟桥下汪洋一片。多少年了,卢沟今天才终于又变成了一条名副其实的有水河,卢沟桥也成了一座名副其实的有水桥。于是,月凑水趣,卢沟桥又再现了昔日"卢沟晓月"的风采。消息传出,四里八乡城里城外人们纷至沓来,看桥,看水,看月,看真正的永定河。这河,这水,这桥,这月,留下了多少兴奋和惊喜的目光。更有雅兴浓者,或桥头岸边留宿,或夜半驱车赶来,从月升中天星垂四野,等到晨曦初现,微风乍起,在黎明前的黑暗中看那朦胧的桥,看那西垂的月和桥下微白的水,捕捉水拍岸柳有节奏的微响,搜寻多少年前前人抚桥望月的醉意。那眷念和期盼凝结在一起的感慨,像薄薄的晨雾在水面上久久飘荡。

如果说,过去几十年人们到卢沟桥读到的是历史赋予现实的沉重,那么今天,人们读到的应是历史与大自然相契合赋予现实的和谐与美丽。

长河泛舟。这条河流淌了多少年无人知晓,但从它弯曲的身上人们读出了岁月的沧桑。人们只知它有水,不舍昼夜地流着。忽然有一天人们发现,长河还很年轻,在它身上可发掘出许多宝贵的东西,它甚至还是京城一道亮丽的风景,京城一时一刻都少不了它。于是,人们像一夜之间发现了新大陆,投资,治理,直到通航……画舫游船在水中逐波破浪,实现了盘桓于人们希冀中的梦想,一幅水上江南画卷蓦然垂落京城。坐在船上,看碧水蓝天,看绿树青草,看高楼大厦,看宝塔流云,吟几句"江南江北皆春水"的诗句,感觉一下"天光云影共徘徊"的意境,使惯于北方生活的北京人触摸几屡南国情调,让粗犷的襟怀中增加些细腻;使远离故土的江南游子抒发一番思乡情愫,让湿润的眼潮中增加一些豁达与坚定。

从8月上旬起,长河开始夜航了,每晚7点半由动物园北展码头始发,

9点半从颐和园返航。久在家中蜗居的人们晚间又多了一个清凉去处。随着夜幕的降临，河边婀娜的垂柳，两岸众多的古迹是看不到了，但圆月或玄月倒映的粼粼波光，自成一方景色，更兼串串河灯拖着长尾浸在水里摇动，整条河像流金淌玉，吸引着人们流连忘返；远处的楼群灯光和闪烁的霓虹灯连成一片，连同附近马路上车流彩灯弯成的弧线，书写着这座繁华都市的辉煌。似乎长河更沉醉静寂，因为那里有晚风，人们会在清爽中可以听到她那跳动的浪花甜美的歌唱。于是，我在暗夜里想起大运河之行，想起大运河两岸随朦朦细雨飘动的故事，想起大运河雨夜中频频闪动的幽暗深邃的渔火和被历史拉长的雨丝。

夜中的长河缓缓流淌，这正像人们的思绪，从眼前延伸到遥远，从远古辗转到现实，这里有浪漫也有联想，有苦难也有甜美……而那闪烁的灯光，像珍珠，像碎玉撒在河水里，点缀人生长河中五彩斑斓的梦。

前几年，北京城南河道已试航成功，据说将正式通航。如果真如此，届时，北京东西河道贯通，像一条银线将昆明湖、玉渊潭、陶然亭、龙潭湖几大明珠连接起来，人们可从京东乘船直上京西，那时夜航，景观一定会更美吧。

（2000年8月20日《中国商报·社会周刊》）

住房滋味

以前住平房，三口之家挤于一室有诸多不便。不说那时女儿尚小少不更事，只厨房、水房、住房"分体式"，且相距甚远一项就要走很多冤枉路。每天下班，撸胳膊挽袖子锅碗瓢盆四重奏，然后繁杂诸端，检查孩子作业并辅导功课。待家事"偃旗息鼓"，早已精疲力竭。强打精神读书或涂抹些文

字之类,已是夜交子时,鼓起三更。待眼皮"打烊",只得到床上"丈量尺寸"了。

水房距住房二三十米,每晚为口中食身上衣奔波劳顿数十次。冬天水乍凉,每次洗衣服,手冻得像胡萝卜一般。更兼住房西向,冬天刮西北风,飞砂走石残叶败枝便打进屋里;夜里睡觉蜷了腿缩成一团学做刺猬,掩了被竖了耳朵听西风鸣奏。院里住房可谓布局"缜密",我家房门与邻家只二尺之遥。不肖说鸡犬之声相闻,连夜里打呼噜对门也能闹起地震。邻里之间相好时"拆了墙是一家,不拆墙也是一家";若反目相向,因鸡毛蒜皮砖头瓦块芝麻小事也闹得天翻地覆,让你隔三差五不得安宁。

俗话说,住房"前不栽杨后不栽柳"。我家前不栽杨而房后有棵杨树,把从窗户射进的那点阳光硬挤成线线,结果是墙上潮湿滴水,床下发霉,害得女儿上小学便戴上眼镜。

凡事有可悲者也有可喜。我住平房有可喜者两端:一为自家备有煤气罐,居室炉子只用于取暖;二喜自己发明炉子增温法,在炉壁和炉瓦之间填满铁屑,冬天室温由零上四五度升至七八度。但生炉子也会带来负面效应,那就是中煤气。尽管自己加了一万个小心,门窗上安了个大大的风斗,但还是中了几次煤气。早起头昏昏然,腿软绵绵,如腾云驾雾一般。

住房为百年老屋。虽经修缮但夏日仍漏雨不绝,正可谓"屋外大下,屋内小下",如夏夜遇雨便备尝老杜"长夜沾湿何由彻"的滋味。但我尚无老杜"安得广厦千万间"的豪情,只常念有数间楼房可供栖身平生足矣。

前年,我终于住上楼房,而且一住就是15层,楼高得让人眼晕。因楼高,光线充足,便有友人说屋子豁亮。住进楼房生活自然方便了许多。晚上下班忙碌依然是那"快三步",但足不出户便可"功德圆满",免除了奔波之苦。加上冬天不用烧煤,夏天不用驱蚊,居室内自是清洁而舒适,其乐也融融。于是便有了计划,纸上便编织出许多笔头美梦。这计划的实施晚间自然是重头戏。但几个星期下来，依然故我，家事还是忙得脚打后脑勺子找不着北。我大惑不解。这时又有友人点拨说，住房由"分体"变成"联合体"，方便了许多，生活质量提高了，事情自然有增无减。我豁然。但正事还是要做。于是，便拿出男人惯用的家务减、除法和优选法，趴在写字台玻璃板上照影的时间竟多了起来。

"白天看天，晚上听虫"，是我楼居后惯用的解倦二法。自认为比昔日"头悬梁，锥刺骨"之类更有效。用功久了，自然要倦。白天便开门西眺。若是晴天无雾，站在门外走廊极目，可清晰望见连绵不断的西山。尤其是新雨后，长空如洗，天蓝得深邃，蓝得高远，天边再横亘一条云带，或灰色，或白色，西山嵌于其中，壮阔得生出诗意。楼下碧绿如茵的是草，一丛一簇的是树，蜿蜿蜒蜒的是河，红红黄黄的是花。如是娴静十分钟，也就耳聪目明，倦意顿消了。"夜间听虫"须是秋夜。倦了，便踱到凉台东望。居民楼的灯光全熄了，只有远处几座塔式建筑的顶尖上红灯一闪一闪，像深夜窥视天空的眼睛。这时，你仔细聆听，楼下便传来阵阵秋虫的鸣唱，像大地送给季节的颂歌。这歌时隐时现，时长时促，渐渐沉浸在秋风里。每当我听到这妙音，便精神抖擞，毫无睡意，又急到桌前坐下。

夏天楼房比平房热，尤其今年气温格外高。冰箱也频频起动，音量也由过去的"呢喃细语"变成了男高音，且一唱便是没完没了的咏叹调，似向你倾诉心曲。一次，我实在烦了，用力一拍，"男高音"戛然而止。我心中窃喜，自以为亮出了"休止符"。但未等我乐出声来，"男高音"又高唱起来。我怒而无言。打开门，让它过过风，也许好些？

住高层可居高望远，环境也安静。别的不说，只去年"十一"放礼花，北京5处燃放点就能看到四处，各处各色礼花姹紫嫣红尽收眼底。但高层最怕电梯"罢工"。到那时要爬15层楼，累你个屁滚尿流腰酸腿疼还要满眼冒

金星。前年一亲友来贺新居,送来一台微波炉,正赶上电梯"闹情绪",他愣抱着微波炉爬了15层,进了门身子打着晃还说"没事儿",活像电视台的广告。

人都说,住楼的相见不相识。这是实情。但住楼人不通气通。一次一位好心人闻到一股焦煳味儿以为谁家着了火,从一楼找到18楼,层层有味,愣没找到味源。待她精疲力竭悻悻打道回府,才发现原来是自己邻居正在烧猪蹄上的浮毛。一时疏忽漏网之鱼竟近在咫尺,可叹可叹。

楼居强平房远矣。但有时也忆起住平房的好处来。如雨天可看到挂在屋檐下的水帘,让孩童的想象长上欢笑的翅膀;雪天伸手就可抓住几朵雪花,你会觉得白雪公主离你很近很近,总觉得大自然应属于大地。人就是这样,即使到了现代化社会,也还会眷恋燧木取火那个年代。真怪。

(2000年9月10日《中国商报·社会周刊》)

耕织图里识农桑

北京西郊长河之滨、颐和园之西,矗立着一通高两米、宽1.1米、厚0.65米的昆仑石石碑,碑下有雕纹底座,厚重而端稳。此碑上圆下方,石碑侧面刻有诗文。碑面镌"耕织图"三字,字体大方圆润。石碑碑阴刻有乾隆诗一首,诗曰:"玉带桥西耕织图,织云耕雨学东吴。水天气象略知彼,衣食根源每廑吾。"由于刻文无载,不知"耕织图"三字是否为乾隆所书。

据查,此地原为清乾隆十六年北京城内地安门嵩祝寺西迁的染织局旧址。耕织局原为多进院落,前有玉河斋,玉河斋左右回廊墙壁分别嵌有《耕织图》石刻多通,而此"耕织图"刻石即昔日遗留之物。

《耕织图》初刻于乾隆三十四年(1769年),共两组。其中《耕图》

二十一幅，《织图》二十幅。刻石除刻画耕织外，每图还刻有乾隆御诗一首，可谓图文并茂，赏心悦目。清末国势式微，英法联军进京劫掠，焚烧颐和园，珍玩百宝遗失殆尽。染织局也未能幸免。而镶嵌于玉河斋左右回廊墙上之40余通《耕织图》也尽历兵乱只残存23通。后被民国初年之北洋政府总统徐世昌窃为己有，嵌于东四八条私宅花园中。直至1960年此宅拆建，残存的《耕织图》才得以重见天日，收归国有，现存于中国历史博物馆。只有那"耕织图"三字刻石石碑依然立于长河之畔，领略朝阳落日，彩霞残月的余晖，沐浴冬雪秋露的清冷。

现藏于中国历史博物馆的《耕织图》刻石，均厚15厘米，长50厘米，宽35厘米。其中《耕图》十三通，包括浸种、耕、耙、插秧、灌溉、持穗、入仓等；《织图》七通，包括下蚕、采桑、择茧、蚕蛾、剪帛等。另有残碑三通，碑体历尽沧桑，字迹漫灭已不可识读。

《耕织图》刻石集绘画、书法、雕刻于一身，刻技细腻精美，书法结构严整，运笔流畅，绘画逼真传神，实乃浪漫与写实相结合的杰作。同时，它如实反映出绘画时代我国的农桑技术水平，记录了劳动人民生产状况，既有史料价值，又富有审美情趣，是不可多得的古代农桑实录。另外，也可从刻诗中，尤其可从"耕织图"三字刻诗中，读出一代帝王刻意于石，以促勤励志，不忘农桑的愿望，颇有警示作用，这在历代帝王中是不可多得的。

碑刻中也不乏耐读细品之文，既有文采，又具情趣，可谓语浅意深。如《插秧》一诗云："晨雨麦秧润，午风槐夏凉。奚谷南与北，啸歌插新秧。抛掷不停手，左右无乱行。我将敬秧马，代劳民莫忘。"此诗词句平实，清丽，自然，既写出夏季晨雨后农家风物，也向人们铺陈出一幅"啸歌插秧"的劳动场景。诗作选物精当，运词贴切，非有长期农桑生活经历者不能言此。当然，这首刻诗也流露出文人倾慕"农家乐"娴雅脱世之情，颇有夸张成分。

《耕织图》刻石源于《耕织图》绘画。据有关资料,《耕织图》是绘写封建时代水稻耕种和丝麻纺织生产过程的画图。南宋刘松年即画过《耕织图》;楼寿亦画有《耕图》二十一幅和《织图》二十四幅,并附有五言诗,尽述农桑时序及农村生活苦乐。图册曾呈宋高宗阅,后原本失传,仅有刻本传世。清圣祖玄烨曾命焦秉贞绘《耕织图》,其中《耕图》、《织图》各二十三幅,有朱圭雕版印行于世,图中各有诗题咏。清乾隆曾命冷枚、陈枚各绘《耕织图》。据考证,本文所记《耕织图》石刻是依元代程棨临摹楼寿图本所制。这一图本原为纸本卷轴,水墨设色,画面长1.034米,宽0.32米,1860年遭英法联军劫掠,流于海外,现藏于美国。而现藏于中国历史博物馆之《耕织图》刻石,其内容、刻图皆与其相同。可以说,《耕织图》刻石已成为我国研究历史农桑状况的瑰宝。

(2002年9月19日《中国商报·收藏拍卖导报》)

野菜

前几日去香山后山,一个山友采了许多野菜。并说那里少有人去,绝对营养而且"绿色"。我被他说动,竟也采了半袋。回到家里开水焯过,放上作料一吃,清甜可口,妙不可言。山友告诉我,这种野菜叫苋菜,富含蛋白质、炭水化合物,常吃有清热利湿、开胃助食作用。

未想到野菜竟有如此妙用!

其实野菜我并不陌生。这使我想起故乡儿时采野菜时的情景。

印象中,儿时在故乡常吃的并不是苋菜,而是被北京民间俗称为"苦麻"的野菜。它的名字可能源于吃时嘴中会产生一股微苦略麻的味道。但我那时吃却没有这样的感觉,这可能由于吃法不同的缘故。

北京人喜欢在春天采了它，回家洗净用凉水拔过蘸了酱生吃。据说，它有清热败毒功效。春天阳气上升，易口舌生疮，吃苦麻有预防之利。即使现在，阳春三月依然能见到城里的中年女子，在和暖的熏风中三五成群结队带着小铲，拿着袋子，到乡下田边地头采集。这种景象很容易令人联想起《诗经·采薇》的意境。

春天的苦麻绿莹莹的，一棵棵匍匐在地上。人们轻轻用小铲顺地面截根取叶，掸掸土，然后再放在袋子里。至于"截根取叶"，可能寄托着人们希望留根待它继续发芽吧。尽管苦麻根系并不发达且扎根很浅。

苦麻开春即采，吃起来鲜嫩可口；稍犹豫，数日后便抽葶开花变老，柴不可食矣。有采食里手云，与苦麻同时稍晚，尚有一种野菜名叫苦蝶，叶形与苦麻相近而似蝶翅，故名。可惜数日后我再采，几经辨认，已忘之脑后了。

我儿时采野菜的趣味并不完全在吃，而在采它时的那般乐趣。那时，我生活在故乡，时常与外祖母或村里的小伙伴一起到村边地头挖野菜，边挖口中还边吟唱着流行的儿歌："青不浪棵，熬窝窝。狼来了，盖上锅；狼走了，掀开锅。大人小孩儿争着喝。"

这首平实的儿歌并没有什么特别之处，既没有华丽的辞藻，也没有优美的音韵曲调，但家乡的人们却代代传唱不绝。在回忆这首儿歌时，我曾经问过故乡少年来客，他竟也能熟练地吟念出来。其实，这位少年乡客与我已是隔代之亲了。

也许，这简单通俗的词语隐含着故乡一方水土人们生生不息繁衍的生存密码吧。

对于野菜，我也曾产生过误读。例如车前子。

我知道它的名字最早源于读《诗经·芣苢》。我喜欢《诗经·芣苢》

的词语表达方式。句子多为复唱，全诗四节，每节四句，每句四字。每节虽只有几字之差，但琅琅上口且具有强烈的韵律感。

此诗历来注释颇多。有说为表达爱情专一而作，有说为赞颂后妃之美而作，然我最赞成方玉润先生之说："夫佳诗不必尽皆征实，自鸣天籁，一片好音，尤足令人低回无限……读者试平心静气，涵泳此诗，恍听田家妇女，三三五五，于平原绣野，风和日丽中群歌互答，余音袅袅，若远若近忽断忽续，不知其情之何以移神之何以旷。"

基于此，我就想，车前子究竟是什么样的野菜竟吸引人们创作出如此美妙的歌谣呢？

翻阅李长之先生1953年出版的《诗经试译》和朱东润教授选编的《中国历代文学作品选》、周振甫先生的《诗经注译》及唐克尧先生的《诗经全译》对"芣苢"的注释，才知道芣苢就是车前子，多生长在路边。也许这也正是车前子名字的来源。他们都是治学严谨的专家，出有所本，不会有错。李长之先生在注释中还补充说，这首诗应是集体吟唱并能舞蹈的。显而易见，他的观点与方玉润先生相近。于是，我便生发出许多联想来。

初时，我以为芣苢应只是野菜。我心目中认为，也只有在春光旖旎中采野菜，于生活情趣中才能创作出如此优美的诗谣。但一次认真的求解，才又让我知道了车前子的医药功用。李长之先生说：旧说车前子"吃了易怀孕"。朱东润先生也采用《毛诗序》的怀孕说。唐英尧解释说，"种子和全草入药"，却没有讲有什么功效。

此诗选自《诗经·周南》。朱熹在《诗集传》中解释说："周，国名。南方之国也。"现在河南洛阳一带。我一度曾怀疑"芣苢"另有所指。而看到周振甫先生之说："叶可供食，实可药用。"这才与野菜相符，稍释我心中之"疑"。他又说：该诗有"将之"之语，可见芣苢成熟后也要采集果实的。

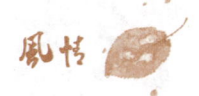

捋实何用？入药也。

即便如此，我还是从情感上更倾向于周振甫先生的"食叶说"，因为此说更能让人打开采集野菜迸发出的浪漫联想，与方玉润、李长之先生的集体歌唱联系起来即可在眼前出现一幅烂漫的《春采图》。而药物说只能把人带入"小心求证"的氛围中去，谨慎拘束的意味是不能生发出浪漫联想的。

现在出版的中药药典都将车前子与"清热利尿，渗湿通淋，明目，祛痰"联系起来，却没有提及妇女"怀孕"的功用，可见古人释义中或许也带了些浪漫色彩。

上世纪五十年代末六十年代初三年自然灾害时期，我也曾吃过并到乡下采过野菜。但那时却没有现在采野菜的兴致。只是三年自然灾害过后回忆起来，才产生许多余趣。

记得那时，我常住在广安门外小马厂外祖父家。那里的许多邻居尤其中年妇女喜欢春天相约到马莲道和莲花池附近采野菜。于是乎，年龄不大而生性顽皮的我就成了她们的"相约"对象。

当时的马莲道和莲花池还是农村菜园，春天，地里生长着一畦畦碧绿的韭菜和菠菜；附近更没有现在连成片的高楼和喧嚣的市场。尤其是道路两边，双目所及除连绵的菜地外，就是纵横交错的河汊沟渠。那时的莲花池里即使夏天也少有莲花，而生长着一片浓密的芦苇，并时时从芦苇深处传出阵阵"苇蚱子"的欢叫和其他水禽的鸣唱。当时最值得流连的倒是水渠旁的一排排古柳，它们初春时倒挂着鹅黄的垂丝，在暖风中醺醺然轻轻摇荡；而黄雀却在树上穿跃欢歌。这充满春趣的画图，颇有江南熏醉的味道。

那时主要采集的是一种俗叫马齿苋的野菜。它的几条绯红的嫩梗散卧在地上，梗上对生着圆厚的小叶，它们在太阳下闪着光，正像望春的醉眼，让人顿生爱意。回到家，外祖母把它焯了做成鲜香的馅饼，至今我还留恋着当

时馅饼的味道。

现在，人们生活发生了很大变化，想吃什么都能买到。但身居闹市的人们却又偏偏想起采野菜来。我想，人们采野菜，不只为吃，更是为回顾品味昔日采集野菜的浓趣。

说到底，这，可能源于心灵深处对美的多重顾念，用已逝岁月的回忆，来完成人类生命的肯定程序和虚拟对未来的企盼。

（2007年7月20日于北京）

黄山印象

我曾先后三次去过黄山，每次登临都有不同感受。黄山的景色自不必说，元代著名旅行家徐霞客登临时就曾留下名言："薄海内外，无如徽之黄山。登黄山，天下无山，观止矣。"后人引申为"五岳归来不看山，黄山归来不看岳"。除了壮美景观之外，它凝铸的自然文化底蕴，也能让人咀嚼品味不已。

我第一次上黄山是在1993年暑期。那时，我还在学校工作。北京学校大多有暑期旅游的习惯。我校也是如此。那年我们先到杭州，然后再从杭州乘汽车去黄山。

杭州到黄山的汽车之旅给我留下很深印象。且不说初出杭州路过天目山景区的兴奋，只沿途浙江、徽州小镇的古雅风貌就足以令人心动：坐落于山脚下的山村，浸润浓浓徽风的各式房屋建筑、玲珑娟秀的院落及村边的一湾碧水，两只闲鸭，三丛翠竹……一切都充满江南的诗情画意。

我并非第一次到江南，但大多数是在城市景区盘桓，那糟杂的喧嚣淡化了江南城镇景观带给我的安恬心境，使我意趣漂浮。而一旦远离闹市，涉入僻壤，一种久违的沉淀于内心深处的宁静，便袭拢全身。古诗中描绘的江南水乡诸多趣味一时间都出现在眼前："犬吠深巷中，鸡鸣桑树颠"、"芰荷叠映蔚，蒲稗相因依"、"隐隐飞桥隔野烟，石矶西畔向溪船"、"闲门问山路，深柳读书堂"……我深深地陶醉其间，仔细地品味江南水乡给我带来的浓浓秀色。

有时独处细思，我非江南人，为何竟如此迷恋江南田园风光？思久竟一时找不到答案。

这也许与我爱竹有关。无论是乘火车或汽车，我只要看到翠竹的婆娑身影，心中总荡漾起一种亲切，好像对它们有着一种割舍不下的情感。对竹的喜爱是我挥之不去的情结。这种情结不知是与生俱来的，还是后学滋养的。虽一时找不出答案，可我深记得在杭州狮峰山下"九溪十八湾"风景小道看水边翠竹不愿离去的情景……只要有竹，山景便秀丽，水景便旖旎，风光便充斥着文化蕴味。

昔日我在东北读书时，友人曾赠我一本《郑板桥集》。郑板桥乃扬州八怪之一，酷爱竹，以画竹、咏竹闻名于世。他的"衙斋卧听萧萧竹，疑是民间疾苦声；些小吾曹州县吏，一枝一叶总关情。"是他供职山东范县时的名作。它以竹寓情，表现了郑板桥的爱民情怀。而他罢吏回扬州后所画第一幅竹画题诗云："二十年前载酒瓶，春风倚醉竹西亭；而今再种扬州竹，依旧淮南一片情。"则表现了他寄意扬州竹的意蕴。郑板桥一生尚佛，在他的佛事中也不忘写竹。他的"春雷一夜打新篁，解箨抽梢万尺长；最爱白方窗纸破，乱穿青影照禅床。"寄托了他"佛"、"竹"相容相通的意念。

也许，昔时的我受其影响也可能是爱竹的原因之一吧。

我爱黄山竹。

看到它们，我便想起北方文人盛赞的春日"柳烟"。"柳烟"故美，但

北方只春天才有；而水旁一丛一簇的黄山竹，领首含烟，像聚拢水边的一群娴静少女，她们年年月月无分冬夏春秋，都娇羞玉立，令人爱怜。有水便含"烟"，娇羞才领首。我觉得黄山"竹烟"或"烟竹"更美，却让北方的"柳烟"抢占了先机罢了。

也正是婀娜的黄山竹，在接近黄山时提醒我，看黄山美色，莫忘赏竹。

车行半日，当我一脚踏入黄山，才发现黄山脚下的竹更青翠，更婀娜，多情得令我感动。它们比平原上的竹更有一番情趣，黄山竹粗壮而不失清丽，丛生而不失独秀；它们纯得没有一丝杂色，翠得破皮欲流。我的目光久久淹留在竹间不愿离去。

入门不远处即是悬在头顶上的八字瀑，听它淙淙激越的脆响，再看看瀑下奔水旁的片片翠竹，心中便生发出一股激情。它似与激动不同，它是从宁静中渐渐升腾起来的一种情绪迷恋。

黄山，山下赏竹，山上看松。

这次登黄山我没有坐缆车，一直攀至始信峰。虽已筋疲力尽，但还是被始信峰的松所深深感动。松，人多称"奇"，为黄山"四绝"之一。我也曾读过一些古人有关"松"的诗句，如宋人石延年《古松》有句云："彩摇千尺龙蛇动，声撼半天风雨寒"、"藏藓静缘离石上，丝萝高附入云端"等。诗中的松气魄是有了，但缺乏黄山松的"奇"气。

黄山松多生于山间石隙，山势越陡、石态越突松势越奇。黄山松有斜生，有直立，而大多枝展弥长，平如伞盖，远望其势如云。而斜伸出悬壁外的松展或可称为"绿云"更为确切。生长崖壁的松，一侧斜倚悬崖，无枝无叶；另侧则枝叶恒昌繁茂，枝展前伸入渊，如遇乱云飞渡，观之如蛟龙探海。黄山松之奇，奇在悬崖越深越陡则枝展越长、越劲。细看，有的状如俯视，有的状如戏渊，有的状如捞云，有的状如遮月，凡此种种，皆趣味盎

然。若遇雨云飘飘，或厚或薄，或浓或淡，形成云海，那松在云中游动，顿出生机。若置身于此景此境，山色渺渺，如入仙海。

黄山所见之松曼妙称奇者有：梦笔生花、九龙松、竖琴松、连理松、探海松等。稍不同的是，九龙松生长于平地，以九条裸根粗壮盘曲闻名天下。

始信峰傍光明顶，当天下午遂登顶而还。

我第二次上黄山是在1998年12月。那次，我们一行刚从九华山下来，身上还披着佛教的灵光和太平湖的水气，第二天即扑入黄山的怀抱。时序虽已是深秋抑或初冬，但它馈赠给我们的却是秋光涂抹的风采。这种风采并不比开满烂漫山花的春色逊色，它"尽染层林"展示出的色调丰富而多样，斑斓而美丽。红色是秋天的主调，是不必赘言的，而经霜的草木着了秋雨，沐了秋光，浴了秋风，竟魔术般神奇变幻，一团团，一簇簇，像点缀在晚霞中的金色缎锦。而那深浅不一的浅黄、金黄、橙黄，层次分明而斑驳绚烂。这就是黄山的秋天，以她的繁复色彩，描绘季节最后的灿烂。

这次黄山之游仅有大半天时间。"梦笔生花"、"猴子观海"、"仙人指路"等景观及始信峰诸松的丰姿无疑是不能错过的风景。而中午的酒趣，给诸君增添了几分豪气和惬意。沉醉中"猴子观海"变得遥远而迷离，蜿蜒的山道延伸成仙界天梯，飞来石在沉睡的红楼梦中翻飞成幻境醉眼。

从北海景区回来的路上，酣酒初醒，一路欸乃山歌把旷达的心绪播撒在黄山西天的云霞里。

第二天上午，我们再次去了古镇西递。西递的典型徽式建筑风格古雅而秀丽，堪称是砖雕、石雕和民俗的完美组合，它蕴藏的艺术工艺可谓洋洋大观。尤其砖雕，精美而动人，或人物故事，或花鸟虫鱼，皆栩栩如生，不由得让世人感叹传统技艺的高超和其中博大精深的文化内涵。古民居中的对联——令人骄傲的中国独特文化现象，再次向人们展示中华文化的博大精深

和奥妙无穷。

返途不经意间，漳水中的李白"钓台"滞留了我们的脚步。

弯弯的公路右侧是沿山谷流淌的漳水，水流稍急而碧绿见底。河水下泄，遇石而湍，激起朵朵白色浪花。不远处漳水随地势弯成一潭，潭边生几丛翠竹，潭下游数尾游鱼，潭中立几块崛石，石顶铺数尺平地，石下立一通石碑，碑上刻楷书四字："寻阳月夜"——这是明代著名书家董其昌的手迹。

在道旁崖壁上刻有"李白钓台"四字，旁有说明文字，大意说，李白游黄山寻友许宣平，曾于此台垂钓。

立于斯，我心绪难平，眼里忽生发出许多想像。

不知李白是否真的曾在此台垂钓，如真的来过，这里的青山绿水足以舒缓他长安"赐金还山"的愤懑心境。历史上确流传过李白黄山巡游寻友的故事，而许多有关寻友诗篇作为《李白全集》的补遗也历历在目。假如他真的在"赐金还山"之后像许宣平那样放浪形骸，沉醉黄山或田园之间，该不会有以后流放夜郎的悲剧吧。

但，李白就是李白，人生是不能假设的。

当我们即将离开黄山时，友人慨然赠砚。我手捧老坑歙砚，竟爱不释手。

我第三次上黄山是在2005年的"十一"长假期间，专为游黄山而来。

第一天上山主要游览始信诸峰，夜里住在北海宾馆。这里有观日出之便。但第二天清晨，漫山飘雾，继而云气缭绕，待我们看见日出时，已一杆之高了。

说起登山看日出，我始终引以为憾事。我曾慕名三登泰山、三上黄山，并登井冈山、庐山、峨嵋山等，都未遂看日出之愿。但曾多次在海上、飞机上看日出，抑或聊补欠缺之憾。其实，海上，飞机上的日出更雄壮，更磅礴。那白浪，那云海，那气势，那视野，足以令人兴叹不已。尤其乘飞机在万米高空看日出，那全景式的壮丽、恢弘、博大气魄，动人心魂——当然，这是另话。

如果说前两次上黄山我独领其"秀"、"奇"，而此次上黄山又领其"险"。

人称黄山"四绝"：奇松、怪石、云海、温泉。其实，她浓缩了黄山"奇"、"险"、"秀"、"美"等特点。

松"奇"，已不必再说，这次的额外收获是在迎客松前留了影，成为我的永久纪念。

离开北海景区，我们直向莲花峰而去。

峰"险"，登顶莲花峰我有了切实体验。

莲花峰孤直挺立，登顶山道窄狭竖直。握索登梯而上，头顶前人足，脚踏下人脸，远望宛若人梯。山道两侧立岩绝壁，沟谷深不可测。游者须尽力登攀，双眼直视手边足下，神情不可稍懈。偶若下望，山道如线，人形似点，影影绰绰，令人战战兢兢，心虚腿软。

然而一旦登上峰顶，可尽情享受登高远望，壮阔胸怀的情趣。站在峰顶，群山入怀，林海入目，山风入耳，情趣入心，此真乃进入人生极境了。

由于莲花峰突兀奇绝，顶端不阔，故站一地即可四望。

此次游黄山，适逢天都峰"轮休"，竟错过一次登临机会。但也不觉遗憾，因为黄山，天下绝色，不是一两次登临就能品赏出它的全部精髓的。也许，将来天都峰向我展现的景色更能打动人心。

此次黄山之游，我又去了西递。然而我更在意的是返途中的"李白钓台"。在前次游西递途经"寻阳台"时，那清澈的河水，秀丽的风光，名家的碑刻，青翠的竹丛和诗一般的传说，使我难以忘怀。

但是,当我由西递返回,再次站在"李白钓台"上时,竟大失所望,因为我看到的不再是漳水碧水翻起的浪花,而是漂着的一层油污的死水!那散发着异味的漳水竟把翠竹和芦苇根部浸染成黑色。"李白钓台"和"浔阳月夜"的石刻犹在,但这里却不再有诗情画意,再也激发不出人们巡游的激情。

这里不该如此!我遗憾而去。

在回途中我们在黄山脚下吃了一顿农家饭。这也是我第一次吃江南农家饭,而且是在黄山!农家的黄山卤鸭鲜香可口令人难忘,而用黄山泉水腌渍的糖蒜清脆甘甜满口留香。在我们的一片赞扬声中,热情朴实的农家主人把糖蒜装进兜子里慨然相送。

回到住处,我仔细回念着黄山美景,久久不能入睡。我想,黄山应更是一个大概念,因为她的自然风光和文化积存太具魅力,要想参透它,实在不是一件容易的事情。

(2007年10月2日北京)

梅园春

今年2月24日,正当蜡梅初放之日,一场旷日持久的寒风足足刮了好几天,把蜡梅的花蕾蜡封在花苞里,继而干枯零落。同时被寒风封冻的还有观花者的希望,使无数观花者无不搓手顿足,望梅枝兴叹,以宣泄心中的愤懑。不过没关系,希望还有,几天后,北京植物园梅园绚烂开放的梅花足补错失观蜡梅之憾——但愿北京观花者能梦想成真。

其实,蜡梅和梅花并不是同一品种,只不过是观花者主观上硬把它们拉在了一起。这又能怎样呢?同样是梅,游者是不会计较太多的,也许他们太

爱梅，追求的是被花朵点缀的那份生活的美丽和精神的愉悦。

植物园梅园种植着十余种不同花色品种的梅花，每逢仲春便灿然绽放，花香阵阵袭人。植物园的梅花开放时间同碧桃、榆叶梅花期在早晚之间，于是，一到桃花节，北京的寻春人便纷纷向植物园涌来，盘桓于花丛之中流连忘返。这时的植物园会呈现出一派盛花如海、游人如织景象。

按往年规律，北京梅花通常在3月下旬至4月上旬开放，但今春气温低，且多雪多雨多寒风，使梅园的梅花晚开了半个多月。引得爱梅者翘首以盼，既希冀又担心。4月23日，天公作美，终现艳阳天，众梅吮阳纳暖，便于朗朗乾坤之下尽展艳丽丰姿。

梅园梅花集中区域位于植物园西北角，樱桃沟泉水河东侧。这里有水，有芦苇，有垂柳，有远山，风景如画。走在水畔，可向水里搜寻山光柳影，也可徜徉花海，欣赏梅的美丽。

这里的梅树高大茁壮，欣赏一树梅花，不啻是欣赏一组春天的娇艳。

（2009年4月24日北京）

大香山遐想

北京香山公园已为全国人民所熟知，尤其每年一度的秋季"红叶节"更是闻名遐迩。但近几年，随着健身和旅游事业的发展，人们不再只满足于香山公园围墙内的狭小空间，而把脚步迈上更辽阔的西山。于是，以香山公园为中心，西至永定河，北至军庄镇，南至翠微山，东至玉泉山，都留下游人的脚步。而近年园林部门也有意识地把人性化的种子播撒在这些地方，防火道成了旅游健身通道，通道两侧，木凳、木椅、木桌、木制秋千，各色花草树木等相继出现，让人们感受到新的文明理念已植根于山野之间。

　　近年，园外的游人有增无减。先是北京人，后是外地人，现在更增加了外国友人的身影。他们不再沉迷于皇家园林的豪华和精巧，自然的魅力把人们的视野拉向山野，登山，观景，摄影，年轻人更把防火道当成山地车的赛道，在大汗淋漓和气喘嘘嘘中享受健康和旅游的双重快乐。而年长者把防火道当成健康长寿的通路，他们把晚年对幸福的憧憬寄托在这里。在众多的游者中，有快活的独行者，也有结交的山友群；那些老牌的群众登山组织如夕阳红登山队，OK郊游队等似已辉煌不再……近几年，新兴起的网络结队组织铺天盖地蜂拥而至，那些相识的，不相识的都汇集在大山怀抱中一时成了登山健身的旅伴，于是，香山脚下，西山怀中，大队人马打着旗，呼朋唤友，浩浩荡荡地杀向山野绿荫之中……

　　这片聚集人气的广袤山野我们姑称之为"大香山"地区！

　　我们之所以称之为"大香山"，是因为这片让人们青睐的山林是以香山为中心向四面发散的旅游健身地带，而香山的金字招牌将使这片山林更具人脉。

　　这片大香山地区是福地。它有着丰富的自然资源，四季尤其是春季满山都有鲜花盛开，或红，或粉，或黄，或白，把大山装点成一片花海。

　　三月中旬的山桃、山杏，四月下旬、五月初的槐花，四月中下旬的梨花，六七月份的野丁香，十月初满坡金黄的山菊……然后就是十月中旬后的红叶。红叶虽不是花，但那燃烧的火炬树，黄栌，元宝枫，把秋山染成一片红霞。随着视野的展开，现在的人们已不把红叶节的热情只献给香山公园——那是外地人和初到香山者的胜地——他们更钟情于香山外群山火红的云霞。因为那里的云霞更辽阔，更让人陶醉。站在山巅，群峰如海，漫山斑博与天相接。接下来大香山迎来丰收的季节，那时，漫山遍野是成熟的山果：柿子，山楂，酸枣，黑枣……挂在枝头，点缀着季节成熟的童话。

冬天的大香山更有另一番情趣。若遇大雪初霁，香山公园内的银白雪景自有乾隆"西山晴雪"碑为证，而园外西山渐登渐高的晶莹世界，会一下子让人们想起东北的林海雪原。防火道旁，满山树上的雾凇带给大自然的情致，是一片雪雕银砌的剔透仙界。当我每年冬雪中把第一串脚印留给白色大山的时候，那登高的情怀，那放眼的兴致就像这银色世界包裹的一个初涉自然的处子充满激情。

这里四季风景秀丽，吸引了历代封建统治者纷纷圈地封林；而文人墨客任意挥洒，长吟短叹，令风月留痕。"天下名山僧占尽。"那些虔诚的善男信女则把这里变成佛国圣地。于是，众多寺院拔地而起，历代香火缭绕不断。时至今日，经历数百年风雨，佛国旧迹风韵犹存，即使残垣败瓦，也流露出岁月沧桑。这里著名的有香山寺（遗迹）、卧佛寺、隆教寺（遗址）、碧云寺、静福寺（遗址）、慈善寺、双泉寺（遗址）、隆恩寺（遗址）、法海寺、旭华之阁（遗址）、翠岩寺、晏公祠、宏教寺、实胜寺、滕公寺等……不胜枚举，怪不得香山一带有"古寺三百"之说，更不用说名寺聚集的八大处了。

那点缀山林历尽沧桑的碉楼，隐于残垣之间的古井、辘轳和行走间蓦然令人眼前一亮的石刻……会令浪漫情怀顿时产生一丝古意。而曹雪芹的传说又把这里涂上神秘色彩，于是，传说与想象在山林古道中完成历史和现代的对接，又与历史上许多名人权贵行踪联系在一起，留下许多脍炙人口的往事和扑朔迷离的谜团。扬州八怪之一的郑板桥卧佛寺访青崖和尚的诗句，把我们的思绪拉回历史；敦诚、敦敏两兄弟和张宜泉的诗句及民间故事又为我们勾画出曹雪芹晚年贫困而又浪漫的著书情怀；这里的林间小道、枯井孤坟成了流言家想象的空间，从而埋下多少令后世文人施展才华的种子。孙承泽樱桃沟隐居，梁启超石刻，冯玉祥慈善寺隐居题语，周肇祥别馆，熊希龄创办慈幼院……·历史演绎的悲喜剧令近、现代人眼花缭乱，应接不暇。

世间悲喜剧把人生故事埋藏在这块风水宝地,于是这里便游移着太多的名人灵魂。其中著名的有:李大钊、梁启超、熊希龄、刘半农、刘天华、梅兰芳、马连良……还有被刺杀后的军阀孙传芳等等。而明代著名太监田义在模式口的墓葬不经意间竟演变成全国惟一的太监博物馆。这些名人的灵魂在另一个世界会不知疲倦地给这里描绘一幅幅另类图景,也增加着这里的辉煌和神秘。他们的善意有时虽不是历史的期待,但又从一个侧面反映了这里或北京的历史,不断变幻着的人间传奇,也给这里增添了几分文化的厚重。

值得一提的是位于门头沟区永定河畔的三家店镇。此镇依山带河,俯视平原。而永定河于此更挣脱大山的羁绊奔入平川,因此这里是人们出山的句号、入山的起始,历史上的三家店便成了煤炭走向辽阔大地的集散地,这里也因之百业俱兴,商贸也就此发达起来,不断地把光和热传播给华北平原的千家万户。多年前,遍布三家店的宽敞家院、雄阔门脸和门楣上精细的砖石雕故事便昭示了昔时繁华的风采。

而妙峰山朝佛古道的南线起点,又增添了三家店另样魅力。旧时每年4月妙峰山的盛大庙会,引来成群结队舞龙耍狮的香客,他们把虔诚和欢乐都映衬在盛大社火的辉煌里;而三家店连绵的粥棚,喜迎锣鼓更把乐善好施和慈悲为怀的人性,撒向来自五湖四海的信徒记忆。

夏季从山区咆哮而下,到处泛滥的永定(无定)河水,造就了三家店独特的文化。抗灾,祈神,昔时全镇保留的大约十几座庙宇中,龙王庙竟占了很大比例,也成了镇中最好的建筑。

煤炭,古香道,永定河,共同书写了这个村镇的文明。

但随着岁月的流逝,几年前老街两旁的古槐、深隐于民宅中的寺庙,已踪影难觅。而镇西由德国人设计、建于民国早期的永定河桥,及新中国初期的永定河闸,还在为历史上的中外文明交汇见证着往日足迹。现代的永定河水已没有昔日的凶悍，但她仍垂青这里的人民，辽阔的圆形湖面也许在为她曾疯狂的历史画上一个明镜般的句号。

建设中的三家店，古遗存日渐减少。那些房檐屋脊上的精美石雕、砖雕也在风蚀雨注和改建中从人们的视野中消失，甚至有些还是用泥巴糊起来才逃过"文革"一劫的幸存者。

三家店优越的山水、古街地理环境和人文环境，期待着大香山这个金字招牌概念之下的形象重塑。构建独具特色的小流域旅游，也许在不远的将来成为现实。而这里正需要一条通往大香山腹地的大道和放眼未来的眼光。

而以生产琉璃瓦享有盛名的琉璃渠村与三家店镇隔永定河相望，多少年，那里的故事和辉煌历史与北京城里的琉璃厂联系在了一起。至今，北京天安门、故宫、天坛等琉璃殿顶还闪耀着琉璃渠琉璃的光辉。而数百年前那位来自山西介休的制瓦人在这里创业的艰辛，伴随精美的烧制工艺流传不绝，成为这里他的传承后人们的美谈……

另外，西山北麓军庄镇东山村春季盛开的雪白梨花，也正期待着从大香山吹来的东风播洒春雨。那条由打鹰洼至东山村的景色山路，也以小桂林的秀美赞语笑迎山友的脚步。以前途中常年不化的泉冰已被游人的豪情消融，它们化作片片新绿，伴以夏季的弯弯山道，叮咚滴泉，危石耸立，带着春天游人对野菜，树芽的迷恋，对秋天斑斓秀色的渴望，在山谷鸟唱里徜徉回荡。

原产于门头沟区军庄镇的京白梨，以其400多年的历史垂涎京城食客，尚存的百棵百年老梨树，正焕发出青春引蜂唤蝶，1999年昆明世博会上的银奖，促成2006年这里的2000亩绿色基地。每逢四月中旬，山下花开如雪，人们在这里漫步，贪嗅花香，如堕仙境。

香山下的北京植物园又给这一地区带来科研氛围。大香山应是科学植树、植草、植花的试验区、科普区和育养基地。有计划地植树，育林也成为

此地的一大优势。可望在不远的将来，队队红领巾唱着歌，肩着锹，簇拥着科学家的身影，隐没在密林深处和百花丛中。科研、科普基地将使大香山笼上更绚丽的光环。也许若干年后，全国乃至世界会有更多的稀有植物落户这里，这里成为树的领地，草的世界，花的海洋，鸟的乐园。

那时，群山腹地和周围的村落如模式口，陈家沟，板凳沟，潭峪，黑石头，佟家村，双泉寺村等，也将各具特色，而统一规划的度假村也会宾客满盈；不大的香山水库竟成了休闲旅游的胜地。

另外，以大香山地域为中心，以商贸、佛教、交通运输为动力，在此形成了西可到山西，北可达内蒙古的古道网。近几年，怀古之风盛起，古道游又成了山友们追索的热点。

……

也许，那时我们将不会看到，近几年随着游人的增多，给这一地区造成了程度不同的环境破坏和垃圾污染，及无数小道尽情切割山野植被受到的损坏。而统一的治安管理和合理规划将使近几年出现的人身伤害事件销声匿迹。各区辖地域发展的不平衡和随意性将不复存在。

发展需要整体效应，发展期盼大香山敞开更广阔的襟怀和管理者延伸更远的目光。也许不远的将来，人们会喜迎文化休闲旅游圈资源的整合和统一构建，一个更美丽更宜人的多功能大香山休闲旅游地域出现在人们面前。

（2009年7月31日北京）

香山雪

这是北京进入冬天的第三场雪了吧。

第一场北京大雪时我正在神农架。那天，神农架整整下了一天一夜的雨，也因此我幸运地体味了神农架深处只有十户人家的刘家屋场静谧而寒冷的雨夜和第二天看到的仙境般的云海。第二场北京雪时我正在湖南长沙。那时长沙断断续续地下了两天的雨，直到离开长沙来到岳阳，在列车上再次欣赏到洞庭湖雨打残荷的意韵。然后列车带雨北上，半夜却变成白雪。天亮，大雪"滔天"，竟至封锁了铁路。连续两天，列车先后迟滞郑州、石家庄不得前行，使我百看不厌地欣赏到了原野关于雪的展示——因为这时，雪成了华北大平原惟一的风景。同时，我接到北京友人发来的信息，他说北京也下雪了，而且很大。他在信息中絮絮叨叨地说，他正欣赏着难得一见的北国风光！可笑，他竟然还想馋一下被无边大雪紧紧包围着的我！也许直到这时，我才真正理解了拥有雪景是多么令人骄傲！但，不久，我也体验到了被大雪滞留一地的烦躁：那是临门却不能进家的感觉。回想，那时我的确是产生了急切回京的愿望——在这次列车上我也实实在在地体味到身不由己、被雪野绑架的滋味。

回到北京，那场值得炫耀的雪停了，不久也化了。但没过多久，我又想雪了，甚至后悔当时没有用相机拍下更多更美丽的雪景。但我不失望，因为在意念中，北京还有雪。

终于，下雪了。

这是北京的第三场雪。这场雪尽管已是1月3日的事，但它确是我记忆中一场令人难以忘怀的雪。因为它大！

这天，和以前每年冬天下大雪一样，我约了友人到西山踏雪。我喜欢冒雪赏雪，而不是雪霁赏雪——尽管我的赏雪兴致源于金代北京"西山晴雪"古意。

那是怎样的感觉呀！

在雪花的扑打下，人们的思绪很容易被拉回远古抑或原始时代，寻回祖

先们在大雪里顽强生存的模糊感受。

那天,我没有像往年那样把自己融入广阔的白茫茫的群山雪景之中,而是去了香山:感受历史被大雪掩埋的朦胧。按原来设想,我先到香山拍几张雪景照片,然后再改道,沿碧云寺塔后身山道登山,踏破群山山路平白的处女雪地,在茫野上留下第一串足迹;再在山道上欣赏两旁树上披挂的雪凇。那是香山最美丽的景观,是雪对大自然最精致、最晶莹的描述——而这在山下是看不到的。

但这次我却没有:是香山诗般的雪景和如席雪花的飘摇留住了我。

我先是到了双清别墅——在那里,大雪遮盖了毛泽东由香山走向北京城的足迹;然后到了阆风亭——在那里,密集的雪幕半掩住玉华岫廊阁模糊的背影,使历史变得那样遥远;而在平台,那是怎样的情景呢——完全是玉色的迷离,它压断了时空舒展的翅膀,使峰顶在雾的飘飞和蒸腾中隐身。没有道路,没有鸟鸣,只有静默中的雪片!

脚步不再前行,因为生命要尊重善意的忠告。

到平台已过初午,雪下得正紧,"乱花渐欲迷人眼",它先是把睫毛压弯,然后是把树枝压弯,把路压平。远景?没有。满视野是雪!雪!雪!飞舞的和落下的。然后是意识里的。

没有风。只有感觉,那是爱的狂热在大自然庇护下博动的活力。它举起双臂,拥抱山、树、空气、房屋、红墙、古塔!再一起用力把它们抛向风景!

见心斋湖面结冰了。鱼儿冻在冰下。雪中,黄衫和红衫在冰面舞蹈,身旁是美玉砌起的童话,它脸上还嵌着调皮的红辣椒……

当我再次回眸时,雪白中惟一与大自然争色的,是亭台楼阁中的红和黄——那是热情和高贵的颜色。雪,难道不热情不高贵吗?其实,雪是具

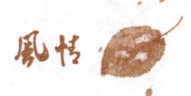

象，红和黄是雪的精灵。

阆风亭，我和友人小酌，就着雪花，嗅着雪气，咂着雪味，品尝冬意浪漫和彻骨柔情。酒入口是冷的，入肚是热的，那滋味，只有我和他知道……还有雪。

酣处相约，大雪再来，再酌。

回家途中，雪越下越大，遮盖了世间一切——眼前的和眼后的，神农架的和长沙的，洞庭湖的和郑州的、石家庄的……

（2010年2月北京）

三月雪

今天气象台宣布，从2004年开始的北京暖冬结束。这不由人不想起去年2月时的情景。去年2月12日，北京香山的蜡梅已开花数日，而卧佛寺的蜡梅也正暗香袭人。今冬天寒，进入3月，香山的蜡梅才如豆粒般大小；卧佛寺的工作人员也说，卧佛寺蜡梅开放至少还需要等半个月或更长时间。

2月28日，农历正月十五元宵夜，北京迎来数年难逢的一场"雪打灯"气象。那天，我正在前门商业步行街漫步，有幸目睹这一美丽景观。我喜欢雪花斜拉着身姿散落于宫灯四周时的情景。雪花，宫灯，熙熙攘攘的观灯人群，共同绘成美丽图景——这也许是北京最古老、最浓烈、最有代表性的年味儿吧。

第二天清晨，雪未停，仰头看，雪花纷纷扬扬地从半空飘落。出得门来，遇雪景竟兴致大发，遂决定到香山赏雪。虽说气象台把这场雪定性为小雪，但它与往年意义上的小雪不同，她遮盖了大地、房屋、远山和近树，到处白茫茫一片——上天的绘画技艺成绩不错。

到香山，先去看蜡梅——与上星期所见变化不大，冷空气固执地把它定格如前：小若豆粒。然后到见心斋，静翠湖——我喜欢这两处的雪景，每次香山赏雪必去，因为它们在雪中充满了诗情画意——再返回北门。

我出香山北门向西，绕道碧云寺后身，再沿山麓曲行入植物园西北门，经梅园至樱桃沟鹿岩精舍，上行经水流云在之居，抵水源头而返。一路雪花不停，漫山皆白。举目四野，峰峦深浅错落：山麓遍积雪，山腰满雪凇，山峰罩迷雾，莽莽苍苍，雄奇而壮观。印象最深者为碧云寺后身、樱桃沟水杉林和水流云在之居。碧云寺后身高墙环绕，塔身巍然松中，松巍然雪中，肃穆且瑰丽；水杉林林立如群柱，由近及远，树下谷底皆白，一泓清流破雪而淌；水流云在之居庭院尚无行人，雪平如砥，惟两株白皮松在雪中静默，一栋美屋，一院白雪，颇有雅韵。虽然冬季未能如杜甫"坦腹江亭卧"，但"水流心不竞，云在意俱迟"之诗境可寻，大概这也是孙承泽隐居于此，并在石桧书巢潜心著书的原因吧。

这一路有山，有树，有泉，有古建，有村庄，是我心目中的赏雪经典。

云暗，兴尽而返。

原打算半天，但到家已掌灯时分了。

（2010年3月3日夜北京）

蜡梅花开

3月24日夜里的一场雨夹雪，除使漫白的雪凇和积雪共同形成西山银龙群舞、蜡象横霄的壮景外，还催开了北京香山姗姗来迟的蜡梅花。在香山北门眼镜湖附近的梅沟，我看到了北京香山初放的春梅：朔风中数十株蜡梅花蕾已星星点点地绽放枝头，素心蜡梅黄莹玉润，暗香袭人；狗蝇蜡梅、虎蹄蜡梅黄衣裹娇，隽紫献秀，吸引了许多游人盘桓、驻足。

也许是迎合北京人日益高雅的观赏情趣，近年，城里许多公园开始培植各色蜡梅。冬末、初春踏雪寻梅、访梅遂成为京城爱花人观花、品花一景。2009年暖冬，香山蜡梅2月10前后即已开放；而卧佛寺的几株蜡梅更于头年11月延放至2009年春天。

2009~2010年冬天，北京先后降了10场雪，气温大大低于往年。因此，蜡梅花开放时间一推再推，终于在春分之后的3月25日一场雨夹雪的滋润下闪亮登场，她的脚步比2009年足足晚了一个半月。

看来蜡梅也是一种乖巧植物，会随着气温变化选择自己的开放时间。

蜡梅又称黄梅、香梅等，是我国特产的名贵花木。她原产秦岭、大巴山、武当山、神农架等地，现我国北起北京，南到江浙、四川、两湖至衡阳均有栽培，而又以河南鄢陵梅花最多也最著名。我国蜡梅栽培历史悠久，北宋陈景沂《全芳备祖》一书即有多品种记载。

由于蜡梅花香，色润，形美，耐寒，有时甚至会凌雪开放，因此受到人们的喜爱；历史上的一些文人更把蜡梅花比作人品高洁的象征加以赞颂。唐代杜牧，宋代陆游、黄庭坚等均有咏梅诗、词传世；尤以陆游咏梅诗词为多。其《卜算子·咏梅》词因伟人毛泽东的唱和而广播人间。

蜡梅品种较多，现我国一般常见的品种有素心蜡梅、狗蝇蜡梅、磬口蜡梅、檀香蜡梅、亮叶蜡梅、虎蹄蜡梅等，花期一般在头年10月至翌年2月。

但愿气候随意，今年的蜡梅花期不至太短，明年的蜡梅花期不至太晚。

（2010年3月26日北京）

桃花雨

3月29日,北京早雨如雾,朦胧着天野;然后是星雨,点点滴滴;最后是下了整整一天的蒙蒙雨,淅淅沥沥,屋檐下也拉起了长长的水线。今春北京的气候反复无定,好不容易刚打开的春日之门不会再关上吧?但无论如何,这天楼下的桃花还是开了,花蕾脸儿由红色绽放成粉白,挂着细小的水珠,迷蒙在雨中,像仙子的梦。这是我今春见到的第一棵开花的桃树;不远处,迎春花也殷黄殷黄地闪着醉眼,撅着小嘴,垂在枝上,滴着雨滴,晶莹莹地闪光。

于是,我想起了蜡梅。

山桃、迎春都开了,何况蜡梅?今年,喜欢抢春的几朵蜡梅花3月24日就开了——这与往年相比是晚的,但我更期盼蜡梅有盛开的那一天,想象枝头万朵闹春的情景,因为蜡梅盛开的景象实在太美丽。

接下来就是3月30日西北风对北京高空云层的搅扰,一连三天。好冷。

4月4日,星期天。香山蜡梅树下。怎么那么清净?没人,没花,没有春意。花蕾还如前几日看到的那样密密斜织在枝上,几朵蜡样黄花孤零零地挂在枝头。

一个游客走来,用手把梅枝拽下,拉到面前嗅,再眯了眼细看,然后用手指捏下一粒花蕾。梅枝在她面前战抖。

她怎么会这样?我有些不屑。

"看那!花蕾干了。用手碾成面儿了。"——她说。

果然,细看,密密斜织在枝上的花蕾是干的。

我明白了。3月30日的寒风还是把春日挡在门外。花神冻僵了,她的

衣裙枯干了,不能再翩翩起舞,真正"零落成泥碾作尘"了;只有少数花蕾冲破倒春寒,把小手伸出结壳,撷取到了春色。

4月5日,清明节。桃花盛开。该用桃花祭奠的是我的先亲,英烈,还有没开放的蜡梅花……

(2010年4月6日北京)

访梅

少时读咏梅诗,常被其中的警句和意境深深感动,决心有机会一定像古人一样踏雪赏梅,把整个身心都熔铸到自然中去,那将是多么有情致的事啊。有了这个愿望,每当冬末春初便时常关心北京有关梅开的消息。

最初几年,梅花是看过了,梅花的淡雅清香也领略一二,似乎还体验出一些梅花的高洁性情和名人雅士赏梅的意境。但遗憾的是,所见之梅大多生长在温室里,如中山公园桃花坞、碧云寺侧殿等,而在自然中生长的梅花却没有看到,更不用说踏雪访梅了。

有几年初春常在电视的新闻报道里看到杭州西湖或无锡、苏州、武汉东湖梅开的画面,大的梅花盛开场景和小的梅花开放特写,真让人魂魄飞扬!尤其西湖小孤山梅开的影像,一下子又让人想起前人嚼碎吞烂、朽在肚子里都不会忘掉的宋人林和靖的"梅妻鹤子"故事。但那是怎样的情境呢?一个人孤寂一生,把命运托付给了自然的异类生灵,心理的缺憾一下子变成感人的凄美,似乎让人看到心灵的花朵在冰冷的雪地里绽放,继而凋零入魂!这也许是如画西子的一瞥惨淡眼神,抑或初春西风哀惋而细微的叹息:那漂浮的眼神或叹息的尾音既慑人心魄,又凄凉隽美。我想,现实世界的人们不会如和靖先生苦行僧般的生活,尤其在当今日益追求享受人生的风尚中,没有

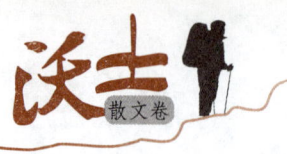

人会在近乎富足的生活中荡起自戕式的苦涩涟漪。然而，当梅妻鹤子的人生让时光打磨成一个感人传奇时，又不知它荡涤了多少追求恬淡生活的心灵，吸引了多少礼赞的目光，钩起多少善良人的思念，赢得多少深沉的叹息。

水还是那片水，山还是那座山，月还是那轮月。不知有多少轮回，那丝游香年年初春都还在那里飘荡。

然而，那是杭州的梅，而北京的梅呢？难道只能在曹雪芹的《红楼梦》里轻嗅盘桓沉溺于情节里的余香吗？

后来，终于一次在北京卧佛寺饭店与朋友的聚会中听说，卧佛寺里也有梅花开放——但那是蜡梅。待醉眼朦胧去赏时，发现蜡梅已残，看到的是梅枝上几朵挂枯的败瓣。但服务人员告诉我，此年的蜡梅开得格外好，甚至头年11月梅花就在亲吻深秋了——这是记录在册的。我听后心中竟埋下难以遏制的渴望——什么时候我能亲眼一睹蜡梅的芳容呢！

前年冬尽，在香山见心斋观鱼后的漫步中，有几位摄影爱好者挎着长枪短炮向我打听山下蜡梅花的所在。我有些茫然：竟不知香山有蜡梅！常去香山，却孤陋寡闻至此。然而，这毕竟是个好消息。急向香山的工作人员打听到了蜡梅去处，疾步看时，才发现那里的几十株蜡梅树还静静地立在山沟的朔风里，枝条刚刚泛绿，花苞也才米粒般大小——离开放还早。我暗笑那几位爱梅者性急，也庆幸自己还有赏梅的机会。

日后，北京竟意外下了场大雪。

第二天，我追随雪的脚步上了香山。我没有直趋梅沟，而是东门入，经双清别墅、香山寺遗址到平台，再由玉华岫下山，到见心斋观鱼。我把赏梅安排在最后，意在先看雪景，再储备了足够的欲望，渲染足了赏梅的氛围，以增加观花的兴致及情趣。

在玉华岫下山路上，我遇到了W君。她和她的公子从香炉峰下来打听出园路。这次,我当了向导。我们伴行至见心斋,他们竟被见心斋的美景和硕大彩鲤陶醉了。过去到香山只知爬香炉峰,没想到这里竟有这么多妙处——W君说——她被香山蕴藏的众多妙趣深深地吸引了。

待同行到梅沟,风停了。大自然以她特有的静谧展示出初春蜡梅的宁静习性。梅沟没有人迹,白皑皑的雪托起十几株蜡梅树。梅花乍开,花苞半掩,鹅黄色,晶莹而剔透,一朵一朵排列在枝条上。细看,像冻蜡熔铸的冬日泪珠。而一撮残雪堆挂在较粗的丫杈上,点缀着开满"蜡滴"的细长枝条。好景!几次,我想把丫杈上的残雪和枝条上的蜡梅花组成一个画面,照一张静物特写,但都因距离太远而没有成功。树底浅行,雪在脚下"咯吱""咯吱"轻唱,美妙得像小提琴演奏出来的擦音,不时飞来与观感组合:没有它的妙趣,"踏雪访梅"岂不少了一半情趣?

早听说梅花香得淡雅,引得历史上许多文人搜肠刮肚找出经典语词形容。如上文提到的和靖先生备受称道的"疏影横斜水清浅,暗香浮动月黄昏"句,几把梅香、梅形形容到极致。就连司马光也说:此评"曲尽梅之体态"。其实,司马光只看到了梅形,而没有把梅形抽象到梅"魂"。梅魂许就是"暗香"吧——这是句子的精粹所在。而我则觉得诗句意境故高,只是她的神思太过孤寂,用词也太过雕琢了。失去梅的自然之态,这是我深深不喜的。

但梅香还是要体味的。于是,就把鼻子凑近梅花,嗅一口,果然一丝淡香轻轻地飘入心中,我忽然想起"冷香"一词,用它来形容雪中的蜡梅香岂不更妙?由此,我感念中国古汉语竟如此精绝——想来古人的创造足以泣天地,惊鬼神。再看W君,则沉浸在这蜡泪飘来的淡雅"冷香"里。

"是冬天眷恋的眼泪吗?"她自言自语般问了句。

出门路上,W君告诉我,她有一双儿女,大女儿正读市重点高中,老

二是男孩正上小学;她的老公是欧洲某国生意人,一双儿女和家都由她一人操持,活得很辛苦。听此,我隐约想起白居易《琵琶行》中"商人重利轻离别"的句子,恻隐之意油然而生。然而,我又笑自己,是不是杞人忧天了?而她的他也许本来不是这样的。

但中国的母亲都是如此,几成风尚;无论是年老的或年轻的,忍辱负重为儿女和家庭默默奉献一生——这在她们是最大的幸福,也是人生最大的满足。

于是,我想起了自己梦牵魂绕已逝的母亲……

上车前,她的公子说,明年还要来香山看蜡梅花——蜡梅实在太美了。她答应了。

——这是2009年2月的事。

时间荏苒,转眼到了当年夏天。一次,游山下行至樱桃沟和植物园交界处的溪畔东侧,竟意外地看见一片长势茂盛的梅林——我惊异而惭愧,这,怎一个"孤陋寡闻"了得?盘桓之余,看到梅林旁立着一块标牌,上写道:"……梅园建于2003年,占地6.1公顷,分为五个区域:入口区,水景观赏区,庭院精品区,退谷访胜区,山林游赏区……栽种抗寒梅花20余个品种,有垂枝梅,单杏梅,丰后梅,美人梅,绿萼梅,重瓣跳枝梅等……。"读说明得知,梅园五区几乎遍布整个植物园及樱桃沟园区,说它是北京分布区域最大、种植品种最多的梅园恐怕当之无愧吧。

入梅园不远,便见路旁立一巨石,正面镌刻描金"永平梅园"四字,右下脚竖写落款"连战"、并"二〇〇五、二"等字样。石后题刻数行描金小字。从几行小字得知,此为中国国民党荣誉主席连战先生2005年4月29日访问北京时所书。至于为何题名为"永平梅园",我想,大概是祈愿海峡两岸人民永久和平之意吧。

如此规模的梅园落地北京西山，实为一大好事；非痴于梅花者不能为也，就连连战先生也来挥毫增色，可见梅花于我国文化渊源之深。

据说，此园的建立，多借力于我国中国林业大学的著名教授、观赏花泰斗陈俊愉院士相助。陈俊愉教授酷爱梅，他1950年归国在武汉大学任教时，就和磨山植物园主任赵守边等人历尽艰辛从四川引进梅花名品，借助解放军的舟力运到东湖磨山，在那里建立了磨山梅园。至今那里还伫立着他和赵守边教授的擎花雕像。调北京后，他的梅花情结更炽，经过10余年的精心培值，又使梅花于料峭春风中绽放北京。

中国历史上爱梅者甚多。尤其在南宋，咏梅赞梅者不可胜数。这可能与当时的历史背景相关。林和靖爱梅冷峻，黄庭坚爱梅清雅，而陆游爱梅几近狂烈。翻开《剑南诗稿》，其中记载他的咏梅诗就不下数十首，有时一季之中就赋梅诗十余首。说陆游是"梅痴"恐怕一点也不为过。就连现代伟人毛泽东也"反其意而用之"，填一首《卜算子·咏梅》词来和他。记得一首绝句《梅花》，把他的爱梅情结表述得淋漓尽致，在诗中回忆了他在四川成都时赏梅观梅醉梅的行状："当年走马锦城西，曾为梅花醉似泥；二十里中香不断，青羊宫到浣花西。"这里他写赏梅甚于醉酒，把古成都梅花之盛和自己爱梅之痴写到了极致。怪不得磨山梅园初建时陈俊愉院士要到四川引进梅花，原来其中还有浓浓的陆游情结呢。

但历史上这些爱梅者谁又能和陈俊愉院士相提并论呢？古人爱梅，只是咏梅而已，陈俊愉院士爱梅，不但咏梅，在南方建梅园，而且把南方之梅培植成北方之梅，使梅花（非蜡梅）渡过江淮河汉而至于落户北京；进而还要把中国梅花推向世界——这是怎样的梅花情结和胸怀啊。

其实，从植物学的角度细究起来，蜡梅和梅花并不是同一品种。蜡梅为蜡梅科蜡梅属，落叶大灌木，原产我国的秦岭、大巴山一带；而梅花为蔷薇

科李属，落叶乔木，西藏、江西、四川、广西皆有野梅分布。蜡梅花期早而长，能从当年11月开到翌年2月；而梅花花期则在2至3月。在北京，由于气候关系，蜡梅花花期很少能越冬，多时开在初春2月或3月，2009年卧佛寺蜡梅从去年11月开到翌年2月，算是当年暖冬创造的奇迹。而梅花更迟，则在4月深春开放。另一个不同，各有各的特色。蜡梅花一枝一树淡雅孤高，花香清淡细软，适合独赏；而梅花灿烂，连成片，开成海，适合群赏。

虽然它们的花期、花型和花色不同，但无论蜡梅或梅花都比其他花类开花要早。而许多古人咏梅，并没有严格意义上的蜡梅、梅花分别，梅花是一个"模糊"概念，多借物抒情而已。

到这里，我忽然想起著名学者邓云乡先生的一段有关梅花的文字。其中说：北京无梅，害得大作家曹雪芹搞错了梅花的花期，《红楼梦》第四十九回中的梅花居然开在"十月"。全国没有十月赏梅的。冤哉，曹公！其实，曹雪芹并没有搞错。曹雪芹时北京是否有梅我不得而知，他所写的地理背景是哪里我们也不必细究。若说"十月"梅开则确有其事，只不过那是蜡梅而非梅花，所用时序为农历而非公历而已。曹雪芹时代大概用农历，他所谓"十月"，恰为公历的11月。而蜡梅花期恰巧是从头年11月至翌年2月间。曹公说梅开十月绝非妄言，远的不说，如上文提及的，只2008年11月北京西山卧佛寺蜡梅花开即可为证——那年蜡梅陆陆续续直开到2009年的初春。

上世纪90年代，我曾有幸在单位见过来访的邓先生，只是由于当时他行色匆匆，未及细谈而引以为憾。

国人爱梅，不单是爱梅花的姿色，更重要的是爱梅蜡梅冬日凌寒开放的傲骨和暗香不媚耳鼻的高雅。自古国人重气节重品位，久而久之，梅花即成为气节坚贞和品位高雅的代名词而深深嵌入中华文化的灵魂之中。而历代文人爱梅咏梅，无不发扬光大融汇了人文气息。

2010年春节，W女士忽然从国外打来电话，说她现在异国的家中。虽然她身在欧洲鲜花遍放的国度，但她依然忘不了香山的蜡梅。当时，欧洲的花正开得艳丽而香气浓烈，但她还是喜欢蜡梅的飘逸和那淡淡的幽香，她觉得，那才是国人久聚的高雅。而乔、灌木极强的生命力总给她一种坚毅的印象。她说，待蜡梅花开时告诉她，她会赶回赏花。

我自以为爱花，没想到W女士竟是花痴!

我答应了。

2009年的时序既快又慢。而2010年早春，我几次盘桓西山，盼望冬尽春来，急切等待蜡梅开放的消息。但2009至2010年的十场雪，像是对暖冬的挑衅，把初春气温几次拉到冰点以下；好不容易天气放晴，2010年3月中下旬的5天，两场沙尘暴又把刚刚探春的花芽掩埋在昏黄的叹息里。春天的到来，还要经过怎样的搏杀？花的温情点缀难道从来就萌生于冬日的肃杀？也许正是等待，才是赏花者生长味蕾的沃土!

沙尘暴过后，接连几天是阴冷的北风。刚刚引首探春的杨树狗又把头缩回皱裂的紫屋里。

冷暖之战再一次在乌云翻滚中进行。天公真会开玩笑，战争结果是互为平手：3月24日夜，北京下了一场雨夹雪。而西山的积雪还未化尽，寒风就又让连绵的峰顶裹上一层雪淞。如果你这天上山，银龙群舞、蜡象横霄的壮景会让你马上联想到来到了雪域高原；但凡山上，一切都是白的，树下是积雪，树上是雪淞，雪山连成一片，连绵起伏，壮丽而雄美。

当人们在复辟的雪气中驻足时，寒风却送来一丝浮动的暗香。对，那一定是久违的蜡梅花特有的寒香！她透过雪味儿悄悄地飘进你的鼻孔，浸入心扉。她终于开放了，尽管只有几枝，像春虫蛰伏在轻轻摇动的枝条上。黄

梅，黄的像蜡的雕塑，莹润而纯泽；开放的，嘟开小嘴，吐着香气，像孩子向大自然呈娇，让你尽情欣赏由花心深处伸出的花蕊；含苞的，像未经世的处女初见情郎，把脸明艳娇羞地半掩在花托中。蝇头梅蕾头，打开了娇黄的包皮，向你展示紫纹花衣和她半裹的修长丽质。整个梅沟，浮动着春天的气息。

我一下子想起元代王冕的题画诗：冰雪林中著此身，不同桃李混芳尘。忽然一夜清香发，散作乾坤万里春。

蜡梅花，是攀登春日的花朵。

我忽然想起 W 女士的来电及她与公子的约定。电话打过去了，她们能如约而至赏梅嗅香吗？但，谁知道呢？世事瞬息万变，前期难料啊。

值得欣慰的是，这天是蜡梅初开，一个星期后会迎来盛花期；而长达近一个月的花期给远在异乡国度的赏花人留下足够的赏花空间。

3月29日，北京早雨如雾，朦胧着天宇；然后是星雨，点点滴滴；最后下了整整一天的蒙蒙雨，淅淅沥沥，屋檐也拉着水线。刚打开的春日之门不会再关上吧？但无论如何，这天山桃也开了，脸儿由红绽成粉白；迎春也殷黄殷黄地垂在枝条上，花朵都滴着雨滴，晶莹莹地闪光。我想，山桃、迎春都开了，何况蜡梅？

接下来是不合时序的西北风强烈抗议云层对春日的搅扰，一连三天。然而，好冷。

4月4日，星期天。香山蜡梅树下。怎么那么清净？没人，没花，没有春意。花蕾还如前几日看到的那样密密斜织在枝上，几朵蜡样黄花孤零零地挂在枝头。

一个游客走来，用手把梅枝拽下，拉到面前嗅，再眯了眼细看。然后用手指捏下一粒花蕾。梅枝在她面前战抖。她怎么会这样？

"看那！花蕾干了。用手碾成面儿了。"——她说。

果然，密密斜织在枝上的花蕾是干的。而那开放过的几枝蜡梅，花朵已冻成干枯，花瓣垂落，了无生机。

我明白了。3月30日的寒风把云吹走了，但，又把春天挡在门外。花神冻僵了，她的衣裙枯干了，不能再翩翩起舞，真正"零落成泥碾作尘"了；而只有少数花蕾冲破倒春寒，把小手伸出结壳婆婆娑娑，是呻吟，还是撷取春色？

我忽然又想到W君，她是否和她的公子从异国回来，到香山赏梅？北京的天气，化尘的花蕾一定会让她失望！不知怎的，一种失落竟悄悄涌上我的心头……

4月11日又是阴雨，但不大。但它招来12日的寒风却又把北京冻住了。游击战，冬天的和春天的，就这样拉锯和不可捉摸吗？那天的夜，北京沉浸在北风的悲歌里，连树枝也在寒流抽打中摇曳呻吟，而寒星则躲在夜空薄云里闪动惊恐的眼神，薄云瑟缩着佝偻多变的身形。

紧接着又是沙尘暴……

老天把北京赏花人折磨得不耐烦。得……算了，今年免了。蜡梅盛花期爱什么时候到什么时候到吧，横下一条心，不看了，明年再见！

转眼一旬。不屑天气变化，猫在家里不出门。但，到底还是抵挡不住春风的诱惑，北京又开始到处弥散着春日的气息……先是山桃、山杏，再就是绿的萌动。春天邀请的小手还是伸出了。但北京赏花人的赏花情结却冷冻在日前的回忆里。

4月23日无事，赌气到植物园北侧爬山！

那天天公也觉得无趣，臊着脸，把太阳请了出来。

世间许多事就是这样，刻意求之，事偏不至；无意之间，事却偶得。正

所谓：无意插柳柳成荫。赌气登山却误闯梅园，一举手，一投足，竟蓦然发现梅园的梅花竟开成一片花海！粉红的花海！那花海，比香山蜡梅沟的数十株蜡梅多了气势，多了色彩，多了灿烂。如果说冬日的蜡梅花赏的是雅致，是情趣，是品位，而春天的梅花赏的是大自然的礼赞，是季节的香艳，是天地之间的丰饶。

——那是丰后梅，花枝结朵丰厚饱满，重重叠叠，复瓣且娇艳，盛花树树结彩，人徜徉树下，如醉入花丛。而单瓣丰后梅呈色浅粉，香气稍浓。江南无所梅虽花朵稍小，但娇娆不让丰后，站在树下则清香入脾；武藏野梅蕊绿而蕊柱纯白，复瓣跳梅花色近白，苞绿渐红。花美最引人者乃杨贵妃梅。杨贵妃梅复瓣，花朵娇若牡丹而小，瓣片明艳纯净，花丝洁白似脂玉，柱头橙黄，其丰美不辱贵妃之名。其他如开运垂枝梅，米良梅，养老梅，雪月花梅，北斗梅，梅乡梅等各呈美献娇，特色纷纭。惟美人梅初含苞，开花尚需时日。

我曾于盛花期看过北京玉渊潭的几十株樱花。樱花美则美矣，但在我看来，她的美色，她的婀娜，和蕴涵在她身上的文化品质，远不能和梅花相比。面对梅花的海洋，我又想到我国著名科学家陈俊愉，正是由于他和他同仁的努力，使梅花由我国的南方开到北方，并日益被国际友人所认可。

（2010 年 6 月 4 日北京）

日出扶桑照黄河

黄河自内蒙古高原汹涌南向，在陕西佳县进入晋陕大峡谷腹地。若站在高山之巅向日远眺，可看到波光粼粼的黄河水，和夹持黄河两岸突兀耸峙的层层沉积岩山体。这些山体，带着身后无垠的纵深，像岁月叠加在光阴中的记忆，层次分明而轮廓清晰。

然而，正是这连绵不断的吕梁山脉和黄土高原，阻挡了千百年来生活在这片土地上的人们追求温饱的努力，无情涂抹着生存的艰难。就在人们祖祖辈辈面对困苦几近绝望时，一个精神使者便以支撑灵魂的姿态精心打造出了一方仙境：她就是白云山观（寺）——一座以道教为主，兼容佛、释、神共同凝结渴望、寄托抚慰的统一体。她以壮美和瑰丽雄姿坐落在黄河之滨，向人们一年年传送着希望，又一年年让希望破灭。也许，正是这种周而复始的希望和破灭，磨难与抚慰磨砺着人们的意志，使他们在这块贫瘠的土地上顽强地生存繁衍。

白云山，旧称双龙岭，又称嵯峨岭，雄踞黄河西岸，因山头常有白云缭绕，故又名白云山。由于多年兴建，如今的白云观（寺）建筑群规模宏大，气势雄伟，苍松掩映，翠柏蓊郁，以关西名胜闻名于西北、华北等地。据佳县县志记载，她的主要建筑由终南山道士李玉凤于明万历三十三年主持修建，清雍正二年扩建，现存道观、庙宇、经阁、亭楼等53座。是一处保存完整、规制精严的古建筑群，面积达8万多平方米。建筑群以黄河为基线依山势渐次而升，形成三条轴线，主轴、次轴均采用两翼对称传统布局。古建筑群大都采用木质结构，屋顶依庙堂不同风格迥异，分别采用了歇山、悬山、硬山、重檐等众多形制，覆以琉璃瓦或布瓦，产生了高低错落、色彩缤纷的效果。

更值得称道的是白云山观（寺）石木雕塑遍布，可谓无处不有，有无不奇。石栏、石狮、石坊、台基、石础、楼台；木制梁、坊、雀、替、门窗、神龛、神像、匾额；砖瓦勾头、滴水、墀头、钱檐、脊兽等数量之多，名目之繁，令人目不暇接。而雕塑中的飞禽、走兽、花卉、风景、人物等，件件精整，形态或立或卧，或正或侧，皆栩栩如生；其手法或浮雕或圆雕，皆粗犷中见细腻，夸张中见情态，可谓技艺超拔，不一而足。而内存的1590幅

壁画,无论人物、花草等造型生动,形态简洁不失庄重,粗犷蕴集神韵,大多为传神之作,具有很高的艺术价值和观赏价值。

白云山的布道者,在打造人们精神家园的不经意间,给后世留下彪炳史册的艺术经典,她凝集了佳县及陕北人民的勤劳和智慧,把古建筑的灿烂演绎到极致。也由此,成就了今天全国历史文化遗产的白云山。

然而过去的许多年,白云观(寺)缭绕的香火并没有改变这里的贫穷,对诸神的膜拜也没有幻化成民众的幸福,人们多年的希冀无数次地被历史推落在失望深渊里。

香炉寺始建于明朝万历十一年(公元1583年),2003年被公布为省级重点文物保护单位。她位于佳县县城东200米的香炉峰峰顶,东临黄河,三面凌空,地势险峻,仅西北一山径与县城古城门相通。站在香炉寺临空的围墙边,可居高临下俯视黄河,但见黄河一水如带,弯曲奔流,遥与天接;所经之处,两岸崖陡如削,远处山脉连绵,云蒸霞蔚。面对此情此景,任谁胸中不生博大之感?

香炉寺由两部分组成:西部分为寺院主体,内有龙王庙、娘娘庙、寄傲亭、石碑、石坊、壁画、古柏等;东部分由一高20余米的四空突立巨石和建于其顶的观音小庙组成——此景独为香炉寺奇伟绝唱。

东西两部分由一座5米长、1米宽的小桥相连,惊险异常。行于其上,可谓战战兢兢,双股绵软,目不敢下视。如若登上险桥,敢举目放眼,东可远眺吕梁山脉,回可望佳县山城,俯可瞰黄河一带,真乃波澜壮阔,有如入仙境一般。有人作文赞曰:"……夕阳西下时,霞光将香炉峰映入黄河之中,酷似传说中的蓬莱景,故香炉寺又有黄河小蓬莱之称。"

如今的佳县白云山和香炉寺已成为旅人行游的胜地,来自全国各地的人们无不惊叹黄河和吕梁山造就的人间杰作,他们在每天红霞满天的朝日里重

温东方红的嘹亮和高远。佳县人民现在正以前所未有的活力，继续发挥着丰富的想象和创造，勾画着生活新美景。

佳县佳景，渐入佳境。

（2011年1月26日北京）

今年的香山蜡梅

上星期给初识的朋友、家住香山脚下的苏先生打电话，向他询问香山蜡梅的开放消息。苏先生电话中告诉我，香山蜡梅开了，但仅开了几树，且花况不好，没有精神。

我听了竟犹豫起来：我数年来每年初春都要到香山看蜡梅。去年蜡梅初放也只开了几棵，且星星点点零散地分布在树枝上；再后来是一股来自西伯利亚的寒流把未放的花苞冻干，用手一捻，竟成了齑粉。翻开去年开花时的日历，是3月24日，与今年日期相当，且气候差不多。

本来听了苏先生的话就想起去年的蜡梅，有些失望，决心不再去看蜡梅。但时过一日，竟经不起春天诱惑，匆忙间还是上了山。

进得香山门来寻到蜡梅开处，竟看到稀稀拉拉几位游人在那里徘徊，并有几位影人架着"大炮"在树下瞄准，还不时口含了水，淋浴般向蜡梅喷射。走过去看蜡梅，树枝上星星点点开着不多的几朵花，似夜空隐在云后的星星，眨动着病态的眼，失去了光艳。素心蜡梅的蜡色、红心蜡梅的晕轮，都没有了润泽。

哎，这都是来自西伯利亚寒流的"杰作"！

我不由想起2009年2月的蜡梅花。那年的蜡梅开得光艳而鲜亮，蜡色纯正饱满。据说，那年卧佛寺的蜡梅从头年11月一直开到当年2月，还上

了北京花史。

北京的暖冬不能说一无是处,仅花事一端,只要不来寒流,二月就能看到山上盛开的山桃和山杏,更不要说蜡梅。但老天并不体恤百姓的好恶,它该来还是来,天该冷还是冷。习惯了,哪年春天不见了冷空气光顾,北京百姓就会烦躁得像得了流感,浑身发热。结果正如今春。但我们还是心安理得地等着,等着,而山桃和山杏的花期竟也心安理得地推迟了近一个月。

不过没关系,京城的百姓等得起。他们什么没经过呢?

这不,花还是开了,在山上。

(2011年3月26日)

英雄和历史在绥德交汇

(一)

位于黄河中游地区、无定河和大理河交汇处的"天下名州"绥德是名副其实的陕北古城。绥德、绥德,绥民以德,其意义深远的名字竟蕴含着智者治理天下的精髓。这座州城建于北魏时期,距今已有一千五百多年的历史了。

陕北有言:"米脂的婆姨绥德的汉"。绥德有悠久的历史,但在历史上能真正称得上"汉"的著名人物,扶苏、蒙恬、韩世忠三人可谓大名鼎鼎。尽管这三人中,除韩世忠之外,扶苏、蒙恬并不是绥德人,但他们死后却埋葬在这块土地上,成了这块土地的灵魂,也自然成了这片土地上令人骄傲的绥德"汉"——是秦末幸臣赵高和丞相李斯为拥立秦二世胡亥而合谋伪造的一纸自杀令把他们的命运连在了一起,以致双双在此地沉睡两千多年。命运的悲剧被绥德的人民演化成同情,继而升华为神圣,把这两人的古墓留护到今天，成为历代文人墨客乃至今人凭吊的文化遗迹，也成了绥德人追寻辉煌历史的场所。

扶苏，这位善良的秦始皇长子，他本应继承大统，成为一国之君；若果真如此，大秦和中国的历史恐怕就要改写。但他没有，他的善良和直率驱使他选择了另一条道路，他因力谏始皇帝坑杀儒生的暴政，被发往上郡监蒙恬军。多少年，他与蒙恬固守边塞，陪伴着边关的冷月和孤城的寂寞，让大秦王朝在匈奴的胁迫中安享太平。然而，大秦的政治权变改变了他的命运，敦厚和愚忠让他魂归故里。他自杀后，人们把他葬在绥德疏属山。至今，扶苏墓依然坐落在疏属山南坡的县博物馆院中，墓旁安详地坐落着九龙碑、扶苏祠、观景亭。登亭，可远眺绥德全城风貌，而滚滚滔滔的无定河从疏属山下穿过，它蜿蜒似带，又滔滔远去，也许它述说着人们的千古幽思。

扶苏墓现为陕西省重点文物保护单位，而绥德城东南三里辛店乡呜咽泉村早已干涸的呜咽泉，正与疏属山遥遥相望，就像当年扶苏在此地哭干泪水的眼睛，守望者这块土地，并在这里留下了永久的遗恨。看到它，让人们想起千百年来呜咽泉水汩汩流出的大地深情，也述说着对始皇帝及二世暴政失秦的不平。

蒙恬的命运从扶苏到来的那天开始，两人就连在了一起。他死后墓地也葬在了绥德，如今坐落在绥德一中校园内。日升日落，云去云来，绥德一中的学生们每天都能伴随着将军，感受将军气吞山河的豪迈气概。

蒙恬乃秦国一代名将。大秦鲸吞六国后，蒙恬曾率30万大军击退匈奴，收复内蒙古河套一带，可谓战功卓著，他修筑的长城遗迹至今犹存。蒙恬自杀后，数万部下悲痛不已，纷纷用战袍兜土筑墓，埋葬了自己敬仰的常胜将军。为纪念他，将士和百姓们便效仿蒙恬生前书写所用之具制成毛笔，就此以表达对将军的思念。然而没想到的是，这竟成了一次了不起的创新，于是，一种新型书写工具——毛笔就此在绥德诞生。

蒙恬墓吸引了历史上无数文人凭吊,清人阎秉庚用诗歌表达了人们对蒙恬的怀念:"春草离离墓道侵,千年塞下此冤沉。生前造就千支笔,难写孤臣一片心。"

(二)

发源于白宇山的无定河穿绥德城而过汇于黄河,它用自己丰富的乳汁抚育出无数英雄,与岳飞齐名的宋代抗金名将韩世忠就是生于斯长于斯的一个忠心赤子。在他的故居、距绥德县城5公里的一步岩,坐落着一座为纪念他,当地人民建于清乾隆三十二年(1767)的蕲王庙。

蕲王庙不是巍峨横空的殿宇,也没有奢华的亭台楼阁,而是一孔高大、宽敞的石拱窑洞——家乡的人们正是用这种最富乡情的建筑纪念自己祖辈培育出来的民族英雄。庙宇正中韩世忠塑像威坐,面对着乐楼,至今,庙正面的石柱上,还留存着清道光二十四年绥德知州凌树崇的一副对联,记载后人对这位民族英雄的赞美:东南半壁仗孤撑,至今江水滔滔如闻鼙鼓;西北一天崇血食,抚此山川郁郁隐护风雷。

对联意蕴悠远格调悲壮,也许,只有疏属山和无定河知道,是它们沉淀出的山河精粹才能养育出韩世忠那样顽强敦纯的爱国品格。

时代的纪念历久弥新。为了不忘这位民族英雄的爱国情怀,近年,绥德人民在横卧于无定河的千狮桥桥头塑立起了一尊韩世忠立像,立像目视远方,手握腰刀,挺胸昂首,依然保存着他当年气吞山河的气概。

(三)

绥德人民是富于创造的人民,千百年来,他们在这片土地上不但创造出无数物质财富,也为自己营造出许多功盖千秋的精神家园,同时也给后人留下丰厚的文化遗产。陕北民歌，这一陕北文化的奇葩，以她的丰富多彩蕴含深广释放着耀眼的光辉，成为陕北乃至全国人民喜闻乐唱的艺术形式。就在千狮桥韩世忠立像不远处，绥德艺术家们把祖祖辈辈用无数情感的成功和失败、欢笑和泪水锻造在高原荒漠上的爱情故事和生活遭际凝聚在无定河畔的石雕画廊中。在这些石雕画里，艺术家们用简约夸张的刻石艺术创作出一幅幅生动的石版雕画，给陕北民歌树立起一座丰碑。石板雕画中的人物线条简约生动，神采灵动，他们或立或卧，表情或羞或笑，风格或简或繁，形态或谐或庄，皆栩栩如生。

最打动人心的是石板雕画旁附着的民歌歌词，它们是选自诸多陕北民歌歌词中的精华，读之让人神采飞扬，回味无穷，久久不忍离去。其中一幅石版画刻的是一位身着陕北地方装束的年轻女子端坐吹箫，神情哀婉，旁边刻着两句陕北民歌歌词，词曰："南山圪垯雾生云，难活不过人想人。"另一幅石版雕画刻的是河畔一少女低头作沉思状，似想念远去的恋人；河里有船，水中有鸟；对岸是沙漠。船身上方刻着民歌歌词，词曰："花椒树上落雀雀，一对对剩下单爪爪。"

细细欣赏石板刻画，久久品味民歌歌词，顿觉香醇似酒，甘美如泉。

陕北民歌曲调高亢而不失缠绵。歌词善比兴，多俚语，尚叠词，无掩饰，可谓豪爽中传达着浓情蜜意。陕北，这个多情才子的富产之地，豪放的汉子几乎人人能歌，个个会唱，即使普通牧羊人也能在塬上扬鞭呵斥之间，口若悬河，慷慨放歌。

与千狮桥毗邻的是龙凤桥，桥头寨山陡壁上遍布书法石刻，它汇集了许多近代名家在不同年代、不同地域的各种题词。他们的字体或楷或草，或行或篆，字字变幻无端，颇有韵致，表现了绥德这座千年古城在近代史中曾占有的重要地位，同时也展现出绥德地区民间石雕艺术的高超造诣。

绥德，这个凝聚数千年文化的陕北古城，有说不完道不尽的故事。也许在它身上感受不到江南的风花雪月，但这里绝不缺少壮阔和浑厚。即使当你离开它时，还要频频回首，品味那股荡气回肠的浩然之气。

（2011年4月7日《中国商报·收藏拍卖导报》）

米脂，一个激发灵感的地方

米脂，一个肥得米粮流油的地方，美女辈出是自然而然的事。但遗憾的是，从三国貂蝉之后，这里再也没有出现过一位光照史册的佳丽。相反，像老天故意嘲弄"米脂的婆姨绥德的汉"这句话一样，历史发展到明代末年却开了一个大玩笑，米脂竟冒出个响当当的壮汉——李自成！

如今，你行走在米脂县城无定河畔，就会看到一座高大的石制牌坊，上面的几个刻字赫然提醒你，前面就是李自成行宫。

李自成行宫坐落于无定河北侧盘龙山上，据载为明崇祯十六年（1643年）李自成回乡省亲时所建，距今已有360余年历史了。史云，当时的李自成正春风得意，刚在襄阳登位新顺王，不久，又歼灭明朝陕西总督孙传庭的主力部队并乘胜占领了西安。也许正是在攻占西安后李自成完成了这次返乡省亲之旅，而李自成行宫正是此行的杰作，它的建成给米脂人民留下了一笔难以抹杀的历史遗产。

行宫的主体建筑由乐楼、梅花亭、捧圣楼、二天门、玉皇阁、启祥殿与兆庆宫等七大部分组成。建筑群依山就势分台而筑，错落有致。虽然它的规模囿于当时的经济状况无法与明代皇宫——北京故宫媲美，但在玲珑中依然可透示出李自成俯视天下的雄心和明末建筑的艺术光华。

"富贵不还乡，如锦衣夜行"——也许正是司马迁这句千古名言传达出

来的传统思想，让李自成及其事业给米脂留下浓重的一笔，使这座建筑伴随着无定河的滔滔河水保存至今。然而，光阴不忘拂去历史尘埃，当岁月画卷又重新开启了一个新时代时，行宫则被李自成的乡亲们修葺一新，它用光艳色彩告诉今人们，几百年前，这里曾经走出过一位足以让历史震撼的汉子，正是他，改写了中国历史，把刚愎自用的崇祯皇帝拖到北京景山槐下，使他不可一世的骄傲绞灭在命运绳索里，大明王朝也由此画上了句号。

然而，就在返乡省亲的第二年之初，即1644年正月李自成刚宣布建立大顺政权，并于3月18日攻克北京推翻明王朝不久，却失败于吴三桂和满清联军。从此，这座行宫就空置于无定河畔，孤对明月，再也无缘与他的建造者邂逅相依。

如果说，李自成行宫带给人们的是心潮汹涌的思绪，而米脂县城深巷的古旧门楼，会把你的心澜抚平：精美的砖、石雕，细腻的画梁残迹，则让你沉入艺术海洋的深底，感受千百年民族建筑精粹在光阴中的沉淀。也许这时，只有在米脂深巷中寻寻觅觅，驻足品味摊贩的小吃或倾听远处隐隐传来的充满浓郁秦腔味道的叫卖声，才是践行你多年梦想的最大享受。

就在明末农民起义失败360余年后，中国迎来了真正意义上的历史发展期。然而，在当你的记忆回放到1947年，来到位于杨家沟扶风寨的马氏庄园时，你的心弦再一次被拨动。因为，在逶迤不绝的山路尽头，马氏庄园宏大建筑群给你展示的将是另一种震撼：这种震撼不是精美雕梁画栋的复制，而是地地道道的黄土高坡铸就的陕北高原的建筑风格：那是怎样壮观的窑洞建筑艺术荟萃啊！

马氏庄园是清同治年间开始营造的"明五暗四六厢窑倒座平房"窑洞式四合院。其围墙高耸，地道幽深，依山就势，层层分布；其中讲堂、祠堂、居舍应有尽有；供水、排水、贮水系统明暗相连，粮仓、库房一应俱全。进

入马氏庄园,就像来到一个无奇不有、自给自足的生存世界,又像坠入千回百折的神话迷宫。它规模宏大,院院勾连,窑洞规整而又暗藏玄机,是典型的陕北高原窑洞庄园。

说起马氏庄园,不能不说祖居杨家沟的马氏家族,她号称"光裕堂",是在陕北拥有十万亩土地的庞大地主集团。因马氏家族有重视教育传统,故历代人才辈出,遍布中外。

朋友,看到此,你一定为陕北窑洞的建筑文化惊叹。然而,陕北的窑洞建筑艺术还远远不止于此。如果你再来到位于米脂县城东南16公里桥河岔乡刘家峁村的姜氏庄园时,会再次为这里的建筑奇迹慨叹不已!

姜氏庄园由该村首富姜耀祖于清同治十三年动工修建,光绪十二年建成。前后用了十多年时间。建筑分上院、中院、下院、寨墙、井楼等部分。其中上、中、下院有暗道相通。大门青瓦硬山顶,门额题刻"大夫第"三字。下院外井楼壁皆用石块盘旋垒砌而成,水源引至山脚,水质甜美爽口。寨墙最高处砌有炮台,用来扼守寨门。正对中院门耸立寨墙,紧围庄园,有通往后山的门洞,门洞上方,嵌着一方"保障"石刻匾额。

姜氏庄园不但规模宏大,布局精巧,且砖雕、木雕、石雕艺术精湛,整座庄园可谓无处不雕,雕无不精,实乃石、砖、木雕刻艺术的集大成者。其中影壁砖雕廊心画,雕松林奔鹿、寿石鸣鹤;其中鹤首高昂,鹿首回望,甚为精巧。而鹿鹤呼应,则寓意福寿延年,为庄园雕刻精品。

如果说马氏庄园重在规模和中西合璧,而姜氏庄园则重在坚固和严密精巧。正是它们的构建艺术,共同勾勒出陕北窑洞文化的经典。

李自成行宫,马氏庄园,姜氏庄园,以自己的璀璨艺术造诣向世间展示出了米脂人民非同凡响的建筑智慧,并源源不断地向后来者提供着丰厚的文化营养。

朋友,当你的脚步徜徉在米脂的艺术精品里,为它精深博大的建筑艺术

深深浸染时，或立于山巅回望深埋于黄绿相间的先贤杰作时，会不会忽然激起你的欲望，有一种创造的激情在胸中涌动？是的，一定会。

米脂，一个充满艺术感受的地方，发现和灵感会与你同在。

（2011年9月19日《中国商报·收藏拍卖导报》）

统万城，曾经的匈奴乐园

当你跨过红柳河深切而逼仄的河道，双脚实实在在地踏上毛乌素沙漠的南缘时，你一定被这里的壮阔景象所震慑：一望无际的起伏沙丘，一墩墩的粗矮沙柳，无垠天野下冉冉西垂的残阳……共同勾勒出一幅北国边塞的苍凉风景。这时，唐代王维"大漠孤烟直，长河落日圆"的诗句就会激流般在你胸中奔涌，一种历史厚重感也会静静地漫上心头。

然而，当你的目光继续向大漠深处延伸时，靖边东南80里外的红墩界沙丘中，由一座座高大巍峨的白色土堆勾连而成的古城遗迹会蓦然出现在眼前。她的残墙墩台忽高忽低，忽隐忽现，忽连忽断，像苍茫岁月留给荒漠的一件珍奇，又像沧桑刻印于记忆中的斑驳碎片，蜿蜒媾和在蓝天下，任由风雨浸蚀打造，形成一段独特风景。这，就是1600年前的大夏国都统万城遗迹——一个曾经水草丰美包围着的繁华都市，她曾是匈奴的乐园。

当日历回翻到两千多年前时，与西汉和亲的匈奴冒顿单于曾横刀立马驰骋于北方大漠，成为一代英豪。而500多年后，他的后代赫连勃勃几经攻伐后率部辗转立足于鄂尔多斯高原，并建立了大夏国。当他来到无定河上游的红柳河畔时，被那里的丰饶和美景感动了。他说："美哉！临广泽而带清流，吾行地多矣，自马岭以北，大河以南，未之有也。"于是，公元413年动工，动员秦岭以北10万余众，历经5年艰苦建设，一座大夏国的都城诞生了。

国都之所以称为"统万城",用赫连勃勃的话说是:"朕方统一天下,君临万邦,可以统万为名。"

初建的统万城巍峨雄伟。它由外城和内城组成,内城又有东城、西城之分。外城刀把形,周长1.3万余米,面积近8平方公里。一道墙中分东西,东城周长为2500米,西城周长2400余米。东西城四隅都筑有突出城外且高于城垣的方形或长方形墩台。这些墩台虽经时光浸刷,但雄姿犹在,仅现存城垣西南墩台遗迹即高达31米。据记载,昔日统万城内建有宫殿、鼓楼、钟楼等,极尽奢华之能事;而城墙四门分别命名为北朔、招魏、朝宋、服凉,用以炫耀当年赫连勃勃四方征战企图一统天下的武功。

于是,这里一时成为"九域贡以金银,八方献其珍宝"横绝北方的繁华重镇。

公元416年,赫连勃勃乘东晋破后秦之机挥师南下攻取长安,418年在长安称帝,改元昌武。他留下太子镇守长安,自己则回师统万城,此时,恰逢宫殿大成,即改元真兴,并刻石歌颂功德:这是大夏国的鼎盛时期。公元425年,赫连勃勃死。427年,北魏趁大夏内乱,军破统万城,获"府库珍宝、车旗、器物不可胜计","金银、珍玩、布帛各有差"。可见当时赫连勃勃统治时期大夏国的富足。由于魏太武帝拓跋焘生活清俭,进入统万城后见皇宫富丽堂皇,说:竖子之国,竟敢如此滥用民力,如何不亡!后改统万城为统万镇而归。

统万城从建成到大夏军败废都,历时仅15年,一座繁华的都城如空中划过的流星经过刹那辉煌瞬间后,坠落于时间隧道之中。公元431年,大夏首领赫连定在流荡中被吐谷浑部族俘虏,从此,赫连勃勃创建的大夏国仅传三世20余年后旋即败亡。而统万城也随夏亡而衰败,沉入历史深处无人辨识……

中国文化之所以成为世界各种古文明中惟一未被历史割裂的文明，原因之一，也许正因为中华民族从不缺少古文化发掘者和传承者。而统万城重新步入现代人的视野，即得益于这些发掘者对中华文化的痴迷和挚爱。

清道光二十五年，时任榆林太守的史地专家徐松命部下辗转寻访到了统万古城；而上世纪60年代著名地质专家侯仁之教授对此地亦进行了全面考察；70年代陕西文管会经多次考察测绘后，绘制出精确的城址地图，从而解开了民间流传的蒸土筑城之谜。

统万城历经1600余年的风雨剥蚀遗迹尚存，不能不感谢劳动人民在长期生存中积累的建筑经验和智慧。如今的古城残垣，依然坚固似铁。据专家分析，统万城依地势而筑，西北高东南低，构思十分精巧；城墙用糯米汁、白粉土、沙子和熟石灰掺和夯筑而成，西城墙厚达16至30米。其虽为土城，但具有岩石般坚硬的质地和抗毁力。或许你会以石块划墙，也仅得一白痕而已。

登上城垣西南墩台，可远眺大漠。是日恰逢风轻，但见天苍苍，野茫茫，薄云远布，落日西垂，眼前一片雄伟广袤景象。然而，当你面对这奇美风光时，更值得称道的是，昔日黄沙遍地的毛乌素荒丘，经过近几年归牧还草治理，已是沙柳掩目，碧草匝地。而残阳笼罩中的古墩台，群燕翩飞，欢鸣盈耳，成为它们聚栖的安乐祥地——也许千百年来只有它们忠诚地守护在这里，解语统万城内心的落寞。

1996年11月，统万城——我国仅存的匈奴古都遗址，被国务院公布为国家级重点文物保护单位。

（2011年4月28日《中国商报·收藏拍卖导报》文字有改动）

微山湖畔大风歌

有人说,明清文化看北京,两汉文化看徐州。到过徐州及周边县市之后,我才相信此言是完全正确的。

到徐州当然要去沛县,因为沛县是汉高祖刘邦的故乡,秦末和楚汉相争时,许多故事就发生在这里。沛县坐落在微山湖畔,当《大风歌》:"大风起兮云飞扬,威加海内兮归故乡,安得猛士兮守四方"唱了两千多年后,家乡的父老乡亲们才蓦然想起那位昔日曾叱咤风云的帝王竟也是这块土地上的骄傲,在这个养育了一代英豪的帝王之乡保存一些当年汉刘邦的遗存会何等重要!但两千年的风雨似乎并不眷顾天子的威严,同样以无情光阴刷逝了许多历史遗痕,惟一给家乡的人们留下的就是曾立在县城东南20里外沛宫原址的两通大风歌碑和流传村野的闲言絮语。

两通大风歌碑,一为汉碑,一为元碑,皆刻书《大风歌》原文。其中那通高1.7米,宽1.23米,中间断裂,用铁板箍着的汉碑只残存了一部分,且损毁严重,《大风歌》刻文已然不全。然值得庆幸的是由于该碑石质坚细,虽历两千年风雨剥蚀,残存《大风歌》文字仍然清晰可辨:其篆书碑文残存20字,每字高可尺余,宽八寸。碑文竖排右起4行。第一行文字为"汉高祖皇帝……",第二行为"大风起兮云……",第三行为"……加海内兮归……",第四行为"……得猛士兮守……"。可惜的是,汉碑下部断失,令游观者搓手长叹。据沛县县志记载,此碑碑文为东汉大文学家蔡邕所书,字体圆转而不失劲健。蔡邕,东汉末年著名文学家,书法家,蔡文姬之父。曾为官,通经史、音律、天文,善辞赋,散文长于碑记。其精通书法,工篆、隶等书,创"飞白"书。他的传世书法多为碑刻。在刘邦故乡保存有蔡邕书法碑刻，是很自然的事。

另一通为元碑，系元代大德十年（1306年）间摹刻，高2.85米，宽1.23米，现仅有10余字可辨。元碑字体系根据汉碑描摹，行笔极肖，碑阴有说明文字，可断汉碑大概折损于元代。

两碑经历代风雨已折损不全，引人嗟叹。无奈中的人们便在失落中决心重现昔日辉煌，在县城中心大兴土木，1996年，一座占地66公顷，建筑面积达15万平方米的汉式建筑群拔地而起并向游人开放。人们为纪念汉刘邦的业绩，纪念大汉王朝，名之曰"汉城"。这个建筑群包括歌风台、高祖原庙、汉街、汉城公园等部分，其中歌风台和高祖原庙高大雄壮，是整个建筑群的精华部分。出于对文物的保护，人们把两通大风歌碑移置歌风台中；沛县人民政府又于1984年请书法家按原碑规格摹刻了新碑，并把它移立在两通古碑旁边。由于1984年是甲子年，故新碑又称"甲子碑"。如今，歌风台三碑并立，代表了历史不同年代沛地人们对汉刘邦功绩的纪念。

公元前196年，汉高祖刘邦平定淮南王英布叛乱后还归故里，于沛宫置酒与家乡父老欢宴。酒酣中高祖慷慨高唱《大风歌》，以磅礴之气抒发了他一统天下后求贤守国的豪情壮志。《大风歌》遣词质朴，无刻意雕饰之态，但帝王浩荡之风破胸而出，表现了刘邦胸怀天下的气概。

根据史书记载，刘邦歌时亲自"击筑"，激动处"乃起舞"，以致"慷慨伤怀，泣行数下"。也许他想了很多：战争的艰难岁月，战死沙场的诸多将士，以及自己家乡的父老乡亲在战争中的付出……总之，高祖当时的心境多少有些伤感。但那是胜利者的感怀。而当高祖还乡十数日打算离去时，故乡父老竟牵衣相留。刘邦无法拒绝乡亲们的盛情，终于又"复饮三日"后，才依依惜别。刘邦惜别时的心境也许很复杂，他也不知道此次离别后何时能再次回来。因此，细啜《大风歌》，似在其壮阔语调中品出些微悲苦。

也许是中国漫长而根深蒂固的封建制度把人们的情感牢牢地拴在土地上,以致无论任何人都逃不出对土地尤其是自己出生地的那份眷念之情,无论他走多远,都会把最诚挚的泪水抛洒在故乡的那片热土上。

刘邦是一个性格复杂体。据楚怀王心诸将和后来刘邦的臣属高起、王陵的评价,刘邦是一个"长者",是"与天下同利"且善于用人的人,从高祖还乡的一些史书记载中判断,此言不虚。可见刘邦不仅是一位横刀立马、安邦立国的开国帝王,还是一个多才多艺的性情中人。只是刘邦在紧张残酷的战争年代没有机会和时间抒发情感罢了。

歌风台正是基此而建,因此,它高大的体量,雄伟的气势,古朴的汉风,皆被表现得淋漓尽致,颇与刘邦的个性及西汉广阔的疆域、强大的国势相符。以致整个建筑群和大风歌碑被江苏省公布为省级文物保护单位。

在歌风台一侧还矗立着高大宏伟的高祖原庙。

刘邦还乡一年后因伤病而逝。嫡子刘盈即位,是为孝惠帝。孝惠帝感于高祖的丰功伟绩、开国之勋,遂诏令天下各郡、诸侯国皆建高祖庙,并于时节祭祀。孝惠帝五年,改沛宫为高祖原庙。据记载,东汉光武帝刘秀和章帝刘炟都曾亲临沛地在原庙祭祖。

沛县不但是高祖故乡,而且还造就出了一批著名的文臣武将。其中樊哙就是杰出者之一。从刘邦举义到称帝数年间,樊哙曾以"参乘"不离左右且屡建战功;尤其鸿门宴上危急时刻他挺身而出并突发宏论,竟使无敌于天下的楚霸王"无言以应",其对刘邦有"救驾"之恩。虽樊哙晚年攀附"吕党",但身后仍有武侯之谥。由于樊哙出身"狗屠",因此"沛县狗肉"成名也是应有之义。据说,沛县的狗肉秘制被传承下来,至少也有两千年历史。现在走在沛县大街上,随处可见狗肉专卖店;尤其是借樊哙名字命名的狗肉专卖店更是生意火爆。如果游人到沛县不品尝鲜香绵烂的"沛县狗肉",就

将是一个不小的遗憾。

沛县位于微山湖之滨,不知刘邦昔时是否曾到微山湖游览过一望无际的水面,感受远水旭日的壮观美景。也许,正是微山湖的辽阔波澜开阔了他的博大胸怀,以致唱出了气吞山河的《大风歌》。如今,沛县人民在沛县五段镇微山湖湖面又打造出水街一景。

水街,顾名思义是在微山湖水面上用船或固定建筑连接成的水上街巷。街巷有超市,有饭店,有书店,有渔民子弟学校,甚至村委会都建在街巷船上。人们走街串户或购买物品自然离不开船,若判断谁家门庭若市看看他家门口泊着多少条船就一目了然了。

如果你夏日荡舟微山湖,远眺湖心岛,采莲浅水湾,模仿一下归舟渔子,尽情品尝一顿丰盛的鱼宴,不妨在街巷渔舟旅馆住上一夜。夜里乘兴,可在船头沐风、观月、听涛,可在舟尾静数落在水中的星星或卧看水里连成串的渔火,也可静俯床头屏息聆听耳畔传来的哗哗桨声和渔火人家传出的轻歌漫语。

这时,你就会觉得自己仿佛身处梦中仙境。

沛县就是这样,有山有水,向人们标示这就是汉刘邦的故乡。她同样是个多面体,既沉淀着历史,又展示着美丽,永叙着《大风歌》的流长。

(2011年7月28日《中国商报·收藏拍卖导报》)

坝上四日

在北京北面,有一个华北平原和内蒙古高原交接、地势陡然升高而成阶梯状的美丽地方,俗称坝上。这个地方,水草丰美,曾经是"风吹草低见牛羊"之地,如今,她四季旖旎的自然风光依然吸引着来自四面八方的游

人前往。

2013年1月19日一早,我们一行两车八人,即从北京出发,赶赴内蒙古克什克腾旗乌兰布统之红山军马场。朋友说,红山军马场是坝上最美的地方,尤其冬季,辽阔的丘陵雪原,独特的蒙族风情,是摄影发烧友体验少数民族生活和取景的上佳之地。

汽车经过数小时颠簸,经密云、滦平、隆化、围场,中午过御道口继续北上进入乌兰布统,晚上到达红山军马场。

乌兰布统,位于克什克腾旗南端,与河北省围场县赛罕坝林场隔河相望,为清代皇家木兰围场的一部分,属丰宁坝上、围场坝上、张北坝上和沽源坝上之围场坝上,因康熙皇帝曾于此地指挥清军大败噶尔丹而著称于世。克什克腾旗又地处大兴安岭及阴山余脉交会处,科尔沁沙地西缘,属西辽河上游西拉木伦河流域,是草原和山区的过渡地带,具有多种地形地貌特征,因此,四季风光既充满神秘色彩,也具有丰富的多样性。

所谓沙地,雨丰则成草原,雨少则为荒漠,故其动植物及民俗民风两者兼备,自然、人文景观丰富。又因乌兰布统降水量丰沛,因此,她向人们展示更多的是草原风光。多年来,这里成为艺术家和摄影发烧友采风、抒发情感和寄托神思的垂爱之地。

我等此行专为摄影而来,由我友殿成组织,除两位曾在国际上荣获多项大奖摄影家及深谙摄影之道的殿成外,其余皆为摄影发烧友。

此行连路上行程共计四天。这四天天公作美,阴、晴、风、雪各种气象轮番呈现,坝上给我们奉上一份丰厚的节气见面礼:第一天先晴后雪,第二天风雪交加,第三天多云转晴,第四天大晴天,万里无云——用影友的话说,此真乃上天恩赐——凡旅游、摄影,几天之内能陆续遇到几种气象的,少之又少;有的人为等风雪或晴日,甚至需要在乌兰布统住上好几天。因为各种不同的天气条件,会出现不同光影,影像也会产生不同效果。同时,人们会根据不同气象条件,按需要设计出不同场景;这种万花筒式的场景,也会使人产生多种生活体验,领略多种风情,触发更多联想。

无疑,此行是成功的。这不仅体现在我们领略了不同于华北平原的冬日风情,同时,光影的收获,也提振了此行的质量。此行的圆满成功,还得感谢蒙古族朋友布赫。当我们晚上裹着风雪到达营地时,他已早早站在雪地里等候了。他给我留下的第一印象,就是透过纷纷扬扬雪幕看到的是一身民族服装打扮的蒙古族汉子健壮的身影……他已事先给我们安排好了住处和餐厅,让我们一下车就产生了宾至如归的感觉。当我们酒足饭饱坐在宾馆惬意休息时,这位朴实热情的蒙族汉子却悄悄离开了我们回了家。紧接着一连几天,他始终陪伴着我们:早起晚归,受冻挨饿……当向导,推车,他把我们当做自己兄弟,给我们释放出他的全部热情和真诚。

乌兰布统的冬天是上天演绎的神奇,是大自然馈赠给人类的童话,她的精彩,她的美丽,她水墨画般的意境,和蒙古族人民上演的民族风情,都深深地镶嵌在我们的记忆里。壮阔的雪景,起伏的山丘,错落的屋顶,闲散的炊烟,异形的牛栏,崎岖的羊道;线形的密林,丛生的树木,星点的独树,斜映的枝影;风雪中的奔马,成群的牧羊,傲寒的骆驼;及雪原落日,溪中雪塔,蜿蜒冰河……就像大自然有意的排列,一幅幅呈现给我们,徐徐展开的雪原画卷到处充满着隽永和浪漫。

河流,始终是这片土地的传奇。是西拉木伦河和她的支流们,造就了克什克腾的美丽,而河流自己也就成了魅力的注脚:皑皑白雪中流淌的热流,冰天雪地上空蒸腾的雾气,潺潺溪水环绕着的"雪馒头",冰冻下面绿莹莹的植物精灵……她们既充满生机,也充满情趣,既展示着诗意,也释放出魅力。在她们身上,有辽阔的壮丽,也有纤细的精巧,有静静的爱,也有悠远

的情——这就是小河头,一个挥洒神奇的地方,以致我们连续两天两次来到这里。

崔家窝铺的雪丘不高,但并不缺少豪情,它把白雪皑皑的原野和冬林揽在怀里,不乏壮美地述说着光影下的雄浑和绚丽。日出,日落,红色或橘黄的阳光涂抹着人间最绚丽的色彩,把江山装饰得辉煌而富丽。同时,它也是人们引吭高歌的地方,站在皑皑的雪顶,扫视夕阳下远方连绵的雪原,树木、村落、羊群、雪道……尽收眼底。面对着垂垂落日,放开蒙族高亢的歌喉,那胸怀,那气势,就像一个高屋建瓴的征服者,接受着远山的朝拜,眷赏万物奉上的绚烂。

正当夕阳西下,余晖脉脉时,一支归牧马队缓缓地从山脚雪原走过,又逶迤消逝在雪原深处。那是怎样悠远壮阔的图景啊!

忘不了敖包吐的蒙族汉子们。他们从来就是这样,从不缺少勇猛和热情。在这个大雪纷飞、冰天雪地的静谧季节,他们总以自己特殊的方式释放情绪:奔马,甩鞭,大声呼喊……就连体态高大的双峰驼也拉开脚步,在雪梁上描画自己多姿的剪影。黎明或夜晚的寂静,仿佛在这些有些蛮横的声调里向远处退却——他们需要的是沸腾和喧嚣的生活。

然而,他们从不慢待朋友,为了一句承诺,一段友情,甚至一张照片,一瞬光影,可以殚精竭虑,筋疲力尽,不厌其烦……于是,我眼前又浮现起蒙族朋友布赫的雪中身影和他挂在紫红脸膛上的微笑。

人们都说,草原上的马剽悍,勇猛,但我看在眼里的更是它们的温顺和聪慧,它们知道如何和人类友善相处。有朋友说,冬天,乌兰布统雪野中的马儿不会挨饿,因为它们懂得用自己的前蹄刨开积雪,寻找深埋在雪下的草……事实果然如此。当我看到群马在雪原上纷纷用前蹄刨掘积雪寻找草吃的情景时,不由得想起了1245年欧洲的罗马教皇应诺森四世派意大利主教约翰·普兰诺·加宾尼出使蒙古看到冬日的马后,在他的著作《出使蒙古记》一书中不无遗憾地写到:"我们的马不会像鞑靼人的马那样从雪下面挖掘出草来吃"那句话时,我心中更增加了对这些马的爱怜。我不知道这些马是否是产于克什克腾旗百岔山、现在世界上惟一不用挂铁掌就能远行的百岔铁蹄马,但它们,个个膘肥体壮,鬃毛光如缎锦,向人们炫耀着自己的健壮、美丽和智慧。

坝上,又是一个使四方游子和影人眷念的地方:我们在这里遇到了来自广东,四川,湖南,江西……的客人们,他们不远数千里来到这里,将自己对北方雪原的眷爱情感都凝聚在光影的定格里。

我曾到过东北大兴安岭腹地,也观赏过林海雪原深处风光,但乌兰布统向我展示的却是另一种魅力。她美丽而壮阔,妖娆而深厚,如同一幅不着雕琢的水墨山水画卷——雪原是留白,树木、房屋是线条组合,只寥寥几笔,就勾画出冬季草原的无尽情状。而人们,雪原马,羊群,骆驼……则是这幅草原风雪图中的生命和灵魂。

当第四天一早,我们带着眷恋,依依不舍地告别布赫,离开了乌兰布统红山军马场,取道机械林场回北京而去时,我心中蓦然升起一丝惆怅。这丝惆怅,是四天情感离别的失落,是美丽画卷回眸的恋影——毕竟四天太短。我们还没有来得及品味和回望就要离开。但我们又没有遗憾。尽管大雪封路,北沟、东沟、大峡谷等许多经典景点未能光顾,但已看过的雪原风光已足以让我们心醉。

回程,乌兰布统熟悉的影象一一从车窗外划过,我的脑海里竟浮现出下次重游的计划……

当我向皑皑雪原和丛丛密林投下最后一瞥目光默默告别时,眼前不由得出现了台湾蒙族诗人席慕容《父亲的草原,母亲的河》一歌的歌词:

父亲曾形容过草原的清香,让他在天涯海角也从不相忘。母亲总爱描摹那大河的浩荡,奔流在蒙古高原我遥远的家乡。如今终于见到这辽阔的大地,站在这芬芳的草原上我泪落如雨。河水在传唱着祖先的祝福,保佑漂泊的孩子找到回家的路。哎,父亲的草原,母亲的河。

来到乌兰布统我终于理解了远在台湾的席慕容为什么把歌词写得如此深情、凄婉,因为这里是她的故乡,故乡的辽阔,故乡的美丽,故乡的深情,始终拉扯着这位游子的心,使她的思乡情怀挥之不去。这里虽然不是我的故乡,但,她的美丽,她的深情已把我的深爱留给了草原,留给了大河。

——这片草原就是克什克腾,这条大河就是西拉木伦河。

尽管我领略的只是她的一部分:坝上,也尽管这时正是坝上的冬季……

(2013年1月28日北京)

新昌平山水记

前言

明末清初,著名学者顾炎武在抗清失败后,便变卖家产,从他的故乡浙江昆山来到北京,在现在的北京报国寺顾亭林祠小住后,即将足迹留在当时的北京昌平州——即现在的昌平、顺义、密云、怀柔等地。他的这次游访,不简单地游山玩水,而在观天下大势,品朝代兴替。正如他言:"纪政事,察民隐。"而他六次造访十三陵,更多地是对已灭亡的大明王朝缅怀。

这期间,他鞍马劳顿,辛苦是不言而喻的。他说:"频年足迹所至,无三月之淹,一年之中,半宿旅店。"当时的交通受历史条件的制约,顾炎武以马代车,两个骡子驮书及资料,边体察民情、考察地理边记录,足迹遍布

北京郊区。

他的这次游访,无意间给后人留下了两卷《昌平山水记》。这部书,记录了当时昌平州的历史地理状况,考证了前人的认识误区,调查并记录了顺义土地被皇庄圈占的史实。这些无疑是可贵的历史资料,是他给北京留下的一笔财富。

历史走到今天,现在的昌平已远远超越了顾炎武时代。如今我们游走在这片土地上,感受更多的是这片土地的文化积累和历史变迁。山还是那片山,水还是那片水,但她已不是昔日的穷山恶水,而是处处青山绿、满目日照明,各族人民安享富足荣康。那些历史陈迹,虽已成为流星的划痕,但我们还是希望它更亮一些,不要稍纵即逝,并成为人们追求明天的理由。

沧桑之间,白驹过隙,岁月已非昔日;我们游走在这片土地上,已不需鞍马劳顿,更多的是接受自然酿造和享受文化陶醉。

本文名之"新昌平山水记",盖借顾氏大名,行旅游之实,并聊表崇敬之意。虽如此,此游并不囿于"昌平一州",凡足迹所至,地无分南北东西,皆归之一类。且所及皆开放之地,无险无幽,故无探险之虞;若有,留之后来勇者以作扬名之旅可矣。

(一)昌平:虎峪

虎峪自然风景区位于北京昌平南口镇虎峪村,德胜门乘919路到红泥沟打车10元可到。

虎峪,顾名思义是虎的山谷;但如今此地已无虎可寻,当地百姓只在半山山洞塑几只泥虎代之,以唤回人们对远古的回忆。或有云,此地山岩多呈虎皮状,故云虎峪。

现虎峪最吸引人者当是她的山和水。

虎峪山奇。由于虎峪处于古火山沉积岩层地带,故岩石层次感强;加上长期以来古陆板块的碰撞挤压作用,岩层多隆起或斜立,其景颇为壮观。

虎峪水美。一条山溪独行十余公里,或漫滩,或跳崖,或浸石,或成小潭连珠,至山下汇成虎峪水库。其中良心池为石壁飞瀑落水所成,池水深碧,小巧雅致,甚有意蕴。虎峪谷底有通天池和天桥石洞,可惜由于长年少雨,天桥之北瀑布已成悬线。

独特的地质条件铸成她奇绝的自然风光,吸引了北京地质大学师生经常来此实地勘察、授课;而美山美水和丰厚植被造就的良好生存环境,则吸引了许多慈善者把这里当作鸟禽放生地。

此峡谷以水为灵,以山为美,故景观雨后水大为最佳。

山谷桑葚多且甜,春天常有采摘者。

(二)昌平:铁壁银山

我再一次光顾铁壁银山,缘于对清著名学者顾炎武行游的记忆。顾炎武曾来过此地,他在《昌平山水记》里记载:"州境之山,其名者曰银山,在州东北六十里,石梯而上五六里曰中峰,唐僧邓隐峰之所居也。山半有壁,其色似铁,世称银山铁壁云。下有法华寺,有隐峰十诗,曰白银峰,曰佛顶峰,曰古佛岩,曰说法台,曰佛觉塔,曰懿行塔,曰雪堂,曰云堂,曰茶亭,曰濛泉。金大定六年立石。"

据介绍,银山得名于冬季"冰雪厚积,色白如银"。唐僧邓隐峰在此讲经所建华严寺已有1300年历史,至辽代建宝岩寺,金天会三年改建为大圣延寺,明正统十三年重建,钦赐寺名"法华禅寺",下领七十二庵,为京郊名刹。寺内有僧瘗骨塔七座,其中金代密檐式砖塔五座,元代喇嘛塔两座。

周围山麓上也建有多座形式各异的僧塔。

如今，顾炎武笔下的景致大部分还在，而法华寺已不存；"十诗"也未见到，独寺内7座瘗骨塔依然立于山坳间。

我上次到银山塔林，山中尚有泉水潺潺，而今皆涸矣。惟流痕独在。沿弯弯山道款款上行，途中巨石嶙峋，浓荫蔽日，虽盛夏不生汗渍。山道右行即"银山铁壁"。银山，此山名；铁壁，实乃一巨壁悬依山间，其色如铁，其势如壁，与周遭岩石不同。

行半道困乏，林中择平净处与友席地而卧。方昏昏欲睡，忽有山风掠过，顿感神清气爽；闭目养神，亦觉眼帘中树影婆娑，明暗分合；身心舒放，林涛盈耳；一时间耽于自然，万般皆忘，竟须臾入梦。

山中有钟亭，巍然林外。登亭撞钟，声沉音厚，嗡然远播，遍山皆闻。若置身林间，更伴泉流，闻钟声，思古之情顿生焉。

登顶，远望，漫山皆绿，白云飘飘；欲觅半山铁壁，浓荫之下虽望眼欲穿，不辨踪迹，惟见佛塔依依。

中峰顶，海拔770米。

从后山下，遇5位法国登山女士，年龄稍长者50有余。

山后有望宝川村，盛产板栗、香梨等，民间有金鸽子传说。村中多耄耋老人，或曰长寿村。

归途，新识山友用车送我等至昌平车站。

（三）昌平：碓臼峪

碓臼峪风景区位于昌平区北部长陵镇境内，军都山南麓，距明十三陵约4公里。景区以村为名，因村内有一碓臼石，故名碓臼峪。景区总长3公里，两侧山体为花岗岩，形成于1.3亿年前北京地区发生的地壳运动。峪中

多泉流，傍生奇花异草；峪中峰奇石怪，野趣天成。

花岗岩山体，大多雄伟壮丽，突兀奇绝——这是由花岗岩的形成方式、质地和颜色决定的。远如泰山、华山，近如凤凰岭等。

我最欣赏碓臼峪的水。这里的泉流水量丰沛。尤其泉流与花岗岩相得益彰：花岗岩巍峨突兀时，水则激滟美丽；花岗岩两岩夹峙时，水则穿隙而过；花岗岩身高体宽时，水却飞腾激越；花岗岩铺地横卧时，水又浸漫如纱。故，与其说到碓臼峪观山色，不如说是赏石趣，品水景。

盛夏若行至虎峪深处，会见泉流渐宽，芦苇夹岸。峪底，有潭如镜，有岩如砥，有树如伞盖，清风如抚。小卧树下石上，沐清风游清梦享安然，真神仙不换也。

（四）延庆：八达岭残长城

残长城位于八达岭长城景区西南5公里八达岭镇东沟村，又称石峡关长城，古时隶属居庸关，是长城防御体系的一部分，为塞外进入北京的交通要道。由于残长城地处崇山峻岭，深沟险隘，故呈原始形态，满眼断壁残垣。

残长城攀登路线为东西两条：东路可沿新修石阶攀登，半山达观景台；西路可沿新修山路攀登至残长城一豁口处。

据说，这里春天的"花坡"、盛夏的"花谷"都是摄影爱好者的拍摄景点。

一般游者可于德胜门乘919路车至西拨子，再步行或打车3.5公里即到景区。

残长城逶迤崇山峻岭之中，像一条蜿蜒匍匐的长龙。其体虽残，但她的沧桑美更具魅力，打动了无数寻找历史足迹的目光。

当地人说，这里曾是李自成攻破长城进占北京的地方。此言真否已不重要，因为那一页已经翻过。

（五）怀柔：龙潭涧　鬼谷庐

从北京怀柔西北行 80 华里到云蒙山北麓，于柏查子穿 7 华里山洞再打车而北 10 华里至琉璃庙镇东峪村即到云梦仙境景区。云梦仙境之"云梦"，取"云蒙（山）"谐音。

景区包括龙潭涧和鬼谷庐两个景点。

龙潭涧，长 4 公里，由形态各异、清澈见底的 36 个水潭相连而成，夏日走进涧内，泉水叮咚，鱼翔浅底，百花盛开，鸟叫蝉鸣，风光美丽，可谓独得天赐。龙潭涧芦花峡谷附近景观尤奇，可见绝壁千尺，松虬探空；碧潭幽深，飞瀑湍落。

鬼谷庐景观最奇，相传为古代军事学创始人王禅老祖（鬼谷子）修炼教学和古军事家孙膑拜师出道的地方。该谷位于龙潭涧对面半山之上，四面悬崖峭壁，地势险要，山下仅有一条人造栈道可通。鬼谷小石门前长满野生猕猴桃及各种植物，进门可见藤条缠绕，树木遮天。谷底有悬崖，崖上百米瀑布从峰顶直泻而下，如丝如缕。鬼谷子洞在瀑布一侧，悬嵌于半崖中。

景区内建有鬼谷殿、孙膑得道台，庞涓、孙膑对弈亭、古碳窑、月牙湖、玉带桥等。其余，皆为原始次生林。夏日入谷，顿觉清风习习，满眼绿色；树荫浓处，惟见阳光数缕，大有置身原始森林之感，为盛夏避暑上选之地。

（六）怀柔：天池峡谷

天池峡谷位于北京怀柔区怀北镇上黄土梁，距市区 76 公里，因景点山

上有数条泉流顺势而下,在半腰汇成一个1000多平方米的天池而得名。景区内有神驼峰、八戒背娇娘、福从天降、莲藕双生等岩石景观。

天池景区可分两路:一路为天池,一路当地人命名为情人谷。天池景区尚可一观,而情人谷景色较平。

天池位于半山,可登阶而上。天池上有小潭,潭水清澈;潭前斜壁上一泉流铺岩而下,水线如缕,遇石不平铺成波波花纹。

沿天池侧路上行,即到所谓光明顶。登观景台四望,四周山势奇绝,有峰林如笋,峰顶时见苍松翠柏,郁郁葱葱;山中岩石常突兀而出,奇形怪状,如观景台东侧近峰顶处一岩石上下相叠,当地人称之为猪八戒背娇娘。

景区最高处为光明顶,有小路可通。如不登顶,可从观景台东侧下山。中途壁下有泉,名之天泉,泉水清凉甘甜。此泉间歇性喷涌,远可达数尺。

天池东,沿途皆峭壁,壁侧一清流顺势而下,乃天池上源。途中多树,裸根顺岩而生,长可十数米。

天池峡谷入口处有山洞长200余米,乃1966年所建北京广播战备备用电台,其中贮藏室、浴池、食堂、广播间、发射装置俱全。1972年废弃。

天池峡谷附近公路两侧山势奇绝。曾问熟知地理者,或云此路为怀丰(怀柔至丰宁)公路。沿途景区相接,如青龙峡、雁栖湖、百泉山、幽谷神潭、黄土梁、天池峡谷、龙潭涧、鬼谷庐等。

(七)怀柔:喇叭沟门

心存游喇叭沟门之愿久矣。

2012年10月21日,4友相约同行。早上从东直门出发,下午即已住在了喇叭沟门满族乡孙栅子村农家院刘家,房费每人20元,饭菜自点,随心所欲。

下午，包车至白桦林景区。

白桦林之游时令稍晚，树叶将尽落。当地人说，白桦林最美时节为9月下旬。

然枫、柿、火炬、黄栌正红得如火如荼，杨、柳、槭、杏、梨等叶色金黄厚浓。秋山层林浸染，彩叶斑驳。沿步道上至观景台下，登石远望，夕阳残照，秋光烂漫，群山红黄掩映，皆匍匐脚下，以致延绵不绝，如涛如潮。

此时，朔风紧，身瑟缩，手冷不能出。

晚归，稍饮，餐之以小鸡炖蘑菇、野菜等，睡热炕。

早起，天乍亮即往五龙潭原始森林保护区。

进景区，沿清凉谷登山，道险而景观绮丽：岩石崔巍，苍松皆傍崖斜生，其势危绝。最美应在橡树林。处身林间，暖阳斜照，满眼金黄，毫无杂色；徜徉漫吟，疑在仙境，惟兴叹而已。

我友殿成说，此景应为天上有，我来恰当其时。

北京喇叭沟门原始森林生态景区距北京140余公里，位于北京怀柔县北部，临河北丰宁、滦平两县，其南猴顶海拔1700米，为域内最高峰。分白桦林、五龙潭原始森林、冰川遗迹等三个景区。其中五龙潭之百丈崖和大峡谷都是北京绝美的自然景观。

景区面积约297平方公里。

（八）昌平：莽山

2012年11月8日早7时，我等一行7人依约在德胜门集合，欲乘919路公交车去延庆古长城看雪后美景。后因延庆路段结冰公交车推后开行，遂改游昌平莽山。

345路车至终点下车，穿水库，过山门，观大佛，攀步道，登顶观秋景

而还。莽山,秋色未尽,残红满山。

蟒山位于北京西北郊昌平区境内,距京城约 35 公里,因其山势起伏如蟒得名,莽山雄踞水库之北一里,居明陵东南十里。山体主要成份为砂页岩,于植物生长稍利。

景区内层峦叠嶂,郁郁葱葱,森林覆盖率达 96%,是名副其实的"天然氧吧"。莽山多树木、花卉,其中油松、侧柏、白皮松居多,故莽山四季常绿。尤其夏季,林区空气清新,若山风吹起,松涛阵阵,游人沐浴在林海中,心旷神怡。

春季,园内迎春、山桃、山杏、连翘、丁香、榆叶梅、芍药、月季、樱花等数十种花木争相开放,可谓春色妖娆;秋季,黄栌、元宝枫、火炬树、地锦等一片火红,层林尽染,云蒸霞蔚。

莽山山顶有天池,乃人工湖泊,用以落差发电。现已废,遂成一景点,供游人游览。天池有公路直通山下,但须绕行数十里。

(九)房山:圣莲山

我之知道圣莲山,缘于与老友郝向前的一次闲聊。他偶然提起,我即欣然应允前往。晨,于莲花池站乘 917 路车至房山商贸中心,再从对面房山汽车站乘 21 路直至圣莲山景区大门。

圣莲山位于房山区西北史家营乡柳林水村,又称莲花山,因四围山峰酷似莲花瓣得名。圣莲山 2004 年正式对外开放,森林覆盖率 80% 以上。整个景区包括神牛岭、祭拜台、九龙谷、翠屏峰、二十八盘道、九莲洞、八仙洞、西山圣母、圣水洞、百里卧佛、圣莲宝塔、迎客松等。旧时圣莲山尊奉道教,半崖建有两殿,一为蟠桃宫(属北庙部分),一为长寿观(始建于明永乐年间)。据介绍,北庙部分建于 1924 年,建筑包括三宫、三院、三

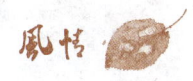

洞。其中三院旧时曾为军阀曹锟、吴佩孚及京剧大师杨小楼别墅，现建筑为2001年修复。

圣莲山雕巨型老子石坐像一尊，旁有圣女洞。俗有"男根"一说，属无稽之谈，迎风媚俗，哗众取宠耳。

惟圣莲山及其建筑群地处群山深处，地势巍峨，人踪罕至，清净绝尘；而其山势秀险，景观奇绝，清幽峻美，泉水甘醇，故得到游人青睐。可谓北京最佳去处之一。

（十）昌平：白虎涧

白虎涧介于海淀和昌平交界处，属昌平阳坊镇，与海淀区景区凤凰岭相邻。

据介绍，白虎涧自然风景区最高海拔850米，属太行山余脉，素有"神岭千峰"之称。白虎涧山石嶙峋，树木茂盛，沟谷蜿蜒，主要包括水泉沟、白龙潭、黑龙潭、映月潭、番天印、擎天柱、望天吼等景点。

山上多植被。我曾于秋日结伴游山，则见秋风浸染之下漫山斑驳。山间多酸枣，肉厚核小。

若沿东山西行，山道尽头与凤凰岭"天梯"相接，路口有黑枣树为标志，遂入凤凰岭景区。

白虎涧山势复杂，沟谷难测。当年有一双老年游者不循山道从乱石间登山，不慎坠于石罅中。后老翁举妪上来报警，三日后老翁方得救。期间老翁靠饮山间雨水得活。此事媒体广为报道，一时成为北京热闻，几乎家喻户晓。

2010年初春携友再游，从正门入，不远处有农家院、鱼池、休闲屋。沿山道上行，过洗心池，山桃、山杏盛开，漫山皆白。而远山雄伟，奇石遍

布,悠然一绝好去处。白虎涧最精彩者莫过通天洞。洞中世界忽宽忽窄,宽者如置身厅堂,窄者仅一人半蹲而过。洞中多积厚冰,晶莹剔透。

下山途中遇两老年游者,体格瘦健,谈笑疾行,须臾而去。行处,不慎将老年证丢失道旁,我等疾呼,已不见踪影。乃联系景区管理处,电话通知以还。

山上乱石中多蛇,常数条相盘为团,向阳取暖,见人四散。蛇小而细黑,当地人或称为"铁钩子",有剧毒。据说,是蝮蛇的一种。

(十一)平谷:老象峰

2010年秋,数友相约到平谷大华山下小峪子村北侧老象峰闲游。

晨,秋风飒飒,暖阳铺山,满眼秋色。我等沿山道徐行,见途中山道两侧火炬树叶叶如火,八角枫树树金黄,柿子树枝枝挂果……整个山麓秋景如画,美不胜收。

中途有湖,但见波光粼粼,远山倒映水中。

进老象峰景点山门,遂见一峰峰顶圆如象首,头西而立,山体一侧中空,仅有一石柱与山体相连,豁豁然如象鼻垂地。

先沿对面山道登到观景亭遥望老象峰——此为观看老象峰的最佳位置——天然石峰宛若大象垂鼻吸水,惟妙惟肖。

下亭,登象峰峰顶,途遇数名游客。峰顶有山道从象鼻洞中穿过,可围象身环游,亦可放眼远望,四周山下风光尽收眼底。

下山走另道。道两侧多柿树,虽树叶尽落,然柿子挂在树枝上,金黄点点,有风吹来,如灯笼轻摇。

老象峰景区内有菊花仙谷、松涛林、万草沟、古堡浮云和虎爪峰等多处景观。

（十二）平谷：老泉山

2012年5月16日，从东直门乘980路公交车到平谷世纪广场倒县域小公共11路，于熊儿寨老泉口下车，步行数里即可达老泉口山野公园。

老泉口山野公园坐落在老泉口村西山上。下车后有两条路可达：其一，在老泉口二队下车，有道穿村可直达公园门口，此道稍近；其二，乘车到老泉口一队下车，下车前行不远，即有公园电瓶车接站，每人3元，此途较远。

老泉口因山麓有泉闻名。半途立有画墙，墙上题字曰：期盼。墙外有雕像三尊，记200年前一老汉携两童逃荒至此，因泉而繁衍成老泉村。

老泉泉眼位于公园进门不远处。泉上建亭，亭下有池，池中养鱼。泉、池有仿曲水流觞水道相连。老泉泉水清冽而甘甜，石壁上题有"老泉"二字。

老泉山7景，唯彩叶谷、山崖观景台、雕塑群最可人意。

彩叶沟深邃而阴翳，满谷茂林青翠，树叶浓密。夏日行于其间，清风飒飒，骨透身凉，是一个绝好避暑去处。若逢秋日，可见满谷彩叶——这可能就是彩叶谷一名的来历。可惜谷中无水。

山崖观景台居高临下，因地处河谷崖上，故狂风如飚，巨声如吼。放眼西望，一库水清如镜，烟波渺渺，平卧众山怀抱之中。观之，顿觉心宽眼阔，气高神爽。远望则山峦四围，中间一马平川，山边村庄横依，民居点点，颇为壮阔。

观景台下，一巨大水泥塔楼顷圮。细看，乃劣质工程。园内人说：此塔楼倾倒于2008年。塔下半山也有一玻璃观景台，半建而废。此亦伪劣工程耶？

此景区自然景观与人文景观相结合，布置恰到好处。雕塑有两处最佳：一处以"爱"为主题，凸显现代风韵，雕塑造型新颖别致，构思巧妙；一处为人头造型，线条简洁，风格明快，各种表情惟妙惟肖。

据说，此园曾与韩国合资，不知确否？

（十三）延庆：乌龙峡谷

2012年盛夏八月，约山友数人包车游览延庆百里画廊。沿途向日葵花开正盛，接天连片一片金黄；山野各色鲜花烂漫开放，四处飘香，过去的延庆山区如今俨然是一座美丽大花园。

游览延庆百里画廊第一站是乌龙峡谷。

乌龙峡谷形成缘于1.4亿年前的一次火山爆发，后又经黑河长期冲刷而成。由于黑河似龙，流经此处水清潭多故又称黑龙潭峡谷。峡谷共有四潭：一潭地势最险，底大口小，呈椭圆形，流水激荡，深不可测；二潭两侧石壁似切，状如山门，且河中多怪石，其中两块巨石最奇，相对而立，形似乌龟翘首望天；三潭较为宽敞，流水平缓；四潭地势亦险，两侧岩壁峭直，谷底水流汹涌。

据当地百姓说，乌龙峡谷每到汛期，水深流急，白浪拍山，响声如雷；跌水入涧，水花翻涌如雪，雄奇壮观。

乌龙峡谷仅2公里，沟不长而势险，山不高而浪急，是盛夏观涛的好去处。

（十四）延庆：硅化木国家地质公园

延庆百里画廊旅游第二站是硅化木国家地质公园。

硅化木国家地质公园主要分布在延庆东北部燕山千家店镇下德龙湾村附

近的白河两岸。据考证，硅化木生成于距今1.4亿年前的侏罗纪火山盆地海相沉积沙页岩中，是目前华北地区规模最大的原地埋藏、原地产出、原地展示的硅化木群。硅化木又名"木化石"是研究古地质、古植物及古生物的宝贵实物。

据载，北宋科学家沈括曾流放于此，考察后在其著作《梦溪笔谈》中有"距渤海千里之遥，松化为石"的记载，并得到当代著名科学家钱伟长的证实。

现地质公园的中心区已开发木化石57株，并用游亭、玻璃罩加以保护。

硅化木不但极具科研价值，也极具观赏价值。且附近山体构成奇特，并有白河蜿蜒流淌，遂形成一条秀美的天然风景带。

公园原包括5个景区：小昆仑地质科普区、地质公园中心区、乌龙峡谷地质水文游览区、燕山天池休闲度假区、大滩生态示范区等，现乌龙峡谷等已成收取门票的独立景点。

站在硅化木国家地质公园山顶，远眺白河如带，远山似涛，风光若画。

（十五）平谷：三羊古火山景区

景区位于有"世外桃源"之称的京东平谷熊儿寨乡，距北京89公里，距天津130公里，可谓两城之中，魅力独具。其森林覆盖率达86%以上，因景区内有两个15亿年前的火山口得名。

我约数友之游三羊古火山景区已是2011年10月30日，时值深秋。进景区即见树木萧疏，秋叶落地，山色一片苍凉；且15亿年前的火山遗迹也已踪影难辨。面对此景，不免怅然。

转过山梁，神情为之一震：突兀雄奇的山峰下，蜗居着几所舒散的农舍；农舍小院石墙外，是伸出的缀着无数金黄小灯笼的柿子树枝丫。

一个小院，数间石屋，几棵柿树，两条等主人归来的小狗，和挂在石墙瓜秧上的几个倭瓜，共同构成了一幅秋光山居图。然后呈现在人眼前的是山坡后面的最后一抹秋意——片片金色柞树林……这就是人们赞美的"世外桃源"吗？

据说，熊儿寨乡以传统葫芦画为旅游特色，并形成了"房前屋后是菜园，道路两边花果园，全乡建成大花园"的"三园"格局。

寻找最美秋意，熊儿寨许是最佳选择。

（十六）平谷：丫髻山

我约四挚友同游丫髻山，已是2011年10月5日深秋了。本意欲看红叶，但郊区气温较低，群山已现肃杀之气，惟见柿树尚显青郁，疏叶间，柿子灯笼般挂在枝头，可称赏心悦目。

丫髻山位于平谷县刘家店乡境内，坐西北朝东南，满山苍松翠柏，郁郁葱葱，附近百姓称之为"东大山"，海拔363米，又因两山头状若古代女孩头上的丫髻，故名丫髻山。据《玉皇阁碑》记载："京东百余里有山曰丫髻，隶怀柔县，两峰高耸，望之如髻，故得是名。"山下错河如玉带环绕，山前有四十八盘台阶直通山顶。山后为悬崖绝壁，挺拔险峻。自唐贞观年间至民国初年，历代王朝都曾在这里大兴土木，山上山下共建有古建筑群十八处。

丫髻山山势颇雄伟，为道教名山，每年农历四月之庙会已延续400余年，被称为华北四大庙会之一。据工作人员介绍，每当四月庙会时，香客夜半即开始登山，摩肩擦踵，香烟缭绕，盛极一时。丫髻山东西两顶上建筑极为宏伟，富丽堂皇。西顶碧霞元君祠，始建于唐代，重修之碧霞元君金身塑像立于其间，为京东名刹，当地人称娘娘庙。而清康熙年间重建之东顶玉皇阁，内奉昊天金阙至尊玉皇大帝塑像，康熙赐题匾额"敷锡广生"。

磕头沟原有云岩寺，分上下两寺，始建于辽代，后经多次重修。上寺建于悬崖峭壁上，其规模之大，工程之险，古来罕见。

丫髻山双峰高耸，林木茂盛，鸟雀繁多，可谓险秀兼备。景区景点包括：双松迎客、回香揽古、石经道、万寿柏抱松、御坐石、碑林怀旧、碧霞夕照、观音望海、石门等。其中"碧霞夕照"和"碑林怀旧"最为著名。

下午，我等四人从丫髻山东侧路下，遂见山间柿林茂密，硕果累累，一派丰收景象。

（十七）平谷：盘龙瀑

2011年11月2日，我与老友徐某、郑某赴平谷盘龙瀑游览。此时，时序已入初冬，山半飘零，惟向阳坡尚有秋意。

此处昔日有瀑布，半山悬崖陡壁水痕累累。沿山道上行，遂见一坝，坝上一湖，水清且深。至此方知，此湖乃人工筑坝拦截泉流而成。向前已无山道可通，遂过坝到对面山上，再沿步道盘桓而下：可见山道围湖而转。

来时见园内有一溪流，顺山道奔下；流中多树，并伴有怪石，遂成清幽之境。水流将尽，忽见一人工瀑布从山上飞流而下，才领悟溪流乃瀑布下泄所致。

此地人好石，山间建筑皆为石片垒积而成，或园门，或烽火台，层层叠叠，奇巧玲珑，可以一观。

盘龙瀑位于平谷区南端南山村境内，南与天津蓟县盘山毗连，东与金海湖、黄崖关一脉相依，北与京东大峡谷、大溶洞等景区相对。其风光秀丽，景色宜人，自然风景优美，且旧日以庙多、石多、洞多著称；原有龙泉寺、安静寺、报国寺、青峰寺、瑞云寺等，在北京佛教中占有一席之地，可惜昔日惨遭日军烧掠，如今唯余瓦砾而已。

盘龙瀑之夏清爽秀丽，可谓避暑佳境。

（十八）密云：雾灵西峰

从密云鼓楼乘38路县属中巴，可达雾灵山庄。沿雾灵湖步行5里经遥桥峪村可达雾灵西峰。

雾灵西峰位于雾灵湖之西。雾灵湖，又名遥桥峪水库，由安达木河截流而成。其水清，其库深，如明镜仰卧；而四周青山如屏，苍松翠柏郁郁青青。景区别墅错落，清幽秀美，眼观顿觉心宽神清。

我等去时秋意正浓，满眼斑驳，湖水一侧漫山红叶如火。

湖西畔坐落遥桥峪村，村内建有遥桥峪古堡。据说，遥桥峪古堡始建于明万历二十六年（1599年），竣工于万历二十七年秋（公元1600年），是戚继光部将为防御倭寇建的一个兵营。古堡历经数百年至今仍保存完好，内有50户戍边将士后代，仍保持古老习俗。

雾灵西峰景区植被茂密丰富，而山势突兀。尤其峰顶奇绝，如石柱擎天。峰顶有烽火台，立于石柱一侧，颇为雄伟壮观。半山有观景台，可眺望雾灵湖及远山景观。

（十九）密云：云岫谷

云岫谷位于密云新城子乡遥桥峪村，由于其植被保护好，故景区山林茂密，泉水流潭遍布，野生动物较多，特辟为京郊游猎区。我等来到云岫谷门前，即见数只山鸡盘桓道边，见人不惊，疑为人工饲养放归山林以供狩猎耳。

风景区内山、石、洞、谷、河、潭等形成景观，从串珠湖到传说中的七仙女洗澡的七仙潭再至南天一柱，景点达40余处，皆有特色；此外，还有刘伯温草庐、长城烽火台及民俗古堡等人文景观。

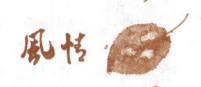

景区美则美矣,惟刘伯温草庐、民俗古堡等人工景点似画蛇添足,大煞风景。自然风光最忌人工雕琢,看似增色,费工耗力,实为南辕北辙,不如不搞。

(二十)密云:仙居谷

密云太师屯乡可谓地灵之地,山清水秀,风景优美。何哉?多借安达木河之力也。安达木河从中穿过,沿河多景区:雾灵西峰、云岫谷、仙居谷皆在其侧。

仙居谷位于安达木河南岸,青秀幽深,泉潭众多。春夏,从沟谷到山巅,杜鹃、桃李、绣线菊、山樱桃、山菊花等各色野花盛开不绝。尤其万花湖湖水明清如镜,镶嵌在青山林荫之间。若沿湖侧小道,可达沟底。

景区建有野外生存营地,可培训游人生存技能。

从密云鼓楼乘38路车可直达安达木河北岸,过桥即景区大门。

安达木河,水清如许。桥侧芦苇丛生,奇石遍布——见景即入佳境。

我等数人于2012年6月中旬游于山水之间,爱其山秀,景美,水清,花多,峰奇,真如仙人入谷也。

(二十一)密云:云蒙山古长城

我与山友郑某欲游桃园仙谷,不意其未带公园年票,竟无功而返。出园,巧遇数十位老外下车后反往园外而去,我俩奇怪,遂尾随而往。行数十百米,老外竟相携登山。山陡,不时有人摔倒,幸而多树,故无伤者。见有老外体力不支,做四肢兽行。

一小时后攀至山上,忽遇一高墙挡住去路,细看,方知为古长城。披荆斩棘,顺城墙右行,见一豁口,残砖堆砌,知是城墙崩塌所致。遂感老外精

通北京地理，竟熟知山道如此。

正入豁口，忽见一公园人员从旁闪出，说，此为残长城景区，请返回，从大门购票进入。老外们初一惊，后佯装不懂，边走边礼貌问候：你好！人员又说一遍：此为景区，请返回购票。老外们笑更灿，语更恭，接连问候：你好！你好！遂鱼贯而入。人员明知老外装傻，竟无计可施。

我与山友尾随而至。人员看我等黑发黄肤，问：你们哪国人？我尚未回答，山友竟从兜里掏出几块糖递过去，说：米西米西。人员听后一时愣在那里。山友趁机推我而入。进豁口，后面传来怒声：呸！小日本更坏，和洋鬼子一样装孙子。

此为前曲。

登山行至将军楼，有小道下至十八潭。十八潭，谷深景幽，山道曲险，有一线天可证。登顶，远望，密云水库静如明镜，悬卧眼前；而长城蜿蜒，随群山远去……脚下悬崖峭壁，劲松奇绝，如华山然。登顶西望皆为悬崖，而脚下三道边楼、将军楼、四方楼等三座敌台及圆形烽火台逶迤相连，今又称四座楼山。

长城南跨清溪（今称云蒙峡），东临水谷关城及古水关遗址，其大部为明初所修，其中一部分为北齐所建。长城为纯石结构单边内长城，自东北伸向西南。据说，其属蓟镇边墙东中西三路之西路。其石塘岭段北起石塘岭，南迄开连口，长92里，设关砦十二，附墙台三座，空心敌台五十九座，初建于明洪武、永乐年间，明隆庆、万历年间又加以修补改建。

（二十二）密云：桃源仙谷

2011年12月18日，我与好友郑某再次来桃源仙谷，以聊补忘证遗憾。时序寒冬，天地严寒，沿途小溪已经封冻。一路行来，惟我两人而已。

桃园仙谷位于密云云蒙山石城乡，距北京90公里。景区东起密云水库西岸的南石城，西至观峰台顶，全长8公里，总面积16平方公里。景区森林茂密，潭瀑众多，山峰雄伟，沟深峰奇，特别是一湖六瀑十三潭，冬天唯观冰瀑而已。天画八峰奇石耸立，秀险皆备，可谓奇观。

冬日冰瀑，大多人工而成，或如玉树，或成冰壁，冰晶玉洁，令人心仪。其天梯尤险，登天梯如同身挂绝壁之间。

景区有56民族图腾及慈母洞。

（二十三）门头沟：戒台寺　石佛村

2012年12月27日（星期三），天阴。我约好友4人同游戒台寺。我来戒台寺已数次，本次之游，是应数友之约而往。去时，天气大寒，山上积雪甚厚，抬眼望，白茫茫一片，用"山舞银蛇，原驰蜡象"描绘最为贴切。

戒台寺位于马鞍山上，始建于唐武德五年（公元622年），原名"慧聚寺"。辽代高僧法均在此建戒坛，故又名戒坛寺。西北院存有中国最大戒坛，与泉州开元寺、杭州昭庆寺并称三大戒坛。

戒台寺以松著名，俗有"潭柘以泉胜，戒台以松名"一说。其中活动松、自在松、九龙松、抱塔松、卧龙松合称戒台五松。景观"戒台松涛"名噪一时。

出戒台寺，沿山沟踏雪东南可到石佛村。2里许，见一石牌坊傍村迎立，侧有"芦潭古道"（卢沟桥—潭柘寺）穿村而过。

石佛村以摩崖石刻为名、闻名。现崖下立有石佛像一尊，佛首为后人所补造；崖上尚存大小佛像22尊。据村民介绍，昔时有人曾于崖下挖出古石桥一座、无头石佛一尊（现所立者）。据老人说，小时曾见古桥头有亭，称过桥亭，为摩崖香客而建；桥两侧各立石佛3尊，小型汉白玉佛若干；山上

泉眼遍布，桥下泉水淄流不绝。现崖下石桥、山亭为近年重建。据考，摩崖石像为明嘉靖年间所刻。

过石佛村，即见北宫公园峰顶廊亭。

大灰场，位于北宫公园之西北，山石裸露，岩体破败，皆为开山烧灰而成；景像不堪，与北宫国家森林公园名分不符。

（二十四）怀柔：响水湖

2013年5月15日，我约8友到位于怀柔区的响水湖景区郊游。

其中一友说，他曾多次到过响水湖，湖面巨大，有长城从山上逶迤而下，一直延伸到湖水中。我等到响水湖后，找巨湖不见，问当地人才知，友人所说实乃黄花城水下长城。该友几番求证不成，遂大窘。

其实，所谓响水湖，只不过是养生大峡谷中泉水下流汇集的一个小潭而已，因流水声大，故夸张地称为响水湖。

响水湖景区位于怀柔区渤海镇大榛峪村东，主要景观有响水湖、磨石口长城和连云岭长城。据说，此处长城有一磨石口关，建于明永乐二年，距今已有600余年的历史了。万历年间修筑的水关，因设有两道关门，故又称"双关子"。1973年，在此处修建水库大坝，几乎将山上长城接在一起，遂使古长城更加壮观。据说，大坝因质量问题及近年天旱无水，已废弃不用。景区西北有养生大峡谷，山泉自上倾泻而下，形成一个个大小不一的瀑布潭水群，亦即响水湖之所在。

其实，到响水湖主要是看长城。尤其驴鞍岭一带，长城斜立陡崖之上，蜿蜒曲折，山势险峻，望之令人生畏。

据当地老百姓说，附近有未开发之旺泉峪长城，顺长城攀登，经玉石楼，可到旺泉峪长城和箭扣长城的分界处——北京结。由北京结向北可到九

眼楼，向东可到箭扣长城的鹰飞倒仰。

（二十五）密云：天门山

一连下了几天雨，山友们在家已憋数日，皆急不可耐要求出行。2013年6月13日，天气多云无雨，遂相约到密云天门山游览。市区11日曾下冰雹，据报，京郊北部亦有大雨，而骤在密云；推测雨后山区流泉水势定大，是游山良机。

天门山位于北京密云县石城镇柳棵峪（距北京100公里）云蒙山东侧。与京都第一瀑相邻，同处"京都第一瀑"牌坊之内。信步入坊，京都第一瀑景区右行，天门山景区左行。天门山景区四面环山，植被翁郁。山体多由花岗岩组成，山形突兀，时有怪石嶙峋，形呈石猴、人面、鸡冠等状，皆惟妙惟肖，栩栩如生。沿山道前行，道旁山溪淙淙，潭水清澈，绿荫蔽日，微风习习，顿觉精神清爽，数日萎靡情绪一扫而空。

登山百米，即见一巨大红梨树伫立道旁，其体干粗壮，枝繁叶茂而顶盖如伞。坐树下，凉风沁骨，暑汗顿消。众友遂卸装野餐，一时欢声笑语荡于山壑密林之间。

再上行，不远处即主景"天门洞"，即俗称"扁担眼"。天门洞，海拔800余米，乃山体崩塌而成。洞体高约60米、宽约40米，上仅有一数米厚石顶相连，望之几欲崩溃，令人悚然。沿铁梯登至洞后山亭，回首再望天门山顶，地势巍峨，体态雄壮，大有崔巍之感，而穿洞可望对面群山。登上洞顶，众山皆伏于苍天之下，连绵逶迤。据说，此洞生成已一亿二千万年了。

有当地百姓言，天门山山背乃"青菁顶"景区。

当地有传说曰：上古，曾有二郎神受托以扁担挑山，看钩眼将豁，急

放,天地间遂形成南北两天门山——南即张家界天门山,北即此天门山——众友闻之大笑,皆以为是附会之言。

天门山小峡谷由石箍潭、馒头石、温泉、石林、三石潭、悬天石、双塔峰、鸡冠峰、月牙潭、天门泉等景点组成,自然风景优美;多板栗、杏、桑等果树。众友游山时,桑葚正熟,皆饕餮至口唇圈红,以致相望大笑。而杏小尚青,无肉且苦。

日将落,意足而返。

(二十六)密云:云龙涧

北京近日多雨。昨天天气预报说,今日北京无雨多云,我即把心放在肚里,相约诸友到密云云龙涧游览。早起,却发现东天阴云密布——遂起疑心:今日该不会又有雨吧?

到东直门交通枢纽乘980前,我先到了位于枢纽以北的长途汽车站。据介绍,那里有公交车987路可直达云龙涧景区。经调查确认后,遂待诸友到齐转至987车站。此时,恰有7点40分汽车待发,我等皆鱼贯登车。稍坐,车开。

乘直达车本欲省时,没想到987路竟是慢车,一路颠簸磨蹭,到景区已午时10点半了。

此时天云稍开,光影渐强。此种天气虽不暴晒,但闷热,稍有活动,浑身冒汗。以我往日经验,凡遇到如此天气,必是出一身透汗的大好时机,干脆放开运动,让身体淋漓汗透。

云龙涧位于密云溪翁庄镇北白岩村村北,密云水库西侧,距密云县城10公里。涧,顾名思义,即峡谷。而云龙者,实为为吸引游客而起的名字,小峡谷里既无云,也无龙,而是一个布满了清潭、流瀑、奇峰、怪石和林地的景区。据当地人介绍说,风景区由四大主题风景走廊构成,第一主题区为深涧透云峡，第二主题区为登高好汉坡，第三主题区为幽林十八盘，第四主题区为怀古揽胜景。

据我观察，云龙涧这四个主题景区总结得还算公道，一路行来，峡谷好风光毋庸置疑。但最突出的还是两大看点：一是由数十个石笼矮墙由下而上相叠而成的梯田式阶梯和阶梯上半山阴雕的北京奥运会巨大人字印标识；再一就是登上峰顶远眺密云水库全景。

先说那数十个石笼矮墙。其中，每个矮墙都是由薄碎石片叠积而成，远看，密密麻麻却井然有序：横对缝，竖相叠；如此，才能保证建筑实体的坚固稳定和外形的美观。遂佩服当地百姓就地取材的智慧和高超的建筑艺术——虽然我曾在北京山区其他民居建筑中多次看到过这种建筑形式，但达到如此宏大规模的却是绝无仅有——遂感叹劳动人民精彩的才思和艺术创造力。

再一最大感受就是山顶眺望密云水库。我曾在密云残长城景区眺望过密云水库，但那里稍远，虽水库全貌尽收眼底，但毕竟模糊了许多细节。而此次不同。此山为距水库西侧最近的高峰，站在峰顶，但见脚下的密云水库，静卧于群山之中，绵延于群山深处，水水相扣，弯弯相连，水面皆亮如明镜；而水中山岛耸峙，碧绿葱茏，水抱山，山饶水，山水交错，互为犬牙。库中有小岛，如小家碧玉；有半岛，如插水碧簪。细看，半岛上公路历历在目，如飘绕在岛下水畔的黄色飘带……

云龙涧建有观光缆车可直达山顶，然由于游客日稀，如今已经停运。只剩下索道下巍巍天梯孤独直立。

此行为我等近日出游人数最少者。原因：L君家保姆请假回乡，他因照顾老母缺席；而C君携妻赴山东，再转道西藏远行；而小S妻崴脚骨折，他每日要带爱妻到医院治疗……

此时，山杏尚青，但桑葚熟透。众山友贪吃更切，直至指唇变色。

（二十七）密云：捧河湾

经几番踌躇，终于得到风墀的来电支持，遂决定不管是否有雨，都要在6月27日（周四）到密云一游。征得意见后，决定到稍近的捧河湾景区。

一行7人逶迤而行。车上无座，且司机到洞口站未给停车，结果多坐了一站，走了回头路。还好，今早报天气为雷阵雨转多云，但近午却深空如洗、云变莲花，洁白而美丽。一路沿白河回行，青山如碧，河水涟漪，远山如涛，峡谷植被浓郁，真可谓满眼风光。山友都说，司机不负我，让我们多看了一些沿河风光，多享受大自然的美丽，多走些路并不冤枉。

白河河道至洞口遇山东向，遂形成较宽河谷。河谷内夹岸杨树成片成行，对面远山脚下，村落房屋星星点点依山错落；山谷中唯余一脉净水夹于蒲苇垂柳之间，平如明镜。水中青山倒映，白云飘飘，卧石沉底；时有清风徐来，涟漪顿起，如皱如纹如鱼如鳞，而对岸野渡，孤舟半掩，横卧于蒲草岩石之间。此时正有一对农人夫妇持杆放鸭，群鸭入水，嘎嘎高唱，一时冲散镜中云影，但见水中天光破乱，碎影摇摇。鹅群在两人轰赶之下，遂三三两两向碧水深处游去，它们或仰天长啸，或缩颈低吟，渐渐隐入蒲苇深处。

捧河湾，位于密云县石城镇北部山区白河峡谷，其实就是白河的一个大拐湾：白河流淌至此，遇高山而转北，再下行迂回而归于东南；又因河湾一侧有村，名捧河岩村，故该景区称之为捧河湾。但景区还有另一个名字，即白云峡谷。为何叫白云峡谷？据说，这与峡谷是由白河河水冲积而成及山上常有白云飘飞有关。凑巧的是，上天成人之美。我们到时，恰逢昨日大雨，一扫半月阴霾，天空竟一碧如洗。放眼望去，深空碧蓝让人心醉。而近午时分，又从群山背后陆陆续续飘来片片洁白云朵，有的如丝如缕，有的如棉如莲，望之，简直就是饕餮一顿光怪陆离的云朵盛宴。

捧河湾的精彩还在于白河水的清澈，和清澈河水中游来游去的成群小鱼。这些小鱼小到像摇头摆尾的游虾或蝌蚪，但它们身体更透明，体态更灵动，游姿更优美，游速更迅捷。而生长在两岸浅水中密密丛丛的蒲苇，和远岸上成片成片的杨树林以及穿过杨树林绿荫吹来的丝丝清风，在给人们带来了满眼绿色的同时，还带来城里人久久渴望而不得见的那番清凉和野趣——城里人被喧嚣哄抬起来的浮躁心一旦遇到这些野趣，便马上会变得平和与沉静。

捧河湾景区其实还包括白河对岸的一个山谷。山谷里有潺潺溪流，沿山谷而上，道边还有许多由山岩阻隔溪流形成的清澈小潭。这里的村民崇尚浪漫而富于想象，他们给这些小潭都起了充满诗意的名字：洗墨潭、桃花潭、杏花潭、金盆潭、撒珠潭等。而伴随潭水的是一块块巨大怪石，它们突兀而形状千奇百怪，人们根据不同的造型给它们起了好听的名字，如：官印石、宝山石、端墨石、神蛙石等。这里的岩石多纹，纹路弯曲多样富于情趣，你可以根据纹路的不同形状驰骋想象，或山水，或禽兽，各有情趣。如刚进入景区，你就会在路边看到一块上面横贯整个体积的清晰龙纹的巨石，人们称它为"龙石"。而攀登峡谷的石道也大多由这些纹石铺成，如今，这些纹石大多被登山者的脚步磨得光亮，你可以一边登山，一边赏石纹，这会给你的游山增加许多乐趣。

峡谷最动人的风景是千尺白云瀑，瀑水高可百米，从崖顶飞湍而下；瀑水飞至谷底遂散落成线，继而飞落散珠，入潭则溅水有声，颇为壮观。惟一不足是由于近年多旱，水势稍小。若逢大雨或多水，那景象一定会飞瀑流湍，惊人耳目。

白河峡谷是从白河堡水库流向密云水库蜿蜒130公里的大峡谷，她与永定河峡谷和拒马河峡谷并称"京都三大峡谷"，是一条风景绝佳、原始风貌保留相对较为完好的自然峡谷，被人称为百里画廊。

　　同时，这里也是充满光荣传统的地方。据说，峡谷里的三官洞还曾留下著名抗日英雄白乙化司令、王抗将军、丰滦密县县长李方灵等无数抗日英雄的足迹。

　　我等来时，正值六月下旬密云杏熟，就连遍布山道两侧的山杏果实也个个金黄，颗颗光亮诱人，不由人不垂涎伸手。众人摘下，急匆匆地放在嘴里大嚼细品，不想吞咽后皆龇牙咧嘴，面目狰狞，并急忙大口吐出，连称上当。原来，这里的山杏青时味酸，润爽而清脆，可以肉核同嚼；而山杏黄熟后核肉质变，果核坚硬而肉质苦涩难当。众人不知，故上演喷吐大戏。众山友无奈，只得望杏却步。但此时桑葚却熟到好处，颗颗熙甜如蜜，一时成为山友拮取佳品。

（2013年6月27日北京）

110

亲情

青杏儿

这是一棵老杏树,孤零零地被村西的麦田包围着。阳春三月,花苞吐蕊,它便稀稀落落地开着几枝淡粉色的花。它已不像壮年时繁茂,但那花却明艳,吸引了无数蜜蜂飞来飞去地闹春。听老人们说,这棵杏树十几年前还是村中最繁茂的,花大,果甜,杏多,在附近几个村都颇有名气。现在它老了,再也负载不了昔日的荣华,颤巍巍地在暖风中叹息。

老杏树的主人是住在村西头的三姥爷。他是村中少有的读过书的人,懂医道,并会批八字,天南地北懂得很多。我小时常远远地看他把身子深深地埋在家门前一棵老槐树下的椅子里读书。有时读得高兴就摇头晃脑地吟唱起来。他黑而瘦,鼻下留着稀疏的八字胡,鼻尖端着一副乡下人少见的大大的黑框花镜。他很少与人说话,总是微低了头,瞪着眼睛从镜片上方看人。也正因此,我觉得他身上有些鬼气,平时不敢近他,也从来没去过他的院子。我怕他的另一个原因,还因他在我牙疼时,曾毫不犹豫地用他那细长的小刀割破过我的牙床,使我疼得大哭不止,然后再用一节芦管吸了药再吹在我牙床的伤口上。

他年轻时,曾精心照料过村西那棵杏树;现在,他老了,杏树也老了,他再也没精力照料那棵杏树,却时时看望它,有时在树下站很久,像是与老杏树对话,回忆已逝去的年华。

这年春天,当杏花刚刚飘落,花托下便露出青绿色的小锤;小锤越长越大,不久便长出水茵茵的青杏。青杏儿隐藏在枝叶中随风摇曳,吸引了村中无数孩子站在树下流涎。更有顽童利用三姥爷疏于看管的机会,爬到树上"偷杏"。

有一次,我也爬到树上摘杏。正摘着,便隐约看见村边一堵断墙后面渐

渐地升起一副眼镜，然后是八字胡。

"三姥爷来了。"不知谁在喊。

于是我急忙从树上跳下，顺着麦垄拼命跑。一边跑一边把兜里的青杏掏出来仍在麦田里。

一整天，我的心都不踏实，总是提心吊胆的。果然，晚上，三姥爷来到外祖父家。我惊惧地躲在油灯下的暗影里。三姥爷颤巍巍地从袖筒里拿出一个布包，把它打开，放在桌上，里面竟是那几颗青杏。

我的心几乎跳到嗓子眼。

"昨夜风大，刮下几颗青杏。让孩子尝个鲜。不好吃，但开胃。"三姥爷边说便微低了头，瞪着眼从眼镜上面在屋里寻觅。

我知道他是在找我。我感激他没说出我摘杏的事，但始终未敢从油灯的暗影里走出来。

坐了一会，三姥爷失望地站起来，由外祖父送出门外，颤巍巍地走了。

睡前，我吃了一颗青杏，涩涩的，酸酸的。

从那年以后，每到麦苗两拃高，三姥爷都要亲自送几颗青杏给我。后两年是由他孙子送来的，听外祖父说，他老得走不动了。

不久，三姥爷去世了。那年春天，那棵老杏树没开花；麦收季节，它也死了。

从那以后，我再也没吃过青杏。

（1995年6月24日北京）

瓜棚旧事

七月流火，正是吃瓜时节。儿时居故乡，吃瓜是一大享受。故乡土地

多沙,据老人们说,村东南是古河故道,最宜种瓜。那里出产的甜瓜清脆爽口,西瓜个大沙瓤,甘甜多汁,是全县有名的产瓜宝地。每逢瓜季,前来吃瓜、买瓜的外乡人络绎不绝。只是那时种瓜全靠老天爷脸色。俗话说,"旱瓜涝枣",天旱,瓜才甜;雨水大了,瓜吃起来满嘴水气,瓜期也受到影响,比旱季短了许多。不像现在,温室里秧苗种瓜,一年四季都有瓜上市。只是现在瓜的味道大不如前,多似涝瓜加了糖,吃在嘴里甜是甜,但水气太重。

外祖父在村里是有名的"瓜把式",合作化之前,每年自己家都种几分瓜;集体化之后,生产队里种瓜每年都请外祖父侍弄。记得那时,每当将熟季节,外祖父都要在瓜地搭一瓜棚,他便卷了铺盖每天都吃住在瓜地。瓜棚有时建在地面,在我眼中,它夹在玉蜀黍或其他作物中间,就像漂泊在绿野中的一叶小舟;有时为了防潮和望远架得高高的,就又像小阁楼一般,住在上面远眺,四周绿色汪洋一片,颇有韵致。于是,我便有了与外祖母一起到瓜棚给外祖父送饭的经历。也许这里的神奇打动了我,我也就产生了夜宿瓜棚感受野趣的奢望。

终于有一天,这个奢望变成了现实。外祖父答应让我在瓜棚陪他住一晚。

那是个美妙而奇特的夜晚。初夜,天高月朗,繁星低垂,一条雪白的银河横亘天宇。周围是一片黑黝黝的庄稼,而小小瓜棚就像无垠夜色中的一袭宝庐。外祖父坐在瓜棚前有滋有味地抽着旱烟,而我则依偎在他的膝前贪婪地吸允着微风吹送原野散发的青湿香气,仰面望着密密匝匝地播撒在天空中的星斗,心里便产生了一种神秘的感觉。我曾问外祖父天上究竟有多少星斗,外祖父说他也数不清。于是,他便凝神望着夜空,带着几分深邃和庄重给我讲起了芦苇的故事,讲起了银河、牛郎织女星,讲起了他童年的往事……在这缀满闪光珍珠的穹庐之下,对美好向往的韵致便悄然浸润着我的心田,遐想的游丝也在我刚刚打开的心扉中伸长。慢慢地,朗月和繁星便在舒缓的故事铺叙中融化，憧憬带着满足与惬意在朦胧中远去……

不知过了多久，天边传来隐隐的轻雷，闪电的弧光在夜空中频频耀动。雨滴终于落下，打在瓜棚和四周的田野上，沙沙沙，带着和谐整齐的韵律，给原野的夜色平添了几分柔意。这是天宇洒给田野的挚爱吗？上苍给我如此丰厚的馈赠！

瓜棚的夜色给我留下美好的感受，但也有遗憾，因为这夜外祖父始终没有给我摘瓜。第二天清晨回家，当我在蒙蒙细雨中回头向瓜棚投下留恋的一瞥时，一个吃瓜的小主意便在我心中酝酿成熟。

当天上午，雨依然下着。我便约了小姨又来到瓜地。我告诉外祖父，他的亲家、我二舅的丈人到家里来看他。他信以为真，让我和小姨看着瓜地，向小姨嘱咐了几句就匆匆赶回家。当外祖父的背影消失在田野，我才兴奋地告诉小姨说，这下子可以痛痛快快放心吃瓜了。

谁知小姨生了气。她告诉我，外祖父从不给自己家人摘瓜吃，再说，他记性极好，哪个瓜在什么地方，几成熟，他一清二楚，从不会记错。我一下子泄了气，懊丧地坐进瓜棚里。

傍午，雨越下越大，丝毫没有停的意思。我三番五次地踮起脚尖向村子的方向眺望，但见浓云四合，哪里有外祖父的影子？肚子饿了，身上也觉得冷起来。躲进瓜棚再也没有昨夜的惬意。我真懊悔。小姨饿得受不了，说，瓜地边有口水井，打点水喝吧。我们用蓖麻叶子编了一个小桶，拿了绳子来到井边，向井下一望，不觉大吃一惊，井水里竟有一条绿蛇在游动。看来，水也喝不成了。雨中又回到瓜棚坐下，忍受饥饿与寒冷的煎熬。

晚饭前，外祖父总算回来了。我胆怯地躲在小姨身后。外祖父没有说什么，先让我们回家吃饭。回到家，从外祖母的口中我知道了事情的经过：原来，外祖父回到家，恰逢外祖母不在，门锁着，他以为亲家撞了锁回去了。

又匆忙打了酒,买了点心到几里以外的亲家那里回访,一问,才知道亲家未曾出门。他本想赶回瓜地,但亲家说什么不让走,打酒、割肉、摆席,一直把外祖父留到下午。

没想到鬼使神差,自己一个小主意,饿了大半天,真是有苦说不出。

再见到外祖父,他冲我笑了笑,说,饿了大半天,权当惩罚吧。

下一个集上,外祖父背着箩头(背筐)回到家里放下,拿出两个大西瓜和一堆甜瓜,往我面前一放,说,吃吧。然后,背起箩头又回他的瓜棚去了。

我记忆中,那是我吃到的最甜的瓜。

(1995年9月8日 北京)

箫

父亲一生喜欢吹箫,他从什么时候学起,跟什么人学会却从未说过。我只知道他一生有过三支箫。

第一支箫是他19岁参加革命工作时从家里带出来的。抗日战争时不管形势多么紧张,斗争多么残酷,他始终背着这支箫形影不离。在行军间隙或工作之余总忘不了吹上几支曲子调剂一下精神和体力。这样他背着这支箫度过了漫长的斗争岁月,直到抗日战争取得最后胜利。但可惜这支陪伴了他十余年的箫竟丢失在南下大别山的路上。

第二支箫是解放后在北京工作时别人特意给他做的。那是一支铜箫,很沉。我很喜欢这支箫。记得父亲刚把它拿回家时,我便向邻居要了两个玉佩并买了彩色丝条,很用心地打上结穿在箫上。那时我见父亲吹就试着学。我正是用这支箫学会吹出了最初的几支简单曲子。这支箫在我们家庭里的时间最长，大约有二十几年的光景。直至我下乡在外地漂泊了十余年回到北京后才发现铜箫不见了。我追问铜箫的下落，父亲始终不肯说。后来还是母亲告诉我，我下乡后父亲便产生了一种失落，见到箫就想起我，他忍痛把铜箫还给了原主。我也曾多次为这支箫埋怨过父亲，但他却始终没说过什么。

我从外地回到北京后，父亲才又从乐器商店买回了第三支箫。这是一支极普通的竹箫。比那支铜箫轻得多，它身上虽刻着龙凤彩纹但音色远没有那支铜箫深沉婉转。这支竹箫陪伴着父亲度过了他的晚年，直到去世。

父亲最喜欢吹的一支曲子是"苏武牧羊"，尤其在夜深人静时，他吹起这支曲子来箫音呜呜咽咽，如泣如诉，在沉静的夜空中久久回荡。他吹箫时常微眯了眼，上身轻摇，如醉如痴，能看得出，他的整个身心都沉浸在曲子的意境里。我们坐在床上静静地听，目光久久注视着窗外挂在高天上的明月，似乎要在洁白的月轮中寻出苏武在荒漠中持节牧羊的影子。

父亲常在心情沉郁时吹箫，可以说吹箫又是他一种情绪宣泄的方式。"文革"中他挨了斗，因母亲身体不好，他回家又不肯说，便在饭后拿起箫来独自坐在窗前默默地吹，一直吹到月亮西沉。那时他依然吹那支"苏武牧羊"的曲子，只不过调子比以前愤懑、哀怨。那时我曾想，他是否从苏武的际遇中寻找自己的影子呢？后来听母亲说，我下乡的当天晚上，父亲无话，饭后便在窗前的月下吹起箫来直至深夜。他是否吹过"苏武牧羊"我并不知道，但我确是在以后的下乡生活中领略了苏武牧羊时的边塞风尘。

父亲在恢复工作后总是高兴地吹起箫，调子也变得欢快起来。那是他晚年最惬意的时光。尤其是在我和弟弟婚后带着孩子去看他和母亲时，他总是拿起箫来高兴地吹，曲调欢快而流畅，一支曲子接着一支曲子，仿佛永远不知疲倦。也许他是用这种方式表达对儿孙的亲情。

我忘不了他最后一次吹箫时的情景。那时他已得了不治之症，身体异常

虚弱，并时常大口大口地喘气，他的双脚都肿了。那是我和妻子带着孩子去看他，他很高兴。问候了几句后他便不顾我的劝告挣扎着又拿起箫来吹，箫声便断断续续地响起来。但他没吹完一支曲子就大汗淋漓，大口喘气。他再也吹不下去了，箫也从他干枯的手中滑落下来。看他痛苦的样子，我的眼中充满了泪水。

光阴如梭，转眼十年过去了，我的双鬓也已染上霜色；我的孩子和弟弟的孩子都已长大成人。在他们的记忆里父亲的形象也许已经淡漠，但那支箫却还挂在我家的墙上。每当我想起往事，便拿下箫来轻轻擦拭，夜深人静时便会坐在窗前望着挂在高空中的一轮明月吹上一曲"苏武牧羊"。

（2007年4月5日《中国商报·收藏拍卖导报》有改动）

深情难忘

今天，是抗日战争胜利53周年纪念日。每逢此日，大舅、母亲、二舅都要讲起他们在抗日战争艰苦岁月中经历过的日日夜夜和家乡人民用鲜血保护过我姥爷家的难忘经历。在他们的讲述中，充满着对家乡人民的深切感激和对已逝乡亲们的怀念之情。

1940年4月，根据党中央及北方局指示，冀鲁豫边区成立以黄克诚为主任的抗日军政委员会，我大舅安法乾即是7委员之一。也就是从那时起，我姥爷家便成了日伪军时常剿袭的目标。

姥爷家世居清丰县普马寨村。为躲避日伪军抓捕和给八路军购置物资，姥爷长期在外，奔波于冀鲁豫三省交界地区，家里只留下姥姥、母亲和二舅3人。

1940年6月，日伪军占领了据普马寨村只有3华里的仙庄集。当时母亲20岁，二舅才8岁。7月的一天，二舅和小伙伴出村摘桑葚儿，正走着，突然发现一队日伪军偷偷地向普马寨村袭来。他急忙甩下篮子撒腿往家跑。家里姥姥和母亲正烧火做饭。二舅一进门劈头就喊："鬼子来了，快跑！"姥姥见事来得紧急，一盆水浇灭灶火，拉着母亲夺门而出。

这时日伪军已经进村。姥姥她们刚出门，就见日伪军端着枪围过来，对他们大声喊："快回去！"

姥姥三人掉头回家插上大门，然后跑到堂屋东头小夹道，从小夹道翻墙来到北面的邻居家。接着又从邻居家连翻两家院墙来到了村北头的一座院落，准备从这家院落后门跑出去。没想到一露头，两个日伪军端着枪跑过来，她们这才知道村子已被包围了。她们又折回院落，翻东墙往村东跑。因姥姥和母亲缠足，二舅又小，跳墙十分困难。墙下，二舅和姥姥先把母亲托上墙，母亲再从墙上把二舅拉上来顺到墙外，最后再去拉姥姥。就这样她们一连翻了6道墙，最后来到村东北角的一个破草屋内，藏在屋里的草堆里。

这一切让贫苦农民安金兰（按辈分我叫他舅）看在眼中。他跟进屋，对姥姥说："婶子放心，我来对付鬼子。"

然后他走出去站在门外。那时金兰舅正害眼病，眼角长疮化脓；他的两条腿也因长疮涂满了黑臭膏药。因他身上有味儿，日伪军看见就捂着鼻子远远地避开了。就这样，姥姥她们在金兰舅的掩护下躲过了一劫。

日伪军因未搜到姥爷家人，下午只得匆匆地撤走了。

夜里，姥姥她们回到家，家里一片狼藉，能要的东西全被日伪军拿走了，不能要的也全被砸毁。

这次能躲过鬼子的搜捕全亏了金兰舅。只可惜解放后大舅、母亲调北京工作，二舅到北京上大学并在北京安家，就再没有见过他。因我从小在姥姥家长大，所以还依稀保留着金兰舅的印象。记得那时他还是身体不好，一天

到晚拄着拐杖在家门口晒太阳。1956年我到北京上学就再也没见过他。后来听说，三年自然灾害中他被饿死了。我听说十分难过，母亲和二舅也唏嘘不已，闲聊时还多次提到过他。

姥爷家第二次被日伪军剿袭是在1941年秋天。那年，为防止鬼子发现，姥爷全家整月都躲在野外的青纱帐里。一天深夜，姥爷一人悄悄回家挖粮食，到家后以为没事就躺在炕上睡着了。后半夜不知怎么机灵一下醒来，急忙拿了粮食，抄了把镰刀走到门外准备出村。刚走到街口，迎头碰上得到姥爷回村消息前来抓捕的日本鬼子。姥爷见躲不过，只得放大胆子迎上前去。

鬼子喝住他，他只得谎称自己家住前街，叫安秉让（此人已下关东），正要下地收玉米。鬼子点名问姥爷家住哪儿，姥爷不想连累他人，只得指了指自己的家门。

日本鬼子把姥爷及乡亲们押解到井台儿上，就开始剿袭姥爷家了，结果是一无所获。

在井台儿上的人群中，姥爷碰见自己族弟二门墩儿，就故意大声说："你知道我安秉让烟瘾大，刚才老总捆我时烟袋丢了，借你的烟袋吸一口。"

二门墩儿心领神会，大声说："谁不知道你安秉让爱骗烟抽？"

说着把烟袋递过去。这时，井台儿上的乡亲们都知道姥爷改叫安秉让了。

此时村东头场院中，日本鬼子正在拷打安法有、麻岩爷和王景等人，一边打，一边压杠子，并用火烧红的烙铁烧烫他们的腋下和前胸，让他们供出谁是姥爷。他们被折磨得大声呻吟，但没有一个指认的，整个场院里充满了皮肉被烙的焦煳味儿。

天将亮，鬼子正准备叫井台儿和场院上的乡亲互认，村西北八路军独立团在吴菜园村和日伪军打响了。鬼子见状丢下乡亲慌忙撤走。

虎口余生，姥爷在乡亲们的掩护下又一次转危为安。为了答谢乡亲们的救命之恩，姥爷卖了二亩地给安法友、麻岩爷和王景疗伤，并用余钱请乡亲们吃了一顿饭。

在后来的几年中，姥爷家又多次被剿袭。为了躲避鬼子，姥爷家先后辗转于清丰县苗庄、铁炉庄、山东范县（今已划归河南）、蒲县和观城等地，在乡亲们的掩护下度过了抗战中最艰难的岁月，直到1945年日本鬼子投降。

注：1940年经党中央和华北局批准成立冀鲁豫边区军政委员会，成员有：黄克诚、杨得志、张玺、安法乾、崔田民、信锡华、晁哲甫。

(1998年10月15日《北京晚报·五色土文艺副刊》)

又是春天

冬末，天气还寒乍暖，人们就期盼春天的到来。看看春天的脚步还远，不免有些抱怨时令的迟缓。

终于，人们在干旱的土地肌渴中盼来了麦苗返青，小草渐绿，花儿含苞。尽管天公吝啬得不肯下一场像样的春雨，而且据气象局报道，今年的气温比往年同时期低2.5度，但树上的杨狗还是长长地吐出了穗子。

昨天天气预报说今天有雨，但到了今天早上却改成了多云，看来真是应了"计划赶不上变化"这句话。我没有带雨具，不想晚上下班回家路上竟挨了淋。可见天气竟也现代得不可预测，变化无常闹得气象局也摸不着头脑。因在路上，又是华灯已放，竟未有往年在崇文门平房住家时的隔窗望雨、听雨，体味和咀嚼春意滋味的感受。往年住平房，常常在静默的深夜，或读书或练字中春雨不期而至。那种惬意的、朦胧的意境，夹裹着来自远方春意的隐隐萌动，和细细的风一起潜入心中，给人以难以名状的眷恋。有人说春天

是有味道的,但究竟什么味道没人说得出,只知道它给人的感受是暖暖的,甜甜的,再加上一点融合在空气中的土香。

春雨究竟下了多久我并不知道。因为我在寂寥中打开电视听"同一首歌"栏目中的"流行经典"。我并不喜欢欣赏流行歌曲。但我却看到了一些颇让人心动的老面孔。不知为什么,毛阿敏的歌却时时让我感念。在我看来,她的歌唱总带着一种味道,像什么我一时说不清。听她的歌我心中会涌出一丝思绪,一段乡愁,一种不可名状的情感,夹带着几分童贞,几分缠绵便油然而生。于是,那些大报小报刊载的种种有关毛阿敏的行迹,在我心中也变成了同情。在我看来,毛阿敏是无辜的,是一位艺术追求者的单纯被吞噬于欺骗和世俗之中。童贞无论如何也抵挡不住狡诈。毛阿敏唱罢,再后来是韦唯、刘欢的歌唱,没想到的是,我听得动情竟忘了窗外的春雨。等我再开窗看春雨时,她竟变成夜色中的一片朦胧。于是,我的心中便又掠过一丝情感。似初春的莺语在耳边低回盘旋。静听,又没有。我有些怅惘。这算春愁吗?不算,因为时令还没到"流水落花春去也"的时候,就连西山早开的山杏也刚刚含苞。春愁只能在暮春降临。初春总是蓬勃的。这就算初春畅想的余续吧。

今年天气怪。按气象局的说法,平均温度比往年低,但老天却时时"露峥嵘",初春竟一下子接连蹦出几个二十几度,让人顿生夏意。

去年冬天,按鲁迅的说法,我是"运交华盖"了。11月26日,在送友人返乡的北京西站东侧,我的脚崴在一个不起眼的小坑里,一下子竟致骨折。打石膏休息了一个多月,我备尝了"闲愁"滋味。直到春节后才勉强上班。先是架拐"打的",把杂志社"开恩"发的半月工资都交给了出租司机;后是挂杖坐公交,初享接受让座的幸福。但我也于无可奈何中咀嚼了久违的挤车和打车不着,不得不钻进"黑车"的滋味;常常是在车站拄着杖站在寒风中品味等车的艰辛。于是，我竟想起一本古诗选集中杜甫诗《茅屋为秋风所破歌》前的一个彩色插图：杜甫拄杖无可奈何地站在秋风里，面对着"竟敢当面为盗贼"的顽皮村童。那景象颇有些凄凉。但这对于我，尚不止于此，这也许是一种意志的磨练和走向新生活的彩排，只不过个中滋味我深有体验罢了。

再后来脚慢慢好起来，3月竟能扔下杖子上班了。我再一次享受到了健康的幸福滋味。健康真好。只可惜人们在健康时并不珍惜，也体味不到健康的可贵。当我又能像健康人一样走路时，那种康复的骄傲和发自内心的欣喜只有我自己才能体会。

闲时忽然我想起了前几年爬妙峰山时一位算卦先生给我的占卜。他说，我左腿上有一小疤。我不知他说此话的根据，但我左腿没有，而右腿却有一小块。那还是在1976年冬天我在河北固安遇到地震（大地震余震）时，半夜由屋里向门口跑，腿磕在铁炉子角上的纪念。铁炉子掉了一角，成了残废，而我腿上的伤却两个月才好。直到熬过那个寒冷的冬季。春天好了，右腿却留下一个疤痕。也从此，我腿硬胜铁的美谈竟传播经月。这次是那位算命先生占卜的应验？

然而，这次却崴在北京西站的一个小坑里。

又重新上班，杂志社竟于一个傍晚在报国寺旁的"麻辣诱惑"举办了一个小小的宴会为我庆贺。当时的场面流光溢彩，杯觥交错，气氛颇为热烈，我也沉浸在受宠若惊的氛围里。

回想我养伤期间友人的一片情意令人难以释怀。最令我感佩的是，同事老许深解养伤的寂寞及收入减少后生活的拮据，他和老伴不厌其烦地多次前来送稿、看望，这使我的收入不但没有减少而且稍高于正常上班。更重要的是让我感受到朋友之间真挚的情感和友情抚慰的力量。我像回到上世纪60

年代，觉得只有那个时代才有这种让人难以忘怀的情感交流——然而，随后发生的一切纠正了我的错觉——就在我无法行动心急如焚时，一位老同学挺身而出代我给母亲送去生活费及棉衣，并多次往返于我家与母亲家之间。而我拄的双拐则是一位山友骑车送来的。养腿期间，杂志社派副社长和一位编辑带着慰问品来家看望——尽管她们还顺便来谈稿子的事，但我还是很满足。真难想像，如果没有这些同事和朋友的慰藉，我的心绪还不知会寂寞到何等地步。

这期间惟一受委屈的是母亲。我一个多月没能去看望她，只靠电话和母亲通话——这是几十年来从没有经历过的事。平时我每到星期六准时去看母亲，风雨无阻；和母亲同住的妹妹曾告诉我，母亲总盼着星期六到来，平时每隔一两天就问一次日期，那种急切和期盼没有经历过这种事的人是体会不到的。每当星期六上午我将去时，母亲早早起床，吃了饭就坐在门里的方凳子上等我。我一开门，第一个看到的总是母亲，她静静地坐在门里，见到我便高兴地站起来，眉开眼笑合不拢嘴。我身体的安康和工作状况时刻挂在她心上。她很在意我的一言一行。可以说，我的喜怒哀乐已成了她情绪的晴雨表。这次电话中我并没敢告诉母亲崴脚实情，只是说我工作忙，加班，没时间去看她。整整一个月，我总这么说，母亲渐渐产生了怀疑。时隔三周，她终于忍不住，一次在电话那头说："我怎么只听到你的声见不到你人呀？"我听了难过极了，一时竟不知怎么回答她。

我几乎忍不住和妹妹商量干脆告诉母亲我崴脚的事，以免她产生更多疑虑。但妹妹还是劝住了我。妹妹说，如果她真的知道了，准要来看你或睡不着觉。那样她和保姆是招架不住的。

长期以来母亲关心我，时时盼我常去，但又怕耽误我的工作。在她还能打电话时,明明想见我,却在电话中说:"我很好,别惦记着,好好工作。把家安置好。刮风下雪或工作忙就别来。"我深深理解母亲的一片苦心。在我的成长过程中,关心最多,牺牲最多,割舍最多的是母亲。

有时我也想,这些,仅仅用"伟大母爱"能包容她的全部内涵吗?

这次真的不同!

思子的煎熬,对于85岁的老人未免太残酷。一天,她终于忍不住,在电话那头问我:"你什么时候来呀?"

顿时,我的眼睛湿润了。

一个多月没见,母亲身体怎样了呢?

一个多月复查并拆了石膏之后,医生告诉我说可以活动了。我欣喜若狂,急切地拄着杖去看母亲。见到母亲,我伤心极了,却强作欢颜——仅一个多月,她老人家耳朵背了,脸上的皱纹深了,反应也慢了许多,本来稀疏的白发掉了许多。真没想到一个月母亲竟变化这样大。母亲一个月的思念煎熬,经历了怎样的情感折磨啊。

看到母亲衰老的样子我几乎流下泪来。

见到我,母亲的第一句话就说:"好人可来了!"语气中带着积蓄已久的期盼终于变成现实的兴奋。同时,我安好,她也放心了。

我进家时急忙悄悄将拄杖藏在门后,母亲没有看到。当我实实在在与往日一样地站在她面前时,母亲仰脸眯眼看了我好一阵,竟还是忍不住说了句:"你瘦了。"

那天整整一天我都始终陪在母亲身边,力争挺直腰板,双腿站稳,走直,避免母亲看出破绽。当天我带了许多母亲爱吃的东西,直到她吃好,看着她安详睡下,才悄悄离开。

因为我从小不在她老人家身边,来京后她总把我放在心中首要位置

上,从不让我受到任何委屈和伤害。我在母亲心目中的位置任何人是无法替代的。

我也深深地爱着我的母亲,她这次衰老的加快是我心中最大的痛,我觉得自己对不起她。

我甚至有时恨自己无能,没有能让母亲晚年过上更好的日子,也没有更多地陪在她老人家身边。尽管我也常常嘱托妹妹,让她好好照顾母亲,要珍惜母亲晚年的每一刻时光,让她老人家过得幸福健康。但感情是不能代替的。更没想到的是,到头来,这次伤害母亲身心健康的竟是我!

父亲去世早,母亲的晚年是欠缺而不完美的,我要尽力弥补她生活中的不足。每每想起这些,我便会后悔不已。

我时常用一句名言警示自己:树欲静而风不止,老欲养而亲不待。以使自己的孝心不得有丝毫松懈。

哎,这个蹩脚的冬天!这个令人心痛的冬天!这个漫长而孤寂的冬天!这个让我牵肠挂肚的冬天!

春天终于到了,尽管她趔趄着脚步。她的风,她的雨,洗刷了世间的一切,也滋润着人们的心绪。而冬天渐行渐远,直到淡出人们的视野……

也许,她像央视"同一首歌"栏目的歌曲组合,既有悠扬,也有缠绵;既有高亢,也有沉闷;既有嘹亮,也有低吟……也许丰富的旋律使她的乐章更加华丽而磅礴。

生活就是这样,人的情感世界更是这样。

这正像不可预测的天气,多种多样才是它的本质。

记住,春天总在人的前面。

(2005年2月15日北京)

女儿的世界（之一）

今年农历腊月二十九，女儿乘飞机去了泰国。这是她近几年国外出行计划之一。去年"十一"长假，她计划去尼泊尔，因"驴友"临时变卦而未能成行。今年春节她又耐不住寂寞，践行了去泰国的计划。并与家里约定农历正月初七回来。前年她去柬埔寨吴哥窟，就是取道泰国，回来写了一篇游记《吴哥，千年等待不算太久》，发表在《华夏时报》上，颇受好评。今年我和她商定，从泰国回来后写一篇游记。她答应了。

女儿爱旅游，受我和爱人的影响颇深。

我们都喜欢旅游。记得在她小时候，我们经常带她外出。刚开始是京城周边游，后来慢慢发展为国内游，如河北北戴河、山东青岛、江浙等地。如今她大了，竟"野心"膨胀，"游"到了国外，真是"青出于蓝而胜于蓝"。

记得我们第一次带她国内游是女儿上幼儿园时的一个暑假。那时我还在学校工作，我放假，她也放假，爱人倒休。

那一次出行我们去了北戴河。此行连路程仅3天，游览景点也匆匆忙忙。虽然时间紧，又是临时凑成的团队，但海滨浴场游泳带来的快乐给我留下了深刻印象：游泳、堆沙、捡贝壳、看日出……

第二次出行是去山东。一共用了10天左右时间。除威海外，这是我第二次游览此线。我们先去青岛、烟台，再去威海，然后是泰山、济南。从济南返京。也许是头一次出远门，女儿到了青岛就发烧。我们一下火车就急忙找医院。日后几天游览其他地方她的身体还很争气，表现不错。即使上崂山赶上当年的5号台风，面对浊浪排空的大海和扑面而来的疾风骤雨，女儿都安然无恙。

难忘的是在青岛八大关附近浴场游泳情景。虽然那时女儿才上小学一二年级，但蛙泳、仰泳就都会了，并且游得不错。她会蛙泳还要感谢爱人给她报的游泳班。而仰泳就要归功于我了。女儿是个悟性很不错的孩子，教一次就学会了。在海里她自由自在地游泳，时而蛙泳，时而仰泳，她惬意的样子吸引了许多羡慕的目光。一位中年女子指着她惊羡地说："快看，这么小的孩子在大海里还游这么好！"我在一旁听了心里美滋滋的。

泰山极顶几乎是我把她背上去的。那天我们凌晨乘汽车到中天门，然后徒步上山看日出。所幸她那时年龄尚小，体重不沉。那次虽没有看到日出，但我们很开心。令女儿兴奋的是她在一块刻有"绝顶聪明"的石旁留影，让她兴奋了很长一段时间。我也很欣赏这张得意之作。

另一件令人难忘的事情，就是返程时在济南我千方百计让女儿近距离看了黄河。我不知她如今对这次行动是否还有印象，但我当时深信这对还未涉世事的她是很有价值的。毕竟到了济南不去看看这条伟大的母亲河是个遗憾。

那是她第一次与黄河近距离接触。那次面对面看到的不是上世纪60年代我曾看到的汹涌澎湃、激流盘旋的河南柳园口黄河，而是干旱时期的济南黄河，以及静静地停泊在黄河水边的几条机船。当时黄河几至枯水，完全没有了"黄河之水天上来"的气魄，除窄窄的主河道尚有流水外，河床上仅剩下几湾静水。也许当时的黄河与人们湍急的印象完全不同，所以女儿回来后并没有显示出我期盼的那种兴奋。但我们没有浪费这次机会，在黄河边照了几张照片。至今，我和女儿在黄河边的合影还完好地保存着。我想，如果当时看到的是急流险滩式的黄河，女儿的印象恐怕要深得多。

那次从济南返京，车票不好买。我花了高价托旅馆的人才买到两张成人票，一张儿童票。可座位号却只有两个。夜车，我让她们母女两个人坐着，女儿躺在座位上,头枕着爱人的双腿,而我却坐在车厢地板上一直坚持到北京。

第三次我们一起旅游也是在一个暑假。我因招生未结束,决定让她们先到上海、周庄游览,我两天后出发,然后在杭州会合。

会合那一天,我乘坐的列车先3个小时到杭州西站(因杭州站尚在修葺中),我在车站等她们并打听好去往市区的车辆。列车到了,出站口的女儿一眼就看到了我,大叫着飞快跑过来,抱着我兴奋地跳起来。

我至今忘不了值得回味的那一幕。

杭州住下,爱人急着洗衣服,女儿急着看西湖。爱人拗不过女儿,她留下洗衣服,我和女儿逛西湖。因我多次去杭州,西湖景点几近烂熟于心。在逛过几个湖畔景点后,女儿就急着到楼外楼吃西湖醋鱼。在楼外楼,我们点了几道菜。西湖醋鱼是必点的,而且必须还是鳜鱼。西湖醋鱼的味道自是比我前几年在杭州其他饭店品尝的强许多。然后是龙井虾仁。这两道菜是楼外楼的看家菜,它们留给我们的印象极深。对龙井虾仁的评价,用女儿的话说是"入口即化"。

当时女儿和我约定,将来有机会再来楼外楼品尝东坡肘子和叫花鸡。但遗憾的是,时隔十余年,因为忙,竟没有机会与女儿一起再去杭州。

在杭州流连数天后我们乘汽车到了宁波,游奉化溪口,再到普陀山,最后返宁波游览天一阁后直接回到北京。

这是我们带女儿的几次国内旅游。若说还有,那就是送女儿到武汉上大学。但从严格的意义上讲,那次不能算旅游。女儿报到之后,除了登黄鹤楼和到了东湖外,我们并没有去更多的地方,而且心思并不完全放在旅游上。

无论是北戴河还是山东、浙江,女儿并没有对这些地方耀人的名胜古迹和绮旎的自然风光做过过多评述。但我从她的眼睛里,看到了对大自然和人文景观的热爱。这种爱,已在她心中深深扎下了根。

女儿大学毕业,又回到了北京。女儿长大了,她的眼界开阔了,有了自己的生活空间和看待世界的方式。旅游中,她留给自己的是对自然、人文景观的期盼和眷顾。她已经习惯用自己的目光打量和品评世界,用自己的语言描述世界,充实和拓宽自己的生活和视野。

随着时间的延展,她一步一步地从国内走向了世界。

(2008年2月北京)

大舅妈

今天(11月12日)晚上6点多,宏丽来电话说大舅妈下午2点多去世了。我感到很突然。同时也很难过。

一颗星,在天空闪亮了近90年之后,划过长空永远地消失在茫茫宇宙中了。

2007年,是值得我们家族永远记住的一年,也是令人悲痛的一年。2月3日母亲去世,12月大舅去世。二老的后事办理过后,原以为会度过几年安稳时光,2008年也不会有大事发生。但天有不测风云,大舅妈的突然去世,使大家又陷入悲痛之中。

今年中秋节,二舅从房山打来电话,说要来北京,先去看大舅妈,然后到八宝山瞻仰大舅骨灰,再到青春家与我、青春、惠民等人见面。原本我也想和二舅一起去看望大舅妈,后来二舅说不知大舅子女谁在家,人太多了怕不方便。我听了也就作罢。我想,那就等到今年"十一"国庆节再去看她吧。

"十一"国庆节期间到医院看了一趟妹妹,后又参加岳父家亲友聚会;接着是老同学盛情相约,不得不去。结果,看望大舅妈的事竟耽误下来。我想,"十一"过后再去看望她吧?没想到,一个多月后大舅妈竟离世而去,在她离世前竟未得一见。细思真真悔之晚矣。我不禁想起古人的一句话:"树欲静而风不止,子欲养而亲不待。"

大舅妈早年在北京读书,毕业后在师大附小做教员。1937年抗日战争爆发,她怀着一腔爱国热血,毅然决然回乡参加了抗日战争,曾担任过冀鲁豫边区妇联主席。据说,当年的大舅妈雷厉风行,敢作敢当,英勇果断,在冀鲁豫边区被称为叱咤风云的女杰。解放初国家成立平原省,大舅妈任平原省省委委员、省妇联主席兼全国妇联常委。后来根据工作需要,由当时的平原省调至北京工作。

一度中央曾调她到财政部任局长,但可惜因病未能赴任。此后,她先后在粮食部、商业部任职。"文革"后,曾担任过全国妇联执委。

到北京后,她长期担任领导职务,工作能力很强,虽是女同志,但身上有一股威严与英武之气。她单位下属的一位所长曾对我说,老太太厉害得很,人人都怕她。

我小时也很怕她,但她却不失母爱。只因她工作忙,又长期担任领导职务,她的母爱没有时间充分展示出来。只是到"文革"闲时和离休以后,充裕的时间和后发的亲情给她提供了空间,开始对孩子们亲切起来,焕发出了母爱的光辉。

也许因为经历的缘故,她很关心我。我记得,她曾在一年的"六一"或"十一"亲自带着我和小儿子红旗一起到政协礼堂看过电影《草原英雄小姐妹》;还一起到民族宫剧场看过演出。那次演出,因给了我两张票,我把另一张票送给了一位初中同学。这位初中同学至今还清楚地记得当时的情景。他说,那次大舅妈很亲切,还问了他许多家里的情况。

大舅妈也是一位孝女。由于她身处"激情燃烧"的时代,一个老革命者

的形象在她身上有着明显的体现：坚韧、强势。但同时她身上带有许多中华民族传统孝女的品质。由于她是一个国家高级领导干部，人们更容易看到她强势的一面，而忽视她传统的另一面。上世纪60年代的一年春节，我去大舅家看望姥姥。姥姥告诉我，大年初一一大早，大舅妈起床后就先到姥姥房里给姥姥磕头拜年。初闻我有些将信将疑。因为在我眼里，她是强者，怎么会跪下给姥姥拜年？直到第二年春节我早早去了大舅家，亲眼看到大舅妈给姥姥磕头才真正相信。

1966年冬，她曾组织了一个家庭学习班。学习班成员有：惠民、宏丽、宏毅、宏瑞、小虎、宏岩、宏伟和我。因红旗年龄最小，正在上小学，算是特殊成员，可以自由参加。虽然由于当时政治形势的变化，学习班只办了几期，但我收获很大。在学习班期间，我得到的不只是理论水平的提高，而且还感受到一个长辈的关心和爱护——她没把我当外人，而是与自己孩子同等看待。

1969年8月，我即将到黑龙江生产建设兵团下乡。临走前一天，她代表大舅和她自己到位于朝阳区呼家楼的家里看我，并给我送来一些日用品和一个日记本、一支钢笔。她语重心长地嘱咐我说，到黑龙江后要好好工作，坚持学习，并安慰我母亲一定要想得开。

我望着大舅妈日益增多的白发，深受感动。也就是那天，我感受到了以前从未感受过的来自大舅妈的慈爱。

现在回想起来，那时的大舅妈心情一定也很沉重。因为她和大舅自身正在经受常人难以忍受的政治冲击和家庭遭际——此时他们的多个孩子同时遭遇下乡命运：宏丽、宏岩到山西插队，宏毅、小虎到黑龙江兵团下乡，宏瑞、宏伟到内蒙古兵团下乡，而最小的儿子红旗参军。只半年时间，热热闹闹的一个十余口之家转眼仅剩老夫妇两人——且经受着没完没了的检查和批斗——是坚强的性格和多年的磨砺在支撑着他们，在诸多困难面前，她表露出的仅是一副淡定的乐观情绪。

1976年1月，周总理去世，群众在天安门广场自发组织悼念活动。那年冬天我从黑龙江回京探亲来到大舅家。在家里我遇到宏丽、宏毅和宏瑞。稍坐，大舅妈便带着我们一起到天安门广场参加周总理的悼念活动。在这次悼念活动中，我看到了一位老革命者的坚定和自信。

早在"文革"初期，她和大舅及表哥惠民下放到位于河北固安的商业部"五七干校"，我曾几次去看望他们。晚上，我住在惠民宿舍；白天，在大舅家吃饭。因大舅当时刚刚解放，担任"五七干校"的党委书记，白天很忙，我就和大舅妈一起吃饭。

那短短几天，算是我真正进入了他们的生活。

我母亲身体不好。1969年我下乡后整天想我，白天常坐在楼前石阶上一坐就是几个小时。不到两年，头发全白了，人也老了许多。大舅和大舅妈见状不忍，经常到家里看望并安慰母亲。同时，于1976年7月帮我调到毗邻北京的河北固安。

我到固安报道的那天，是我终生难忘的日子——1976年7月27日，也就是第二天，发生了举世闻名的唐山大地震。

"文革"结束后，大舅、大舅妈都恢复了工作。那几年的大舅妈，干劲十足，精神矍铄，又让人看到了不减当年的一身豪气。但那时大舅妈与"文革"前不同的是，在她外表和眼神里多了一些慈爱和亲切。

在她担任北京某大学校长期间，我曾多次到学校看望过她。

这次我虽然没调回北京，但离家近了，能经常回家看母亲。这对母亲也是极大安慰。

离休后，有了时间，大舅妈就配合大舅致力于冀鲁豫边区创建史史料整

理和研究。由于过去忙而被忽略的战友关系也得以恢复和发展,与过去出生入死一同战斗过而分布在全国各地的老战友们经常通话或见面,重述亲情,从而密切了战友关系。

那几年,大舅妈可谓硕果累累,她和战友们编写了好几本书,尤其一些回忆录,在冀鲁豫边区老战友中引起很大反响。大舅妈每编一本书都不忘送给我留念,直到现在,我的书柜里还保存着她送给我的5本书。

这些书大多是回忆录,其中有几本书还配发了一些老照片。每每读罢书中文字,仔细翻阅书中老照片,我都心生感慨。记得其中一帧照片印象深刻:照片上五六个人,都穿着黑色对襟棉袄,头扎白色毛巾,一身当地农民打扮。找到当年的大舅妈,她人很瘦,站在照片左侧,头扎毛巾;而照片右侧穿着一身黑色棉衣棉裤的男子就是后来担任过国家教育部部长的张承先。看到他们,想起当年艰苦的斗争环境,心中立刻升起一股敬佩之情:正是他们,经过数十年的浴血奋战,建立了新中国,日后又成为新中国建设的脊梁。

1983年我调回北京,看他们的机会多了。我每次到家,大舅和大舅妈总是表现出不同一般的亲情:亲自拿水果,询问工作情况,留我吃饭;当我告辞出门时,他们都亲自把我送到门口。

这些情景我永远不会忘记。

这不仅又让我回忆起上世纪五六十年代的情景。那时,大舅和大舅妈忙于工作,星期天总是开会,没有更多时间看望亲友;因此,母亲就时常去家里看望他们。但他们离休后,有了时间,情形就颠倒过来,他们常常来家看望母亲。从他们亲切交谈的氛围中,我看到兄妹和姑嫂之间的亲情。

有一件往事我印象深刻:1971年兵团第一年实行探亲假,我回京探亲。9月30日到京,一进家门,正看见大舅在家里坐着和母亲聊天,我兴奋得

不知如何是好——这真是世事之缘啊。

这两年,母亲、大舅、大舅妈先后辞世,我悲痛不已。但值得宽慰的是,他们都长寿,母亲享年87岁,大舅90岁,大舅妈89岁。可以说,他们工作一生,晚年生活都是幸福的,得到儿女们的精心照料。

我感谢他们几十年来对我的养育、教育之恩。

愿他们安息。如有天堂,愿他们在天堂情同手足,互相关爱。

(2008年11月12日北京)

女儿的世界(之二)

当《中国日报》海外版用半个版篇幅和一帧半身照介绍女儿时,我不能不对她刮目相看了。也就是在那时我才知道她已多年收藏明信片并小有成就,而对报上介绍她收藏明信片的趣事,我竟一无所知。怪不得她近几年热衷外语,直到这天我才找到合理答案。

当我高兴地试图当面夸奖她时,她却轻描淡写地做了一个鬼脸转身走了:现在的孩子真让人莫名其妙!

——这是2006年的事。

紧接着,我听说(!)又有几家报纸和杂志社先后采访她。

2008年奥运会前后,女儿"火"得让人吃惊,中央人民广播电台、中央电视台的先后采访和现场直播及几家报刊的轮番轰炸让我瞠目结舌,有时竟让她忙得喘不过气来。但可惜的是,她忙她的,事先我竟一点儿也不知道。就连电视台和电台的直播也是"事后诸葛亮们"告诉我的。但只有一次例外:女儿做客某电视台做节目出发前因晚回不能按时吃饭曾告诉我了一声。我当时只顾为她高兴,却犯了一个不可饶恕的"错误"——忘了

问什么时候她的访谈节目播放。按老印象我还以为电视台总是先录像，然后再择日播出。待她回来后我问节目什么时候播放时，她淡淡地告诉我：刚才已现场直播了。嗨！我又一次与现场收视失之交臂——连老黄历也跑来欺骗我。

我不知她什么时候开始收藏明信片和什么机缘让她收藏明信片的。我深信，即使问她，她也不会说。而当在我不厌其烦地催促下，她才不得不把她的一堆"宝贝"拿到我面前时，我才第一次见识了她的"杰作"。面对这些来自世界五大洲花花绿绿的明信片，我十分感慨——世界距我们竟如此之近。

我捡出一张较厚的、来自德国的手工制作明信片。那是一张彩绘着一只鸽子的硬纸质明信片，中央嵌着的玻璃纸包着一些固体碎屑。女儿告诉我，那些碎屑来自多年前被拆毁的柏林墙；彩绘鸽子象征和平，代表了德国人民热爱和平、祈愿和平的心愿。明信片告诉我们：友谊与和平是多么重要，世界人民都需要她。

浏览那些美丽的明信片，我们像在阅读世界。上面有风景照，有民情照，有经典建筑照，民居照等。它们大都是一国、一地、一个民族的标志物，丰富多彩，印制精美。世界文化、人类智慧在这里凝聚，友情和爱在这里传递。我几乎想象出这些美丽精灵从世界各地飞到女儿手中时的情景——这些精灵一旦安上翅膀翱翔于蓝天，它们便变成友谊纽带把世界人民紧紧地连接起来。

残奥会召开时，当开幕式以明信片为主要表演形式的宏大场面出现在电视机屏幕上时，我才忽然领悟到了蕴藏在明信片中的深层含义！又当世界从地上捡起一片象征友谊的红叶叶片并深情地凝望它时，我知道，人类选择了维护世界和平的责任和义务。

一个偶然机会我看到了某杂志对女儿的采访记录,或许它能多少告诉我一些想知道而久未能知道的女儿收藏明信片细节。其中几段文字是这样的:

问:你是从什么时候开始收藏明信片的?

答:大概是在大二的时候,一次去湖南旅游,走到了一个地方,突然想给自己寄张明信片,这样回到家的时候就可以收到,那种心情很兴奋。后来慢慢地,会向周围出去旅游的朋友要一张从当地寄出的明信片当礼物,再后来会通过网络向素未谋面的网友提出邮寄明信片的请求。

问:收到的所有明信片里,你最珍贵的是哪几张?

答:不能用哪些来定义,我是用地点来定义的,大多数人不太可能到达的地方的明信片,会成为我的珍藏品。比如,我曾经收到过的非洲一些小国家的和中国台湾的明信片。

问:收藏明信片和其他收藏有什么不同?

答:印象中,以前人们在逢年过节的时候,会给自己的好友寄上一张明信片,送出自己的祝福。而现在基本没有人会再以寄明信片这种方式为朋友送上祝福了,明信片算是种比较古老的朋友间的交流方式。收藏明信片不但可以真实地感受到某个国家的一个层面,还是一种传统的记录方式,是其他收藏所没有的。

……

她是对的。

从问答中,我看到女儿平淡语言中流淌着智慧火花。

看到这些,我终于明白了:女儿长大了,她有了一双自信的翅膀,她要翱翔于自己的世界。

(2010年3月15日北京)

二舅

我和二舅的关系太复杂,一时说不清楚。是甥舅?但更像父子,像朋友,像师生,又像兄弟……我们之间的感情实在太深太深。

二舅比我年长17岁,如今已81周岁了。他住在北京房山区。过去他每次到北京开会,都要到我家坐坐,并时常给我带一些家常用品;而我则每逢过年过节都要到房山去看他,平时也经常给他打电话。我们每次见面或通电话,总有说不完的话,谈生活,谈工作,谈诗歌,谈古今中外,谈自己的家庭和经历……后来,他离休了,原以为闲下来,能有更多的时间和他相处,在花前月下或河畔树旁听他天南海北侃侃而谈,但事与愿违,他还是一天到晚在外面忙,见面的机会更少了。他说,离休后成了自由身,几乎天天有人找他,连看书的时间都没有。我时常挂念他的身体,因为用他自己的话说,他身体有几个零件有些不大听使唤了。他见我担心,总是乐观地笑笑说,没事,我的身体还好着呢……直到最近,我又一次问及他的身体,他依然笑着说,现在就是胖,心脏不太好,走不了一百米了。

我听了心里很不是滋味。二舅从小就关心我,把我当成他自己的孩子,与我无话不谈。我的每一步成长都凝聚着他的心血,可以说,我和二舅的感情,已扎根于彼此灵魂深处。他生病,是我最不愿意看到的、听到的,我衷心希望他身体健康。

2007年,我母亲和大舅相继去世,现在,我母辈亲属中惟一在世的只有二舅了。因此,我和我的众多兄弟姐妹们都把对父辈的爱倾注在二舅一人身上。

我和二舅的情感,是几十年如一日一步一步地凝聚起来的,可以说,它是岁月煎熬出来的华彩，是生活谱写出来的乐章，世上没有任何东西可以替代她。

我从小在河南姥娘家长大，很长一段时间，我印象中的家庭成员只有姥爷、姥娘和不知在哪里工作生活、长时间见不到的母亲；再有就是和我长期生活在一起的惠民哥和惠民娘——大妗子。

二舅第一次出现在我幼小视野里大概是在上世纪50年代上半页的一年夏天。那时，当他猛然间出现在我的记忆中时，是在姥娘家。当时，我并不知道长着一脸络腮胡子的他究竟是谁，只知道他高高的个子，魁梧的身材，姥娘说让他领着我玩。于是，我就迷迷糊糊地被他带到村东头的坟地里，那里有很粗很高的树，有密密麻麻的杂草和矮树棵子，里面开满不知名的野花……

记不得是当年或哪一年，也是夏天，一天，姥娘家的小院里忽然挤满了人，很热闹。大人们作些什么，我并不明白。多少年后，我才从母亲嘴里知道，那是正在中国人民大学外交系上学的二舅利用暑期放假的机会在老家结婚了；而中国人民大学在北京，我的母亲和大舅也都生活在那座城市里。

后来，我又听母亲说，我小时曾来过北京，并和她一起到中国人民大学看望过二舅。一经母亲提起，我的记忆深处便依稀浮现出一个火热的中午、两扇大铁门和手里拿着一个小包的母亲的影像。至于当时母亲给二舅送了些什么，说些什么话，我却没有任何印象了。

1956年，我到了上学年龄。母亲对二舅说，你回家过暑假，就把我儿子带来吧。于是，那年夏天，我就告别了生活多年的姥娘家，告别了姥爷和姥娘、惠民和大妗子及童年一起生活、玩耍的小伙伴，登上了北上的火车。

北京的家是什么样子我一点也不知道，就知道我多年未见过的娘就生活在那座城市里。二舅说，那里很大，比我们村大好几十倍，好几百倍。

在去北京的路上，我看什么都新奇。尤其坐在火车上，看窗外路基两旁的树一闪一闪地向后退，总也不到头。我问二舅，火车怎么总顺着树棵子绕圈圈？二舅说，那不是绕圈圈，是向前走呢。那天，车外下了雨，雨滴打在玻璃窗上，啪啪作响，并且拉出一条条水痕。我坐在车里看着窗外的雨景，看着雨景里被打湿的庄稼和村庄，觉得坐在车里风吹不着，雨淋不着，心中蓦然升起一股异样的感觉，那种感觉暖暖的，温馨而快乐——或许，正是那种感觉和那次经历，时常浸润着我的心，使我在以后旅行的火车上时常想起它，总是期盼着下雨的天气。

火车走了一整天，现在回忆起来大概是到了丰台地界吧，我忽然忍不住问二舅：怎么还不到北京？二舅说：还有一顿饭的功夫。又过了一会儿，我又问：什么时间能到北京？二舅说：还有一袋烟的功夫。听到这话，我知道，北京快要到了。那时的北京，对我来说充满了神奇，它是我心中一个未知的世界。

当时我母亲家住在位于朝阳区呼家楼的一座红砖楼里，四面种满了红薯——直到现在，那栋坚固的苏式红楼还在，紧挨着京广大厦，而现在的它，则更像一个经历多年风雨的老人，颤颤巍巍地伫立在楼丛里。据说，那时这座红楼是北京建筑系统的"干部楼"，住的都是科长以上当官的。

记得二舅领着我提前一站在关东店下了汽车，说，你头发长了，先理理发，再去见你娘吧。

我那时是头一次听到"理发"一词，问二舅：什么叫理发？二舅说，理发就是剃头。来到理发店，二舅买了牌儿，让我坐下等。我向里面张望，看见剃头的人都坐在高高的椅子里，身上蒙着白布，只露一副嘴脸，一个穿白大褂的人拿着一个闪光的拐弯大筒子一边对着他的头吹，一边拿着木梳给他梳理，那个闪光的拐弯大筒子还总是发出"嗡嗡"的声响。我从来没有见过，心里顿时害怕起来，央求二舅退牌子，说什么我也不剃头了。

百般无奈之下，二舅只得把牌子退了。

来到呼家楼红楼进了二楼的家，我感到一切都那样陌生——这里没有姥爷、姥娘、惠民和惠民娘，除了二舅，我谁也不认识，包括我久别的娘和第一次见到的爹、没见过面的弟弟和保姆。我慌乱而胆怯，失落中，时间一秒一秒地过去，我低头无语……然后是默默地吃完了晚饭。入夜，当二舅提出要回自己学校时，我哭了，拼命地拉着他的手不松开，说什么也要和他一起走。他先是哄我，告诉我：这就是你家。然后又陪了我一会儿还是悄悄地走了。

二舅走了，我伤心极了。那天夜里我不知道自己是怎么熬过去的。

后来，我爹娘领着我到附近派出所报了户口，并上了小学。不知是对环境的不适应，还是骤然失去小伙伴们的孤寂驱使着我，在上学的最初几年里，我拼命地逃学，毫无忌惮地撒谎，无所畏惧地违反校规校纪，砸玻璃，上课出怪声，打架，打鸟，把笤帚放在门框上砸工友……学校、班主任、家长为我伤透了脑筋。我清楚地记得，老教师的教鞭、粉笔头，年轻女教师的手指头，都曾无情地落在过我的身上和额头上……就这样，一直到小学五年级结束。上小学六年级时，老师说，你终于有了进步。于是，我写了入队申请书，就在我即将小学毕业的时候光荣加入了少年先锋队，带上了"由无数革命先烈鲜血染成"的鲜艳红领巾。

来到北京后的第三个年头，一个冬天的早晨，睡梦中的我忽然被一阵敲门声惊醒，凭直觉，我马上意识到是姥爷、姥娘来了！我抑制不住心中的兴奋，迅速从床上跳下，顾不得穿鞋，光着脚去开了门，一看，果然是姥爷。姥爷说，你姥娘还在车站上等着呢。于是我又急忙下楼跑到了汽车站，大老远就看见姥娘一个人孤零零地坐在地上的包袱上——她的头发全白了。

当我把她从地上拉起来时才发现,三年不见,姥娘竟变成了另一副模样——她成了罗锅,佝偻的腰深深地向前倾着,头低低地扎向地面。我一下子惊呆了,我不明白,这三年老家究竟发生了什么事情,姥娘怎么竟变成了这个样子。我印象中的姥娘,略胖,身材高大魁梧,站直了总是挺胸昂头,然而,如今却……

回到家,从姥爷、姥娘和爹娘的对话中得知,老家受灾了,没有粮食,整天饿着,村里的树全砍光了,还饿死了人……在家里生了一场大气后,姥娘一病不起……两个月病愈后,姥娘就变成了这副模样。

我为姥爷、姥娘的遭遇难过,也为老家的变故伤心,我还挂念着我的那些从小一起长大的小伙伴们,不知他们现在究竟怎么样了?姥爷说,老家不能呆了,再呆就活不下去了。

然而,让我没想到的是,姥爷的这句话竟变成了现实——这场变故让姥爷、姥娘长期在北京定居下来。大舅给姥爷、姥娘落了户口,并在位于宣武区小马厂的粮食部宿舍要了两间平房住了下来。没有多久,和我一起长大的惠民哥也来到了北京,开始,他住我家,后来也搬到了小马厂和姥爷、姥娘住在了一起。

姥爷一生勤劳,即使在北京也总是闲不住。他听大舅说,现在全国受灾,人民生活都很苦,就连粮食部食堂也正开展节约运动,不吃肉,少吃粮,支援灾区。姥爷就主动提出在小马厂宿舍旁建个养猪场,自己养猪,也为国家救灾做些贡献。在姥爷再三要求之下,粮食部食堂在小马厂建了一个猪场,由姥爷喂着几十口肥猪。

我小时候长期与姥爷、姥娘住在一起,和姥爷、姥娘感情很深,因此,小马厂姥爷、姥娘的新家也就成了我时常光顾的地方。尤其是寒暑假,我几乎都是在那里度过的。那时,二舅已大学毕业在房山工作,星期天也经常到小马厂看望爹娘，因此，小马厂就成了我和二舅经常见面的地方。

那时的小马厂粮食部宿舍东面就是铁路，每天都要有多列火车经过。姥爷家住在宿舍排房东头，火车一过，震得床铺吱吱发颤。姥爷说，没关系，习惯就好了。铁道东面是农村菜地，每逢夏天，菜地里开满了各色菜花，地势较洼的地方雨后积满了水。菜地里，水边上，青蛙叫，麻雀唱，蜻蜓飞，蝴蝶舞，鸟语花香很是热闹。每当星期天晚饭后这里就成了我和二舅散步的地方。走累了，就坐下来乘凉。坐在地上，微风里，看着东面高耸着的天宁寺古塔和挂在天上的弯弯玄月，这一切，都充满了诗情画意。

二舅博学强记，可以说古今中外融会贯通——这是我以前所没有想到的。过去，我只知道他和蔼可亲，疼我，我从心眼儿里喜欢和他亲近。没想到，二舅肚子里还埋藏着那么多那么动听的故事。开始，他给我讲一些我能听懂的故事，后来干脆给我讲历史，讲名人，讲艺术，讲天文地理，讲自己的经历；再后来，他居然给我讲哲学，讲马列，讲经济，讲世界，讲他知道的一切东西。每逢这时，二舅总是眉飞色舞，滔滔不绝，而我则听得如醉如痴。他就像一个大书库，故事源源不断地从口中淌出，充满了情趣。我对二舅充满了崇敬。

我那时还小，对二舅讲的内容懵懵懂懂只听个大概。但正是这懵懵懂懂，勾起了我对世界的好奇，读书，找书，买书，在书中寻找答案成了我的爱好和需求。而星期天，则成了我对二舅早早到来的期盼。

在之后的日子里，我除了上学外，都把时间留给了书籍。当时我的愿望，就是要做一个像二舅那样的人，有丰富的知识，读许多许多的书。可以说，那时的我把读书当成了生活的第一要务，几乎到了痴迷的程度：如饥似渴，没有选择。有一件事我至今还记得：一天晚上，到位于大栅栏的大观楼电影院看电影。电影开演前我随意走进了电影院附近的一家新华书店，一眼

就看上了一本书——直到现在我还记得那本书的名字:《夜奔长白山》。看了"内容提要",我竟舍不得放手,翻翻兜算算钱,买了书我就没有了回家的车费,只能从大栅栏走着回呼家楼家中。几经踌躇,我终于咬牙把书买了。那天,看完电影已是晚上8点多钟,我一步一打听地往家走,当3个多小时后一瘸一拐地走回家里时,已是夜里11点多钟了。到家后,我躺在床上,又一口气把书读完,放下书,天已蒙蒙亮了。

我那时读书,正像许多小说写的、电影演的那样:吃饭或放学回家路上都捧着书看。尤其回家路上,我边走边看,走着走着撞到电线杆或人身上是常有的事,本来20分钟的路程往往需要走一个多小时才能到家。而在家里时我边吃饭边看书,遭到家人辱骂训斥更是家常便饭。晚上,为了不影响家人睡觉,我就搬个小板凳捧着书到厨房昏暗的灯光下去读,一直困到眼睛实在睁不开为止。

我家有间人不常去的小屋,里面堆满了杂物,但没有灯,里面黑漆漆的。有一天,我鬼使神差地走进小屋,黑暗中摸到了一个大大的帆布箱。好奇驱使我打开箱子,竟发现里面满满当当装满了新书。我兴奋极了,随意拿出两本厚书到光线强的厨房看,一本是《诗经》,另一本是《中国戏剧大全》。于是,我拿走了《诗经》,放回了《中国戏剧大全》。几天后,我的"偷书"行为被家里发现,娘狠狠地骂了我一顿。不久,帆布箱子和书全不见了……

也正是那段痴迷的读书经历,使我获益多多,慢慢地,二舅讲的内容我能理解了,并能提出一些问题。从提问中,二舅看见了我的进步,他非常高兴。

其实,二舅当时的生活是很清苦的。那时,他在北京房山县的一所中学当校长,夫妻两人工资都不高,家里有5个子女,加上岳母、小姨子、小舅子共 9 口人共同生活在一起，经济非常拮据，常常靠举债度日。就是这样，二舅还是坚持读书、买书，而且每个星期天还要到小马厂去看爹娘；只是他到北京来回的车费和购物钱，就需要从牙缝里往外挤了。看他实在困难，娘就把自己用退职费买的一辆不骑的自行车借给了二舅，这样，二舅就能每个星期天早起而来，星期一再早起而归了。这个办法真好，二舅即能探望父母和我见面，也可省下了几块车钱，只是来回骑车要走 100 多里的路，很辛苦。

我渐渐地长大了。随着时间的拉长，从二舅的自述和姥爷、姥娘的嘴里我渐渐地知道了二舅的经历。二舅的儿童时期是在抗日战争的炮火硝烟中度过的。他小时，大舅早早就参加了抗日战争，并和其他几位同志共同开创了冀鲁豫抗日根据地。1941 年，党中央决定成立以黄克诚为主任的冀鲁豫抗日军政委员会，杨得志和大舅是 7 委员之一。从那时起，姥爷、姥娘家就成为日本鬼子和皇协军抄袭的目标。就在那混乱的局势下，二舅不得不结束了几个月的私塾学习，随着姥爷、姥娘及我娘辗转于山东、河南之间，在亲戚朋友家过着提心吊胆的避难生活。

听二舅说，那几年，有几次全家差一点就落在日本人手里，幸亏姥爷机智和乡亲们鼎力相救，才幸免于难。每当讲过去乡亲们冒死保护时，二舅都很动情。他说，有的乡亲被日本鬼子用烧红的烙铁烫得几番昏死，却死活不肯交代姥爷、姥娘的下落，乡亲们对我家是有恩的，可不能忘记乡亲们的恩情啊。

1944 年，二舅在位于山东范县（后划归河南）的冀鲁豫边区抗日小学读高小，暑假放假回乡，他加入了儿童团，并担任了儿童团指导员。那时，他 12 岁。下一年，日本投降，抗日小学与其他学校合并成为抗日第五小学，二舅就转到那里继续学习，并在第五小学入了党，成为中共预备党员。按现

在党章要求，预备党员只有一年预备期，但当时是战争年代，二舅才13岁，预备期竟长达两年，直到15岁他才转为正式党员。

1947年，二舅在县大队当通信员。队长见他还小，就对他说，你太小，拿不动枪，还是回家接着念书吧。于是，二舅又开始读初中、高中，最后考上了中国人民大学。

据二舅说，上高中那几年，他十分珍惜不打仗的学习生活，尽量博览群书，但凡能找到、借到的古今中外书籍，都要认真读，认真记。二舅记忆力好得惊人，几乎达到过目不忘的程度，以致几十年后还能一字不差地背诵一些书里的精彩段落。

二舅高中毕业已是新中国建立以后的事了。大舅说，新中国刚成立，需要大批建设人才，还是参加工作吧。但二舅不，他愿意继续上学，他觉得世界如此之大，自己需要掌握的知识是如此之多，只有多学习才能更好地工作。于是，他选择了上学。

二舅才华横溢，是个心怀大志的人。姥爷总是说，二舅一定能大器晚成。

1957年，二舅大学四年即将毕业。但这时"反右"运动开始了。在运动中，他亲眼看到一些外交人员被打成右派，一个个下放到农村、边疆。他彷徨，郁闷，打抱不平，于是有一天，他的两个同学竟把他随意写的一副对联用几张粘在一起的纸写出，并挂在宿舍的窗子外。对联是这样写的："学外交，学外交，学了外交往外交；报专业，报专业，报了专业让转业。"同学看了都拍手叫绝，说写得好。但这一行动惊动了学校，结果自然可知：两个挂对联的同学无一幸免被打成了右派，而由于二舅出于无意，且早年参加抗日战争，一贯表现优异，又是外交系的党支部书记，结果，学校只给予撤销书记职务的处分。他毕业后，被分配到了外交部工作。

不久，中央号召干部下基层锻炼，二舅报了名，他被分配在北京房山县……然而，锻炼期满，房山留他，他也再没有要求回去……

我和二舅在小马厂姥爷家"鹊桥相会"的那几年，也是我记忆最深，对我影响最大，得益最多的几年。也正是那几年，我和二舅之间建立的感情得到了深化。

但正当我和二舅关系正处在"蜜月期"时，姥爷却忽然因肝病复发病倒了，并在1962年国庆节期间逝世。我万分悲痛，这对我来说几乎是不可接受的，我不知道今后没有姥爷的日子将会怎样度过。而小马厂的家里也只剩下了姥娘一人，两间房子显得空荡荡的。

至今我还清楚地记得姥爷逝世前一天晚上的情景。

那天晚上，姥爷只把我和二舅叫到他的病房里，谈了很久。姥爷最后有气无力地说："恐怕我不行了，做一首诗给你们留作纪念吧。"我听了，心里难过极了，眼泪一下子涌了出来。我知道，在姥爷众多的儿女和孙辈儿中，他最喜欢二舅和我。二舅竭力安慰他说："爹，不要紧，你的病不严重，一定会好的。"但姥爷摇摇头说："不用安慰我了，我很清楚自己的情况。"遂叫二舅拿出纸笔，他一边说，二舅一边记。姥爷的诗是这样写的：

阖家不必做伤悲，人人皆有这一回。今日脱尽肉皮袋，化作清风满天飞。

谈过后，姥爷就催我们回去。我们刚到家也就是两三个小时的样子，医院忽然给大舅打去了电话，说姥爷病危。大舅急忙连夜派车到小马厂接走了二舅。这天，二舅一夜没有回家。当我第二天到医院看姥爷时，他已经深度昏迷神志不清了。

姥爷去世了。那天，是1962年10月5日中午；那年，我上初一。

姥爷出生在一个贫苦农民家庭，没上过一天学，但他小时好学，常利用放牛间歇在学堂外面的窗下听先生讲课，时间长了，他凭着自己惊人的记忆力和敏锐悟性学会了识字。后来，他又用自己捡来的"能力"，如饥似渴地读书学习……《三国演义》、《水浒传》、《封神演义》等书，他都能倒背如流。他最喜欢的书是《纲鉴日知录》，他把这本书放在床头，不知读了多少遍，书里的名言典故，历史演变都烂记于心。而就在新中国建立后不久，他用省吃俭用和卖地钱从长沙买了一套《四库全书》影印本。"那套书买来时竟装满了几辆大车"——二舅说——"敏锐的悟性，超强的记忆力，倔强的性格是姥爷人生的三大特点。"

如今，我还清楚地记得姥爷去世的前几年，曾要求我每次来他家时都要带着纸笔。他说，要把自己一生积累下来的生活经验都告诉我，让我记下来引以为戒。我照办了，几年里记了满满一大本，但可惜的是，1969年我到东北下乡后，这个本子竟不知了去向。

姥爷去世的那段日子里，二舅是在极度悲痛中度过的。

记得姥爷去世不久的一个星期六晚上，二舅在姥娘家忽然对我说，大舅担心大家太悲痛，怕伤坏了身体，决定明天要到香山散散心。我听了，就央求二舅求情带我去。二舅爽快地答应了。也就是第二天的香山之行，我第一次见到了和大舅一起闲聊的时任文化部部长的著名作家沈雁冰先生。

因为姥爷的去世和姥娘搬到了大舅家，我和二舅失去了单独聚会的场所，因此，我在以后的日子时常利用寒暑假的时间跑到房山去看望二舅。记得一次，我去房山学校看他，恰逢他在外学习，他就让学校的一位工友安排我住在他的办公室里，并嘱托工友照顾好我的伙食。那位工友尽职尽责，还利用闲暇冒着酷暑翻山越岭带我到距学校很远的周口店参观猿人洞遗址。

后来，二舅调到了县评剧团当团长兼书记。有时他带团到北京参加演出,我就到演出剧场去看他。就这样,这种生活一直延续到1966年"文化大革命"爆发。

文艺界是"文化大革命"的重灾区。二舅身在剧团,从运动一开始就受到剧烈冲击——造反派说他坚持走资产阶级文艺路线,经常上演一些封资修剧目。在几番批斗之后,二舅被打成走资本主义道路当权派,停职停薪,身无分文。他每天上班,都要遭受批斗、围攻甚至被殴打,劳动、检查成了他的日常工作,过去的成绩变成罪行,先进工作者变成走资本主义道路典型,雄心壮志变成狼子野心……他有口难辨,忍受着精神和肉体的折磨,几乎到了崩溃的边缘。他没有地方宣泄心中的愤懑,因为家里孩子还小;没有亲人可以诉说痛苦,因为姥娘年事已高,大舅也被停职反省;没有对象可以抛洒泪水,因为母亲生了病他找不到抛洒泪水的场合——那时,我们全家父辈几乎都倒在了文化大革命的大棒之下。

几经挣扎与彷徨,他悄悄地离开了房山,离开了他多年兢兢业业努力工作、并为之抛洒青春的地方,躲开了无尽无休的纠缠和批斗,他选择了外出避难——到我家。

那时,我家住两间楼房,母亲和妹妹一间,我和父亲、弟弟一间。二舅来了,就和我们挤在一间房里。因为是夏天,晚上,我主动提出自己睡在地上,但二舅说什么也不肯,他把席子从我手中抢走,自己铺好就躺在了地上。白天,二舅躲到市里去看大字报,晚上再回来吃饭、睡觉。那段时间究竟有多少痛苦,只有二舅自己知道。

但这段时间我却过得很快乐,因为我又能和二舅长时间生活在一起了。尤其晚饭后,我和二舅就到北面距家不远的河边散步,听他滔滔不绝地给我讲述,讲述中,马克思、恩格斯、黑格尔、笛卡尔、叔本华、费尔巴哈、康德、弗洛伊德、莎士比亚……等国外著名经典作家的名字渐渐地进入了我的

视野。

我家北面的那条小河，河里有静静的流水，水中有微微浮动的倒影，影下有悠闲游动的小鱼，鱼旁响着时高时低不断吟唱的蛙声；而河边有树林，有垂柳，有微风，有三五游人；天上有星星，有弯月，有脉脉清辉……有远离尘世的和谐与宁静。每当坐在岸边坡地上，世界上似乎只有我们两个人，他讲，我听，我们俩，都沉浸在知识的海洋里，陶醉在想象的世界中……一直到明月西陲，清露沾衣……

然而，这时的二舅却是痛苦的。我理解他长期有家不能回和寄人篱下、经济拮据的痛苦，因为半夜里我时常看见他从睡梦中哭醒……坐起又躺下，躺下又坐起……反反复复，一直到天亮，我又不知怎样才能安慰他。而第二天早晨，他又高高兴兴地离开家门，去看大字报。我知道他是在故作欢颜，为了不让别人跟他一起痛苦。我知道他当时想到的是什么……也许，他会想到刚刚逝世没几年的姥爷，想到有心无力的大舅和姥娘，想到自己很久未能见面的妻子和儿女，想到自己坎坷的经历或多舛的命运……于是，就在一次散步回家的路上，我把自己平时省吃俭用积攒的3元6角零花钱硬塞给了他。"当我接到你那3元多钱时，眼睛里充满了泪水"——许多年以后，二舅满怀深情地回忆说。

再后来，我校也进入"武斗程序"，实在住不下去了，我就搬回到家里。因大舅被停职反省，迫于造反派压力，大舅和母亲、二舅商议，将我年逾80岁的姥娘又送回了河南老家。二舅护送着姥娘回到老家，在村里自家小院安顿了下来。说是小院，其实只剩下了西房和北房两间房子，北房由生产队占着，西房的街墙也破了一个大洞，姥娘就是在这间西房里一个人孤苦伶仃地生活了好几年。

老家的乡亲们朴实善良，姥娘一个人在老家居住时，买菜、挑水等力所不能及的活儿都让亲戚和乡亲们包了，但村里人穷，没有钱，有心无力，只能做一些力所能及的事。1968年冬，我和二舅一起回老家看姥娘。当见到那些儿时伙伴个个面黄肌瘦时，我心里难过极了，但没有办法，我只是个学生。

老家的村容村貌与我儿时记忆完全不同，姥爷家老坟地中的那些高大松柏、杨树和茂密杂树一棵也看不见了，冬野一片荒凉；村东头的水塘已夷为平地，而我上过的小学校也不见了踪影。

看到故乡残破到如此模样，我心中涌起一阵阵悲凉，眼前立即浮现出鲁迅先生在他的小说《故乡》中描写的一段话：

"时候既然是深冬，渐近故乡时，天气又阴晦了，冷风吹进船舱中，呜呜的响，从篷隙向外一望，苍茫的天底下，远近横着几个萧索的荒村，没有一些活气。我的心禁不住悲凉起来了。

阿，这不是我二十年来时时记得的故乡？"

此时，也是冬季，面对的，也是荒凉的故乡，我情不自禁地重复了一遍鲁迅先生说过的话：阿，这不是我十多年来时时记起的故乡？

1968年，我的同学大部分都分到了北京工作，而我因家里的问题1969年8月去了北大荒。我走的前两天，惠民哥用自行车帮我把行李驮到学校；前一天，大舅妈代表大舅和她本人去家里看我，并送给我许多日用品。但，我没敢告诉二舅，原因是我不愿意再经历依依惜别的场面，怕他和我都难过——就这样，我不辞而别，悄悄地离开了北京。

到了几千里之外的北大荒，我不知道家里的日子是怎样过的，但随着环境的变化，我的思想也发生了转变：人就是这样，当大家生活在一起时并不觉得怎样，一旦离开，就产生了无限的回忆和思念，并常常为自己的所为

后悔。我后悔了,后悔自己离京前为什么没有与二舅话别?纵使有千万个理由,理由再充分,但无面之别,却是人之无理。

到了北大荒,我被分配到生产建设兵团一师五团,它的所在地是属于黑龙江黑河地区的五大连池。五大连池是火山堰塞湖,它周围分布着14座火山,风景旖旎秀丽。可以说,能分配到五大连池是我的幸运——现在,它已是著名国家级风景旅游区,正在申报世界自然遗产。然而,当时的五大连池生活却没有现在人们想象的那样浪漫。刚下乡,老天爷就来了一个下马威,连天暴雨吞噬了地里的粮食,害得我们一连吃了几个月的麦麸子,一时间,浑身无力、浮肿笼罩着在五大连池"战天斗地"的知青们。冬季的"大烟炮"冻住了"天地良心",让我们初尝了零下40度的"刀光剑影"。

面对这一切,二舅曾多次来信询问,但我都没敢告诉他实情。

怀揣着对吃饱饭的渴望,好不容易熬到了第二年麦收。为防止麦麸子再次出现在知青饭碗里,团里调剂劳力,调动工业连队支援麦收。于是,我们到了3连。

麦收,时间短,强度大,早起晚归,披星戴月,几天下来,人瘦了一圈。然而,我们还是坚持下来了。

一天刚下工,连队通讯员就跑来对我说,北京来信了。凭地址和字迹,我一下子就判断出信是二舅来的,忙躺在地铺上打开信细看。二舅在信中首先问我的工作、生活情况,然后说,他前几天又到了呼家楼我家里,晚饭后同样到北面距家不远的河边散步,那里依然是小桥、流水、垂柳、明月和蛙声,但此时却只是他一个人了。面对河景他不禁感慨,想到远在天边的我,就写了一首诗。他的诗是这样写的:

独自登桥墩,夏意正醇。河边垂柳,公路川流依如故,只是缺少同谈人。放眼当今世界,形势一片大好,五湖四海走风云。要打败美帝及其一切走狗，已为时未远。

他的诗充满了真情实感，字里行间渗透着思念之情——虽然诗中还保留着那个时代的印记，但我还是被深深地打动了。读诗后，我十分感慨，一时间堕入感情的漩涡里。晚上，我也想了很多，回忆起那几年我们在一起的日子，尤其在呼家楼河边散步的情景，不免思绪万端。于是，我竟抬笔也写了如下的文字：

忙隙读诗喜欲惊，心潮如腾。我在天涯君在京。峥嵘旧日，海阔天空忆犹新，山水几千重。登高思旧情，夏意正浓。江河渺渺日垂红。小桥明月伴蛙声。何时更携手，甥舅再重逢。

给二舅的信寄出不久，就又接到二舅的回信。信中他赞扬我诗写得好，充满了感情，并一再告诫我，工作再忙也不要忘了学习。

是的，兵团这几年，我做到了，业余时间，我不忘读书学习——因为这时，读书已成了我的习惯。

1971年下半年，兵团有了探亲假。九月底，我获准探亲。当我蓦然出现在北京的家门口时，家人一时不敢相信是我回来了。看见娘，我一时不知该说些什么好，两年，她老了许多，头发全白了，脸上布满了深深的皱纹。但令我欣喜的是，当我来到家门口时，竟一眼看到大舅安然坐在对着门口的椅子上，就像他事先知道我要回来一样——这果真是上天在冥冥之中的特意安排吗？

探亲假只有一个月的时间。期间，我见到了大舅、大舅妈、惠民。从大舅嘴里知道，他的几个儿女大部分也都下了乡：宏利、红岩山西插队，宏毅、小虎到了黑龙江生产建设兵团，宏瑞、宏伟去了内蒙古兵团，只有红旗参军，当时在保定38军服役。为见二舅，我特意去了一趟房山。当时，二

舅虽然还没有安排工作,但政治环境宽松了很多,他再也不用提心吊胆到处避难了。那天晚上,我住在二舅家,我们彻夜难眠,谈了很久……

探亲假很快就过去了,我又回到了五大连池。几个月后的一天夜里,我忽然从梦中醒来,屋里黑漆漆的。我躺在木板床上,回忆起了刚才的梦中情景:梦中,二舅竟也来到了五大连池,我和他一起在浩瀚的水中泛舟,远处是一座座火山,火山上浮动着缕缕白云,水泡子旁翻腾着一条条石龙……于是,我坐了起来,打开灯,在桌上铺上纸,写了一首《水调歌头·梦游五大连池》。词曰:

分别才数月,梦里又逢君。同舟观山览水,同游连池春。远看烟花重柳,高瞻鹰翔淡云,日暖物色新。敢问李夫子,尚否在乾坤? 荡飞舟,破碧水,洗风尘。江山壮丽,一倾春水醉丹心。谈笑千古风流,屈指往昔英雄,来者是何人? 滔滔东流水,代谢成古今。

这里需要说明的是,词中提到的"李夫子",其实就是民间传说中所谓的"秃尾巴老李"。据当地老百姓说,秃尾巴老李的故事就发生在五大连池。

第二天,我把这首词寄给了二舅。几天后二舅回信说,他近来很高兴,一是读了我的词,激发了自己不断努力的决心;二是分配了工作,调到县委党校当了理论教员,有了用武之地,可以充分发挥自己的特长。但这封信里,二舅没有像往常那样附诗,看来他真的开始忙了。二舅常说,人进步是要靠机遇的。他时常讲起汉武帝与车夫的故事。故事说,有一次武帝出巡,与给他的驾车的御夫闲聊,觉得御夫见多识广,是个很有头脑的人,问他为何未做官?御夫说,他没有机遇:"我年轻时尚武,孝文帝推行休养生息政策,我无用武之地;到了您,雄才大略,拓边开土,我却老了……"汉武帝很为他惋惜,遂封他为县令。

二舅是个学识渊博、品德高尚的人,对事物有着极其高深的洞察力和分析力。他上大学时,教他的教授们就对他给予极高的评价和殷切希望。但二舅失去了很多机遇:当他大学毕业分配到外交部时,赶上了下乡锻炼;而在房山工作岗位上刚刚做出成绩时,又遇到了"文化大革命"……

二舅最崇拜三国时期著名政治家曹操,欣赏人们对曹操"乱世之奸雄,治世之能臣"的评价。他喜欢曹操诗,说曹操诗大气磅礴,字里行间充满豪壮之气,苍凉中又彰显了一个伟大政治家的抱负和胸怀。二舅尤其喜爱曹操诗《步出夏门行》中"观沧海"和"龟虽寿"两首,并时常背起其中"东临碣石,以观沧海,水何澹澹,山岛耸峙。树木丛生,百草丰茂。秋风萧瑟,洪波涌起,日月之行,若出其中;星汉灿烂,若出其里……"和"骥老伏枥,志在千里,烈士暮年,壮心不已……"的句子。

1972年,我因被推荐上学而离开了五大连池,离开了与我结下深厚友情的兵团战友们。1976年,几经周折后,我又以教师身份从东北调到了河北省固安县。

那几年,我亲身经历了国家一系列政治变革,亲眼目睹了国家改革开放的全过程,为国家的快速发展欣喜。而二舅则几乎是在振奋的情绪中度过的,他热烈地为改革开放唱赞歌,并预见到国家在不远的将来一定会出现一个大发展大繁荣时期。果然,几年之后,我国的经济形势出现突飞猛进的发展。那段时间,二舅把自己的全部精力都投入到工作里。不久,二舅的经历印证了那句话:是金子总会发光。果然,不久,二舅就被调到县人民医院担任了院长、书记一职,再后来,又调任县委常委、宣传部部长一职。

二舅在宣传部长的职位上可以说如鱼得水。他性喜交友,那几年,从政界到文艺界,从作家到演员,他广泛联络,结交了许多社会名流,他和浩然、刘绍棠、张志民等著名作家、诗人等都成了无话不谈的知心朋友。

我在河北固安一共呆了7年。固安7年，是我和二舅进行深层次交流的黄金时段。我忙，他更忙，见面少，但我们从来没有减少过用通信方式进行大篇幅笔谈的时间。我们用纸笔谈感想，谈心得，谈友情。我们见面不多，通信不少。后来，我把我们之间的通信都保存了下来，经整理足足装满了一大纸箱。

我和二舅都喜欢读诗、写诗，并时常在通信中互相交流。记得有一天，我忽然接到二舅来信。他在信中说，前两天毛主席的小女儿李讷和丈夫王景清到房山做客，他写了一首迎宾诗欢迎她。

全诗如下：

迎李讷

暮春日暖絮舞狂，黛山凝绿雁阵长。一腔豪情迎贵客，距马滔滔水洋洋。

随同信寄来的还有他的其他两首诗，一首是《游石花洞题》，一首是《游银狐洞》。两首诗分别记录如下：

游石花洞题

洞府清寒不见春，却有春意洞里存。梅竹喜闹头顶上，幽香飘过又一村。

游银狐洞

凤凰山下有奇景，游人观止银狐洞。玉楼仙阁藏地下，看罢皆说不虚行。

二舅写诗从不刻意雕琢，常不假思索，随手拈来，读之琅琅上口，却意蕴绵长，往往又出人意表；而有时他的诗句则平如脱口，但大气磅礴，读之令人振聋发聩。如《避暑山庄》和《山海关》诗：

避暑山庄

天阴不雨湿气低,处处闷热汗沾衣。虽然立秋已二日,来往行人摇扇急。诸友应邀来承德,汗流浃背气嘘嘘。避暑山庄难避暑,风凉要等月沉西。

山海关

万里长城如蛟龙,龙头浸海逐大鲸。徐达点将安边塞,海神坐定万波宁。东海托起蒸腾日,雄关飞上群山峰。江海纵横拥大地,巍峨高山倚天擎。

二舅诗如其人,平易中蕴含着豪放之气。

1983年,我调回北京,开始在北京的一所中学任教。回北京后,我和二舅交流的机会多了很多。不要说通信,就是二舅每次到北京城里开会,也要通知我在会议间隙见上一面,哪怕三五分钟,说一两句话也好。至于书信往来那就更多了,而且信中内容充满了情趣。

记得有一年初春,我和二舅已半年未见面了,心中不免思念。课余无事,我即写了一封信并附了一首小诗寄给他。我的信中诗是这样写的:

信寄二舅

国才实堪慕,大器晚来成。宏论惊四座,赋诗走奔龙。游刃天下事,慷慨气如虹。一夜河边语,至今忆旧情。

信寄出后过了两天,即接到二舅回信。他在信中说:

昨日接到共乐来信并诗,非常高兴,恰逢我60大寿生日,年逾花甲。遂诗兴大发,口吟一首寄去共勉。

下面就是他寄给我的那首诗:

接共乐诗,恰逢我60大寿,遂赋诗共勉:

勤学深思常补拙,大器晚成尚未着。欣逢盛世通天路,十亿神州归大河。深知花甲年已迈,心志未减奋锉磨。苟利人民做益事,不负此生耕山河。

当时,我读信时,恰有一老教师坐在身旁,见我读信感慨,遂问我。我当即把此诗递给他看。他看后不觉被二舅诗的大气磅礴和真挚感情感动,在征得我同意后,遂将此诗抄在本子上。连说:此诗器宇轩昂,格调苍郁沉雄,尤其后两句,既表达了他的为民襟怀,又充满雄浑气魄,简直可作为人生座右铭了。

此时,我回过神来,感慨之余,顿生歉疚之意,忽想起去年二舅说他将要退居二线的话。我当时并未留意,直到此时才领悟其中味道。我与二舅相怜相交,彼此之间奉若知己,而我竟粗心到不知他生日的地步,且忽略了他的年龄!想到此,我不免懊悔万端。

晚上回到家,我又拿出二舅的这首诗细品,更觉此诗写得精彩。尤其诗句充满蓬勃之气和积极向上精神,融自己使命、感想于国家发展之中,可谓意境高远;而且诗的首联与末联遥相呼应,把自己"大器晚成"与"苟为人民做利事"紧密联系起来,体现了二舅爱国、爱民的广阔胸怀,给人激励,令人奋进。

1994年5月一天,忽接到二舅的来信,信中赠诗一首。因为忙,我直到8月份才给他回信,颇为遗憾。

二舅诗如下:

半屋农桑半屋书,勤于事业又学诗。忙中偷闲四海游,江风海月多领

悟。甥舅情意难述尽，盖因儿时气相投。吾逾花甲双鬓白，甥届不惑岁方枢。未来年华应自珍，恒心诣道不辜。

我给二舅的诗如下：

未忘学前进京时，车上妙语可入诗。风招彩霞忆广外，水沉明月垂柳丝。愧为邯郸学大器，年届不惑急奋蹄。躬耕山河酬远志，好景应吟黄昏句。

提到我和二舅的亲密关系，不能不提到我娘。我娘一生坎坷，虽1939年即参加抗日战争，但身世多舛。尤其新中国建立后不久，单位就以文化水平为借口，强令她退职，使她十年枪林弹雨经历付诸东流，精神遭受重大打击；加上1962年姥爷去世，"文革"期间父亲挨斗并于1985年逝世，更使她精神备受摧残。我从小生活在老娘家，后又下乡去了北大荒，真正在她身边生活没有几年，于是，这就成了她的心病，并长期感到愧疚。她经常对我说，她一生最对不起的就是我，没有尽到一个当娘的责任。然而，我特别爱我娘，我从来没有这样想过，也并没有感觉到自己受到过任何委屈，因为那个时代有同样经历的人实在太多。后来，从二舅的话中得知，我娘曾多次对大舅、二舅说过，把已四五十岁的我托付给他们，让他们多照顾我，多关心我——哎，这就是当娘的一片苦心啊。

其实，我和大舅、二舅之间不用特意关照，就有一种强烈的自然亲密感。我爱大舅、二舅，他们也特别关心我。但大舅工作实在太忙，顾不了家，连自己的孩子都很少过问，和我相处时间自然要少一点儿。而二舅却是个有心人，把娘的话时常挂在心上，每次过年过节到北京，都要备上4份物品：大舅、我娘、惠民和我各有一份，而且一定要和我见上一面，一起吃顿饭。加上二舅和我性情相投，自然更加亲近，我们的心深深地融合在了一起。我从东北到固安，又从固安到北京，一路走来都凝聚着大舅、

二舅的心血。

2000年，娘得了脑血栓，大舅也因帕金森病住进了医院。从此以后，我娘和大舅的生活质量急剧下降，尽管我和亲友们千方百计地使他们的晚年过得幸福，但都于事无补，他们还是在2007同一年相继去世了。他们人走了，却留下了我深深的怀念。每当我想起他们，"子欲养而亲不待"的至理名言就会在我脑际萦绕。以致在以后的日子里，凡遇到家里有老人的人，我都要告诫他们：不要以工作忙为借口，要尽心尽孝，善待父母。

转眼，我娘和大舅逝世已经6年了。这6年，每当我想起他们的音容笑貌，心中就会产生无尽的思念。

后来，二舅先是退居二线，在政协和人大任职，直到离休。二舅离休后，本可以在家安度晚年，但他的能力和人品像磁石一样吸引着他身边的人。他退下来的这些年，除一如既往地关心着国家的建设和发展外，还集中精力整理他的诗稿，直到2006年他的诗集在香港出版。

去年，二舅幸福地度过了他的80大寿生日。那天，大舅、我娘、二舅家的全体子女及儿孙数十人欢聚一堂，共同庆贺。贺宴上，二舅精神矍铄，喜气洋洋……像是更加年轻了。

那个日子，我再也不会忘记——每年的农历二月初二——二舅的生日。

（2013年6月9日北京）

友情

槐开时节

一、校长们

这所学校校园里长着几棵高大茂盛的槐树，春天扬花时节，校园里便充满了沁人心脾的花香。

我在这所学校工作十余年，校园槐树给我留下深刻印象。因此，每逢5月槐树开花季节，我便想起了这所学校，想起这所学校的历届校长们，想起这所学校的老师们，也想起我在这所学校工作的日日夜夜和与这所学校一起走过的那条艰辛跋涉之路。

语文组，后排左一为作者，前排左一为小郑老师　　刘秀江摄

友情

    这所学校建于1955年，是座老校。我初来这所学校，正是1983年5月槐花开放时节。那时，改革开放的熏风已吹遍祖国大地，人们到处能体味到春天的丝丝暖意。王淑妍校长热情地接待了我。她说，留下来吧，和我们一起创业！这里的孩子同样需要有人教。我被她的诚挚深深打动了，决定留下来。

    半年后，王校长带着喜悦与遗憾光荣退休了。她亲眼目睹了学校的可喜变化。在退休会上，她满怀深情地回顾了学校发展的艰难历程，言谈话语中饱含了她对学校的眷念和殷切希望。20多年前，她来自城里的一所著名重点中学，那时她风华正茂；如今她已两鬓如霜。这20多年生涯中，她经历了太多的风雨，她把生命中最宝贵的年华都留在这里，都留给了历届孩子们。学校初建时，这里不通公路，无论刮风下雨酷暑严寒她都要与老师们走六七里路才能到校。在通向城里的条条路上，留下她和老师们数不清的足迹。每年大年三十都是她值班，这似乎已成定例。当千家万户共庆团聚时，她却把丈夫和孩子都接到学校，一家人围着炉子在寒风怒吼或大雪纷飞中度过除夕之夜。她的数学教学水平在北京市赫赫有名，号称"代数王"。当她就要离开自己为之奋斗多年的学校时，她怎能不感慨万端呢？遗憾的是她也是常人，也离不开自然法则的制约，当学校在新时期正蒸蒸日上向前发展时她却要退休了。

    接替她的是闵校长，他同样来自那所市属重点中学。闵校长任职后大刀阔斧全方位地进行教育改革，使学校教育教学水平有了很大提高，当年就步入区教育系统先进行列；他与各方合作，抓住机遇办起了职业高中，带动学校各项工作有声有色地开展起来。市、区教育系统在学校先后召开了职高现场会，《人民日报》记者进行了现场采访并就职高发展有关问题发表了文章。文章发表后引起了社会各阶层广泛关注，全国各地表示支持的信件络绎不

绝。尤其是那封西南边陲前线一名普通战士的信和随信寄来的钱款，在同学们中间引起了极大反响。钱虽不多，但却体现了一名普通解放军战士对祖国的热爱和对教育的关注。同学们纷纷回信表示感谢，并掀起"为祖国努力学习"的高潮。

闵校长是个关心群众生活而又注重感情的人。他曾为老师们生活上的困难而流泪。于是，他内引外联办起了校办厂，使老师的生活待遇有了显著提高。他曾为解决老师的两地分居四处奔波，调动他所有的社会关系解决困难。他解决了长期困扰老师们的交通问题，使老师们上下班有了班车。并多方筹集资金建宿舍，使多年无房的老师解决了住房问题。在他任职期间，学校老师没有因为路远、生活困难提出调动工作的。可以说，闵校长任职期间，是学校发展历史中的最佳时期之一。

我有幸见到尚健在的几位原任校长是在1988年举行的36周年校庆集会上。那时，大部分原任校长已退休在家安度晚年。那次校庆是由当时在任的校长郭乃亭主持，我负责到各家接各位老校长。会上，老校长们追忆往昔岁月，感慨创业之艰；会后，老校长们参观校园和教学设施。当他们看到校园变化与取得的成绩时，都兴奋不已，他们由衷地为自己曾奋斗过的学校取得的巨大成绩欣慰。

郭校长是个精明能干的人，性格直率。他嗓门大是全区校长中有名的。教育局的同志说，人未到，声先到，不用说是郭校长来了。老师们都说，郭校长任职期间，学校的劳技教室设施、语音教室设施和计算机房的计算机都是郭校长大嗓门"吼"出来的。其实，这话只说对了一半。要知道，在这"吼"的背后，郭校长不知付出多少心血和汗水。他曾为教育经费不足失眠，为筹集资金节约开支在灯下桌前绞尽脑汁，精打细算。那辆随他多年的破旧自行车在风雨中不知走了多少路，把严寒风霜留在了身后，把学校的发展展示在师生面前。

教育界似乎有一个不成文的规矩，就是考察一位校长的政绩，就是看他为学校和老师们做了多少实事。因此，几乎每一位校长当政时，都努力工作，积极奉献，使学校上一个新台阶。可以说，学校每前进一步，路上都洒下了校长们辛勤的汗水。请记住他们的名字，他们为这所学校的发展先后做出了巨大贡献：

段进军、侯方普、于洪波、王淑妍、闵力援、董海林、郭乃亭。

由于这所中学是一所老校，它为朝阳区甚至北京市教育系统输送了大批干部，在北京市或朝阳区中学担任校级领导的就有近20人。其中于洪波校长还担任了朝阳区教育局局长职务。

二、语文组

刚调到学校时，我被分配在语文教研组，任初二语文课教学。语文组是个特殊的集体，7个老师一色女将。我刚到，她们就开玩笑说，娘子军来了个"党代表"。

这是个年轻的队伍，年龄最大的只不过30岁。这个年龄按说是女性生命中最浪漫而又最务实的时期，但她们生活得很艰难。她们大多是班主任，白天带班，上课；晚上带孩子，伺候公婆、丈夫，操持家务，备课，甚至批改作业。那时社会上对知识分子尤其教师这一职业带有偏见，虽然她们大多是大专以上学历，但低下的社会地位、微薄的经济收入降低了她们的择偶标准，她们几乎都生活在普通劳动者家庭，丈夫大都是普通劳动者，就连工厂能报销子女医疗费也作为择偶的条件。她们的工作往往不为社会理解，她们生活得很累、很难。

尽管如此，她们对工作从未敷衍过。

那时,学校工作条件很差。只有两层的教学楼不通暖气,没有上下水,冬天偌大的办公室里只生一个炉子,三九严寒墨水冻成冰块。她们从未抱怨过,工作得有滋有味。她们常挂在嘴边的一句话是:要对得起学生。

这也许是守护良知的最坚固的阵地,也是母爱最职业化的体现吧。学校经济条件差,分配给语文组只有两块刻字钢板,她们为了能回家多刻些练习卷子,常常为能背上这沉重的钢板争得面红耳赤。

她们很辛苦,常常从她们嘴里说出一些令人心酸的笑话。记得一次小刘老师说,她下班忙过家务,哄孩子上了床,开始给学生批改作业,然后刻钢板。由于太疲劳没脱衣服躺在床上就睡着了。当她迷迷糊糊地醒来时,误把窗外的灯光当作日光。她以为晚了,抓起书包就跑到车站。等了半天不见车来,一看表,才4点多。她说这件事时嘻嘻哈哈,一副满不在意的神色,但我们听了谁也笑不起来,心里很不是滋味。每逢幼儿园放假或孩子有病,她舍不得请假。她说,请假会耽误教学进度,耽误学生。于是,她便说服女儿,准备好一天的饭菜、药品,把女儿反锁在屋里。有一次下班回家,看见桌上的饭菜一点也没动,女儿竟在床上睡着。等叫醒了,发现女儿的嗓子竟哭哑了。她女儿说,一睁眼见不到妈妈就哭,哭累了就睡着了。小刘老师看了心酸得流泪,说再也不把孩子独自锁在屋里了。但第二天,她还是把孩子锁在屋里上班来了。还是闵校长听说了亲自劝说她上完课就回家了。

赶上星期天,除了做家务,她还要泡在书本里。进修、备课、提高教学水平,1桶水和10桶水的关系,压得她喘不过气来。但她都挺过来了。而且每届学生成绩都在年级中名列前茅。

沉重的工作负担与家务扼杀不了她们乐观的天性。每天午饭后是她们一天最愉快的时光。她们有说不完的话,唱不完的歌。三个女子一台戏,七个女子呢?中午,语文组的办公室时常飘出她们的笑声。她们的话题很多,不

仅谈工作、学习、学生,还谈生活,谈自己的丈夫和孩子。我也时常遇到"男士不宜"的时候,她们便把我"轰"出办公室,待她们说够笑够之后又把我"请"回来。

有时我吃饭时间长了,回到办公室,竟发现里面上了锁。耐着性子等开门,竟发现她们一个个变了模样。不是小刘穿了小杨的褂子,就是小李换了小郑的裙子。他们说这叫"找新感觉"。她们也有女人爱美的天性,但她们没有时间逛商场、买衣服,她们把换穿衣服当作美化生活、美化自我的一个最简捷方式。

不记得哪年5月的一个星期天,我在学校值班。没了学生,校园安静极了,安静得叫人感到孤独。但平时崩得紧紧的神经却松弛下来。搬把椅子,泡杯清茶,坐在树下细看,第一次发现校园竟如此美丽。头顶上茂密的枝叶中间正盛开着一串串雪白的槐花。这时我忽然想起了语文教研组。如果所有的成员都在这里,又会产生何种感受呢?

第二天,我把自己的感受讲给她们听,她们羡慕极了,相约下个星期天一起带着孩子到校园赏花,起个"槐花社"吟诗咏文。但这次约定却始终停留在约定上,没有变成现实;她们实在抽不出时间与我分享这良辰美景。我想,这样也好,它能给人生多留一些遗憾,多留一些眷念,增加生活的滋味。

语文组的女教师们大多住家很远,又都是处在人生历程中最艰难的时期。几年后,她们都陆续调走了,分布在北京市的一些学校里。我提干后,语文组就只剩下小郑老师和一些新调来的教师们。小郑老师是学校的骨干教师,又是语文教研组的组长,年年送毕业班。她家住得很远,汽车单程需1个多小时。开始她也产生过调动想法,但由于考虑学校的实际困难与领导的再三挽留,她也就打消了调动的念头。

小郑老师是个勤勤恳恳又经验丰富的人，她教的班级年年成绩优良。可以说，她的成绩是她靠"钻"和"拼"干出来的。她的孩子刚上小学，上有父母、公婆，家务负担很重。值得庆幸的是，她有一个理解支持她工作的丈夫。因她教毕业班回家很晚，忙完家务已是常人该睡觉的时间。但可惜教师的工作时间是不能用常人的标准来衡量的。等孩子睡觉了，小郑老师又进入工作状态，她开始备课、批改学生作业；需要刻练习卷子时，就发动自己的丈夫出来"支援"。事有凑巧，她丈夫恰恰写有一笔好字。于是，她事先把题目和内容在纸上写好，丈夫就在一旁铺开蜡纸趴在钢板上刻起来。两人配合默契，一直忙到深夜。她戏称丈夫是不发工资的业余教员。1994年，公公患了脑溢血，婆婆雪天外出摔断了胳膊，她忙老忙小，里里外外，几天里瘦了一圈。她晚上休息不好，精神倦怠，一次骑车回家，一头扎在路旁的水沟里摔破了脸。但她未请一天假，用顽强的毅力支撑着自己迎接一个又一个困难的挑战。在这些日子里，她始终没提出工作调动。她说，她舍不得这里的学生。

一年，学校组织体操比赛，小郑老师为了让自己班的学生服装漂亮些，头一天破例按时下了班来到商场，买了几米黑纱。回到家里裁好，发动丈夫连夜做了50个领结，直干到夜里2点才睡。第二天一早，她就把领结发给了学生。学生们戴着班主任亲手做的领结备受鼓舞，比赛得了第一名。之后同学们说，郑老师一门心思都放在班里，我们也要为郑老师争口气。

那年5月，又是槐花开放时节，初三毕业班已进入紧张的复习阶段。一天，郑老师找我请假，她脸色很难看。她说，她的孩子因学习成绩不好被学校请了家长。她要赶到孩子学校去。我能说什么呢？作为教师，她为自己的学生付出了太多太多，却没有时间管自己的孩子。她说，在学校，无论多顽皮、成绩多差的学生找到她，她的神经一下子就兴奋起来，有了无限耐心。

但一回到家里，便累得筋疲力尽，不愿意多说一句话，也再没有耐心照顾自己的孩子，遇到不顺心的事只想向孩子发火。有时孩子遇到难题，她耐着性子讲一遍，孩子不懂就会遭到她的训斥。久而久之，孩子怕她发火，不懂也装懂，以免遭到她的责难。孩子多次向她爸爸诉苦，称妈妈是"暴君"。但作为丈夫又能怎样呢？妻子每天的辛苦他都看见了。他实在不忍心再责备她。

我周围许多女教师差不多都有这种经历，我想，这也许是老师的通病吧。我时常遇到这些老师，他们辛辛苦苦地把学生一届一届送入大学，但他们的孩子却与大学无缘。自己学生的大学梦通常是以牺牲自己孩子为代价的。这是个让外界人难以理解的怪圈，但它却千真万确地存在着。

我催她快去。谁知第二天上班，她情绪很不好，眼圈红红的；下午，她便向学校递交了调动申请。她是老语文组最后一个提出申请的教师。我深深地了解她，如果她的困难不是到了极限，她是不肯轻易地提出申请的。后经过学校班子研究，同意她的调动申请；但根据学校师资后继乏人的实际困难，希望她再留一年。她毫不犹豫地同意了。现在想起来，一年的艰辛努力，需要她、她的孩子、她的家庭付出多少代价啊。

她调动的消息始终对班里的学生封锁着，担心消息传出去会引起学生情绪的波动影响学习成绩。但消息还是走漏了出去。在一次班会上，一个同学突然问她是否要调走？她一愣，但什么也没说。她抬头看见学生一个个深情地望着她。她明白了。她用同样的目光看着学生们。教室里安静极了。他们就这样相视了半分钟吧，她终于撑不住，转过脸去扭身跑出教室，眼泪扑簌簌地滚落下来。

从那天起，这个班的学生从没有这样乖过。早自习没有一个人迟到，都默默地在教室学习；平常上课教室出奇地安静；学生们都在悄悄地为班级做

好事。中考这个班学生的成绩最高……

毕业班的工作全部结束后，郑老师就要走了。头一天，她找到我要她班里学生的成绩单。我交给她，她默默地趴在桌子上抄。她说，这是她在这所学校送出的最后一个毕业班，抄一份成绩单留着当作纪念吧。

郑老师调走了，她留给学生无限的思念。而跟随她多年的一部旧自行车，她留给了一位年轻教师，这位年轻教师同时也是她的跟班徒弟。

郑老师走后，老语文组的教师除了我已全调走了。我忘不了她们。因为在艰苦的工作环境中，她们给学校做出巨大的贡献。并把她们的快乐带给我，带给学校的学生们。虽然她们是普通教师，但她们用自己的精神材料，建起了知识大厦。

她们的名字是：李惠琴、刘秀江、杨燕娜、郑秀芳、贾淑琴、杨丽华、关老师（名字记不清）。

三、合并

时光荏苒，转眼又到槐花开放季节。每逢此时，过去在北京的大街小巷到处都能看到的雪白的槐花一串串地开放着，并随风飘来阵阵花香。现在，北京进行了树种改造，槐花已不多见了，但它们依然盛开在人们的记忆里。

1997年5月，正是槐花开放时节，传来了这所已有40年校龄的老校根据形势需要与其他学校合并的消息。无论如何，我的心里都不是滋味。我毕竟在这里工作了13个年头。在这13年里，我把自己一生中最辉煌、最宝贵的青春年华都抛洒在这里。当一个人为之努力奋斗多年的工作标志忽然消失的时候，那种失落是不可名状的。在这里，不止是我，还有许许多多的教师们都曾付出过汗水，付出过自己的青春年华；虽说它走过的路太艰难，太曲折，但它还是为北京的经济建设培养出了许多人才。北京的教育史册上应该

有它浓浓的一笔。

（1997年7月22日北京）

农家饭

出差长春某大学，张教授盛情邀我到他家与他同事聚餐。他说："今餐不吃鸡鸭鱼肉、生猛海鲜——这些人们已吃腻了。只吃农家饭。"

数人围桌而坐。开饭时，只见桌上摆上了清蒸长条茄子、土豆和大葱、青椒、香菜、豆腐皮；农家炸酱、朝鲜辣椒酱；还有一瓶本地陈年老酒和几碟时鲜佐酒野菜。

张教授不善饮，只喝一小口白酒就面红耳赤，还是他的两位同事大小王老师助兴与我对酌。白酒开瓶，一股醇香扑鼻而来。举盏漫饮，酒性柔香醇和——乃低度酒类。张教授告诉我，热茄子、大葱搅和后拌酱味道最佳。我把茄子捣泥，大葱撕碎，拌上农家酱吃，再啜一口酒，真别有一番风味，从口一直美到心里。茄子、大葱乃俗菜，经农家酱一调，味出别路，实在难得。问炸酱之道，张教授同事钟老师笑着说，自产农家酱须放葱、姜、蒜末，加松籽仁，用豆油炸才有此味。我讨农家酱制法，她秘而不宣。只说，农家酱一家一个制法，我这是祖传秘制，你是做不出来的。你离开长春时我送你一大瓶就是了。

再吃黄瓜蘸酱，佐以朝鲜辣椒酱，香中有脆，脆中有辣，辣中有甜，口感滑润，生脆刺激，越吃越香，越吃越辣，越辣越想吃，直辣得我龇牙咧嘴，出了一身透汗。大家见状，忍俊不禁大笑起来。家乡安图县的小王老师说，他家与鲜族人毗邻，朝鲜辣酱制法略知一二：用辣椒面拌麦芽糖、大黏米面和好，再配其他作料反复搅和——用脚踩的说法纯属笑传——然后用坛

或瓶密封存放在地窖里，数日可吃。

酒过三巡，醉意微熏。我又吃了豆皮卷大葱蘸酱、香菜蘸酱、香菜缠大葱蘸酱；主食烀土豆拌酱。细品，各种吃法味道不同，但皆可口诱人。

正吃着，从厨房飘来苞米香，便有人喊着要苞米吃。原来，张教授把一小时前刚从地里掰的苞米棒子放在锅里蒸了。一会儿，热气腾腾的苞米端上来，张教授夫人马老师给我挑了一大穗。我拿在手里一看，苞米粒粒饱满，嫩白晶莹，如珍珠一般成排镶嵌在苞米棒子上。放在嘴里，一咬一泡水，清甜香美，还有一股青苞米特有的香气。马老师说，青苞米要吃当时掰的，不能过夜。过夜则跑浆，跑浆则无鲜气；棒子剥皮上锅，下铺一层苞米内衣，上盖一层苞米内衣，收住鲜嫩，吃起来香甜无比；开锅即吃勿凉，才不失本味。

因苞米清香甜嫩，我一气吃了两穗。

此一餐酒足饭饱，尽谊尽兴，其乐也融融，至夜才散。因我曾在东北下过乡，把东北看作第二故乡，吃东北农家饭，听东北乡音，更有一种亲近感。

饭后张教授问我："此餐比鸡鸭鱼肉如何？"我说："大胜远矣。"

（《中国烹饪》1999年第8期）

"遭遇"厅长

藏界有句流行话，就是：收藏不但能积累知识，还能结交朋友。此言不错。我结识周正举先生可以说既增加了知识，又结交到了朋友。

那是在2004年，一天，我忽然接到一件牛皮纸信封装着的来稿，厚厚的，打开稿件发现，里面还装着十几张照片。仔细阅读稿件内容，再对照照片，才知道稿件是一篇阐述我国商业用印历史和作者介绍自己收藏商印藏品的文章。文字清丽简约，颇有韵味，作者署名周正举。

因为照片的关系，我用作者在稿件后面留下的电话号码与他联系。电话打通了，对方告诉我："周厅长不在。"并告诉我周先生家里的电话号码，说他晚上在家。刚开始我以为称周先生为"厅长"是他的同事开玩笑或戏称，因为这在我与作者的通讯联系中并不少见，当时并没有太介意。

晚上再给周先生打电话，说明补照片一事，周先生爽快地答应了。

他的稿件被采用后，我按惯例给他寄了一本样刊。至此，从审稿、改稿、联系，再到发稿、寄刊，完成了一个程序。

两个月后，因杂志内容安排的需要，我打算组织一篇有关三星堆考古发现的文章，因苦于手里没有合适的作者，一时竟无计可施。踌躇间，我忽然想起了四川的周先生。电话打到他家里，说明意图，他竟痛快地答应了。但他答应的是帮助我约作者，而非自己动笔。原因是三星堆研究不是他的长项。他补充说，他知道单位有位处长对三星堆研究很深，但究竟稿子能否约来，他的写作水平及思路对不对杂志的路子还不敢说，况且那位处长现在出差，需两三天才能回来。他虽如是说，我还是被他的热情感染了。

两三天后，周先生给我来了电话，说，那位处长回来了，他向那位处长说明了情况。他说，经仔细了解，那位处长的研究方向与我们杂志的要求相去甚远，因此未完成"任务"。并说了许多抱歉的话。我听后只得作罢，另辟他径。

月余，我忽然接到一个厚厚的包裹，邮发地址是四川成都。是谁呢？邮包打开，里面装着三本书，另加一封信。阅读，才知原来是周先生寄来的。这三本书分别是《巴蜀印人》、《藏印漫话》和《印林诗话》。

我十分高兴。

打开书看，每本书的封面折页上都有作者介绍。我和这位仁兄交往数

月,尽管有时是"鸿雁传书",有时是"电波寄语",却始终未曾谋面,更不知其是何许人也。带着好奇心我仔细阅读折页上的《作者简介》。简介写道:"周正举,江苏省睢宁县人……长期在四川省从事基层党政领导工作,任过副县长、县委副书记、县委书记、市委副书记。1989年调省,任过四川省作家协会副主席、文化厅厅长、四川省政协常委……"至此,我方信第一次给他打电话时他同事称之为"厅长"并非虚言。书封底折页上有作者的出书要目。数一数,作者至今总共已出书12种,其中收藏门类3种,都是有关印章类的。其中《巴蜀印人传》写作宗旨在纪人,《藏印漫话》在纪事,《印林诗话》在纪言。看来,周先生是个内行人,写书自然要成系列。

读罢要目,我感慨系之。周先生长期从事基层党政领导工作,虽不敢妄言日理万机,也可谓繁事纷扰。多年来,他在百忙之中笔耕不辍,并富有收藏,且研究颇丰,真可谓天道酬勤。

看完三本书,我自然甚有收益。但美中不足的是这三本书没有作者签名——因为我留意签名书的收藏。电话中我向周先生表达了我的感谢,并无意中透露出遗憾之意。没想到他听后爽快地说:没关系,我再给你寄三本签了名的书。

倒是我怕他麻烦,婉谢了他的一片厚意。但时隔不久,他竟给我寄来了他出版的第四本书《枫桥夜泊诗话》,打开扉页,上面工工整整地用隶书写着:"共乐先生指正。周正举。二〇〇四年。"我没有想到我的一句无意之言,竟让周先生上心如此。可见,周先生不但爱好广泛,多年笔耕不辍,也是个热情负责的领导干部。

有时我想,如果一个领导干部热爱并钟情于中华文化,他无疑在为人们树立榜样——因为热爱中华文化的人,首先他就是个爱国者。

(2005年10月3日北京)

明信片的故事

上周四（12月14日），我收到湖北作者周先生的一张明信片，明信片正面印着一个大大的"福"字，右侧是一个五彩瓷花瓶，色彩艳丽而体态优美。时日已近岁尾，新年将至，虽明信片没印贺辞，但从日期看有新年祝颂之意。

周先生的名字并不陌生，我曾数次处理过他的稿件。

看到这张明信片，不禁使我想起数月前的一件事。

大约两三个月前，我收到周先生写给编辑部的一封信。信中说，近期编辑部对他的稿件采取了一"封杀"、二批判的方针，大有牢骚之语。初收信我大为纳罕，后细想，便恍然大悟。今年年中，我接办拍卖收藏导报9版。9版其中半版是钱币栏目。而周先生恰为钱币栏目的投稿者。

为版面避免出现知识误差和钱币赝品，在每次发稿之前，我都要请几位资深钱币收藏家"掌眼"：但凡观点有误、藏品为赝品或有疑问不能确定时，稿件一律不予采用或退还作者改修。其中筛选掉的就有几篇周先生的稿件。

而周先生信中所说的所谓批判也确有其事，但那不是批判，而是讨论。

为了活跃版面，加强与作者互动，我有意编排了几篇关于讨论钱币真伪的文章，以引起对一些质疑问题的争鸣。9月7日，我刊发了刘国清先生的《欠工品不是母钱》一文，对周先生的"宝广机制光绪通宝母钱"一文提出质疑。为弱化作者之间的矛盾，我有意删除稿件中有关原文的发表日期和作者姓名，并修改了文章中的过激言词。即使这样，周先生也难以接受，以致来信"讨伐"。

同时，周先生又是理智的。在来信中，他用朋友之口流露出对自己观点

误差的确认和对报刊争鸣做法的肯定。

收藏知识高深莫测,它不但要求人们有丰富的历史和专业知识,同时又要求人们要有精湛的技能、善于识别藏品真伪的眼力。其实,知识上出现误差或藏品中出现赝品不足为怪,争论也在所难免。它同时也是好事。这样不但能澄清史实、辨明真伪,也能活跃气氛,所谓能在轻松活泼中增加收藏知识也。

我是此事的始作俑者,要对周先生的"情绪"负责。在日后的稿件翻阅中,我发现周先生的一篇稿件有一定见解,修改后于10月19日以《平首方足布上的地名》为题刊发。

于是,他信心大增,接着又寄来了新稿件。我放心了。他终于理解了我的用心,感情在错综的心绪中找到了平衡。新寄来的稿件内容是对浙江一位藏友所藏隶书小平钱的疑问作答。行文有理有据,在周文中算是最好的。我以"靖康通宝是铁母"为题在3版刊出。

不久,我接到了这张明信片。

说到这里,故事应该结束了。但,不。翻到明信片的背面,竟看见周先生的一首打油诗。诗是这样写的:"一张导报两线牵,愧为学生终觉浅。丁亥新春转眼至,一卡贺年如见面。"我看出,周先生和导报的情感在波折中得到升华。新年贺辞我领了,但"先生"愧不敢当。虽然我过去当过真正意义上的教书先生。

周先生的诗介绍完了,本文也该真正结束了。但,还不。我有时是细心人——尽管大部分时间具有一个男人常有的粗心——但还是发现明信片竟没有邮戳!我想,不知是周先生从湖北来到北京收藏市场顺便把明信片放在传达室,还是他把明信片夹在稿件中一起寄来,拆稿件时的情景我真的一点也记不起来了。

看来,男人的粗心让我发挥到了"极致"。

惭愧。但,这张明信片我收藏了,连同发生在它身上的故事。

(2006年12月8日北京)

签名书的情谊

我家里靠墙摆着几个书柜,书柜中的书通常按内容分类摆放。只一类书是个例外,那就是签名书。它们集中并单独摆放在显著位置,随手可掇。我收藏签名书不用以装点门面,因为这些书并非都是名人名著,也有一些名不见经传普通作者的作品。无论是成名者还是无名者,书中的签名都记录着我们交往的往事,传达着我和作者的真挚友谊。

我的第一本签名书是原北京晚报副总编辑、副刊部主任李凤祥老师送我的,书名为《北京晚报92精粹》。打开书,扉页上是他秀丽的题字:"共乐同志存念!李凤祥94新春"。

这是一本实用性很强的书,内容都选自1992年《北京晚报》,可谓是当年的精粹之作,内容包括文学、艺术、生活等各方面,文章短小精干。我十分喜欢。

我和李凤祥老师相识源于我在学校工作时曾是他子女的老师,因开家长会而得缘。我当时因喜欢文学而每每向他请教。李老师是个为人热情、作风严谨而又要求极高的长者。每次向他请教他都详细讲述从不敷衍。正是他的严谨态度和正直品格影响了我,以致我以后行文总是字斟句酌,不敢有丝毫马虎。

北京晚报五色土副刊自"文革"后复刊直至李老师退休,版面一直由他总负责,其他几位编辑共同协助主持。它对北京的风物人情、文学艺术、地

理历史沿革、研究等方面贡献殊多,它周围团结了一大批在社会上很有名望作者。这些作者既有著名作家、学者、艺术家,也有平民和后起之秀。五色土副刊影响颇大,得到社会各界广泛认同。它取得的成绩自然也凝聚着李老师的心血。1997年,他的《凤翔散文选》出版。当年春节我和几位文友到他家贺岁,李老师即将此书赠我,并一笔一划写上:"共乐同志指正 李凤祥丁丑岁首"。

这是我收藏李凤祥老师的第二本签名书。

李老师博闻强记,为人谦和,可谓人文俱佳。对他的评价,北京作协主席管桦说得最为切当:"凤翔(李老师笔名)是许多作家的朋友,文艺界新生力量的培育者","是一位有成就的散文作家和旧体诗词诗人";"他有洞察事务的敏锐感觉,被智慧光辉照亮的眼睛,以及坚持真理的勇气和意志。"

签名书的另一位值得一书的作者是有"京城四怪"之一戏称的冯其利先生。他与我同庚并交谊甚久。他是工人出身的清史专家。尤其对清代皇室家族史研究颇深。许多爱新觉罗及其他姓氏后人由于年代久远弄不清宗谱都慕名而来。他能根据自己掌握的清代80多位王爷资料和族谱,很快准确说出几代甚至十几代宗系。多年来,为掌握资料,他不辞劳苦实地调查,与800多位清代皇室后裔建立了良好关系。虽然他是汉族人,但每年举行的皇室后裔满族颁金节团拜会都邀请他参加。他的精神曾深深地打动过溥杰先生,他对族人说:"冯其利不容易,他做的是我们都做不了的事,你们都要帮助他。"多年来,他在为生计奔忙的同时,业余时间笔耕不辍,并多有成果。除文章不断见诸报端外,已出版著作多种。

我收藏着他赠给我的3本签名书。打开文化艺术出版社2006年9月出版的《寻访京城清王府》一书，扉页上写着这样几个字："安共乐老师惠存　冯其利敬赠 2006.9.15"。

同时令我感动的还有他的人品。他质朴而善良。一天下班，我在牛街遇上他，他正等着引领一对盲人夫妇过马路。他与这对盲人夫妇无亲无故，一次偶然相遇后便开启了他的善行，从那天开始每天下班都绕道在这里等候，当时已坚持了数月。

我收藏最多的是中国文联副主席，著名作家、社会活动家冯骥才先生的签名书，共 6 册：小说 5 册，画集 1 册。每一册的题签稍异。其中他在《冯骥才小说选》中的题签是："安共乐先生存正　冯骥才 2006.7"字体豪放而潇洒，富有动感，我十分喜欢。冯先生是我十分敬重的作家，尤其近几年他积极从事文化遗产保护工作，被称为民间文化的守望者。这些与我心是相通的，他是在为民族的今天和明天做大好事。我们应该感谢他。

在签名书中，有很多是藏友的作品。由于长期从事编辑工作，我在全国结识了许多作者。这其中未谋面但神交已久的居多。他们大多是藏有所成的收藏家。每有著作出版，首先想到的是为其"作嫁衣"的我，便纷纷把成果寄来，并附之感言谢语。有的藏友和我联系多年已成至交，平时或逢年过节经常来电问候。

陈国源先生是砚台收藏家。他在出版大型画册《砚林集胜》前曾约我写序。我终因忙未能践行而成憾事。他的画册出版后随即给我送来，扉页上工工整整写着："安共乐先生雅赏　甲申春陈国源"。

我时常想，作嫁衣有作嫁衣的乐趣，我把"嫁衣"做得漂亮些，也是艺术作品；尚且，在做"嫁衣"过程中播撒的，应是世间人与人之间最金贵的情谊。

（2007 年 10 月 18 日《中国商报·收藏拍卖导报》）

编辑感言

承蒙领导垂爱，在我退休多日之后又返聘到报社、杂志社发挥余热。未曾想到的是，上班只数日，便陆续接到全国各地的一些老作者的电话和来信（大概他们从报眉上又看到了我的名字），电话和来信热情洋溢，感人肺腑，让我久久不能平静，像是又重新咀嚼了一番"久别重逢"的滋味。

我是2003年由报社其他部门调入《中国收藏》杂志社的，同时编辑《中国商报·收藏拍卖导报》的两个藏品版面。这两个收藏版面涵盖八大类藏品，同时包括许多细小类分。虽然我在收藏版块工作只有不长的两三年时间，但我与作者、读者之间建立了深厚的情谊。

就在我回到《中国收藏》杂志社后的第三周，资深媒体人、我的老作者、著名地图收藏家杨浪先生就来报社看我，并带来了他的问候和祝福。可惜，恰逢那天下午我外出办事错过了机会，竟成为憾事。但这之前，我和杨浪先生曾当面或在电话中多次做过倾心交流，可谓"心有灵犀"。我和杨浪先生是几年前通过他的稿件相识的。那时，地图收藏在全国刚初成气候，大多藏家还只把地图收藏局限在一般水平上，而对藏品内涵深入研究的人并不多。正是杨浪先生积极撰文推动，给地图收藏界吹来一股劲风，把地图收藏推上了崭新高度。杨浪先生见多识广，学识广博，文章犀利流畅而为人谦虚。他为藏图撰文，不但求证该图出版的年代，时代背景和蕴藏故事，还深入横向研究同类地图版本之间的源流。可以说，他对地图收藏研究达到了一个很高的境界。

杨浪先生思维敏捷，写作速度极快，一个星期能往我的邮箱里连发多篇文章。只是由于报纸版面有限，我也只能在"聊天"栏目每周发他一篇文章。即使这样，他还屡次向我表答谢意。

我认识董达峰只是偶然。他是天津一位小有名气的卡片收藏者。而我们通过交流最终成了朋友。2002年，为了推动卡片（包括日历卡、书卡等）收藏的发展，他决定创办一个内部刊物以团结藏友，促进交流。创办前夕，他从天津打来电话，要我和《中国收藏》杂志主编徐舰给他的刊物题词，我们答应了。

刊物出版后，他寄来了样报，样报上除我和徐舰外，还有中国作家协会副主席冯骥才先生等人的题词。这几年，董达峰时常到北京潘家园、报国寺等地逛古玩市场收集卡片，但凡到北京报国寺，他都要到编辑部坐坐，并带来几篇稿子。我回到报社返聘后不久，他就来了电话。他说，他是从报眉上看到我的名字才知道我又回到报社的，并说看到了我不久前写的一篇关于收藏签名书的短文。

他是个有心人，时隔几天后，竟给我寄来了几本冯骥才先生送给我的签名书。他与冯骥才先生交谊密切，自称是冯骥才先生的学生。我十分敬重冯骥才先生，不仅喜读他的著作，而且尤其佩服他在社风日浮的今天，挺身而出，为我国文化遗产的保护做出了杰出贡献。

天津人热情，诚挚，爱交友。我和天津民俗博物馆的由国庆先生也已交往多年。他收藏老商标、老广告，现已出版了几本有关著作。他每出版一本书都要寄给我一本，并工工整整地写下留言。前几天的一个下午，他来北京办事顺便看我，并提前来电话约我在单位等他。那天，恰我又出门在外，错过机会。

上星期五，上海的著名烟标收藏家戎国荣先生把电话打到我家里。言谈话语之间，洋溢着亲切和温馨。上海著名筷子收藏家、作家蓝翔先生寄来稿件，并在来信中问我："五六年前到北京拜访您，不知还记不记得我？"我

怎能不记得他呢？不高的个子，胖胖的，慈眉善目，一副富态样子。他在上世纪60年代初曾应邀改编过《红嫂》等6本连环画脚本，并得到一致好评。他曾是一名军人，只可惜抗美援朝时震坏了耳朵，至今他的听力受到影响，与他通话需大声或重复数遍他才能听到。

他的收藏爱好缘于军旅生涯。他因抗美援朝结束回国时带回了朝鲜餐具而开始执着地收藏筷子，并建立了我国第一个筷子博物馆。在他的筷子博物馆建馆10周年时，还特意从上海给我寄来了一盒他定制的纪念筷。至今，这盒纪念筷我还细心地收藏着。

不久前，我忽然接到了安徽阜阳考古研究所研究员杨玉彬先生的来信。来信内容不长，但字里行间充满着深情厚谊，读后感人致深。他在信中说：他在我退休后给报社"打了五六次电话询问情况，可惜都不在，心中充满无限怅惘和遗憾"。并说，一直想"见见您，生活中的酸甜苦辣和您叙叙"。在这里，我们游离了作者和编辑的关系，成为无话不谈的知心朋友。他说，"几年前能和您有缘相处并得到器重是我的运气"，"由于《中国收藏》发表了我的几篇文章激发了我的写作和研究热情"，近几年取得一定成绩，"被评为副教授，成为享受政府特殊津贴的专业技术人员"。他写道："去年国家南水北调工程开工，中线河南荥阳段文物抢救发掘的任务很大，河南省文物局、考古所面向全国招聘发掘人员，我报名应聘并有幸被选中。"他说，那里学术气氛很浓，他将利用这次绝好机会努力学习。

我为杨玉彬先生近两年取得的成绩由衷地高兴。其实，我并没有做什么，甚至我们至今还没有见过一次面。只是几年前在电话中对他的处女作谈了几点中肯的修改意见。值得欣慰的是，杨玉彬先生谦虚地采纳了我的意见，并把修改稿又寄了回来。在浮躁之风盛行的今天，有哪位作者能做到这样呢？当我近来再一次读到他的稿件时，为他文章流畅的语言和深刻精到的

见解高兴。面对他的进步和取得的成就我感慨万端。其实，我们和作者正是在稿件的一来一往中，于字里行间融进了感情，促进了心得交流。我想，一位编辑，只能为作者提供一个自由翱翔的天空，而成功的关键要看作者是否长了一对坚强的翅膀。杨玉彬先生成功了，因为他的翅膀是坚强的，并在无垠的天空中自由翱翔。他为此付出了汗水。

我用手机给他回了短信。在短信息中，我衷心祝福他在日后的考古研究中取得更大成就。

写到这里，我不能不提的是山东省济南博物馆的诸多朋友们。我和该博物馆人员交往甚深：上到博物馆馆长，下到一般研究人员，通过数年交往如今我们都成了朋友，是他们用自己的心血支持着我们，源源不断地提供稿件：从书画到玉器，从陶瓷到青铜器，他们的精到见解得到读者一致好评。也正是他们在我重返岗位后不久，纷纷打来电话，问长问短，友人之情洋溢在每句话语间。

值得一提的是博物馆书画室的刘主任，待我拿起电话回复她的问候时，她已然在博物馆副馆长职务上任职了。我也不会忘记书画室副研究员赵智强先生和他那一口浓浓的山东口音。其实，他一直没有和我断了联系：单位联系不到，他就把电话打到我家里。尤其过年过节，他必来电话问候。

赵先生是一位作风严谨、态度认真、功底深厚的实在作者，他稿件中的每一个字都写得工工整整，一笔一划。在长期交往中，我无意中知道了他的困难家境：母亲、女儿生病，妻子不堪重负离他而去，为更好地照顾母亲、女儿至今未婚。他白天工作，晚上回到家还要照顾病人，给我们撰写稿件。我为他的精神深深地感动，并在允许范围内在稿件采用和稿酬发放上给予照顾。也许互助和友情是人类天性，而正是这种天性，使人类得以生存壮大。

作者和编辑是鱼和水的关系，没有水，鱼无法生存；没有鱼，水会落

寞。鱼水共生共存共荣,应是我们的宗旨,也是社会发展的动力。

(2009年8月北京)

云的回声(之一)

知青最深遐想云儿共乐云的遐想云在高处与我的目光相逢,会有…我的一位安共乐老师,就像云一样飘入了我的视野……

这是一段半通不通的文字,这些文字选自某网站关于我一篇文章的摘录。

前几天,有位朋友告诉我,一个网站网页上出现有关我的文字。开始我将信将疑,按他指示的方法一试,果如他所言。我试图打开这个网页中的这篇文章,搞清楚这段浓缩文字摘录于何处,但用尽九牛二虎之力,我的目的没有达到——不知是我电脑技术太差,还是其他原因,始终没能打开这篇文章,因而也不知这篇文章的作者是谁。

接连几日,我都在努力钩沉记忆中的线索,但,都没有结果。

从这段摘录的文字里可以看出,他或她看过我关于知青经历的文字,而且喜爱云。

云的确让人喜爱。她的变化无端,她的轻盈曼舞;她有时深邃得让人捉摸不透,有时又浪漫得让人狂想;有时她是一首歌,有时她又是一首诗;她发脾气时,脸阴沉得充满凶险,平静时又像仙女的鼻息或飘带,轻盈而悠远。但无论如何,她让人充满遐想……

古今中外没有哪个诗人或作家不提及云,因为云是让他思维和才华飞翔的地方。

从下载不多的这段文字中可以看出，作者是位有着浪漫气质的人，诗的美感充斥字里行间，我似乎看到，联想在他的指尖迸发着光彩，善意在文字的意蕴中散发出丝丝馨香。

我想起唐时一位叫来鹄的诗人。他并没有显赫的名气，但他的一首《云》却让人产生联想。不管这首诗有何隐喻，而"悠悠闲处作奇峰"句浪漫得叫人称绝——因为，忙碌之余心闲气定时才可能让人产生云的遐想。现在，有很多爱云的网友拍云，咏云，他们把对自然的爱，编织成云的世界……

我也喜爱云。我看过泰山的云，黄山的云，峨眉山的云，华山的云，衡山的云和神农架的云……也曾在太平洋、大西洋的云层里穿行，她们把我带入既博大又缥缈的世界——这就是云的情思和遐想。没有她，也许人类的思维将停滞，创造将萎靡。世界，也将缺少色彩，人间需要云的支撑；而联想，需要云来点化；奇思，需要云来领跑。

人们常说，人生如浮云——那是时间的概念；但人行不能如浮云——那是作事的准则。因为，现实需要坚实的脚步。

我曾是知青，这段经历使我获益匪浅。如果那些经历是一片云，那她将永远飘在我的脑际……而憧憬会把我坚实的脚步、强健的身躯送给未来世界。

（2010年2月25日北京）

云的回声（之二）——教师节写给我尚未谋面的学生

今年二月，我在网上搜索时看到某网站一篇有关我文章的提要。文章提要内容简单，但提到我的名字。其中有句云："……我的一位安共乐老师，

就像云一样飘入了我的视野……"我当时很好奇,作者是谁?他(她)曾是我什么时间什么地方的学生?文章的全部内容是什么?带着这个疑问,我曾试图打开这篇文章,但没有成功。在后来的日子里,我想尽办法,想找到这篇文章的作者,同样没有结果。于是,今年2月25日我写了一篇博文《云的回声》,企图在网上与这位学生作者建立联系。

前几天,在网上搜索时我竟无意间看到这篇提要的全文,题目是《云的遐想》,作者的名字叫周宏。我非常高兴。没想到半年之后终于找到作者并看到全文,真感谢百度搜索的努力!接下来几日,我的思绪便常常徜徉在久已流逝的教书生涯里,捕捉那篇文章中提及的和我经历有关的每一点点信息:文章中的故事发生在东北?河北?北京?男生?女生?但都毫无结果——因为时间抹去了我的许多记忆。很快,我的心又沉了下去,原因是注意到了那篇文章副题:"一位挚友让我代写佳音留笔"。看来作者不是我的学生,而是为我学生"代笔"的"挚友"。那么让他(她)代笔的学生又是谁呢?

我重新阅读这篇文章。文章语言生动明丽,充满诗一般的意境;在有关云的遐想和人物铺叙中,寥寥数语,却蕴含深深的情义——这是一篇洋溢着激情却又娓娓道来的美文,请看这篇文章:

云的遐想——一位挚友让我代写佳音留笔

周 宏

云在高处与我的目光相逢,会有千丝万缕的遐想。我爱云,爱云的高远,神秘,爱云的变化莫测……。在天真烂漫的童年,云是我小小心灵的奇妙。妈妈给我起名云儿，希望我像云中的凤凰一样，自由飞翔，去实现自己美好理想。

每当和小伙伴们去蓝天白云下放风筝，我便会躺在草地上，看着蓝天白云，善感的我就觉得云开始和我说话了。白色的语言，一片一片地漾来。人世的感动悄然而至。上学了，知道那千古云儿飘过历代人的眼，幻化作不同的情怀，"青海长云暗雪山"的壮美；"云深不知处"的悠然；"作别西天云彩"的惆怅；"白云无尽时"的旷达。人也如云呢？而印象最深的还是身边人事的飘动。我的一位安共乐老师，就像云一样飘出了我的视野，希望他健在，好希望得到他的消息，他是北京的知青，高高的个子，大大的眼睛，他很有学问，可以说才华横溢，我印象最深的是他的自我介绍：本人姓安名共乐，就是让大家快乐。学生们哈哈大笑，这样轻松的开场白。安老师给我们上了第一堂语文课。一件事情让我终身难忘。一个课间我们正在课间玩耍，安老师在旁边看着，他开玩笑地说：在蓝天白云下，一个小姑娘，骑着小毛驴，手里还拿着一本书，悠然地向我们走来，好美的一幅画面。优美的语言，幽默的话语，我从此喜欢上了文学。许多年之后，我成了一名教师，在讲台上给孩子们讲《火烧云》、《阿里山的云雾》……对云的空灵和浪漫，有了更深的感受。我明白，童年的云并未离我远去，这是我的财富。在蓝天白云下，我辛勤耕耘，在平凡中，天天与书见面，天天与好东西见面，——看庭前花开花落，望天上云卷云舒。人在世上可能错过许多东西，却能够，能够，一生有云。

读完这篇文字，作者笔下的我甚至让自己感动。文章中的细节，我已全然忘却。但文字流淌出的真情又不得不让我再次回首。就这样，流光中的云，又在我的思绪中飞动，努力挖掘埋藏在记忆深处的岁月宝藏。有时，根

据文中透露出的情感线索，甚至确信作者就是我的那位学生。

令我欣慰的是，我的教书经历没有留下遗憾，因为我曾用自己全部热忱和知识拥抱着教育事业，浇灌着这些描绘祖国明天的每一个花朵；而我这位投身教育事业的学生，生活是充实的，工作是出色的，底蕴是深厚的，他（她）积极的追求和思维方式——"在讲台上给孩子们讲《火烧云》、《阿里山的云雾》……对云的空灵和浪漫，有了更深的感受。我明白，童年的云并未离我远去，这是我的财富。"——会使他（她）的境界更高远，心胸更广阔，积累更深厚。

教师是云，高洁而美丽；她们在空中飘飞，掠过山，掠过海，掠过大地，用博大身躯托起无数美丽的凤凰自由翱翔于寰宇。

理想是云，她置身高远，纯洁得简单而深邃，让人仰视，让人追索，让人奋进；哪怕稍有懈怠，她便会远你而去。

……

岁月如歌，教师如歌。虽然我已离开教育界，但我依然感念那些我认识或不认识、年轻或年长的曾经的同事们，其中包括我的这位学生。正是他们，用自己对事业的忠诚和勤奋，托起无数凤凰在辽阔的宇宙间飞翔。

而他们，也正是托起蓝天的云凤凰。

（2010年8月25日北京）

读评有感（之一）

君穆（笔名），毕业于北京大学哲学系，有诗才，善为文，我在《中国收藏》杂志社工作时最年轻的同事，年仅23岁。他毕业参加工作后依然好学不辍，虽学哲学，但酷爱中国古诗词，并对历史上多位名家诗人甚有钻研。后来，他离职赴德国续读学位，一别数年。因有共同爱好，故与我保持密切联系。

近来通过网上交流，方知其正潜心杜甫，读诗、背诗、作诗。于国学如此倾心，这在当今年轻人里是不多见的。同事时，我与他闲暇并多有交流。

我见过他的许多诗，怀古，有丈夫气；即景抒情，缠绵悱恻。他作诗喜用典，这是博览群书的必然结果。读他诗，觉其思维方式比实际年龄要成熟很多。

前些日子我到辽宁旅行并写了旅行日记（二）。尤其到兴城后，缅怀袁崇焕故事，感慨之余竟随口吟出几句诗样的东西。诗成之后，虽自知不屑，但还是不想锁在深闺。于是，除发在网上外，我便想起君穆，想让他和我共同分享旅行快乐，并借此聊述友情。我和他留有网上联系方法，即通过MSN发给他。没想到次日就看到他的评说。

评曰：

"读您的游记真舒服，就是那种对文字信手拈来又毫无造作的舒服。温暖，厚实，顺畅，带点怀旧的质地，很像高中语文课本里面收录的那些文笔，越来越难见到了。

"最近迷上老杜的五言，早也念来晚也念，拙作发到您的MSN了，盼多指教。"

他的评语不乏溢美之词，令我汗颜。自知远未达到如他所说。但我心还是有些安慰，总觉自己的努力没有白费，有了知音。

果然，打开ＭＳＮ，见到他发来的两首诗。并说，最近多读老杜，受了影响，写了五言。我读了他的诗，很高兴，知其身在异邦，对国学念念不忘，可见他的中华情结是多么深厚。现将他的两首诗附录于下。

诗曰：

其一

功名多速朽，正气贯长虹。

负屈延社稷，许国为苍生。

君恩深似海，白骨累千重。

匈奴李家泪，何曾染茂陵。

其二

人生忽如寄，半世转飘萍。

一纸朱文暗，断送身与名。

死节存壮志，慨然弃英雄。

徒念关山远，自知风雨同。

细读这两首诗，知是他有感于西汉李陵故事而发，然觉诗中悲情稍过。从他发来的叙述中得知，他与诗友常有唱和。这在当今是很好的事，这样既可交流思想，抒发情绪，诗艺也能得到提高。从他的诗中得到的启示是：凡作诗，惟有从大处着眼方好。

下面是他发来平时所作诗一首：

秋山念远

落日平台上，西风红叶轻。

俯拾题旧句，高卧忆花卿。

尔来新叹惋，不识旧叮咛。

明朝泛西子，烟月有谁争？

再下面则是他给一个朋友的和诗了：

桃叶渡

烈风卷秋雨，四海吞八荒。

不垂青冥翅，欻然见凤凰。

促席辞赋短，论剑盏杯长。

只恐青云日，乡书摧肝肠。

其友原作如下：

杏花房

井中观云动，难觅桃花源。

纵舟寻青莲，惘然失红袖。

家国多英杰，唯难有建树。

切莫悲微尘，凭风取高处。

（2009年9月26日）

读评有感（之二）

今年春节前，君穆网上发来消息，说节前将从德国回京。我看后很高兴。君穆自出国后已数年未见，虽神交未断，但不知他近年有何变化？他出国期间，我们始终是在MSN上联系，但今年MSN升级，竟使我不知所措。几次求电脑师，终未有果，以至几次三番延迟至今。细想竟多有得罪，也因此错过机会！也不知君穆春节曾回京否？

前日又尝试在MSN上游走一遭，竟豁然打开，并顺利地进入君穆的个

人空间。我大喜过望之余，便留下几句话，以图他日后看到。果然，几日后打开我的博客留言簿，竟看见君穆的留语，细数，共三次，我都一一读过并下载复制。他的第一次留言是在我的博文《三月雪》旁留下的繁体汉字评语，其中云："'云暗，兴尽而返。'最爱此六字。"并说："先生的生活真闲適，照片也美。雖不能至，心向往之。君穆"

君穆评诗评文，向来体味深刻，寓意字里行间。并由此引申推演，往往一语中的。近期我意稍闲，遂属意山水之间，并尤爱雨雪中景；不论冬夏，凡遇雨雪就神采飞扬，此多年不堪积习竟让君穆捕住。惭愧。然细味评语，我文中竟有他得意句，幸甚。竟也看到和他的共同点，有此知音足矣。

他的第二段留言是在我的博文《梅花开了》短文的留言簿上，他依然用汉字繁体，便是下面这些话：

有勞先生記掛，銘感在懷。慕城天氣亦多雨雪，然一切安好。杜子美真才子也。格律詞句竟可運轉如意鬼斧神工至斯，望洋興嘆，難企項背，默退而結網。枕邊杜集於三聯無意購得，選杜詩二百餘，雖熟稔於心，想來不是全集。買來隻為封面古雅，未知結緣若此，當真草蛇灰線。拙評皆自肺腑，只因看得歡喜，斗膽妄言，幸而先生不怪。發您的郵件不知何故總被退回，還請告知新郵箱。君子以文會友，文遇知音乃世間幸事，相輕非真文人也。我的空間您是有許可權看的，盼請見教。遙祝春安，君穆。

以上这些话我看到君穆表达的几层意思：第一，我知道了他现在德国慕城——以我寡闻，猜想慕城就是德国慕尼黑市吧？第二，说他爱杜诗情由；第三，品评我们之间的文字交往。

君穆乃北大才子。从他身上我看到了北大坚实而深厚的国学积淀。北大为无数学子所仰慕，但真正能就学其中则微乎其微。北大不负众望，确为国

家培养了无数精英。

君穆爱诗，读诗，作诗，诗作常有惊人之语。这可能与他的学识与经历有关。

他在留言中说，"慕城天气亦多雨雪。"信然。怪不得他常有佳吟，连天公都刻意把作诗机会留给他！其实，雨雪正是写诗佳境。妙语往往从自然变化中流出；没有变化的平淡，诗只能从晦涩中夺路，岂能觅得惊人之语？人境乃意境之基础，人境变化越丰富，铺陈越高远；阅历越遭际，诗情越澎湃。诚如杜诗，无安史之乱的艰辛，便无"三吏""三别"的光辉；无颠沛流离之体验，难为"广厦安得"之永隽；无凤翔贬斥之失意，哪里有《北征》鄜州之雄壮？！

以此观之，君穆远在异乡，遍浴外域风情，尽得天时地利人和，不铸大器岂不冤哉！他日返京，定满载而归！

他的第三段评语是在近日我的博文《桃花雨》短文的留言簿上见到的。他评曰：

蘭溪三日桃花雨，夜半鯉魚來上灘。看見這名字，就想起這句來了。花真美，美在自開自落。雖嬌俏熱鬧，卻不冶艷，不媚世，不爭寵。

他的评语深得桃花品性意蕴，不可谓不真切。同时我也在和他的神交中，体味到他美桃般的人品——厚学养而薄世俗；不冶艳，不媚世，不争宠。美哉斯言！真箴语也。

近日又读到他的两阕新作，词境沉着而蕴涵深远，甚奇。能在纷繁的世界里，竟心静如水，并屡出嘉言，实为难得。我把它们复制在我的文件夹里，以随时欣赏。

（2010年4月11日北京）

读评有感（之三）

近日，君穆在我几篇博文旁写了一些评语，其中不乏溢美之词。我读后不揣浅薄有感而发，遂有短文《读评有感（二）》，就写作中的一些问题浅谈谬见。隔日，君穆在国外看到，便从邮箱发来一信及他的新作《浮生九记·第二·北海旧事》。我读后甚喜，深爱其写作风格，遂一一下载保存。

日后稍闲，细品他文竟又生出许多感想。君穆发来的信及文皆洋洋洒洒数千言，评文学，谈观点，论人生，尽述旧日经历，回味壮时胸怀，不可谓不真切。文章初读看似他在述旧，细品方味出字字着意，句句深情；其行文灵动诙谐，评议中常有妙语。我近日很少读纯文学作品，以以前印象度之，如此有情，有味，有境，有物之文，可归于精彩之列。同时，由此可看出君穆阅读之丰博，情感之富集，笔力之俊健，文思之敏捷。

读君穆诗及文，知其崇尚豪放一派，尤不喜花间，并常秉笔实践。我多次读赏过他的诗词，觉他的诗词风格正如信中所言，无些微花间气息。此次来信又议及此题，娓娓道出自己不喜花间缘由。其信曰：

花间多靡丽，婉约易无骨，生性不喜，总是觉得孤高冷静尚可，沉雄壮阔愈佳，倘只那一点凄苦哀怨腔调，说了又说，徒增伤心之外，有什么意思呢。况且人生本不是这样的，所谓不增不减，不垢不净，生命原本既不哀伤也不激进，道德温润而心胸豁达的人生，才是知书达理的中国人之人生观。只有心里盛满了凄伤自怜，才会看花也愁，看树也凋，总是泪眼婆娑，愁肠百结，然而这于人生乃至寰宇，又有什么意义呢。

此语清雅真切，不做繁语，道出君穆为文为人之旨。君穆说理，议叙相兼，全无造作态，句句发于实感；语言纯净诚恳，无媚俗句，娓娓道来，如出己口，自然而畅丽。这就应了他"不增不减，不垢不净，生命原本既不哀伤也不激进，道德温润而心胸豁达"的人生态度。大凡可读之文，皆缘于作者眼眉高阔，情感久蓄于胸，情绪凝铸于气，似心存块垒、箭在弦上，不吐不快，顺力而发，其意方可一泻千里，大气磅礴；若勉强应酬，笔虽健而徒如垒文字积木，有体而无形，神气全无，稍析即散乱崩塌。

君穆北大毕业后曾一度辍笔，潜心苦读，源于其崇仰中华历史文化的广博，以为多读心胸必宽，久蓄意蕴乃厚。数年饱学博积后终不抵古老文化诱惑，还是拿起笔来，遂纸笔生风，豪情化雨。对于这段经历，他在信中说：

至于现在的一发不可收拾，说是起于与朋友往来唱和的文字游戏，根本上还是起了心动了念。一是觉得文章不练就没有，焉知子美少时不是染墨八缸水燃尽千盏灯才能下笔如有神呢？二是觉得自己的东西虽算不得精妙超拔，有时也好笑，倒也不至于恶心死人，属于绿色无公害产品。三就有一点，明知不可而为之。诗归盛唐词载两宋，每种文体都有最辉煌的时代，而许多东西无可挽回地改变了，这个意义上，我们可能永远也写不过古人。但超越甚至比肩都是次要的，决意写这些绝无半分自诩，直追或赶超的意思，只是单纯地想要传承。不想让这样温柔敦厚的宝贝在我们手里断了线。不想让它像四合院似的渐渐进入博物馆，消失在我们这一代。我只是历史的一支笔，载道之器，与天地万物并无分别。既然刚好背逾千家，刚好我也喜欢，刚好读文言如逢旧友，过目难忘，刚好它现在香火凋零少人问津，就算才疏学浅，笑掉古今贤人大牙，也不敢妄言放下。诗以言志，我之志趣不在诗句，在诗本身。所谓传统，不就是文化积淀和情感传承，不就是理想与现实，生命并时间、人格同尊严那些可大可小、亦虚亦实之事么？既然情是同一份情，血是同一脉血，虽生逢当世，难免心神散乱脚步虚浮，然学诗不就

是学那份含蓄沉潜，温柔敦厚呢。学好了，我想就有了。这便是大学毕业以后开始渐渐恬不知耻地写些格律长短的缘由。得也罢失也罢，不知我者谓我何求。优也如劣也如，不忮不求，何用不臧？

至此，知君穆再执笔初衷实为"不想让这些温柔敦厚的宝贝在我们手里断了线"。直解他对中华文化深厚的情感和自觉的传承意识。尤其他现在生活在奢华时尚国度却坚守华夏文化的寂寞，更令人可钦、可敬。

作文崇尚有情有物，情物融合。无情写物，则物死，枯燥无生气；无物抒情，则情浮，情感无所依据，经久必散。行文又须如流水，缓处如潭，清新微澜；激处如瀑，飞流直下。可谓水动情出，亦缓亦湍，方顿挫有致。君穆上文如是乎？

君穆《浮生九记·第二·北海旧事》有文：

……

曾于艳阳高照时遍访琼岛春荫，最后攀上普安大殿旁一处高高平台，在宽阔的树荫下大练特练武当剑，收式时汗流到眼睛里，整个人像被水洗了一样；曾于黄昏湖边闲逛，黑云席卷而来，瞬间墨云盖顶，狂风暴雨，电闪雷鸣，与众人就近瑟缩在浴兰轩，惊惶地望着墨黑的天空中耀眼的电光……对于北海的回忆，便包含着对北京的回忆，我与安先生同是兴致而往，兴尽而归之人，堪堪知音。良辰美景奈何天，细柳新蒲为谁绿？不知道东门外的排叉儿摊儿和油糕摊儿，是不是依然那么火。

北京于我，从来不是五号线，不是鸟巢，不是几万一平的商品房，不是到处画圈儿的拆迁办，不是街上花枝招展的精致妆容，不是公共汽车上冷漠隔绝的脸。北京于我，从来不是灯红酒绿的什刹海，不是鳞次栉比的金融街，不是拿腔拿调的普通话，不是满街满地的广告栏，不是修路架桥没结没完,不是麻辣诱惑沸腾鱼乡,不是今天开张明天关门的抽风投机商,不是这儿一处那儿一处的低质量批发市场,以上描述的,是一个现代化的国际大城市……却不是我的北京。

景山的月,故宫的雪,孔庙的老树,北海的喜鹊,陶然亭的残柱,朝阳门的草坪,筒子河边的高墙,文丞相祠的蛛网,我说不清它们是什么来历,有什么好处,可我知道,那才是我的北京。闲适,舒展,宽容,乐观,令人不由自主不顾一切地牵念。走街串巷的吆喝,提笼架鸟的问安,马路边的神侃,胡同里的马扎,慢悠悠的四方步,满架子的丝瓜花儿,越长越高须得爬上墙头才能够着的香椿,不疯玩到天黑不回家的成群小毛孩儿,亭亭如盖的大槐树,风动槐香的花荫凉……那是夜阑辗转,梦迴牵萦时,蓦地从心里漫溢出来的北京,那是披衣起身,燃灯独坐时,丢不掉也挥不去的北京。

印象里的天空从来一碧万里,层层叠叠铺展开去,没什么能遮挡你的视线,仿佛一眼便望到无际。湛蓝的天幕下是一片一片的灰瓦白墙,对称,整齐,安逸。入夜,房檐儿上挑着星星,月亮挂在树尖儿,茉莉花影在墙上徘徊,檐下的风铃轻轻地摇。什么江山留胜迹,我辈复登临,什么前不见古人,后不见来者,总是不如李青莲的三个字:"音尘绝"。

传神的语言描述,清新却不乏激扬的情感铺陈,无论是兴是叹,是感是念,字里行间,浸逸着君穆对老北京风貌的真切体验。这种体验,不沉溺于灯红酒绿的"富贵乡",而植根在百姓生活的细节里。闲适,舒展,宽容,乐观——这就是北京人长久沉淀的性格。尤其读引文前半部分,更觉君穆着意搜寻的不是现代都市的浮华,而是历史久铸的厚重,和民风提炼的精华。若非深爱着这片土地,空泛纸笔、无病呻吟绝非能挥洒出如此精忆遥思、色彩飞扬的文字。

君穆由读书而习字,由习字而习武,凡中华文化诸功,无不为之倾倒

并精心领悟,且初有所成。他身在异国,即使雨雪炎日,日日习武不辍。总之,中华民族的一切文化气息,都深深融集在他肌体的每一个细胞里。

请看下面来信中的另一段文字:

德语之严谨精确,令人叹服,是思维的另一扇窗。常与德籍同事说起对德语之欣赏乃至热爱,他们便问那汉语呢,我笑笑说,汉语融在我的血液里,我就是汉语。住在欧洲,日日接纳异国文化的熏染,说着写着另外民族的语言,便有一种既融合又疏离、既得意又失意、既热闹又冷清的感觉,默默开枝散叶。而细说起来又实在无以言喻,不免要跑到煽情处去了。

读过此言,君穆襟怀尽在其中。我感慨良久:是清风还是细雨?是激流还是溪水?是论文,还是煽情?我久久沉浸在陶醉里,真真是无话可再说了。

(2010 年 5 月 2 日北京)

致君穆

君慕你好:

看到你近期来文《浮生九记》之一,忽然想起清沈三白先生的《浮生六记》一书,你大概受他的启发而作《浮生九记》。

我读《浮生六记》,觉其最感人的一篇当属"坎坷记愁"。此书前四卷写作风格一致,语言优美,惟《坎坷记愁》感人肺腑,若非亲历者不能有此动情文字。每当夜读,及至此篇,常常彻夜不眠。此虽有替古人担忧之嫌,但其生动的描述不能不令人心生感慨。

通观《浮生六记》一书,精彩处毫无做作之态,皆娓娓道来,这也是作者文字功底深厚所致。据说,《浮生六记》前四卷所记大多为作者亲身经历,

后二卷为后人伪作,似乎已成定论。作者沈复,一生潦倒,虽多才多艺,但一生没有功名,以幕僚为生。他擅长花鸟,爱盆景,还做过小生意。他生性洒脱,不拘小节,曾远足全国各地,甚至海外诸岛。

如以上说法确凿,可见他是一个失意的性情中人,在他的一生中也曾经有过一段令人感动的家庭生活。但可惜的是,这段感情生活并没有维持多久。

其实人生皆如此。都要经过一番颠沛,只是程度不同而已。

读《浮生六记》,我想起了同是在清末但稍早一些、同样做过幕僚的许葭村和他的《秋水轩尺牍》。《秋水轩尺牍》语言清新动人,也是很值得一读的好文集。其文风与《浮生六记》稍有不同,但也同样生动感人。由此可见,历代幕府都不乏有才学之人,如李白。他们大多是怀才不遇,寄人篱下的才子。

你现在生活在异国他乡,写"九记"而忆"浮生",可见思乡切切。但我觉得你年龄尚轻,记"浮生"稍早,虽为"九记",其实只是一段难以忘怀的经历而已。人生要奋斗,总要有付出。以暂时之付出,得长久之收获,即使奔波劳顿,也是值得的。乐观不辍。

安共乐
2010 年 4 月 23 日于北京

再致君穆

君穆你好:

你的来信和《浮生九记·第二·北海旧事》均已收到,前几日因忙,无暇细读,崭将两篇复制并保存下来。近日稍有闲暇,拿来重读,遂有感悟。

此两文写得很好，洋洋洒洒各数千言，叙事言情各得其所，是很好的文字。近日根据自己的观后写些感想，发在我的博客上，题曰《读评有感（三）》。其实，此文与"读评"无关，而应是"评读"，即评你的来信和文。然我想，但凡与你相关的文字都想让它自成系列或许更好，而前两文即是"读评"，该文也就顺势而下，委屈了内容，成全了题目吧。

这篇文字其实我没有写多少内容，而是大量引用了你文中的段落。我的字虽少，但都是读过你文后的真实想法。有些文字也可能你认为不妥，或待商榷，但这也没时间细究了。即已写成，随它去吧。对你的文字，我十分赞赏，丝毫没有夸张的意思，甚至比一些文学刊物的文字要强许多。

近日这几篇文，凡遇你的名字都用了"君穆"，其他亦如是，未有稍许改变。这样可能更稳妥些。如有可能或没有什么不方便，能把另外几篇"浮生"发来我看看就更好了。

知你近期很忙，恕不复缀，就此打住。祝你学习有成，身体好。

安共乐
2010年5月5日

难忘岁月·北大荒老照片（一） 殿成

这张照片我已珍藏了三十多年。它是我上世纪70年代上学离开北大荒前一天和连里的几位荒友照的。头天晚上，4排长李殿城（前排左）说，你要上学走了，临走你让我干哈（啥）都行！我说，没去过火山底，你明天就陪我上老黑山吧。

第二天，他约了几个荒友，带着从团部借来的照相机上路了。路上，我

友情

前排左一为李殿成，左二为作者，后排左三为王建国。

们拍下了这张照片。

走那天，殿城和那几位荒友到100里以外的北安送我。他站在火车车厢里久久舍不得下去，直到站台上开车的铃声响了，我才把他推下车去。我不敢看他，因为他眼里含了许多泪水。

下了车，他走到窗前，刚丢下句"把照片邮来"，火车就开了。

没想到，这一别竟过了整整18年。而给他寄的照片也因他工作调动被退了回来。

殿城是哈尔滨知青，比我早一年来到北大荒的五大连池。1969年我刚下乡时，连里让不满17岁的他当了4排长。通过接触我发现他真诚、直率，我们很快成了知心朋友。因他长了一个硕大的鼻子，连里知青都叫他"大鼻子排长"。

后来，连里让我当司务长，我的小办公室就成了荒友们常聚的地方。一天，殿城说："我随班里三班倒，太累了，在你这里休息一会儿。"说完，便上了床。床是木板钉的，因防潮高出地面一人多。他头南，我头北。刚睡稳，就听"咔嚓"一声，床板一头压塌了。我从床上脚朝下滑下来。看殿城，头朝下，脚朝上，脑袋着着实实地磕在地上，正窝着脖子龇牙咧嘴大声叫着，怎么也站不起来。我看了他的狼狈样，不禁哈哈大笑起来。好不容易把他拽起来，他瞪着眼睛冲我喊："笑哈（啥），笑哈（啥）！"然后自己也忍不住捂着脑袋大笑起来。

1971年春天，连里决定在连队南面草甸子上开荒种豆子。甸子枯草有一人多高，打草有一定难度。殿城决定烧荒。谁知刚点着火，就起风了，火苗子一下子窜过防火道烧着了桦木林子。他一看急了，一面派人向连里求援，一面抓了件褂子把头一蒙滚进火里，他想用身子把火压灭。大火终于被扑灭，他却被烧伤住进了团部医院。我到医院看他，见他头上缠着绷带，鼻子一酸竟掉下泪来。他见状冲我瞪眼："哭哈（啥），我还没死呢！"我一下来了气："活该，咋不烧死你喂狼！"

那天我陪他到很晚，一个人在雷雨里摸黑沿着泡子边走了12里山路半夜才从团部医院回到连里。路上我犯怵，把兜里一拃长的水果刀打开紧紧地攥在手里壮胆。

由于殿城表现勇敢，团长说：不处分了，功过相抵。

1983年我辗转回到北京。1990年为解决夫妻两地分居，殿城也调来北京工作。他一到家就给我打电话。他刚"喂"了一声我就听出是他，竟高兴地跳了起来。说了几句，他问："快二十年没见了，您身体咋样？"我一听火了，对着电话骂他："20年没见，学会来虚的了，您您的……"一生气把电话挂了。没几秒钟，电话铃又响了："老安，干哈（啥）呀？"我说："哈也不哈，你虚了！"他在电话那头咯咯笑，半天才说："还是当年的老安！咱们照的那张相片呢？"我说："给你小子留着呢！"

殿城是个积极向上的人，回城后读了大学，又走上了领导岗位；他还有一个美满家庭。照片上的其他荒友，有的留在农场当了场长，有的回了北京或上海。北京的几位荒友每年相聚一次，回味几十年前的那段纯真友情。

而照片中的那棵松树，是我们特意找的，象征我们的友谊像松树一样长青不老。

（1998年8月11日《北京晚报·五色土文艺副刊》）

难忘岁月·北大荒老照片（二）付师傅

这是一张38年前的老照片。它是我下乡上学离开五大连池水泥厂前一天和连炊事班部分人员的合影。尽管我们从1972年分手后再没见过面，但我至今还清楚地记得他们的名字和音容笑貌。我忘不了他们，这是因为我们在一起生活的几年是激情燃烧和亲情澎湃的岁月。

照片后排右二站立者是我连炊事班班长付师傅。他是山东人，因上世纪50年代末家乡受灾逃荒到黑龙江五大连池落户。用当时北大荒流行的不恭话称呼他们为"盲流"。但付师傅是很好的人，为人善良，勤恳能干，经验丰富，做得一手好白案。在炊事班工作期间，他早起晚归，兢兢业业，把伙房当成自己的家，把知青当成自己的孩子，千方百计地把连里的伙食调剂

前排右三为小红，右六为苏建华；后排右二为付师傅，右三为作者，右四为张师傅。

好，把自己的全部心思都放在搞好连里的伙食上。

1969年刚下乡那年，北京知青大都十六七岁，许多人都是第一次离京、离家。每逢节假日或星期天，许多知青思乡思家想父母，常常以泪洗面。

为了让知青减少思乡之苦，在物资极端匮乏的情况下，付师傅带领全体炊事班成员千方百计地改善伙食，尽量把饭菜做得精细，花样多些，符合知青口味；馒头掺上玉米面或小米面以增加甜度，大楂子尽量酬得细软有利于咀嚼消化，每周吃上一两顿包子……

我忘不了下乡头一年的除夕夜。为了让知青过好春节，团里特批了肉，还补助了少量大米。在大雪纷飞的年三十，连里组织了会餐。那天晚上，付师傅使出全身解数，把菜品做得丰富些，再丰富些……而且，还准备好了全连的饺子馅。全连知青以班为单位围桌而坐（实际上大多数班是围坐在睡觉的板铺上），就等着饭菜上桌。宿舍热闹极了，一扫平时的冷清气氛。

会餐开始后不久，付师傅和炊事班的全体成员顾不上吃饭，前来助兴，挨屋挨桌地向全连知青们敬酒贺岁。付师傅喝了不少酒，脸上红扑扑的，始终挂着兴奋的笑容。知青们被气氛感染了，一时忘记了北大荒的遥远和艰苦。除夕夜渐深，屋外大雪纷飞，天寒地冻；而屋内却觥筹交错，喜气洋洋，欢声笑语，知青们都沉浸在节日的欢乐之中。

会餐后分班包饺子。那夜雪大风急，屋外气温格外低。学老职工的样子，知青们边包边把饺子用盖帘摆齐拿到屋外冻上，再一盖帘一盖帘地把冻透的饺子放到干净的麻袋里，一会儿就冻了一麻袋。北京和上海的知青们没见过这种奇特景象，竟高兴地唱起来。一时间，知青宿舍一片欢腾。正包着，忽听有人在外面喊，"狗把冻饺子吃了。"跑出去看时，几条狗正津津有味地围着吃没来得及装进麻袋里的冻饺子。

打走了狗，又引来了兴致，激发了情趣。那夜，知青屋里的灯亮了一夜，屋外的雪花也飘了一夜，雪花里，用位的罗（上大下小的小桶）冻成的彩色冰灯也亮了一夜。连里的春节虽简朴，但飘荡着浓厚的过年气氛。

那天，付师傅和另一老职工张师傅（后排右四）整夜在食堂调配，直到初一早上给知青们煮完饺子后才回家。

最难忘的还有我们下乡第二年春天的情景。

  1969年8月至9月初，我们刚到北大荒，老天就来了个下马威。麦收期间下了一场雨夹雪，把没收上来的麦子全泡在水里发了霉。由于歉收，团里粮食告急。团领导说：不向上级伸手，自力更生渡难关！于是，全团各连开始了以吃土豆、麸子、南瓜为主的生活。面对着土豆、麸子、南瓜，炊事班发了愁，今后的日子可怎么过？农业连队还能对付，到哪里随便一划拉就能划拉出几袋麦子，而工业连队就惨了，我们这里除了生产水泥，什么也没有。付师傅想了想，说：咱们是工业连队，又三班倒；夜班辛苦吃细粮，白班中午饭焖土豆或蒸麸子面窝头，再炒点辣椒好下饭；晚饭吃大碴子粥；而早饭只能吃土豆了，多加点糖，权当是早点吧。

  巧妇难为无米之炊，看来只能这样了。

  没营养加上重体力劳动，不久，水泥车间的许多知青腿脚肿了，一时病号多起来。实在饿得没办法，有的知青向家里求援。一时间，北京、上海、哈尔滨的邮包纷纷寄来了罐头、点心、糖；有的家长干脆寄来了大米、挂面。

  这个消息不知怎么让团里知道了，开大会点名批评，说这是享受主义。根据团里精神，连里决定，凡寄来的邮包统一集中存放，开完批判会后再交由团部邮电所一起退回。同时团供销社规定，各连小卖部一律不准购进糕点、糖果，以杜绝资产阶级思想进一步泛滥。

  连续饥饿叫知青们难以忍受，而团里的规定又太不近人情。那段日子简直是在煎熬中度过的。

  就在这时，炊事班发生的一件事让我们在艰难中又看到付师傅的品格和胸怀。

  有一天，炊事班有位上海知青饿急了，夜班后趁大家睡了就偷偷烙了张肉饼吃。付师傅发现后，第二天就召集炊事班开会。在会上他并没有批评那位上海知青，而是检讨自己没把伙食搞好。会后，付师傅把那位知青叫到他家"改善伙食"，给他烙了好几张饼饱餐了一顿。其实，那时他家粮食和我们一样由团里供应，生活也很艰难。给知青烙那几张饼，几乎用去了他全家一个月的白面定量。况且，他还有几个忍受饥饿的未成年孩子。

这件事深深地教育和感动了炊事班的知青们，从那天起，无论怎样困难，炊事班成员再没有一个人搞过特殊化。

我也有过"违反纪律"的时候。记得一次实在饿得不行，星期天就和连通讯员小林"串通"好，趁他到德都县城取信的机会，自掏腰包买了两听猪肉罐头和二两饼干。因怕人看见，一下车我们就躲进石灰窑下面的老林子里吃了起来。当时是饿急了，连瓶子里一层白花花的猪油都用饼干蘸着吃了个精光。

为改善伙食，我和15连司务长私下商量，从附近屯子里买了头猪准备宰了两个连分吃，没想到事情败漏，让团里知道了。团里说我们违反了国家统购统销政策，没收了猪肉，并在7连办了三天的学习班学习国家政策，还拉上两个连主管后勤的副连长陪绑。

几个月后，兵团部知道了我团的粮食灾荒，副司令员颜文斌亲自来到5团检查工作，并在排以上干部会上严厉批评了5团领导的极端做法。会后，由一师吴师长陪同到我连进行慰问，并急调其他各团粮食增援5团……

现在回想起来，真不知那年月我们是怎样熬过来的。然而，光阴荏苒，它毕竟已成为过去。它留给我们除了心酸记忆之外，也给了我们性格中不屈的韧性——也许，这是艰难岁月的意外收获吧。套用《红灯记》中李玉和的一句流行台词概括，就是："有这碗酒垫底儿，我们什么样的酒都能对付"了。

艰苦岁月让我们坚强，磨难的日子也让我们和当地老职工的情感更如贴近。

在我记忆深处，永远定格着一副付师傅弯腰弓背、吃力向前拉车的画面。那时由于条件艰苦，我们吃、用都是五大连池的三泡子水。我们宿舍和食堂距五大连池三泡子有数百米距离，吃水、用水都要用水罐车到泡子里拉。那时食堂修了一个能蓄两三罐水的水泥池，每天早上炊事班上班的头一件事就是到泡子拉几车水。而每次拉水，付师傅都把知青"赶"到水罐车两侧或后面推车，自己留在中间"驾辕"。在他眼里，知青还未成年，脊梁娇嫩，还不足以承担如此之重。尤其冬天，食堂和泡子之间坡度较大，小路被冰雪封冻，一步一滑。每当我看到付师傅喘着粗气，弓着身子驾车吃力前行的样子，心中都有一股说不出的滋味。

那些年知青们艰难生活的平安度过，都倾注了付师傅和一些老职工的心血和汗水。当时付师傅年近50岁，张师傅也已30多岁了。时隔40年，不知付师傅还健在否？张师傅若在，也应是70余岁的古稀老人了。

往事如烟。转眼知青下乡已40年了，当年的知青大多已经返城。但每年八九月份下乡纪念日，都有无数知青相约返回北大荒重温青春旧梦。

数年生活，北大荒究竟给了我们什么？可以说，当时那里没有享受，没有富足，有的只是艰苦和磨难。但这段情缘历经弥久却让知青难以割舍。究竟为什么？现在明白了：那里曾是知青的家，曾是我们安身立命和寄托理想的地方。她是母亲，包容和滋养了我们的一切。

（2010年8月26日《中国商报·收藏拍卖导报》）

难忘岁月·北大荒老照片（三）小人儿

这张照片摄于五大连池老黑山下，时间是1972年春天。和我握手的叫王国清（左一），黑龙江省绥化人，毕业于哈尔滨师院附中，哈尔滨知青。

友情

右为作者,中间为小任。

右为王国清。

他1968年下乡,原5团14连3排排长,后任副连长。我上学时,他曾不远千里亲自把我送到学校。北大荒知青大批返城期间,他调任黑龙江某农场任党委书记兼场长,那时我已离开连队多年了。后来听说,他已退休多年,现居哈尔滨。我和王国清中间站着的叫任宗强(中间立者),我高中同班同学任宗华的弟弟。下乡那年他14岁,是我们连年龄最小的知青。

任宗强本是70届初中生,下乡那年才上初二。因1969年姐姐远赴东北,自忖将来难逃下乡命运,与其天南地北,不如和姐姐一起下乡将来好有个照应。结果没等毕业便随姐姐来到了北大荒。殊不知,1969年是北京学生最后一批赴外地下乡,尔后历届都留在了北京郊区;况且70届都分配在了北京城里工作。

命运和任宗强开了一个不大不小的玩笑,让他的几年青春在数千里之外和我们结伴游走。

209

我对他的第一印象是在北京永定门火车站。我们去北大荒那天,站台上挤满依依惜别的人群,他们有的拥抱,有的握手,有的悄悄抹眼泪。最显眼的要算任宗华一家。送她俩的家人很多,足有十几人。他们一个个相拥而泣,哭得泪人儿一般;走的和送的都眼睛红肿,像是生离死别。火车开后,任宗华和任宗强意犹未尽,一直哭过了天津站。

我当时并不知道任宗强是任宗华弟弟,看他们亲热的样子,竟纳罕了一路。

也许是任宗华、任宗强姐弟和家人的深情离别感动了我,我随后也想起家人,想起了这次离别。直到这时我也才蓦然感觉到,这次分别后不知何时能再与家人见面——但这种念头的出现,也只是眼前一瞬。

我当时觉得下乡无所谓,很像出一次远门,没让家里人送。将出门时母亲还在睡觉,后惊醒了她,她头天晚上吃了安眠药——她要起来送我,我劝她回屋睡觉,并把她扶到床上躺下:母亲身体不好,又怕她伤心。父亲送我到楼下汽车站,抹了一把泪刚要哭,就让我打发回去了。前一天,大舅妈代表大舅和她自己来看我,并送了许多日用品。她很伤心,我反而劝她不要难过。何况,她家的好几个孩子也都下了乡;大哥安惠民——我的发小——要送我,因还要请假,况且前几天是他把我的行李用自行车送到学校,太麻烦,我也没让他去。只有邻居家的男孩陈世东要去看热闹才去了永定门火车站,说是要送我,我没有拒绝——在火车上,我远远地看到了陈世东的笑脸和他用力挥动的手臂。

我下乡就是这样简单而平和。

直到五大连池分连后,我才知道火车上那个紧挨着任宗华坐着、哭得死去活来的男孩儿叫任宗强,是任宗华的弟弟。由于他年龄小,为人机灵,知青们都很喜欢他,拿他当小弟弟;又因为他姓任,连里人都亲切地叫他"小

人（任）儿"。不久，他被连长看中当了连队通信员。

因了和任宗华的同班同学关系，小人儿一直和我来往密切，有时竟形影不离，我对他也无话不谈。

我连离五大连池三泡子很近，只有一二百米。春天，星期天休息我和小人儿经常到泡子边散步或用脸盆捞基围虾回宿舍开荤。夏天，休息时则经常由王国清带路到药泉山玩耍。药泉山距我连驻地有近10华里的样子，有泉水多眼，因泉水能治病而在当地颇有名气。药泉山泉水矿物成分不同，颜色不同，自然疗效也不同。当地流传的民谣说：南泉睡觉（治神经衰弱），北泉尿尿（利肝），二龙眼瞎胡闹（治眼病），翻花泉最有效（泥浴，治皮肤病）。当时，那里就建有几座疗养院，有许多人在那里疗养治病。

药泉山路走熟了，有时我和小人儿结伴自己去。记得一年秋天，我们俩相约一起去了药泉山，当穿过一片原始白桦林和火山石龙地带时，竟被一望无际的金黄叶色感动了：那简直是一幅叠加给大自然层次不同的金色油画，天底下满眼都是根根白色树干支撑起的淡黄，金黄，橙黄树冠，遮了天，盖着地……一片金黄妖娆中间，蜿蜒着一条被马车轮子轧出两道车辙的林间道，而石龙上偶尔站着几棵不知名的树，叶子火红火红，像在秋阳下燃烧……

我和小人儿被这美丽的风景吸引了，站在林间道上观赏，久久不愿离去。也许是那日秋天风景的感染，我才发现自己竟是那样沉醉于大自然，热爱大自然。同时，也发现小人儿和我一样具有如此强烈的大自然情结。

然而，随着时间的拉长，觉得这种情结和我们的下乡生活竟有那么大的反差。

连队生活单调,日子久了,就连五大连池的火山、泡子、基围虾和药泉山泉水的诱惑都已不能满足我们的精神需要,我渴望着更多、更远、更壮阔的世界走进我的生活,开阔我的眼界,拓展我的胸怀。

于是,我把第一个目标锁定在了哈尔滨。哈尔滨是座美丽的城市,有东方莫斯科之称。对我来说,她有无穷的魅力。

终于经不住诱惑,1970年春天,我去了一趟哈尔滨。

那天早晨,一切准备就绪,我找到小人儿,约他同往。他真够意思,一说陪我去哈尔滨,就毫不犹豫地答应了。

我们在哈尔滨共待了3天,先后到了松花江斯大林公园、防洪纪念塔、儿童公园、动物园、太阳岛。在松花江照了相,划了船,游了泳。晚上,就睡在火车站。

3天后我们回到五大连池。对连里说,我们到北安兵团医院看病去了。见到指导员,他批评说:"看病怎么还带着小人儿?"

半年后事情败露。问题就出在相片上。相片从哈尔滨寄来,小人儿利用通信员身份悄悄藏起,天衣无缝无人知晓。一天,小人儿把夹相片的《毛主席语录》落在了连部他的床上,被同屋的文书发现后汇报给了指导员。

那时知青都想家,哈尔滨距五大连池最近,经常有哈尔滨知青不辞而别回家探亲。因此团里定下纪律,凡不请假偷跑回家的一律处分。我当时很紧张,以为处分是挨上了。但指导员很给面子,只是狠狠地批评了我一顿,并让我在全连大会上做了深刻检查。

后来,由于小人儿聪明能干,不久就从连部调到4排当了班长。

1971年年初,中苏边境形势吃紧,为配合部队国防建设,兵团决定组建施工团队到大兴安岭搞国防施工,人员从各团抽调。

连里在宣布组建人员名单时,竟有小人儿的名字。

当时小人儿没说什么，但就在第二天上班给石灰窑上料时却突然晕倒在窑上。战友们急忙七手八脚把他抬到营部卫生所，只见他口吐白沫，昏迷不醒。营部医生各种办法都用上了，但都无济于事，一小时，两小时……连里的战友们都围在医务室里，喊他，叫他；他姐姐任宗华更是焦急地坐在他身旁悄悄抹泪。

我同情小人儿，让十四五岁的娃娃离开姐姐去千里之外的大兴安岭深处搞国防施工，不符合情理。

3月，新组建的国防施工团队出发了，数百名知青们先到团部集合，然后集体乘汽车到北安，再从北安坐铁闷子火车向西北行进。但谁也不知道去哪里。

那天，我背着团里和连里，也悄悄登地上了西去大兴安岭的火车。我此去是为了看看希冀已久又对我充满无限诱惑力的大兴安岭，更是为了送送小人儿。

列车途径讷河、富裕、加格达奇后一头钻进大兴安岭深处。车外是白皑皑的雪山和密匝匝的森林。两天后，火车停在了一个叫布苏里的小站。我记得，布苏里小站一侧是一条小河，大概叫甘河，另一侧是一个山口。我随着队伍钻进山口，半小时后住进了早已搭建好的棉帐篷。站在驻地举目四望，一排排帐篷坐落在一条狭长山谷里，周围是一片山野，被森林和白雪包围着。

第二天，小人儿和战友们到森林伐木，我却独自一人上了山——初到大兴安岭，一切都觉得美丽新奇。我穿过高大的松林，趟着没膝的积雪登上附近的一座山顶，耳畔是呼啸的北风和林涛声，眼前是茫茫林海雪原和雪地上野兽的串串足迹……山顶，举目无人。

好一个林海雪原，壮观而辽远！

美则美矣，然而站久了，却空寂。

3天后，告别了战友和小人儿，我要回连队了，书包里装满了战友们写的300多封充满深情的书信，这里自然也包括了小人儿给他姐姐任宗华的报平安书。

我一直向北，绕道牙克石、海拉尔，再折回扎兰屯到齐齐哈尔。一路上，我饱览北国风光的壮丽，倾醉于初春的大兴安岭林海和辽阔的呼伦贝尔大草原，神注于海拉尔河、讷谟尔河冰排和嫩江春水泛起的绿色涟漪……

一年多后，布苏里国防施工队完成任务又回到了五大连池。小人儿也回到了连队！我们再次相见。一年后的小人儿长高了，也壮实了，他滔滔不绝地讲起布苏里的故事。在他的神情中既有难以掩饰的兴奋，也有饱经磨难的沧桑——他变得沉稳、寡言了很多……再过半年，我上学离开了连队。分别前，我们留下了这张老黑山下的照片。

第二年春节期间，我返京度假，没想到的是小人儿和战友常骏也在京探亲，我们在北京相聚……从那年春节后，我和小人儿再也没见过面。听他姐姐任宗华说，他在北京石景山区的某单位工作。

……

时隔近40年后，两位兵团战友来到布苏里。其中一位战友回京后告诉我说，当年由兵团战士参与修建的国防工程还在，只是没有了部队，空荡荡的；它被一位有眼光的老板（知青？）承包下来，用作冷战时期的纪念馆永久地向游人免费开放。

（2001年2月5日北京）

友情

难忘岁月·北大荒老照片（四）九斤粉条

这是一张多人照，摄于1972年5月我即将离开五大连池前一天。地点是五大连池三泡子边。就是距我住的连队宿舍大约一二百米的地方。而照相机是我的一位战友从团政治部的一位哈尔滨知青那里借来的。

照片后排为上海知青和我，前排三人都是哈尔滨知青，都毕业于哈尔滨师范学院附中高中，而且都是同班同学。说起这个班的知青颇有些奇特之处：他们全班30余人集体下乡来到五大连池，分布在全团二十余个连队和团、营各个管理部门。说他们是哈尔滨知青，其实他们没有一个人家住哈尔滨，而是从全黑龙江省各县招收的优秀学生，说是毕业后要作为教学骨干充实到各县教师队伍中去。但他们因"文革"而下乡，断了他们的教师梦；又因来源于不同县而集中在了一起。由于他们都是各县精英，学习好，工作能力强，又都是老高中毕业生，因此到五大连池后就大展头角，几乎都成了五团的干部骨干，并得到团领导的信任，成为五团真正的实力派。当他们听说我将离开五大连池时，便相约前来送行。其中照片前排右一者，叫张洪金，是我买"九斤粉条"的参与者，当时在我营营部任干事。看到他，我就想起在兵团的那段买粉条的经历。

"九斤粉条"的另一参与者姓史，知青称其为老史。

老史的名字大家都不太关心，但他的名气实在不小，这缘于他的光荣历史和有个不太雅的外号史大吹。其实，这个史大吹是个实实在在的热心人。但他的热心往往超过了他的实际能力，结果，承诺大多成为不能实现的泡影，有时害了别人，同时也埋汰了自己。更有甚者，好心作成了坏事。于是，这个绰号就这样在他身上光荣诞生，并生根发芽。

右二为张洪金，右三为作者。

据他说（吹？），他是东北人，贫农，解放战争初期参军，是正经八百四野出身的"老解放"，随四野转战从东北一直打到海南岛。按说，他是个对革命有贡献的人，理应提干或受到优遇，但他一没文化，二缘于性格"扛上"，解放后还是个白丁，再以后就复员来到了北大荒，并在此结亲育子。由于他的光荣历史，一开始就赢得兵团战士们的尊敬。他为人也真不含糊，对年轻的兵团战士问寒问暖，百般体贴；稍嫌不足的就是说的多，兑现的少。这也难怪，在那个到处"北风吹"的年代，谁说话没有点水分呢？况且，知青们并不在乎他能承诺什么，能听到一句关心体贴的话也就心满意足了。

有一年春节前，老史家杀猪，因我之前给他家帮了许多忙，便约我到他家吃血肠。由于到了年跟儿，我要准备全连的过节物品，直到三四天后才来到他家。饭做好了，当他把一碗"血肠"端到我面前时，竟发现这是碗飘着几片叶子、能照到人影的白菜汤，连一根粉条也没有！我再用筷子在汤里搅和几遍，更没有翻出一块血肠来。我顿时心生怨意——竟有如此请吃者！刚要发作，却一眼看到炕下站着几双等待吃饭不住忽闪的大眼睛，心中一动，便转口说了句："真香！"并很快吃完，拍拍肚子真诚地连声道谢："从来没像今天这样吃撑过。这是我下乡后吃得最好的一顿饭。好！好！"回身急忙穿上大衣夺门而出，一头钻到风雪里。

那时北大荒冬天缺菜，除了土豆、酸菜外，能调节伙食的就是豆腐和粉条了。因此我连特意建了豆腐坊，每天几屉豆腐，白灿鲜嫩，香气扑鼻，送到食堂，知青生活得到了改善，并受到领导和知青们的普遍好评。

说起吃豆腐，最讲究的是吃刚下屉的热豆腐，放点生豆油，伴点葱花、清酱（酱油）之类，味道妙不可言。凡深谙此道的知青和老职工都趁歇工的时间到豆腐坊品尝，无不叫绝。但可惜，这个吃法只能少数人为之，大锅饭是做不了来的。

食堂的豆腐做顺了手，顿顿吃豆腐：炒豆腐，炖豆腐，熬豆腐、馏豆腐……大师傅花样翻新，竭尽做豆腐之能事。一个冬天下来，吃得战士们一打咯满嘴都是豆渣味儿。好不容易熬到春天，大家再也不想沾豆腐的边了，甚至一提豆腐，仿佛胃里就往上漾卤水，弄得满嘴苦涩。

怎么办？该换吃粉条了。但要吃粉条就需要到别的连队想办法。接受冬天只吃豆腐没有粉条的教训，那年一开春我就开始四处打听哪个连队开粉坊。

也巧，由于史大吹历史鲜红，且待知青真诚，团里就把他从我连调到新组建的17连升任副连长，分工负责知青生活。一天，老史回"娘家"。缘于

和我的交情深厚,一见面就一屁股坐在我的办公椅里,说,我初到17连,为给知青改善生活,特意建了个粉坊。你缺粉条找我。他的一句话勾起我的心思。既然老史当了副连长,开了粉坊,买点粉条不会有问题。就一口应了。

一天无忙事,就约了一排长北京知青黄江南到二泡子边的打渔班,想借船到对岸17连找老史买粉条。

提起一排长黄江南我要多说两句。黄江南是北大附中知青,与我同届。他从团部一来到我连,就和我就交上了朋友。原因之一,就是我们都喜欢读书并酷爱辩论。记得我俩头一个辩题就是"人类会不会消亡"。围绕这个辩题,我们辩得天昏地暗日月无光:从黑格尔到恩格斯,从哥白尼到叔本华,直到满口白沫。平时白天出工见不到面,只要一下班,黄江南就一头扎到我屋里开始"出言不逊",我也就毫不客气地对他"摩拳擦掌"。整整一年,我们竟没有辩出个结论来。辩归辩,吵归吵,可一年的唾沫星子竟砸出了两个朋友!这不,到17连买粉条我自然想起了找他。

话说回来。那天不巧,正遇初春开泡子刮大风。抬眼望,刚解冻的泡子水黑浪翻滚,漫天昏黄。到泊湾一看,两条船都没有"出洋"(由于二泡子大,一眼望不到边,当地人叫它大洋),我和黄江南心中暗喜,真天助我也!趁渔夫们吃"原汤炖原鱼"上瘾的功夫,我们解开缆绳,驾着小船向对岸划去。

船渐划渐远,风越刮越大。划出二三百米,大浪一个接一个打来,船舱开始进水。我和黄江南哪管这些?竟学起李白的"乘长风破万里浪"。正划得手热心狂,忽见后面一渔夫大叫着驾船追来——我们被发现了。

刚开始我们还疾奔一阵,想摆脱他的"追击",但时间一长,体力渐渐不支,被渔夫截了回去。因此行是为职工"谋福利",渔夫们只狂吼了一阵,说些"风大浪急，翻船可不是闹着玩的"之类的话后也就作罢。

这次买粉条由此搁浅，我俩很懊丧。但心有不甘——无论如何，今冬也要让全连战士吃上粉条。

说话到了7月，天渐渐热了，粉条还没有着落。我心中一急，找一个晴朗的好天，中午吃了饭，带了200元钱，没顾上约黄江南，临时拉上照片上的营部干事张洪金再"闯"17连。

接受了上次走水路教训，这次我们选择骑车走旱路。从我连到17连需跨过数百米宽奇形怪状的火山熔岩（石龙）。没办法，我们只得扛着向老职工借来的自行车，一步一跃、走走停停，经过近两多小时的艰难跨越，来到17连。

17连建在火烧山脚下。火烧山是五大连池火山群中最年轻的死火山，四处是原始白桦林和荒草甸。17连就在这里安营扎寨。

在木板搭的连部等了一个多小时后，老史终于露面了。我刚说明来意，他就变卦了，脸涨得通红，说，没有和你说过卖粉条的事。并说，我开粉坊不假，但粉条卖你了我连吃啥？不卖！

我听了，怒气中烧，没想到老史竟如此为人！却又忽然想起了他史大吹的绰号，遂暗自拍着脑门后悔不迭——都怪自己，如何忘了他的绰号叫史大吹？

好说歹说，还看了张干事的面子，老先生横着脸卖了我一捆粉条，上秤一称，9斤；让他凑够10斤整数，他死活不干。无奈，给了钱我和张干事驮着9斤粉条悻悻离去。车上带了粉条，不能再扛车跨石龙了，就改走土路绕道团部走。这比原路多走了30多里路。

下午，我们懊丧地在田间土路骑车，尘土飞扬，一路无语；加上烈日当头，一会儿，浑身汗把衣服湿透了。我们停车脱衣、整车又行，竟把身上的

挎包放在路上没捡起来——那里面装着除交史大吹的9块粉条钱以外剩余的191块钱。

直到半小时后快骑到团部时我才发现书包丢在路上，急回车去找。边骑边祈祷：可别遇到来人，有来人，钱就找不回来了。果然，一拨一拨的人迎面而过，心想，完了，没希望了。问来人，都说没见到——在那个一分钱掰成两半花的贫穷年代，谁肯吐出天上掉下的馅饼呢？

回到连里，心里说不出的懊丧，那股别扭劲儿憋了足足有一个多月才缓过来；而那丢了的191块钱，我用工资一个月还10元，一共还了一年半才还清。

从那时起，我再没见到过老史。也不知他还对别人吹不吹？

（2011年2月12日北京）

老照片的后续故事

几年前我写了一篇博文，题目是《难忘岁月·北大荒老照片·付师傅》。这篇博文攫取了我在北大荒下乡时的生活片段，回忆了当地老职工、连队炊事班班长付师傅在生活条件十分艰苦的情况下，运筹厨房，把自己对远离家乡知青们的爱，用他的内心善良和烹饪技艺诠释成一朵朵生活浪花，温暖了知青们的心。使五团十四连的知青们在艰苦中看到希望，树立了生活的信心，增强了勇气。同时，我在文章后面另附了一张1972年即将离开下乡的五大连池时我与炊事班部分人员的合影。今年夏初，我的一位兵团战友许淑媛看到了这篇文章，感触之余，将此文转载于她的博客。她在我的博文留言中说："拜读你的这篇文章很受感动，对付师傅的评价颇有同感。他是一个很好的人，尤其是对知青关怀备至，自己深有体会。你的文章又一次引

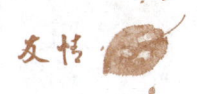

起我对付师傅的一些回忆……"并告诉我：付师傅已经去世，"惟一值得一些欣慰的是，他去世之前来北京在我家住了一星期，我们尽全力地招待了他，并带他找到了40年前失去联系的姐姐，了却了他企盼多年的心愿……（我）至今仍很怀念付师傅。"

不久，淑媛有感而发，为了记住那段令人难忘的经历和纪念付师傅，她又写了一篇有关付师傅的回忆。现将她的博文全文转发如下：

近来在荒友的博客里看到有关付师傅的文章，思念之情油然而生，（我又）从相册里找到几张和付师傅的合影，往事浮现于眼前……

和付师傅的接触是从（一九）七二年的冬天我进食堂开始的。从大家对付师傅的尊敬中我看到了他与一般老职工的不同之处。随着时间的推移，在和付师傅的共同工作中更加深了对他的了解，他身上具有一种山东人特有的豪爽与豁达。他为人真诚、善良，一向是吃苦在前享受在后，做事总爱为他人着想，尤其是对我们这些从十几岁就远离父母的孩子更是关爱有加。有几次我生病都是在他家养好的，躺在他家的热炕头上，吃着付婶亲自做的热汤面、饺子，至今想起来仍感到无比的亲切、温暖。

我回城是（一九）七五年，因患急性黄疸型肝炎出院后回京休病假，这期间父亲单位已为我办好回城手续，东西是托朋友给我托运回来的，我与大家不辞而别。

就在我回城十八年后，大概是（一九）九三年的初冬收到了付师傅的一封信，内容是他从山东老家回东北路过北京要来看看。分别了那么久，真的很想他们一家人，我们高兴地期盼着这一天。

终于见到了付师傅，虽然过去了这么多年他倒显得比原来年轻了，面色红润精神焕发，可能是因为退休后较以前轻松了，不再那么劳累的原因吧。遗憾的是付婶没来，她对我们还心存疑虑，毕竟过去这么多年了，怕我们早

已将他们忘记,怕我们对他们冷漠,我们完全能理解老人家的心情,但我们真的希望她能和付师傅一起来啊。他们曾经给了我们胜似亲人的深情厚谊,是我们这一生都不可能忘记的。

与付师傅的久别重逢我们都很激动。为了让付师傅不虚此行,我们尽量周密、合理地安排好游玩和休息的时间,我和爱人两人请假倒班争取有更多的时间陪好付师傅。过了几天之后,付师傅经过再三犹豫后和我们说出了一个他多年的夙愿(开始没说是他怕太麻烦我们,可是如果这次实现不了就怕以后没有机会了,犹豫再三后向我们说明了他的这个心愿)。原来付师傅在北京还有一个40年前失去联系的老姐姐,只知道她是住在一个气象局的宿舍,也没有具体地址,我们安慰付师傅让他放心,我们一定会帮他找到的。

我想气象局是中央的一个单位,在北京应该好打听。考虑到付师傅年龄大了不方便,就打车带着付师傅一起去找,第一天去了中央气象台没有找到,第二天又去北京气象台。那么多宿舍楼无从找起,我就找到当地的居委会请他们帮助,功夫不负有心人,终于找到了!他分别40年的老姐姐仍然健在,两人见面时的情景至今令我难忘,两个老人相见时激动不已,挂满泪水的笑脸竟如孩子般的灿烂,我完全被他们感染了,随他们一起流泪一起笑。那天,付师傅的姐姐留他住下了,那么多年有多少话要说呀。两天后,我接回了付师傅,离别时又一次与他们一起泪流满面,姐弟俩的手握了又握难舍难分,是啊,两人都过了古稀之年,分别后还能再见吗?我们走出老远了她老人家还在招手呢……

一星期后,付师傅离开了北京,看得出他满意而归,后来他女儿付秀芝告诉我说,他父亲回去后心情可好了,只是付婶非常后悔没能和付师傅一起来。

不幸的是，两年后付师傅因突发心脏病走了。付秀芝说他走的很突然，没有一点思想准备，她很难接受这个事实，心情好久都无法平静。我们也很难过。但想到能为付师傅实现了他多年的夙愿多少感到一丝欣慰。

缅怀付师傅！也衷心祝愿付婶健康长寿！

看到这篇令人感动的博文，我唏嘘不已。付师傅颠簸流离，辛劳一生，在他不惑之年，用自己的双手把一个山东人的善良全部无私地托给了北大荒的知青们；无论盛夏，严冬，白天，夜晚，都能看到他高而瘦削的身影，北大荒留下了他的音容笑貌……但就在颐养天年，本应尽情享受天伦之乐时，却与姐姐相见仅两年留下刚刚温热的亲情即与世长辞……我的心情也和这位兵团战友一样充满悲伤和怀念，叹息岁月的短暂与无情。但值得宽慰的是，这位战友让付师傅生前了却了一桩最大心愿——找到了失去联系40余年的姐姐。这在付师傅本人及他的全家，都是值得欣喜的事。然而付师傅的溘然离世让人措手不及，过早结束了知青们对他更多的期许。那段逝去的青春岁月和历史都不会忘记这位善良正直的老人。而这位战友的善行，即是知青们对那段难忘经历的爱心复制，她代表了无数知青们的良心。这一切，也应深深地留在北大荒的记忆里。

这篇博文后面同时刊载了作者、作者家人、战友和付师傅的合影。她是除我保存的那帧炊事班部分人员照外，我见到的惟一几幅记录付师傅晚年形象的照片。那是怎样一张熟悉的脸庞啊！额头棱角分明，眉宇间充满了爱和善良，眼角流露出我从未曾见过的幸福感……与我在兵团时不同的是，他胖了，显得年轻了许多。再没有当年付师傅那张黑而瘦，颧骨突出，充满了沧桑脸庞的痕迹……诚如作者所言，"他显得比原来年轻了，面色红润精神焕发，可能是因为退休后较以前轻松了，不再那么劳累的原因吧"。这是对的。然而我要补充的是，生活条件的提高，晚年的幸福，也应是他精神和身体变

化的原因吧?

这篇文章发博后,一位战友看后给淑媛留言说:

淑媛:你好!

你的文章很感人。很感谢你在博文里传上的这几张珍贵的照片,使我看到了两个久未谋面的、也是十分想念的人,一个是付师傅,另一个是杨素琴。付师傅我们在水泥厂是吃着他老人家做的饭一路走来的,他为人真诚、和善、正直,在我们知青心中有很高的威信,是一个值得我们尊敬的人;杨姐我们在一个排呆过,很勤劳、正直、善良、聪明的一个大姐,但回京后一直没有看到过她。今天看到了他们的照片心情很激动。遗憾的是付师傅他老人家已经离开了我们,在这里,我祝愿他在天堂快乐,一路走好!杨姐你如果看到她请带好给她。

潇梅

潇梅的留言,除了对付师傅的怀念和评价外,还有对付师傅在天之灵的祝福,留言字数虽不多,但字里行间渗透着淡淡的哀伤。至于留言中提到的杨素琴,根据照片,我一下子就想起来了:那是一位有着高挑的个子,当时留着一头短发的北京女知青,她正直、善良、且不苟言笑……可惜我和她一起工作时间并不长,她来炊事班不久,我就离开了五大连池。照片上的她还是老样子,依然留着短发,只是身上留下了岁月痕迹:要知道,我记忆中已是40多年前的她了。

至于留言者潇梅我实在很难记起她了,也许潇梅是化名。但这又有什么关系呢?我们曾是同连战友,抑或她也是炊事班的一员,同吃过付师傅做的一锅饭,同喝过五大连池的泡子水,同生活在北大荒蓝天下,一起战天斗地……有这些就足够了……知识青年的心总是相通的,无论他现在做什么,

以后有这样或那样的经历，有不同的社会地位，但那段岁月把知青的心和情感连在了一起。哪怕身处他乡，地角天涯……

这篇博文用第一人称的真情实感和朴素叙述，感动了许多战友。一位叫丹红的博友看到这篇回忆后，转发给了"小付国"，并在留言中告诉叙述者淑嫒说：

我把这篇文章转给"小付国"，他哭了。他这样一说，电脑对面的我也掉眼泪了。因为我们都在想念同一个人。

丹红

想念谁呢？当然是付师傅！以致凡认识付师傅的人每每想起和他一起相处的日子，都会难以抑制思念之情，为他的逝世潸然泪下。

然而，"小付国"、"丹红"又是谁呢？

我是在1972年上半年因上学离开五大连池的，连队后来的人员变动我一无所知，"丹红"、"小付国"的名字都是未知数。但淑嫒的博文留言文字破解了这两个名字的谜团。

请看博文作者淑嫒在留言栏和"丹红"的一段对话。作者：

小付国是付秀芝的小弟弟吧，我们在时他还小呢，对我也没啥印象，那时我总去付师傅家，对他倒是印象很深呢，我记得他也去了山东，是叫付玉国吧？好像我们曾经还通过电话呢。带（代）我问他好！还能见到付婶吗？我还真想她。——淑嫒

丹红回复：

"小付国"现在是"老付国"了。付婶现在和他在山东，他（付国）和他媳妇很孝顺，使付婶过着幸福的晚年生活。

原来如此,"小付国"就是付师傅的小儿子付玉国!

我在五大连池时曾多次去过付师傅家。那时付玉国和他的几个兄弟姐妹年龄尚小,清一色的东北小孩儿,冬天是同一色的黑布棉袄、棉裤,我并分不清他们谁是谁。如今,40余年过去了,他们已是50岁的人了吧?

当我通过这段文字知道付玉国现在和付婶都生活在山东,付玉国与妻子共同孝顺着付婶,付婶过着幸福晚年时,由衷地为付婶高兴。并为付师傅有这样孝顺的儿女骄傲,付师傅的在天之灵也会得到些宽慰了吧?

我忽然想起前些日子我的《付师傅》那篇博文后有段留言,留言者就是"付玉国",看来当时是我大意了,没有仔细阅读。

再翻开我的那篇博文,很快就搜寻到付玉国2011-09-2619:59:33的那段留言,留言说:

谢谢你们还记得我的父亲!当年的知青哥哥姐姐们,你们还好吧?没有当年的你们,农村,还得滞后20年!是你们,让我这当年的小屁孩,那时就知道了高尔基,保尔,丁洁琼,苏冠斓,知道了三套车,红梅花儿开,知道了……

想念你们,付师傅的老儿子——付玉国。

再一次看到这段留言,我的心波澜起伏,激动不已,心情也变得复杂起来:一半是感慨,一半是宽慰。感慨的是,岁月不但使我们记住了如付师傅这样普通人的不平凡品格,并把这些品格作为自己的生存基因牢牢植长于内心深处——这是中华民族怎样高尚的传统习俗啊!是她把知青与北大荒两代人的情感紧紧联在了一起,形成了精神深处的传承支柱,并在她的支撑下完成人的内心交流。宽慰的是,我们40多年前风餐露宿艰苦奋斗,辛勤播撒在广阔天地里的青春没有白白消磨。北大荒记住了我们,记住了我们的付出,并得到了北大荒人民的充分肯定!

友情

  我们应该感谢付玉国,他或许代表了广大北大荒人民,让我们认识到了40多年前那段青春的存在价值;或许能抚平埋藏在许多知青心底的失落,让他们当再次回首那段往事时无怨无悔,甚至可以骄傲地说,在北大荒,知青们曾是文化、文明进步的传播者。

  这里最值得一提的是,在我与炊事班部分成员的合影中,有着两个有亲密血缘关系的人物。她们就是苏家姐妹:姐姐叫苏建华,妹妹小名叫小红。根据现在记忆,最早在我这篇《付师傅》博文后面留言的除淑媛外,就是苏家姐妹。她们之所以关注到我的这篇博文,应归功于我的同连战友李殿成。他虽然是哈尔滨知青,但与我同连同排,且是我最初的排长,他和我关系极好并结下深厚友谊;后来我们先后调回北京,一直保持着联系。可能是他把这篇博文介绍给了淑媛,然后淑媛把博文介绍给"丹红","丹红"又把博文介绍给苏家姐姐苏建华。

  我对苏家姐妹留言署名的辨识颇有意思。因为她们的留言不但给我一一解读了我在《付师傅》博文后面所附照片上的人名,而且还给我留下了悬念——她们只用了化名,并没有介绍自己是谁。悬念往往会激发好奇,好奇更能使人增加探求兴趣,而结果往往令人兴奋。具体说,苏家姐姐的留言署名为"新浪网友",而妹妹留言署名则为"丹红",对于我,这是两个谜一样的名字。然而不久,我还是根据留言内容推断出留言者到底是谁:她们就是苏家姐妹。

  现将她们姐妹留言复制如下。姐姐:

2011-09-26 20:51:10

  刚刚看到这张老照片,我是照片中的一员,感慨万千!当年的往事历历在目,记得我们在付师傅的领导下是个特别团结特别能干的炊事班!请问安先生,当中的小孩应该是我妹小红吧。

2011-09-26 20:41:54

我还是未经允许就把照片发出去了,让大家帮我认认。不会生气吧?

2011-09-26 21:44:36

照片中的人我都认识。其中的小孩,我看就是小红,小红得益于跟着姐姐,经常和知青在一起玩,还留下了一些珍贵的合影。

感谢小红让我进入了安共乐的博客,知道了炊事班当年的许多事。傅师傅是当年知青都很佩服和尊敬的老职工,但许多当年的细节也是至今看了才知道。

安共乐,你的才能当年大家就很佩服。今年我去哈尔滨,杨洪滨还问候你呢。fan

从这三段留言内容可判断它出于苏家姐姐之手。而留言中提到的杨洪滨,我还深深地记得。她是哈尔滨知青,刚到北大荒时,我们被分配在一个班。她个子不高,但很能干,白白净净,文质彬彬;发言总是有条不紊,不紧不慢,在她身上沉浸着一股文气……现在我们已数十年不见,天南地北人各一方,不知她如今可好?我向她致以遥远的祝福。

妹妹:

2011-09-26 16:24:21
前排左边的是我二姐吧?

2011-09-26 16:26:48
照片我收藏了,我家曾在后边的小楼住过。

2011-09-26 19:09:51
下班前没来得及细看文章,饭后细看,照片和文章我想传到知青网上,

但未经您的允许不敢贸然"行动"。但我把您的博客网址传给付师傅的小儿子了,有关他们的情况由他自己来介绍吧。

2011-09-26 19:56:50
那个小丫头是谁呢?不会是……

此四段留言来自"丹红的博客"。由此可见,我博文所附照片左边的即是苏家姐姐,而"欲说还羞"的小丫头博主"丹红",自然是当年的"小红"了!

多有意思啊!

当年的"小丫头",如今的"丹红"。她让我想起了许多:转瞬间已40余年过去了,苏家姐姐我们见过,而苏家妹妹,我脑海里还是40年前小丫头的形象。但现在的她还像当年那样顽皮吗?

提起苏家姐妹,我想起了不少往事。

在北大荒时,苏家姐妹原是我营苏教导员的女儿。苏教导员是部队转业干部,据当时讲话印象,他大概是苏南人。他讲话抑扬顿挫,铿锵有力,很有理论水平;我营的一些学习青年都爱接触他,经常向他请教一些理论问题。大约1971年,他的女儿苏家姐姐苏建华高中毕业,被分配到我连炊事班工作。初识的苏建华,聪明伶俐,开始不爱多说话;她白白净净,留着一头短发,爱笑,一笑脸上两个酒窝,工作踏踏实实,大家都十分喜欢她。她有个妹妹叫小红,那时刚三四岁,因家距炊事班不远,经常到炊事班来玩。小红小时天性好动,活泼可爱,她也留着短发,那时的小丫头像个假小子。给当时炊事班沉闷的锅碗瓢盆生活带来许多欢乐……

后来,我离开了五大连池,也再也没有见过她们。惟一留下的就是那张在营部楼下(背面一楼是食堂)照的老照片,而在照相时,正赶上"小丫头"小红又到炊事班玩,于是她成了照片中的成员……

直到上世纪80年代的一天，好友李殿成告诉我，苏教导员到北京看病来了，就住在女儿苏家姐姐家。原来，我离开五大连池后，苏家姐姐考上了北京的大学并分配北京安了家，当时在北京一所市级重点中学当中层领导。我听说后，晚上下班后立刻赶到位于劲松的苏家姐姐家看望苏教导员。当时病中的苏教导员，依然乐观，神采奕奕，侃侃而谈……

再后来，多年后，我听到苏教导员因病去世的消息。

……

一张老照片，引起诸多战友们那么多的关切和对往事的回忆，它使我们沉浸在已逝的岁月沧桑里。同时，这张老照片也告诉我们了很多美好的东西：人世间，善良和正直会支撑着我们的信仰，而信仰则支撑着发展的社会，发展的社会又支撑着民族的文明进步，文明进步支撑着人类的生存和前进……

光阴已逝，我们这一代人并没有只沉浸在已逝往事的回忆中；我们尚有信念和意志，尚有不息的朝气，尚在不同岗位上为社会进步做着自己的贡献。

时间永远属于向前看的人。

附言：记忆中《付师傅》一文所附炊事班部分人员照片上的缺席者：哈尔滨知青吕尊亥，上海知青张××（遗憾，记不清了）。他们之所以缺席，因为食堂还做着饭。

（2011年11月25日北京）

后续故事之故事后叙

我的《老照片的后续故事》一文发博后，收到我的好友、兵团战友天马（博客名）的留言，除表述他读完这篇文章的感受外，还告诉我他也在连炊事班工作过，是在1973年进入炊事班的。细算来，与写回忆付师傅文章的淑媛进炊事班是同一年。看来，当年的炊事班虽只有十余人，但人才荟萃，是人杰地灵之地。但叫我婉惜的是，我已在1972年春夏之交即当年的5月份离开了五大连池，丧失了和天马及淑媛一同在炊事班工作的机会——虽然在同连里我和天马、淑媛有很不错的交往。

天马的留言还告诉我，《老照片的后续故事》中引用的一段苏家姐姐的博文留言者是同连战友樊贤林。其实，这段留言的署名为"fan"我当时就注意到了。写文时思忖再三，但始终没有与樊贤林的名字联系起来；再者，根据多年印象，觉得此言口气与苏家姐姐极似，遂产生误判。现在看来是我一时疏忽，将错就错地把它当作苏家姐姐苏建华的留言了。

樊贤林和我几年前曾在天马处聚会见过面，北大荒时在兵团连队里也很熟悉；只是那次聚会时间匆促未曾细想。她现在已是国家某研究单位的研究员，成为享受政府特殊津贴的科学家了。这次见到天马留言后又认真钩沉一番，竟在脑海深处浮现出一个梳着两条长辫，总爱穿着一件长外套，且文质彬彬年轻学生的清秀形象。就是她！大概有句流行话是不会错的：年轻看大。果然如此，在日后的生活中，她步入了科研领域，并取得了很大成就。这次博文留言中的张冠李戴，我想，也让我重新仔细回忆了一番，又复习了一下几十年前的"功课"，总不算是太坏的事。

另外，从天马的留言中我得知丹红早已成家，她的爱人叫军子歌。在天马回五大连池时，是他们夫妇很热情地接待了他。"军子歌"这个名字很好，却不知是他的现用名还是博客名，总之，名字琅琅上口且明光大气。推测可能与他军人的经历有关？由此，我忽然想起在我的前篇回忆文章发博之后不久，军子歌即来访问；在我回访时，竟发现他的博客里挂了一组非常艺术的五大连池现时风光照。我感动极了。也许他算定我会回访，好让我这个"连

池人"重新看看五大连池的现时风光?真是个有心的大好人!也许我今后很长一段时间要通过经常到军子歌的梦幻世界里神游五大连池了。

军子歌博客里的五大连池照片依然让我震撼。浩瀚无际的大洋水面,波澜般起伏不定的火山石龙群,泡子边丛密随风摇曳的苇草,巍巍耸立的圆形老黑山火山口……它们竟那么熟悉又那么陌生,那么贴近又那么遥远,那么壮观又那么亲近,我和战友们曾在那里生活了许多年,留下过青春和年华。我渴望再巡游到那里,重新观赏那充满魅力的湖光山色。

众多战友中我最熟悉的当然还是苏家姐姐苏建华。由此,又想起日前苏家姐姐在我的博文后面曾就一些问题留言相问,但我当时只注意到她的留言来自于"新浪网友",竟慌了手脚,不知如何回复,又一时想不起采用其他的通讯手段联系,真是惭愧。惭愧!

另外,在博文留言中天马还告诉我,他去年回五大连池时见到了炊事班的张师傅和单毛。他们都还健在,张师傅已68岁,而单毛竟也已73岁了,但他们身体都很健康。听到这个消息,我很高兴。有什么能比熟悉的故人健康长寿更重要呢?

张师傅我是很熟悉的。在炊事班时,他是除付师傅之外的另一个当地"老职工"。说他是"老职工",实在是因为他家住当地,其实那时的他也才30出头。张师傅也是山东人,很能干,为人很老实本分,从不多说多道。他虽个子不高,但长得一表人才,用现在的时髦话说,在当地就是一个出类拔萃的帅哥。因此,张师傅很得到当地年轻妇女们的青睐。据说,在地里干活时,常让一群火辣辣的年轻女人按在地上掏出乳房"被喂奶"。

而"单毛"则是我连负责生活的副连长,他名字叫单连增,因为不修边幅,头发一侧常常疵出一撮毛而得名。他同样是山东人。只不过他是解放后即参军的"老解放",是淬过火的老战士。转业北大荒前在部队担任过副连长。由于他没文化，工作能力差，为人实在，因此始终在基层连队"磨练"。说实在的，他是一位运气不太好的副连长，总走背字。其中有两件事我还记得：一件事就是在 1971 年冬黑龙江建设兵团的颜副司令到我连视察工作时，由于单副连长工作不到位，且对连队情况一知半解，张嘴结舌没有回答上副司令的询问，被副司令员狠狠训了一顿。再一件事就是我在《九斤粉条》一文提到的：因为了改善生活让连里战士吃上肉，违反了统购统销政策我私自在屯子里买了一头猪被团里办了学习班，那位到学习班"陪绑"负责生活的副连长就是他。

然而，他又是很善良的副连长。他从来不训人，且为人和善……知青叫他"单毛"，我觉得总有一股亲切感在里面。

这篇后续故事上博后，得到一些战友的赞许。以他们的评价用语论，出现最多的词汇当是"感动"二字，其次也有观后写"心里酸酸的"。看来，无论"感动"还是"心里酸酸的"，这篇文章是牵动战友们的感情了。

可是，在写这篇回忆时，我何尝不充满了感情呢？

我写这篇文章的初衷是通过对兵团生活尤其对付师傅的回忆，表达对北大荒美好事物和人的赞许和怀念。如果战友们能从中得到点什么，给他们的生活激起些许浪花，我就心满意足了。

岁月倏忽而过。她留给我们的不止是回忆，最重要的是友情，再就是对生活的爱。

我在这里还要说的，诚如我在《老照片的后续故事》结语中所言："时间只属于向前看的人。"

——切记，不要只沉溺于过去。

（2011 年 12 月 8 日北京）

聚会（之一）

2012年1月12日，应苏建华乔迁之约，兵团战友欢聚一堂，共叙友情。参加者有：刘海英、陈大志、李殿成、常俊、许淑媛战季会夫妇、唐伟、魏京生和我，连同苏家夫妇共11人。

苏建华新居位于北京城南，交通方便，三居室，面积140余平方米，向阳，敞亮而阔大，在我等居住条件中可谓佼佼者。

聚会当然要吃饭，苏建华进行了精心准备。菜肴丰盛可口，其中不乏从东北带来的特产。这一点苏建华风光占尽，因为她妹妹还在黑龙江的五大连池坚守。

我和刘海英还是3年前在他组织的一次聚会上见的面。后来就通过网络时常神交，算是很熟悉的老战友了。他现在是北京园林系统的一方大员。他生就一副魁梧身材，古铜方脸不乏英武之气。他思维敏捷，为人随和，人缘很好。我经常看他的博文，他为文叙事则畅达感人，政论则机智深邃，可谓行文高手。他酷爱摄影，作品往往自出创意。在他的博客里经常能看到图文并茂的精彩佳作。近期他的博客里挂了几张照片，其中一张照片拍的是一串雪后脚印，印迹清晰而对称，名之曰"生命"，使人一下子就会联想起留下脚印的一定是一位朝气蓬勃的生命体。此照真乃独出心裁，令人耳目一新。

陈大志，我多年前刚回京时就闻其大名。那是上世纪80年代中国历史博物馆举办的"情系黑土地"大型展览，我在策划组织名单中看到了他的名字。然而我们第一次见面却迟至3年前刘海英组织的那次聚会。初次见面，他还是如北大荒连队时那样文质彬彬，清秀白净的面孔中透露出灵秀帅气。但你千万别被他文质的外表迷惑，他更有着超强的组织能力，这从策划"情系黑土地"大型展览一事可见一斑。他现在执掌着北京某知名大学的一方大印，握有"生杀予夺"之权。但他更是一位颇有名气的书法家，写得一手好"瘦金"，据说他的字在香港润笔不菲。几经溯源，才知多年前，他曾拜在著名书法家启功先生门下，其人其字深得启功先生法门。

与他相言，人不会感到寂寞，因为他诙谐有趣，常常语惊四座，颇有扬州板桥之风。

和李殿成、常俊是老朋友，在兵团时就形影不离；我们常有联系，且有专文介绍，在这里不多赘述。

这次聚会使我想起了一件事。那就是1971年3月连队抽一部分知青到大兴安岭深处的布苏里密林中搞国防施工时，我坐了两天铁闷子火车送他们到了施工现场。就在我背着300多封平安信回五大连池在齐齐哈尔倒车时，刚坐定就看到常俊也急急忙忙地上了这节车厢。当时一见面我就高兴地拉着他的手几乎要跳起来：没有经历过这类事的人很难体会那种"异乡遇故知"的兴奋。缘分呐！

他当时指着身边的一位老职工说，自己是来给他外调的。第二天，我们回到德都县时，恰逢讷莫尔河公路桥被冰排撞塌，还是那位当地老职工找了熟人坐船过河才回到了连里。

许淑媛和战积会夫妇就不用说了，因为我还要有专文多次提到他们。他们夫妇就是上世纪80年代几经波折帮助连队炊事班付师傅找到失散40多年姐姐的那两位战友。同时也是一对令人羡慕的恩爱夫妻。

再有一位就是魏京生。他圆圆的脸，笑眯眯的眼，一副很富足惬意的样子。看到他，我马上想起多年前他在连队里那可爱而调皮的神情。

唐伟是我忘不了的连队电工。那时拉拉塌塌的懒散形象和一次喷嚏能打二十多个，足以让旁观者心烦意乱，使一个严肃的大会哄然而散的"牛人"模样，始终刻印在我的脑海。但就是这个拉拉塌塌的懒散人数十年后硬是在

世界经济不景气、许多私人企业濒临倒闭或已经倒闭的情势下,他的公司硬是挺了过来,如今成为了广东东莞一个颇有建树的公司老板。他每年都要多次回京……

值得一提的还有苏建华的老公方方。这还是我第一次见到他。他从农科院退休后一直在家经营着自己的安乐窝。看得出来,苏建华退休后生活很幸福,有着一个温馨的家庭。我真为他们高兴。

这次聚会也有遗憾,那就是久盼的范贤林王池夫妇因事爽约。什么事?据说在忙于装修房子。没办法,谁家没点事呢?期待下次吧。

聚会为了什么?不为吃,不为喝,只为见见面,聊聊天,回忆回忆过去时光,展望展望未来日子,交流交流"修身,齐家,平天下"秘笈,品味品味那段不能磨灭的战友情。

(2012年1月13日北京)

聚会(之二)

上星期一,兵团战友王池通知我:海英出书了!星期四下午我连战友聚会庆贺,届时海英将签名发书。我听后十分高兴。海英是个善于思考、多才多艺的人;他的博文我经常看,不乏精彩篇章;看后就判定,凭水平他的这些博文结集成书没问题。只是没料到这样快。记得在我以前写的几篇博文里都曾提及海英出色的写作才能和作品特色,看来我没有误判。

这次聚会我无论如何是要去的。

聚会选址北京语言大学——这里是荒友陈大志老弟的地盘,也是我在"文革"前和"文革"中经常光顾的地方:那时我正在现在的北京语言大学、当年的矿业学院对面北京石油附中读高中,我一共在此地生活学习了4

年——注意：不是留级，而是"文革"浓郁期教育部门基本瘫痪——与其说我在这里生活学习了4年，毋宁说荒废了4年。但我对这里的一草一木依然充满了亲切感——尽管物是人非，一切都已今非昔比。

那时，学校停课，学生无所事事，八大学院中的每所大学都留下了我的足迹。不过还好，"乱世未敢忘忧国"，我到八大学院不是去"造反"，而是一头扎进各大学图书馆读书。矿院图书馆当然是经常去的。但有两次到矿院是个例外：一次是1967年初夏的一个晚上，在矿院广场观看纪念毛主席在延安文艺座谈会上的讲话发表25周年文艺演出，那次演出给我留下了很深印象，因为参加演出的有郭兰英、胡松华等著名歌唱家——这对当时与文艺演出离别已久的我们是多么重要；另一次是矿院成立革命委员会，由于我无意中混上了会场观礼台，因此得以近距离接触到一些到会祝贺的"文革"风云人物。但也正是这次在观礼台可以轻松享受接受成沓传单的待遇时，让我看到了大舅被停职反省的消息。

同时，也正是从这里起步，1969年8月我去了北大荒，开始了我那段难忘的艰苦岁月；同时也开启了我和这些即将见面荒友刻骨铭心的战友情。

哎，那个让人忘不掉的年代啊。

但这次就不同了。生命的轮回又把我牵引到了这个既熟悉又陌生的地方，这是生活循环往复的又一起步原点吗？

大志精明强干，没想到，他一出手，竟把这次聚会操持得如此红火得体。也是，当年能在北京历史博物馆策划"情系黑土地"全国大型展览的他，这样一个小型聚会岂在话下？

果然，聚会气氛热烈，其乐也融融。同时，王池、范贤林夫妇功不可没，他们游刃有余的精心把握使聚会锦上添花。可以说，"三驾马车"把一个小小聚会调理得恰到好处。

　　这是我参加聚会荒友出席人数最多的一次，共29人，见到了许多以前想见而未见到的战友；虽然初见难免闹出误识或不识的尴尬，但相见的兴奋还是让40余年未曾谋面的战友们激动得难以自已。

　　常俊、徐桂福、战积慧，魏京生等人就不用说了，这是以前见过的；而王建国、姚巍、侯艳芳、康力、史平、刘振荣、老鸢、张执元、武杰等人都是初次见面。大家都老了。我努力挖掘40多年前的记忆，朦胧中，当年一个个鲜活的面孔还是浮现在眼前。王建国、姚巍的高大淳朴，康力、史平的端庄沉稳，于振荣的坚毅平和，武杰、老鸢时而忽闪在脸上的黠笑，张执元双颊酒窝埋藏的聪慧……都依然亲切如故。

　　聚会的精彩还是集中在海英身上。除了他的书成为人们热议的话题外，还在于当年我连知青排演现代京剧《红灯记》的场景再现。庆幸的是这次聚会3位主要演员悉数到场：男一号李玉和扮演者自然是海英，李奶奶扮演者是哈尔滨女知青田淑华——她这次特意从哈尔滨赶来，而李铁梅的扮演者则是我同排战友侯艳芳。

　　重现当年《红灯记》场景把聚会推向高潮，战友们的情绪在时而高亢，时而哀婉，时而激愤的唱腔中发酵出来。

　　李玉和唱腔被海英演绎得高亢激昂而又悲壮，加上海英高大英武的身材，形象塑造得丰富而有厚度；李奶奶哀婉凄楚的身世诉说则在田淑华的唱段里倾注了几分深情；李铁梅清纯活泼而不乏坚定的个性从侯艳芳口中和表演里自然流出，唱段塑造的人物形象妙肖而传神。难怪，上世纪70年代初当他们在营部礼堂首次面对座无虚席观众演出时，竟感动得许多知青和老职工泪流满面，以致声名鹊起盖过了团部演出队。

　　耐人寻味的是，40多年前的同台演出，海英的出众才华和纯正人品感染了田淑华，以致多年后为纪念这段难以割舍的姐弟情竟给儿子起了一个与

友情

海英一模一样的名字……

侯艳芳我是很熟悉的，我们同连、同排、同班，现在她已成为我的同连战友、现在中央党校任职的姚巍的夫人；据说，她和姚巍的眷属之情还是由殿成已故夫人方玉荣一条红线牵成的。当年的侯艳芳梳着两个短辫，腼腆而寡言，但一脸文气。记得当时连里初定她饰演李铁梅时我曾有过担心：李铁梅性格刚烈火辣，和侯艳芳的文弱外表有着天壤之别，她能演好吗？但没想到的是，她居然成功了，竟把李铁梅演绎得如此天真泼辣，形象逼真，并赢得好评如潮。

这次聚会我高兴地见到了王建国。见到他，自然想起离开五大连池前一天我和几位战友在探底老黑山回途中照的那张老照片，后排右一站立戴军帽者就是他（见201页照片）。当年这份深厚的战友情谊我至今难忘。虽之前我们有40多年未曾见面，但我曾利用一切机会打听他的下落。而今日终于见面，不免心中荡漾起一波亲切涟漪。

初见第一眼就认出了王宗保，因为他长着一个逗人的硕大鼻头。他还是那样爱笑，甚至兵团时带着几分滑稽的形象至今在我心中挥之不去。他很善良，很认真。同时我要感谢他：是他在严冬的一次早操发现我脸上冻了一个铜钱大小的白圆，并用手把一团雪捂在我脸上用力搓，直搓到脸颊发红才让我进屋——尽管进屋后我脸上还是被冻起一个大水泡，火辣辣地疼痛——但那情谊我铭记至今。

虽然那些举动看来是那样自然而然并未让人有特殊感触，抑或认为是战友间本应该做的事，但正是这些看来不起眼的小事将战友情谊深深融到我们的血液里，甚至永铸终生。

这次第一次出席聚会的还有于振荣。看到于振荣，就使我想起当年她负伤后的许多场景……尽管当时的病态社会带给人们许多不合常理的错乱思

维,但于振荣对他人及他人对于振荣的关爱却深深刻印在战友们的记忆里。

时代,并不吝啬评价;但当评价趋于客观时,事件已成为历史。生命的个体在光阴消磨中渐行渐远,而许多评价将随着时间推移消逝了自身价值。也许这两句话最能道出人类本性的真谛:唯有爱,才是人类的永恒;享受今天,才是人生最大快乐。

好友常俊聚会间问我,康力是不是变化最小?我说:是。康力确实还是老样子:小巧玲珑,文静中带着些许俏皮。前些日子在一次通话中,同排战友何燕在谈到当年接触较多的战友时,还特意提到了她。

还有一件美中不足然而还是令我很高兴的事,那就是我看到了大志的书法。虽然之前我只知道他是启功的关门弟子,且作品润笔不菲,但我始终未见到过他的墨迹。原来这次聚会初见时他答应我到办公室看他的法书,然而由于时间紧只能在他手机里看到几张法书照片。大志的几幅书法有楷有行,然而无论行书楷书,运笔细瘦间一笔一划都蕴含着深厚功底:平直里刚健似铁,圆润处却又行云流水不乏劲健,正所谓:铁笔银钩者也。

就在聚会散后回家的路上,我坐在海英的车子里,想:人世间有各种友情:战友情,同学情,同事情,同志情,手足情,乡情,爱情,亲情,友情……但无论何种情,最深厚最难忘的恐怕是风里雨里,经过无数艰难困苦磨砺过的真情最为诚挚,因为岁月已把这种感受熔铸在人的灵魂里。

(2012年5月17日北京)

读友人诗评有感

近日游春,信手拍下几张北京不同地域的春景照片;闲余,遂稍加整理并附之图说,准备作为一篇博客小文放在网上。注图原本随意,后稍加润色，竟成一首小诗。后在网上并未以诗歌形式编排，而是将小诗分句放在照片下作为图说。我意看是否遇到有心者产生联想完整读出。果然，事隔一天，博文即有客来访，打开看，竟是好友海英！

海英留言为两首诗，细品，诗作奇巧生动，把我名字融入诗中；诗意极为感人，字里行间见情见景，风雅大气，充满浪漫乐观精神，可谓佳作。

诗曰

其一：与兄共乐享安然，敲词酌句忆从前；忽觉春光人未老，携手再活五百年。

其二：人在春光也年轻，樱花园里信步行；捕来美景动神魄，柳暗身旁花正明。

由两诗可见海英是有心人，看图读文产生联想，可谓甚与我意相通。

读海英诗感动之余，深佩海英才华，亦可见海英才情通达。海英原我兵团战友，在连队时即以好学闻名，上世纪70年代就学于北京师范大学，学成，即以学识深厚见长。后参加工作，社会数年沉浮，竟成就一番事业，为北京林业系统一方要员，他也是我连战友中事业佼佼者之一。

但凡单位领导，平日皆忙于工作无暇读书；而海英不然，工作读书两不偏废，工作出色并作得一手好诗。

杜甫诗曰："庾信文章老更成。"信然。

白驹过隙，遥忆我们在连队相识相交已数十年，昔日峥嵘岁月，青丝如碧，少年倩影犹在眼前，而今倏忽眉眼江河，两鬓如霜。光阴荏苒，数十年更沉淀出深厚情感。面对青春岁月，繁花情景，能不感慨系之？

惟值得安慰的是，我和海英都是积极乐观的人，这从海英诗句"忽觉春光人未老，携手再活五百年"、"人在春光也年轻，樱花园里信步行"中即可看出。

但愿此缘长久,永葆此生。

说起我的那首小诗,其实诗前尚有一序,说的是写作过程:

今年春寒,三月不花;而四月骤暖,原次第开放之春花,近日居然齐放,山桃、山杏、樱花、海棠、连翘等争奇斗艳。更兼柳丝乍绿,碧水涟漪;熏风乱舞,不辨东西。我素爱游春,或今日独游,或明日携友,尽享自然之趣。遥想数年前,前门一带有一棵山桃2月12日就已开放,可见大自然寒暖并无定日。昨日又与一老友携夫人郊外踏青赏梨花,同游同乐,并得照片数十。

闲余,整理数日前所拍照片,并附写图说。不意竟联成一首小绝。云:

绿染护城河,红浮玉泉山。溪流桃花水,风醉杨柳烟。羌笛怨三月,仙子恋龙年。信步春道阔,一步一灿然。

读海英诗评后,遂又翻阅他的博文。海英博文,我是爱读的;他又喜欢摄影,与我等有共通之处,他常在文后附之以精美照片。尤其近来几篇博文平易而有味儿,白描生活而中见真情。前几日看到他的博文,其中有《自己瞎折腾》篇,说自己在百般劳顿后,感到头晕,并透露出近日身体微恙未愈。我不免担心起来。海英将年届六旬,虽身体尚健,但亦不可过分操劳。人之望暮,机能已不如年少,但愿多多珍重,保持身体健康乃万全之策。

(2012年5月18日北京)

闻友人之将赴新加坡

殿成近日告诉我,他要去新加坡看望女儿,不日将转机上海,在上海弟弟家淹留数日,即开始新加坡之行。

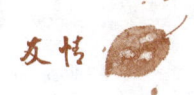

我问他何时回来,他说,3个月以后吧。

初闻此言,我不免有些失落,看来,原来我们商定的春日旅游计划要打水漂了——但,我不能太自私,毕竟还是他看女儿要紧。

殿成,我的挚友,相交相识已40余年,尽管我们曾多年天南地北人生辗转,但始终未断鸿雁往来。

我们初识于1969年9月,那时我下乡黑龙江生产建设兵团五团,在新兵连学习数日后就正式分配到14连4排。他是哈尔滨知青,也是我的首任排长。其实,他当排长那年尚不到20岁,比我还小,只因年轻能干,直率坦荡,又长得高大魁梧,因此深得知青喜爱及领导信任。

相处时间不长,因性情相投,我们很快成了要好朋友,一天到晚摸爬滚打在一起亲如兄弟。直到数年后,我离开五大连池。那是1972年春天,我上学即将启程离开五大连池时,应我要求,他和几位知青陪我到五大连池最大火山老黑山山底一探究竟,并在回连路上,留下了几张我保存至今的珍贵照片。后来,他又和几位战友把我送到北安火车站,直到现在,火车上依依惜别、殿成眼含泪花的情景我历历在目。

光阴荏苒,转眼数十年过去了。没想到的是,多年后我们竟在北京走到了一起——他从北京某单位领导岗位上退休,我们竟又成了形影相随的"驴友"。

人生最珍贵的是机缘,但机缘并不是每个人都能得到,而我和殿成却得到了。

我离开兵团不久,殿成先后被提拔为连队副指导员、四营副营长……而在后来的知青返城热潮中,他回到了哈尔滨。那时,他已和北京知青、我曾经的同排战友方玉荣结婚。也就是从那时起,他和方玉荣开始了长达7年的两地分居生活。这7年,也是他和方玉荣为解决两地分居问题艰苦奔波的7

年。我深知奔波的艰辛——因为我也曾两地分居并为解决两地分居艰难奔波过。那时,为一个回京手续,我竟跑了两年!

记得上世纪80年代,我调回北京;几年后,在北京某中学担任副校长。当我知道殿成正为解决两地分居困难在北京和哈尔滨之间来往奔波时,曾盛邀他到我校代课,以方便他在北京的工作调动——同时,我深知,以殿成的能力和水平,当一位中学教师是完全胜任的。然而,他并没有应聘。

几年后,他终于调到了北京。这时,他的女儿已经7岁了,到了上学的年龄。不久,他凭自己超强的工作能力和丰富经验又走上领导岗位,成为海淀区的一方大员。由于工作关系,他交往广泛,结识了许多社会名流;而他分管的几个部门,也总是搞得有声有色,历年都被评为先进单位——用他自己的话说,单位门前经常车水马龙,都是向他们学习的队伍。

那几年春风得意,尽管忙,却是他最幸福的生活时段:事业蓬勃,家庭和睦,女儿优秀……

提到殿成的幸福生活,不能不说到他的爱人方玉荣。我印象中的方玉荣,身材较高,微胖,善良而能干;在兵团连队时15岁,她留着两条长长的辫子。就是这个为殿成构筑爱巢的女人,这个为家庭生育了一个优秀女儿的女人却命运多舛。她先是因车祸几乎命丧黄泉,后是脑溢血突发,竟然抛下殿成和自己的爱女,溘然离世……

"她去世时,竟没有说出一句话"——殿成忧伤地说——从殿成的语调中,可以听出他对方玉荣的深切怀念。

再以后,无尽悲情渐渐淹没在充实的岁月中——殿成先是自学摄影,成了具有专业水平的摄影发烧友;后是出息的女儿成了他的精神安慰——女儿留学新加坡取得了硕士学位后,又在英国剑桥大学取得了博士学位。现已定居新加坡。

如今，人们都会看到：每天下午无论再吸引人的活动，都阻挡不住殿成急匆匆回家的脚步，因为女儿每天6点都要准时从新加坡打来电话——

"我不催，女儿从来不主动挂断过电话，总是和我聊起没完。"殿成动情地说。

从他的闲聊中我知道了：近期，女儿在新加坡买了新房，他要赶去为女儿装修房子，买家具，需要在新加坡住3个月的时间。

殿成一去3个月，我们丧失了许多事前约定好的旅游机会。但我理解他。并鼓励他多住些日子——为了他的女儿和他们之间的那份深厚亲情。

事实上，现在殿成是幸福的。他不仅身边有一个关心他的八旬老母——尽管老母身体不好，需要悉心照顾；而且还有一个在国外的好女儿，自己又有一个新家，家里有一个关心他、爱护他，比他小几岁的妻子。

（2012年5月20日北京）

留守者

五大连池烟波浩渺，风景如画——现在那里已是闻名全国的旅游区。老黑山、火烧山巍巍耸立，而分布在这两座火山周边那片起伏如涛的石龙旁，每逢春天野花绽放，芳草萋萋……然而，有谁能想到，40多年前，这里曾生活过一群来自北京、上海、天津、哈尔滨等大城市的知识青年，他们在这里开荒种地，烧窑建房，磨水泥，拖大块儿，与天斗，与地斗，与恶劣环境斗，把自己的青春年华播撒在这片黑土地上，在火山口、浪花尖都留下了他们串串足迹，甚至年轻生命……今天，当游人们来到这片土地上时，除了旖旎风光，再也想象不出几十年前曾出现过的知青们战天斗地身影，甚至再也

找不到当年的知青们的生活痕迹……然而,历史却在这片土地上停顿过,并永远铭记住了那个年代。站在山顶远眺,就在距老黑山东南十余里的格勒球火山脚下,在一通通几乎被岁月磨平的坟墓墓碑上,至今还镌刻着那些永远静卧在这里的知青姓名。他们是那个时代的见证者,并用自己的生命和热血定格于那段青春,成为五大连池知青的永远留守者。

我连第一个留守者的名字叫马志民,回族,北京知青,当年17岁。

我忘不了1971年冬天的一个下午,正看书,忽然有人敲窗说,马志民出事了。接着,廊道里响起了急促的脚步声。我急披了大衣向水泥厂球磨车间奔去。

球磨车间空空如也,而旁边二层小楼的卫生室门前却挤满了人。卫生室房门紧闭,连长守在门口;门外,不少当班知青述说着事故过程……不多时,拖拉机开来,马志民躺在床板上,蒙着被子被抬上车,车立即向团部医院疾驶而去。

晚上,医生从团部回来,和他一起回来的是马志民死亡的消息。

接下来3天,全连放假。

接下来的日子,知青们在沉默和悲伤中度过;而出事当天球磨车间出现的那一幕却悄悄地在他们之间传播:

一位女知青说,她给球磨机喂料时,依稀感觉到眼睛余光里黑影一闪——没想到,那是她看到马志民身影的最后一瞥;

一位老职工说,他从电动机旁路过,看到马志民躺在地上,棉衣撕裂,棉花外翻,鼻孔淌血——那是他记忆中马志民的最后影像;

一位马志民的同学说,和他说过多少遍:干活时要穿工作服,别敞怀——那是她最让马志民烦心的话,不幸的是,马志民用生命和热血代价完成了他最后的抵抗;

医生说，卷扬机咬住他的衣角，皮带绞碎他的衣襟，电机转速吞噬了他的青春，他的满腔热血不应在此时此刻用此种方式喷涌——那是一个年轻生命的终结。

随后几天，有流言夹裹着寒风在知青中间传播——

马志民的父亲不来了，他解放前参加过国民党中统，许多抚恤条件不好谈。他舅舅来，他舅舅是解放军的一位师长——那个年代啊；

连里给他家打了长途电话，只说马志民出了工伤——最珍贵的情感，还需用时间打磨；

但，他父亲还是来了，和他一起来的还有他哥哥。

不知他们和连里、团里谈了些什么。3天后，他们见到了马志民尸体；他父亲当场晕倒……

连里没有开追悼会——有人说，这是事故；事故，是不能纪念的。

一周后，我参加了马志民的葬礼。

葬礼不能再简单，是在格勒球山下、马志民的墓地旁举行的。参加葬礼的除他的父兄，还有连长、指导员和他的几位同班同学。而他的墓穴，是用炸药崩的——北大荒坚硬的冬季冻土，并不想收留他年轻的躯体；而他当时的墓碑，是木制的，碑文写着：马志民之墓。

诸事俱毕，马志民的父兄返京，一切归于冷清。时间留给人们的记忆是搜寻马志民最后行迹的空间。一切又重新开始……

我的小屋曾出现过他的笑语，因为他是二排的生活委员，他用热情和友爱填充着不多的业余时间，完成沟通连队和战士们期望的使命，讲述自己对生活的构想；

他把活泼写在脸上，情感融在话里，憨厚挂在唇上，善良留在微笑，朴质刻在额头，智慧闪在目光……

他最真诚的诉说，是连续两年的五好战士奖状。

而我办公室里存放的几条步枪竟也成了他经常光顾的理由：装卸、瞄准、刺杀……当时知青下乡的最高目标是保卫边疆，建设边疆。

但最让我不能忘怀的是他出事前几天的饭后，在我的小屋里绘声绘色地讲述下乡前一天夜里发生在他北京家里的故事——

那天夜里，他母亲把他拉到自己床上，说，民子，今夜，你和妈一个床睡……

阳台上，他哥哥彻夜未眠，一根接一根抽烟。烟火，在夜色中一闪一闪……

"那天夜里，就像要和家人永别似的"——他喃喃地说，眼里充满了深情和眷恋。

不幸，他言中了。无意之言竟变为现实，那难分难舍的不眠夜竟成了他们母子、兄弟的永别。

40年过去了，知青们返城了。但那天，那事，那情景，我记忆犹新。那天的连队记忆空间属于马志民。

五大连池的南侧，有座格勒球火山；火山下，有片白桦林。马志民和那些留守战友们就沉睡在那里。他们的墓前，该是一片花海……

他们不孤独，不寂寞，不仅是因为他们在地下尚能听到火山熔岩滚动的声响，而且还因为他们是五大连池的留守者，枕着涛声，盖着繁星，伴着白桦林，望着苍茫大地……

（2012年6月25日北京）

世情

吃糖

小时候，一年半载吃不到一块糖，偶尔吃一块，甜得不得了。舍不得吃完，先吃半块；馋了，才拿出剩下的半块用舌尖舔舔，就是都吃完了，也舍不得扔了糖纸，把它夹在书页里。

在故乡乡下上小学时，学校的南墙外有几棵柳树，夏天，我们常在树下乘凉。不知是谁发现了下了腻虫子儿的树叶是甜的，就试着登上墙头摘几片柳树叶子舔。叶子打着卷儿，用手一摸，黏黏的。不顾上面的腻虫子儿，用舌头一舔，果然甜甜的。以后夏天，谁馋了，想吃糖，就采几片柳叶儿。

后来到了北京，水果糖是常吃了，我也就不十分馋它。自然灾害那几年，粮食定量少，饿了，便吃一块水果糖充饥，水果糖就又成了好东西。只是那时钱少，家里买来又要让着弟弟妹妹，也就委屈了自己。再后来，生活条件好了，又出了奶糖，也就又冷落了水果糖。

上世纪60年代，我曾利用中学暑假回了一趟久别的故乡。记得一次，约了4个儿时的伙伴赶集理发，我不忍心让小伙伴们空站了等，便随手给了一块钱让他们买糖吃。理完发，他们把剩下的钱给我。一数，是九角六分。他们一人买了一块水果糖。我又要去买，他们死活不让。回到家，无意中我发现4个伙伴的弟妹手里都拿着一块糖。原来他们自己到底没舍得吃。

因为这，我感慨了好几天。

1969年9月我下乡到东北兵团。当年，我所在的团受了灾，8月初连下了几场大雨，把麦子全泡在了水里收不回来。领导说，要艰苦奋斗，自力更生，不向上级伸手，克服困难渡难关。因此，我们的主食便变成了土豆、黄豆及白面和麸子混作的窝窝头。领导规定，为锻炼兵团战士革命精神和革命

意志,供销社不准进糕点,不准进糖。土豆、黄豆、窝头吃不饱,还要干活,好多战友病倒了。实在熬不住,一些战友就给家里写信求助,家里便邮来糕点和糖。

一天下工后,连里紧急开大会。会场中间堆了大大小小十几个邮包。会上,指导员先宣布邮包的姓名,然后说,这是在困难面前低头,是资产阶级思想影响,是小资产阶级的软弱性,是腐化的开始!批判之后,连里宣布邮包原物退回。结果糖没吃着,倒挨了一通批。

回北京后,前几年,糖是没少吃。这几年,糖的品种多,反而不爱吃了。只是参加婚礼时偶尔吃一两块。有一次,我忽然觉得现在糖不如以前的甜了。问母亲,母亲笑笑也没有给出让我满意的回答。

前几天,女儿手里拿着一块大大的巧克力高高兴兴地跑回家。一进门,便发牢骚说,妈妈居然要给她买小块的"吉百利",她不要,赌了半天气,才买了这块大大的"富豪"。我问她多少钱,她说35元。

我吃惊而又感慨。感慨什么?我也说不清。

(1994年4月25日《北京晚报·五色土文艺副刊》)

忽闪的大眼睛

你随母亲走后不久,就从辽宁老家给我来了信。你在信中倾诉了离京后对老师和同学们的思念,倾诉了到新学校后的孤独和难以名状的苦闷,你对你的过去表示懊悔。从你的来信中,我感到你内心深处的痛苦,听到了一只受伤的雏雁发自肺腑的鸣叫。

忘不了第一次见面你给我留下的深刻印象。那是一天静校后,在空荡荡的教室里遇到还在做值日的你。你蹲在墙角,一手端簸箕,一手从墙洞里往

外掏碎纸。我看着你那双忽闪忽闪的大眼睛，一副认真的样子，很受感动。凭直觉，我深信你是个天真活泼，富有责任心的孩子。

后来，在与班主任的交谈中，我知道了你的身世：你家乡在辽宁乡下，前年随做生意的父母来到北京上学，是我校初一年级的借读生。

多少次我记起你那双忽闪的大眼睛，想找你谈一谈，但你那活泼的身影总是在我的窗前一闪即逝；当然，工作忙，学生多也是我还算站得住脚的理由。

直到期中考试前，你的班主任忽然告诉我，说你离家出走已经两天没有上学了。开什么玩笑，我望着平时总爱弄个幽默小插曲的班主任不理睬他，直到他急得涨红了脸我才相信这是真的。他说，你父母因为感情上的事打架拿你撒气，你一气之下扔下句"我再也不回这个家"就走了，一连几天都没有音讯。我陷入迷茫，我真不相信你那双忽闪的大眼睛后面还隐藏着这样的不幸。

五天之后，你由母亲领着来到了我的办公室里，你瘦了，尽管你换了新衣服，但是，我还是从你深陷的眼窝里看出了你内心的落寞和不安。你说，你离家后前两天在街上流浪，睡在路边，后来被一个陌生人收留了。再问，你什么也不说，用力咬着嘴唇不让眼泪流下来。我看得出，你是个坚强的孩子，不愿用眼泪诉说内心的委屈。那天你上课后，我与你母亲谈了很久，谈你给我的第一印象，谈父母不和给孩子带来的创伤。你母亲哭了。她说要努力，尽一个做母亲的责任。

从那以后你变成了另一个人，你沉默寡言，教室里听不到你的歌声和笑声，校园里看不到你活泼的身影，你很少与同学一块儿玩儿，常一个人躲在墙角发呆。你的学习成绩明显下降。班主任几次家访作用都不大。

有一天早晨上学，一个学生慌慌忙忙来找我，说一个陌生人把你从校门

口截走了。我和你的班主任急忙一起追出去,在偏僻的地方找到了你。你浑身是土,鼻青脸肿。那人跑了。你告诉我说,那人就是出走时收留你的人。他是火车票贩子,叫你一起去倒票,你不去,他就打了你。你挺住了,正直的品格主宰了你。

后来,我找到了公安部门,公安部门根据你提供的线索,给这个票贩子以应有的惩处。

你终于走了,我和学校没能留住你,也没能挽救你那破碎的家庭,你母亲不得不决定带你回老家。与我辞行的那天,你憋了很久的泪水终于流下来,你哭得是那样伤心,劝都劝不住,好像要把心中的所有委屈全都冲洗干净。我知道,十三岁的你饱尝了太多太多的心酸,你过早地吞食了家庭破碎酿成的苦果。

虽然你要走了,但我还是你的老师,还关心着你,惦念着你。我还在千里之外衷心为你祝福。这所学校里,还有那么多关心你的同学和老师。你要振作起来,你一定能振作起来,因为你有一个充满阳光的大家庭,会给你带来爱与友情。

你走了。但我永远忘不了你那双忽闪着的大眼睛。

(1995年5月20日《北京法制报》)

老面相的尴尬

人世间什么都有治,惟有人的老面相没治。有人说,此言差矣,现在医学如此发达,枯木逢春者有之,返老还童者有之,何愁相老?君不见无数丑男陋女,面容经过打磨装卸,个个鼻若悬胆,目似点漆,口若含丹,如花似玉?此言固然有理,然我风华正茂的那个时代,尚未有"整容"一说,若

有,也是脸上被仇人泼上镪水后不得已而为之。况体肤者,受之于父母也,岂能随意改装?此实在有悖我国立国孝义。

但细想起来,生活中的老面相着实有碍观瞻,也确实给人带来不少烦恼——毕竟爱美之心人皆有之,谁见了年轻漂亮的美女不多看两眼,而见了早熟的"核桃皮"不退避三舍?

记得大约在初中二年级时,我的姓前面就堂而皇之的被同学们牢牢地挂上个"老"字,从此,"老"字便与我的名字结了缘,"老安"的称呼便像影子一样跟我走遍了大江南北,黄河上下。稍后,更有亲昵者出于尊爱,称"老安"尚嫌不足,居然在后面加上个"头"字,做"老安头",我便有些悲哀,去了中间的姓,岂不成了"老头"?扪心自问,我真的"老"到如此地步了吗?

称我"老安",可能因为我以前瘦。上初二时,正值三年自然灾害刚过,又赶上母亲生病住院达半年之久,家里生活很困难。仅吃饭一项,除了主食以外,几乎没有什么副食可言,更不要说营养品了。那时,我正是长身体的时候,总觉得吃不饱。虽然父亲当时很公平,饭总是分得和弟弟一样多,一人一半,但我还是觉得杯水车薪,仅吃个半饱。有时上午第二节课便饥肠辘辘;三四节课已饿得头晕眼花,满眼冒金星了,那日子简直是在忍受煎熬。上课时虽强力瞪大眼睛硬撑着盯住黑板,但实在不知老师所云。那时身体贪长,个子虽高了,但瘦得皮包骨头。1.77米的个子只有102斤。远远望去,长长的麻杆挑着个脑袋,凸显的只有一双铜铃大的眼睛。母亲住院时,我曾到医院看她。她见我瘦得只剩下颧骨,就找到医生坚决要求出院,她对医生说:"再不让我出院,我儿子就要饿死了。"

母亲出院后,家里伙食改善不少。我记得那时见了可口的饭菜常常吃得肚子滚瓜溜圆,口里不断地打饱嗝。虽如此,我还是"涛声依旧",体型、面容没改善多少。我知道，人瘦皮松，脸上皱纹就多，自然老相。加上我当时是班干部，总爱用"老练"包装自己，故做持重状，于是年纪轻轻却"老冉冉将至矣"。那时，同学称我"老安"觉得是很自然的事。现在想起来，真有些"为赋新词强说愁"的味道。

上高中时，正赶上"文化大革命"。因开学不久同学不熟，尚无同学称我"老安"。那年冬天，母亲给我买了一件棉大衣，一位爱照相的同学便拉了我到教学楼顶上用他的简易相机给我照了张像。冲出底片一看，同学们颇为惊叹，说我背着手很像一位伟人在海边的留影。我很兴奋，便连忙拿了到照相馆洗像并放大了一张。好不容易盼到取像的日子，兴冲冲地来到照相馆取出一看，便大为失望：相片上的我那气魄、风度还有，细看面容就不行了，活像60岁的老头！我懊丧之极。但又不能不把照片拿出来让大家看。不知是"相片事件"拉近了我和同学们之间的距离，还是照片上的我实在面相太老，大家便毫不顾忌地叫起我"老安"来。哎，好不容易摆脱了初中"老"的折磨，又陷入高中"老"的深谷。看来，"老"字是摆脱不掉了。我招谁惹谁了？

1968年，我高中毕业。当时北京市有政策：六八届毕业生凡家长没受冲击、出身好的，本市分配工作。我的许多同学被分到了北京工厂。我因父亲被造反派打成"反革命"，不符合留京条件，结果引来学校工宣队三番五次地到家里动员我下乡。开始我以生病未愈为借口还能抵挡一阵，可后来时间一长，父亲单位和学校组成了"联合舰队"，在他们的反复轰击之下，自然留城无望，只有拍屁股卷铺盖走人。当时下乡目的地有陕西、山西、黑龙江建设兵团，几经权衡，我选择了黑龙江建设兵团。

1969年8月底，工宣队把我们送到了北大荒。安置好了之后，工宣队便撤回北京。一天，一位先我下乡的战友在连队食堂门口碰上我，瞪着眼睛

惊讶地望着我问:"咦,您怎么还没走?"

我一下子愣了,摸不着头脑,说:"走,上哪去?"

他说:"回北京呗。别的工宣队都撤了,您不走了?"

他把我当工宣队了!我不禁大笑起来,心想,完了,"老面相"让我从北京带到了北大荒,显然,我已"老练"得与工宣队同列了。

从此,"老安"的帽子又名正言顺地扣在了我的头上,与我在北大荒顶风冒雪战天斗地许多年。

下乡当年秋天,天降大雨,愣把待收的麦子全泡在水里。不久,团里的储备粮吃完。怎么办?按上级的说法:自力更生,绝不向上级伸手!结果全团战士吃了几个月的土豆和麦麸子,闹得人个个面黄肌瘦乌眼发绿。农业连队尚有"余粮"救急,哪个犄角旮旯都能扫出几顿白面馍来,就苦了我们工业连队。我连是出水泥的,上班一身灰,别看它堵肺有能耐,但不顶饱,能让我们吃水泥吗?尤其我,瘦人先瘦眼,上眼皮也不自觉地耷拉下来,像搭在眼上的瘪壳核桃皮。就这样,在兵团两年半愣没缓过劲来。以致兵团有了探亲假,我回到北京的家里,母亲差点没把我当作老"屯迷糊"关在门外。

后来我上学,又参加了工作,从黑龙江到河北,经过几番转折奔波,才最终回到北京,前后经历14年。谢天谢地,告别了昨天,逃脱了岁月追踪,永别了过去熟知我的那一亩三分地儿,总算没有人叫我"老安"了。甚至一次,河北新单位的一位老领导心血来潮叫了我一声"小安",我竟感动得手舞足蹈,心里舒坦了好几天。于是,我想,还算有缓。我的"老安"生涯总算划上了句号,才三十几岁,也该给我"正名"了。从此我正经八百在"小安"的光环里风风光光地过了好几年。

回北京后,开始我在学校工作,教语文,还当班主任。当时正赶上"读书无用论"泛滥，学生不学习。社会流传的所谓"分、分，学生的命根儿；考、考，老师的法宝"全部失灵。说破大天磨破嘴皮烤焦考煳学生就是油盐不进，到期末总结，傻眼，全班还混不上60%的及格率。为提高学生的学习兴趣，精细备课，改进教法，日夜操练，把自古以来教育学生点灯熬油"头悬梁，锥刺股"的古训颠倒过来，全变成了老师自己的专利。那股辛苦劲儿，怎一个"累"字了得！既然累了，继之而来的自然是满脸疲惫的"老相"前来"第N次握手"。一次，北京的兵团战友在北海聚会，一见面就有人说：安大哥，才几天那，就老成电影"冰山上的来客"中吹笛子的杨排，只剩下巴了？

我一时愕然。

那天虽如此叫，但我以为战友是开玩笑并没有当真放在心里。

有一年春天，闲来无事，我独自到日坛公园赏花，正走着，一队红领巾唱着歌从我身边经过。忽然，两个女少先队员走到我面前站住，立正，很认真地给我打了个队礼，高声说道："爷爷好！"我很吃了一惊，以为她们叫别人。忙回头，空空如也。才知道在叫我。便慌乱地回了声："好，好。"说完一想，不对，整个一个老头儿口气。我又懊恼又悲哀："老安"几年没叫，心安理得，自以为得计，怎么一下子变成"爷爷"了？后一想，也罢，儿童眼拙，叫错了也是有的。怎么好和小孩子计较？于是便又心安起来。

前几年一天上午，有位年轻的同事带着小儿子到单位上班，特意来到我的办公室玩。她亲切地指着我对她的儿子说："叫爷爷。"孩子很甜地叫了一声爷爷。我先是愣了一下，然后急忙也很甜地应了一声。应了才觉得不对劲儿，出了一会子神儿，心想："老安"没缓了，真老成"爷爷"了。

（1996年8月北京）

寻阳台

狂傲不羁的个性与政治上的天真导致李白得罪当朝权贵后罢黜翰林而被赐金还山。他那时的心境大概是对自己的前途近乎绝望而又无可奈何。他惟一的选择便是寄意山水，借山水灵气排遣失意的孤寂。

他从长安辗转来到洛阳。在洛阳偶然间读到歙州隐士许宣平隐居城阳山的题壁诗。诗曰："隐居三十载，筑室南山巅。静夜玩明月，闲朝饮碧泉。樵夫歌垅上，谷鸟戏岩前。乐矣不知老，都忘甲子年。"李白被诗歌深深地感动了，说："此仙诗也。"他羡慕诗中营造的那种闲适和与世无争的意境，渴望精神上的解脱与慰藉。于是，他经旌德、太平去了歙州，去追寻青山绿水中闲云野鹤般的情趣，寻访放浪江湖上的仙人许宣平。

历经几番风雨后他来到歙州，但可惜的是许宣平飘萍无际已经出游。遗憾之余，李白并未忘记用诗歌记录这次远行。面对萧索的庭院，他倚柱而吟："我吟传舍诗，来访真人居。烟岭迷高迹，云林隔太虚。窥庭但萧索，倚柱空踟蹰。应化辽天鹤，归当千岁余。"并名之曰"题许宣平庵诗"。从这些诗句中我们看到他寻访一位云游高士的执著心态、对闲适生活的向往和寻访未遇后的淡淡愁思。也许他已忘却或隐匿太深，诗中再也寻不到他失意后的愁苦和落寞痕迹了。

这一带山水很美也很有文化，可以说是人杰地灵，物华天宝。这里有历史名城歙县和黟县，它们是古徽州灿烂文化的发祥地；有明朝大旅行家徐霞客盛誉为"观止"的黄山和清乾隆帝誉为"天下无双胜景，江南第一名山"的齐云山；有碧水如练的漳河、黟水和练江。很快，李白寻访未遇的惆怅被取代了，陶醉于山水画屏之中。他游得很投入也很惬意。他时而流连山水草

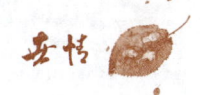

木,时而访闲道鹓,在大自然面前恢复了天性,以诗人特有的敏感,捕捉浪漫情感和山水灵气的最佳结合点,快乐得像个孩子。他在《赠黄山胡公晖求白鹇》中写道:"白鹇白如锦,白雪耻容颜。照影玉潭里,刷毛琪树间……我愿得此鸟,玩之坐碧山。"他又在《山中问答》中说:"问余何意栖碧山,笑而不答心自闲。桃花流水杳然去,别有天地非人间。"诗有问而无答,在桃花流水间逍遥自乐,独享大自然带给人们的恩赐,答话显得多余,会破坏诗人仙人般的娴雅心境!

终于,他来到了漳河边上的寻阳台。漳河,是一条蜿蜒在被后人称之为"十里画廊"的翠绿峡谷中的一条小河,河水清澈而平缓,顺山底流过;寻阳台,是一块伸向河水深处的巨石,石宽而平。河水流经此处弯成一潭,深不可测。相传昔日潭有赤鲤,台下生小竹。也许李白息于此台,四周景色清幽,顿生垂钓之意。他在《钓台》诗中写道:"磨尽石墨岭,寻阳钓赤鱼。霭峰尖似笔,堪画不堪书。"李白诗情俊逸笔走龙蛇,滴下的墨点溅在小竹上,便成了竹叶永久的纪念。这里的夜色也很美,青山,绿水,深潭,明月,也许李白曾在夜色中独酌,抒发他疏放的情怀。难怪日后这里会留下明代著名书法家董其昌"寻阳月夜"的墨迹。

在寻阳台上李白想了什么无人知晓。但从他《钓台》诗中我们似乎读出较前几首诗不同的几分凝重。也许他想永远沉湎于山水之间尽情享受大自然赐给他的宁静和闲适,也许他会回想起身在翰林时遇到的种种冷落和白眼,也许他会更远地连想起备受自己崇拜的吕尚也曾借渭水垂钓以等待明主的知遇……总之,"出世"和"入世"的思索可能在他心灵中进行了一场空前的角逐……

寻阳台,你真是李白苦苦思忖人生的钓台吗?

但无论如何,后来李白下了庐山参加永王"东巡",并给后人留下十一

首《永王东巡歌》和许多脍炙人口的诗章。他最终选择了一条与陶渊明截然不同的路。永王起兵时,他亲身体味到昔日三顾茅庐诸葛亮大志将酬的满足。那是怎样近乎亢奋的愉悦啊!于是,他完成了一个由"出世"到"入世"的心理路程。同时经历了"仰天大笑出门去,我辈岂是蓬蒿人"的狂傲内心体验。须知,他也是三请而下庐山的。

但他再一次被历史捉弄,命运又和他开了一个玩笑,成为统治集团互相倾轧的牺牲品。他未曾想到,数月后永王兵败,他落了个"世人皆欲杀"流放夜郎的下场。从此,他又踏上了一条充满荆棘的路。

当他在通往夜郎崎岖的小路上艰难跋涉时,一定想了很多,也许,他想到了寻阳台……

注:李白行迹《太平广记》、《方舆胜览》有载。

(1999 年 9 月 16 日于北京)

"千古一法"说短长

由美国科学家麦克·哈特所著的《影响人类历史进程的 100 名人排行榜》修订本中译本去年由海南出版社出版。这是该书修订本首次在我国发行,近期在北京各新华书店大量销售。这本书一面市,就受到北京读者的普遍欢迎。

据出版者介绍,这本书中所收录的 100 个历史名人,是作者从百科全书近万名人物中按照对历史影响的大小、范围、时间的长短按顺序排列的。该书最初出版于 1978 年,在美国即产生了很大影响,并不断地被译成各种文字。1991 年河北省花山文艺出版社出版了李唯中译本,书名为《人类百位名人排座次》。这个译本是李唯先生根据该书第一版阿拉伯译本翻译的简译

本,其中原书有很多内容节略未译。随着历史进程的发展和作者观点的改变,1992年麦克·哈特先生对原著作了修订。修订的主要内容有二:一是对原书某些历史名人的排列次序作了调整;二是在新增加三位历史名人的同时,删去了三位历史人物。新增加的三位历史人物是:原苏联后期领导人戈尔巴乔夫、20世纪著名科学家卢瑟福和美国著名工业家福特;删去的三位历史人物是:玻尔、毕加索、贝克勒耳。当作者谈到删去三位历史人物的原因时说:他们被删去"并不意味着我认为他们不重要",他们"是有智慧、有影响的人,他们帮助创造了我们人类生存的丰富多彩的世界"。这句话微妙的用词代表了作者对删去的三位历史人物所做的重新评价。

本书收录的中国历史名人共7名,他们是:孔子、蔡伦、秦始皇、老子、隋文帝、毛泽东和孟子。从被本书收录的历史人物数量看,中国占7名,次于英国(18名)、德国(15名)、奥地利(15名)、法国(9名)、意大利(8名)、美国(8名)。从被收录的7位中国历史名人分类看,政治家3名,思想家3名,科学家1名。

在入选的7位中国历史名人中历来不被人们关注的恐怕要数隋文帝了。作者在阐述收录隋文帝杨坚的理由时向人们展示了四点意见:一是隋文帝"成功地统一了已经处于分裂局面几百年的中国。他建立的政治统一维持了几个世纪,其结果是中国成为世界上的强国之一"。文中说的几百年的分裂局面应指东晋、南北朝。而"政治统一维持了几个世纪"当包括唐代,而非指隋朝一代。李唐取得政权后维持了统一局面和隋朝政权的基本政治框架,这不能不说是隋文帝建立的基础。二是隋文帝杨坚"最重要的改革之一是用考试的方法选拔官员"。作者在这里说的用考试方法选拔官员就是指科举制。据载,隋文帝废九品中正制,选官不分门第,各州每年向中央推举3人参加明经科的考试,合格者录用为官。隋文帝即位后又开进士科。于是,在中国

延续了1000多年的科举取士制度由此拉开了序幕。封建科举在当时不能不说是社会进步，它为平民出身的知识分子及有才之士入世提供了机遇。三是隋文帝杨坚"严防浪费，尽力减轻百姓负担"。在历史上，隋文帝杨坚是位有名的节俭皇帝。据《隋书》载，当时在隋文帝带领下，士人皆"便服多用布帛，饰带只用铜铁骨角，不用金玉"。隋文帝曾在宫中找寻织成的衣领而不可得。四是隋文帝"还制定了一种回避制度，即州一级的官员不得在原籍任职"。作者分析说："这是一种预防措施，可以预防任人唯亲，同时可防止地方官员建立太强的基地"。实际上这项举措的真正作用在后者。在东汉以后，各地豪强并起，兼并土地，建立藩镇，拥兵自重，不但使百姓处于水深火热之中，而且时刻威胁着中央政权。隋文帝的这一举措虽然说有着不可忽视的作用，但可惜的是它并没有让隋朝的统治维持多久。大凡历史上富有创新精神的政权都会形成了一个政治拐点，当时代发展急转弯时，列车不免会颠覆，如秦、隋。

综观历史，隋文帝是一位善于"制度创新"的人。他不但创立了科举制，而且制定了著名的《开皇律》法。这是他对封建社会法典的重要贡献。这一点此书没有提到。此律法分为12卷，共500条；它将刑法分为死刑、流刑、徒刑、杖刑、笞刑五种20条；同时还规定对犯有"十恶"者严惩不贷。《开皇律》废除了前代律法中的酷刑，简化了律文，是唐代及以后各代法典的基础。可以说，隋之后的历代封建王朝法典都没有摆脱它的影响。如果说秦始皇建立的统治政权日后成为各朝效法的政治框架，因而被人们称为"千古一帝"，那么是否可以说隋文帝制定的《开皇律》法等成为日后各朝法典的基础，也可称为"千古一法"呢？

历史学有一种说法，即隋之前历朝实行秦制，隋之后历朝实行隋制。由此可见隋朝对历史的影响之大。

中国有 5000 年的文明史,有作为的政治家可谓多矣。他们纵横捭阖,跃马扬鞭,如汉武帝、唐太宗、宋太祖之属。但作者都弃之不用而独尊隋文帝,我们不能不佩服他臧否历史人物独到的视角。

作为一个美国科学家,他选择世界历史名人的标准也许与其他读者有所不同,他更侧重于影响思想及改变人类生活方式的那些宗教领袖、思想家、哲学家及发明家,也许这正是被有些人称之为选择偏颇的缘故吧。但无论如何,正如译者指出的:作者的意图正如培根所言,无论历史上有多少庙宇、宫殿被毁,但祖先留给我们的文化遗产将世代相传。所以我们在读这本书时,好像是寻求人类文明发展的足迹。

中国古代科学对人类的贡献实在太多。但本书只选蔡伦一人不能不说是一个遗憾。这也许与我国对外宣传不够、交流不多和中外文化差异较大有关;今后我们应扩大宣传,让世界真正了解中国,让更多的中国历史名人走向世界。

(2002 年 8 月 11 日《中国商报·收藏拍卖导报》)

岁月留痕

2002 年春天,我在北京一家旧书市场看到由北京立新学校和北京香山慈幼院校友会共同编印的《北京香山慈幼院史》一书。这本书较系统的北京慈幼院发展历史资料,正是我多年来寻觅未得的心爱之物。可惜当时因囊中羞涩竟与此书失之交臂。后虽多次搜寻终未可得,遂酿成多日遗憾。

记得儿时,外祖父曾多次给我讲过大舅十几岁背井离乡到北京香山读书的事。但到哪个学校读书、读了几年书,那个学校地址在何处,他却未曾提过。只是从他只言片语及母亲、二舅日后的补叙得知,大舅到北京读书经年

后，外祖父思子心切，曾约一亲友步行从河南老家到北京看望过大舅。路途遥远，吃喝无着自不必说，外祖父返家后身穿的长衫竟让双膝磨出了两个大洞。

有一段时间我竟猜测大舅当时读书的学校应是现在的香山中学，但不是。

这个谜终于在上世纪90年代初被解开了。

与大舅的一次偶然闲谈中，他提到和昔日校友，时任铁道部部长的刘建章、邮电部部长的王子纲等同志联名在《人民日报》发表了一篇纪念香山慈幼院文章的事。并说，他的一位老师还健在，只不过是在台湾。也就是从那次谈话起，我知道了大舅少时北京读书原来是在香山慈幼院，现义务担任着慈幼院校友会会长。

也许是出于好奇或对长辈的崇敬，从那时起，我就开始收集香山慈幼院的有关资料，并进行了实地堪查。我到过位于香山脚下的慈幼院旧址、熊家墓地和熊希龄曾居住过的双清别墅，想从岁月沧桑中寻觅出一些昔日旧痕。

熊希龄，这位在袁世凯执政时期的北京政府任过一年多热河都统和八个多月国务总理的香山慈幼院创办者，民国后又因反对袁世凯称帝辞职而把慈善、教育事业作为一生的目标，直到1937年抗日战争中在香港去世。他为近代中国教育和慈善事业做出过巨大贡献。他逝于香港，葬于香港，落叶归根是他生前夙愿。时光荏苒，真正实现他的夙愿已是40余年后的1992年5月17日了。据说，那天，他的许多来自海内外的学生、亲友齐聚香山脚下，归葬仪式庄重而又肃穆。

2002年4月的一天，我在报国寺收藏市场一老者的书摊上竟又看见了此书。我大喜过望。为避免上次失书之憾，遂当即买下。此书为精装本，内部发行，属非卖品。封面书名由赵朴初先生题写。全书保存如新，竟比前所遇书品相好得多。惟此可稍解我前次失书之憾。

香山慈幼院创办于1920年，是熊希龄先生在慈幼局基础上为解救京津及华北地区受灾无家可归儿童用救灾和募捐款创建的，后经熊希龄及后任校长施今墨的努力，使它逐渐发展为一所多学科、半工半读式学校。它历经90个春秋，直到"文革"时期才改名为如今的立新学校，90年，她走过了一段漫长、不寻常的历程。在新中国建立之前，她的生存、发展之艰，历代主办者为之奋斗的精神和事迹令人感动。尤其在抗日战争时期，熊希龄先生香港驾鹤后，学校在熊希龄夫人毛彦文女士主持下，无论是在北京坚守还是南迁，那种不折不挠的斗争意志和爱国情怀，不能不为之感动。可以说，这所学校所传授给学生的不仅仅是书本知识和谋生技能，更多的是中华民族的优秀传统、爱国情怀、做人品格及生存韧性。正是凭着这种精神，香山慈幼院为祖国培养了大批人才。诚如作者所言：令熊希龄先生没想到的是，这所学校还为日后建立的新中国培养了4位国家部长和数名军队高级指挥员。

从日后查阅大舅的回忆录得知，他是在1931年春天到香山慈幼院学习的，1932年秋天即离校，总共不到两年时间。所在学校地址是香山脚下的门头村。而外祖父正是在1931年的冬天从老家步行到北京看望大舅的。大舅在香山慈幼院学习时间虽短，却深深地影响了他日后的生活道路，尤其奠定了他坚忍不拔的意志和坚定信念及敢于实践的精神，以致在斗争的岁月里磨练成为一个坚强的革命者，在抗日战争中成为了冀鲁豫抗日根据地开创者之一。

我在阅读此书时，竟在夹页中发现一张印有"北京市政府"字样的便笺。上面用秀丽的钢笔字写着："此书是刘建章同志让白介夫同志转送"。便笺没有署名，没有日期。本书由刘建章同志让白介夫同志转送应无疑，但便笺为谁所写，书送给谁，不得而知。

（2003年5月29日《中国商报·收藏拍卖导报》）

玩儿的诠释

许多年，玩儿的权利只属于儿童，成年人与"玩儿"无缘，甚至离得越远越好。有段时间，几乎谈"玩儿"色变，似乎沾上"玩儿"人就变得不负责任，成为社会的另类，受到社会的贬斥。正所谓"玩物丧志"者也。凡物一旦走上极端，就向反面转化。近些年，"玩儿"字突然盛行起来，尤其收藏界几达普及的程度，成了"收藏"的代名词。收藏玉器称为"玩玉"，收藏瓷器称为"玩瓷"，收藏钱币称为"玩币"；收藏家称为"玩儿家"。一个"玩"字，可谓意味深广，怎一个收藏了得？

"玩"字与收藏结缘，似乎罩上了一个光环，人们嬉闹中完成了词义的转换，再沉重的话题也变得轻松。搞收藏不啻为作学问，这么严肃的事情怎么一下子变成"玩儿"了？而且正经八百还"玩儿"出了几多大家。君不见一夜之间恁多男女老少都成了"玩儿"手！

这么庞大的收藏大军，不同的"玩儿"手有不同的玩儿法。有的人把玩儿收藏当作做学问的阶梯，有的人把玩儿收藏当作谋生的手段，还有的人把玩儿收藏当作颐养天年的逸致。人们在玩中寻找幸福，在玩中品味快乐，甚至在玩中大把大把挣钱。有谁见过玩儿还有效益、还出成果？人们一夜之间都成了乐天派，成了"玩儿主"。不同观点的辩论，颇费心机的炒作，大家玩儿得津津有味而心安理得。收藏界一时成了福地，人们纷纷庆幸今生今世竟与"玩儿"结缘！

说起"玩儿"，自然有档次之分。有的人玩儿得高雅，有的人玩得低俗。玩儿得高雅的，把玩儿升华成艺术，得心应手可圈可点；玩儿得低俗的，粗犷中弥漫着纸醉金迷，但其中也洋溢着开心的笑意。大家都在玩儿，怪不得有人称"游戏人生"。世上游戏如果都心平气和倒也罢了,但偏偏有成败。玩儿收藏,有人不安心四平八稳,总不时整个景儿让别人上当,不这样如何发财,如何显示自己出人头地?像造个假,编个骗人的故事,挖个陷阱之类,耍个小伎俩以"成"己以"败"人。但殊不知,假造得多了,故事贫了,陷阱重了,别人的鉴赏能力会增强,上当的几率会降低,弄不好"赔了夫人又折兵"搬了石头砸自己的脚。还有人觉得"玩儿"个人不过瘾,还要玩儿大的,玩儿起了老祖宗。近期央视《焦点访谈》栏目曝光的某博物馆竟把数千件馆藏珍贵瓷器"玩儿"得只剩下200多件,真是罪不容赦!偌大的博物馆收藏那么多瓷器珍品居然没有一本完整账目,岂非天方夜谭?这些人把本来被人看成小品搞笑下脚料的东西"玩儿"成了现实,把"玩儿"玩儿成了游戏,其必然结果是使一条本来通向天堂的大路一下子拐了弯,戴着手铐下了地狱。

这也提醒人们必须加上十二分小心:收藏的原野不全是盛开的鲜花,其中也有毒草;游戏不都是爱心的乐园,也有敌意和冷眼。于是,"玩儿"多了几分沉重,多了几分烦恼,收藏也不再那么轻松。

佛教有轮回说,类似物极必反。但愿收藏界同仁多留一块轻松的园地让人们享受愉悦,而不要走向反面。

(2003年12月11日《中国商报·收藏拍卖导报》)

收藏的品位

近些年,玩儿收藏的人越来越多,但能玩儿出水平、玩儿出品位谈何容易!随着收藏的深入和不断升温,常听一些有识藏友说,现在玩儿收藏如果还只一味收集藏品放着,对其不学习,不研究,当仓库保管员,那他就只能

停滞在收藏的初级阶段,就永远不能成为一个真正收藏家。

世界上收藏品类数不胜数。收藏品位的高低不在于藏品价值的高低,而在于品味藏品蕴含文化的深浅。例如,藏友中有玩儿古籍善本的,有玩儿烟标火花的,也有玩儿名人字画的。你不能说玩儿古籍字画的品位就高,玩儿烟标火花的品位就低。其实,他们的区别仅在于收藏兴趣的不同。过去许多极有身份地位的人倾心玩儿烟标火花的收藏。如:上世纪初叱咤风云的文坛宿将胡适、中国早期电影艺术家钱化佛、著名京剧表演艺术家梅兰芳、50年代曾担任中央戏曲学院导演系主任的朱星南等,都是火花收藏成绩卓著者。而被称为"火花大王"或"扬州第九怪"的季之光先生就是当代火花收藏代表人物之一。

其实,烟标火花本身蕴含着丰富的文化知识,其中包括历史的、艺术的、经济的、军事的等举不胜举,它几乎包括了人类社会涉及的整个范围。如果一个玩儿古籍善本的,其藏书量能与明代天一阁主人、大收藏家范钦相媲美,但其对版本学及相关知识不研究、不学习,那他最多也只能算是图书保管员而不能成为收藏家,因此他只停留在"匠"的水平上。

现在收藏上品位者,一般都是由藏品研究入手而成为学问家的。他们不但研究藏品本身蕴含的文化底蕴,并由此及彼研究各种文化的传承关系,获取体现在藏品上的时代信息,从而达到加深文化涵养,陶冶性情,培养研究情趣的目的,而对社会甚至对人类有所贡献。上品位不是说说就行的,它需要静下心来扎"故纸堆"、挂"掉书袋",花费许多时间潜心静气地查资料、记心得,直到融会贯通并能熟练地运用所学解释和解决实际问题。

这些有浮躁心态的人是做不来的。浅尝辄止、不求甚解的人也不具备这种潜质。

我们常常读到这样的文章，类似藏品介绍，内容只涉及藏品的外观，而没有把藏品放在其产生的具体环境中去寻找其与社会、自然的关系，从而挖掘更深的内涵。这种文风是不足取的。

收藏界需要产生更多的收藏家。

（2003年12月4日《中国商报·收藏拍卖导报》有改动）

闲话"敝帚自珍"

成语"敝帚自珍"意思是说东西不一定好，但由于个中原因自己非常珍视；即使是一把扫帚，也要拿它当做宝贝。这在生活中不乏其例。比如自己珍藏着一支普通钢笔，因为它是朋友、亲人或恋人所赠，所以格外珍重。原因是其中寄托着一份情意，钢笔就超出了自身的价值，蕴含着更丰富的意义。但这支钢笔只是对物主而言，如果物品并不具备这个条件，或换做其他物主，钢笔的这一特种价值就会消失，你的"敝帚"在别人眼里将永远是"敝帚"，而无"自珍"的价值了。

某一拍卖会会前征集拍品，笔者曾看到有些收藏者拿着自己的瓶瓶罐罐等所谓珍玩前来参拍，并美之曰"元青花""宋官窑"，估价动辄上百万、几百万，弄得拍卖公司鉴定师发了愁，并费了许多口舌解释藏者疑问。毋庸讳言，一些藏品中也确有一些真东西，但让人弄不明白的是，一些不屑一顾的赝品一任鉴定师怎么掰开揉碎了解释，物主就是不相信眼前的现实。于是，竟怀疑起自己的语言表达能力来：不知是自己没说明白还是咋地？收藏者竟变得如此固执，用老百姓的话说就是"油盐不进"。即使鉴定师给出了明确的鉴定结论，这些藏者就是不买账；有的还振振有词，抱怨鉴定师"走眼"，不识货；或干脆质疑鉴定师的资质、水平。

其实这也不奇怪,"自己的孩子自己爱","护犊子"是自然界一切生命个体的本性。但话说回来,作为高智商的人类,若"护犊子"护到失去了理智而近乎"自闭"程度,就要认真考虑一下自己的思维方式了。

这里,除了这些藏者缺乏必要的藏识和识别真假能力之外,这种现象的出现,恐怕还是极端"敝帚自珍"心理在作祟。岂不知对藏品的过分珍爱,就会双眼蒙蔽,评判的天平也就会倾斜,假的东西也会变成真的,次品也会变成珍品,并过高估价。这种心理使人眼花神迷,严重影响了自身的评判能力及评判结果。虽说"自己的孩子自己爱",但把怪胎硬说成"孩子"未免有些太离谱。我曾见过一位外地来的古玉藏友,为证明自己的藏品确实够代,不远千里来到北京,踏破铁鞋托人找了无数个专家鉴定,大有东西"不够代"誓不还乡的架势。鉴定结果如愿自不必说,倘不如愿,若鉴定者是开店的实战家,则曰:商家重利,不足信,如是鉴定家,则心中早就否定了其鉴定水平和鉴定结果,甚至嗤之以鼻,还以自己的"高论"鞭挞之。更有甚者,竟以对方眼界狭窄、嫉妒为怀蔑视之。殊不知,这种自欺欺人的做法只会蒙住自己的眼睛,惹人嘲笑而已。结果,此藏友花了费用无数,结论却不如意,自己的东西始终"不够代",不甘心这样抱憾而归。临走竟丢下句话:北京鉴定家的水平也不过如此。

"敝帚自珍"这个成语本无可厚非,只是拥有"敝帚"的物主主观成分多了一些,他重视的是"精神"价值,而不是实物本身价值,似乎还多少有一些孤芳自赏的意味,包容了自我情绪在里面。然而,如果看藏品在社会中的价值,一味"敝帚自珍"孤芳自赏就不对了。

搞收藏,藏品中自然有故事。有藏者故事是收藏的一个层面,但人们更看重的是藏品的自身价值和蕴含的历史文化,这有时与收藏者的主观意识风

马牛不相及。这就要求评价藏品要有更多的客观性，摈除更多的主观意识和个人情感。

也许，"敝帚自珍"这个成语在收藏界这个大天地里，不一定全是对的。

（2003年11月27日《中国商报·收藏拍卖导报》）

国字当头

近几年，社会上包括收藏界流行国字当头，似乎任何物品或事物名字前面只要加上"国"字，便增加了价值，身价也提高了许多，用今天的话说就是增加了"含金量"。这也难怪，国人重国本是中华传统无可厚非，但"国"字用得太多、太滥就有添足之嫌了。

以前传统的东西名字之前加"国"字，本是约定俗成，如"国画"、"国玺"之类，有其自然天成的合理性。国画本国粹，为中国所独有；即便日本也时兴水墨画，但那毕竟是国画的支脉，日本人对此并无疑义。画前冠以"国"字，名副其实。国玺自不必说，那是一国权力的象征，封建社会只有皇帝才有权力碰它；现在也只有博物馆才有合法收藏。但近年来"国"字日盛，"国"字当头的名称纷纷登场，诸如国花、国树之类。传统形成的名称人们嫌太慢，跟不上时代发展的速度，远不如评选来得"爽快"，于是乎评选之风骤起，神州大地几乎大有云涌之势。自然，大家评选还有诸多好处："大家"总代表大多数，结果既有民主性又有代表性，何乐而不为？退一万步说，即使评不成，责任也不在一人，法不责众吗。

中国现代的事讲究速成，叫"快刀斩乱麻"，如果"乱麻"斩不成，就会出"乱事"，叫做"夜长梦多"。一个人做梦也罢了，大家都做梦，似乎就

有点麻烦。一个做"黄粱美梦",另一个却做"廊桥遗梦",只不定生出多少是非。比如当前评选"国石"吧,我们且不说石头前面加个"国"字有何利弊,单从时间看,它就没有前文提到的那么"爽快",而适得其反。从开始评选到现在已5年之期了。它比马拉松还长,因为马拉松毕竟有终点,"国石"评选结果却遥遥无期。难怪评选中生出多少是非。

本人涉足收藏数年,对藏界的大事、奇事不甚了了。但5年的"国石"评选颇觉新鲜,如梦幻一般神奇,堪称新闻。因为还没听说过世界上还有什么评选能"坚持"5年之久。真乃闻所未闻,恐怕要上吉尼斯纪录。楚汉相争刘邦统一天下也不过5年,就是生长再慢的梨树也该结果了。这也许是"吾人"的一大首创吧。但这5年不是一成不变的5年,君不见候选石从6种增加到10种。而且众说纷起:今年首选为"寿山",明年首选为"岫岩","你方唱罢我登场"好不热闹。有媒体人士说,这热热闹闹一升一降中是否隐藏着既得利益?这我不敢下结论,因为那不是本人所关心得了的。我只是觉得既然不能"快刀斩乱麻","慢刀"细磨、微火慢炖也该把"它"拿下来了。不要应了那句"夜长梦多"的话。如再过三年五载,止不定还要冒出多少候选石,引出多少争风吃醋的故事,攒出多少么蛾子呢。别的不说,单我听到的,就很有人替具有"透"、"露"、"瘦"、"皱"之称的太湖石之类鸣不平了。不管是怎么规定的,有什么限制,数千年它们都美化着生活,有很高的价值。如其不然,梁山好汉杨志失却"花石纲"后怎么不放着好端端的官不作,反而流落江湖呢?

我的意见,既然不鸣锣收兵,还是快点为好,以免误了"国字当头"。

(2003年12月18日《中国商报·收藏拍卖导报》)

小草民与大手笔

偶然读《中国收藏》2004年第2期《本月视点》栏目登载的一篇短文，颇觉有趣。据载，2000年2月，某博物馆国家一级文物青铜器"九鼎八簋"在展出时，展馆上方重达50公斤玻璃坠落，导致其中4件中华瑰宝被砸损。2002年12月，该市中级人民法院对此案进行民事审理，判决装修施工方某公司对文物受损承担主要责任，赔偿博物馆损失100万元。2003年底，同一法院进行刑事审理，博物馆原馆长和现任副馆长被判无罪，而一名有关人员和施工单位责任人则分别以受贿罪、工程重大事故罪判处有期徒刑一年，缓期一年执行。

此案判决一个重要依据就是文物损坏程度的鉴定结果。但恰恰是鉴定结果出现重大差异。在民事审理中，省文物出境鉴定组认定此次文物损失达125万元。而刑事审理中，公诉人引用多位考古专家的观点：被毁文物即使修复了，也破坏了其完整性。而被告律师则出具了国家鉴定委员会的鉴定结论：多属轻度小伤，较易修复，就文物本身来说损伤不重。三方鉴定，三个结果。这结果，就连孙悟空抖擞精神，腾起筋斗云，十万八千里恐怕也未能从此点翻到彼点。

难怪法院认为，由于我国目前没有制定对受损文物进行估价的相关法规和标准，受损文物本身价值不清。我们且不说鉴定本身内内外外有没有可供人深思的故事，仅"没有制定"、"价值不清"两个含混之词，就足以让责任人手舞足蹈了。

"没有制定"是绝好的托词。它使多少罪犯逢凶化吉、转危为安。它就像一张白纸，好写最新最美的文字，好画最新最美的图画，一任作者任意挥

洒。结果如何就看操笔者的心绪和良心修养。图画画美了,自然赢得一片喝彩;画丑了,或遭几只白眼,或受几句无关痛痒的谴责,或许也无大碍。现世上这样的事还少吗?依据就是法规没有"制定"!公说公有理,婆说婆有理,这也难为了法院法官。你说损失100万,我说损失不重,红脸白脸都有,但谁说的更接近事实自有公论。实在不济,闹成一锅粥,还有一句"没有定制"托底,谁敢拿老子怎样?一句话,八面玲珑,谁都没损失,判决结果各方都点头称是。谁也不用替国家损失考虑。看来法规和标准"没有制定"或"永远不制定"最好,省得缚住手脚。君不见商鞅变法变到自己头上,落个五马分尸的下场!至于国家,地大物博,宝物众多,别说"九鼎八簋",十鼎九簋也够不上九牛一毛。不见前清几个条约把相当于三个法国的土地割让给沙俄连眼眨都不眨一下。如今谁还追究?子民们早就忘到九霄云外去了。几件无关紧要的文物砸一下不算"损伤不重"还能算什么?大手笔自有大气魄。不像地方部门小家子气。馆长是没有责任的。至于小民,草芥而已,懒怠谈他。

"没有制定"自然"价值不清"。判决是符合逻辑的。即使有人估出文物损伤100多万,那是没有"依据"的臆想,但须知,"价值"是不能用"臆想"来定论的。至于这样的逻辑将来会产生什么后果,那就只能心领神会了。《红楼梦》中"葫芦僧判断葫芦案",大家都揣着明白装糊涂,倒是好事。贾雨村胡乱判了胡芦案,最后反倒升迁,正应了他的吟月诗:"天上一轮才捧出,人间万姓仰头看。"只是苦了出谋划策的小沙弥,远远地充发走了了事,省得碍手碍脚。

但也有人说,判决这位,判决那位,就是没有领导的责任,是否"官官相护"?答曰:非也。岂不知法官非官,如何谈"官官相护"?他只是执行"以法律为依据,以事实为准绳"的公职人员而已。或曰:何以"法"后冠"官"字？据考证，昔时国人颇怕官，"法"后冠"官"，以示威严也。遥忆阿Q庭审时官前下跪颇有滋味："他便知道这些人有些来历，膝关节自然而然的宽松，便跪了下去"，"阿Q……总觉得站不住，身不由己的蹲下去，而且趁势改为跪下去了"。那是几十年前鲁迅先生笔下落后农民的典型形象，与当今是不相关的。如此看来，"官官相护"是不存在的，判决只是维护法律的尊严而已。

至于法规和标准何时制定，只能看各方需要了。

（2004年3月11日《中国商报·收藏拍卖导报》）

瓷都

说起世间万物的变化，大凡有自然和人为两种。事物自然的变化是由事物的本质决定的，因此其结果便长久；而人为的变化是外力作用的结果，即使暂时变化了，但随着时间的推移，还要回到它本来的面目上去。但也有例外。如人为的作用符合事物的本质，也就推动了事物的发展。

近几年社会上人为的奇事、怪事，颇能醒人耳目。就拿5年前开始的"国石"评选说吧，开始很是热闹了一阵子，但由于其太"马拉松"，"人为"得没了谱，以致到今天，人们大多不再问津了，由它去吧。但近来淡漠中忽又听说人们又在热热闹闹地评选起"瓷都"来，而且入围备选的还不止一地。开始是由中国美术工艺协会评出个福建德化，后又有中国陶瓷协会评出个广东潮州。真让人有些茫茫然摸不着头脑。

近几年有些人热衷评选"名头"，而且都是"大名头"，不是带什么"国"字呀，就是什么带"都"字的，挂在前头，怪吓人的。据一些媒体分析说，"名头"尤其"大名头"会给被评者带来巨大的经济效益。怪不得呢。

那评者呢？

现今是创新时代，一些"经济"名词纷纷登场，先如"假日经济"、"会展经济"之类，这些名词发展之快，之多，早就超过了经济学家凯恩斯的创造。如今各类评选频出，再冒出一个"评选经济"有何不可？不用担心，谁也不做赔本赚吆喝的蠢事！知名度不够的呢，万一评上了，可以提升档次，有知名度的呢，评上了，可以巩固地位。用时髦的话说叫做"双赢"或"多赢"，总之是"赢"。但也有例外，居然有不愿"赢"的。例如景德镇吧，在一些人眼里似乎很有些"不知趣"，自以为千百年是中国历史上公认的"瓷都"，很有些"文化"了，竟对中国美术工艺协会的评选嗤之以鼻（起码是"漠视"），压根儿就没打算报名参加，这很使评者没面子。结果就是没有被评上，眼看着别人"赢"，让福建的德化摘走了桂冠。

凡能称得上"经济"的，总有人前来凑趣。德化的"瓷都"位子尚未坐稳，就有人前来"争位"了。不到一年时间，中国陶瓷协会不甘寂寞，也要创建"瓷都"。结果很有些出人意料地评上了广东的潮州。这次评选很有些耐人寻味的地方。别的不说，景德镇参加了，被中国美术工艺协会评选为"瓷都"的福建德化也参加了，按常理，已经是"瓷都"了怎么还要争？自己对原来"瓷都"的含金量有怀疑还是咋地？这让中国美术工艺协会很没面子。但评选结果很让人意外，"瓷都"既不是景德镇也不是德化，"皇权"旁落，潮州折桂，尴尬的恐怕不只是一方。但幸亏现在的人心宽，不像《三国演义》表述的"分久必合，合久必分"，总在"久"字上转磨。时代发展了，万物倏忽即过，谁还计较过眼烟云？怪不得就连苏东坡都感叹："哀吾生之须臾。"只不过人们心中增加了几分疑惑："瓷都"到底在哪里？谁评的算数？抑或都不算数，还要评出多少"瓷都"来？

这不仅让人想起几年前在春节联欢晚会上侯耀文和黄宏表演的小品《打

扑克》，一个"名头"压倒了另一个"名头"。但我想的却是另一个问题，这些名片上的"名头"有几个是真身份呢？君不见现在从地下随便拣一张名片，上面写的都是"总经理"、"董事长"之类。细想，这些身份如是假的，不过是障人眼目骗人钱财而已。我的愚见，还是事实求是为好，免得让人识破面子上不好看。尤其大人物千万别玩这种游戏，栽了自己的身份。

"瓷都"是评出来了，但评出的是"春秋战国"，而不是"大汉盛唐"。试想，春秋战国列国无数；而"大汉盛唐"在当时却只有一个，哪个在历史上更具权威不言自明。如果将来"春秋战国"们要真的相互征伐起来，恐怕"隐居"在背后的某某协会之类难以招架。倘若如此，还是不评或少评为妙。

（2004年春月北京）

闲居

数十年忙碌惯了，乍一闲下来，多少有些不习惯，总觉得空落落的无所适从。尽管订了计划和作息时间，但执行起来还是有一定差距。必定心态不一样。有时在家闲着，东瞅瞅，西看看，不知如何是好。直到今天我才真正体验到李清照"寻寻觅觅，冷冷清清，凄凄惨惨戚戚"的滋味。

我非女性，也远未到"凄凄惨惨戚戚"的地步，但深为她对生活的领悟、情感的敏感和描写的细腻所折服。记得上学时，教文学的一位女教授讲到李清照的那首《声声慢》时，滔滔不绝，极言李清照在南渡失夫、孤闲寡居时的苦闷心绪。讲解时其语词低回，情调哀婉凄绝，竭尽渲染夸张之能事。当时我不甚理解，总觉得那是作者堆砌之词，不值得花费这么大的力气诠释它。数十年后自己闲居在家，偶然忆起当年老师上课的情景，才发现自

己见识的浅薄，深悔不解李词的意境及其表达的精妙。我想，大概这就叫不历其境不解其意吧。

一日静坐，忽想起宋代大词人辛弃疾的词《鹧鸪天》。词曰："壮岁旌旗拥万夫，锦襜突骑渡江初。燕兵夜娖银胡䩮，汉箭朝飞金仆姑。追往事，叹今吾，春风不染白髭须。却将万字平戎策，换得东家种树书。"细品，才觉得这也是一首抒发情感的闲居词。这里所谓闲居，并非指作者无所事事，而是指作者所作非己意愿中事。刘祁在《归潜志》中认为，此为辛弃疾"退闲"时写的词。在词序中辛弃疾称此词为"戏作"，但实际上他抒发的是自己当时情怀，实乃感慨系之。年轻时，辛弃疾多抗金壮举。南渡后，曾向朝廷屡进恢复中原、统一全国方略。流传至今著名者如《美芹十论》、《九议》等篇。但他一生壮志未酬，直到66岁尚思北伐，并慨然曰："凭谁问，廉颇老矣，尚能饭否？"他自比廉颇，愿率军为国建功立业。但朝廷的主和路线使他的北伐理想化为泡影，不得不发出"却将万字平戎策，换得东家种树书"的慨叹。到此，人们也就不难理解他在《摸鱼儿》中表述的"闲愁最苦"的哀怨了。我有时想，辛弃疾为何苦着自己，老了却还要搞什么"万字平戎策"，不如用一颗平常心种种树之类，也算宽慰了自己。但，其实他不能——人的心理定势是不容易改变的。

由此我想，可能虽同为闲居，但经历不同，环境不同，自身所处地位不同，感受也是大相径庭的吧。

我有时拿他们和晋代的陶渊明相比。陶渊明由于不满当时官场黑暗，义愤还乡。他挂冠之后回乡务农，生活清贫，甚至到了"褴褛茅檐下"和"乞食"境地。当然，陶渊明的还乡和辛弃疾、李清照的闲居有不同意义的内涵。辛弃疾和李清照过着衣食无忧的日子，而陶渊明却要为生存而劳作。如果强行联系，陶渊明无"闲"，顶多可以算作"家居"，和他们不能同日而语。在《乞食》诗中陶渊明描述了自己"乞食"的狼狈。他说:"饥来驱我去,不知竟何之。行行至斯里,扣门拙言词。"饥饿的难耐和"乞食"的难堪溢于言表。当陶渊明被接济后,这位倔强不阿的诗人竟用肺腑之言相报:"衔戢知何谢,冥报以相贻。"友人的热情使这位杰出诗人感激涕零。由此可见,在生存面前,再坚强的汉子也会屈从于命运。但值得赞叹的是,在生活如此困顿之下,他还是把"挂冠家居"硬写成"闲居"。并能在农忙之余的"闲居"中写下许多脍炙人口的不朽诗篇。其中并不乏乐观、闲适佳作。在这些诗篇中,最著名者中应包括他的二十首《饮酒》诗。这二十首《饮酒》诗原序中虽有"余闲居寡欢"语,但其中达观之作也不在少数。如其五:"结庐在人境,而无车马喧"一首。而其他如《和郭主簿》诗中所表达的闲情逸致也表现出了他善于享受生活的情趣:"蔼蔼堂前林,中夏贮清阴。凯风因时来,回飚开我襟。息交游闲业,卧起弄书琴。园蔬有馀滋,旧谷犹贮今。营己良有极,过足非所钦。春秫作美酒,酒熟吾自斟。弱子戏我侧,学语未成音。此事真复乐,聊用忘华簪。遥遥望白云,怀古一何深!"此诗寄意农桑生活,字句清雅,如白话自然流出,字里行间透露出乡村田园情趣,活脱脱地勾勒出一幅农家乐生图。面对书琴美酒,稚子白云,作者悠然自得,豁达舒放,完全忘记了自己农耕生活的艰辛。这里,陶渊明表现的是一副"闲居"自适的心态。而"寡欢"则被他的豁达驱放到爪哇国去了。我们无法想像,如果陶渊明也衣食无忧在乡村逍遥闲适的话,他是否也会或慷慨悲歌或低回凄婉地想入非非呢?如果这样,他也许就不会享受"息交游闲业,卧起弄书琴"的悠闲情怀了。

"问君何能尔?心远地自偏。"这是陶渊明明智的分析。其实人的生存应有更大的适应性和灵活性。切不要拘泥一种生活方式。强求自己达不到和所不能的,到头来也只有兴叹而已。再套用范仲淹的话来说就是:"不以物

喜，不以己悲。"这才是陶渊明为人豁达、享受生活的本源。面对艰辛生活，能做到如此潇洒对陶渊明来说简直太难了。在生产力并不发达的年代，"心远"、"地偏"易，不把"物"和"己"联系起来难！面对艰辛带来的磨难，他善于捕捉和享受生活带来的每一丝温热，并进行心理放大，这是何等乐观心态的释放啊！

想到这里，我不禁忆起赵朴初先生的一首《宽心谣》：

日出东海落西山，愁也一天，喜也一天。遇事不钻牛角尖，人也舒坦，心也舒坦。每天领取谋生钱，多也喜欢，少也喜欢。少荤多素日三餐，粗也香甜，细也香甜。新旧衣服不挑拣，好也御寒，赖也御寒。常与知己聊聊天，古也谈谈，今也谈谈。全家老少互慰勉，贫也相安，富也相安。早晚操劳勤锻炼，忙也乐观，闲也乐观，心宽体健养天年，不是神仙，胜似神仙。

写得多好啊。如果辛弃疾和李清照能看到赵朴初先生的这首《宽心谣》也就不会抒发"闲愁最苦"而到处"寻寻觅觅"了。可惜他们比赵朴初早生数百年，不曾看到这首《宽心谣》和领会《宽心谣》给人们带来的愉悦。而陶渊明呢？也许他正在天空看着辛弃疾和李清照还在挥毫书写悲愁而哂笑呢。

这样一想，"闲居"的辛弃疾和李清照反而不能让人理解了。

（2006年2月3日北京）

迟到的收藏

凡是50岁左右的人都会记得浩然在上世纪60年代出版的长篇小说《艳阳天》。那时，此书曾在全国风靡一时。不但书本身受欢迎，而且每天还能收听广播电台"小说连续广播"节目热播的《艳阳天》。我曾被小说生动的故事情节、细腻的场面描写和形象的人物刻画深深地打动过。浩然，这个农民出身的作家用朴实而充满乡土气息的语言征服了千千万万个读者和听众。

由于《艳阳天》的问世，浩然成了当时人们热议的话题和追访的对象。

未曾想到的是，上世纪八九十年代，由于工作的关系，我的一位亲友竟成了浩然很要好的朋友。那时，浩然主编《北京文学》。我的那位亲友便自然成了《北京文学》的热情支持者。他们私交甚笃，经常见面倾谈，有时是在北京市有关部门或《北京文学》举办的诸多活动中，有时是在浩然河北三河的寓所里。

我尊敬浩然。我的这位亲友便把浩然家的电话号码告诉我，希望我结识他。但机会真要出现在眼前时，竟与我擦肩而过。直至今天，浩然家的电话号码还静静地趴在我的电话簿上。

2004年春节，我与《北京晚报》的李凤祥老师联系，才知道浩然生病住院已久。李凤祥老师前不久刚刚到医院看望过他。在谈到他与浩然的交往时，关切之情溢于言表。

直到此时，我才翻然醒悟，至今我竟未曾收藏一套浩然的代表作、著名长篇小说《艳阳天》！

事有凑巧。就在此年春节稍晚时候，一天我在报国寺市场书摊，看见了一套三册完整的由人民文学出版社出版的《艳阳天》，我当即买下。

回到家，我细看版权页，才得知《艳阳天》第一卷于1964年9月出版，而第二卷出版则是在1年半后的1966年3月。第三卷的出版和第二卷只差两个月，即1966年的5月。我购得的这套《艳阳天》，分别印刷于1974年的四五月份（第三卷为5月印刷）。由于三卷第一版出版时间不同，其印次也不相同。我购藏的这套《艳阳天》，第一卷是第一版第5次印刷，第二卷是第4次印刷，第三卷也是第4次印刷。而全套书自1966年9月出齐到

1974年8年间，就印刷了4次，可见该书发行量之大。且不管第一卷和第二、三卷印次的不同，只从1974年该套书印制到我2004年购得，时光已过去了整整30年。虽然它的品相尚好，但在这漫长的30年中它经历了多少风雨啊！逝者如斯，我展卷不禁感慨良久。

这些，同时也让我想起了浩然的坎坷经历……

这部100多万字、分为上中下三卷的长篇小说，内容却只涵盖了十几天的事，可见它容量之大，内容之丰富，描写之细腻。

小说以京郊东山坞村麦收前后为背景，为我们描绘出一幅围绕分红、闹粮等情节展开的惊心动魄的历史画卷。这部小说取材于农村合作化运动，它以宏大的规模、细致的描写，真实地反映了中国上世纪50年代农村社会的生活形态，多方位展示了那个时代中国农民的精神风貌。有人评论说，小说"为我们认识历史提供了一个珍贵的标本"。

如何评价浩然，前些年曾是文学界的热门话题。我想，历史终究是历史，它是绕不过去的；就连圣人也不可能超越历史，有的甚至不能把握自己的命运。但当现实已悄然走过，它留下的足迹应该是时代珍贵的回忆。

《艳阳天》自有它的地位，历史将以自己的公正作出抉择。

（2006年9月21日《中国商报·收藏拍卖导报》）

藏书记

旧时读袁枚先生《随园诗话》，心怡气畅，随生购藏此书之意。但由于当时此书市场行踪难觅，终不能如愿。大概在上世纪90年代末的一天，才在旧书摊看到1960年由人民文学出版社出版的《随园诗话》竖排繁体顾学颉校点本，初见欣喜不能自禁，待翻开书看时，才发现它已"人老珠黄"，

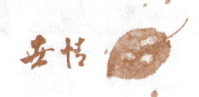

弱不禁"翻"了。

我购书看重出版者是否可靠,宗旨为读。读罢收藏主要作为资料备查,而不注重版本的古旧。但此书如此弱不禁"翻",如何读得藏得查得?我捧书沉吟良久,只得放回原处。

后几年我始终留意此书,可惜"只叹公子无缘",终无所获。2002年的一天,我在一家5元书店终于看见《随园诗话》套书,4册,文白对照,简化字横排。饥不择食,我当即买下。回到家里细读,便大为失望。原来是盗版书!错别字可谓"狼烟四起,鸡犬相闻",令人目不暇接。如卷一第56节原文部分:"来鹤堂诗"误作"来鹤堂寺","秋怀千顷荻"误作"秋怀千顷获"等不胜枚举,更不用说白话译文了。我边读边改,颇费时日。书读完,劳神不少,但改错处印象尤深。这大概是意外的收获吧。

读后放于书架,但心中总不踏实,时时念起,如刺鲠喉,它毕竟是"异类"。

2003年的一天,我路过新街口中国书店,竟意外发现江苏古籍出版社出版的《随园诗话》(上),高兴之情难以言表。问售货员下册下落,售货员很热情,前后左右翻了起来。几个书架及书库"扫荡"一番后,他的失望变成我的失落。他说:"下册找不到了。"

在后来的日子里,我曾见过几种《随园诗话》版本,但终挑剔于书的编排版式、封面设计和印装质量,始终没能购买。去年四川老作家周正举先生给我寄来他的作品《印林诗话》。在电话中谈及诗话话题时,我说到购买《随园诗话》的种种曲折,他表示要在四川帮我寻购。我被他的热情感动了。但怕耽误他的写作时间,我婉谢了。

后偶在西单图书大厦购得人民文学出版社出版的《带经堂诗话》,打开封面,才发现折页上印着该出版社新版的中国古典文学理论批评专著选辑

(一),共收录作品15种。这其中自然包括袁枚的《随园诗话》。我如梦方醒,自责真孤陋寡闻得可以!后来跑了许多书店,各种辑本都有,惟独《随园诗话》芳踪难觅。

数日前偶到琉璃厂书店,《随园诗话》竟安然静卧在书架上。抽出来看,是凤凰出版社出版的横排简化字王英志校点本。售货员告诉我,凤凰出版社即以前的江苏古籍出版社。细看版权页,果然如此。只不过我以前所见为两卷本,此为一卷本。心满志得,我当即买了一本。但意犹有不甘:总觉得读袁枚的书看横排简化字本与习惯不合,就如同看竖排繁体字当代小说一样别扭。遂信了曹雪芹的话:"叹人间,美中不足今方信,纵然是齐眉举案,到底意难平。"

偶然购得袁枚的《小苍山房尺牍》坚定了我重购《随园诗话》竖排繁体字本的决心。《小苍山房尺牍》是在书摊购得的旧书,湖南文艺出版社1987年版。文章妙语连珠,每每品及,顿作甘泉之饮,爱不释手。一次,在和友人谈话中忽受启迪,何不到出版社门市部看看?于是,我去了人民文学出版社门市部。门市部在朝阳门内北小街路南。天随人愿,有书,还八折。书买到了,腿跑细了,正所谓"要知今日,何必当初!"但又细想:没有当初,何来今日?也就释然。

人民文学版竖排繁体字顾学颉校点本为1982年版本,此为2006年第3次印刷。它基本沿袭了1960年版本编排内容,只不过此为两卷本。而凤凰版横排简化字王英志校点本为2000年5月版本,此为2004年第2次印刷。其内容编排与人民文学版基本相同,区别仅在于人民文学版有校点者的"校点后记",而凤凰版文前多了一个前言。细读,发现两书对袁枚性灵说的评价似都以郭绍虞先生的观点为基础,而郭绍虞先生的论述更详细些。

(2006年11月2日《中国商报·收藏拍卖导报》)

尺牍屑语

昔时读《随园诗话》，因该书行文明澈流畅而爱不释手，遂有数年间三购其书的经历。也因了《随园诗话》而对随园先生的书产生好感，以致在旧书摊遇到《小苍山尺牍》后便毫不犹豫买下。又因为这本《小苍山尺牍》是湖南文艺出版社于1987年出版，因此就对湖南文艺出版社有了印象。认为他们在改革开放后将《小苍山尺牍》重新介绍给读者是办了一件好事。

有幸的是，前几日逛报国寺旧书摊，竟又购得一本由湖南文艺出版社出版的清人许葭村著《秋水轩尺牍》。看出版时间，是1987年7月，只比《小苍山尺牍》晚两个月。再看封面设计者署名，与《小苍山尺牍》同为一人。且封面底图相同，区别仅在于颜色和书名。由此可知两本书是湖南文艺出版社同一时期推出的同一批选题。读《秋水轩尺牍》前言，校注者竟提及另一本上世纪30年代同被广文、广益、世界等书局称为尺牍范本的清人龚未斋著《雪鸿轩尺牍》。我不禁想，湖南文艺出版社当年出版的同一批选题还有什么内容？其中是否包括《雪鸿轩尺牍》？因手中缺少资料，因此不得而知。

说起尺牍，不禁让我想起了《小苍山尺牍》扉页上的几句话。这几句话是书原主人写的："久觅随园先生文集不得，今日外出闲逛意外得之，大喜而归。于福州路书店一九八七年十月十八日记。"看来这位书友也酷爱随园著作，于该书出版3个月后即将其买下，而且竟买到了"异地"的福州路书店！不然何至于"久觅"竟于"异地"得之而"大喜而归"？这位书友是何方人氏，"异地"的"福州路"又为何方并不重要，但爱随园著作之切是和我相通的。

再品《秋水轩尺牍》，觉其以散文笔法行诸书信，篇短情深，意蕴绵长。

精绝之处感人肺腑,可谓句句金玉,字字珠玑。尤读及"家慈垂暮,日切依闾"时,回忆当年我下乡时母亲的望归情景,不觉潸然泪下。

其实许葭村和《雪鸿轩尺牍》作者龚未斋为同时、同乡,而且交谊甚笃。这从尺牍中可略见一二。

作者许葭村一生颠沛,多寄食府幕,但其学养深厚。正因如此,他世事失意而文事得意,尺牍成为了他宣泄胸臆的方式。《秋水轩尺牍》初由幕友冯璞山于咸丰年间汇集刻印,因受欢迎,民国时期一再翻印。《秋水轩尺牍》和《雪鸿轩尺牍》清代都有单刻本,但它们编排形式不同。龚未斋《雪鸿轩尺牍》收书信186篇,按议论、邀请、自述、感谢、颂赞、寄赠、规劝等分15类按类别顺序编排;而《秋水轩尺牍》则以通信时间为编排顺序。为读者加快检索速度,《秋水轩尺牍》有的版本又另作了分类目录。

至今旧书市场两本书均成抢手,清版已凤麟难觅,民国版抑或偶能得之,但书价不菲,已非昔日可比。

此次购《秋水轩尺牍》的另一收获竟由于摊主"你收藏尺牍"的一句话。我遂对收藏尺牍的藏家产生了兴趣。历来藏界收藏尺牍者大有人在。阿英先生便是其中之一。我不禁想起他上世纪30年代有关尺牍写的一篇专文《字字珠》。不过先生文中提及的是明人选的明人尺牍。他在文中引用书前朱锦文序说:其精妙不在长短,而在"各有所宜","各适其宜",并称这样"解释尺牍意义,颇是精当"。

《秋水轩尺牍》和《雪鸿轩尺牍》之所以脍炙人口,是作者严谨的生活态度给自己搭建了展示才华的平台。从书信中不但可读出社会历史、个人经历和丰厚学识,还能读出无论顺境还是逆境,他们都能将生活融入浪漫情怀的超然态度。

(2007年5月10日《中国商报·收藏拍卖导报》)

尺牍絮语

上世纪 70 年代末期至 80 年代，我国出版业开始呈现出一派欣欣向荣的大好形势，使郁积多年的文化饥渴得以甘霖滋养。一些久违的有价值的出版物纷纷闯入人们的视野。这当然包括明清尺牍类书籍。其中一些尺牍类书籍出版时间甚至比湖南文艺出版社 1987 年版《小苍山房尺牍》和《秋水轩尺牍》还要早。如上海书店 1986 年出版的《秋水轩雪鸿轩尺牍》合订本。

上海书店 1986 版《秋水轩雪鸿轩尺牍》合订本是影印本，宋晶如注释。这个本子前言表述说，此本对以前注释不当处加以订正和补充。并举例说明。可以说，这两人尺牍经宋晶如先生语释后，是比较完备了，也很值得人们一读。

其实，这个版本还有许多可为当今出版者借鉴之处。

《秋水轩尺牍》合计载文二百二十九篇，行文先后按尺牍写作时间排序。这样编排容易使读者按时索骥，从中看到作者的生活轨迹；同时，这样编排更容易把握文中所及事迹的前因后果。更值得注意的是，编者在正文前设计了两种形式的目录：一种按时间编排。这种目录最值得称道的是在目录每个标题下都有一个文字简洁的内容提要。如第一篇《与王苍亭》的提要为"别后思慕自述近况"。这种目录编排颇利读者，可一目了然知其行文大意；再一种是把全文分为叙候、庆吊、劝慰、请托、辞谢、索借、允诺、戏谑八大类，然后按类别编排。这两种目录编排各有所长，读者可各取所需，方便得很。且不论这两种编排方法孰优孰劣，仅此一点就可看出编者着眼读者的良苦用心。同时这个本子还有今译，颇有益于初学者阅读。

除此而外，我曾见过世界书局于民国二十六年一月出版的该书第三版宋

晶如注本和上海广义书局民国版《新体广注秋水轩尺牍》陆翔注本。有资料说，1925年至1928年，上海群学社曾出版过两种由许啸天今译的《秋水轩尺牍》和《雪鸿轩尺牍》。《秋水轩尺牍》至1929年共印了5版。全书分4卷，将书信作了分类编排。每篇后有注音、释义和语译。书名前加题"言文对照，分类详注"等字。《雪鸿轩尺牍》至1932年则共印了3版。可惜我未曾见到。

另据藏家统计，自1930年至1946年，《秋水轩尺牍》曾有文光书局、新华书局、新文化书社、启智书局、达文书店和春明书店出版过的6种今译本；1931～1937年，《雪鸿轩尺牍》亦有启智书局、广益书局、达文书店出版过的3种今译本。可见这两本书当时受欢迎的程度。

值得一提的是，复旦大学图书馆还藏有芸香堂《秋水轩尺牍详注》。其中载有咸丰己未（1859年）冯璞山所作的序文。而《秋水轩尺牍》最初成书即为作者幕友及姻亲冯璞山结集编纂，虽然在和冯璞山的尺牍往来中作者曾明确表示过不赞成将自己的尺牍结集出书。据此，芸香堂《秋水轩尺牍详注》应是该书的早期版本。

总之，上世纪30年代和80年代出版的《秋水轩尺牍》和《雪鸿轩尺牍》及其合订本还不止这些。但从出版时间我们不难发现，上世纪30年代及80年代都为两本书的出版繁荣期。而这两个繁荣期的出现也许不是偶然的。

与此同时，民国时期还出版过一些有关尺牍写作方法和写作要素的专著。我曾见过一本"必读"，不但叙理，还举例，而且选编了范文，可谓理据相得。这些专著与被时人称为"尺牍三绝"的《秋水轩尺牍》、《雪鸿轩尺牍》和《小苍山房尺牍》有什么关系，是否是它们包括其他尺牍类书籍的衍生读物或互为表里，不得而知。

（2007年5月31日《中国商报·收藏拍卖导报》）

燃烧的青春——祝贺《青春的白桦林》出版

近日，我的好朋友兼兵团战友 Y 君的长篇小说《青春的白桦林》出版了。这是一件好事，应该向他祝贺。这本书较真实地记录了我们经历那个时代的片段，让我们不断回首和重新品味那个时代的青春滋味。

这部作品从构思到成稿，再到几度修改，数年间几乎耗去了他的所有业余时间。作为一名新闻记者，他的工作是繁忙的，能在繁忙的工作间隙成功地完成一部数十万言的作品谈何容易！这其中，一定耗费了他不少心血。他的这部小说，不仅让我们回忆起当年的许多生活细节，更重要的是让我们重温那段历史，反思那个时代。

任何历史段落或历史发展因素，都是那个时代精神和时代文化的折射。认识一个时代段落和历史发展因素的意义，关键是从历史真实中剖析出它的文化沉淀。只有这样，才能从时代发展中汲取我们所想要的东西和得到凝集在事件深处的启迪。

记得书稿初成，他曾盛邀我先赏并提出意见，但我终因太忙未能如愿而成为憾事。

在构思、写作及修改期间，他曾数次和我深情地回忆起当时黑龙江生产建设兵团的知青生活。尤其是追问兵团生活的各种细节，哪怕是当时在知青中流行的一首歌、一句歌词，用过物品的一个品牌，一个事件发生的具体时间，他都要仔细落实认定，从不马虎。可见他写作态度的认真严谨和对追求艺术真实的执著。

我当时下乡黑龙江五大连池，属兵团一师五团；而他原一师六团，在二龙山，都属于黑龙江省德都县，相距只有 20 华里。当时我们并不相识。但

这又有什么关系呢？知青，就像一张感情的名片，不管是否相识，不管走到地角天涯，不管从事什么工作，也不管职位高低，只要有它，知青间的距离就会拉近，就一定会产生一种浓重的自然亲情。因为这段共同经历已质化为一种精神、感情财富，深深融入在每一位知青的血液里。而我们的友谊就是在这样的基础上建立并发展起来的。

Y君的《青春的白桦林》又把我带入那个"激情燃烧的岁月"。看到小说的第十七节，不禁让我回忆起1969年受灾岁月的艰苦生活；看到小说的第三十四节，又让我想起为扑灭林火而被烧伤的我连4排长李殿成。这些当年就发生在身边刻骨铭心的真实故事，谁又能轻易忘记呢？要知道，现实的作用要远远优胜于纸上谈兵。因为，实践是第一性的，记忆和情感永远亲近于现实经历。

《青春的白桦林》书名好。也许是白桦林点燃了知青的青春，也许是知青的青春点燃了白桦林。但这都没有关系——因为我们都会从中看到生命的火焰，看到激情的燃烧。并且，这种激情在燃烧中锻造成了一种时代精神——北大荒精神，永远激励着几代儿女不断奋进。

转眼间那段知青经历已过去数十年了，岁月打造的生活细节也渐渐地离我们远去。我们失去的是年华，而永存的是燃烧的青春和伴随青春成长的白桦林。

（2010年6月21日北京）

关于史铁生……

（一）

史铁生去世了。他的去世，引起了许多作家朋友和读者对他的追思。

我知道史铁生是在上世纪80年代。那时，中国的改革开放已经走过了

5个年头,经济逐年向好,而文化界也处在一个新的繁荣期。那几年,小说创作也已从过去的"伤痕"文学向"反思"文学转变,而追求真善美,回归人性,成为当时作家创作的主题。打开当时的文学杂志,许多文学新人新作如冉冉升起的新星不断地涌现,熠熠星光照耀着复苏的文坛。

1983年,毕竟是一个不同寻常的年头,这一年梁晓声的《那是一片神奇的土地》,铁凝的《哦,香雪》,何士光的《种包谷的老人》及蒋子龙的《拜年》等纷纷亮相,给本已日益繁荣的文坛又吹来了一股股清新气息。他们的新作每每出现都会给人们带来激动。而史铁生也正是在那个时期脱颖而出,他从"遥远的清平湾"走来,带着几缕乡间泥土的芬芳,陕北民歌的辽远和清越,表述文字细雨入夜般的恬静,和宁静悠远的意蕴步上文学殿堂,滋润着无数经历过十年"文革"青年久旱的心田。

面对冉冉升起的新星们,一些老作家抑制不住亢奋的心情,满怀激情地从心底唱出赞歌。我记得著名作家孙犁在评价铁凝的《哦,香雪》时说:这篇小说,从头到尾都是诗,她是一泻千里的,始终一致的。这是一首纯净的诗,即是清泉。它所经过的地方,也都是纯净的境界……。简短的文字,从中我们不难读出一位老作家对后来者作品的充分肯定,读出一位前辈对后来者热情的关切和鼓励。而易言在谈到史铁生的《我的遥远的清平湾》时说:这篇小说打破了描写过实的格局,在某些方面采用了抒情和点染相结合的方法……几处环境的转换,都借用陕北民歌信天游加以烘托,既省却了多余冗长的笔墨,又使环境与人物的心境相结合……

多么中肯的评价!

这个时期的作品,有人称之为"新时期文学"。时代新,作品新,作者新,观念新。

我是在《小说选刊》1983年第3期上读到史铁生的《我的遥远的清平

湾》的。初读史铁生的《我的遥远的清平湾》，白老汉的善良，留小儿的天真，老黑牛和红犍牛的自然天性都给我留下了深刻印象，尤其是整篇文字都充满着清新的音乐感，而那舒缓的叙事节奏，像一股清泉从心中流过……

但我也曾为史铁生的身体遗憾。这使我想起了《红楼梦》里的一句话：叹人间，美中不足今方信……

（二）

当时，读着史铁生的小说，我想起了我的高中同学、同样初中毕业于清华附中的史铁生——我猜想，他们该不是同一个人吧？

我还清楚地记得高中入学第一天，同班同学见面会上史铁生的自我介绍：我叫史铁生，清华附中毕业。因妈妈生我时难产动了手术，所以爸爸给我起了个名字叫史铁生。我住北太平庄铁道部党校大院，爸爸研究哲学。提我爸爸你们不知道，但他是著名哲学家艾思奇的朋友……

听到这里，同学们都笑了。

我望着他白白胖胖的脸，鼻子上架着一副眼镜，说话不紧不慢，语音抑扬顿挫，一脸稚气的样子，心想，这一定是个知识分子胚子。

四年后高中毕业，史铁生去了陕西插队，而我却去了北大荒……一晃十余年，直到1983年再一次听到史铁生这个名字，并看到史铁生的小说。

从那天起，我就热切地想知道这个史铁生是否就是我的同班同学。

终于，有一天上班时我接到了一个电话。电话那端说，他是史铁生。我一愣。那端接着说，他在中国科学院工作——他不是那个写了《我的遥远的清平湾》的作家史铁生！但我还是很高兴。因为，我和同学史铁生毕竟那么多年没见了，何况他是研究自然科学的，同样为国家做着贡献。

后来我翻出了保存完好的旧杂志，再次仔细阅读当年《小说选刊》上

《我的遥远的清平湾》的作者介绍。上说：作者史铁生……1967年清华附中毕业后到农村插队……原来如此！而我的同学史铁生则是65届清华附中毕业生，比作家史铁生早了两届。

时间荏苒，作家史铁生走完了他60岁生命，然而，他的作品还在，他作品中释放的思想还在，"清平湾"还在，他的作品还继续影响着世人。正如铁凝所说：史铁生"是真正坚持精神高度写作的人。他坐在轮椅上那么多年，却比那么多人更高；他坐在轮椅上不能游走四方，却比那么多人心怀辽阔"。

令人难忘的、永远的清平湾——她也成就了史铁生，使史铁生成为清平湾的永远。

作家史铁生已逝。愿我同学史铁生健康，继续在他的岗位上为国家贡献力量。毕竟，我们遇到了一个属于自己的时代。

（2011年1月26日北京）

苍凉的回望——读《北大荒岁月》

5月17日晚，我连兵团战友聚会，由头是庆贺海英出版《北大荒岁月》一书。在聚会现场，海英发放了签名书。他介绍说，这本书主要记录了自己在北大荒的几年经历；并补充说，它是写给荒友们看的，内部发行，就连字号都考虑了年龄现实，也有自娱自乐成分。

海英是个细致的人，审视全面，就连年龄因素都考虑进去了。

聚会回到家里，开卷竟读到深夜难以罢手。一连几天，无论山巅闲游，还是乘车办事，我都手不释卷，直到读完为止。

我之所以如此一气呵成读毕海英的《北大荒岁月》，是因为这本书具有

打动人心的魅力。她记叙的都是我当年的熟人、熟事、熟境；有些熟人、熟事、熟境，我知道得比较完整，但有些熟人、熟事、熟境，我只了解前因而不知后果——这正像读情境小说坠入悬念圈套而迫切想知道结局一样。也正是这些熟人、熟事，熟境的前因后果以及后续故事，又把我带到那个难以忘怀的年代，让我重温那段知青历史。

海英的故事记叙虽由许多片段组成，但她还是给我们组合成了一个完整架构。她的内容几乎从各个角度揭示并涵盖了从下乡到返城上学前他在五大连池及到布苏里国防施工时的整个经历。他的纪实性记叙，在我们面前徐徐展开了一幅较为完整的五大连池知青风情图。这幅图里有生活，有生产，有痛苦，有快乐，有戏谑，也有友谊，但更多的是透过许多生活细节和一些心路历程记述，让我们看到了那个时代知识青年在种种境遇中的不凡经历和纯正品格。

《北大荒岁月》一书开篇不久，就对1969年秋冬之交北京知青刚下乡时受灾挨饿的情景进行了较详细的记述。这些记述文字又把我的思绪拉回到了那段不堪回首的日子。那时：除了麦麸子、豆腐渣、还吃过发了霉的玉米棒子……围着家里"救灾"邮来的食品邮包在连里开批判会，在寒冬白雪中组织收麦大会战，列队在菜地拾捡零落的小白菜和甜菜头。

……

面对诸多景象，他感慨到：挨饿，也许伴随对家乡的思念，在冰冷的被窝里落下几滴冰冷的眼泪。

挨饿会在心头刻上一道伤痕，永不消失，锤炼出骄傲，在少年心上增添些许沧桑，为屯垦戍边的蓝图泼洒一片异样的墨迹。

读这段凄楚悲壮文字，重新让我回味到当年北大荒知青"被窝里"眼泪的清冷。但也是这段文字，诚如作者所言，除"在心头刻上一道伤痕"外，还"锤炼出骄傲"。也许，"伤痕"是苦难留给岁月的印迹，而"锤炼出骄傲"则是历史的慷慨馈赠。然而,"伤痕",已然属于过去;但是,"骄傲",却已赋予给了未来——也许这正是那段历史留给知青们的礼物,让他们得以在日后的生命历程中挺直腰脊,敢于直面人生——它让人们懂得,苦难可以提炼精华,而坚强则可以锤炼出骄傲。

海英《北大荒岁月》文字叙事平易,有铺叙,也有调侃;在他不动声色、近乎白描式的故事讲述中,隐含了对那个时代的回望和思考。他书中不止一次不知不觉地在故事讲述后提到对当时生活的评价时说,那些生活"不是浪漫而是矛盾"。也许正是为了清理这些矛盾,记录这些矛盾,揭示这些矛盾,他在努力更客观地用原汁原味的细节回望那段历史,似乎让人们在细节里深掘出那段历史的丰富内涵。同时,也正是这些实实在在的生活全景式实录,寄托了那一代人对那个矛盾年代的破题渴望。

"偷鸡"、"摸狗"的细节描写充满荒诞戏谑,文字精彩处不免让人忍俊不禁。这是艰难生活带给知青的人性悲哀。也许这些悲哀更能沉淀出思考,诙谐文字背后蕴含着让人不能释怀的悲情。然而,在挨饿年代,曾用各种办法偷鸡摸狗的那些知青们并没有泯灭良知,世间的任何一种善行,甚至动物的母爱也能拉直他们脆弱的偏颇,以致在以后的日子里再忍饥挨饿也坚守着道德的底线。

海英在这本书里,用不少文字记录在大兴安岭进行国防施工的场景——

1971年3月的寒冷春风,把数百知青吹送到大兴安岭深处。它,就是布苏里。从此,他们在这里开始了一段为期一年多艰苦卓绝的国防施工生活。布苏里,我去过。那时,大兴安岭深处还白雪皑皑,朔风呼啸。我在那里逗留了两天,出于好奇,我爬遍了四周的林海雪顶;然而,其他知青们却呆了一年,在那里品尝到了战斗在林海中的各种滋味。我空身而往,满载300余封平安信而归,却不知道日后在那里发生的诸多故事……

　　海英有关布苏里国防施工的描述，格调苍凉而悲壮。它让我产生了与以前完全不同的感受。显然，他是动了真感情的。那里有世界上最美的风景——夏天的和冬天的；有撕心裂肺的战场——掘洞的和扑灭山火的；有大会战的壮志豪情——解放军战士的和知识青年的；有可歌可泣的事迹——活着继续战斗的和英勇牺牲长眠于甘河一侧的；同时，也有无聊生事的，群殴斗狠的，爬车逃票的……那是个立体的多维世界，展示的是知青们在那个特定历史时期的全方位人性品格。这些文字，没有生活标签，没有时代光环，没有刻意提炼，有的就是"原生态"生产、生活及人性向善记录。总之，正如作者所说：知青们和布苏里"因神秘而神奇，因神圣而光荣，因少年而蓬勃，因苍凉而悲壮，因无知而放荡"，那是一段复杂而奇特的人生经历。在他有关布苏里的描述中，有时让我们看到了当年知青们因幼稚而烂漫，因热诚而昂扬，因封闭而扭曲的多重角色……因此，它展示给人们的场景既火热又悲凉，既高亢又深切，让人们真正品味到了知青们当年不失正义感的复杂矛盾心态。

　　海英是个重情重义的人。这无论从他的文字叙述中还是从他的为人行事中都可以体会到。他在书中有关战友之间的感情描述，自然而真切。那两个只谋一面、说两句话，不知姓名的哈尔滨女知青，竟让海英牵挂了数十年，直到近几年辗转得到了其中一个已因病去世的消息……文字凝重而情绪哀婉，虽然没有过多的场景渲染，但一经咀嚼细品就感到了后味的浓烈，寄托了作者对战友的深切怀念。另外，书中还重点讲述了三位长眠于北大荒烈士的事迹和牺牲经过，或悲壮，或惨烈，传达出他内心对战友的惜念和对他们人生态度的肯定。

　　他的记叙文字多专人专事专叙，都倾注了他的真挚感情，无不体现出他对同学、战友、老职工的深情厚谊。海英近几年回到过五大连池，也见到过一些还在世的当年曾共同生活、生产过的老职工，如食堂的张师傅、"单毛"等，在记叙与之重逢的文字中，饱含着发自内心的喜悦之情。

海英在兵团时从事过多种工作：粉碎工、大师傅，布苏里的掘进工等，这些经历也多次出现在他的表述文字里。这也许是好事，这些丰富经历，已经成了他的日后财富。不同角色的多次转换，使他能多角度审视知青的下乡生活，产生更多的生活体验，引发更深刻思考，也能让他产生更多、更丰富的联想。这样，既丰富了《北大荒岁月》一书的内容含量，也增强了该书的可读性。

书中关于水泥车间"休息室"的回忆文字，冷峻中饱含着乐观，单调中又充满情趣，正是这种体验的如实表述。那间夏天闷热，冬天寒冷，到处充满灰尘，简陋得不能再简陋的"休息室"，在海英的回忆里变得有声有色：严冬的风雪，烧红的通条，夜半催料的叫声——在寒冷的冬季，"休息室"中荡漾的诙谐与调侃，欢乐和热情，但也饱含着酸楚。事实上，"休息室"里的那一片乐土，是知青们用自己的热血和青春浇灌的，是蜗居一隅的精神家园。这正如这篇《忘不了的休息室》一文结束时所说的："在凄冷和壮丽中，历史载着这间休息室远去，留下的是坚韧，是苦痛，是无畏，是朴素，是友谊，是那永远泯灭不了的情感和精神。"这篇文章与其说是作者在回忆当年"休息室"的欢乐，毋宁说是在祭奠那种"永远泯灭不了的情感和精神"。

海英是个心底富含激情的人，具有诗人的气质。因此，此书在讲叙了许多故事后，还收录了他历年来有关回忆知青生活的诗作。这些诗作或长或短，都是作者情怀的表达。

此书注重纪实，没有刻意的艺术渲染。但它忠实于历史，忠实于原貌，不刻意拔高，不刻意渲染，没有雕琢，没有时代标签，不随着时间远逝而失

去生活原味（当然，也不沉溺于所谓自然主义描绘）；记录本色，记录囤积在知青内心深处积极的生存本能，也许是这本书的魅力所在。

知青时代已离我们远去。回忆在苦难和理想主义双重作用中酿造出美好，这其中也寄托着那一代人对未来的憧憬。

（2012年5月于北京）

我与歌剧电影《刘三姐》的情缘

歌剧电影《刘三姐》已上演数十年了，我也已观看不下数十次，但今天，每当我打开电视机再次看到歌剧电影《刘三姐》时，都会摒弃其他节目，从头到尾完整地再看一遍。我的思绪也会随着剧情的发展，音乐和歌声的响起，沉浸在优美的艺术享受里；情感也会随着剧情的发展而愤怒，而兴奋，而牵动情肠，而泪流满面。

毋庸讳言，打动我并使我情绪跌宕起伏的是动听的歌声、悠扬的音乐和演员黄婉秋的精彩表演及桂林山水优美的画面。

我第一次看电影歌剧《刘三姐》大概是在1961年，那时我正在上小学六年级。记得那场电影是应同学之约在当时位于北京神路街的朝阳区工人俱乐部看的。那位同学说，他已看过一遍，电影非常好看。

电影开演后，我很快便被电影中优美的歌曲演唱、演员生动的表演和感人的故事情节及故事展开的美丽场景深深打动了。从那次第一次看开始，我便一发而不可收拾，一连连续看了十余场。不久，电影《刘三姐》的歌曲集出版，我就急忙到新华书店买了一本，并学会了歌曲集中的所有歌曲。以致时至今日，我还清楚地记得电影《刘三姐》中的所有歌曲唱段，并能流畅地唱出来。也正是由于学唱电影《刘三姐》歌曲，我初步学会了识谱（简谱）——这恐怕是另外的收获吧。然而让人感到可惜的是，那本让我学唱《刘三姐》唱段的歌曲集，竟不知什么时候在什么情况下丢失了。

再后来，在收听无线电广播时，我无意中发现收音机里竟播出了一场与电影歌曲曲调完全不同的歌剧《刘三姐》。歌剧剧情诙谐，唱腔古怪，台词完全是方言；由于我稔熟剧情，全剧听下来也不觉困难，只觉得全场热热闹闹，充满兴味；那时因缺乏必要知识，竟认为是四川某剧团出演的。直至多少年后我才搞清楚，那就是广西柳州剧团演出的、电影《刘三姐》歌剧改编参照的原始母剧——广西柳州彩调戏的改编第五稿演出——也正是由于它的诞生和演出，才为歌剧电影《刘三姐》的诞生打下了物质基础。

以后，我陆续学会了几种简单乐器以供闲时消遣，而歌剧《刘三姐》的几个重要唱段就成了我演奏的必选乐曲。

1966年"文革"爆发，《刘三姐》和其他诸多电影都遭禁演，从那时起，一连许多年我再也没有看到过或听到过歌剧电影《刘三姐》中的唱段。

1966年秋，我"串联"来到了广西柳州，住在当时的柳州一中。闲来无事，便和同学到附近散步。一次无意中来到鱼峰山，登山之余，竟发现山下侧面有一个不大的舞台，舞台的后影壁上五颜六色画着一些对歌场面。一位当地人告诉我，这就是当年刘三姐演唱过的对歌台。我将信将疑，但出于对刘三姐的钦爱，也就渐渐地接受了这个说法——从感情上，我还是宁可相信"刘三姐对歌台"说法的真实性，实在不愿意否定刘三姐对歌台的存在。

一天，我住的柳州一中临时宿舍里（大教室）来了一群当地学生，他们分别面对面住在了我旁边和对面用课桌拼摆的铺位上。然而让我没想到的是，他们竟会用方言对歌！于是，在以后的日子里，睡前、饭后他们竟以通道为界，按铺位分成两个阵营对起歌来。从表情可以判断，他们是在用对歌方式相互嬉闹取笑。看他们对歌时一会儿大笑，一会儿叫喊的样子，我羡慕

而又迷惘——民间竟这样对歌。因为他们用方言对唱,我一句也听不懂;其中一位同学大概看出了我的迷惑,便主动过来给我当起了翻译。

令我奇怪的是,他们对歌腔调和歌剧《刘三姐》里的唱腔一点都不一样:音节短促而直白,就像日常对话。我问"翻译",他说,他们哪里是对歌?简直是开心打诨!直到这时我才明白,对歌是少数民族生活中的一部分,现实而实用,他们信口开河,形式多样;而我们在电影歌剧《刘三姐》里看到、听到的对歌唱段,则是经过音乐家根据民歌曲调改编过的,音乐悠扬动听也就不足为怪了。

那么,改编歌剧《刘三姐》的音乐家是谁呢?编曲当然是雷振邦,而改词则是乔羽。这两位音乐名人我是知道并非常喜爱的,因为在我的歌剧《刘三姐》歌曲集上已明白注明,更何况他们二位合作的歌曲优美动人,大多是我十分喜欢并会唱的。如《芦笙恋歌》、《冰山上的来客》等。

"文革"结束,歌剧电影《刘三姐》又重新搬上银幕和荧屏。近几年,我虽然再未在电影院看过歌剧电影《刘三姐》,但每当电视台播放《刘三姐》时,我从没有放过一次欣赏机会,有时竟看得或听得热泪盈眶。尽管数十年过去了,但歌剧中刘三姐的形象还是那样鲜活,音乐还是那样优美动听,演唱还是那样打动人心。

至于刘三姐的扮演者黄婉秋,她表演中生动的表情,真挚的情感,都给人留下深刻印象,她塑造的刘三姐形象不知打动了多少观众。在观众眼中,历史上刘三姐的本来面貌就应该是这个样子。可以说,黄婉秋几乎成了刘三姐的化身,人们提起刘三姐,自然想起的就是黄婉秋。歌剧电影《刘三姐》的成功,黄婉秋功不可没。

记得前些日子中央电视台一位主持人在访谈节目中说过,黄婉秋的表演功在眼神。是的。在我看来,电影《刘三姐》之所以打动人心,具有慑人心魄的感染力，一在剧情，二在唱腔和演唱，三在表演。而黄婉秋的表演功在眼神。黄婉秋的眼神会说话，她愤怒，她嗔怨，她含情，她娇羞，都饱含在一颦一笑一嗔一怨的眼神中。丰富的情感，到位的表演，真挚的内心世界揭示和逼真的语气流露，都真切地展示出了刘三姐的多面性格。要知道，那时的演员黄婉秋才 18 岁！

　　歌剧剧情的发展，是用音乐、演唱和对白把故事串联起来的。歌剧电影《刘三姐》的唱腔优美而具有地方特色；对白简洁而爱憎分明；情节发展跌宕起伏而能打动人心。在问及电影《刘三姐》中最喜欢的唱段时，大多数人都会回答：对歌部分。是的，对歌场面热闹诙谐，歌词机智有趣，曲调动听而充满情感，演绎出了许多诱人的精彩，是值得人们赞许的部分。而我则不然。我最喜欢的是歌剧开头和结尾的唱段部分。因为那些唱段悠扬而抒情，演唱具有山野中的委婉悠长情调，表演含蓄而动人，可以说别有韵味。就连黄婉秋的眼神也格外出彩，具有打动人心的魅力。我认为那才是整个歌剧中最优美的唱段，也是黄婉秋表演的最精彩之处。

　　在以后的日子里，我接触到了许多有关歌剧电影《刘三姐》的材料。其中得知，电影歌剧《刘三姐》中刘三姐的演唱竟是配唱！而且另有他人——傅锦华（广西彩调剧团演员），配唱了歌剧电影《刘三姐》中的大部分唱段；而蔡秀英（广西歌舞团演员）则配唱了刘三姐被关在八角楼时的三个唱段。于是，傅锦华就这样走进了我的视野。有关资料告诉我，傅锦华，国家一级演员，曾长期在广西彩调剧团工作，她的唱功深厚，演唱优美动听，具有自己典型的艺术特色。然而，她长期不为人们所知，默默耕耘……终于，傅锦华在沉寂了 40 余年后，2005 年，因为电影《刘三姐》中的精彩配唱荣获了"当代中国电影歌曲优秀演唱奖"。

　　我衷心为傅锦华和她的精彩配唱得到社会承认感到高兴。人才，贡献，

终究不会被埋没,被遗忘。但值得赞扬的是,她低调,不以演唱优美而居功自傲,在她身上展示的是另一种做人风格,也许这种风格更加令人钦佩。

是她和她的精彩演唱,与黄婉秋及创演、服务人员共同托出了这颗深为人们喜爱的艺术之星,并照亮了无数人的艺术心灵;同时,也正是由于她们的共同努力,才使刘三姐这个壮族民间"歌仙"走进亿万人民的心中,使少数民族的演唱艺术走出深山,走向全国。可以说,她的精彩演唱和黄婉秋的精彩表演,共同塑造了歌剧电影《刘三姐》的成功之魂。

数十年岁月已经走过,然而,歌剧电影《刘三姐》还保持着它持久的诱人魅力。现在,不但中老年人喜欢它,年轻人更喜欢它,知名导演张艺谋甚至把刘三姐搬上《印象刘三姐》的广阔舞台。而在当今演艺舞台上,歌剧电影《刘三姐》中的一些唱段不断被以不同演唱形式翻唱:摇滚的,通俗的,美声的……时间的延续还在拓展着它的艺术魅力,然而,人们会发现,这些演唱,谁也不曾超越过电影歌剧的原唱魅力。

近期,"老瓶装新酒"的故事不断出现,影视界改编之风盛行,新版《西游记》,新版《红楼梦》,新版《铁道游击队》……不断以成功的、失败的,被人们记住的、被人们遗忘的……结局涌现,而深受人们喜爱的歌剧《刘三姐》却怎么也看不到新版的身影。

也许现在的艺术家们还达不到那样的高度?哪怕是歌剧重拍也好。人们期待着。

(2012年12月21日北京)

宿舍故事

近日,兵团战友桦林(博客名)写了一篇有关下乡时集体宿舍的回忆文章发表在她的博客上,并在文章后面附了几张其他战友前年回五大连池的照片。照片中显现的建筑可能是知识青年留下的最后残存了。那些建筑就像几个失爱的耄耋老人,孤零零地屹立在雪原中苟延残喘。也许,它们正在回忆当年知识青年在时的峥嵘岁月?或……

桦林的这篇博文主要回忆当时的女生宿舍情况,看后我十分感慨,不禁也想起当年发生在连队男生宿舍的几件事。

(一)

我1969年下乡,是最后一批到达五大连池水泥厂的北京知青。到达水泥厂后,首先在新兵连训练了一段时间,然后被分配到十四连四排,住在连队宿舍东头食堂旁边,而西头正是桦林文章写到的女生集体大宿舍。那时,男生和女生虽然同住一排房,并有走廊相通,但相处很拘谨,男生一般不到女生宿舍去。当然,开全连大会是个例外——因为连队没有更大的屋子盛纳全连200多号人——即使女生大宿舍能盛下那么多人,也需坐在上下两层铺上。

那时,每个宿舍只能生一个炉子,因女生宿舍特大,所以放了一个大汽油桶改装的炉子取暖。连队原本好意,炉子大了,宿舍温度可能会高一些,但没想到的是,那些只有十六七岁的北京女知青们哪里会侍弄?她们家里大多冬天取暖有暖气,即使有的知青家里生炉子,也是父母亲的事,哪里自己动手生过火?更何况现在取暖的炉子是以前从未见过的大铁桶呢!心有余而力不足,结果当然就可想而知了。

但有几天是例外,那就是召开全连大会。有时外面天气太冷了,零下40多度,炉子着着也不管事,会前连里开恩:批准烧木头柈子。好不容易有个机会可以暖和一下,负责烧火的知青就拼命地往桶腔子里塞木头柈子,

生生把个大铁桶烧得通红。屋里温度一下子窜上来了,靠近汽油桶坐的人烤得受不了,个个大汗淋漓,就拼命地往后挤。结果,大家挤成一团,大铁桶四周竟成了"真空地带"。若是碰上湿木头,或不会烧的主儿,屋里的人可就遭了殃。炉子里不起火不说,全屋子都是滚滚浓烟,加上东北汉子威力巨大的大小"烟筒"喷射,会场咳嗽声是一阵响过一阵。实在呛得受不了,结果是开了门又开了窗子,对流风在大屋子直打旋,会场变成了大冰窖,冻得人浑身直打得(dei)得(dei)。

除召开全连大会之外,记得第一年春节我们班也是在女生大宿舍过的。包饺子,吃菜……也很热闹了一番。

那时,我们四排的男生宿舍在东头食堂的旁边,也是上下大通铺,住了20多人。冬天,屋里生了个砖砌炉子,温度并不比女宿舍好,一天到晚火老是灭,冷得像个冰窖。那时我们仗着年轻,挺一挺就过去了。然而却有更糟心的事——就是男生天生好打闹,头一年入冬不久不知是谁就把门和窗户上的玻璃都打碎了。门上玻璃碎了还好些,因为门外还有个走廊,风不能直接灌进来;而窗户玻璃碎了结果却严重,风卷着雪花直往屋里钻。没办法,只得先用纸糊上,然后又钉了块木板,才觉得略微好些。

天寒地冻,不免就发生一些身体被冻坏的事。记得一年冬天早上出操,起床号一响,我就爬出热被窝,急忙穿好衣服,掀开枕头想找狗皮帽子戴上(为方便,晚上睡觉时把帽子压在枕头底下),但眼睛瞪了几瞪,却怎么也找不到。真是怪了,我昨天晚上睡前分明把帽子放在枕头底下,怎么就不见了?真是见鬼了!再把被子从头到脚抖搂一遍,还是没有。眼看宿舍人都出去了,我着了急,心一横,光着脑袋就往外跑。在零下数十度的冷风中煎熬了半个多小时,脸颊上竟冻出个大水泡。幸亏站在旁边的战友王宗保帮着用雪搓了搓,要不然后果要更糟。

出操回来再找狗皮帽子,还是没找到。没办法,我就跑到商店又买了一顶。等新帽子戴回宿舍,忽然看见床头和墙之间有个大缝子,是不是夜里睡觉不小心帽子从缝子掉到床下了?急忙趴在地上往床底看,果然,那个可恨的狗皮帽子静悄悄地靠墙在地上躺着呢。我恨恨地从床缝把帽子拉出来,用力在床上摔了几下,竟也不能解我心头之恨。因为,我脸上冻起的水泡正痛着呢。

(二)

后来,我调到食堂工作,宿舍也就从四排搬到了食堂的一间小屋里。现在想起来,那间小屋也就6平方米左右,只能放一张床和一张两屉桌。而对面则住着食堂的4位男生(后变成女生宿舍)。我搬进小屋后,先让连里战友帮我钉了一个木板床,然后再修了修砖砌炉子。

我宿舍窗下是一个斜下坡,估计坡度有45度左右。它把连队宿舍走廊和食堂大门对接起来。这个斜坡外墙开了一扇窗,窗子玻璃全被打碎,用砖头严严实实地封了起来。夏天,这个斜坡无所谓,可一到冬天它就成了食堂难以逾越的"重灾区"。

连队宿舍建造时考虑不周,把男女厕所建在距宿舍很远的地方。夏天还好说,到了冬天,北风呼啸,天寒地冻,外面零下40多度,无论男生还是女生起夜上厕所都是十分遭罪的事。因四排宿舍在最里面靠近食堂,不知是谁想了一个馊主意:把斜坡上面被封死的窗子捅了一个窟窿,起夜时从这个不大的窗窟窿往外尿尿。因窟窿太小,尿大部分顺着墙内斜坡流到了食堂大门前,并冻成了一层厚厚的冰坨。结果第二天早上开饭,食堂怎么也打不开门,大师傅们没办法,只得找来铁镐刨尿冰。大镐抡起来,冰花四溅,落在人身上化了,又骚又臭。

眼看半个冬天过去了,食堂大门天天被冻,大师傅们叫苦连天,天天早

上开饭前轮着铁镐刨尿冰。

我的宿舍窗子正对着斜下坡外墙开的窗子,每到半夜都能听到外面尿尿的声音。我多次找到连里,连里除把窗洞封死外,也没有更好的解决办法。结果时隔不久,被封死的窗窟窿再次被捅开,尿冰再次把食堂大门冻住,急得炊事班长付师傅团团转。

我因为爱读书,夜里往往睡得很晚。有时三排长王国清(后任尹龙河农场党委书记),四排长李殿成(后任副营长),一排代理排长黄江南,十六连司务长李志国(后任团副政委)经常到小屋里长坐。一天半夜,我和王国清、李殿成正在屋里闲聊,就听见外面"吱吱"门响,然后是"踏踏……"的脚步声。我判断又是到对面窗洞尿尿的,就对两人说,把手举起来,听我号令。他俩都把手举了起来。一会儿,就听见窗外"哗哗"尿了起来。估计窗外正尿得痛快,我说:拍!三个巴掌就一起落在桌子上。随着"啪"的一声响,窗外尿尿声戛然而止,紧接着是"踏踏……"的跑步声和开门声。然后就听见尿者大声说:可吓死我了!正尿着,不知是什么声音"啪"的一声,吓了我一大跳,尿也憋回去了。

我们仨听了,不禁捂着嘴大笑起来。

这个办法还真管用,从此之后,再也没有人到窗洞里尿尿了。食堂的大师傅们再也不用大清早轮着铁镐刨尿冰。

虽如此,只是苦了那些连队战友们,大冬天的,夜里还要跑到大老远的厕所尿尿。

(三)

那些年中苏关系紧张,为备战需要,团里给我们连配备了3条步骑枪(但没有子弹)。这3条枪刚开始放在连部,后因连部距宿舍较远,而且经常没人，因此，连里决定把3条枪放在我比较封闭的小宿舍里。正因为多了3条枪，我的宿舍一下子热闹起来，常俊、任宗强、小林他们等连里许多人经常到小屋里摆弄枪支。

上初中时，我曾加入过少年宫射击队，因此对枪略知一二，射击准确度更没问题。很快，我和常俊、任宗强等就把几条骑枪弄得一清二楚，即使闭着眼也能快速装卸。

记得一天，连里战友赵大忠不知从什么地方借来一支气枪，说，谁能从宿舍窗户打中对面树上的瓦片，就奖励谁一发子弹（铅丸）。许多战友都参与了，但就是打不中。我说，我试试。赵大忠把气枪递给我。瞄准，射击，随着一声枪响，树上瓦片应声落地。按规定，赵大忠奖我一发子弹。第二枪，我又把瓦片击落。接连几枪后，赵大忠说，不奖了，子弹都让你打光了。

我的小宿舍坐北朝南，然而中间是走廊，走廊对面是男生宿舍，结果一年四季见不到太阳。冬天虽冷，但不怎么潮；夏天就不同了，尤其下雨前，被褥潮得水湿，晚上睡觉，像一块湿布贴在身上，难受得睡不着觉。即使晾到外面晒，也只管用一两天，两天后还照常潮湿。怎么办，我想了一个办法，就是离地面远些，把床板加高。于是，我从木工房找来锤子、钉子，乒乒乓乓一通拆砸，一会儿就把床板提升到近一人高。

床是高了，潮湿也好些，只是上下床极不方便，需先登着凳子上窗台，然后再踩着窗台上床。有时因上床麻烦而懊恼，但转念一想，有一利就有一弊，算了，将就吧。

床下空间大了，耗子也有了广阔天地。于是，躺在床上，床下的耗子闹成一锅粥：出洞觅食的，掐架的，游戏的，结伴"旅游"的……窜来窜去，不得安宁。实在受不了，就向老职工借来夹子，放上食，放在床下鼠道上。早上起床，果然夹住一个。

我好奇，不知夹子是怎么夹住耗子的。于是，放好夹子，从床缝下窥。

一会儿，一只耗子出来，跑到夹子前觅食。先闻闻，退回；再闻闻，再退回，几次三番后，终于经不起诱惑，一口下去，只听"啪"的一声，夹住了。刚开始，被夹的小耗子还蹬蹬腿，吱吱叫几声，但一会儿就不动了。

接连几天，我大获全胜！高兴极了。宿舍也消停了许多。

四排的任务是烧石灰，三个班三班倒。排长李殿成很能干，不惜力，每天跟着三个班连轴转，小脸累得焦黄。实在累得受不了，又不好意思到大宿舍躺着，有时就到我的小屋里休息一下。

这天中午，由于我上午跑了一趟团后勤部，累了，就准备躺在床上休息一会儿。刚躺下，殿成就拖着疲惫的身子来了。说，我连跟了两个班儿，太累了，歇会儿。我说，上来吧。于是，殿成上床躺在那头。

刚躺下还没睡稳，就听见"轰"的一声，床从殿成那头塌了。我一下子从床上出溜下去。再看殿成，头朝下直摔在地下，双脚高高悬在床上，疼得龇牙咧嘴直叫唤，任凭双手乱抓，双腿乱蹬，可怎么也站不起来。我见殿成的狼狈样，忍不住哈哈大笑起来，并急忙下床，把殿成拉起来。殿成一边往起站，一边揉着头，咧着嘴说，你这叫什么床，那么高！把我头摔了两个大包。你还笑？

看看殿成，止住笑，心里很过意不去。正要赔不是，殿成却说：算了！这一下把我摔得不困了，我还得上窑烧石灰去。

说罢，他揉揉脑袋，开门走了。

（四）

刚到五大连池时，连里什么业余活动都没有。星期天，除了到五大连池泡子边瞎转悠，基本上无事可做。再说，干活一天，累了，也就无心再顾及

其他。

但时间长了,这种生活逐渐习惯,也就想出一些办法来丰富业余生活。

我们连爱读书的人特别多,书,就成了充实业余生活的精神食粮。

下乡时,我从北京带来了一本 32 开《毛泽东选集》四卷合订本和一卷本《马克思恩格斯选集》、一卷本《政治经济学批判》。《毛选》32 开合订本人们并不陌生,但一卷本《马克思恩格斯选集》和《政治经济学批判》现在则很难见到了。其中《马克思恩格斯选集》是上世纪 50 年代初出版的全一册精装本,很厚,很沉,像一块大城砖。记得是"文革"期间我是在北京隆福寺旧书店花一块钱买的。另外,我还带了一本黑格尔的《小逻辑》,一本《毛主席诗词》和一本诗词注解;还有就是唐宋诗选了。

《毛泽东选集》就不用说了,我足足读了不下五六遍,有些章节熟得不能再熟了。而《马克思恩格斯选集》、《政治经济学批判》和《小逻辑》在北京家时正在阅读,尚未读完,准备在五大连池继续研读。至于毛主席诗词,那时公开发表的 37 首诗我都已倒背如流,并仔细看过几个版本的注解。而唐宋诗选是我一贯喜爱的,闲时,不时拿出来看看。

在四排时,读书是很奢侈的事,因为工作很累。只有到了星期天才有时间和精力读书。住大宿舍,夏天还好说,冬天却很冷,坐一会儿,双脚冻得生疼。读不多久就要站起来跺跺脚。实在冻得受不了,就跑到老职工家里读书——老职工家暖和,安静。记得我去的最多的是老班长家。老班长姓王,40 多岁,山东人,曾在四排任二班班长,因他态度和蔼,为人热情,知青们都亲切地叫他"老班长"。后来他主动辞职,做了一名普通职工,但知青们痴情不改,依然叫他"老班长"。

老班长的老伴很随和。我到她家,不管老班长在不在,她总是热情地搬来一个小板凳放在炕下,我就坐着趴在炕沿上读书。我读书,她从不打扰,

有时还给我端上一杯热水。

后来,我搬进了食堂小宿舍。这给我提供了一个极好的读书场所,再也不用四处打游击找地方了读书了。这段时间,我读了大量书籍,并作了十多本读书笔记。

读完自带书,我就到处打听谁还有书。还好,当时一些上海知青手里颇有"存货",且大多是外国著名作家的长篇小说。记得那时我读的第一本外国长篇小说是战友黄连群借给我的俄国伟大作家列夫·托尔斯泰的《安娜·卡列尼娜》。

也许是安娜·卡列尼娜的形象深深打动了我,正是从那时开始,我喜欢上了欧洲文学。

当时,上海知青中好学者大有人在,陈锡文便是其中一个。一次,我问陈锡文在读什么书?他说,正在读《佩文韵府》。我知道这是一本清代官修大型词藻典故辞典,专供文人作诗选词和寻找典故,以便押韵对句的工具书;旧时我读过一些文史及诗评考证类文章,里面经常提到这本书。我当时曾和陈锡文约定,等他读完了我读,陈锡文高兴地答应了。但因我第二年春天就离开了五大连池,所以没有时间再践行这个约定。

除了读书,业余生活最多的就是打篮球。下乡半年后,营里在14连和16连宿舍之间平了一块地,并在地两头立起了两个篮球架。于是,一个简易篮球场建成了,它成了两个连队业余时间最好的活动场所。其间,我们连还在那里进行过几场篮球比赛。

据前几年回过那里的战友说,那里的宿舍已倒塌,而宿舍前的篮球场长满了蒿草,俨然那里已成废墟荒地了。

1970年,哈尔滨知青魏立从团部宣传队调来,从此,宿舍里开始响起悠扬的小提琴声。魏立是个大个子,且有一个好身板,每天下班饭前或星期

天,他都要拿出提琴拉上一曲,给沉寂的宿舍带来一些欢乐和生机。当时他拉得最多的提琴曲就是《新疆之春》和《梁山伯与祝英台》。再后来,北京知青袁大同也加入了拉琴队伍,整个宿舍气氛一下子活跃了许多。

那时,流传最广的还是样板戏。样板戏好学好唱,无论谁都能随便唱上几句。连里顺应需要,成立了京剧样板戏《红灯记》剧组。战友刘海英饰演李玉和,田淑华饰演李奶奶,侯艳芳饰演李铁梅。让人没想到的是,我连的《红灯记》一经演出立刻声名大噪,竟压过了团部京剧队。

一时,连里掀起样板戏热,只要下班,宿舍里随处都能听见学唱样板戏的声音——人们对样板戏真的是太熟悉了!

俗话说,熟能生巧。不过,巧怕生歪。一天,我从一个宿舍门口经过,就听见从屋里面传出唱样板戏的声音。细听,才知屋里正在唱《智取威虎山》中杨子荣在威虎厅智斗座山雕的一句唱。不过,唱者把唱词改了,把"座山雕也要听侯专员调遣"改成了"座山雕也要喝侯专员的尿碱"。并在后面煞有介事地加大了座山雕插白嗓音:"啊——,我喝他的尿碱!"

(2012年12月25日圣诞夜于北京)

固安杂忆

前言

2011年12月25日,我踏上了前往河北固安县的汽车。固安,是我工作了7年的地方。从1983年离开那里,我就再没有踏上过固安的土地。如今,我终于回来了,怀揣着对近30年前工作和生活的怀念重新来到这片土地上。

固安距北京54公里,和北京大兴县只一河之隔。就是说,一条永定河

把两地分开,永定河北岸是北京,南岸是固安。正是这条河把我阻挡在北京大门外整整7年。回想1976年,当我怀揣着一纸调令从黑龙江来到固安报到时,我心情何等兴奋,因为我离北京的家近了数千华里,可以每月甚至每星期都能回家看望年迈多病的母亲了。

7年的固安生活给了我太多的回忆。这期间有欢乐,也有痛苦;有收获,也有失落。但每当回首那段往事时,我的心绪便会沉浸在复杂的情感世界里。

在那里,我结交了许多朴实无华的农民教师朋友,品尝了农村教育的艰辛。在那里,我也了解了农民生活的艰难,看见了农村学生求学的艰苦和努力。

在固安,有我太多太多的回忆,蕴藉我太多太多的情感——尽管时过境迁,农村已发生巨变……

(一)学校,学生,家长

这所中学只有三排砖房:两排教室,一排宿舍。没有围墙,四面被庄稼包围着。我宿舍在排房头上,开门就是玉米地,距离不到5米。

学校教室没有桌椅,需学生从自家搬用。每学期开学,学生、家长,肩扛手抬,田间小道搬家队伍络绎不绝;教室,条凳、方凳、马扎、八仙桌、长条桌、方桌、课桌、自制桌……各种各样。家里更困难的,搬几块砖,架一块板。上课时,有一村围桌而坐的,有亲戚共用一条长凳的,也有个子矮跪在凳上的……

严冬,有教室砌砖台而为桌凳,学生手脚多有冻伤者。毕业班,学生白天吃玉米面窝窝头就咸菜,渴了喝口凉水;晚上睡在铺着麦秸的冰冷地上。

学生没怨言,成绩却很优秀。

学生不怕艰苦，就怕开家长会；家长不怕老师告状，就怕没像样的衣服穿。那时，一个壮劳力日值一两角钱，秋后算账还欠生产队的。家长平时衣服补了又补，下地干活穿好穿烂没人笑——大家都一样；但开会是另一码事，穿破了，抬不起头来。

一次家长会，一位母亲穿着懒汉鞋来了——那双鞋，女儿上午还穿着。开会时，女儿没来，因为没鞋；而这位母亲却把双脚缩在了腿后，怕人看见笑话。

（二）不怕艰苦，怕寂寞

老师都住校，哪怕家住旁边。平时还好，热热闹闹；最怕周末，当地老师回家，学校只剩我一人。开门，对面漆黑——一片玉米地。起风，哗哗作响，半夜睡不着。惟一的事就是读书。那几年，我攻古文，虽成效不大，但读了几部经典。

夜晚，太寂寞，书读不下去，就月下疯跑。一连几村，听犬吠，看人影，赏村灯。累了，回去睡觉。那时，不知什么叫怕。

地震那年冬天，为防震，水沟搭房：上盖玉米杆，底铺小麦秸，留口以为出入。睡在里边，时见星月。周末老师回家，惟我一人钻入。外面风响，冷，蜷缩细听风吼，疑作鬼哭狼嚎。

（三）铮铮铁骨，竟成美谈

冬夜，忽地震。同屋大呼，争相外奔。

少待，觉腿疼，细看，膝下碰伤。进屋检查，竟撞下炉子一角。由此，铁腿之名大盛。

此伤不重，但累及三月方愈。

（四）食堂，伙食如此

住在学校，吃在学校，一天三顿粗粮：早上，一个窝头，一碗棒子面粥；中午，两个窝头，一个炒菜；晚上，一个窝头，一碗棒子面粥。中午炒菜便宜——学校有园子，总务主任亲自种菜。大师傅看老师辛苦，顿生恻隐之心：开小灶加了小炒；有肉，但价格不菲，不是人人顿顿都舍得吃。那时，我工资35元。

后来，大师傅辞职回家，食堂换了校长连襟：大大的个子，对人和蔼，但太脏。端粥，把黢黑的大拇指伸进粥里，然后一刮……递给你，粥里，一片污秽……

缺营养。无奈，买一口小缸，腌二斤鸡蛋，放床底。一月后捞吃，鸡蛋竟不翼而飞。问知情者，曰：食堂小厨趁我上课，偷捞吃了；或校领导喝酒，当了下酒菜。

我愤怒，但无奈。

（五）不每周回家，是因为……

两星期或一月回一次北京。为何？一为读书，二为省钱。学校回京有两途，一，坐霸县（现叫霸州）直达车，票价一元八角；二，先坐车到县城，再倒车到京，总价一元五角。我选二，能省三角。

有人告我：搭车一分不花，但搭的是卡车，夏晒，冬冷。我说：没关系，省钱就行。我学生镇上掌勺，结识司机甚多，他出面，无不成。从此搭车。坐车外，夏可观景、乘凉；然冬天多风且寒，虽寻乐宽心，无奈乐不抵寒，满口吃沙。

惟可安慰者——钱省下。

（六）骑车回京，能看景，但腿疼

友人说，农民进京谁坐车？骑车好。我想试试。

周末，同舍董老师把车借我，步行十里回家。他说：骑骑试试？我说：试试骑骑。下午1点出发，晚上7点到家——6个小时。路上，先顶风，后冒雨——还好，雨不大，一片云。

学校到县30里，县城到永定门108里——有据可查。永定门到家……全程170里。

到家，颇有成就感，但腿酸。从此始，回京，每次骑车。

我想买车。董老师说，买什么？每周只骑一次，不值。骑我的，我还练腿呢。

（七）同宿舍，成了好朋友

我搬过三次宿舍，第二次住前排，4个人：董老师，高老师，武老师和我。董老师，年岁最大，教物理，诚实，扎实；高老师小我，教数学，聪明，能干；武老师，新分配的大学生，最小，教语文，机敏，好学，还是诗人。

为何我们四人？都教毕业班，方便。

四人成了朋友，每周聚餐一次，喝个眼迷耳热，半仙之体。

四人经济条件尚可：董老师手巧，会木匠，除工资，还有外快；高老师，父兄合过，没分家，有钱舍得花；武老师，独身，没花钱地方，一人吃饱全家不饿；我，省下车钱，吃了，值。

董老师像兄长。一次，学校利用关系搞来扁担、镐把。卖给老师，1元一个。我买两个扁担，两个镐把。几天晚上，董老师溜到亲戚家，给我做了

个躺椅——至今我还用着。

后来，武老师调到县文化馆创作，成了诗人。再后来，成了文体局长。我调离固安时，他给地区教育局人事科同学写信，请人帮忙。

（八）才子多，笑话也多

学校藏龙卧虎，常出书法家，画家，作家。好色校长调走，新来校长，竟精通建筑。

语文组有位老教师，40余，住隔壁。除教课，还是油匠，农家打家具，都请他。他还会吊顶，糊壁纸，双手白描勾字，算乡间能人。

有两不足：一是麻子——没办法，小时落的；二贪便宜——穷则思变，总不能饿死。

第一个我信，麻子长脸上，看得见；第二个，先不信，我没见过。

他有早睡习惯，晚7点准躺下。

陈老师家包梨园，每周带梨。这天，晚过8点，隔壁老教师躺下。

同屋小声（顶子相通，两屋说话能听见）说：我准能让他爬起来，信不信？我说：不信。

他如此这般一番，我点头称是。

一会儿，他猛拉门，大喊：陈老师带梨了，晚了没啦，并跺脚，如跑出状。

话音落，隔壁床动，椅响，然后是趿拉鞋、跑步、开门声。窗前，人影掠过。

一会儿，老教师回，自语：哪有梨？白跑一趟！

再看同屋，捂嘴，弯腰，大笑。

遂信然。

(九)最爱春天,田野踏青

农村美,春天尤美。麦苗,桃花,暖阳,小草,破墙头和睡眯眯的狗……

没课,约董老师踏青。累了,坐地头闻草。有时遛到村头,看红杏出墙。心里美,没法说,只想唱。

校前有土道,东西向。两边栽柳。春天发芽,老师、学生常去看,不碰,像爱孩子——单等夏日割条,编花篮出口。学生手巧,人人会柳编。

固安柳编,名扬天下。

有时春雨,路面光亮。有人撑伞走过,渐行渐远,像诗。

夜晚听雨,淅淅沥沥,像春麦拔节,爱得人舍不得入睡,又想听远雷。

陪着雨,还是陪着春?

(十)柳编,男女生都会

夏日柳长,男女生持镰割柳。泡柳条,晾干,编小件,熏硫磺,组装,花篮成型。工序井然。

编柳,男胜;组件,女胜:皆因眼力、手力不同。

成品由老师送县,回款资学。一个月,学生、教师各得补助 5 元。

(十一)怪事多,莫名其妙

一次,和董老师踏青。董老师见村一指说,那是大沙垡,东边是小沙垡。他说,这里怪,大沙垡不大,小沙垡不小。为什么,说不出。

大沙垡村北有个半边店村,隔半里。大沙垡是河北口音,半边店是北京口音。

这里人管餐馆叫饭店,哪怕小门脸,几个座位。有人请你上饭店,别推辞,十几元就能打发。

一日开饭,说吃包子。拿来,竟是馒头。此地风俗,称馒头为包子,称包子为馅包子。

董老师家住公主府。问公主是谁?董老师说,有名无府,虚言,虚言!

固安产梨,产大米,产花生,产瓜。别看冬春风沙眯眼,但夏天景美,秋天梨甜。一年夏天,西瓜卖到一分,一角买个大的,撑个饱,还得扔。

永定河多年无水,但堤柳成行,赏春,颇有古意。

(十二)才子出路,写诗,编剧,做文章

这里人有追求,不庸俗。才子多爱写诗,编剧,做文章,练书法。张嘴嚼大蒜,握笔著诗文。诗文能好?能好。投稿不懈。因为,文人投稿,不花成本;发不发由你,无所谓。

故,农村藏隐士,多文人。

语文组有一教师,姓马,爱文学。据说,柳泉马家,文学传世,无人不知。

马老师把近作——剧本《钗头凤》拿来示我,征求意见。看后,我说,好。写人物,要融入背景。

他修改数次。调走后,不知发否?

我的学生,有诗人,有作家。

(十三)爱茶,爱花——教师本色

每次回京,老师们都让我带茶。什么茶?高沫,三毛一两。我说,三毛的茶能喝?老师说,你品品。一喝,浓酽有香气;捏一撮,沏半暖壶水,色

味不减。

入乡随俗，我也喝起高沫。学校只有一灶、一壶，每天中午等开水，半个小时不烦，为何？只为高沫。

初以为只老师喝，家访，才知家家喝。

高沫，受垂青如此。

老师们爱花。什么花？菊花。错，九花！

开春，整园子，挖坑。两锹肥，半桶水，菊根埋下。一春，一夏，菊枝疯长；秋半，剪枝，剩九苞。近重阳，上盆，入室；开花，硕大娇艳，直到深冬。

何为九花？一菊三枝，一枝三苞，共九朵；重九怒放，逢九，吉利也。故称九花。

爱茶，爱花，教师本色。

（十四）多年后，我见到了徐城北

固安是中转站。许多人回不了北京，暂此地"待业"。时间长了，相互结识、帮衬。

星期天无事，到处跑，找乡亲。南十里一中学语文教师，河北北京师院毕业，长我5岁，家住西四。固安时常见面。后劳燕分飞，各得其所。多年竟再见于积水潭医院。彼时，他已白发苍苍，后背驼山。相见忆旧，竟热泪盈盈。

著名作家徐城北，柳泉任教，在我之北十里。有人介绍他，能说，善写，精通京剧。到柳泉寻访，竟无果。

初，怪其名，自忖：徐城北之名得于《邹忌讽齐王纳谏》中"我与城北徐公孰美"句乎？

多年后,他出书《老字号春秋》,责任编辑与我同室。城北来,与其言及柳泉旧事,慨然,遂赠书,约我抵膝家叙。

人生在途,皆为旅人。当年无缘,今日有缘;倒是有缘还无缘?说不清。

(十五)中考,我押对了题

某年,教毕业班。将考,自印习题,竟与考卷一字不差。考毕,学生来探望,络绎不绝;相约谢师,被我婉拒。

那届学生多出俊才:诗人有之,作家有之,教师亦有之。

后,有学生著文颂我,用笔名,竟不知是谁。

(十六)牙倒,竟用手掰出

业余,无所事事,以篮球为乐。

一次球赛,正烈,忽眼黑,遂晕厥。须臾醒,俯卧在地,教师四合而围。及至宿舍,才觉两门牙里扣,双唇破血。

一教师说,无碍,门牙可掰出。遂将双指伸我口中。然后吸气,发力,猛掰牙,我身微抖,门牙竟直立口中。

至今,门牙坚利,而掰牙者姓名皆忘。

(十七)图书,封尘已久

原以为校无图书,问后,才知有书,锁在库房为县局多年前拨款所购。查看,共半箱,覆土深厚,已久无人借阅。

有书不读,性同无书;无书寻书,性在好学。"文革"之有书不读,性在流毒。

叹息。

（十八）郑家营，富民传奇

学校之西三里，有村郑家营。1976年，别村壮劳力日值两角；郑家营八角，翌年一元。

一日清晨，过郑家营。虽土道，竟一尘不染，路无遗禾；农户皆柴墙，墙墙相对，连成一线，不差毫厘；但见炊烟袅袅，鸡犬之声相闻。见村民，面色和悦。

同行人说，支书为"三八式"，抗日负伤，然为民之心未泯。村办副业，战友多为所用。民富心服，无不称颂。

他日遇支书：一腿跛，执单拐；红铜方脸，颇有神采。

然冉冉逾60龄矣。

（十九）某村，曾遭日寇屠杀

我素与公社广播站广播员相友善，一日，广播员约我他家做客，遂往。夜宿。夜半而雨，不能寐。言及该村旧事，广播员说，此村抗日时曾遭日寇屠杀，死者数十百人。翌日清晨，带我至村头，指一大坑说，据老人讲，此坑即是日寇屠杀村民处。

此时大坑渐平，惟边缘尚有几丛芦苇。

遂慨然而怒。日寇侵我中华，罪恶滔天，性不可恕。

归校，愤尚填膺，竟日不快。

（二十）那年，麦场失火

六月初，麦子熟。早饭罢，即去外村支援打麦。

此村麦场怪事：一侧挖沟，存水，放盆。为何？不知。

场中，一拖拉机拖拉石磙画圆轧麦，粉尘飞扬。近午，暑热难耐。正忙，忽一人疾呼：起火！猛见白光一闪，大火骤起，轰然冲天。人们毫无迟疑，断电，疾跑，端盆，盛水浇火……半分钟，火灭。

后知，火因电线接头不实而发。

曾多次支援麦收，所见灭火之果断，迅猛，无过此者。见怪不怪，正所谓有备无患者也。

（二十一）黄沙是害，也是宝

永定河小流域，遍地黄沙。虽多年植树造林，但事倍功半。每逢冬日风起，沙土弥天，人行不远，即黄土蒙面，相貌不识；尤其是口耳眼鼻多受其累，苦不堪言。

固安位于永定河之侧，深受沙害。初到固安时，曾冬日问路，尊称一蒙面人为"大爷"，等露脸，才知是一少妇。初甚窘，后大笑。固安人为防沙，冬日都以布巾裹头，不辨男女，常出笑话。

固安沙多，但人智多，竟因地制宜，变害为宝。

固安民俗，育儿不用尿布。将细沙放锅内炒过（干炒，实为消毒），装入布袋；温度适宜时，再把婴儿放入袋内。婴儿大小便后，倒旧土，换新土。如此反复，既省尿布，也无洗涤之累，余土还可做肥料。更可人者，小孩长期触磨沙土，无伤，且如同按摩，体质强健。

由此可知：民风民俗，皆缘于自然。

（二十二）大堤上，那一片天地

沿永定河大堤西行数里，即粮食部"五七干校"。调固安前，曾去多次，住干校大舅家。

永定河宽，多年无水，惟余空沙漠漠。大堤上，古柳成行，春日熏风抚绿，夏日浓荫送爽，颇得人意；大堤下，辟水田多亩，一片青郁。由此，固安水稻声名大振。干校不远即村庄，人最喜春秋两季：春晨，梨花带露，娇羞洁丽；秋晚，梨香入脾，树下品味。

干校撤回，有远亲滞留当地。春夏，星期天无事，往返数十里骑车探访。为何？为亲情，亦为一堤柳色，一脉花香，一片浓荫，一腔兴味，一怀思绪。

河堤古柳，春花秋实，记忆隽永……

（二十三）纪念邮票，慷慨相送

昔日我有写信习惯。从北大荒到固安，十余年辗转数地，共存书信数百封，皆无损，存于一纸箱内。

1980 年，一日，忽一年轻同事来，说：数百书信放床底，恐日久发霉，不如将邮票撕下送我。

我慨然应允。

赠票后，遂将书信付之一炬。

日后，收藏之风大盛，"文革"邮票爆天价。忽忆当年送邮票事，大悔。然晚矣。

（二十四）不让报考，竟成监考

1978 年恢复高考，学子雀跃。

我室一教师，六八届老高中毕业生，颇具才学，皆以为佼佼者。报名时，县招办竟不让报考！为何？教育局某副局长曰：国家政策，考生年龄应在 25 岁以下；超龄者，政策有"要重视六六届和六七届老高中毕业生"条

文;六八届超龄,年龄虽比六六届、六七届小,但不在被"注意"之列。

教师诉说无门,虽捶胸顿足,亦千般无奈。时日荏苒,惟叹息而已。

考日,大雪,车停。教师步行十余里监考。归,曰:考者,大多白卷先生;题极易,我考,100分无疑;叹!叹!此局长误我一生。

政策误定、误判,皆害人。苍天在上,人之良知,竟不公如此!

(二十五)固安七年,只妹妹看过我

一日,雨,天将晚,妹妹忽到。她说,与师傅公差,她下车看我,师傅前去办事,明晨车来同归。晚饭,同吃面粥、窝头、咸菜。

与妹闲谈至夜。妹留宿,住女教师宿舍。

第二天早饭后,师傅来接,妹妹登车而去。

望妹远去,渐隐于凄风苦雨。叹息:兄妹之情,深入骨髓。

(二十六)代课教师,教学主力

学校一半为代课教师。其源于农民,大多刻苦、好学,任劳任怨。平时住校,星期天回家干活。周日晚返校,皆筋疲力尽。为何如此辛苦?答曰:无法,挣点良心钱。

(二十七)代课教师,良莠不齐

代课教师良莠不齐,真才实学者有之,靠关系滥竽充数者亦有之。

当地流传笑话二则。其一:有教师读课文,把"造诣"读作"造纸"。学生窃笑,教师曰:"笑啥?没文化!敢笑话四大发明?"

其二:一日上课,用连词"即使……也……"造句。一学生正扒桌睡觉,见老师叫,急起,造曰:"父亲拾粪,鸡屎(即使)也要。"学生哄堂大

笑。教师正色曰:"笑啥?积少成多。鸡屎(即使)当然也要"。

(二十八)换亲,转亲……

同室教师,年届30余,出身地主,无对象。1978年秋一日,该教师忽称自己将与妹妹同时结婚。贺喜之余才知,对象家也出身地主,因无人敢娶,双方只得换亲。即:教师娶妻,妹妹嫁妻兄。

据介绍,换亲只涉及两家,最为简单,复杂者为转亲。即:两家无对应男女,须几家轮转,才能匹配成婚;少的三四家,多至五六家甚至七八家才能配成。

换亲、转亲,"文革"奇观乎?

一笑。

(二十九)男厕,女性陷阱

校内厕所拥挤,课间十分钟不足,学生往往有迟到者,遂决定男女厕全为女生用,另建男厕于校外路旁,为方便出入,两端开门。

常有长途车经过,见有厕所,遂停。车上男女皆内急,鱼贯如厕。见男入左门,女皆入右门。入内,急宽衣解带;不想里面相通,男士飞流正酣;乃大惊,狂呼,提腰带奔出。

路人见状,皆掩口大笑。

一厕两门,坑人不浅。

(三十)教导、总务,不教不务

教导主任姓曹,以聪敏、记忆超群闻名;总务主任姓牛,以种菜养花为长。教导主任讲课,常一语中的,从无赘言。总务主任冬耕夏灌,把菜园侍

弄得像个花园。

忽一日，教导主任请辞，理由是要集中精力教课。总务主任听说，也摔了耙子，说：无人教导了，菜园还总务个啥？

结束语

固安七年，收获多多。从东北到华北，相距数千里，可谓情况迥异。收获，有正面，亦有负面。但，都让我了解了当时中国农村现状。

中国农村地大，东北、华北，民风不同。东北人豪放，华北人热情；东北人粗犷，华北人细腻；东北人前瞻，华北人传统；东北人常目向时尚，华北人常目向深层。因此，东北华北，各有优长。

我所回忆、记录，不成长篇，皆为碎片，但都是真情实感。所经历诸事，也都是实事。

或于闲暇之间，或于忙后，思想所至，笔遂记之；信马由缰，叙事无序，无所顾忌，不成规矩者，在所难免。

（2013年2月4日北京）

后 记

　　本书收录了我的八十余篇文章。这些文章有长有短,长的万余字,短的数百字。但无论长短、优劣,都是我的用心之作。这些文字大多在北京或全国性报刊上发表过。她们涉及的内容很广,有纪实,有纪景,有回忆,有评论,有通信,把它们归于散文一类恐无不当吧?

　　这本书的名书就像难产儿,迟迟定不下来,直到即将付印前才决定定名《沃土》。之所以如此,因为我曾经过太多的思虑。虽这个名字可谓俗之又俗,以此定名的书实在太多,然而,我还是决定用她。因为我的这些文字实在离不开生我、育我、教我和我为之努力的这片土地,我对她充满了感情。这一方"沃土",孕育了我和许多热爱她的人们的一腔"热血"。这片土地当然包括我的故乡豫北地区,北京、东北及河北的一些地方。是这里的土地和世代生活在这片土地上的人们给我以营养,让我不断成长;同时也是这片土地激发了我更多的生活热情,她们让我眷念,让我生发出联翩浮想。或推而广之,这些土地还应包括祖国的所有地方,和我曾到过的其他国土——因为,她们毕竟都是人类的共同家园。

　　我幼年时期在豫北平原生活了7年。可以说,这7年给了我很多很多——从生命到情感。也许正是那7年,开启了我的心智,培养了我的性格,让我在今后的日子里,不论走到哪里都以诚挚的爱审视一切,包容一切,善待一切。因此,我无法忘记她。然后我到了北京,开始了我13年的学生生活。是这段生活,为我打下学习基础,并在心灵深处培育出了强烈的求知欲,让我以更大的好奇心和热情探知这个充满诱惑的未知世界。这种求知欲,在内心转化成学习动力,时刻提醒并激励我不断地学习。13年后,是上山下乡大潮把我卷到黑龙江的北大荒,让我第一次领略了这片黑土地的神秘风采,并深深地爱上了这个地方。这里的土地富饶广阔，这里的人们豪放热情，他们的一举手一投足，都蕴含着真挚和豪爽。我在北大荒漂泊了7年。这7年，我到过东北的许多地方，拓宽了我的视野，也使我感悟到了许多之前不曾感悟到的东西。即使现在，每当我想起这片黑土地时还激情澎湃。

1976年7月，我调到河北，为的是距北京近一些，能较方便地探望我病中的母亲，结果，我在河北又度过了7年时光。河北是华北大平原的主体部分，她给我展示了一种与东北截然不同的风貌。她辽远博大的胸怀和深厚的文化底蕴以及人民的勤劳质朴同样让我难忘。春天，我与同室在田间踏青，在村头访春，温润的大地和盛开的花朵、随风起伏海浪般的麦苗及鸡鸣犬吠的深巷、田地里忙春的农人，像一幅幅美丽图画让我毫不顾忌地扑入了华北怀抱，让我尽情地吸吮华北深厚的文化乳汁。直到1983年，我才以教师身份调回北京。

当我绕了一圈再回到北京时，北大荒的战友们早已返京，正在不同的岗位上为社会做着贡献。

似乎生活总是给我开玩笑，本来作为68届老高中的我按当时政策应是留城的，但因了家庭的关系，还是下乡到了东北。这样，命运又让我多了一些经历，多了一些磨砺，这些经历在我的生命轨迹中，多了一些曲线。我的生活道路可能曲折一些，经历可能艰辛一些，但我从不抱怨命运。因为命运总会给人生以丰厚的回报。因此，这些经历转化成了财富，成了我生活动力中取之不竭的源泉。

在生命旅程中，无论我走到哪里，总有一束阳光照耀着我，给我温暖，给我力量，使我的生命始终成长在关爱的亲情之中。这束阳光，就是母亲的爱。在我一生中，没有哪束阳光能和她相比，这束阳光是最辉煌的，最灿烂的，最温暖的。当然，这束阳光还应包括大舅、二舅对我的关爱。尤其二

舅,是他渊博的知识及无私的亲情,激励着我,关爱着我。同时,这些亲友把爱传递给了我,也让我把爱更真切地传递给社会。

本来我可以请人写这本书的序和后记,但我还是决定自己执笔。因为我觉得,只有自己最了解自己,也最了解自己文字的内容,也最知道在这些文字之外,最想再说些什么。于是,我把前言和后记留给了自己。

我供职单位位于北京报国寺内。这是一个充满传奇的地方,清初,著名学者顾炎武曾居住过这里。新中国建立后,报国寺一度成为国家粮食部的办公地。因此,上世纪五六十年代,因为亲友的关系,我时常来到这里。然而没想到的是,数十年后,我竟在这里供职。在这里,我分享着同事们的关爱和友情。报国寺也是我走向成熟的一片"沃土"。

在这篇《后记》即将结束的时候,我要表达对北京晚报前副总编辑、副刊部主任李凤祥老师的感谢之意。李凤祥老师诚挚的友情,认真的工作态度,深厚的文化功底,都给我留下了深刻的印象,同时也深深地影响并帮助了我;他严谨的精神,对作者严格的要求,使每一个和他接触的人都受益匪浅。可以毫不夸张地说,北京晚报的"五色土"也是一方真正意义上的文字"沃土"。我感谢李凤祥老师。

本书定名《沃土》,根据内容我把她又分成了"散文卷"和"日记卷"。需要说明的是,"日记卷"记载的是数年来我在祖国名山大川和国外的旅行感受,以及所见所闻。

在本书付印之际,我还要感谢我的同事、朋友,中国商业出版社副总编辑刘毕林同志,是他积极的谋划和认真负责的精神,热情诚挚的态度成就了这本书。

安共乐
2013 年 4 月 1 日

泸沽湖风光（云南）

苍山洱海（云南）

乌兰布统草原的冬天（内蒙古）

纳木错（西藏）

尼洋河（西藏）

金沙江大拐弯（云南）

丙安古镇（贵州）

仙乃日雪山（四川）

桑科草原（甘肃）

折多山山口（四川）

德天瀑布（广西）

龙脊梯田（广西）

赤水大瀑布(贵州)

大理崇圣寺三塔(云南)

资源八角寨风光（广西）

羊卓雍错（西藏）

谨将此书献给我的母亲和她的兄弟们

沃 土

[日记卷]

安共乐 著

中国商业出版社

图书在版编目（CIP）数据

沃土：全 2 册 / 安共乐著．—北京：中国商业出版社，2013.11
ISBN 978-7-5044-8331-7

Ⅰ．①沃…　Ⅱ．①安…　Ⅲ．①散文集－中国－当代　Ⅳ．① I267

中国版本图书馆 CIP 数据核字（2013）第 275769 号

责任编辑：史兰菊

中国商业出版社出版发行
010-63180647　www.c-cbook.com
（100053 北京广安门内报国寺 1 号）
新华书店总店北京发行所经销
北京明月印务有限责任公司印制
*
710×1000 毫米　16 开　48.25 印张　4 插页　609 千字
2013 年 12 月第 1 版　2013 年 12 月第 1 次印刷
定价：98.00 元（全二册）
* * * *
（如有印装质量问题可更换）

被旅行召回的民族自信

(代序)

国人有语云：读万卷书，行万里路。这句话的确是至理名言。读书，是增长知识的重要源泉，行路，包括现在所说的旅行，也是增长知识的重要源泉，两者相互补充，不可偏废。况且，后者须身体力行，还能学习到书本中学不到的知识，因此，它更有实践性，更具备多样性特点。

我究竟什么时候喜欢上了旅行已经无从说起，也许那是个渐进的过程。在我数十年生涯中，连续10年居住一地而不出行者几乎没有。学龄前，我曾是留守儿童，长期与姥爷、姥娘生活在河南故乡，即使是这样，7年间我也曾两次到过北京。后来，我在北京度过了12年的中小学学习生活。就在我的中小学学习期间，我曾先后去了天津、上海、杭州、广州、南京、武汉、贵阳、昆明、柳州、桂林、南宁、湛江、安阳、新乡、开封等地，也许从那个时候开始，我心中就滋长出了旅行的萌芽。

我至今还记得1966年第一次看到黄河时的情景。列车刚过德州，我就把脑袋紧紧地贴在车窗玻璃上，目不转睛地望着窗外，生怕错过观看黄河的机会。一连等了几十分钟，当我透过铁路桥一闪一闪的钢铁护栏空隙依稀看到黄河时，顿时心潮澎湃，热血沸腾。然而，我并不满足，因为我看到的黄河并不是全貌。1968年，我又特意从北京到了一次河南，从封丘县的柳园口渡了一次黄河，那次渡黄河坐的是一条小木船，船小到坐在船上伸手就可

以够到黄河水。当我看着船下翻滚着打着漩儿的浑黄波涛时,一种满足的惬意蓦地涌上心头,同时也为我国拥有如此宽阔汹涌的大河而骄傲。那时的黄河中下游水面宽广辽阔,波涛汹涌,一望无际,与天相接,用李白"黄河之水天上来"的诗句描写最为贴切。

我第一次看长江也是在1966年,也是坐在火车上。当火车到浦口时,我就像看黄河一样热切地把头贴在玻璃窗上,然而,我没看到。因为那次是坐在火车上乘轮渡过的长江,两边并行着的车厢挡住了我的视线。也正因为如此,我赌气改变了行程,在南京下火车换成客轮,沿长江逆流而上,直到经过两天航行到达武汉。这次行程中的两个白天,我几乎都是站在当时的东方红9号客船甲板上度过的,我目不转睛地望着长江,欣赏着长江——我太爱长江了,我完全被她磅礴的气势和两岸壮丽的风光所征服。

再以后就是到北大荒下乡,但有幸的是,我下乡的地点是在风景如画的五大连池,那里的火山、湖水再一次拨动了我的心弦,使我的情绪澎湃于山水之间。下乡期间,我曾利用身居北国的便利条件,先后去了哈尔滨、绥化、大庆、讷河、克山、嫩江、齐齐哈尔、加格达奇、布苏里、牙克石、海拉尔、密山、虎林、佳木斯、双鸭山等地,领略了大小兴安岭、完达山、张广才岭和松花江、嫩江的独特风光。在黑龙江生活的7年间,我曾两易其地,体验着不同环境给予的不同生活感受。

1976年,我调到河北,那里是华北大平原腹地,那里的原野和充满诗意的农民生活画卷,重新唤起我儿时回忆,带给我与东北完全不一样的生活图景。我喜爱那里春天的美丽和朴质,更喜爱那里如波涛翻滚般一望无际的绿色麦田……1983年,我终于在外地辗转14年后又回到了北京。在北京,我开始了一所中学的教学工作,于是,我有了固定的寒暑假,同时,也让我遇到了一位喜欢旅游的校长。每年暑假,我们都会把脚步留给外地的新奇世

代序
Preface

界。也许正是从那时正式起步,我开始了每年一次或多次的旅行生活。

再后来,我虽然离开了教育界,但沿续了这个习惯,把旅行的触角不断地向远方延伸,一直延伸到祖国遥远的边疆,甚至国外。

至于开始写旅行日记则是2009年的事情,起源于与一位同事的无意闲话。那天,我正津津有味地给同事们讲述着旅行经历,这位同事问我:我什么时候能看到你写的旅行日记?他的话提醒了我,于是,我的旅行日记就此诞生,并一直坚持到现在。

其实,旅行是个严肃认真的事情。每逢出行之前,我都要根据旅行目的认真查阅资料,其中包括书、杂志和网络,并制定出旅行计划——这些都给我的旅行日记提供了有力支撑。

今天的中国,旅游俨然已成为一个巨大产业,越来越多的人走出家门,双脚迈向原野,迈向大山,迈向海洋,迈向高原,人们的视野更加广阔,更加高远,审美更加深刻,更加严格,他们不再满足于人工制造的表面虚华,而是用脚步丈量美丽,用自行车宣泄毅力,用汽车流连风景,用飞机跨越思维,或短途,或长途把自己融入人文经典和大自然的怀抱。可喜的是,现在,无论走到哪里,国内或国外,欧洲或非洲,美洲或大洋洲,你都能看到中国人的身影。

旅行,意味着富足,意味着自信,意味着交流,意味着敞开家门、国门,寻找观察世界的新视窗。

但有人曾告诉我,在庞大的国际旅行队伍中,中国人数最多,中国游客也是世界上最不受欢迎的人群之一。理由是,中国人在公共场合总是大声说话,大口吃饭,大把花钱,并随地吐痰——这些不文明行为让外国人瞠目,并严重影响了中国的国家形象。

我反对任何不文明行为,但我看到了事情的另一面。近代史上,我国曾

长期遭受侵略，人民饱受欺凌，漫长封建社会的奴化教育，使中华民族的一些人心理蒙上了一层劣根性阴影，在"洋人"面前弯腰屈膝，惟惟诺诺。但现在，随着经济腾飞，国力昌盛，中国人开始要用自己的方式追求世界平等，在"洋人"面前毫无顾忌地宣示个性……但无论怎样，只有抑制"不文明"行为，才能让世界看到一个鲜活而真实、正在崛起的中国。

无疑，中国经济正在快速发展，中国人的文明也在快速进步。中外文化的相融相通才能达到世界的和谐发展。

中国人是善良的，就连《三字经》也把这种善良作为开篇"谶语"："人之初，性本善……"在旅行中，这种善良演化成友爱，并随处可见。一路行走，我们总能找到自己的朋友，并能相互搀扶，相互帮助，让你不断地体验到善良友爱的温热。旅行路上，你可以节省体力，节省语言，节省金钱，但千万不要吝啬友爱，吝啬善举，在别人需要的时候请毫不犹豫地伸出你的援手。人类就是这样，他们是一种社会性极强的动物，也许善良、友爱和共同生存是天性；而旅行，就是回归自然和享受、展示天性的过程。

写到这里，我不由得想起香港旅友肖先生——我们是在陕北佳县旅行时相识的——我们从佳县到包头一路相伴，结下了深厚的友谊，并一直保持到现在。

这几年的旅行，让我看到了祖国的大好河山，看到了中华民族辉煌的历史和充满生机的现在，看到了中华民族的创造智慧，也看到了中华民族为世界做出的杰出贡献，更看到了近几年我国经济的腾飞和发展——城市繁荣，农村富裕，过去那种贫困生活将一去不复返了。

我为此骄傲，对未来充满自信。

2013 年 5 月 14 日　于北京

目录
CONTENTS

穿越的魅力 …………………… 1
西看，感受欧陆精华 …………… 63
青藏，体验梦境 ………………… 83
畅游苏、皖、浙·2011 ………… 141
广西画里行 …………………… 203
沿黄河北上 …………………… 247
世博——重新阅读上海 ………… 277
沉醉在永定河谷 ……………… 283
神游鄂湘黔 …………………… 327
辽宁七日 ……………………… 365
江南半月行 …………………… 383
后记 …………………………… 407

穿越的魅力 | 旅行日记

前 言

  我 2012 年 8 月 26 日从北京乘飞机出发前往海南省省会海口，并在海南诸地盘桓数日后，又历经贵州、四川、云南三省后从昆明返京，共用时一个月零一个星期。这次旅行是我多年来梦寐以求并充满魅力和挑战的向往之旅，也是充满刺激和艰辛的浪漫之旅。因为，我所游览的地区，大多地处高原，是我国最美丽、最壮观的高海拔地区，她如画的景观，多彩的少数民族风情足以使任何一个涉足该地区的游客心动不已。一个多月的经历，使我深深地为我国的博大和拥有如此壮美多样的风光而骄傲。

  这次旅行原计划由黔入滇，然后再由滇西北入川。然而，一个偶然的机会使我改变了行程，增加了海南之旅。其实，海南之旅也是我多年渴求的愿望——因为 40 多年前我曾失去了一次海南之行机会，日后，又有太多的原因让我的海南行程一次次地搁浅，这次机会我再也不能失去了——虽然这样会增加我的出行时间和出行成本，但我还是努力实现了这个多年夙愿。

  这次旅行从海南到达贵州后，在贵阳流连数日我一路北上，访遵义，登娄山关，饮酒茅台镇，徜徉赤水，陶醉于贵州壮美的山水之间。其中的花溪、黔灵湖、青岩古镇、甲秀楼、天河潭、遵义会议旧址、娄山关、茅台镇、十丈洞、四洞沟、红石野谷、燕子岩、丙安古镇等都给我留下难以忘怀的印象。尤其从仁怀北上到赤水市，沿途赤水河蜿蜒奔腾，穿山越谷，不但一路留下壮美景观，还让我们沉浸在诸多名扬海内外美酒佳酿的甘醇里：茅台、小糊涂仙、郎酒、古蔺、习水大曲等，让我们在酒香的陶醉中用朦胧醉眼欣赏黔北江山的壮丽。赤水河，一条流淌魅力和美酒的河，以致当地老百姓戏称赤水河为"美酒河"。

同时，赤水河也是一条见证当年红军长征的河；而这条路，也是一条见证当年红军的长征路。其中遵义、娄山关、丙安镇都是人们耳熟能详的名字。

遵义，这是一个值得纪念的地方。1935年1月的遵义会议，改变了红军命运，把毛泽东的名字和红军、和国家历史永远地连在了一起。正是遵义会议后，红军四渡赤水，鏖战黔北，挥师云南，摆脱了数十万国民党军队的围追堵截。"四渡赤水"曾被毛泽东称为自己一生指挥战争的"得意之笔"。

而当我来到娄山关，盘桓于娄山关头，登上位于半山昔日红军的阵地，眺望娄山关下路悬一线的险要地势，再攀上娄山关最高峰鸭子岭顶峰，放眼四望，那"苍山如海，残阳如血"的豪壮意境顿时扑入眼底。一时，我思绪汹涌，无限感慨……

而丙安古镇，则是当年红军第一军团司令部所在地……

原计划到赤水市后再返回贵阳而南，游览黔南诸景：黄果树瀑布、织金洞、二十四拐（滇缅公路险要处）、花江峡谷、马岭河峡谷、泥凼石林；继而从兴义入滇，游罗平，观石林，再直抵昆明。但终因赤水市居北，位于川黔边境，本着"不走回头路"原则，遂决定改变计划继续北上而至成都，这才有了九寨、黄龙之旅。

九寨、黄龙之旅不用说是销魂之旅，因为那里幻梦般风光用人间语言实在不能描述其万一，正如古人所云："此景（曲）只合天上有"。除九寨、黄龙之外，路途中，我记住了岷江和松潘古镇。岷江河谷的壮丽和两岸山

峦的崔巍、险要，令人震撼。尤其数年前汶川大地震给那里的人民带来的灾难至今遗迹尚存。然而值得宽慰的是，如今汶川及汶川映秀镇、茂县等地的建设面貌令人耳目一新，其重建的速度之快，规模之大，设计之巧，令世人瞩目。如今，那里已成为旅游新热点——这，或许是告慰那些在大地震中遇难在天之灵的最好方式。松潘古镇印象虽只是路过中的一瞥，然而它已经让我蒙生了重游的意愿。当然，那里也曾是当年红军路过并取得战役胜利的地方，然而，如今那里广袤旖旎的草原风光已是众多旅游者放飞心情的天堂。

当从九寨、黄龙归来后我选择了由成都到泸定、摩西古镇、海螺沟、康定、新都桥、稻城、亚丁、德钦、飞来寺、梅里雪山、香格里拉、小中甸、虎跳峡、丽江、泸沽湖、大理古城、苍山洱海、喜州古镇直至昆明的行程。在那里，我沿着大渡河河谷（从成都到泸定，因交通事故改走石棉县）、金沙江河谷、318国道川西段，一路欣赏雪山峡谷的高原风光，陶醉于山河的壮丽和妖娆。可以毫不夸张地说，那里，聚集了祖国山河壮丽风光的精华。在海螺沟，在亚丁，我没有选择坐缆车或骑马登山，为的是有更多的时间和机会咀嚼大自然美丽的品质，尽情享受魅力带给我的每一个细节——我更注重于体验品味美感的过程。我徒步登上了贡嘎雪山脚下的海螺沟低海拔冰川和亚丁仙乃日、央迈勇、夏诺多吉雪山怀抱中的牛奶海和五色海，在喘息中尽情享受健康给我带来的快乐，并深深为雪山的壮美和高山湖泊的清澈震撼。我始终忘不了泸沽湖，因为那里就是人间仙境，是人类放纵梦幻的地方。同时，我也庆幸在康定到新都桥路段游览中，清楚地看到了被称为四川第一雪山的贡嘎雪山美丽的雪顶。

昆明，一个四季如春的城市，我登上龙门，俯瞰烟波浩渺的滇池；登临大观楼，品味长联酒醉般的意蕴；徘徊于金殿前，评说当年吴三桂的功过；

流连翠湖残荷景，追寻昔日云南讲武学堂风云，挖掘当年初游时的印记，回顾鸥鸟翻飞……

此次旅行之前，我曾有过无数次断想，尤其德钦飞来寺、泸沽湖、稻城等地，想象中，她们是天寒地冻的不毛之地，即使是城镇，也荒凉不堪，人烟稀少。然而，当我双脚踏上这些土地上时才发现，那里呈现给人们的是一片繁荣景象，城镇干净整洁，店铺鳞次栉比，人们热情好客。据说，当地开店的大多是内地老板，是他们把内地商业经营方式带到高原地区，繁荣了当地经济。商业，有着无孔不入的触角，有着敏锐的直觉，有着准确的预见力和吃苦精神，是开发荒原的主力军。在他们眼里，从来没有不能开发的处女地……

同时，我又不能不为我国无处不到的交通干线自豪。从大城市到村镇，从繁华地区到边远地带，公路，就像一个人躯体上的庞大血管系统一样通向全身的各个部位——尽管有些地区的路况有待改进（尤其是正在改建中的318国道川西段，我从康定到稻城，乘车竟用了21个小时），但，它们形成的网络，却是支持我国从发达地区到边远地带经济发展不可或缺的命脉。可以说，它们，是我国经济和人文交流的强大通道。

我上半年曾到过欧洲，并深深地为那里的旖旎风光感动。但，我们中国并不缺少旖旎，比那里更多的是壮丽。然而，依此次旅行所见，我所担心的是，数年或数十年后，我们的这些旖旎和壮丽是否会保护如初？欧洲的旖旎是保护出来的，那里的景观，呈现给人们更多的是人为保护的痕迹，而我们，能否在发展中继续保持大自然的原生态？如果真能如此，将是现实中国献给未来中国的一份厚礼。

我国是个多民族国家。这次旅行，我经过了一些少数民族地区，如藏族、彝族、白族、纳西族、苗族等地区，其中包括生活在泸沽湖畔还

在走婚的摩梭人。我亲眼目睹了少数民族之间及他们和汉族之间亲密的融合关系。少数民族已不像数十年前人们描述的那样贫穷和落后，如今，他们同样生活在现实的先进文化和富裕生活之中，有的生活水平甚至超过了内地。

同样的，无论走到哪里，我都会深切体会到游人之间和谐的互助关系：在雪山，在草原，在古镇……但凡遇到的旅友，一句话，一频笑，一个眼神就可以成为朋友。由此，我也理解了沿途看到的那些在高山大川之中背负行囊徒步或骑车的旅行者们，他们的行程固然艰辛，需要更坚强的意志力，但他们并非无助，当遇到困难时，会有无数友好的双手助力于他们的行程。至今，我的那些在路上结识的众多旅友，年轻的或年老的，男性的抑或女性的，还执著地保持着友情。我们会在旅途中、假日里相互问候，传递信息，交流心得。

当我回到北京的家中，安闲地整理着旅途中搜集的各种资料，或坐在电视机前看着"十一"黄金周各地旅游景点的拥堵状况时，暗自庆幸自己于黄金周来临之前即已登上了返京的列车。毕竟，我们享受的是旅游中风景如画的山海，而不是人海。

2012年8月26日~8月30日（海南略）

游览海南诸地美景

数日的旅行，我们领略了海南岛的美丽。

然而，我难忘乘火车过琼州海峡时的情景，很替唐僧享受了一番"蒸笼"里挨蒸的滋味。这与"旅游岛"的名称极不相称，亟待改变。

2012年8月31日（星期一）晴

贵阳

下午到贵阳。出站，忽忆 1966 年我曾到此。那时，站前有一座小山，我曾登上山顶，竟看见山顶架着几门高射炮。这次又看见站前的那座小山，但山上已是植被茂密，郁郁青青的景象了。我想，今天，山上的高炮阵地该已没有了吧？

晚上，到甲秀楼及附近看夜景。

2012年9月1日（星期二）阴转晴

花溪 · 青岩古镇 · 天河潭

上午到花溪、青岩古镇。下午游览天河潭。

花溪，以花盛闻名。今日季节不对，惟看水而已。花溪虽居闹市，但野趣盎然，溪中蒲草柳苇交缠，别有一番风味。

天河潭，贵阳必游之地，有瀑布群、旱洞、水洞诸景点。旱洞，钟乳石奇形怪状，琳琅满目；水洞乃天坑形成的暗河，乘舟野渡，辗转曲折，水深洞奇；而瀑布群层层叠叠，飞湍流急，水势激荡，奔声如雷。

有资料介绍说，天河潭是典型的薄层碳酸盐岩裸露地块，褶绉频繁，断裂交错，河谷拐曲，纵横深切；河床上堆积的 20 多处钙化滩坝，串连着 20 余个溶洞，形成明河、暗洞、桥中洞、洞中湖、天窗、竖井、绝壁、峡谷等复杂纷纭、多姿多彩的岩溶洞景观。河水被阻塞，产生回流，在强烈的溶蚀作用下，经历千百万年的漫长岁月，形成的"腹中天地阔"的龙潭洞庞大空

间——地下天楼、天桥楼、鹊巢楼、月牙楼、海螺宫、潮夕潭、木鱼潭等地下暗湖溶潭。

进入景区，呈现在你眼前的是210米宽的钙化滩瀑布，也是目前国内最宽的钙化滩瀑布。瀑布下游这一段河叫香粑沟。瀑布飞泻而下，在香粑沟河段那星罗棋布、奇形怪状的石灰溶岩洞中，或迂回婉转，或奔腾跳跃，形成美水、浣沙洲、绾髻园、仙女出浴等景点。丰水时，瀑布如脱缰的野马轰鸣而下，势不可挡，在冲坑溶潭下溅起漫天水雾，蔚为壮观。枯水季节，瀑顶上挂着下垂瀑布如丝如缕，在微风吹拂下，飘飘洒洒。连接钙化滩的是卧龙湖，长长的龙脊——百步石桥浮现在湖中，湖水清澈如镜，湖岸上花红柳绿，犹如世外桃源。

天河潭瑰丽奇绝，到贵阳而不到天河潭，景观失之大半。

2012年9月2日（星期二）阵雨

黔灵公园

上午到黔灵公园。行至半山而入弘福寺，出寺再登顶，远眺贵阳城全貌。下山，路遇猴群嬉戏，乘兴游黔灵湖。

黔灵湖，群山环抱，明如悬镜。当日风平浪静，水波不兴；青山倒影，游船游弋。身临湖畔，可谓天光云影皆入我怀。

穿山洞而至黔灵公园门前，此时，正处处笙歌，台台曼舞，艺人表演，游人驻足，一片欢悦景象。

之所以到黔灵公园，除慕其名，还缘于上世纪60年代我曾到此。彼时，黔灵公园静则静矣，美则美矣，然偏僻而空寂；而贵阳火车站前仅有一趟环行公交车，半个多小时即可绕城一周。而今登黔灵山眺望贵阳城，乃高楼林立，道路交错，昔日境况不可同日而语。

下午，乘 4 点 50 分的车前往遵义。

2012 年 9 月 3 日（星期三）阴

遵义会议旧址 · 娄山关

早晨参观遵义会议旧址，游览红军街。

如今，遵义会议旧址与红军街诸景点皆包围于繁华闹市之中，与昔日原貌大不相同。然城市发展不得不如此——时间不可踏步，历史不可断代，惟求其精神而已。

中午，以三香包为餐。三香包，遵义美食，有果酱和麻酱两种馅，鲜香可口，当地人皆以之为正餐。

下午，到茅草铺车站乘车到板桥，再包车（40 元）而到娄山关。登红军阵地观景台，参观红军雕像。

参观时，不期遇两少女，遂相约登上大娄山鸭子顶顶峰。登顶即见"苍山如海"之景象，因阴天，不得亲睹"残阳如血"景观。大娄山巍巍耸峙，中间挟持一狭窄山道，由远及近，弯如长蛇；至脚下一雄关突起，而山道穿关而过——此即娄山关，正所谓"一夫当关，万夫莫开"之险境也。遂感当年红军行军之艰，境遇之险，战斗之烈，胆略之雄，用兵之奇。

天将晚，返回遵义。

2012年9月4日（星期四）晴

茅台镇 · 赤水河

由遵义赴仁怀县，再倒车至茅台古镇。近古镇，即闻酒香扑鼻。至镇头下车，登上茅台酒厂厂车参观茅台生产及包装车间。

现茅台酒厂已对外开放，凭证件办理手续后即可参观。

茅台酒厂下属诸分厂，皆有厂内巴车免费乘坐。酒厂规模之大，交通之四通八达，出乎意料，俨然为城中城也。这使我想起当年到大庆时的情景。

昔时红军长征曾经茅台镇，至今半山建有红军纪念亭。参观后乘车到老街，吃午饭，并于老街街头登上赤水桥，看河水奔腾远去。

茅台镇商店鳞次栉比，都有茅台酒出售。有人曾告知，镇中各店酒质量参差不齐，买酒须慎之又慎。

下午返仁怀，再乘车赴赤水。公路沿赤水北行，地势忽高入云天，忽降诸谷底，蜿蜒曲折，山势奇险，危岩绝壁，令人瞠目。虽如此，却风景如画。凡过胜景，路旁皆建有观景台。尤其途径小糊涂仙酒厂附近，重崖断壁，巍然耸峙，令人俯仰惊叹。再顺赤水河而行，糟车接踵而行，酒香连绵。细数赤水河畔建有茅台"酒、小糊"涂仙酒、古蔺酒、郎酒及附近习水大曲等名酒酒厂，称赤水河为"美酒河"，名副其实。

晚上10点到赤水。赤水市不大，然干净整洁，秩序井然。住宾馆。宾馆为绍兴人士所开，计划精细。

2012年9月5日（星期五）晴

赤水四洞沟 · 红石野谷

早晨前往四洞沟景区。

四洞沟景区地处苗寨之侧。四洞，实为四挂瀑布，瀑布后皆有山洞；所谓沟，即为小峡谷。四洞沟长约6公里，景点先后为水帘洞、月亮潭、飞蛙崖、白龙潭。论水势，以水帘洞、白龙潭最盛。

水帘洞，前瀑后洞，水势汹涌，声如奔雷。沿瀑布一侧进入洞中，但见瀑布由头顶飞湍而下，如珠玑引线，从崖壁飞落。在瀑下行走，顿觉细雨蒙蒙，衣发半湿。而白龙潭瀑布势高水急，数缕瀑水拉成线，集成束，从山上喷涌泻下；其中三缕较宽，遂各成水帘，及落至潭底，三帘又联成一片。潭中有数块怪石突出水面，瀑水落下，石上飞珠溅玉，细雾蒸腾。

飞蛙崖以瀑前横卧一石状如飞蛙得名。

四洞沟沿途翠竹夹道，青笋攒天；时有飞泉忽从天降，气势如虹，清凉悦目。溪旁多生杪椤，独立成丛，亭亭玉立，枝叶随风摇曳。沿溪缓行，至中午，遂于溪旁木厅吃农家饭，沐习习清风，听潺潺流水，啜淡淡香茶，品浓浓粗饭，天上神仙也莫过于此。

返回时，竟于道旁溪侧草丛间见一巨蛇，昂首挺胸，蜿蜒如飞，转眼窜入草中不见。我之前所见蛇行未见如此姿奇速快者。

下午游览红石野谷。红石野谷距四洞沟不远，亦属四洞沟景区。景区为丹霞地貌，其精彩在"丹霞石刻奇观"处。该处为巨大山崖侧体凹陷，长约千米。凹陷上方岩石突起，形成一檐；上有三处瀑水飞流而下，或散或线或

如珠，形态各异，各成特色。此处山体有如蜂窝状，有如平砥状，皆丹红如霞，新奇壮美，蔚为大观。

景区门前即为华平河，河滩乱石同为赭红色。当地人说，此时水少，若夏日大水漫滩，可漂流嬉戏。

2012年9月6日（星期六）晴

赤水大瀑布 · 燕子岩

十丈洞，又名赤水大瀑布，位于赤水河支流风溪河上游，国家AAAA级景区，"赤水丹霞"申报世界自然遗产的核心组成部分之一。

走近赤水大瀑布，水声如雷，雨雾弥天。巍巍绝壁上，瀑水奔腾而下，如急水陡立，飞跃崩跳；瀑水溅落潭底，旋转翻腾，如蛟龙搅动深渊，浪花奔涌。或迎日观水，立见瀑中飞出一道彩虹，如悬半空。瀑前所伫立一块巨石，为观瀑最佳位置。然若无雨衣遮蔽，须臾之间浑身透湿。

赤水大瀑布高76米，宽80米，是我国丹霞地貌上最大瀑布，也是长江流域最大瀑布。其虽稍逊于黄果树瀑布，然水势更盛。黄果树瀑布高77.8米，宽101米，属喀斯特地貌中的侵蚀裂典型瀑布。黄果树瀑布虽比赤水大瀑布高1.8米，但主瀑布却比赤水大瀑布低9米；黄果树瀑布虽比赤水大瀑布宽21米，但主瀑布却只宽1.3米。

赤水大瀑布名非虚传，画坛泰斗刘海粟先生曾誉之为"空谷佳人"，中科院专家也评价为"神州丹霞瀑布奇观"。

赤水大瀑布景区除十丈洞大瀑布外，尚有中洞瀑布、奇兵古道、转石奇观、香溪湖、百亩茶花、石笋峰等景观，而沿途树花最为秀美，引来无数夾蝶，上下翻飞，左右盘旋，独成一景。

下午游览燕子岩。燕子岩，以山顶有石如燕成名。而其瀑布群秀美，大可一观。所谓"人之源"、"人之根"一景，虽貌似，然属附会而已。

2012年9月7日（星期日）晴

丙安古镇

在北京时友人就介绍说，到赤水一定要去丙安古镇。今日早晨我等一行4人即登车出发前往丙安。

丙安古镇距赤水市区25公里，旧时为赤水河水陆码头，相传丙安原名"炳滩"，为避火及祈求平安改为丙安。1935年1月红军一渡赤水时，红一军团第二师和师部曾驻扎于此。现丙安建有红一军团纪念馆，成为红一军团在全国惟一的纪念馆。

下车到丙安古镇，须渡过赤水河，渡赤水河须过赤水桥。赤水桥为钢索斜拉桥，一头连公路，一头接古镇，成为渡河锁钥。古镇建于赤水河畔危岩之上，背倚青山，三面环水。砌石为门，垒石为墙，木质悬空吊脚楼依山而建。远眺，古镇建筑风格独特，地势崔嵬，成为雄踞之地。

丙安镇崖下一头有一赤水河支流，支流上有桥，桥以岩石为体，雕石龙为墩，故名为双龙桥，是镇中的千年古迹。

游览丙安古镇，古榕，滩水，瀑布，窄巷，双寨门，石板路，吊脚楼，古石桥，纪念馆成为必看之景。

赤水河水流湍急，然行船来往不绝。

下午，乘车到成都。

2012年9月8日（星期一）多云

黄龙

赴黄龙。久闻黄龙、九寨沟大名，今日得以成行，幸甚，幸甚。

闻鸡而往，沿岷江经都江堰、映秀、汶川、茂县、松潘而至黄龙。下午，游览黄龙景区。

车行岷江峡谷，公路忽高忽低，时而行在江边，望江水滔滔滚滚；时而行在云端，下望岷江如带，两边峭壁，人在断崖。岷江沿岸，昔时地震重灾区，满眼断桥、残壁、泥石流遗迹，令人望而生畏，回首胆寒——现已辟为地震博物馆。如今映秀、汶川、茂县等地面貌焕然一新，高楼林立，俨然成为新城；回想当年地震，损失巨大；然倾全国之力再建，对口支援，短短几年，重建速度之快，令人惊叹。尤其茂县，沿途即见市场繁荣，羌族碉楼矗立，凸显民族风情，如今已成为旅行热点。

沿岷江北行而至松潘。见路旁建筑严整，民族风情独特，道路一侧即为古城墙。松潘，古称松州，是历史上有名的边陲重镇，被称为"川西门户"，有"扼岷岭，控江源，左邻河陇，右达康藏"，"屏蔽天府，锁阴陲"之谓。自汉唐以来屯有重兵。明洪武十三年平羌将军丁玉上书设"松州卫"，古城墙即为此时所筑。

过松潘不远，即见川主寺镇元宝山顶上之红军长征纪念碑，碑顶立一红军战士铜像，铜像一手握鲜花，一手拿枪，双臂高举成"V"字，象征长征的伟大胜利。据载，中共中央在长征途中召开过5次重要会议，其中有两次（沙窝会议、毛儿盖会议）在松潘境内召开，故松潘还是重要革命历史纪念地。

下午游览黄龙——我没有坐缆车，与几位新识年轻旅友步行而上。黄龙美则美矣：黄龙寺、五彩池；钙华、碧水；松林、云杉，一一扑入眼帘……称颂她的优美文字和绚丽图片实在太多，以致无法从语言中再寻出更灿烂的描述辞句赞颂——她，确实美到绝伦！

晚，宿于某镇宾馆。停电，无灯，无热水。

2012年9月9日（星期二）阴转晴，傍晚有雨

九寨沟

九寨沟，是梦幻世界。尤其是九月，进入九寨沟，就如同进入了仙境。但有人说，她的十月更美。我简直不能想象，她的十月会美到何种程度，因为，眼前的美景，我已为之倾倒，已没有更好的语言形容她，描述她。面对她的美丽，任何词语都显得苍白无力，只能用内心体验，用精神感悟，用底蕴咀嚼。而感悟、体验、咀嚼的真切深刻程度，须凭借对美感知力的积累。感知力越强，美色越纯，越接近她的原态；底蕴越深，色彩越丰富，越能感悟她的空灵。九寨沟给你一个空间，凭神思自由翱翔，你会得到一个神奇世界。在这个世界里，你会尽情享受，驰骋神采，创造神奇。

当地人说，若没有了现在的人流，九寨沟会更恬静，更神奇，更色彩斑斓。她的四季，将奉献给你一个童话世界。那时，她会留下你的心灵，使你融化。

如果你在九寨沟游走，就请你调动全部注意力：因为稍一分神，一段精彩就会从眼缝中溜走，一丝色彩就会倏忽变色。这里的每一座山，每一湖水，每一刻都在变幻，都在演绎着传奇；每一棵草，每一段木，都会抖擞身姿，摇曳形态，魅力将以分秒变幻她不同的传奇。

我喜欢九寨沟的湖泊、叠瀑、彩林、雪山、蓝冰、风情，流连于蓝色下

面的钙华和诺日朗瀑布的宽阔……

九寨沟，慑人心魄的美丽，她把人的灵魂融化在那里，让你的精神和享受轻轻地依偎在她的怀里。

2012年9月10日（星期三）晴转多云

回成都

乘车回到成都，同伴到火车站乘车返京。

2012年9月11日（星期四）多云转小雨

大渡河峡谷　摩西古镇

从长途汽车站出发赴海螺沟。

海螺沟位于四川省甘孜藏族自治州东南部，贡嘎山东坡，是青藏高原东缘的极高山地。按长途车行车路线，应经雅安、天金、二郎山、泸定再南行而至摩西镇。然而，当汽车行至雅安附近时，司机忽接到电话，说二郎山附近发生交通事故公路阻塞不能通行。不得已，车遂加费改道向南，经荥经、汉源、石棉再北上而至摩西。

这样，我沿途虽错过观看大名鼎鼎的二郎山和穿越二郎山隧道的机会，但车过汉源即进入了大渡河峡谷，使我有更多的时间欣赏大渡河峡谷的风光。

进入大渡河峡谷，两岸绝壁绵延，山嶂叠峙，而车下竟是悬崖绝壁，万丈深渊。汽车随公路盘旋，忽爬上山顶，忽下行谷底。行至山顶，下望大渡河飘若丝带；下至谷底，大渡河激流即在身边，但见漩涡盘旋，飞湍流急，遇到岩石，激起团团飞浪。若在山间窄道行驶，上望仅见一线天日，下望仅见渊底激流，心中不免惴惴不安。

但车行间，竟几次看见骑车旅友，有的结伴，有的独行，吃力前进，不得不令人佩服。遥想当年红军抢渡大渡河，日行240华里，不由不让人肃然起敬。

下午，到磨西镇。

晚，游览磨西镇毛主席故居。据介绍，当年红军长征经摩西，毛主席曾住在镇中天主教堂，如今，教堂已成旅游景点，里面有红军长征展览。

路上，结识3位四川民族学院旅游专业外出考察学生，一路畅谈，遂交往同行。

2012年9月12日（星期五）雨

海螺沟　泸定桥　康定

（一）

我们游览海螺沟时，天下起了大雨，雪山湿了，森林湿了，道路湿了，整个天地到处湿漉漉的。但，最让人感叹的是，浓云笼罩了山峰，使一切都变得朦朦胧胧起来。这对于游览海螺沟的我们，不知是喜还是忧。

海螺沟位于贡嘎雪山脚下，这里的一号冰川是亚洲东部海拔最低，距城市最近，最容易进入的低海拔现代海洋性冰川。景区具有生态完整的原始森林和高山沸、热、温、冷泉。海螺沟一号冰川从高峻的山谷铺泻而下，其间形成有巨大的冰洞、险峻的冰桥，使人如进入神话中的水晶宫。特别是举世无双的大冰瀑布，高达1000多米，宽约1100米，远大于著名的黄果树瀑

布。然而今天大雨，我们不知还能看到否。

雨中，我们乘景区轿车到达 4 号营地后，理应再乘缆车到达冰舌中部地带，但，我和几位学生没有选择缆车，而是决定冒雨步行上山。沿山路几经攀爬，穿过数千米原始森林，跌跌绊绊，终于来到冰舌崖下。一路上看山，看茂密、郁郁葱葱的森林，看白雪皑皑的峰顶，看层云飞渡的山腰……眼前景物虽雨幕半遮，但奇幻美妙，变化无穷——雨，让我们看见的是另一番景致，她，同样美丽。

冰舌，一个巨大冰流，上面覆盖着一层厚厚的黑色冰川砾石。登上高处下望，冰舌高低起伏滚滚滔滔，形如冻住的黑色奔浪。待走近冰崖，方显现出她的晶莹本色；细看，砾石下的冰体洁白剔透，温润如玉，让人顿生怜爱之心。穿过冰隙，可看到由于融化而生成的各种冰体造型，有的如冰塔，有的如卧石，有的如冰树，有的成冰洞，可谓千姿百态，如入幻境。站在冰洞洞口探望，里面玲珑剔透，如水晶宫一般。

据说，一号冰舌每年都在萎缩，原因是天气的热效应加快了冰的消融速度，我们真的不能想象，未来高原上没有冰川将是什么样子，地球气候将变成怎样的境况……

当我与学生们步行下至 4 号营地的缆车站时，乘坐缆车的同伴们却还没有踪影。

（二）

下午，雨停了。我与几位学生告别海螺沟，一起包车去泸定。目的是游览大渡河沿岸风光和闻名遐迩的大渡河铁索桥。

当我们真的登上铁索桥时，不得不佩服当年飞夺泸定桥红军战士们的英勇和感叹攻打对岸桥头堡时的艰险。稀疏的铁索下，即是波涛滚滚，激流汹涌的大渡河水；大渡河两岸则是陡峭的悬崖峭壁，即使现在人们走在铺了木板的铁索桥上，也不免心悸，也要加上十二分的小心。

（三）

天将晚，车终于到达康定。康定，藏语叫达者都，意思就是三山相峙，两水交汇的地方。所谓"三山"，乃大雪山中段的贡嘎山、折多山、海子山；"两水"，乃折多河、雅拉河，她们在这里又交汇成了康定河。果然，傍晚，当我们在康定城漫步的时候发现，康定城其实就是"一河两街"。河，自然是汇合前的折多河，康定城的繁华地带沿折多河两岸铺开，形成了分布于两条街道上的商业和政治中心。

值得庆幸的是，我们住的宾馆就位于折多河岸边，隔窗就可以看到河水的奔流，开窗就能听到河水奔流的声音。也许折多河流淌的是雪山融水，给雨后气温本不高的康定城带来丝丝寒意。

康定是我国西部地区重要的历史名城，古称打箭炉，现在是四川甘孜藏族自治州首府。然而，让她一举成名的竟是那首著名的《康定情歌》，正是这首歌，使康定城名扬海内，让人们属意于那座充满诗情画意的跑马山。

2012 年 9 月 13 日（星期六）晴转阴，雨夹雪

折多雪山　新都桥

由于几位学生到别处考察，所以，我只得与他人重新拼车去新都桥。早晨，我们成功地搭上开往新都桥的小巴，与司机罗布商定了票价（40 元）。同车的还有两位藏族同胞，一位是喇嘛扎西，另一位叫多瓦。

新都桥,地处318国道南、北线叉路口,是一片如诗如画的世外桃源。因其有无垠的草原,弯弯的小溪,金秋的白杨,连绵的群山,散落的藏寨,安闲的羊群……加上神奇的光线,被人们称为"摄影天堂"。新都桥又叫东俄罗,海拔约3300米,沿线有10余公里被称为"摄影家走廊"。

到新都桥,必翻折多山。据喇嘛扎西说,"折多"在藏语中是弯曲的意思,翻成汉语就是"折多"一词,是说道路弯子很多。果然名不虚传,折多山的盘山公路九曲十八弯,来回盘绕就像笔画连在一起的"多"字,一个弯接着一个弯。多瓦告诉我,当地人流传有"吓死人的二郎山,翻死人的折多山"的说法。

一上折多山,就被一眼望不到头的军车车队挡住。据司机罗布介绍,这个车队足有100多辆汽车。他在这条道上行驶,每天都能看到这样的车队,那是给西藏运送物资的汽车。我们跟着车队缓缓前行,一有机会,罗布都会加大油门超过几辆。然而,我并不理会道路的曲折和车速的缓慢,因为这给了我更多机会欣赏或抢拍窗外的美丽风景,而较缓慢的车速,能提高相机的成像质量。

行至半山,猛然回首,竟被眼前风景惊呆。窗外远处,一座雪峰巍然伫立,银白银白,在阳光下炫人眼目。多瓦指着雪山说,那就是贡嘎雪峰。再往下看,几座雪山高低错落地连在一片,美丽且壮观。我忙掏出相机拍摄,竟错过了机会;不过还好,"折多"竟帮了我的大忙——汽车转上下个弯道,我忙乘机抓拍了几张。

刚才山下还是万里无云,转眼车外下起了小雨。一会儿,山和道路都被打湿了。随着海拔增高,原来眼前的绿色渐渐变成了金黄,一群群白色羊群也出现在山腰。折多山,又向我们展示了它不同海拔高度出现不同季节和不同的美丽。接近山顶,外面的风雨转瞬又变成纷纷扬扬的大雪。风和雪打在车上，须臾成冰。远处的山，草原一时遮上了雪幕。这时，窗外风雪中竟出现了几个红点。红点渐渐近了，竟是几位穿红衫的旅行者。他们推着山地车在风雪中吃力地前行。

大约一小时后，汽车来到折多山垭口，看行车标志，这里已是海拔4298米了。据说，折多山海拔4900米，是大渡河、雅砻江的分水岭，也是汉藏文化的分界线，翻过折多山，就将进入康巴藏区。因此，折多山垭口又被称为"康巴第一关"。

折多山垭口，正风雪交加，已被大雪覆盖。白塔，经幡，四周的山峰、山体，白茫茫一片。司机罗布要停车休息，我心中窃喜，正好要下车看雪拍雪。打开车门，冷风夹着雪花迎面扑来，急忙裹紧衣衫，一头扎进风雪里。

垭口此时也停着两三辆轿车，几个被风雪夹裹着的游人正忙着照相。山顶的气候说变就变，风雪也说停就停，只几分钟，雪止云开，有的地方又露出纯净的蓝天。

左侧大概是折多山主峰，被云雾笼罩着，高耸在白雪里；而右侧则峰峦连绵，匍匐在脚下。垭口矗立着几间石磊平房，大概是工作人员常驻的场所。利用休息机会，我急忙跑到垭口拍照，并暗自庆幸，罗布竟如此善解人意。

从垭口前行一路下山。海拔渐低，又一个小时后到达平原地带。罗布说，这一个小时，我们降低了1800米。

再下去就是所谓的"摄影长廊"了，因需要挣钱，车上还坐着几名藏族同胞，罗布不肯停车。我眼看着远山、白云、溪流、杨树、房屋、牛羊一道道美丽风景从眼前划过而无可奈何。但我还是很满足，毕竟我来过了，一路的自然风光，既有美丽，也有壮阔；既度过了秋季，也领略了风雪；

既体验到了人间仙境般的美丽,也感受到了独特的韵味。想到这里,我也就释然。

整个下午,我都把时间都交给了新都桥镇,走遍了镇上的角角落落:庙宇,小河,民居、草原……甚至四川省最大的新都桥监狱。值得一提的是,我遇到了热情好客的小扎西和他的姐姐,是他们带着我们到处行走,以致节省了许多时间。

下午返回康定的路上,折多山同样又给我们上演了一场先风后雨山顶飘大雪的自然大戏。

2012年9月14日(星期日)雨

318国道

早晨早早地来到汽车站购买开往稻城的汽车票,由于康定到稻城只此早上6点一班汽车,所以买票的人很多,加塞儿也就成了一些不自觉人的必然选择,等我买到车票,已是最后两张了。

从康定到稻城,汽车走的是318国道。318国道,人称是我国最美丽的风景大道。从康定出发,要先翻越折多山到达新都桥,再翻过高尔寺山到达雅江,接着就要挑战两座4500米以上的剪子弯山和卡子拉山。对于4500米以上的高山,我并不在意,因我到过西藏,完全相信自己身体的适应能力。果然,事实证明了我的自信力。因我昨天到新都桥曾路过折多山,故而对折多山的艰险有了充分的心理准备,我把更多的注意力放在了沿途的风景上。今天的折多山,再一次不厌其烦地给我上演了一次先雨后雪的活剧。

此时,我并不后悔昨天和今天两次到新都桥。因为到稻城的汽车路过新都桥并不停留，即使停留也没有座位——须知，按正常行驶，康定到稻城须经13个小时——这是司机的说法。况且正是昨天路过折多山垭口，司机罗布停了车，以致给了我充分的拍照时间，而今天的公交车只是在行进中的翻越而已，直到现在我还认为，昨天从新都桥返回康定是正确的选择。惟一的遗憾，是我太过于向往新都桥，竟放弃了与学生们到木格措、跑马山和塔公草原体验"康定情歌"风情的机会。

从新都桥到"世界高城"理塘段我们走得很辛苦，天在下雨，车下一片泥泞，汽车就像陷在泥塘里一样磨叽，半天也走不了几步路。眼睛无奈地看着车下不宽的公路，还要承受路边就是悬崖峭壁、万丈深渊的心理压力。318国道在修，汽车堵了又堵，前后左右都是长长的车队，前不得，后不得，左不得，右不得，司机稍不在意，就有翻车或与其他车辆剐蹭的危险，我们坐在车里除了睡觉就是找人聊天。

还好，坐在我旁边的是稻城宣传部的一位副部长，当我们彼此了解了对方身份之后一下子就拉近了距离，聊天，聊地，聊生活，聊公路，聊稻城，聊与我们相关的一切话题。聊累了，就放眼车外的风景——她总有释放不完的魅力，总能向我们展示自己不同风格的美丽：森林，雪山，瀑布，溪水……

据说，从理塘到稻城汽车驶入了四川省省道，经桑堆到达稻城，不但路况较好，而且沿途风景迷人。然而，我们没有看到，因为，那是在夜里。

从康定到稻城汽车共行驶了22个小时，到达稻城时已经是第二天凌晨4点了。

2012年9月15日（星期一）雨

稻城　亚丁　冲古寺　珍珠海

（一）

凌晨4点到稻城。此时，稻城街道是黑蒙蒙的，大部分宾馆都沉浸在深睡中。好不容易找到一家有人值班的宾馆，草草睡了两个小时，早上6点半又爬了起来，因为起晚了去亚丁的车就不好找了。

简单吃了早饭，与别人共同包了一个面包车，7点钟就向亚丁出发。

到稻城的目的当然是为了去亚丁。亚丁，藏语意为"向阳之地"，位于稻城东南，曾被国际友人誉为"水蓝色星球上的最后一片净土"，主要景点包括三座"神山"仙乃日、央迈勇、夏纳多吉三座雪山和分布在贡嘎河口的高山草甸及森林。

当地人说，从稻城县城到亚丁自然保护区分成两段：从县城到日瓦乡，然后从日瓦乡到亚丁村、冲古寺。从县城到日瓦乡约有74公里，途中经过位于贡岭区著名的贡岭寺，她是亚丁冲古寺的上级寺院，冲古寺属于它管辖。我们到日瓦乡景区大门购票时发现，这里声乐悠扬，正在进行一场演出。但我们没有时间观看，在司机的一再催促下向亚丁村出发。值得一提的是，开车的司机是个好心人，在途经一处高地时，他把车停下来，告诉我们，这是看亚丁村的最佳位置，并给了几分钟的拍照时间。

司机一直把我们送到登巴客栈。登巴客栈老板是位年轻人，姓李，与他闲聊才知，他是湖南人，在此地开旅馆已经3年了。在客栈打工的服务员都是义工，这些义工来自全国各地，他们不挣工资只管吃住。这些义工来此打工的目的就是为了长住以更方便地游览亚丁景区。原来如此，以工助游，竟是一个绝妙的设计。

我们到客栈大厅办手续时，看见角落里围着火炉坐着一位中年人，他的双腿因冷盖了一床厚厚的毛毯，正专心致志地注视着腿上的平板电脑，他见了我们只是微微一笑点了点头。问他从哪里来？他只是轻轻地摇了摇头。我正在为他的古怪行为不屑，老板小李过来告诉我，他是日本人。

办好入住手续后，询问小李有没有给我们出行亚丁提供一些建议，他说，今天下午你们先到冲古寺和珍珠海，明天用一天的时间登山，游览三座雪山怀抱中的牛奶海和五色海。

（二）

中午，我们在客栈里吃过饭就出发了。小李安排司机用车把我们送到知火扎郎（神山山门），进入贡嘎银沟龙龙坝，再徒步到冲古喇嘛寺。我们顺贡嘎河旁边平坦的道路逆流而上，沿途山上分布着原始森林，贡嘎河河水碧绿清澈，在奔流中不断地被河道中的大型石块激起白色浪花，发出清脆激越的声响，一路上我们被这里美丽的风景包围着，没有遇到几个游人。

大约一个多小时后，我们经过景区的龙龙坝来到"佛缘台"。佛缘台其实就是一块体型类似玉蟾的岩石，来到这里，再过一座吊桥就是冲古寺了。站在佛缘台旁，可以清楚地看到对面远处的雪山和附近许多随风飘舞的经幡。我们选择了向右，先到冲古寺。

冲古寺位于仙乃日雪峰脚下，海拔3880米，建寺年代不详，眼前的寺庙已破败不堪。据传说，高僧却杰贡觉加错为终身供奉神山，宏扬佛法在此修建寺庙，因动土而触怒神灵，遂降祸于四周百姓，于是，麻疯病流行肆

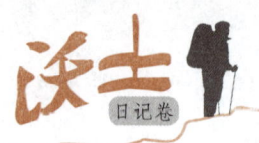

虐。却杰贡觉加错终日念经拜佛，乞求神灵降灾于自己，以免除百姓之灾。他的慈悲终于感动了神灵，降福百姓，免除病灾，而他则身患麻疯病圆寂。现在，却杰贡觉加错的灵骨还葬在他自己建造的寺院内。

冲古寺旁有步道直通珍珠海，她是看仙乃日雪山的最佳位置。珍珠海藏语"卓玛拉错"，意为"仙女湖"，是仙乃日雪山融雪形成的高山湖泊，面积约0.1平方公里。密林中的珍珠海犹如一颗镶嵌在莲花宝座上的绿色宝石，走近会发现，她碧波荡漾，粼粼波光中透出无限清丽，而仙乃日雪山的倩影则影影绰绰地倒映在涟漪之中。湖水四周，密林苍翠，繁花盛开，绿树掩映之中，时有经幡斜挂，迎风飘展。透过森林上空，仙乃日雪峰清清楚楚地展示出自己的巍峨身姿，就像森林托起的白雪巨人。仙乃日雪山是亚丁三神山之首，海拔6032米，藏语为"观世音菩萨"，是三怙主雪山的北峰，山形酷似身体后仰的大佛，傲然端坐在莲花座上。

在观景台，我遇到了一群来自云南的青年男女游子。他们一字排开，面对湖水和仙乃日雪峰，双腿垂在观景台下，让同伴拍他们的背影。他们说，他们面对的是纯洁的未来，留下的是时间的背影……

（三）

从珍珠湖出来，路过冲古寺，来到河畔的观景台。眼前是一片金黄的草甸，脚下是静静流淌的河水，河水弯弯曲曲，把草甸子分割成无数个形状不同的切块，一群牛，安闲地在几个切块上吃草。四周，是包裹着流水或生长在流水中的灌木丛，灌木丛的叶子有的已被秋风染红，加上绿色或黄色的枝干，彰显出一片斑驳颜色。

远处，是座座白雪皑皑的雪山，她们还浪漫地带着一层厚厚的云帽，遮盖住她们的雪顶。雪山下面，是一片片茂密的森林。

草甸边缘有一条弯弯曲曲的加栏木制人行步道，向远处伸展开去，一直隐没在草甸深处。

偶尔，有只不知名的小鸟飞来，落在廊柱顶上，点头看看，又扑棱棱地飞走了。

——这，就是亚丁草甸，她的美丽如仙境般充满了诱惑，让人久久不忍离去，离去了却来了又来。

从景区回到客栈已是傍晚，匆匆吃完晚饭准备早早休息，以迎接明天的挑战。

（四）

我们住在小楼的二层，寒风拼命地往屋里挤，门外走廊上挂满了洗完未干的衣服，风吹着衣架相互碰撞啪啪作响。外面又下起了雨，温度几乎在零下。屋里没有取暖设施，只是床上放了两床厚厚的棉被。一会儿，刚刚吃饭积攒的一点热量很快就挥发殆尽，身上一时又瑟缩起来。

房间陈设简单，一张木板钉的桌子，外加一张床。幸好，这里的习惯是在每张床上铺上了一个电褥子，它，竟成了我救命的稻草。插上电源，褥子一会儿就热了。于是，我带着一天的疲惫和昨天积攒的困意很快进入了梦乡。

2012年9月16日（星期二）雨

络绒牛场　仙乃日雪峰　牛奶海　五色海

（一）

等坐上了景区电瓶车我就后悔了，因为到络绒牛场沿途风景太美太美：白皑皑的雪山，金黄金黄的草甸，穿越草甸碧绿碧绿的贡嘎河水……10公

里的路程，简直就是10公里画廊！

贡嘎河流到络绒牛场附近，山谷忽然敞开了怀抱，草甸子也变得宽阔起来。面对这样的美景，就像上天赫然甩给我们的恩赐，有人竟激动地站在木制步行道的座椅上，踮着脚尖拍照，好让更多的美景摄入镜头。沿着步道右行就是络绒牛场，许多人急忙跑到那里，准备挑选一匹中意的登山好马——人们实在抵御不住前面牛奶海和五色海的诱惑。而我，和新识的两个年轻北京同伴则选择了步行。

登山的路先平后陡，先宽后窄，再往上简直就成了马道，窄窄的陡路到处是碎石，坑坑洼洼；积水和泥泞，马粪和垃圾掺杂在一起，让人深一脚浅一脚地艰难行进；后面不时有马匹赶上来，不讲理地硬把人逼到道路的角落。有人抱怨说，山道如此难行，为什么不修修？立刻有人在后面回答说，这里为了保持原生态，是不能轻易动工的。

同行的旅伴终于撑不住，提出不再向上爬。我同意了，并告诉他在原地等候。然而，前行不久，又觉得让他原地等候不妥，趁手机还有信号，急忙打了电话，叫他慢慢地下山，在络绒牛场路口等我。安排好后，我就一路上山继续前进了。

山登到大半，天忽然下起雨来。幸好，我身上还带着在赤水十丈洞买来未穿的一次性雨衣。我急忙把雨衣穿上，并把相机套在随身携带的塑料袋里。再向上登，雨变成了雨夹雪，风也大了起来。寒风夹裹着雪粒抽打在脸上隐隐作痛。趔趄着爬上一个陡坡，狂风忽然没有方向地肆虐起来，吹得人站不住"左右摇晃"东倒西歪。有个年轻人急忙走过来，扶着我，硬把他的帽子扣在我头上，想摘都摘不掉，他说，太冷了，戴上它会好点。其实，这点冷我并不在意，因为冬天我从不戴帽子，即使在风雪中。但在热情的年轻人面前，过分拒绝会伤了他的面子。于是，我笑纳了。

然而，最艰难的路段才刚刚开始。山道陡立而且岩石高耸，脚下不断地出现深深的石窝，一不小心就会摔落下去。走到这一段，赶马人就会叫骑马者从马上下来，牵着马尾巴走。许多人都停下了，累得瘫软在岩石上大口大口地喘气，任凭雨雪抽打在身上，即使不远处飞奔的瀑布和悦耳的轰响也提不起他们的精神。我低头看看雨衣，一只胳膊已被狂风吹裂，而后身的一片也只剩下了很小的一小块了，前胸也被狂风撕裂开一个大口子。很快，我浑身湿透了，干脆把破烂雨衣甩下，只身行走。看看用塑料袋包裹的沉重相机，还好，塑料袋虽漏雨了，但无妨大碍。

向前走着，身边不时有人询问对面来者：前面还有多远？

渐渐地，终于看见了牛奶海，同时我知道，现在自己已身处海拔4500米的高度了。牛奶海，又叫洛绒措，据说是古冰川湖。站在高处远看状如一颗水滴，横卧在央迈勇雪山的山坳里，她四周环绕着雪山，中间是碧蓝的雪水，她的周边环绕着一圈乳白色的围缘——大概这就是牛奶海一名的缘由。牛奶海近岸的水略呈黑色，据资料称，这是水下面都是些远久植物的沉积结果，而湖水深处则是碧蓝碧蓝的水面了。这蓝色，蓝得清澈，蓝得透亮，渐渐地向外拓展开去，就像一块宝石不断变幻的光晕。海子近岸处长着一个个草墩，踩在上面软软的，就像一块块凸起的绿色绒布，草墩四周是片片草甸和低矮的未知名植物。

牛奶海，一个美丽又充满诱惑的海。

从牛奶海向上再登高100多米就是五色海了，然而，提高100多米，就要斜坡行走上千米的路程，大多数人都选择了放弃。我与几个同伴沿着崎岖的小路继续攀登，几乎走十几步就要停下来喘一喘——我并不在乎这1000多米的山路，而海拔高度却制约了我的速度。当我真的站在高坡上，面对着仙乃日雪峰，旁边是座座尼玛堆和随风飘舞的经幡，俯视脚下的五色海时，

我的心里充满了成就感。

五色海，藏名"木底错"或"单增错"，她静卧在仙乃日雪峰之下，瓦蓝瓦蓝的湖水让人沉醉。如果说牛奶海是一块宝石，而隐藏在高山深处的五色海就是宝石中的精品了。人们之所以称之为五色海，原因是她的湖水平时在阳光折射下能呈现出五种颜色，她比牛奶海要更美丽，更纯净。上山途中，我曾遇到一位当地藏族牵马人，她告诉我，过去五色海呈现给人们的是七色，比现在要好看得多。问她原因，她只简单地说，来的人多了呗。

下山虽快一些，但正像人们所说的，上山容易下山难。一路上，我十二分地小心，跌跌撞撞，还是摔了两个"屁蹲儿"，半坐在泥水里，后面的衣服沾满了烂泥。不过还好，因为下雨，粘在衣服上的污物很快就被雨水冲刷掉了。由于和原先结伴同行的山友走散，不得不又重新选择新的伙伴同行，她们是两个来自上海的年轻姑娘。我与她们相遇时，她们俩正迷了路不知往哪走，在原地徘徊，见到我，竟高兴地大笑起来。于是，她们成了被我"收容"的第一批队伍。由此看来，山上一路结伴同行也是一种幸运和幸福。再向前，我再次"收容"了几个迷途"羔羊"，一时，"孤独的牧羊人"变成了大队人马，浩浩荡荡地向山下杀将过去。

越往前走，我的心绪越变得不耐烦，觉得似乎山路总也走不完，过了一个坡又是一个坡，下面还有一条沟等着你。我知道，这是累了。然而，这时最大的痛苦是寒冷。雨没完没了地下，浑身早就湿透了，幸亏现在是在走路，如果停下来，恐怕身子要被冻僵的。

谢天谢地，终于到了络绒牛场，远远地就看见伙伴在步道上的一个简易棚下坐着避雨等我。于是，我们急走几步，来到车站，跳上景区电瓶车向冲古寺行驶。坐在车里，冷风劲吹，裹在身上湿漉漉的衣服就像贴在身上的冰，我浑身被冻得打颤。

（二）

从电瓶车车站又走了十几里山路终于来到知火扎郎（神山山门），按客栈老板小李的约定，面包车已在那里等我们了。按约定，我们今天晚上要住宿稻城，也就是说，先乘面包车到亚丁村登巴客栈拿行李，然后再由亚丁村前往稻城。

车上人齐了，但发生了变故。因为其他人临时改程，无奈之下，我们被调换到其他车里，但该车其他约定的成员却迟迟未到。

我们坐在车里，身子由于衣湿和天气寒冷不停地打颤，几次三番催促司机，司机打了几个电话，那端人说快到了，却总不见踪影。没办法，司机下车不知了去向。车外还下着小雨，实在冷得受不了，就下车跳跳步子。

经打听，司机去了一家小商店，我按指点的方向寻了过去，果然，司机和几个人围坐在屋里，中间放着一个烧得通红的电炉子。看到电炉子，我如获至宝。司机见我来了，急忙打招呼并挤了一个座位让我坐下。

我坐下把身子往炉子前靠了又靠，最后，干脆把身上的湿衣服脱下来在炉子上方烘烤，不一会，加了热的湿衣服就冒起了热气。

后到的几个年轻人终于到了。其中一个女学生解释说，一个印尼人走错了路，他们一直在找他。

汽车在黑漆漆的路上行驶了两个多小时，我坚强地抗拒着身上的寒冷，终于在晚上11点多来到小李事先预约的稻城青年宾馆。一进门，宾馆人员就告诉我，我们事先预定的去往香格里拉的车票已经落实了。听到此话，我的心一下子放进了肚里，困意和疲倦一起袭来，来到房间，匆匆地吃了一碗

方便面，倒头睡了。

2012年9月17日（星期三）多云

香格里拉

早晨从稻城出发，途经12个小时到达香格里拉。沿途翻越数座雪山，穿过茂密森林，风景如画。

香格里拉，意为心中的日月，是迪庆藏族自治州首府，原叫中甸，2001年12月经国务院批准更名为香格里拉县。"迪庆"藏语意为"吉祥如意的地方"，其主要景点有白水台、纳帕海、碧塔海和哈巴雪山，由于风光旖旎，成为人们追寻仙境的地方。

2012年9月18日（星期四）多云间晴

纳帕海　松赞林寺

（一）

早早起来到了长途汽车站，买好到德钦的车票后，包车去纳帕海。

据资料，纳帕海藏语为"纳帕措"，意思为"森林背后的湖"，它与依拉草原连在一起。纳帕海位于香格里拉县城西北部6公里，是个季节性高山湖泊，也是云南省少有的亚热带沼泽化草甸。其三面环山，尤其西面的石卡、堪巴龙、雅拉三大雪山巍然挺立，与草原共同组成美丽的高原风景。在夏末秋初大量积水，再加上青龙潭、纳曲河、旺曲河水注入，形成大面积湖面，湖周围分布有9处落水洞，湖水由此泄出，经尼西汤满河、五境吉仁河汇入金沙江。

开车的司机叫拉绒，50余岁，藏族。据他自己介绍，他退休前曾在税务局工作，儿子现任公安局副局长。他是个热情的人，总滔滔不绝地给我们介绍香格里拉风情。

我们选择了纳帕海旁的依拉草原驻脚。进入草原，但见这里沟渠交错，沼泽遍地，我们只能沿着沟渠边沿行进。远处，浓云低垂，一层层地压在山顶上，给人压抑感，看久了，会让人喘不过气来。山脚下，零零散散地分布着一些藏屋；眼前，牛马成群，闲散地垂头吃草。这时的草原是金色的，一望无际；草原上稀稀疏疏地分布着一簇簇盛开的毒狼花，火红火红。

拉绒说，你们还是来得早了些，再晚些时候，草原会变成红色，美得让人沉醉。他的话我信。因为我到过西藏，亲眼目睹过草原深秋的景色。

现在正是青稞收获的季节。远处田地里，一些穿着民族服装的藏农正在收割，这就给金黄的青稞田里增加了一抹亮色。

走在草原上，不仅感叹，我走的每一步，转换的每一个角度，都是画呀。

（二）

告别拉绒，下午乘坐公交车去距市区仅5公里的松赞林寺。

坐在公交车里，我想，这比包车便宜多了。然而，当我看到一些年轻游者骑着租来的自行车在街上自由自在地游览时，竟自叹不如——还是他们潇洒。

其实，昨天在来香格里拉的车上，我就注意到了坐落在山脚下的松赞林寺的金色宝顶，它辉煌而灿烂，当我真正来到面前时，还是被它的宏丽壮观

所震撼。

松赞林寺，是云南省规模最大的藏传佛教寺院，又称归化寺，是一座古堡式建筑群。该寺始建于1679年，1681年竣工，被誉为"集藏族造型艺术之大成"的"藏族艺术博物馆"。

寺院建筑金碧辉煌，扎仓、吉康两大主殿居于全寺中央，坐北向南，为五层藏式雕楼建筑，上为镀金铜瓦，屋角兽吻飞檐——这就是我在车上所见金碧辉煌的所在。

据导游介绍，松赞林寺与其他寺院最大的不同在于它的"康参"（僧团）组织，即按僧侣籍贯或来源地域划分，将僧侣划分为若干团体，形成区域性组织。

2012年9月19日（星期五）雨

德钦 · 梅里雪山　飞来寺

早晨从香格里拉出发前往德钦。

到德钦来的目的就是为了看看梅里雪山。梅里雪山，曾被《中国国家地理》杂志评为中国最美的十大名山之一，排名第四，仅排在珠穆朗玛峰之后，而看梅里雪山的最佳位置就是位于飞来寺村的飞来寺。除此之外德钦是三江并流地域，如有机会我们还要到金沙江和澜沧江大峡谷看看。

车过奔子栏时还晴空万里，隔窗可眺望波涛滚滚的金沙江和旖旎的大峡谷风光，过了松竹林寺而到白马雪山时，天上却淅淅沥沥地下起了雨，一时，白马雪山都笼罩在一片阴云之中。然而，高原的云飞得快，偶尔会从浓云的罅隙中看到白马雪山白雪皑皑的银顶。

车上，坐在我身后的是两位操着北京口音的女孩儿，与她们交谈得知，她们两个是东北人，长期在北京打工，这次出来随意走走，最后走到哪儿连自己也不知道。真是两个荒唐的女孩儿！当她们听完我的出行计划时说，就和你们一起旅游吧。

车到德钦，下车在后备箱拿行李时，遇到了一对广东青年，随意问他们，说也是到飞来寺看梅里雪山的。我听了十分高兴，遂相约同游。他们正愁没伴儿，便欣然应允。回头再找那两个女孩儿，早已没有了踪影，转到车前，才发现她们正晕头晕脑地拖着行李箱向车站相反方向走，我急忙喊回了她们。

问好了公交车的停车位置，每人只花了5元钱，半小时后就站在了飞来寺村的街道上。安排好她们避雨，我和小广东去联系宾馆。十分钟解决问题，再过十分钟，我们已在各自的房间里休息了。这里的大多数宾馆楼顶上建有平台，目的是方便游客登台观景和拍照。我们住的小楼也不例外。我登上四楼，打开一个小门来到平台上，凭栏远望，果然眼前平阔，远山一览无余。只可惜今日有雨，雪山都笼罩在阴云之中。

飞来寺村坐落在214国道旁，山坡上建满了许多大大小小的宾馆。我们住的宾馆就在214国道旁，楼下就是著名的飞来寺烧香台，当地藏民及过往行人均在此烧香祈祷，据说，此乃飞来寺观看梅里雪山的最佳位置。如今，它已成了游人的观景台，白天登上观景台要花上20元买门票。我们去时，雨停了，可能刚才下雨的缘故，售票人员不在。我们站在观景台上远望，前面，视野一片开阔，对面的梅里雪山上除了山脚和山腰下隐约可见的村庄外，山腰以上浓云飞渡，都被雾霾笼罩着。

观景台上，左侧整齐排列着8座白塔，右侧就是烧香炉和挂着的各色经幡。

既然到了飞来寺村,自然要看飞来寺。看时间还早,我们一行六人一起到了飞来寺。飞来寺位于214国道旁的飞来寺村(也叫豆温村)东侧,初建于明万历四十二年(公元1614年),距今已近400年的历史了。山门有对联曰:"古寺无灯凭月照,山门不锁寺云封。"飞来寺由子孙殿、关圣殿、海潮殿、两厢、两耳、四配殿组成,体现着我国三教合一的特点。据传说,建寺时原址定在两公里以处的地方,破土动工的头天晚上,柱梁等主要建筑材料不翼而飞,派人寻踪,竟在现址发现寺院,并已基本建好。人们以为此乃神意,遂定名为"飞来寺"。

来到飞来寺村,我们有喜有忧。喜的是,几经辗转,我们终于来到了梅里雪山下的飞来寺;忧的是,眼前的阴雨不知下到何时,我们还能不能看到阳光下梅里雪山13座山峰的美丽雄姿?

晚上吃饭时,老板娘说,往年阴雨只下到8月底或9月初,像今天的连天阴雨早就结束了。坐在一旁来自台湾的男青年介绍,他已在此地等了整整一个星期,最多再等一个星期,如还看不到梅花雪山也只得打道回府了。据老板娘介绍,今天天气预报说,明后天还有雨,近日雨是不会停的。

我很失望。按计划,胸挂云带,被当地藏族同胞称为"卡瓦格博献哈达"及云飘峰顶,被称为"卡瓦格博打伞"的雪山景观和它附近的12座雪峰是看不到了;而到上下雨崩村领略藏区"世外桃源"风情和观看"古篆天书"、"五树同根"及永明冰川的奇景也要泡汤,更不要说游览澜沧江大峡谷了。

吃饭间,几经讨论,以安全计,我们决定明天离开飞来寺村前往丽江——这是一个艰难又恋恋不舍的选择。

我把联系包车一事交给了小广东。果然,半小时后小广东告诉我,车联系好了，车费不会超过公交车费用。我暗自感叹，到底是生活在改革开放前沿的广东人，经济账竟算得如此一清二楚。

2012年9月20日（星期六）多云有小雨

白马雪山　金沙江大峡谷

司机是位藏族中年妇女，叫拉姆。

直到上车才发现车上多了一个"外来者"，拉姆说，算司机共8个人，正好一车。和"外来人"一聊才知道他是湖南人，也是来旅游的——7个人一车司机是不会拉的，她要多赚钱。

拉姆很随和，一上车就说，你们是来旅游的，看哪里风景好想拍照，我就给你们停车。

过德钦不久，汽车就猛地停下。拉姆说，云开了，此地拍德钦县城位置最好。我们急忙下车回首眺望，果然，山谷下方，浓云裂开了一条缝，德钦县城的轮廓就从云隙中慢慢地显露出来，县城的高楼、房屋隐隐约约地都包裹在一片轻云里，这些轻云不断地飞动，建筑也就时隐时现，虚无缥缈，就像遥远的佛国仙境。

拉姆第二次停车是在雾农顶观景台，这里建有13座白塔，地势开阔，颇为壮观，也是看梅里雪山的最佳位置之一。然而此时，这里的雾比飞来寺烧香炉更大更浓，可见度仅几十米，无奈之下，我们只匆匆地拍几张观景台照片上车走人了事。

车过白马雪山，云开了许多，浓云飞动中偶尔还会隐约看到白马雪山的皑皑峰顶，但我们始终没有拍到好看的照片，因为拉姆几次停车，待我们准备拍照时，浓云四合，转眼就什么也看不见了。

接着车过东竹林寺，再过金沙江大拐弯。

金沙江大拐弯是个值得拍照的地方，拉姆停车只给了我们20分钟的时间。大拐弯是个景区，要收门票。湖南小伙拉住我说，来时买了沿途景点联票，金沙江大拐弯的门票还没用，你拿去用吧。

我高兴极了，拿了票急忙下车顺木制栈道向下跑，10分钟后到达金沙江大拐弯观景台。站在这里发现，金沙江大峡谷就在脚下，眼前的金沙江就像一个小小飘带在深深的谷底舞动。当她流到前面时遇到一座高山阻挡，于是，她几乎绕了一个360°弯道又按原方向向下奔流而去。它在这里形成的奇特景观，形状活像希腊字母中倒置的"欧姆"。来到此地才发现，我们的汽车一直在山顶上行驶，下面就是深深的金沙江大峡谷。

一路上拉姆都在不断地打电话，不打电话就在打哈欠。她说，家里里里外外都靠她，昨天夜里没睡好。我不免担心起来：汽车在高山峡谷地带行驶，到处是悬崖峭壁，疲劳是要有危险的。我提议拉姆休息一下，她说，到奔子栏再休息吧。

好不容易车到香格里拉，拉姆一脸疲惫地说，要么休息一夜明天走，要么联系换车——自己实在坚持不住了。因小广东急着到丽江赶火车，不能停留，我们只得换车。一会儿，换车了，抬头看，来车司机竟是前内天在香格里拉开包车的拉绒！

我大喜过望，真是天有机缘。

路上，我们除在小中甸彝族地区的一个观景台、金沙江第一湾略作停留外，竟一路向前一直行驶到丽江。路上，我曾提议到虎跳峡，但都以天晚为由没有得到旅友和拉绒的响应。

车到丽江，我们该分手了，为期两天的友谊暂告结束。于是，我们在恋恋不舍中互留了电话，希望今后能重新结伴同游。尤其和拉绒，我和他相识比其他人还早了两天，友谊似乎更深一些。临行，我拜托他到我住过的宾馆打听一下，因为我的卡西欧手表像是在那里丢了。

其实，这是在找理由，我能用这个办法延长我们之间的友谊吗？

2012年9月21日（星期日）多云转晴

丽江古城　束河古镇　黑龙潭

我去过许多江南古镇，但束河古镇与江南古镇不同的地方在于她位于玉龙雪山脚下，可以说，它是由玉龙雪山的融水孕育而成的。走在去往古镇的路上，就能清楚地看到玉龙雪山的娇容，她纯净而美丽，妖娆而婉约，高高地耸立在丽江北面。在我心目中，她就是一个柔弱女子，就连清丽的雪顶，也像戴在少女头上的白帽。玉龙雪山，几乎成了丽江人生活中的一部分，走到哪里，都有她与你形影相伴。

就因为玉龙雪山的美丽，娇柔，束河古镇也就多了几分清雅，多了几分自然。虽然繁华，但它不显浮躁，虽然拥挤，但它不显喧嚣，虽然娇美，但它不显张扬。它就这样，守卫着自己的一份雅趣，保有着自己的一份沉静，深藏着一份自己的情调——这，就是它的内心，它比江南一些古镇少了几分浮华，多了几分精致……它的流水，它的小桥，它的房屋，甚至它的风情，处处都渗透着一丝自然和玲珑雅趣。

其实，我也激赏丽江古镇的大气。它的大气不在繁华的商家，也不在热闹的街市，而深埋在一条条悠长的巷子里。这种大气，也只有当你登上古镇上方的狮子山才能领略：丽江城就像一个多情的处子，以他对世界的深情，注视着玉龙雪山，又依偎在玉龙雪山的怀抱里。它的层层屋顶，条条深巷，又都诉说着它悠久的历史。

到丽江古城,你一定要去黑龙潭,它的湖水其实就是一面镜子,玉龙雪山就在这里梳妆打扮,并不断地陶醉于自己的靓影……

2012年9月22日(星期一)多云有阵雨

泸沽湖　里务比岛

(一)

早就听说过摩梭人的走婚,早就听说过泸沽湖的美丽,今天终于登上汽车去亲身感受那些发生在美丽泸沽湖畔摩梭人的故事了。

路上,人们不断地被沿途的美丽风景感动,司机也无数次停车让人们把美丽风景记录在照相机里。就在人们陶醉在如画风景里的时候,车上,我结识了两位来自陕西西安的游客——他们是一对夫妻。

一场阵雨,下得淋漓尽致,把车外的山洗成绿色,把山坳里的稻田由金黄洗成橙黄。然而,雨很快停了,天空还没有来得及把阴霾洗成蓝色。

当汽车又一次在路边停驶时,司机告诉大家,泸沽湖就要到了,这是最后一次居高临下眺望泸沽湖姿容的机会,剩下的就是大家近距离接触了。于是,人们再一次纷纷下车,用行动感谢司机的垂爱。

眼下的泸沽湖静静地卧在群山之中,碧蓝碧蓝,纯净得就像一块翡翠,晶莹剔透。而翡翠上的绿色斑点,就是漂浮在水里的5座小岛。一切静谧而且安详,就像这次旅行一样,期待中,充满诱惑。

我们住在泸沽湖畔的大洛水,它就在距车站不远的地方。但也有人住在小洛水,他们说,小洛水更美;司机说,那里不方便,住房太贵。我住的旅馆老板是一位50多岁的摩梭中年妇女，结实能干，里里外外只她一个人。问她为什么不叫孩子帮忙？她说，孩子住在舅舅家。

摩梭人至今仍完整地维系着母系社会的传统，保留着女性当家和传宗接代的家庭形式和民族特色，男不娶女不嫁，双方终生各居母家。这种婚姻关系从不受干预，他们也不注重对方的门第、身份，而注重家族，凡有血缘关系的男女禁止走婚，女方看重的是男方的人品、才干和外貌，女方的意愿在这里得到最大的尊重。双方的子女都属于女方，并采用母亲姓氏，男方并不承担抚养责任。走婚时，一个男子或女子的"阿肖"（情人）只有一个，随着感情的发展变化，一生"阿肖"的数目有多有少。

有人研究，能维系摩梭人走婚的原因，与当地生产力的发展和女性的社会地位密切相关。

有人曾用诗般的语言颂扬说：泸沽湖养育的摩梭女儿，个个美丽健壮、勤劳善良、情深似海。她们在属于自己个人所有的花房里编织少女的梦，实现自己情真意挚的爱。她们没有清规戒律，没有孤寂，没有失落的烦恼、忧伤。她们不奢求不属于自己的一切，她们不会做金钱、物质和权力的奴隶。她们按照自己的质朴本性、心性在这块神奇的土地上无忧无虑地劳动、生活、恋爱，在母亲湖的山光水色中最大限度地展示自己纯朴本色，在摩梭人最隆重、最热烈、最欢乐的格母女神庆典——转山节中尽情地唱，尽情地跳，尽情地享受生活的甘甜。

下午，我们把时间交给了游船，游船又把我们交给了里务比岛和里务比寺。登上里务比岛，参观了里务比寺。船夫说，如果游人每人加上10元，他还可载着大家绕岛一周。于是，游船又悠哉悠哉地在碧蓝碧蓝的湖水中荡漾。船到岛后方，船夫指着水面介绍，泸沽湖东北属四川，西南属云南——她是界湖；云南水面要比四川大得多，美得多。水里星星点点地漂浮着许多

白色小花，那是菠叶海菜，只有泸沽湖才有。

船夫是个性格开朗感情真挚的人。他说，他有两个小孩子，都生活在舅舅家，他每天晚上还要去"走婚"。他告诉我们，一定要到小洛水和里格去，因为那里最美。怎么去？他说当然可租用电动车或面包车。电动车一天30元，电力足可绕湖一圈。

晚上的篝火晚会奔放而热烈，没想到的是，老成寡言的摩梭女儿一听到了音乐，就变成了欢乐的舞者，她们用实际行动展示了自己"个个美丽健壮、勤劳善良、情深似海"的美评。

今天的游人们就是这样在一片高唱狂舞后进入了梦境。

（二）

真的让人想不明白，明明可以按谈好的价格花20元租一辆电动车进行一次自由自在的环岛旅行，为什么却半途改变了主意做包车旅行呢？同样，即使租车，为什么不可以大大方方地找旅馆女老板花200元包一辆当地面包车，却鬼鬼祟祟地到路边找一些不认识的掮客费尽口舌花260元去包一辆外地拉活的非法运行面包车？并且上车还要走很远的路到约定地点？是年龄大的矜持？还是孤陋寡闻故弄玄虚？还是自我卖弄？但我还是原谅了他们——毕竟我们这两天做了旅伴。况且，他们已经放弃了在泸沽湖多住两天的决定，明天就和我们一起返回丽江。出门在外，忍让为上，友情为上。

2012年9月23日（星期二）多云

走婚桥　里格半岛

6点钟起床，6点半出发，外面还是一片漆黑。预计汽车还没到，我们就先到大洛水码头盘桓等候。湖水还是一片褐色，只有远方的湖面倒映出了一抹晨曦，闪动着粼粼波光；近处码头上，几条游船静静地泊在那里，黑黝黝的，没有声息。

我打算拍几张湖光晨曦，但不行，没有安装三脚架的机器是无法拍照的。

天蒙蒙亮，我们估计司机快要到达约定地点，遂沿着湖边走去。果然，司机到了。我们上了车，车沿着环湖公路向东方开去。东边，是走婚桥的所在地。中途，我叫停了面包车。远处，是几条缓缓行驶在粼粼波光里的渔船，而湖面尽头连绵着一片腰缠云带的山峦；近处，是湖滩、苇草和倒映在浅水中的云霞——我要把这美丽的光影定格在记忆里。

车过几个村庄，到了走婚桥，原以为我们是走婚桥的早行者，没想到的是，我们站在桥头，就看见有人从对面悠悠地走来。看来，还有早行人。这时的走婚桥清冷寂静，桥上、湖面草滩上还飘着一层轻雾，轻雾笼罩的湖水中，无声无息地躺着几条小船。这，组成了一幅飘渺的纱中风景，而远方的群山已铺上一层金黄的亮色——太阳快要出来了。这座横跨草海、连接两岸村落的木桥，竟长达300多米，为"走婚"的"阿夏"们提供了便捷的通道，从而被称为"天下第一爱情鹊桥"。

一路拍照，走到桥那头，不远就是黑喇嘛寺。该寺是藏传佛教最古老的"本波教派"道场，也是泸沽湖惟一的黑教寺庙，寺庙按律定期举行的法事活动，竟成为摩梭人的盛大节日。据说，它曾是末代土司王妃府，也是泸沽

湖末代土司汉族夫人肖淑明的居所。

不久,太阳出来了,阳光洒满黑喇嘛寺,把殿顶照得一片金黄。里务比岛和里格岛是泸沽湖风景的精华,泸沽湖最美的当然是黑瓦吾岛,它们被誉为"泸沽三岛"。其中的里务比岛和里务比岛上的里务比寺我们昨天已经光顾,而黑瓦吾岛则位于湖心,距离湖岸的大洛水足有数千米,看来只有远望的份了。岛上树木葱笼,远望一片郁郁青青,据说,岛上百鸟翔集,是南来北往的候鸟栖息之地。正因为它的美丽,旧时曾是永宁土司阿云山总管的水上行宫,美国学者洛克也曾居住在那里。

泸沽湖景美,人美,歌美。据说,有人把摩梭少女的风姿,独木轻舟的典雅,此起彼伏的渔歌,称为"泸沽湖三绝"。而我最欣赏的美景,是站在观景台远眺里格半岛。它孤身深入湖水,像一个底大上小的葫芦;而里格半岛周围,平静而碧玉般的湖面上,波光粼粼,轻舟飘荡,那才是一个令人沉醉的人间仙境。

离开里格半岛,来到一处沙滩,而陕西的两位旅友竟几次三番地要求去"女儿国"景点,他们说,因为那里有男女同浴的场所。但时间已不允许,中午11点,我们乘坐的开往丽江的汽车就要发车。无奈之下,只得作罢。

经过几个小时颠簸终于又回到丽江,下午与陕西旅友告别,我们遂乘火车向大理进发。晚上,我们到了大理,住在下关。

2012年9月24日(星期三)晴

大理古城　崇圣寺三塔

(一)

上午休息半日,下午乘公交车前往崇圣寺,途径大理古城。

之所以选择到大理后的第一站到崇圣寺，缘于我早年多次看过的崇圣三塔照片，崇圣三塔对于普通旅游者来说可谓"眼"熟能详、如雷贯耳。来到崇圣寺，正值浓云滚滚，看看天，像要下雨。

其实，崇圣寺三塔的照片有两帧，一帧在入景区大门不远处所拍，另一帧则在景区里面湖畔所拍，后者照片有塔，有水中倒影，景色较上一帧更能打动人。

崇圣寺，初建于南诏丰佑年间（公元824～859年），中间大塔先建，南北小塔后建，三塔呈三足鼎立之势。因寺中立塔，故塔以寺名，曰：崇圣寺三塔。崇圣寺在清咸丰、同治年间被毁，只有这三座塔完好地保留下来。

崇圣寺，东面洱海而西依苍山，距大理古城约一公里，因它地势较高，大有傲视群雄之势。有《大理县稿》记载曰：崇圣寺，又名三塔寺，在（大理）城西北小岑峰下……寺有雨铜观音像，高二丈四尺，统计为佛一万一千四百，为屋八百九十一间，丙辰之变尽毁，惟三塔岿然尚存。

我到崇圣寺游览时，恰逢阴云洞开，有阳光忽从云隙射下，状如光柱，急忙拿相机拍下，旁边竟有人称之为"佛光普照"。

现在的崇圣寺规模宏大，富丽堂皇，它层层叠叠，一直延至山半。其中大殿中坐落着一尊又高又大的观音铜像，据说，该铜像是仿照旧时规模建成的。崇圣寺后面最高层建有望海楼，站在望海楼上，放眼远望，近处是层层叠叠的金黄色佛殿殿顶，辉煌而富丽，殿顶前面隐隐可见三塔塔尖；远处即是浩瀚的洱海，此时，阳光斜射，海面如镜，一片苍苍茫茫。洱海远处，群山如潮，连绵不断。

著名旅行家徐霞客曾到过这里，他的著作《徐霞客游记·滇游日记八》中即有关于崇圣三塔及观音像的记载。

（二）

刚从崇圣寺出来，一阵闪电雷鸣，瓢泼大雨从天而降。看看一时停不了，我们冒雨奔跑，挤上了公交车，此时已是浑身湿透了。

大雨一直下到大理古城，下车后我们在古城门楼躲避一时后，看雨势渐小，干脆披衣而行。到大理古城，一是要看洋人街，二是要看五华楼。

洋人街，是大理古城"从南到北横贯着五条大街，自西向东纵穿了八条街，整个城市棋盘式布局"中东西走向的一条街，也叫护国街。这条街以民国初年云南人民反对袁世凯称帝得名。这条街青石板铺路，长约一公里，因街上商铺云集、酒吧林立而成为外国游人驻足之地，这条街的标志是"洋人街"牌坊。

五华楼是大理古城的标志性建筑之一，坐落在古城之中，它不但体貌宏伟，且蕴藉着感人故事。据说，元世祖忽必烈攻破大理国首都羊苴咩城，守城将士全部被杀，忽必烈驻军于此并重金重建了五华楼。

从文献楼而入，经南门楼、五华楼，从北门楼而出，再绕道至洋人街，因道路不熟，走了不少冤枉路。我最不爱逛街，才走几步路，就觉得双腿灌铅般沉重，一时走到洋人街牌坊旁，正好有家过桥米线店，饿了，决定在这里吃饭。店里早已坐满了游客，其中不乏老外。随意要了一碗价格不菲的米线坐下，看着里面的汤食嗅一嗅，凭经验，顿觉此米线未曾"过桥"，遂胡乱吃了走人。抬头，正好与对桌的三个老外对眼，看着他们都瞪着眼看我，竟一时不知所措。定下神来，再看看他们桌前只放了一碗米线，顿时明白，老外三人一碗，我自己一人一碗，难怪他们吃惊。

（三）

未来之前就听说大理有"风花雪夜"之说，但始终闹不明白是什么意思。直到来了大理古城才知道，这里面还有一首怪诗。诗曰：虫入凤窝不见鸟，七人头上长青草；细雨下在横山上，半个朋友不见了。

经请教博学者才明白，这首诗每一句都暗含着一个字，是个诗谜，即第一句含"风"字，第二句含"花"字，第三句含"雪"字，第四句含"月"字。合起来就是"风花雪夜"。这首诗谜的谜底就是大理最著名的风花雪月四景：即"下关风"、"上关花"、"苍山雪"、"洱海月"。

我住在建华宾馆，宾馆里有一位极热心的服务员。一次，我问到她四景的内容。她说，现在还不能告诉你答案，明天再说。嘿，卖起关子来了。第二天，从服务台走过，她喊住我，并递给我一张纸，我一看还是打印的，上面清清楚楚地写着几行字：

下关风：每年春、冬是下关的风季，一年之中，平均有35天以上的大风，最大风速可达10级，因此，下关赢得了"风城"的雅号。上关花：上关位于大理苍山云弄峰山麓，是唐代以来形成的拱卫大理的要塞。在关外花树村有棵名为"十里香"的花树，传说为仙人吕洞宾所种，花大如莲，每年开12瓣，闰年开13瓣，花色黄白相间，美丽诱人。据《大理府志》记载和民间传说，上关的十里香树系优昙一类花卉，状如牡丹，大若拳头，白族人养花爱花已成习惯。其实，说白了，"上关花"就是木莲花，在大理随处可见。苍山雪：苍山海拔高，气温低，山顶积雪长年不化，即使到了夏天也白雪皑皑，可供游人观赏。洱海月：洱海的水，透明度较高，湖面碧波荡漾，每到晴空万里的夜晚，仰望天空，玉镜高悬，俯视海面，万顷银涛，一轮明月在海中随波飘荡。尤其是每到中秋节的晚上，居住在大理洱海边的白族人

都要将木船划到洱海中,欣赏倒映在水中的月亮。

原来如此!她真是有心人。我想,四景中只有上关花、苍山雪和洱海月三景最好,"下关风"是谁也不想遇到的。即使这样,三个景观要想看完全,也需要很长的时间啊。

2012年9月25日(星期四)多云

蝴蝶泉　喜州古镇　下关

(一)

蝴蝶泉之所以有名,是因为电影《五朵金花》演到它,许多文学作品写到它。到了大理不看蝴蝶泉,岂不冤枉?于是,早上我们很早起来到了下关北站,花8元车费乘上长途汽车来到蝴蝶泉公园。

在我的记忆里,过去《五朵金花》电影中的蝴蝶泉是一个美丽自然的地方,而现在则已被圈在蝴蝶泉公园里了。从大门沿着被竹林夹簇的林荫大道直走不远,即可到蝴蝶泉。然而,我们走了冤枉路,拐了一个小弯,先参观蝴蝶馆,再游览情人湖,过了一个人工瀑布最后才来到蝴蝶泉。然而又想,到了蝴蝶泉而看不见蝴蝶岂不枉虚此行?想到此反而坦然起来。

说实在话,蝴蝶馆不可谓不美,因为在一个由玻璃封闭的场馆里,鲜花开放,彩蝶纷飞,以聊补蝴蝶泉见不到蝴蝶的缺憾,公园实在是煞费苦心;而情人湖不可谓不美丽,平静的湖面微波涟漪,水禽嬉闹,四周种满了热带植物,实在是精心布置。然而,人们最期待的还是蝴蝶泉。

蝴蝶泉四周围着石栏,一棵外层包裹着绿苔的榕树四仰八叉地斜躺在石栏上,一个树枝又肆无忌惮地伸进泉水里。除非你不看,看了你就会沉醉,那就是蝴蝶泉的泉水——泉水是深绿色的,几乎深绿到浅蓝,它又几乎近于清澈到透明,会认为水里的几尾金鱼一定是悬浮在虚无的空气里。

信不信由你,这就是令人心醉而又无彩蝶飞舞的蝴蝶泉。

我并没有只陶醉于蝴蝶泉的美丽,还要看看蝴蝶泉的存在环境,于是,我登上了蝴蝶泉上方的望海亭,俯视远方的洱海⋯⋯

(二)

从蝴蝶泉回来,汽车一路沿214国道向南行驶。由于此时正是稻熟季节,道路两旁、洱海岸边一片金黄,穿着民族服装的白族农人正挥镰收割,田野里一片繁忙景象。好熟悉的场面,我已多年未曾看到了。我从小在农村长大,看到此景,顿生此情,不禁牵动了我的思乡之念。正好车过喜州镇——这是一个充满白族风情、文化积淀深厚的地方,我决定下车看看。

喜州镇位于大理市北部,东临洱海而西枕苍山,距今已有一千多年历史,是南诏古国留存下来的古城之一。南诏时,喜州城池宏伟,仅次于当时的国都羊苴咩城,是南诏佛教和商业贸易重镇,也是大理文化的发祥地之一,据说,南诏王经常到此居住。

进喜州镇不久,就遇到一位白族中年男子赶着一辆彩棚马车向我们走来。他说,乘车围镇绕一圈仅10元,且凡镇中著名建筑都要给我们停车参观——并说,自己不为钱,不图利,只为宣传喜州文化——我被他深切的爱乡意识感动,决定不辜负他的一片好意,乘彩车而行。

一路上,车夫热情地向我们介绍镇中建筑的来龙去脉及风格特点,拉着我们先后参观了明代杨士云七尺书楼,清代杨源大院、赵廷俊大院,民国严子珍大院和杨品相大院等。据车夫介绍,喜州建筑风格,多"三坊一照壁"、

"四合五天井"、"一进两院"、"一进四院"等样式,其中以"三坊一照壁"和"四合五天井"居多。尽管我不懂建筑,但还是为他的介绍感动,再看看眼前多样的民居建筑和建筑中木、石、砖等建筑材料的精雕细刻,不仅感叹白族建筑文化的深厚。

说来也巧,在参观杨家大院时,恰逢领导视察,原本只开放一进院落的大院把已包租给他人的其他两进院落也同时开放,我因此有幸看到了一个完整的杨家大院。杨家大院的建筑风格无疑在镇中是最讲究的,但我最欣赏的还是它的环境。登上二楼平台远望,眼下是一片金色稻田,尽头是体现着白族建筑风格的排排房屋——此景美极妙极。看来,旧时的奢华人家建房也是选择环境的。

(三)

其实,大理古城美,下关也美。下关有不少历史遗迹和风景名胜区,只是由于古城的名声太大,一时掩盖了下关的辉煌。据说,下关镇在唐代就是南诏国的龙尾城,因地处要道,曾是"天宝之战"的古战场。旧时的太和城遗址、《南诏德化碑》、佛图寺塔都被列为国家级重点文物保护单位,而大唐天宝战士冢则被列为省级重点文物保护单位。如今,下关镇发展很快,已成为自治州政治、经济中心。

晚上,我从火车站站前广场出发,沿景观大道一直前行,一路登上坐落着"高原明珠"的小山下望,眼前一条笔直大道绿色浓郁,鲜花盛开;入夜后更是星光点点,灯火辉煌。下山后右行,遂到洱海公园,见附近码头、泊船一片灯火,水中倒影灿烂美丽。我流连于灿烂夜景,在静坐一小时后,才恋恋不舍地回来。

2012年9月26日（星期五）多云

洱海 · 金梭岛　罗荃半岛

　　大理名气最大的自然要数苍山和洱海，我到崇圣寺、蝴蝶泉虽不能说登上了苍山，可总可以说与苍山近距离接触了。既然已到苍山，却不能慢待了洱海，万万不能以山废海，不到洱海一游，从而给大理之行留下遗憾。

　　早晨趁天气凉爽，就急急忙忙地赶到了大理古城，然后上2路汽车前往才村码头。才村码头不大，但泊满了各种船只。站在码头上向南方张望，它的海岸竟是一片沼泽地，水里长满矮柳和蒲草。

　　我们登上游船，游览的第一站就是洱海的最大岛屿——金梭岛。坐在船上遥望金梭岛，它两端较尖，中部稍宽，就像一只织布用的梭子漂浮在洱海中——这就是金梭岛一名的由来。金梭岛是洱海的著名景点之一，据说，几十年前村民在岛上开荒时曾发现过新石器时代的陶片、陶网坠、铜矛、铁柄铜剑等文物，可见金梭岛成岛历史久远，而且文化积淀深厚。

　　岛上建有本主庙，供奉着张姓的三位太子。庙前有对联"万里锦绣江山金梭宝岛占一；祖国灿烂大地舍利水城独居"，横批是"功隆德昭"。从语句分析，此联题写不久，看来是现代人所作。庙内建有戏台、大殿等。我们在金梭岛除参观本主庙外，就是各自找地方享用午餐。我在外地游览从不敢吃海鲜河鲜之类，故这次也只在一白族人家餐馆要了一碗蛋炒饭胡乱填饱肚子了事。

　　要问观赏洱海风光的最好角度，我说要首选罗荃半岛风景区。罗荃半岛风景区位于洱海东岸，三面环水，正面对着大理古城。从金梭岛到罗荃

半岛，乘船行驶需要数十分钟。登上位于景区罗荃山上的天镜阁，洱海风光尽收眼底：远处是连绵的苍山及大理古城，山麓的崇圣寺及崇圣三塔历历在目；近处是洱海的浩渺烟波和点点游船及游船划出的人字形水线。可以说，不登天境阁放眼，不知苍山之连绵；不在罗荃山远眺，不知洱海之辽阔。

据说，天境阁所在的罗荃寺建于南诏晚期，这里曾经是洱海的佛教胜地。

由于从金梭岛到罗荃半岛只有我们两人下船游览，故游船载着其他游客先行返回了码头。船主说，凭票也可乘其他游船返回。在罗荃半岛游览后，我们遂等船返回码头。良久，游船不至。恐误了当晚到昆明的火车，无奈之下，竟按当地百姓指点，乘汽车从陆地返回了下关。

晚上，从大理乘火车赴昆明。

2012年9月27日（星期六）阵雨

昆明 · 西山龙门　太华寺　华亭寺

早晨到昆明时天尚未大亮，令人沮丧的是竟然大雨滂沱。没办法，只得在车站房檐下静待雨停。大约等了近两个小时，雨小了，我们急忙走出车站，在附近找到宾馆住下。

一切安排就绪，稍事休息，即乘44路公交车赴海埂公园。我到海埂公园的目的，就是沿着海埂公园的滇池大堤前往西山缆车站，然后乘缆车上山。一个多小时的水边漫步，眼下是海埂公园的茂密树林，眼前是滇池的浩渺烟波和偶尔从水面掠过的鸥鸟，心情顿时从阴雨的沮丧中解脱出来，一切都变得清爽而舒畅。

面对一望无际的滇池，我不仅想起 40 多年前来昆明而未能到滇池的经历。那也是 9 月，也经常下雨，不过那是在 1966 年正值"文革"期间，因害怕有人指责我们游山玩水竟不敢询问怎么才能去西山滇池。也许，这次到西山还包含着一些补憾意味吧？

来到缆车站，买了单程票，遂望龙门而去。西山起于滇池之上，北起碧鸡关，中经华亭、太华、罗汉诸峰，直达南面的观音山，磅礴蜿蜒数十里。而入龙门则须沿开凿在山崖上的通道上行才能到达。下缆车登山，通道是由人工在峭壁上一锤一锤开凿的，通道半途又凿隧道，隧道半途又凿石窗，石窗悬空临渊，下望令人心惊胆寒。山顶有魁星阁，途中有凤凰衔书景观，因道中达天阁石坊上题有"龙门"二字，故此景点称为龙门。站在龙门，眼下滇池烟波浩渺，波光闪闪，水面遥无际涯。龙门因其"奇、绝、险、幽"被称为"天下第一胜境"。

从三清阁"苍崖万丈"石坊到龙门，沿途石壁题刻是一大靓点。字体或大或小，或楷或篆，或草或隶，风格或庄或谐，都蕴含着丰富的历史文化韵味。

从龙门下来，我们没有选择原路返回，而是从后山"小石林"景区步行而归。

途中游览聂耳墓后，沿盘山公路经太华寺、华亭寺、徐霞客纪念馆下山。

聂耳墓是一定要去的。因为作为一位出生在云南的伟大音乐家，中华人民共和国国歌曲作者，在面对侵略者的残暴罪行时，能以音乐为武器，用他澎湃的激情，呼唤人民奋起抗战，打败侵略者，这种高度的爱国主义是值得人民纪念的。瞻仰人群中，我看到最多的是年轻人和少年儿童，心中便产生莫大的安慰。

在这里值得一提的是太华寺和华亭寺。

太华寺又名佛严寺,由云南禅宗第一师玄鉴创建,梁王赐寺额"佛严寺",因其坐落于太华山而得名。太华山东临滇池,北接华亭山,南连太平山,是西山的最高峰。太华寺依山傍水,掩映在绿树翠竹之中,巍然耸立,颇为壮观。太华寺座西面东,规模宏阔,布局严谨,体现了民族传统的穿斗结构。其以大雄宝殿为中心,两分游廊,与两厢亭阁楼台相串连,亭、阁、廊、池皆备,清幽恬静,建筑别具一格。

我尤其喜爱寺院南侧的映碧榭,榭下有湖,约两亩见方,分大小两池,内有假山点缀,池周围环以曲廊,山、水、楼、廊相映,草、花、竹、树相衬,美不胜收。

出太华寺,不走大路,有太华古道与华亭寺相通。

华亭寺位于华亭山山腰,名称最早可以追溯到大理国时代。相传此地原是高家别墅,后高僧玄峰在此结庐修行,经苦心经营,建有大山门及两廊两庑,规模逐渐增大,时称圆通寺。明天顺年间,重修后钦赐华亭寺之名。

如今的华亭寺殿宇分为三层,规模宏大。其左倚卧佛、太华两山,右傍玉案、碧峣诸岫,前对滇池。每当晴空万里,水天一色,可谓秀丽壮观。前人曾有联曰:"一水抱城西,烟霭有无,挂杖僧归苍茫外;群峰朝阁下,雨晴浓淡,倚栏人在画图中。"

从太华寺以下,沿途树木蓊郁,浓荫夹道,风景秀丽。过华亭寺下行不远,有一岔路可直通徐霞客纪念馆。在纪念馆我看到毛泽东的一副字,写到:"我想作徐霞客。"我想,纪念馆展览的物品不会是假,若是真迹,看来,毛泽东也是爱旅游的。长征期间,红军所过地域如今都已是旅行胜地。想当初,红军在国民党军队围追堵截之下,毛泽东固然无暇看景;而其长期浸润在如画风景中,浪漫气质会有所增益,无怪乎其诗其词大气磅礴,充满豪气。

距徐霞客纪念馆不远，即94路公交车车站。本欲乘车到海埂公园再转车进城，但当路过滇池大堤时，忽见车外大堤上鸥鸟群翔，遮天蔽日，人们纷纷用食物投喂。我们竟急忙下车，加入喂食观赏大军。

2012年9月28日（星期日）阵雨

大观楼　翠湖　金马碧鸡坊　过桥米线

（一）

早晨即前往大观楼。

大观楼地处滇池湖畔，园中水面多种植莲藕，此时时序9月将尽，莲藕面积虽大，但凋零之状随处可见。沿水面岸边漫步，亭台楼阁掩映在绿树翠柳之间，加上小桥精致，流水静缓，仿佛身处图画中。

正行间，忽秋雨纷纷。我等在亭下避雨，面对秋荷忽想起李商隐的"留得残荷听雨声"句，不免心生感触。

到大观楼，登楼赏联是必然的，因为大观楼长联久闻名于世，以其字多联长，情景优雅、意蕴深远，赢得历代文人及游客青睐。故凡到昆明旅游，都把大观楼当做必来之地。

对联上联：五百里滇池，奔来眼底，披襟岸帻，喜茫茫空阔无边。看东骧神骏，西翥灵仪，北走蜿蜒，南翔缟素。高人韵士，何妨选胜登临。趁蟹屿螺洲，梳裹就风鬟雾鬓；更苹天苇地，点缀些翠羽丹霞，莫孤负四围香稻，万顷晴沙，九夏芙蓉，三春杨柳。

对联下联：数千年往事，注到心头，把酒凌虚，叹滚滚英雄谁在。想

汉习楼船，唐标铁柱，宋挥玉斧，元跨革囊。伟烈丰功，费尽移山心力。尽珠帘画栋，卷不及暮雨朝云；便断碣残碑，都付与苍烟落照。只赢得几杵疏钟，半江渔火，两行秋雁，一枕清霜。

作者孙髯，字髯翁，号颐庵，云南昆明人，祖籍陕西三原，幼时随父流落昆明。他勤于治学，终生不仕。据说，康熙年间，大观楼建成，一时文人雅集，孙髯慨然挥笔，写下一副长达180字的对联，声震儒林，被誉为"天下第一长联"。

由此可见，人生不必面面俱到，有一压群之长即可名冠天下。

（二）

今天游览的第二站是翠湖公园。之所以到翠湖，是因为我多年前曾来过此地，当时印象历历在目。来到翠湖，我几乎认不得。那时的湖水还在，似乎不如过去清澈；那时的垂柳还在，似乎不如过去柔长；那时的湖畔还在，似乎不如过去幽静。现在的翠湖似比那时大了许多，游人多了许多，喧嚣大了许多，俨然成了一个群众活动场所——当然，这也是一件好事。

记得那年，除到翠湖外，我和同学还到附近一个类似展览馆的场所参观了当时为保护国家财产而失去双手的银行卫士徐学慧的英雄事迹，并亲眼看到了为防止腐烂浸泡在福尔马林中被抢劫者砍下的徐学慧双手。

信步行来，翠湖深处，杨柳依依，莲藕田田，偶有鸥鸟翱翔。问当地游者平时是否还有鸥鸟常来时，游者说，春夏之际鸥鸟翔集，现在则已错过时间了。

走在湖堤上，忽见一块立石上刻着如下几许文字：

清道光十五年，云贵总督阮元倡捐修葺翠湖放生池之观鱼楼，同时筑南北长堤贯通湖心岛，称"阮堤"。堤南架燕子桥，堤北听莺桥，中间采莲桥。

以前到翠湖是为看景，今日到翠湖是为怀旧，怀古。人生在世，既有过去时，也有现在时，更有未来时，如何面对取决于人生态度。

（三）

从翠湖出来，几经询问终于辗转找到了金马碧鸡坊。金马碧鸡坊其实是两座牌坊，一座是靠近金马山的金马坊，一座是靠近碧鸡山的碧鸡坊。我看到的金马、碧鸡坊相对而立，之间距离仅数十米，其虽也高大恢弘，但已不是原来的牌坊了。据介绍，原来的金马、碧鸡坊在十年动乱中被拆除，现在的金马碧鸡坊是1998年在原址按旧制重建的。

原来的金马、碧鸡坊颇神奇：即当太阳将落未落，余辉从西边照射碧鸡坊时，月亮则刚刚升起，银辉从东面照射金马坊，这时两坊影子渐移渐近，最后互相交接。据说，这就是60年才会出现一次的金碧交辉奇观。相传，这个奇观曾经在清道光年间出现过一次。

我到金马碧鸡坊虽是傍晚，但无奈浓云密布，看来，今日我和金碧交辉奇观是无缘了。更何况，"那只是个传说"。

（四）

晚上，到宾馆附近的福春园吃过桥米线。进入福春园，即见一面墙上贴着标示该店是老字号的宣传材料。我不了解昆明的餐饮状况，福春园究竟是不是老字号不得而知，但我的经验告诉我，在云南吃米线要慎之又慎——因为以前我的几位旅友都是因吃了只用开水沏一下的米线而导致肚子不爽的。

究竟什么才是真正的过桥米线？在这里吃过桥米线会不会重蹈旅友闹肚子的覆辙？一时我没有把握。但只因我即将离开昆明，不吃就没有机会了。于是，便鼓足勇气决定冒次险，吃一碗再说。

看价目表，这里的过桥米线按价格分为几个档次：有10元的，有20元的，有40元的，还有数十百元的不等。我要了一碗20元的。一会儿，服务员用托盘把一个盛满滚烫热汤的大瓷碗托了上来，同时，托盘上还摆着4个小蝶，小蝶内放有肉片、打好的鹌鹑蛋等。服务员告诉我说，大瓷碗是烫的，万万不可用手触摸；先在汤内放鹌鹑蛋、肉片，然后再放其他作料，最后放米线。

我多次吃过所谓过桥米线，但如此吃法还是第一次。当我正为自己的孤陋寡闻而惭愧时，服务员却帮我依次将鹌鹑蛋、肉片等作料和米线放入碗中。她告诉我，先放一会儿，待肉片变色，熟了再吃。

少顷，我便依其所言慢慢地品尝，里面的肉片和鹌鹑蛋果然熟了，而且味道与之前所吃的不同——鲜美且味道浓郁。

吃罢，抹抹嘴，顿觉"土老帽进了城"，浑身爽。

过后才知，过桥米线是很有讲究的。据说，它已列为昆明市的非物质文化遗产。正宗的过桥米线缘自清代蒙自地方的一个妻子过桥给岛上苦读丈夫送饭的传说。传统的过桥米线共由四个部分组成：一是由大骨、老母鸡、宣威火腿经长时间熬煮而成的、具有浓郁鲜香味的汤料；二是作料，包括油辣子、味精、胡椒、盐等；三是主料，其中有生猪里脊肉片、鸡脯肉片、乌鱼片，以及五成熟的猪腰片、肚头片、水发鱿鱼片等；辅料有豌豆尖、韭菜，以及芫荽、葱丝、草芽丝、姜丝、玉兰片、氽过的豆腐皮等；四是主食，即用水略烫过的米线。米线又可分为两大类，一是发酵酸浆米线，二是干浆米线。由于汤料上有一层鹅油或鸡油封面，即使滚烫，碗里也绝不会冒热气。

比较传统吃法，我吃的 20 元一碗过桥米线还差得很远。

2012 年 9 月 29 日（星期一）晴

金殿　返京

今日返京，列车开车时间在中午 11 点半。

有友人曾评价我说，你这个人喜欢追求完美。起初自己不信，几经刻意观察后，好像默认了。比如这次到昆明旅行，人们都说金殿景观不错，而我在即将登车返京的当天竟还没有去过！一想到此，就心有不甘。当天夜里几经辗转，终于还是狠下心来，第二天早早起床，利用早晨的短暂时间抢回个"金殿"景点。

当我来到金殿公园大门时，天刚亮，公园还没有开门，正着急时，忽见一群老翁老妪绕过大门向西而去。问好心人，回答说，公园照顾早练老人，特意开旁门让他们提前入园。我听后大喜过望，遂混迹于早练人群，从旁门鱼贯而入。

金殿，全名太和宫金殿，又名铜瓦寺，位于鸣凤山麓，是云南著名道观。因主殿为青铜铸造，故名之曰"金殿"。原太和宫金殿初建于明万历三十年，由云南巡抚陈用宾仿照湖北武当山天柱峰的太和宫金殿样式建造，供奉北极真武大帝，其中有城楼、宫门等建筑。崇祯十年，巡抚张凤山将铜殿拆运至宾川鸡足山，现存金殿为清康熙十年平西王吴三桂重建。据说，此金殿比北京颐和园万寿山金殿保存更完整，比武当山金殿规模还大，是我国现存最大最完整的纯铜铸殿。

参观金殿后，其余景点皆来不及观看，就急忙返回宾馆。到宾馆时，仅

9 点有余。急忙收拾行装，10 点就来到了车站，11 点半列车开动。就此，我告别了昆明，登上返京之途。

2012 年 9 月 30 日（星期二）多云

列车上

一路向东行驶，过云南进入贵州。云贵高原的秋季风光旖旎，到处青山绿水。车过贵阳时，我又想起 40 多年前从贵阳到昆明时的情景。

那时，贵昆铁路刚开通不久，一路行走，到处是悬崖峭壁、拱桥山洞，道路充满艰险。记得当时坐在我对面的是一位军人，他向我讲述了建造铁路的巨大困难。他说，这个路段地质条件太复杂，铁路每建成一段，都会付出血的代价。我沿途亲眼所见，每当路过一个山洞时，洞口不远的地方都会坐落着一个纪念碑；并在经过一个陡坡时，看到一个火车车头斜躺在坡下。

但，那时云贵高原的自然生态很好。夜里，每到一个小站停车，我都会看见车外飞翔着的成片的萤火虫；白天，铁路两旁，漫山遍野都是盛开的茶花。但现在，道路好走了，这些自然景观却消失了，原本郁郁葱葱的大山，有的变得光秃秃的，仅有一层薄薄的草皮遮掩着岩石沮丧的表情……

然后，火车进入湖南，而我，也进入酣梦。

2012 年 10 月 1 日（星期三）晴

早上，经一夜行驶列车进入河南，近午到京。

结束语

终于回到了北京,我总算可以长长松一口气了。

此行先到海南,然后跨越琼州海峡,到达云贵高原的贵州省,进而北上四川而西,再南下云南,绕了一个很大很大的圈子。但就是这个圈子,向我展示了从云贵高原到横断山不同寻常的美丽风景。

过去,人们大多把旅行目光投放在黄河和长江中下游两岸地区,因为黄河和长江两岸地区被称为中华民族文化的摇篮。那里风光优美,广阔富饶,是养育中华民族的祖发之地,历史上的许多文化名人也多把探寻的脚步留在那里,因此,那里产生了无数浸人肺腑的故事和传说。也可以说,千百年来,那里是中华民族智慧的结晶。如今,人们观察世界的视角发生了巨大变化,他们不满足传统文化的羁绊,越来越多地把目光转移到新领域。于是,他们开始追源,不但追索中华民族诞生之源,还要追索江河之源,一时,黄河和长江的发源地便成了人们的探寻地。直到这时,过去少人问津的高原雪山成了关注的目标。人们发现,高原雪山竟那样美丽,那样纯洁,以致美丽纯洁得令人心醉。由此,那里也成了人们光顾的热点,形成了近年来旅游的人潮。我正是这时被卷入这个人潮的,先后到了青海和西藏及云南的高原地区。

也许是多年的视觉或审美疲劳,促成了人们探寻新的审美视角,于是,离开大都市,原生态的大自然就成为人们关注的审美领域。在这里我们会发觉,人类越来越眷恋大自然,重新回归大自然,这,也许就是人类发展

的一个新轮回。

我的这次旅行从 2012 年 9 月 26 日开始，到 10 月 1 日结束，共历时一个月零五天。也许因为时间拉得太长，景点集中太多，地域跨越太大，难免挂一漏万，丢了许多值得一看的景点。如康定的跑马山、塔公草原，稻城的海子山、桑堆红草地和香格里拉普达措等。尤其是康定，原计划到跑马山去体验康定情歌中所表达的意境，但由于到新都桥的愿望过于强烈，跑马山和那里的草原竟被忽略了。同时，较长时间的不间断行游也许产生了审美疲劳，使我观察事物的目光不再那么敏锐，感受不再那么强烈，以致降低了这次旅行的质量。

然而，无论如何，这次旅行收获巨大，实现了我多年的夙愿。我要感谢这次旅行，她使我时而沉静，时而震撼，时而慷慨，时而激动。我仿佛通过壮丽山河，看到了民族的灵魂，我更加热爱中华民族和这片养育了中华民族的美丽富饶的大地，她让我的情感完完全全地融和在这片大地之中。

（2013 年 5 月 11 日）

西看，感受欧陆精华 | 旅行日记

前　言

2012年6月2日至12日，我随旅行团游览欧陆七国。七国包括：比利时、法国、德国、瑞士、奥地利、意大利、梵蒂冈。从落地首站比利时首都布鲁塞尔，到末站瑞士苏黎世，历时共12天。

此行走马观花，有时甚至只走马而来不及观花；虽名为七国，实为"数地"，且点到为止，更谈不到详细了解各国风情了。

我一向不愿意随团旅游。但国外与国内不同——语言不通、习惯不同是最大障碍。我曾出行北美，不缺乏出国经历，但那是执行公务，脑中绷弦紧紧，理所当然，况且出、说、住、行等公务往来有诸多方便；不似当今私人旅行，抱着休闲意念，意欲享受生活，猎奇异域风情。故初次出国旅行随团是最佳选择。然几日下来，事与愿违，行色匆匆不说，更增加"点水"的烦恼——也罢，此行且当作体验生活，积累经验，为日后自由行打基础吧。

话虽如此说，但此行收获还是很大的。比利时布鲁塞尔的原子球，法国巴黎的埃菲尔铁塔、凯旋门、凡尔赛宫、卢浮宫及巴黎圣母院，德国慕尼黑的玛丽斯广场，瑞士因特拉肯附近的少女峰和苏黎世的苏黎世湖及圣彼得保罗大教堂，奥地利的因斯布鲁克的黄金屋顶、霍夫堡宫，意大利佛罗伦萨圣母百花大教堂和比萨城的比萨斜塔，罗马的斗兽场，威尼斯水城的凤尾船，梵蒂冈的圣彼得大教堂等优美雄奇的自然景观和杰出的艺术文明都给我留下了深刻印象。这些地方，可以说是自然的精粹，艺术的经典，是人类奇思妙想和高超技艺的完美结合。走在这些地方，我回望欧洲波澜壮阔的历史和沉浮于历史风口浪尖上的风流人物的同时，也想起了我国的历史名城北京、西安、南京的古老文化……

欧洲人的文明程度和对外国人的友善、热情是值得我们感佩的。他们现在并不像以往历史书籍中记载的那样穷凶极恶和鄙视一切，因为时过境迁，毕竟时代不同了，中国也不同了。

此行印象深刻的还有那些串联起各国著名景点的高速公路和公路两侧的风景，那简直是一副徐徐展开的风景图画，绿树青山、湖光山色，草原花海，金黄色油菜花，和散布在山野或平原绿色中的欧陆建筑。说像画，其实也像诗，浓缩了自然和人类精华，从天际撒落人间……这些，足以让游者留恋不已。我们穿行在绿色走廊上，看到了欧洲人的生活态度和恬然心态。

高度发达的物质文明和精神文明难道是阿尔卑斯山馈赠给欧洲的珍宝吗？

是的，这里是大自然的垂青之地，气候温和，湿润……地中海的海风毫不吝啬地把自身携来的丰富降水留在了这里，滋润着这里的一切。

另外的收获是，我们在国内不易察觉、而在国外充分展示的国人非同凡响的购物水平，印证了近几年国家经济的高速发展、国力的迅猛增长及国人的富足程度远远超越了人们的想象。但凡著名旅行景点，大多都淹没在华人的海洋中——那里到处是华人面孔，耳畔飘着汉语，街上吃中餐的队伍总是那样长——食客像走马灯一样一拨一拨地进出（注意：不是一个一个）。这足以让那些黄头发蓝眼睛的西餐馆老板垂涎欲滴。老外——语言习惯，专指欧洲人——尤其是商场店员，几乎都会磕磕绊绊地说几句常用汉语，并以此为骄傲，如"你好"、"中国"之类，友善而热情。他们目瞪口呆地看着中国人大把大把地花钱，大口大口地吃肉，大喊大叫地说话，有的甚至把"京

骂"之类带到了巴黎街头,让可爱的法国佬误以为在为塞纳河唱赞歌……总之,国人迈着初步富足的步子,带着古老文明养育的高傲和多年贫困沉积出的粗俗,构成一个让人难以理解的复杂群体进入了欧洲大陆……而这一切,在上世纪下半叶,只属于日本和韩国。于是,同样毫不客气,当地那些诡诈的"三只手"们从汉语发音中轻易地辨认出华人,把自己多年练"玩意儿"的绝活伸向中国人厚厚的钱袋,以致得手后在狰狞的窃笑里欣赏背后传来的一阵阵毫无顾忌的嚎啕……

总之,中国给欧洲甚至世界吹来了一股新的空气,使其感到新奇而期待:富足的和粗犷的,强大的和亟待发展的,谦虚的和骄傲的,古老的和新潮的,文明的和粗俗的,深邃的和肤浅的,仰慕的和鄙夷的,平和的和恐惧的……也许,欧洲需要时间和精力来充分研究与了解这个给世界带来变化的东方巨人和复杂体,但这没有关系,因为他们已经从中国身上得到了实实在在的利益。

欧洲展现在我们眼前的也同样是一个复杂体:文明的和率直的,艺术的和自然的,贫困的和安逸的,危机的和享受的,欧洲人正在无忧无虑地享受生活,哪怕借债,也不想过那种让人心寒的苦日子……欧洲展现给我们的到处是安详和平和,富足和无虑,好像这里从来不曾发生过什么……他们是真正的生活乐天派。

欧亚居于同一大陆板块,从地缘上本应亲近,但在过去的年代里,历史做了一个噩梦,把东方和西方分割开来,把文明分割开来,把贫富分割开来。也许,上帝一觉醒来,认识到了梦魇的不公,重新审视东方被烟云遮掩的文明——现在是重新认识和改变世界的时候了,也是东西方充分交流的时候了。于是,两种文明在新世纪交汇,碰撞的火花映红天际,黄河,长江,多瑙河,塞纳河……他们也许应重新认识自己,评估自己,审视自己,改变自己，学习彼此身上优秀的东西。因为，智慧和勇气、文明和财富是不分国界的。这正像江河和海水一样，它们同属于地球的辽阔空间。

2012年6月2日（星期六）多云

起飞

晚8点从家中出发，到北京西站乘坐大巴前往首都机场。到机场方知，飞机为海南航班，明日凌晨1点20分起飞，目的地是比利时的布鲁塞尔。这就是说，我们要在候机楼等候4个多小时才能登机。无奈，只得等。但这居然也算旅行的一天。

集合哪怕一个小时也算一天，这似乎已是各旅行社的惯例。

见到了全程陪同导游，姓王，台湾人。台湾开辟欧洲旅游市场较早，有广泛人脉，经验也较成熟。大陆旅游团请他们做导游无疑是走了捷径。

点名、缴费、发票……人们履行登机前的一切程序。

2012年6月3日（星期日）雨

布鲁塞尔　巴黎

飞机经过10个小时飞行，北京时间中午11点半、当地时间早晨5点半到达比利时首都布鲁塞尔——这里是我们此次旅行的第一站，与北京时差6个小时。下飞机时，我和一位法国籍"空哥"在机舱门口握手道别表示谢意。他说，他在南方航空工作了3年，已是地道的"中国纯爷们儿"，并且纯到"24K"。

（一）

按说，在飞机上休息10小时足够了，然而我一夜无眠——只为看窗外的星光和灯火。无奈，下飞机后，只得在困意中开始了我的布鲁塞尔之旅。

下飞机时，布鲁塞尔正在下雨，空气湿润而清爽，景象像北京的深春或初秋，独特的欧式建筑和绿地、绿树都淹没在蒙蒙雨水中。这样的风景，一下子就拉近了我和布鲁塞尔的距离，因为我喜欢雨，尤其细雨。

大巴车已在机场门口等候，司机是比利时人，全程陪同。当我试图把行李箱放进旅行大巴行李舱里时，司机却一把抢了过来放在一边地上。我一时莫名其妙。他把旅行团成员所有行李箱集中在一起，然后分大小一只一只地整齐码放到行李舱里：一切严谨且不动声色。

这让我想起前几年在加拿大温哥华旅行的相同经历——司机认真、敬业、一丝不苟，宁愿自己重新摆放，也绝不让别人动手。这也许是大工业时代赋予欧美人的特质。他们的敬业态度让人敬佩。

汽车在布鲁塞尔街道上行进，我远远地望见高大的原子球堆在不远处伫立着。原子球，是一个铁原子晶体放大1650亿倍后的魔方式建筑，它神奇的结构，梦幻般造型，静静地屹立在蒙蒙细雨中，给人带来一种神秘感。

我被欧洲人丰富的想象力感动了，他们对美有自己独特的理解方式。如果没有科技发展，世界将会怎样呢？

汽车在雨中围着原子球博物馆转了几圈后停下，导游说，司机在寻找方便我们参观的最佳停车位置……然后，我们下车拍照。

令人小有遗憾的是，这里似乎刚刚结束了一场大规模的活动，原子球堆附近的围栏尚未撤掉，我们只能"可远观而不可近玩焉"。

一个小时后，汽车继续行驶。下一个旅游目的地是大广场，她是布鲁塞尔市市中心，市政厅、白天鹅咖啡馆、小于连像等著名建筑或雕塑都分布在这里或附近……行驶中，我看见了市区路边成片的绿树、草地和草地上许多跳跃着的野兔，这也许是布鲁塞尔的一道独特风景。

大广场到了，四周雄伟华丽的哥特式建筑把她包围成一个几乎封闭的长方形，惟有几条不宽的街道从这里向四周放射开去。市政厅和它周围的建筑恢弘而森严，然而我望着这些记录历史沧桑的有些黑黢黢的建筑，却产生了几分压抑感。我要寻找的是白天鹅咖啡馆，因为在那里，曾留下过马克思、恩格斯及雨果生活和工作的足迹。据说，马克思、恩格斯正是在那里写成了著名的《共产党宣言》，而雨果也在这里留下了许多不朽的作品。

成就他们的为什么是这里而不是他处？也许，从历史和地理位置中会找到确切答案。昔日，这里是平民街区和下层平民聚集地，正是这些，使马克思、恩格斯更多地接触和了解到社会底层人们的生活，同时也打造出了雨果《悲惨世界》中冉阿让这一不朽形象的雏形和作家同情底层人民的性格……

白天鹅咖啡馆找到了，只是我们没有时间进去品尝咖啡。至于小于连像，现实中的它和我在上海世博会上看到的复制品一摸一样，只是顽皮而心安理得的尿尿姿态在雨中更显出几分从容，而尿线拉出的弧线更长更远……

这里是布鲁塞尔人欢聚的胜地。据说，每年5月和8月在大广场举行的沙滩排球比赛和鲜花展览让人们再享平民节日的欢乐。

（二）

3个半小时后，我们到达有浪漫花都之称的法国巴黎。汽车几经辗转停在距埃菲尔铁塔不远处的停车场。埃菲尔铁塔，是我们游览巴黎的第一个

景点。当我下车来到埃菲尔铁塔前时,第一反应就是寻找一个最好的拍照角度——我并没有过多关注埃菲尔铁塔,因为它太有名了。也许正是它的名气,让我听得太多,看得太熟,所以当真正见到它时,就像见到一位常见面的朋友,心境自然而平和,没有像其他人那样产生过多的感动。我甚至知道它的一切,从诞生到结构,再到它的历史……

吃午饭时的情景让我大开眼界。餐馆距埃菲尔铁塔不远,那是个中餐馆。游览的就餐队伍在门外弯成几个"M"形,人们焦急地在外面等待,尽管10人一拨进出很快。终于轮到我们挤进餐馆,见里面密密地排着长桌,进去的人就像被塞进瓶子里的沙丁鱼一样围着桌子挤在一起。然后是素炒白菜、大块肥肉……

初富的中国人遍布世界,他们无处不到的脚步和强大的购买力让西方有些措手不及。他们没有准备好,眼睁睁地让白花花的银子流进同是不久前刚刚落脚本地的华人餐馆老板的口袋,在一旁摇头叹气又无可奈何。面对这个迅速崛起的巨人,他们需要适应和接受的时间……

下面的时间导游把我们交给了凡尔赛宫。

到底是凡尔赛宫,它规模宏大,富丽堂皇,珍奇无数。尤其油画,散发着令世人艳羡的夺目光彩。据说,凡尔赛宫堪称欧洲皇宫之最。然而,当我走出它的大门时,心中还是产生一丝不满足感。也许中国人太爱比较,抑或太自傲,总觉得它无法和北京的故宫相比——无论规模和建筑艺术……也是,尽管路易十四才华横溢,凡尔赛宫也不乏富丽,但无论如何也不能与两个朝代的二十余个皇帝和治下的能工巧匠才智相媲美——那才是浓缩了人类最高智慧的艺术精品。

登巴黎最高建筑210米的梦帕纳斯大厦远眺,也是一大享受。当我登上楼顶放眼四望时,巴黎市全景尽收眼底:埃菲尔铁塔、卢浮宫、奥赛博物馆、巴黎圣母院等建筑一览无余。这是我第二次在国外城市登高远望——第一次是 1998 年 5 月在美国世贸大厦楼顶欣赏纽约华灯初放。然而可惜的是，纽约的世贸大厦今已不复存在，它于 2001 年 9 月 11 日被恐怖分子炸毁。

2012 年 6 月 4 日（星期一）阴有阵雨

塞纳河

早餐后，前往坐落着方尖碑、司法大楼的和谐广场。

和谐广场，一个一听就让人喜欢的名字。因为当今世界，人们最希冀的字眼就是安宁与和平。也正是数十年的安宁与和平，给了中国以高速发展的机会。而和谐，则几乎是和平的同义词。

卢浮宫，才是真正意义上的艺术殿堂。这里荟萃了世界上最经典的艺术作品，也凝聚了最卓越的才思。近距离欣赏那些艺术作品，遨游于艺术世界，在艺术的海洋里与那些天才对话，是最高的人生乐事。因为，欣赏，并不都是从形式上解读艺术作品，而是从中提炼出作品精髓，与作者进行思想上的沟通。

解读蒙娜丽莎的微笑，恐怕是当今好事者最热衷的话题。其实，欣赏和理解达·芬奇留给世界的这一伟大艺术成就就已足够了，又何必花出更多时间考证画中人的身份？而欣赏断臂的维纳斯和胜利女神也应是如此。

塞纳河两岸，荟萃了巴黎的建筑经典，也许找不到比乘船更好的方式来激赏巴黎风光了。即使下午秋风卷起塞纳河微澜，河风送来阵阵寒意，阴霾遮天，然而，河面上鸥鸟翻飞却增加了人们的游览情味。

但凡城市，有水则灵。这正如拥有黄浦江的上海、拥有长江的武汉、拥

有钱塘江的杭州和拥有松花江的哈尔滨及拥有珠江的广州……

巴黎也是如此。

塞纳河贯通巴黎，是一条智慧流淌之河，艺术荟萃之河，想象飞扬之河，梦幻灵动之河。是塞纳河，点悟了巴黎的灵性，她的两岸集中了法兰西最伟大的建筑经典，让人们跨过时间和空间，在美妙奇幻中发散思维，展示奇思妙想。那些建筑庄严而辉煌：埃菲尔铁塔，卢浮宫，奥赛美术馆，法兰西研究院，大皇宫，巴黎圣母院……在塞纳河泛舟，既像在流动的历史中徜徉，也像在流动的艺术中沉醉。自然的、意念的、抽象的、具象的，哲学的、文学的、美术的，科学的、宗教的……仿佛欧洲的所有经典都在这里汇聚，既庄重，又神圣。

塞纳河的流水在脚下流淌，历史与艺术却在心中流淌。

2012年6月5日（星期二）多云转晴

瑞士·因特拉肯小镇

从巴黎乘车前往瑞士的因特拉肯小镇。从法国到瑞士，不顾一路风尘，欣赏如画风景——沿途除呈现欧陆风情的建筑外，令人感动的是满眼绿色。山上的植被不消说，平原及丘陵地带大片大片的大麦和牧草，永远望不到头的葡萄园，更成为沿途迷人风景。

进入瑞士，就在接近因特拉肯小镇时，路旁出现了一片波光粼粼的湖水。导游说，因特拉肯小镇可谓地理天赐，她夹在图恩湖和布里恩茨湖之间，阿勒河穿流而过，不但风景如画，而且气候宜人。就在我们尽情欣赏湖畔美景时，湖面半空中，随风飘来几个彩色滑翔伞，它们在半天游荡，就像飞在蓝天下的彩蝶。

我们下榻的酒店就坐落在阿勒河边,在房间里就可以清晰听到下面河水的哗哗声。走到阳台上,抬头就能看见远处白雪皑皑的少女峰,而脚下就是波涛滚滚的阿勒河。

小镇整洁而安宁,到处盛开着五颜六色的花朵。尽管这里聚集着全球五大洲慕名而来的游客,但她没有喧嚣,没有浮华,即使在夜色降临的时候,连灯光都呈现出一派柔和静媚,就像一个神闲气定的处女。

阿勒河河边草地,远接着雪山。近处,女人们有的带着儿童悠闲地散步,有的推着童车轻声漫笑。

因特拉肯小镇又是一座表城,它出产的手表款式多样而价格低廉,凡到因特拉肯小镇旅行的人们都不会忘记在这里买上一块或几块手表或军刀以作为纪念。这里的生意人就像这座城镇的性格一样温和,就连热情也是从默默的眼神和淡淡的浅笑中传达出来。

因特拉肯,美丽的小镇,人们不会忘记你。

2012 年 6 月 6 日(星期三)阴有阵雨

少女峰

少女峰性格并不暴烈,接近她时,就像在因特拉肯小镇看到的那样,美丽间充满安详。山脚下金黄草原上坐落着的座座民居,时而集中,时而分散,静谧得像任由人们赞赏也无动于衷的铺展在眼前的油画。

几经峰回路转,少女峰终于露出娇柔的面容:洁白而羞涩,娇颜半掩……

当景区小火车穿过隧道来到她上面的观景台时,我看到的是远处躲在云朵里的峰顶和纷纷扬扬飘飞的雪花。而她的神色,则在时隐时现的雾色里

流露出几丝玉雕般俊雅。雾气也美，有时淡，有时浓，尤其她的流动，给人以灵秀和联想；然而，她不断地屏蔽了少女峰明艳的面容和她面对人世的娇羞，竟把这里飘成了猜不透、看不清的谜境。

但少女峰竟有另一面。我来到她的迎风坡上，那里，暴雪肆虐，寒气逼人，大团的云雾翻滚而去——然而，我依然相信，这不是她的性格，这是大自然强加给她的冷峻和狰狞。也许更多的人会坚信她的柔美和慈爱，因为在我面前，在狂暴的风雪中，许多身影扑入她的怀抱，跳跃，追逐，欢愉，嬉闹……

少女峰，美丽而温存的姑娘，你展现给人们的是柔丽和爱。

我喜欢你的性格。

2012年6月7日（星期四）多云转晴

意大利 · 比萨斜塔　佛罗伦萨

昨天下午，我们告别瑞士，进入意大利。沿途看到的意大利原野依然美丽，只是建筑风格与瑞士稍有不同。意大利人似乎更强调实用，竟弱化了观赏功能，这里的建筑显得高大而坚固。

来到比萨城已近中午，我们没有感受到意大利地中海海岸的海风吹拂，迎接我们的却是热辣辣的太阳。即便如此，还是阻挡不住人们参观比萨斜塔的热情。

比萨城，一个充满传奇的城市，它以比萨斜塔闻名于世。

比萨斜塔即大教堂钟楼，始建于1173年，原设计为圆形垂直建筑，但是在工程施工开始后不久便由于地基不均匀和土层松软而向先东后南倾斜。比萨斜塔1372年完工，历时200年。然而，正是倾斜不倒，成就了它誉满全球的声誉。

比萨斜塔闻名于世更与伟大的科学家伽利略的名字紧紧联系在一起。据说伽利略1590年曾在比萨斜塔上做过物理实验，从而得出了自由落体定律；而他19岁时就曾在比萨斜塔旁的大教堂内观察过铜制吊灯的摆动，从而发现了小摆动的等时性定律。

比萨斜塔和大教堂伫立于比萨城的奇迹广场。确实，正如名字一样，无论是斜塔还是伽利略本身就是一个奇迹。因为这里凝聚着伟大的科学精神。

距比萨城仅60余公里的佛罗伦萨也是一个伟大奇迹，它的辉煌得益于15世纪文艺复兴运动留下的文化遗产。如今，这些遗产——无论建筑的还是美术的，伟大的艺术精神依然还释放着耀眼光华。大教堂的圆顶和壁画，市政厅前广场，艺术和人性在这里得到充分展示。但丁、达·芬奇、米开朗基罗、拉斐尔等几位活跃在文艺复兴时期的伟大艺术家都曾在这里聚集才华，飞扬思绪。他们和他们的精神在14世纪改变了欧洲甚至影响了世界，一时，佛罗伦萨成为文艺复兴运动的发源地和中心。佛罗伦萨，一个被徐志摩译为"翡冷翠"的美丽地方，曾领跑过一个时代，播撒过一代精神，它们都变成了遗产，精神的和物质的，艺术的和历史的，给这座城市留下了辉煌。

比萨和佛罗伦萨，两个相互分离又相互关联的城市，它们是科学和艺术的圣地。

2012年6月8日（星期五）晴

罗马　梵蒂冈

一头钻进罗马，沉入袖珍小国梵蒂冈。

以前，提起梵蒂冈就自然让我想起欧美的基督或天主教堂——我那些

对教堂的感性认识,来源于自幼阅读的欧美小说,它们大多把教堂演绎得阴森可怕,把神职人员描写成鞭挞人类灵魂的阴谋家——以至于至今,当我一步跨入教堂,心中还充满一种说不清的异样感觉:敬畏?恐惧?抑或……

直到今天,我目睹了圣·保罗教堂、圣·伯多禄大殿、西斯廷教堂的辉煌,在感叹这里凝集了太多的世界精华的同时,对它的艺术成就充满疑惑……然而,这是实实在在的艺术存在,伟大的艺术家波提切利、贝尔尼尼、拉斐尔和米开朗基罗等人都在这座为神搭建的殿堂里尽情地展示着自己的才华——这次经历,也许会是改变盘踞在我内心深处的痼疾。

尽管在梵蒂冈仅有的 0.44 平方公里的国土上只生活着 572 人,但我还是不得不折服并赞叹它高度凝聚财富和艺术精华的能力。

在这里,宗教是维系一切的力量,这种力量每时每刻都向全世界辐射,又每时每刻由全世界无数个体向这里凝聚。财富在宗教面前成了依附,或许将化为易逝的流光,然而,伟大艺术却成了人间永恒。

这,又不由不让我更青睐于距梵蒂冈不远的古罗马竞技场。当我把惊羡的目光投向它,感叹它伟大建筑的艺术成就时,却怎么也不能把它与昔日统治者的残暴联系在一起。据说,公元 80 年竣工时,竞技场举行了为期 100 天的庆祝典礼。在这 100 天里,古罗马统治者们竟然组织、驱使 5000 头猛兽与 3000 名奴隶、战俘、罪犯上场"表演"、殴斗。这种人与兽、人与人同归于尽式的血腥大厮杀,可谓惨绝人寰。无怪乎有人说,只要你在角斗台上随便抓一把泥土,放在手中一捏,就可以看到印在掌上的斑斑血迹。由此,又不能不叫人想起当年为了反抗罗马统治者的残暴,斯巴达克率领 78 个角斗士起义,并在坚持两年之后,队伍竟发展到 10 多万人的艰难经历，以致马克思也曾赞誉斯巴达克是"整个古代史中最辉煌的人物"。

一时，残暴绑架了艺术；同样，历史也报复了残暴。只有这座已矗立2000多年的雄伟建筑，和我国的秦长城一样，用自身的陈迹记录着建筑艺术的伟大和人类智慧的光辉。由此，我感叹：历史，请不要用这种形式记录艺术，它应是真善美的载体，它永远属于创造者。

2012年6月9日（星期六）阵雨转多云

维罗纳 · 罗密欧与朱丽叶　威尼斯

爱情本美好，但让两个执著青年演绎成了悲剧。当旅行的脚步迈上意大利东北"高雅"小城维罗纳的土地时，我不能不再一次为罗密欧和朱丽叶的爱情结局痛惜。

这样一个感人故事，不知多少次被搬上舞台，打动了许多人，让人们唏嘘不已，潸然泪下。然而，就在人们洒泪的时候，同样的现代悲剧又以不同版本、在不同国度以同样结局演绎着。一边是爱情，一边是世俗仇恨。在众多故事中，两者相遇总酿成悲剧。这，不由不让人感叹：情感与世俗这对矛盾，将以什么方式左右人类的未来？

然而，戏剧大师莎士比亚看到了故事的另一面，他以敏锐的目光捕捉到了故事的悲剧魅力和艺术价值，把阿瑟·布卢克（ArthurBroke）1562年的小说《罗密欧与朱丽叶的悲剧历史》搬上舞台，成为打动人心、揭示情感纠葛的不朽之作。

爱情和世俗，哪个更强大，更具有超越对方的力量？是爱情吗？

来到威尼斯水城，充盈我思绪的是另一种情怀，它一扫悲怆之情，一

种豁然开朗的心绪渐渐地升腾在内心。乘坐着轻盈的凤尾船,流连于威尼斯城水巷,沐浴着亚得里亚海温润的海风,一股"莎士比亚味道"蓦然漫上脑际。一时间,爱,由人性转换到自然。

然而,眼前威尼斯风景与我之前的想象判若两界。我彷徨而踟蹰,一时陷入困惑。许久,内心渐渐完成了想象向现实的转变——这是历史向现代的转变,是世俗向自然的转变,也许正是"莎士比亚味道"在胸中"催化"的结果。

我想起了人们熟悉的莎士比亚名剧《威尼斯商人》——从进入意大利到威尼斯,我眼前总摆脱不了莎士比亚的身影。或许这个直觉是对的,因为莎士比亚曾一度是文艺复兴时期的灵魂。

2012 年 6 月 10 日(星期日)阵雨转晴

奥地利 · 因斯布鲁克 德国 · 慕尼黑

(一)

不愧为音乐之乡,奥地利的风景竟如此不同。以致观赏奥地利风光,就像欣赏一曲优美舒缓的乐曲,充满享受。

汽车擦过阿尔卑斯山脉边缘,细雨,浮云,青山,飞瀑,路上的一切风景都充满诗意和乐感。这让人想起伟大音乐家海顿、莫扎特、舒伯特、约翰·施特劳斯,还有出生于德国但长期在奥地利生活的贝多芬,耳畔好像舒缓地响起舒柏特的《魔王》和贝多芬的第六交响乐《田园》曲,仿佛眼前的一切,像乐曲一曲曲在大自然中流过。

我似乎悟出奥地利产生多位伟大音乐家的原因:除音乐家自身天赋外,

大自然的熏陶也许是滋育才华的最好养分。

（二）

正如音乐成就的伟大，奥地利山城因斯布鲁克的黄金屋顶、霍夫堡宫、宫廷教堂同样闪烁着智慧的耀眼光辉，它繁华的街市与巴洛克式建筑相互交映，共同铸造了玛利亚·特雷西亚大街的辉煌。它的魅力，不得不让无数游者驻足。

小城，远比一座大都市更具魅力。因为它向我们展示的社会生活更真实，展示的人文或自然生态更丰富。

告别宁静的因斯布鲁克数小时后，我们进入德国慕尼黑。此时，我心中又产生了另一种感觉——崇敬与沉重交杂。这里曾是文化艺术成就的殿堂，人们曾尽情地享受发明和创造的快乐，许多伟大科学、艺术成就都与慕尼黑的名字紧密联系在一起。艺术是花朵，科学是繁星，使慕尼黑繁花似锦又熠熠生辉。这里有许多巴洛克和哥特式建筑，它们是欧洲文艺复兴时期的典型代表，城市中各种雕塑比比皆是。我望着那些雕塑，忽然想起我的一位曾在这里留学的年轻同事，理解了她在此留学的情由——慕尼黑，是塑造并定格思想和成就的城市。

原市政厅塔楼上的组钟铜人表演自其产生至今吸引着无数游客，但我无缘一观，因为，我们到达时已错过启钟的时间。

然而，这个伟大的城市，同样造就出了第二次世界大战的罪魁祸首——希特勒，是他把战争的灾难带到全球，以致使无数人民生灵涂炭，成为罪恶渊薮。

望着多瑙河支流伊萨尔河河水，我心绪汹涌，感慨万千……

2012年6月11日（星期一）阵雨转多云

瑞士 · 苏黎世

今天是我们在欧洲旅行的最后一天，游览瑞士最大城市苏黎世并在此小住一夜后，明天即将启程回国了。

来苏黎世之前，我曾为此行程未安排游览日内瓦，徜徉日内瓦湖畔深感遗憾。然而，当我参观了中世纪圣彼得保罗大教堂、游览班霍夫大街直抵苏黎世火车站后，再沿着利马特河，一路观赏双塔罗马大教堂、修女院及菩提园来到苏黎世湖漫步湖畔时，我最终被这座城市打动了，为利马特河两岸的旖旎风光和繁荣感动，同时也被苏黎世湖的辽阔和美丽陶醉。

任何旅行行程，当它的经历非同凡响时，它带给人们的记忆将是长久的。游苏黎世的经历即是如此——因为，我们赶上了一场大雨。

当我们在苏黎世湖漫步时，突如其来的一场大雨从天而降。顿时，天暗了，云黑了，远山山顶拉出一条条电光，隆隆雷声滚滚而来，一度在湖面上自在翱翔的鸥鸟都恐惧地瑟缩在船旁、树下，大团大团的乌云从天边、远山山顶压过来，苏黎世建筑物都隐匿在斜拉雨线形成的水幕中……

这就是苏黎世湖，它不但有晴日的风光旖旎，也有暴雨骤至的电闪雷鸣。

我感谢这场雨，是它，在我即将离开欧洲之前，多看了一道湖畔风景。

2012年6月12日（星期二）晴

告别苏黎世

吃罢早餐，赶往苏黎世机场，乘中午航班返回北京。
将近两周的欧洲之旅即将画上句号。

2012年6月13日（星期三）晴

返京

早晨到京。机场大巴头班车尚未运行。

结束语

  我国经济总量已超过日本位居世界第二位，这是值得骄傲的事。我们应为这几年我国经济的快速发展感到高兴。这从近年来我国旅游市场的红火就能充分体现出来。这次欧陆之行让我看到，但凡世界繁华都市，都有中国人的身影。同时，中国人强大的购买力让世界惊叹。然而，当中国人走向世界，或中国全面向世界开放的时候，中国人将以怎样的形象向世界展示自己，或给世界留下一个什么印象，是值得国人思考的问题。

  国人无须刻意包装自己，应把一个真实的自己展示给世界。但，真实的自己需要文明和进步。我们是礼仪之邦，自古就不缺乏文明；我们在快速发

展，现实也不缺少进步，关键在于物质文明需要精神文明的同步。然而，物质财富可以飞快聚集，而精神文明却需要渐进积累。

我们需要的是，国人应加速这个积累与转变过程，增强自觉积累和转变意识。

总之，我们面向世界，既不能妄自尊大，也不能妄自菲薄。

（2012 年 7 月）

青藏，体验梦境 | 旅行日记

前 言

今年9月,我终于踏上了青藏高原的土地。这是我多年来梦寐以求的愿望。尤其是西藏,她对于没去过那里或去过那里而未作深入了解和体验的人来说,就像是个蒙着面纱摸不透的新娘,既让人向往,又让人却步。

青藏高原的神奇和美丽,多少年来一直挥之不去萦绕在我的胸怀。今年的成行,缘于我近年为青藏之行做的精心准备——这自然包括精神和身体上的准备——近年关于高原反应的众说,曾让许多人却步,但我没有。这就是青藏高原的诱惑。这种诱惑能冲破任何阻挡去往这个地方的藩篱。而实际上,高原反应并不像人们传说的那样让人生畏,尤其是西藏,初到的生理反应只要经过几天调整就能完全适应。日喀则之行,许多人带了氧气瓶,而我没有,并一路平安,甚至当时连人们所说的头痛都没有发生。实践证明,人的精神和身体条件是关键因素,而紧张的情绪反而会导致高原反应的加剧。总之,闲适轻松的心态和健康的身体,加上充分的自信,使我顺利地完成了这次青藏之行。

青藏高原撼人心魄的美丽使我下定决心将再次赴青藏旅行——那是个去前令人向往,去后让人梦萦魂绕的地方。纯净而深邃的蓝天和花朵般的白云、青海湖、日月山、昆仑山、可可西里、唐古拉山、念青唐古拉山、冈底斯山、喜马拉雅山、南迦巴瓦峰、纳木错、羊卓雍错、巴松湖、尼洋河、雅鲁藏布江、鲁朗林海、羌塘草原、布达拉宫、大小召寺及诸多神秘教派和寺院……当她们由想象中的胜地变为现实出现在面前的时候,你会为她们的瑰丽兴奋不已。那蓝天下平阔的金色草原,远处白云笼罩着的随风飘动的群群牦牛、白羊，刺破蓝天的皑皑雪山，纯净得让人心醉的湖水，奔腾在深谷里的河流和可可西里娴静安适的藏野驴、藏羚羊……这一切都让人相信，这就是神话中的仙境。此时，你会想起许多作品中关于天上人间的想象、描述，也理解了许多地理专家多年来极力盛赞并推荐青藏高原胜境的原因。时至今日，尽管我已回京两月，但还是深深地沉浸在青藏高原旖旎风光带来的亢奋中，同时也深化着我旅步未及地域及时间不足带来的遗憾。

青藏高原是我国少数民族集中居住地区。到青藏高原，不但让我领略了高原的瑰丽风光，也让我领略到了少数民族尤其藏族、回族地域的民族风情。我们从他们独具特色的民族服装、建筑、艺术品、音乐戏曲、民间传说、饮食中，充分看到我国民族文化的丰富性、多样性。民族文化的多样性，共同构成了我国民族文化的庞大体系。我深深地被她们所吸引，并体会到，深入研究和保护、抢救民族文化，应成为当前一个很重要的战略任务。因为她们是全人类的共同遗产。

青藏之行也让我看到少数民族地区近年来的巨大变化。在这里，不用与包括藏族同胞在内的少数民族人员做深入交谈，也不用到少数民族家中做客，仅从沿途看到的整洁美观的民族居屋，全国各地对口援建的基础设施，较便捷的交通及城市建筑和商业的发达程度就能感觉到我国少数民族地区近年来经济和文化的迅猛发展和国家惠民政策带来的显著成效。

西藏的发展，需要物质的，更需要文化的援助。文化的交流、认同、融合、发展，会将成为她文明推进的助力器。总之，她与内地的同步发展，最需要的还是精神和物质的现代化……

9月1日，我从北京出发，经甘肃天水、平凉、兰州而入青海，从西宁西游青海湖、日月山后进藏，直到当月22日由拉萨返京，共历时20余天。这次旅行，填补了我旅行区域的空白，第一次把精神触角伸向青藏高原。在

此期间,我领略了与我国江南沿海、西南、中原平原、华北平原、东北地区完全不同的地域风貌,给我的旅行体验带来一股雄奇之风,令我再次体验到了我国地域博大、地形多样、自然景观丰富的内涵。

青藏高原是一个自然风光和人文景观集中的宝库,走的地方越多,越深深地感到足迹的偏狭,认识的肤浅,阅历的局限。也许正是这种不断深化的认知,激励着人们向未知领域不断地探索。

2011年9月1日(星期四)多云

天水

下午5点52分,乘T75次列车从北京西站出发前往甘肃天水。

我之所以选择天水为本次旅游的第一站,不仅因其为天下(中国)之中,现欧亚陆桥上的重要城市,也是战国时期秦国统治者嬴姓的发祥地,唐代大诗人杜甫到过并慷慨赋诗的地方,在这里留下了许多著名文人武将的行迹。更重要的是,这里保存着我国四大石窟之一——麦积山石窟,她是我国佛教艺术和雕刻艺术相结合的宝藏。

天水,旧称秦州,据考证,中华始祖伏羲就诞生在这里。这里不但有着深厚的人文积淀,且山水灵美,风景秀逸,与我国西部苍凉豪迈风光格调不同,高天云气把江南山水的灵秀吹到西北,成为秦岭余脉中山清水秀、熠熠闪光的旅游明珠。

同时,我要看看渭河——这是一条历史上众多诗人毫不吝惜地抛洒才情的大河——我要看看她究竟有多少魅力,竟让历代文人们留下那么多笔墨。

也许,正是上天的格外恩赐,把银河之波引向这块广袤的大地。

2011 年 9 月 2 日（星期五）多云

伏羲庙　玉泉观

（一）

近午到天水。

天水火车站距市里尚有十余里，一位好心的车站服务人员告诉我，要去麦积山最好就住火车站附近，因为交通方便；若住市区，还需返回火车站附近乘车。我采纳了这位服务人员的意见，住在火车站附近。

下午前往市区游览伏羲庙、玉泉观。

伏羲，这个传说中的远古人物，有人说他始创了"画八卦"，华夏从那时开始了畜牧业时代，也有人说他"作结绳而为网罟，以佃以渔"。而天水的人们说得更具体，他们说，伏羲氏风姓，母曰华胥，古成纪人（今天水秦州一带），是从渔猎至始有畜牧业时代的一个氏族或部落酋长，被尊崇为"人文始祖"。但无论如何，他与渔业和畜牧业产生了联系，也许从那时起，人类完成或开始了一次具有跨时代意义的社会分工。天水的人们有理由把他的祭祀庙宇建到这里，因为这里坐落着被人们指认为的八卦山，也许是她激发了天水人久蓄于心的念祖情怀。

据说，天水现存的伏羲庙是在原基础上扩建于明成化十九年（一说扩建于明弘治三年），前后历经九次重修，遂形成了目前规模宏大的建筑群。前后经历九次的重修，记录了人们对伏羲氏的敬重和对农耕、畜牧业时代的眷念。而在历代重修中，以清光绪十一年至十三年(1885~1887 年)第九次重修规模最大，仅占地面积就达 13000 平方米。

自古以来，这里就盛行祭祀"人文始祖"伏羲氏的风俗。此风俗流传至

今，每逢正月十六伏羲诞辰日，周边群众就扶老携幼，纷纷前来伏羲庙朝拜祭祀这位"人祖爷"。"一时，宝烛辉煌，香烟缭绕，钟鼓鸣天，善男信女异常虔诚，庙内充满着一派庄严肃穆的景象。"可惜，我来时恰逢深秋，竟错过了与天水人民共祭的机缘。

伏羲庙殿宇巍峨宏大，雕饰细腻精良，陈设富有西北特色。在其众多的祭物中，竟蕴含着那么多感人肺腑的故事。也许正是这些故事，寄托着人们埋藏在心中的无数美好的憧憬。

我去时，正值伏羲庙部分殿宇修葺。但脚手架还是遮掩不住殿宇的昔时辉煌，而精致的木雕窗棂、门饰，彰显着精湛技艺创造的奇迹：西北人民，不但具有粗犷豪放的性格，同时也不乏细腻奇巧的心灵。殿宇前后分植的古柏，或孤直，或斜矗，皆高大雄壮，且骨脉分明，奇崛苍古，它们带给人的是岁月沧桑敲击心灵的震撼。各院古柏多为明代所植，据说，原伏羲庙共有64株古柏，象征伏羲六十四卦之数，现仅存37株。而庙东侧植于唐代的一棵空心古槐，则经过了许多朝代的鼎盛和战乱，依然丰茂，也许是岁月的纷繁熬尽了它原有的内心世界，而世间甘霖又赋予它新的生命力。

然而，当我的目光聚焦在侧院藤架上盛开的凌霄花时，在殿宇和古柏的庄严肃穆中我又寻到了现实中的自然与美丽。这也是我第一次看到凌霄花。我不知它为什么叫作凌霄，但它金黄色的花瓣却感动了我。它的藤蔓盘桓缠绕，无论如何下垂，它身上都挂坠着无数花口永远向上的花朵。这种美丽纯洁而沉静，在藤蔓的碧绿里绽开着她的魅力，这种魅力像沉着在人间中的宝石花，她的香气慢慢地升腾而起，直达九霄云外。

凌霄花，开在远古的年代，开在悠远的梦境，又开在现实的蓝天下，她永远那样美丽……凌霄，来自洪荒的年代吗？

当我的脚步迈出伏羲庙博物馆的大门时，我似乎循着岁月的脚步找到了天水的今天。

（二）

出伏羲庙东门右行不远，就是玉泉观。

玉泉观，坐落在天靖山麓，地势稍高。站在玉泉观门前，可眺天水半城。她向人们展示的是郁郁葱葱的茂树和淙淙泉水，它把自己的辉煌都掩埋在绿色和水流里——这，也许正是道教深藏不露的神秘隐性吧？

始建于初唐的玉泉观，并没有过多地显示自己的古老，尽管它隐秘了更深长的历史沧桑；记载中的 37 次修葺，人工铸造的辉煌和自然景观的融合足可以使它追回已逝的青春。

站在高处眺望成片的古建屋顶，斑驳的琉璃瓦上蒙着一层灰色，它们在半阳的照耀下，散发着历史的厚重。尤其那些土黄色的半镶在崖壁中的神殿楼檐，用它的深沉蕴藉着光阴的底色。而玉泉观的柏树，用斜生在壁上的姿态展示强大的生命力，也许它们的枝干没有伏羲庙古柏的突兀与粗壮，也没有伏羲庙古柏的高大和孤直，然而，岁月却把盘绕的虬枝浓缩在屈弯里，勾画出更多的坚韧和圆润美，它们抖擞的枝叶，似是年轮与苦难纠结在一起的临风轻舞。就连苍绝贯古的"辫柏"，也不肯眷恋孤直，把枝丫盘绕在一起，用以包裹更多的风雨。

正是这一切景象，感染了宋代的张方平，他用"古屋气象冷，苍崖烟翠中。龙归半天雨，虎啸一岩峰……"来抒发他面对这片景象时生发的感慨。

玉泉观最值得怜爱的当然还是那一眼玉泉。或许它已流淌了亿万年，无论春夏还是秋冬，它都以晶莹和甘甜诠释自己清纯的内心世界，并把其浸入心脾，陪伴人们享受自然的怜爱。它的流水细而绵长，需要人们用无数年华来品味和丈量，这就像赵孟頫的四面古诗刻碑，只有拿自然精魂提炼的内心

华彩才能品出其中的深奥滋味。

如今玉泉观中充满更多的是天靖山对道教的诠释，无论这种诠释是人文的还是自然的，历史的还是现实的，但当你将要离开这一片葱茏时，总不免回首几番。

（三）

归途，过哈锐宅院。

甘肃是渭河的中游，到了天水，我就产生了看看渭河的愿望。从火车站到天水市里，恰好途经渭河。然而这里看到的渭河，是经过人工治理的渭河，渭河流经这里，被夹持在两旁的水泥堤岸中，看不到它流经天野的原始形态，尽管它规规矩矩，但却没有了自然的原始面貌，没有了古人在登临渭河时的丰富联想。我多少有些失望。

天水盛产青皮核桃，当地人多剥食生吃。

2011年9月3日（星期六）雨

麦积山　仙人崖

（一）

天公不作美，从昨夜开始就淅淅沥沥地下起了雨。

早上，饭后即冒雨乘车前往麦积山。天水交通方便，火车站附近就有直达麦积山的34路公交车。

到景区大门，再买15元票就能乘电瓶车来到麦积山山下。电瓶车一路在雨中穿行，沿途云雨飘飞，山道两侧树木湿漉漉的，一路植被茂密，郁郁葱葱。途中多岔道，从指示牌得知，附近尚有罗汉崖、曲溪、植物园等多处景区。

麦积山地处甘肃东部，之前曾认为它是干旱之区；但此行多雨，一路葱郁，才知其润泽不下江南。

小陇山位于秦岭西端，而麦积山是小陇山中的一座奇峰，以其孤直耸峙、形似麦垛得名。穿行于小陇山间，不久就来到景点入口。

拾级而上，过瑞应寺而到麦积山下。站在丛丛翠竹前的古树旁仰望，但见烟雨飘处，朦胧中，一峰拔地而出，壁立峭拔，突兀奇崛——这就是麦积山了，果然名不虚传！待浓云飞过，遂见山体上石窟遍布，层层叠叠，密如蜂巢；两座连山步梯分别从山体两侧折叠盘曲而上，延至半山，又分为数岔，向不同洞窟伸展开去；步梯密密麻麻地分布绝壁之上，远望，好似结在危岩之上的蛛网。

据载，麦积山石窟自十六国后秦时开始开凿，直至明清止，现共有石窟194个，存各式造像7000余身，壁画1000余幅，世称麦积山石窟为佛家造像集大成者。雨稍停，遂登山依次临窟细看，无论造像石身泥身，皆千姿百态、栩栩如生。其艺术横融中原、西域、印度风格于一体，纵合5世纪至13世纪特点于一山，真可谓融通古今中外，冠绝天下的艺术宝库。我虽疏于佛道，但还是为麦积山石窟造像精湛的艺术工艺和佛匠丰富的想象感慨。

感叹之余，站在步梯上凭栏遥望，但见远处青山层层，云雾飘飘，远近朦胧，明暗互参，飞腾如海。近处身居石窟与神相安，与仙为伴，崖外细雨菲菲，云来云去，忽浓忽淡，游人如置身画境。

天水素有八景之说，"麦积烟雨"位列第一。不意今日无意得之，当初来时的愤懑之情顿时释怀，遂庆幸眼福之富。

天水八景为：麦积烟雨、净土松涛、仙人送灯、石门夜月、伏羲卦台、

南山古柏、玉泉仙洞、诸葛军垒。

（二）

辞别麦积山乘 34 路公交车返贾河，再换乘 37 路公交车至仙人崖。途经净土寺，天水八景之二"净土松涛"即是此处。

仙人崖寺庙群始建于南北朝时期，距今已有 1600 年的历史了。相传古时常有人隐居其山修行学道，故称仙人崖，又盛传夏秋深夜，常有灯火浮现，似神仙提灯往来，即称"仙人送灯"。仙人崖由东崖，西崖、南崖、宝盖山及献珠山五峰组成。主峰西崖为天然石岩穴，石岩穴下建有殿堂，为仙人崖的主要建筑群。宝盖山位于西崖南部，孤峰突起，四面如削，其上遍布松柏。沿山间石阶穿密林可达山顶。仙人崖南崖即为"仙人送灯"处，被人称为天水八景之三而名扬陇上。我去时正值下午，谷风方骤，天低云暗，细雨霏霏，遂无缘南崖"送灯"之幸。

撑伞入门，过仙人湖，结识了兰州建工学院之三位大学生旅行者。同登仙人湖桥，谷风迎面扑来，雨线斜掣，打人眼目。强扶伞顶风而行，下衣已然半湿。穿雨幕望桥下，湖水依然碧绿，远处岛亭耸峙于斜风骤雨中，几叶扁舟漂泊岩下；湖旁云飞雾罩，一孤峰独峙，须臾隐于烟雨中。我等彼此对视，衣发全散，狼狈落魄，皆踏足大笑，并相互留影纪念。

再沿阶穿林上行，登石道，过佛寺，忽有石脊如兽，斜仰山中，险峻突兀。再行，山道润滑，层林半水，耳畔雨滴击叶噼啪有声。委蛇登上东崖、南崖、卧佛洞等，继而行至西崖。

东崖、南崖，卧佛洞等寺庵，皆坐落石壁下，其殿堂肃穆，古墙深森，松树突劲，幽静偏僻，是古今修道绝好去处。而西崖实为仙人崖佛殿群之大观者，其名曰灵应寺。寺院整体沿崖壁蜿蜒而建，前后参差错落，高低犬牙参互，虽应崖顺势，然也宏阔壮观。遂叹古人构思奇巧，浑然天成，表现了道教天人合一的思想。此在我国道教建筑中为不多见。

从西崖向前，顺阶可直达景区大门。沿途人踪空寂，惟有雨声水声而已。

从仙人崖可包车到石门景区，只是天色已晚。有人云，石门为天水最佳景观，有"石门夜月"之说，位列天水八景之四。

晚，乘37路公交车直返天水。彼时大雨如注。

2011年9月4日（星期六）雨

往平凉　六盘山　梯田

从天水到平凉，沿途过甘肃庄浪、宁夏隆德，穿六盘山，再入甘肃平凉。

庄浪山坡地多梯田，层层叠叠，遥无际涯，黄绿相间，美丽而壮阔；路旁有巨大宣传牌曰："建设庄浪十万亩梯田"。可见当地已意识到梯田的观光及经济价值，颇有战略眼光。进入宁夏隆德，再入平凉，梯田为之增色，但见色彩斑斓，时有大片花朵开放。有车友说，那是药材三七。车过六盘山隧道，隧道宽而长，隧道内灯光灿烂，多有山水哗哗流下，似暗河涌动。出隧道，刚才那边还大雨滂沱，现在这边却浓雾弥漫，真可谓隧道两端两重天。

沿途回区村镇多清真寺。寺顶皆矗立半月形民族标志，整个建筑肃穆清丽，青山、清真寺，构成一道美丽风景。

下午到平凉。平凉街道干净整洁，繁华而有序；平凉人尚礼貌，乘车即有人主动打招呼、让座。

饭后，到火车站购隔天到兰州的火车票。

火车站附近即有泾河流过。买票后，到泾河大桥冒雨观赏泾河风光。泾河河道宽而曲，与天水市内渭河河道笔直不同，水流稍清，无怪乎下游形成

"泾渭分明"景观。泾河一侧为山,一侧为平原。有山一侧山体裸露处岩石赭红,但大多植被茂密,葱绿养目,山势峻雅,风光宜人。泾河河床水流数股,分而合,合而分,密如蛛网,后遂蜿蜒入平阔莽原而不见。

我登桥看河时,恰逢风卷大雨如泼,须臾街道漫水似溪流。

遂返。

2011年9月5日(星期日)雨

崆峒山

早起,大雨如注,街道已成满河。饭后过街到车站,虽住处即在车站斜对面,但鞋已没水湿透。

乘车到崆峒山。

崆峒山为道教名山,国家级自然风景区。山门到景区中台山路有五十三道拐,需改乘观光车前往。雨中观光车沿山道盘旋,忽上忽下,忽左忽右,皆大弯急转,坐在车里俯仰摇摆,游者皆心惊肉跳,抓车栏之臂紧绷,须臾业已酸痛。

崆峒山雨景更美,雨在头上下,风在身边吹,眼目迷离,身心漫散,殿堂、松柏皆漂浮于云海之中,惟耳畔钟声袅袅,鼓声悠悠,真乃至高雅境。

从中台而上风景最佳。途经朝天门到上天梯,上天梯陡峭狭窄,长共80余米,370余阶,经雨冲刷,阶阶湿滑,须俯视惴惴而行。撑伞举步,身旁雨滴清朗,碧叶飘摇,惟闻游人喘息而已。

拾阶而上,几番盘绕,经三教洞、皇城、静乐宫而至香山寺而返。崆峒山以道教为主,兼容佛教。佛、道各有特色,互不侵扰。建筑殿堂、景观俱盛大,香烟袅袅,信者众多。

择道天仙宫下山，观雨中苍松浓云飞渡，殿顶崔嵬，心闲神净。更兼避风听雨，看秋叶摇摇，情尽其乐。

回中台用餐。后至附近法轮寺。法轮寺正准备明日举办佛事，仙乐悠悠，经声朗朗。恰逢众尼领衣拜佛，竭尽雨中之乐事。

到东台。东台，关老爷庙所在之处。庙中有关老爷塑像。再盘桓到北台之莲花寺。

千手观音庙位于一孤峰上，四面峡谷，有一木桥相通。说是庙，实为楼。楼下殿中千手观音塑像工艺粗糙，实为大不敬，有违佛心。但峰上木楼巍巍独峙，可谓风光独占。环楼有栏，凭栏四望，诸山峰正沐浴在细雨飞云之中。远看碧树青蜂，淹于云海，虚无缥缈，时隐时现，云雾又忽浓忽淡，飘合不定。北面山崖上劲松挺立若渡沧海，而裸岩崔嵬，云雾飞腾，一时景致万端。真乃一步一景，一时一景，须臾变化，无影无形。

回中台，因观光车刚开，即决定沿山路步行下山。一路看山看云看亭，竭尽妙事。经胭脂河而至山门，再乘车回平凉。

晚9点15分，乘火车赴兰州。

2011年9月6日（星期二）雨转多云

兰州 · 中山桥　白塔山

一路卧铺无话，早8点40分到兰州。

上午，雨中浏览黄河，驻足"黄河第一桥"。黄河兰州段属中上游，水清，但水势澎湃可观。雨霁，游白塔山，观碑林，望黄河，眺兰州全景。

白塔寺修葺，不得入。

2011年9月7日（星期三）雨转多云

拉卜楞寺　桑科草原

（一）

乘车到拉卜楞寺。

拉卜楞寺在兰州西南的夏河县。出兰州所经七道梁，山色绚丽：雨中山体呈暗红色，而层层梯田翠绿逼眼，美丽娟秀。这令我想起龙脊梯田，然而，地域不同，山色不同，景观又有不同。我前年秋季去龙脊梯田，也遇阴雨，在那里感受的是一片金黄。一车友云，七道梁山上梯田多种百合，为农为药为景，绿化而经济。

车过七道梁而山体陡变，山色土黄，贫瘠荒凉，土石裸露，漫无绿色。见状感一山之隔，景观竟大相径庭。

过洮河、大夏河，到临夏，沿途村镇美丽雅秀，而梯田再现。遥岑远目，梯田满山，层层叠叠，碧绿可人。见洮河水而思洮河砚，洮砚出于此乎？出临洮西行，进夏河境进入渭南，海拔渐高，建筑风格为之一变，经幡也渐次出现。

近中午，车到夏河县城。承蒙同车一夏河镇委某工作人员好心指路，遂下车西行十余分钟即至拉卜楞寺。拉卜楞寺中午休息即将停止售票，我等是上午参观的最后一批游客。

拉卜楞寺是藏传佛教格鲁派六大寺院之一，寺中下设六大佛教学院，是藏传佛教格鲁派最高佛学学府之一，有"世界藏学府"之誉。因此，导游大多为学院研究生或学生，讲解至为细密，博学而流畅。

拉卜楞寺建于1709年，距今已有300多年历史，不仅建筑以庄严雄伟、金碧辉煌、塑像精美、珍宝遍寺著称，其丰富的藏书、经卷令人赞叹。据介绍，拉卜楞寺在历史上号称有108属寺（实际数量要远大于此数），是甘南地区的政教中心。整个寺庙现存最古老也是惟一的第一世嘉木样活佛时期所建的佛殿，即位于大经堂旁的下续部学院的佛殿。

拉卜楞寺在其发展中形成了独特的藏传佛教文化，其中包括建筑、教学、法会、佛教艺术、藏经等。

参观中，身旁不时有信徒顶礼长拜，其虔诚之态令人感动。

（二）

下午，出拉卜楞寺，包车到桑科草原。

司机叫尕藏，诚实而热情，家住拉卜楞寺村。他边走边介绍拉卜楞寺及桑科草原的情况。

出拉卜楞寺村前行不久，大雨忽至，山野一片迷茫。过一山口，雨停，即见丘陵起伏而草色连天，天底下一片金黄。尕藏说，这里即是达久滩，我们已进入桑科草原了。

我早年到过呼伦贝尔草原。不过那是初春3月，草原上的积雪深厚，既没有花朵，也没有绿色，放眼望去，白茫茫一片，连着远方伸展在天边丘陵边缘的森林……而9月的桑科草原让我感动，她呈现给我的是无垠金黄——那是丰收和富饶的颜色。尕藏说，桑科草原的春夏最美丽，到处是盛开的野花，像无边花毯。但我更喜欢桑科草原金色的秋天，她带给我的是梦幻般遐想，并觉得这才是草原的原色。

前边是一片湖水和湖水延展的片片沼泽。湖水和沼泽里边，有许多不知名的鸟儿在凫游嬉戏。尕藏说，那是桑科水库。远方的大夏河在草原上奔

流,虽然她没有在经过平原时的宽阔和湍急,但在草原上划出的条条曲线,足以给草原增色。远处又在下雨,一片雨云飘在天边,凝成漩涡,搅动着天地和草原,又把天和丘陵连在了一起;她密密斜拉的雨线笼罩着金黄草原,把她染成暗黄。

过桑科镇,雨停了,天开始放亮,经雨洗刷过的草原深处现出顶顶白色帐篷,就像生长在天底下的圆蘑。我知道,那是桑科草原的度假村,许多来自外地的游人正住在里面,享受着草原抚爱带来的温馨。前面,一条公路伸向远方,像一条天路,刺向草原深处。尕藏说,那条公路通向诺尔盖,那里也是苍茫的草地,风光绚丽。公路两旁时而浮现出群群牦牛,悠闲地在天底下游荡……

回拉卜楞寺村,尕藏把我放在村口的一个高地旁边,说,上面是制高点,是眺望和拍摄拉卜楞寺全景的最佳位置,并把他的住址和电话留给我,欢迎我再来桑科草原并到他家做客。

我感谢这位好客的藏族兄弟。

登上小山,眼下是拉卜楞寺村和拉卜楞寺金碧辉煌的全景……

半小时后,我回到夏河汽车站,乘车返回兰州。

2011年9月8日(星期四)晴

刘家峡水库

早上,乘车到刘家峡水库。

刘家峡水库1958年9月开建,1961年始停工3年,1964年复工,1974年12月竣工。刘家峡水电站,建设历经12年,是我国首座百万千瓦级水电站,从它身上不但可透视出新中国发展的足迹,而且凝聚着当时人们艰苦奋斗的精神。

刘家峡水电站位于甘肃省永靖县境内的黄河干流上，库区为洮河、大夏河与黄河汇流处，坝高147米，总库容57亿立方米，5台机组，总容量122.5万千瓦，年发电量55.8亿千瓦时。现刘家峡水电站除提供电力外，还供游人参观游览。

下车到刘家峡水电站游览区，先购票由导游带领参观大坝。因同行游客中有的不愿乘船游览库区，因此只能站在大坝上眺望；又因主库区位于群山之中的拐弯处，故眼前只能看到很小一部分水面和水面码头停泊着的数艘船舶。我等只能做望洋之叹。

据介绍，水库尾端尚有始建于西秦建弘元年的炳灵寺石窟，是全国六大石窟之一，为国务院首批公布的全国重点文物保护单位。此行看不成，引为憾事。

后乘车到厂房参观发电机组，人们深为上世纪五六十年代国家的建设成就感慨。

返途登观景亭。观景亭，位于永靖县城和大坝之间，上可遥望大坝雄姿，看黄河两岸下切崖壁的奇伟气象，下可远眺永靖县城全景，城里的街道平直，高楼林立。

黄河自大坝以下，两岸峭壁逼窄深切，水流湍急，波涛翻滚，是黄河水流最湍急之处。

观景亭遇陕西一送女儿上大学的三口家庭，闲谈后留影而归。

下午，返回兰州。晚上，乘火车赴西宁。

2011年9月9日（星期五）阵雨

塔尔寺

到西宁市内火车票代售点购买西宁到拉萨的火车票，并与售票员协商，车次须是格尔木至拉萨白天行驶的K9801次列车，以沿途欣赏高原风光。

购票后即乘公交车赴位于西宁西南部湟中县鲁沙尔镇的塔尔寺。

塔尔寺始建于公元1379年，坐落在镇西南之莲花山山坳，是我国藏传佛教格鲁派（黄教）六大寺院之一，得名于寺中大金瓦殿内纪念宗喀巴的大银塔。一路游览大金瓦殿、大银塔、小金瓦殿、大经堂、弥勒殿、释迦殿、依怙殿、文殊菩萨殿、酥油花院等。从酥油花院出来，又遇大雨滂沱。

酥油花为塔尔寺手工艺三大绝品之一，为其他庙宇所不及。其作品造型惟妙惟肖，且色彩浓而不艳，疏朗明光，令人久赏不忍离去。惟时在秋季，温度稍高，有些酥油花局部已开始融化。低温制作和保藏，是酥油花成形的先决条件，而低温又使酥油花工艺家们在制作过程中忍受身体的不适。据说，此工艺传承面临艰难，后继乏人，但愿塔尔寺留存的这一工艺瑰宝得以保存并世世相传。

塔尔寺景区诸殿堂沿山坳依次排开，庄重肃穆而壮美。来自全国各地的游人络绎不绝，人多时可谓摩肩接踵，而各殿香烟缭绕，经诵之声盈耳，遂感塔尔寺名不虚传。

雨停，出寺门登至对面山顶。下望，塔尔寺全景尽收眼底：金色的殿顶，棕色的殿墙，错落的白塔，如图画般都静卧在四周青山的怀抱里。而四围青山连绵，公路或笔直，或蜿蜒伸向远山深处。西面，在天地相接的地方，一座雪山崖顶正半隐在白云里。

山顶偶遇一群天真可爱的藏族少年，他们操着不很熟练的汉语要我给他们照相，并娴熟地摆出造型：忽而叠成塔形，忽而一字排开，就像一群少年演员。看着他们习以为常熟练的样子，遂感到旅游带来的文明已深深地融入年轻新一代的血液中了。

游览中我第一次看到了康巴汉子。他们高大的身材，俊秀英武的面容，秀丽的英雄结都给我留下了深刻印象。

2011年9月10日（星期六）多云

青海湖

早上从西宁汽车西站出发，赴青海湖。

本来昨晚曾从住处附近的旅行社得知，西宁有青海湖一日游，因担心一日游要参加购物，真正游湖时间只有1个多小时，故决定自己乘长途车前往。

从西宁到青海湖100余公里，有长途车经过。乘车一路西行，没想到高原风光竟如此美丽。山不很高，但浑圆的山体都被一片片斑斓的色彩分割成方格，或黄，或绿，像一幅幅图画铺在天野下，衬托着高原的美丽。有时，山上会出现一片密林，郁郁葱葱地向远处伸展开去。山下，一条小河蜿蜒蜒蜒地伴车而行，或激荡，或平缓。

汽车前行，远处出现矗立着日月亭的日月山。日月山不高，但彰显的却是天底下的无尽美丽。似乎绿色不再眷恋平原的舒展，渐渐走向高坡，一直爬上浑圆的山顶，包围着裸露的赤色岩石，又渐渐地隐匿在低洼的山坳里。在这里，忠实伴随绿色的是日月亭，它们还记载着文成公主碎镜成山的动人故事。

过日月山，河流将从我国的外流区进入内流区，从季风区进入非季风区，从黄土高原进入青藏高原，从青海农业区进入牧业区，那又是大自然怎

样一个的庄严分野啊。

接近青海湖，风光为之一变。农耕彩格色块不见了，代替她的是满铺着金色的草原，和草原深处一群群静静吃草的羊群或牛群，它们在草地上飘来飘去，像安详的云。从用铁丝网隔离起来的片片草原可以看出，这里正实行分片轮牧，当一部分草原为牛羊生存做贡献时，而另一部分草原正沐浴清风甘霖得以休养生息。

道路不远处，是一顶顶圆形帐篷错落有致地排列在草原上，偶有一股股炊烟从圆顶的烟囱中冒出。虽然这里不是沙漠，但还是让我想起王维"大漠孤烟直"的诗句。更让人沉醉的是，新建的草原新居正一排排整齐地坐落在道路不远处，它们正构建着牧区藏民的新生活。

车过倒淌河，看到无数水流缓缓地向西流去，静静地注入青海湖：她不是因为文成公主的传说，而是河水向往着湖泊。

远远地，在草地深处与天相接的地方出现了一条绿带，当地车友说，那就是青海湖了。看见了青海湖，道边也陆陆续续地出现了一小片一小片金黄色油菜花。时值九月，早已过了油菜开花的盛季，然而，这意外的留存，换来了更多游客的好心境。

我在青海湖畔漫步，脚下或是浅草，或是堤岸，望着极远的天边，任由浪花拍打，用视觉感受湖水的深绿，用听觉感受鸟儿的欢鸣，用触觉感受微风的清爽。

远方的云飘来，半遮着天空，但那不是一朵朵白色的浪漫，而是一片片半透明的梦幻。只有那一艘艘游轮划过水面的水迹，才能在梦幻图画里留下一道道亮色。

青海湖畔不缺少经幡和花朵，它们用多彩亮丽为青海湖涂抹神秘和蕴藉。远方的山，横卧在天下的云里，就像金色草原托起的梦境。

我在青海湖畔久久盘桓，直到红日西斜。

返回路上，我从青海湖乘车来到倒淌河镇，镇中心的文成公主雕像巍巍屹立，她永远向着东方，注视着故乡方向和南来北往的游客。

从倒淌河镇到西宁，路过的公交车多不停车，我们只能借助货车以结束对青海湖的朝拜……

晚上，回到西宁。

2011年9月11日（星期日）晴

西宁·北山

下午，到西宁北山游览。北山古建筑依山势而筑，而山势奇崛突兀；殿宇或悬于绝壁之上，或凿于崖洞之中，往往以木栈道相通，其危势甚于山西悬空寺。在山下仰望，山上亭阁如贴崖悬空，危乎高哉，观之荡人心魄。北山土楼观为众建筑之佼佼者，其建于半崖之上，亭台楼阁出山而立，有木柱支撑。建筑较精致，亦不失辉煌之势。惟北山山体风化严重，时有危岩临空，有下坠之虞，望之令人胆寒，游览行走需格外小心。

游山时结识两湖南年轻游者，遂相约沿小路登至北山绝顶，俯瞰西宁全景。彼时多云，天色忽明忽暗，青山颜色深浅也多有变幻。西宁四面环山，山体原色赭黄而植被青绿斑斓，远望群山连绵，白云袅袅，蔚为壮观。西宁市楼房林立，大道穿市而过，伸向远方。

下北山，过北山市场。市场杂乱，秩序尚待整顿。

晚22时，登K9801次列车前往拉萨。

在去往西宁火车站的公交车上，遇一宁夏来此探亲的回族农民坐同排座位。他说自己在家承包荒山，当地政府免费提供树苗，树长大后由国家重价

收购，言语之间不乏溢美之词。

2011年9月12日（星期一）多云转雨

路上　可可西里　沱沱河

一夜无话。早上6点多火车到格尔木。略停，即发。

我之所以乘火车赴藏，就是为了沿途欣赏高原风光。当我晚上近10点钟冒雨一脚踏上拉萨的土地时，我的感知告诉我：高原，没有辜负我。她以绚丽多姿充分展示了自己的美，使我的愿望得到满足。那深邃的高天晴空，无遮无拦的白日光照，朵朵多变的白云，辽阔的金色草原，布满沟壑威严的土黄色大山和壮丽洁白的雪峰，多脉的河流，蓝色的高山湖泊……像一幕幕梦幻奇景在眼前闪过，震撼着我的心灵，凝固了我的情感。

当列车开过格尔木，扑面而来寸草不生、山体充满无数沟壑的灰黄大山时，我知道了，面对我的就是声名赫赫的巍巍昆仑。千百年来，在她身上充满着无数古老传奇，并演绎了许多震人心魄的神话：西王母，盘古开天，夸父追日，穆王西游……。然而，她现在活脱脱脱地出现在我面前，一股敬畏之感蓦然涌上心头。它高大而深邃的体量似隐匿着世间不为人知的神秘。尽管这才是她边缘部分，充满了荒凉，但一股生命的厚重力量似升腾在它的上空。

随着连绵山体不断向西延伸，天气开始隐晦。渐渐地，空中飘起雪花。远处，一座座雪峰迎面扑来。白雪先是零落，斑驳，然后是充满，又洁白如玉，就像一群少女静静地隐藏在灰黄山峦之后，偶尔，露出连绵的美丽。列车前行，当她们终于不再遮掩，把自己雪白突兀的面貌全部展现给我时，一股激动心绪立刻涌上心头。列车员告诉我，那高耸的峰峦就是玉峰雪山，是列车进入高原后的第一座雪山，海拔 6718 米，也是我进入青藏高原看到的第一座雪山，圣洁而美丽。

当雪山倏忽而过，高原再次展示她荒凉一面时，一条奔腾的河流翻卷着浪花驱走了沉寂，带来绿色，带来生机，使大山生机勃勃——这条大河就是昆仑河，在她两岸，绿色生命点染着莽莽昆仑。

跨越昆仑山口，列车驶入可可西里。可可西里，多么熟悉的名字！过去，她是荒凉的代名词：风雪无常，人迹罕至，她带给人们的是对生存极限的恐惧。但那里却活跃着一群顽强的生命——藏羚羊、藏野驴、野牦牛，可可西里是它们的乐园。生命的顽强，有时却敌不过人类贪婪的目光，太多的偷猎枪声，曾震荡着这里的山谷。然而，守护生灵的英雄传奇却无数次阻挡了盗猎者罪恶的子弹，使生灵在这里变得更加勃发。1992 年，英雄索南达杰就长眠在这里，他牺牲时，还保持着射击跪姿。之前，他曾是治多县委副书记，为了保护可可西里野生动物的脆弱生命，他放弃了一切，直到牺牲。为让他的精神发扬光大，这里的野生动物保护站取名索南达杰保护站。他的事迹感召了无数志愿者为保护可可西里脆弱野生动物资源不懈努力着。

但愿可可西里不再是生命的荒原，不再是贪欲者的狩猎场。

可可西里又是美丽的。当列车驶过五道梁、风火山口，可可西里把自己柔美的一面展示给我们时，我们看到了金色梦幻，看到了生命精灵的天堂，看到了远方平缓的丘陵山地和片片如镜般明光四射湿地湖泊。藏羚羊、藏野驴、野牦牛如幻影般在眼前跑过，高原漂浮着灵动的云朵。我觉得，这个世界变了，变得有了朝气，有了生机。有什么会比出现这些精灵更能调动旅客们难以抑制的兴奋呢？

沱沱河也流淌在这里。当她展开宽宽的胸脯，用高山雪水灌溉生命时，我像看到了她一泻千里的气势和澎湃的性格。现在，她把身躯激荡成多股水

流,就像藏族少女分梳的发辫或流淌在大地身上的众多流脉——这是为了用更宽阔的胸怀拥抱这个高原,用更丰裕的雪水浇灌这片广袤土地。这,就是人类的母亲河——长江流经可可西里时的模样。就是这条沱沱河在之后的行程中,破岩切山,经过数千公里的力量积蓄,汹涌澎湃成一条势不可挡、一泻千里的神州巨龙。

向西,可可西里把她真挚的风景抬升给唐古拉,使她变成炙热的赭红色,那里有激情,有希冀,更有雄壮。唐古拉让自己的头颅高标给了格拉丹东,却在胸怀中含蕴了温情脉脉的措那湖——那是个美丽仙女的传奇,包容了格拉丹东全部的思念和抚望。列车徘徊在她的身旁,显得那么不经意,就像怕惊扰她的情思一样。

这时的天空不再阴霾,一朵朵白云漂浮在措那湖上空,好让一缕缕阳光斜射在湖面上。那云,白得纯洁,那天,蓝得深邃,那水,透得空灵;白云,蓝天,湖水一尘不染,干净得就像少女纯洁的灵魂。一时,我忘了是在列车上,就像一个翱翔的飞鸟,眷恋空中的美丽。

车过措那湖,跨越念青唐古拉山,羌塘草原以她独特的妖娆铺展在蓝天下,她常与白云相伴,群群牦牛是依偎在她怀里的孩子,人类是她生活中的精灵,跃动的河水,是她脑际的梦幻……深秋的羌塘草原,没有内地草原的枯干萧索,只有生机和美丽——风就像不知疲倦的画师,顽强地涂抹着,向人们展示着季节的倔强个性,向天地展示着她的多彩世界。而金黄,就是她生命的最后演示。

又下雨了。车窗玻璃上划出了雨线,一道一道。下午,车近那曲,这时,就在不远处浓厚的雨云下面,一道粗壮的弧形彩虹忽然挂上了半天,她给漫天雨色增加了一道亮迹,就像九天垂下的一条彩带。列车窗外,黑色的浓云,金黄的草原,七色的虹弧,辽远连成片的雨线……羌塘草原就像雨幕遮掩着的秀女，用神秘半掩了她的壮美。不仅彩虹，就在我举起相机拍照时，两只美丽飞鸟像雄鹰一上一下穿过风雨竟然闯进我的视野！说这个画面是"暴风雨中的雄鹰"吗？但它们身上分明抖擞着五彩点染在弯虹的华光里；说是"彩虹中的梦幻"吗？但它们分明在天地间不畏风雨奋翅搏击。美丽，也是需要勇敢和奋激的。沉浸间，丘陵那边，刹那间再一次出现了奇迹：就在那条粗壮的彩虹旁边，又有一条彩虹跃出，浅浅地，挂在雨云下边。她从丘陵后面伸出，奋力向上，上端隐没在半天的雨雾里……多么神奇的羌塘草原啊！

我忘记在火车上是否看到了念青唐古拉山的主峰。但我知道，来到西藏，我要到纳木措，看到纳木措，离她的恋人念青唐古拉山还远吗？

雪山、冰川是一定要看的，因为她们是美丽和纯洁的凝体，同时把美丽和雄壮演绎到极致。

一路上，我几乎没有离开过车窗，高原景观奇异，心绪随着地势起伏而跌宕。从海拔2200米的西宁到海拔3650米的拉萨，途经海拔5213米的唐古拉山山口。青藏铁路，是天路，也是奇路，生灵爱心之路，更是高原飞虹。它身上凝集着建设者的智慧，也闪耀着绿色守护动的火花，它把幸福安康带到西藏，又把西藏的光环带给内地。这是一条经济动脉，也是一条景观大道，在青藏铁路上行驶，就是在欣赏一个大自然为人类精心打造的艺术长廊。

拉萨到了，她用滂沱大雨迎接了我。我想起了"八月十五云遮月，正月十五雪打灯"的俗语，明年的正月十五拉萨又将是个银白世界吧……因为，今天是中秋节。

2011年9月13日（星期二）阵雨转晴

拉萨 · 八廓街　布达拉宫夜景

（一）

早上醒来的第一个感觉就是拉萨天亮较晚。天大亮后，才发现已是早上7点半了，这相当于北京深冬"四九"的时序。

吃完早饭，按规定先冒雨到布达拉宫办理预约参观手续。我预约到的参观时间为明天中午12点半。

剩下的时间我交给了八廓街、大昭寺和小昭寺。

八廓街的临街商店和摊位，商品琳琅满目、华光四射，藏族风格的饰品、用品充斥着摊台和橱窗，且无论是摊位前还是店铺里永远是熙熙攘攘，人声鼎沸。形形色色的藏式饰品让人们眼花缭乱，而藏族同胞浑身的珠光宝气更令游者目光充满惊羡。当游人面对诸多五彩饰品时多一头雾水，新奇炫目而不辨优劣。他们行走于八廓街，就像步入珠宝殿堂，又像坠入魔窟，不知是幸运还是陷阱，面对着诸多诱惑而逡巡不前……

陪伴人们参观购物的不止是惊奇和欢笑，还有无数令人惊叹的信众长拜——他们手带护板，全身猛地向前并匍匐在地，扣礼，然后再站起来。如此反复。他们目不斜视，任喧嚣和嘈杂从耳畔掠过，坚守着自己心目中的永恒。

八廓街不宽，但两边不高的建筑却充满着神秘。也许达赖六世仓央嘉措的情歌还在上空回荡，他的浪漫故事如今是否还浸润着高原的云朵不得而知……那些诱人传说，如今都已淹没在现代繁华市场的喧嚣里。然而，这些并没有阻挡住寻访往昔、探寻未来的脚步，出现在这条街上的，并不缺乏故迹的考证者，是他们使原来的信徒环拜之地变得更加深奥，使书写在八廓街上的历史更加神奇。

大昭寺、小昭寺法器和建筑里蕴含着永远说不完的往事。两座圣殿里堆积着无数珍宝——在神灵面前，藏族信众表现出了世界上最真挚的慷慨和虔诚。他们可以把一生或几代人的珍藏毫不犹豫地奉给心目中的神灵，以在未来的天堂中享受安康与幸福。

中午的雪域餐厅飘动着旅行者的童话。那里的藏味美食在天南海北的南腔北调里散发着香气，而这些南腔北调竟演绎着藏区如梦如幻的美景和离奇逸事。坐在雪域餐厅，如果你只品尝藏族的特色食品那就有"自闭"之嫌，因为这里的游客还能享受不同肤色人种传递的趣事和信息。可以说，这里是民族大观园，信息往往以地球为单元。甚至就连门口告示牌上的信息也光怪陆离：租房同住，求友伴游，合伙包车远行……总之，来这里的人们各取所需，但总能找到自己的满意归宿。也可以说，这里也是信息的集市，交友的乐园。

（二）

今天是农历八月十六日。昨天的阴雨让我错过一次拉萨观月的机会。但俗话说：十五的月亮十六圆。布达拉宫旁十六日的观月可能更有一番情趣。

我期盼着夜晚的晴空和明月。

傍晚，天空竟然放晴了，万里无云。

天助我也！

我住在布达拉宫后身不远处，仅一路之隔。开窗即与斜对面的宗角禄康相望。

我急不可耐地吃过晚饭,匆匆地赶往布达拉宫。当我来到宗角禄康湖旁时,一轮明月已斜斜地升起,她挂在树梢,又沉入水底。宗角禄康的林上月和水中月格外美丽,一个在天上,一个在水里,都圆圆的,白白的。惟一不同的是,水中月旁多了几层涟漪,风吹得紧了,涟漪中的月竟抖成一条弯弯的光弧。光弧游弋在水中黑黝黝的树影里,似增加了几分静夜的孤寂。

我不能眷恋宗角禄康的湖中圆月,因为布达拉宫上空的月还等着我,她或许更精彩。

布达拉宫观月最佳点在药王山。当我登上药王山时,上面已聚集了许多游人,他们大多是摄影爱好者。这时,圆月已飘至布达拉宫前上方,洁白而丰满,似在俯视红山上的辉煌。布达拉宫静静地坐落在红山之巅,四周的照明灯把她映射成一片金色。也许是照明灯的光照效应,这时的布达拉宫显得更宏伟,更雄壮。而红山脚下的大道两旁灯火通明,连成线,结成片,和广场上的灯映成一片光海。马路上一辆辆轿车飞驰而过,尾灯在明光的路灯下拉成一条条红线,就像金色彩夜里盛开的朵朵鲜花。而布达拉宫对面的纪念碑,却淹没在灯海中,更显得雄壮和巍峨。再抬眼寻找那轮圆月,她已飘移到布达拉宫和纪念碑之间上空的星海里,一切都是那么自然安详。

也许是拉萨海拔高的关系,布达拉宫的宫前月和我往年在北京北海看到的山上月稍有不同,但都精彩得让人难忘。

我庆幸带来了超广角镜头,得以把红山、布达拉宫、药王山山前白塔与明月聚拢在同一画面里,以便在日后能经常回味品评布达拉宫的金色辉煌和中秋月色带来的洁白和美丽。

中秋月是一个传奇,她伴随着人们的思绪在天际游走;而布达拉宫的宫前月则是这个传奇中的奇葩,她璀璨地盛开在雪域高原,抑或能给人们带来更多的吉祥。

我喜欢中秋赏月，因为这时的月更饱满、更洁白。过去人们喜欢在自己家里赏月，因为恪守的传统观念是家人的团圆。而现在天涯海角四海一家，哪里不能赏月呢？

当圆月坠落出含有布达拉宫的镜头画面时，我下山了。走在布达拉宫东侧的路上，竟得到一个意外惊喜——这里天上，布达拉宫和圆月还在亲密聚会！抬头望，好一个宫侧一角，好一轮明月！大概是参照物少和光线暗的缘故，这里的圆月似比药王山看到的圆月更大，更明朗。惊叹处，恰好一群不知名的飞鸟从布达拉宫上空掠过，它们在向上斜射的灯光和脉脉月光辉映下，不断地变换着队形，像一群精灵，显现出一片不同形状的闪亮光点。当我兴奋地举起相机拍照时，这些忽上忽下、左右飘飞的光点竟倏忽消失在深沉的夜空里。

在布达拉宫月下，我遇到一位把相机放在自行车座子上拍照的江苏游人。他说，他原计划带着折叠自行车乘火车到那曲，再从那曲骑自行车到拉萨。前三天，饿了、渴了、困了，就赖在藏族同胞家吃喝睡，赶也赶不走。好在藏族同胞多好客人家，使他得以在羌塘草原混迹了三天。但还是身体不争气，也就是这三天，高原反应和气管炎把他折磨得精瘦。不得已，只得放弃了高原上的骑车体验，当然也为了中秋节在布达拉宫旁赏月，就又登上了开往拉萨的火车。

他说，他50多岁了，能在布达拉宫宫前赏月，乃三生有幸。

我惊愕，然而还是佩服他。

2011年9月14日（星期三）晴

拉萨 · 罗布林卡　布达拉宫

（一）

上午先到拉萨火车站买好21日的返京票，回途中游览了罗布林卡——罗布林卡距拉萨火车站不远。

布达拉宫为达赖的冬宫，罗布林卡为夏宫。罗布林卡由七世达赖喇嘛于18世纪40年代兴建，后成为历代达赖喇嘛夏季避暑和处理政务的地方。罗布林卡面积较大，花草遍地，林木成荫，宫殿秀丽。昔日园内荒废，草林间多有动物，现辟出专区建立动物园供游人参观游览。罗布林卡保存有多处建筑，主要为格桑颇章、金色颇章和达旦明久颇章等。这些建筑互不相连，皆环以苍翠草树，可谓草花缤纷，林木茂盛，进园即觉绿荫蔽天，精神舒爽。各建筑间有甬道沟通相连，曲折蜿蜒。在甬道间漫步，心定神闲，清爽满怀。

在诸多宫殿中，我尤喜爱金色颇章和湖心宫。之所以喜欢金色颇章，是因为它不但殿内陈设素雅，殿前有花，道旁有竹，而且花开繁茂，色彩缤纷，翠竹密郁，竿秀叶盛。我之所以喜欢湖心宫，因为它碧水环绕，肃穆秀美，水中天光云影，游鱼嬉戏，来到这里有一种水静清幽之感。

罗布林卡带给人们的不单是安逸，还有欢乐。如近年的雪顿节，一个"吃酸奶的节日"，人们在这里或翩翩起舞，或放声高唱，或戴上面具，演起藏戏，在欢笑中重拾传统，感受藏族艺术带来的愉悦。

罗布林卡，记录历史，也书写现实。

……

（二）

近午，按计划安排，出罗布林卡打车往布达拉宫。

布达拉宫伫立于红山，雄伟壮丽。因外观色彩不同，故有红宫、白宫之分。布达拉宫内部建筑结构复杂，没有导游带路讲解如同进入迷宫一般。我尾随一香港旅游团参观，边听边看，印象得以加深。因布达拉宫宫藏丰富并伫立数座达赖喇嘛灵塔，故参观布达拉宫犹如阅读一部实物版的藏族和藏传佛教发展史。因布达拉宫到处珍奇，满眼宝物，故参观布达拉宫也等于细品诸多藏族精美艺术品的传统工艺。可以说，这里既是华丽宫殿，也是瑰宝聚集的博物馆，同时也是藏族甚至包括我国各民族艺术品集大成的神奇之地，在这里游览，得到的是很高的艺术享受。

历史上布达拉宫曾多次修葺。尤其1959年以后，国家十分重视布达拉宫的保护，除常年拨给专门维修经费外，还在1988年拨巨款、1989年10月隆重开工对布达拉宫进行大规模维修，工程长达5年之久。最近一次修葺于2002年6月开工，时经6年，于2007年竣工。从竣工至今已过去4年，但布达拉宫向人们展示的依然是不同凡响的崭新气象。

参观布达拉宫容易，读懂布达拉宫难。要想全面了解布达拉宫，须事前做功课，事后多回忆。这印证了一句话：功夫在"宫"外。

如果说上午的罗布林卡带给我的是秀丽娟美，宫外野趣，而布达拉宫带给我的则是肃穆神秘，华贵宏丽。

下午4点参观完毕，即与旅行社商定明日参加纳木错一日游事宜——因第一次进藏，故决定参加旅游团出行。

2011年9月15日（星期四）晴间多云

纳木错

早6点40分旅游车来宾馆接客，就此，我们的圣湖纳木错一日游拉开序幕。车行不远，即停于一店前，导游说，可根据个人需要购买氧气瓶，因为到纳木错路途海拔较高，身体不适应者吸氧是必要的。

不久，天放亮。也许是第一次在高原乘车，出于对高原风光的好奇与爱恋，故难掩兴奋之情，一时精神矍铄，兴致勃勃。

本车导游，女，40余岁，江苏常州人，随援藏丈夫赴藏做起了导游工作。她讲一口流利的常州普通话，婉转动听，态度和气。因我上半年曾到过常州，并对常州人留有良好印象，故亲切感油然而生。

因纳木错地处拉萨市当雄县，为藏北草原南缘，我在乘火车从那曲到拉萨的途中领教过它的美丽，故途中尽情地观赏沿途金色草原的风光。

旅行车一路北行，过羊八井后顿觉山重路险。汽车左右盘旋，地势渐次升高，有时爬于山腰，有时又盘于山顶，白云时在不远处山间飘动。导游说，我们是在念青唐古拉山上行驶。扒窗观望，山峰连绵，如在身侧。再临窗下视来途，山路委蛇如盘蛇，最下面的公路则遥遥细如飘带。

海拔渐高，有人拿出氧气瓶吸氧。

车行至那根拉山口，游人下车留影。下车，迎面狂风大作，寒气逼人，彻心透骨。我急戴帽，并以手按压，否则帽子将被风吹上念青唐古拉山顶峰矣。山口一侧经幡飘飘，玛尼堆座座，形成那根拉山口独特风景。寻看道旁所立标志石，知此处海拔已至5190米了。

站在那根拉山口北望，晴天湛蓝，远处一条蓝色玉带横亘天下，玉带侧后雪峰连绵遥如波涛，峰顶白云渺渺，与雪顶相融。无云处则天色深透，静如宝石，阳光穿云斜泻如柱……此景如画，万物皆似嵌于巨大宝石之中——而那蓝色玉带就是纳木错了。

初见纳木错，精神为之一振，遂来回奔波拍照，不觉微喘——高山反应如约而至了。

早9点，车下行来到纳木错扎西半岛停车场，再步行数百米，穿过藏族同胞摆放的销售摊点和砂石铺就的滩涂，脚边就是纳木错湖水了。

纳木错为西藏三大圣湖之一，海拔4718米。她的面积虽然仅次于青海湖，是全国第二大咸水湖，但她却是海拔最高的咸水湖。站在湖畔向前望，脚下寒水清透，碧浪涟漪。放眼望去，远波无垠，天水相接。湖面极远处，层云渺渺似擦水而飞。左侧，隔湖远远地横亘着一排连绵雪山，雪山银顶在日光辉映下，洁白耀眼。导游说，那连绵起伏的银顶最高峰，就是海拔7162米的念青唐古拉山主峰。

当我远离念青唐古拉山时，无时无刻地不想看见它。而当它真的出现在面前时，我又无时无刻地不想亲近它。然而，山重水阔，只能远观而已。念青唐古拉山，藏族人民心目中的神山，它就像纳木错的守护者，亿万年忠诚地陪伴在这池清彻的湖水旁边，感受一腔永远不被污染的纯情。

三面环水的扎西半岛右侧是一座棕红色小山，山下坐落着扎西寺，扎西寺建筑或依山，或依洞，皆香烟缭绕，经幡飘飘。据说，山由石灰岩构成，经纳木错湖水多年浸蚀山上分布着许多岩洞，形成此地少有的喀斯特地貌。

纳木错沿岸有许多藏族同胞牵着牦牛揽客，骑着牦牛照相，是内地观光客的选择。

一条沙舌从左侧岸边远远伸出，把身躯浸泡在清彻的湖水里，一直延伸到纳木错深处。一些勇敢的年轻人，在沙舌深处徜徉，像去扑捉漂浮在碧蓝

空中的梦幻，一声声笑语从沙舌上传来——就像徘徊在半空中念青唐古拉山和纳木错的爽朗情语！

当车子离开扎西半岛，沿着蜿蜒在纳木错身旁的公路行驶时，我才发现，纳木错竟是一幅舒长的画卷，她慢慢舒展，把美丽一寸一寸地展现在世人面前。秋风皴染过的草原金色，草原和起伏矮丘共同托起的"玉带"湛蓝，经白雪和云朵清洗过的洁白，帐篷和羊群勾画出的浅灰……纳木错就像调色板，把自然界所有的绚丽都汇集在这里，向人们述说着浓重色差渲染的各种美丽。

纳木错，是那么神秘又那么亲近，是那么幽深又那么美丽，她隐藏在青藏高原深处，又向人们娓娓表白自己的内心童话。

夕阳西斜，汽车在回返拉萨途中停在了牦牛肉制品超市前。游人面临的是一日游的最后一个节目——感受青藏高原提供的香甜。

2011年9月16日（星期五）晴

羊卓雍错　卡诺拉冰川　帕拉庄园　宗山古堡　扎什伦布寺

早晨6点50分，旅游车来接，前往日喀则。这是我到拉萨后参加的第二个旅游团队。不过与昨日不同的是，此行为两日游。

导游是一位有着半个汉族血统的30余岁的年轻小伙，高高的个子，黑红脸膛，他名字叫扎西。他的普通话极好，即使在内地也算是佼佼者，但他更说得一口地道藏语。他的藏族朋友很多，大都分布在整个西藏的各个旅游景点。

也许正是他由衷热爱藏族文化的缘故，他为自己起了一个藏族名字，叫扎西。

扎西知识深厚，并深谙藏传佛教及其历史。每到一地，他不但能详细地介绍景点（尤其寺院）的特点，还能详细地介绍景点形成的来龙去脉，哪怕是一幅壁画、一个砖雕或木雕的细节也从不放过，解说得头头是道。他对藏族文化情有独钟，并热情地向游人推介藏族文化的博大精深。他从不马虎，一路上，总是滔滔不绝介绍藏族风俗及藏传佛教历史，直到嗓子沙哑。他很少为了取悦游客而插科打诨，然而，他的语言又有很强的亲和力。

他的丰富知识和诚挚态度感动了团队的每一位游人。问他何以懂得许多，他给我罗列出了许多书名。读书，是他的爱好。

汽车在晨曦朦胧中沿拉萨河前行，近曲水县城而河面渐宽，河水清浅，并开始出现沙洲。拉萨河曲水段沙洲上丛林密布，在初晨中辨认，似乎柳树居多，它们半生水中，半生洲渚。河水、沙洲，孟明中展示出高原风光的又一种美丽，而这种美丽一下子就让我想起了江南湿地的风景。

曲水，是拉萨河和雅鲁藏布江汇合的地方。汇合之后的雅鲁藏布江江面流水平缓而宽阔。这时，扎西说，曲水大桥到了。急隔窗前望，斜下里看见曲水大桥横亘在江面，大桥背景是晨曦中的白色江水。大桥细节虽不能详辨，但桥身修长而不失雄秀。上桥后，汽车飞驰而过。扎西说，此桥为战略要地，戒备森严，晚上行车是不许开车大灯的。

扎西介绍，曲水大桥是藏区重要的交通枢纽，著名的318国道从桥北穿过，东段即是川藏公路，和滇藏公路相通。318国道西经日喀则南下樟木口岸可达尼泊尔的加德满都。可以说，西藏所有重要的公路干线都要通过曲水大桥。

汽车行至一山道狭窄处停了下来。扎西说要下车看江。高兴的当然是我，因为汽车沿雅鲁藏布江行驶很久，沿途一直陶醉于她的美丽，竟未能停下脚步细看她的模样，我巴不得近距离感受一下雅鲁藏布江的魅力。车门

开,连忙几步赶到江边,只见江水在下切数十米深的山谷里奔涌,竟澎湃成一股浊流;它蜿蜿蜒蜒由远而近,再由近而远,最后消失在群山掩映的谷底弯处。远处高山飘云,脚下浊浪翻滚,雅鲁藏布江就像一条从天泻下的激流,激荡着这沉静的山谷。而水流流经滚石激起的浪花,不时形成急流涡旋。我想,这里江水落差大,又是雅鲁藏布江水道较逼窄的江段,两岸大山矗立,山崖陡峭,峡谷蔚为壮观,可算作雅鲁藏布大峡谷的缩影吧?如果到夏季,水势漫涨,激流汹涌,更能震人心魄呢。

汽车离开雅鲁藏布江前行,地势渐高,至冈巴拉山脚后开始向上爬行,山道弯曲而道路高峻,来路渐行渐远已遥在脚下。经过几番曲折攀爬,汽车停在了海拔 5030 米的冈巴拉山口。扎西说,这里可下望羊卓雍措。我急忙下车,径直奔到岩石高处眺望向往已久的羊卓雍措。

羊卓雍措是西藏三大圣湖之一,海拔 4441 米。当她真实地出现在眼前时,我不禁为她的美丽倾倒。我几乎不相信她是由多个湖体形成的高原堰塞湖,我看到的她是个细长而弯曲的湖体,她的美丽在于她蓝蓝的一湖净水——她透彻得像地球上晶莹的眼睛,迷人而让人心醉。她像从天上飞落的蓝宝石,圣洁得没有一丝杂色;又像一个娴静的少女,静静安卧在连绵起伏的山谷,任凭远方白云轻轻在她的头顶抚过。而她身边的山,披着一层浅绿,或略带一些土黄,沉静安详地排坐在身旁,似在虔诚守护着她的美丽。远方,在湖与山、山与天遥相接托的地方,白云静静地漂浮在那里,把山峰染成雪色。偶尔,有几朵雪白孤云从羊卓雍措的湖顶飞过,也只是轻轻地一掠,从不惊扰湖水的静谧。这里大自然的一切,似乎都为羊卓雍措而生,而存在,就连远处海拔 7000 余米的雪山宁金抗沙峰,也只是探出洁白的头顶,远远地投过艳羡一瞥,默默地品赏湖水的魅力。

几番盘桓于羊卓雍措的美丽,但还是恋恋不舍地离开。上车,就像告别硬被拆散的恋人，心中充满惆怅，几番回首，几番回眸。

扎西说，你们不要急，我们还要到羊卓雍措岸边，让你们近距离亲近羊湖。果然，不多时，汽车蜿蜒下行后停在了羊卓雍措岸边停车场。

在这里近距离地接触羊卓雍措，没有了在冈巴拉山口居高临下的感觉，没有了全景式俯瞰的视野，脚下是清凌凌幽深的湖水。羊卓雍措还是那样美丽，但这种美丽需要用手撩起水花来感受，需要用肺深呼吸来品赏，需要用双眼近距离解析来评价，需要用心神沉淀来咀嚼。在此，我终于相信了，美丽可以远距离扑捉，更可以近距离感受。

离开羊卓雍措，汽车依山道前行，穿过海拔4000余米、灰黄的斯米拉山口，又停在海拔5200米的卡若拉冰川冰舌下。

这是我第一次看到卡诺拉冰川，并第一次近距离地接近她。她雪白的冰体从海拔7191米的乃钦康桑峰流下，像一个舔舐天地的巨舌，又像是铺展在山体上的冰瀑。她的头顶，悬浮着白色云朵，这些云朵和冰川相连，形成了一个巨大雪白的垂天之翼。虽然她静止不动，但人们相信，在她的心底一定聚集着巨大的能量。她被两侧略显土黄的山体高高托起，向人们展示出她的巨大身姿，以致人们仰头眺望也不能窥其全豹。

然而，就在这巨大冰川的右侧，出现一段冰崖，冰崖下面是裸露的山体。扎西告诉我们，卡若拉冰川曾被选为电影《红河谷》的外景拍摄地，根据剧情需要，人为制造了一个雪崩场景，用炸药炸碎了冰川一角。

西藏是我国冰川分布最多的地区之一。由于近年地球变暖，冰川逐年减少，冰舌逐年退缩，这对大自然变化的影响是巨大的。多少年后，当我们再次路过这里时，但愿还能一览卡若拉冰川的雄伟风姿。据介绍，卡若拉冰川是西藏三大大陆型冰川之一，属宁金抗沙峰冰川向南漂移后形成的悬冰川，她是雅鲁藏布江中游最大支流年楚河的东部源头。

冰川融水，孕育了中国的长江、黄河，在这个意义上说，她孕育了中华文明。

离开卡若拉冰川，一路向西南，汽车驶向浪卡子、江孜。扎西介绍说，旅行团先要去帕拉庄园参观，回来在江孜吃午饭。卡若拉冰川位于山南地区浪卡子县和江孜县交界处，距离江孜县城约71公里。但就是这71公里，让我看到了西藏江孜地区的富饶。

江孜地处西藏南部，日喀则地区东部，年楚河上游，素有"西藏粮仓"之称。这里有大片的肥沃土地，而雅鲁藏布江和支流年楚河为她送来的印度洋暖湿气流穿过喜马拉雅山山谷带来了丰沛降水。正是这些优裕的气候条件使青稞、冬春小麦、油菜、豌豆等农作物在这片土地上茁壮生长。

当我坐在汽车上，望着未收的片片金黄色青稞和已收的堆堆麦垛时，就被深深地打动了。我几乎不敢相信，就在距卡若拉冰川数十公里远的地方，丰收的场景竟如此精彩。

但更精彩的场景出现在帕拉庄园所在地的班觉伦布村。当我们到达班觉伦布村时，村民们正在隆重地举行一年一度的望果节。我们参观结束从帕拉庄园走出时，幸运地赶上了位于帕拉庄园斜对面广场上望果节的祈神仪式。村民们列队团团围绕在广场中心的祭坛四周，个个喜气洋洋。广场中心矗立着一个四方祭坛，上面堆放着成熟的青稞，青稞上面插满了彩色经幡。而在祭坛旁边还竖立着一个圆形白色香炉，香炉里青烟袅袅。当村民们结束围绕祭坛转圈活动后，同时把手里的青稞面高高地抛到空中。一时间，眼前雪白的青稞面随风飘扬，弥漫在广场空中。这时的人们也欢跃起来，热情的藏族同胞纷纷邀我们这些远方游客加入他们队伍，并善意地把青稞面撒在人们头上、身上、抹在脸上。据他们说，青稞面会给人们带来幸福和吉祥。人们笑着，跳着，当游人们灰头土脸、满身青稞面跑上汽车时，车里充满欢声笑语，而参观帕拉庄园带来的凝重心绪被一扫而空。

汽车启动了，回头望，藏族同胞还站在广场远远地向我们招手呢。

望果节是流行在日喀则、山南等地区藏族同胞庆丰收的节日，它没有固定时间，一般在青稞或麦子收割前三四天举行。节日期间，藏族同胞首先举行绕田活动，当绕田队伍回村时，还要在广场举行祭神仪式。在这三四天里，藏族同胞还用骑马、射箭等较力活动，展示民族的勇猛气概。

汽车向日喀则进发，道路两旁的片片金黄青稞麦和个个垛堆不断掠过窗外，我们不断被田野上的丰收场景打动。

不久，江孜道旁由远而近继而一闪而过的一座小山和山上古堡吸引了我的注意。问扎西，他说是宗山古堡。好熟悉的名字！电影《红河谷》不正是描述江孜人民在宗山古堡抗击侵略的英勇故事吗？

一下子，宗山古堡把我的思绪从江孜平原的丰收场景带入了另一种情怀。江孜平原，是喜马拉雅山和冈底斯山之间的一条通道，也是南亚通往西藏的必经之地；而宗山则坐落在江孜古城之侧，古堡雄踞在宗山上。宗山虽不高，但拔地而起，巍峨突兀，扼守在南来北往的大道旁。它的险要地势，决定了它的军事价值。就在一百多年前，这里发生过一场激战，就是这场英勇抗击英帝国主义侵略的三天三夜激战和勇士宁跳崖而亡也不投降的不屈精神，使英雄的江孜人民彪炳史册。据扎西说，"江孜"藏语意为"胜利顶峰"，就源于这场可歌可泣的保卫战。可以毫不夸张地说，江孜是座英雄的城市，江孜人民是具有英雄品格和爱国情怀的人民。

汽车行驶，我不断地隔窗回首宗山古堡，一股对江孜人民的崇敬之情悠然而生，而描述这场战争的电影《红河谷》的片段也一幕幕地浮现在眼前……

值得宽慰的是，现代生活并未遗忘英雄的江孜人民，沿途一排排漂亮整齐的农村新居和座座对口援藏建筑，昭示着这里的人们正向新生活迈进。

下午，车到扎什伦布寺。

扎什伦布寺位于西藏日喀则的尼色日山下，远望金碧辉煌，寺院依山层层叠叠，雄伟壮观，它是藏传佛教格鲁派的著名寺院。明正统十二年（1447年）由宗喀巴弟子根敦主兴建。后四世班禅罗桑却吉坚赞加以扩建，成为以后历代班禅喇嘛的驻跸之地。

参观休息时，我无意走到殿旁一处高地，站在这里可以眺望日喀则全貌。远处，自然是西藏最能常见的景象——群山环绕，晴空白云，而日喀则市内却楼群密布，一片繁荣景象。

今晚住日喀则。日喀则城市道路笔直平整，建筑精巧美观，虽无高楼和巨大建筑，却干净整洁，其繁华堪与内地城市媲美。

2011年9月17日（星期六）晴

日喀则—拉萨

从日喀则返回拉萨，途中参观藏香生产、唐卡绘制店场与藏药、珠宝商店，游览藏獒培育中心，并于江村（音）农家院体验生活。

值得一提的是江村。同车旅友在藏族同胞家联欢时，我抽身走出藏家到村中闲步，看到江村是个不大的村落，前后只有两条街，后街依山；前街坐落的整齐民居给我留下深刻印象。从前街门前停靠的多辆旅游车判断，村中许多住户都在接待游客，可见江村藏族同胞大多已步入小康了。

我们在农家院逡巡两小时，品奶茶，尝风干肉，在主人指导下跳锅庄舞，与户主家人聊天，小院里充满欢声笑语。

游人在藏族同胞家体验生活是个很好形式，它不但能使内地游客更多了解藏族同胞生活，更重要的是通过这种方式加强了文化交流，增进了民族感情。

此行惟怨时间太紧。

从日喀则返回拉萨，一路风景优美。

2011年9月18日（星期二）多云转雨

尼洋河　巴松错　鲁朗林海

昨天从日喀则返回拉萨后，随即报名参加了西藏之行的第三个旅游团队：林芝三日游。

今天是三日游的第一天，早晨6点半旅友们从四面八方赶来，在布达拉宫一侧的汽车站集合，乘车向目的地林芝地区进发。

导游是位火辣辣的东北姑娘，姓朱。她自我介绍说，她毕业于广西桂林某大学，去年才到拉萨应聘做起了导游。她是个浑身所有部位都迸发着热情的人，语言充满了活力。从汽车开动那一刻开始，她便使尽浑身解数履行着自己的职责，不停地介绍……以致最终用她的热情煽动起司机的情绪，在停车时间竟兴奋地为旅客唱起了藏族歌曲……

（一）

汽车经数小时丰收美景的金黄色穿越之后，来到了米拉山口。米拉山口，海拔5013米，到达这里，就标示着我们从拉萨河水系进入到尼洋河水系，从拉萨地区的内陆性气候进入到了林芝地区的海洋性气候，从西部的干燥寒冷区域，进入到东部的温暖潮湿气候区域。米拉山口是西藏地区一个重要的地理分界线，我们来到林芝地区，就等于进入了人间福境。

原以为到了米拉山口就可看到雪山，但我失望了，这里除了呼啸的大风、金黄色矮草抑或藻类包裹着的山峦之外，附近没有一座雪山踪影，我

们看到的是覆盖在连绵山体上的蓝天白云、随风狂舞的五彩经幡和一直伸向云端、足以令人产生无数遐想的山间公路。我这时才真正体会到，地势高低并非雪山形成的惟一原因，雪山的形成还须具备其他自然条件。在米拉山口一侧的经幡前和高大人工雕塑牦牛像旁略事停留拍照后，汽车沿山间公路蜿蜒前行。过了米拉山口，就意味着汽车告别拉萨地区，进入林芝地区的工布江达县县域。随着海拔的逐渐下降，山色也由金黄变为苍绿，继而碧绿，植物种类也多了起来，树木开始出现，并由稀疏变成了一片片茂密的林地。

（二）

汽车行驶不久，路旁山谷里出现的青绿河水吸引了我。导游小朱说，她就是尼洋河。久闻尼洋河大名，如今真正看到了她，一下子就被她的美丽沉醉了。这是条奔腾在山间的河，她的流水不像雅鲁藏布江那样浑浊，而是纯正如玉，清澈圣洁，即使是河水遇石激起的浪花也美丽得如腾空的飞雪。

车停了，我来到河边，看见尼洋河中心伫立着一块巨大岩石，而奔腾的尼洋河水被它分成了两股湍流。被挤压后的两股河水流过巨石后又合流成巨大旋涡，在旋涡后面形成了一个深潭。深潭清澈见底，色如翡翠，潭底沉石历历在目。看巨石，其形突兀高立，显然它是地壳运动时从山体上崩塌滚落到河中的。河边路旁竖立的标识牌清楚地写着"中流砥柱"四字。说巨石是"中流砥柱"，自有道理，而我看岩石体量尚可，惟高大不足，但它和尼洋河水合成的风景，却足以得到人们的盛赞。逆尼洋河而望，山谷似画，翠涛如蛇。看尼洋河水从山间奔下，又隐入青山，会令人情有不舍，顿生眷意。我早就垂涎尼洋河风光，今日得以近距离亲近、拍照，真乃天赐良机，岂有不生情之理？

（三）

近午时分，车到巴松错。

巴松错又名错高湖，是西藏东部最大的堰塞湖之一，"错高"在藏语中意为"绿色水"，湖面海拔 3469 米，其状如镶嵌在高峡深谷中的一轮新月。巴松错冠有诸多名头，仅景区门口介绍就有国家风景名胜区、世界旅游景区、国家森林公园等。进得大门乍看，巴松错果然名不虚传！就在景区大门通往扎西岛的几公里行程中，沿途风光旖旎，景色如画。湖水如醉、青山如翠，瀑布似垂、绿岛似堆——而它们，都笼罩在从四围山峰延伸开来的朵朵白云之下。

令人遗憾的是，我寻觅很久，竟未曾看到资料上介绍的巴松错"四周雪山环绕"景象，也许，我的雪山情结太过强烈，总念念不忘撒下寻觅的目光？也许，雪山隐匿在更高的林线上，不愿向我展示它九月的容颜？也许，巴松错有意让雪山退避三舍，以更多展示自己娇柔的季节？

扎西岛坐落在巴松错湖中，四面环水，有曲桥相通。站在岸边隔桥相望，扎西岛绿树掩映，美如堆翠。登上曲桥，巴松错水面尽收眼底，青山夹持，湖面广阔，湖水洁如碧乳……

沿桥步行大约百米，即登上扎西岛。扎西岛虽小，但景色精致而浪漫。旅游步道两侧，依次可看到格萨尔王战马蹄印、格萨尔王石头剑痕及桃抱松、水葬台、"字母树"、莲花生洗脸神泉等。扎西岛上的错宗工巴寺初建于唐代末年，是藏传佛教宁玛派（红教）的重要寺庙，距今已有 1500 多年的历史。殿堂为土木结构，上下两层，殿内主供莲花生、千手观音和金童玉女等。

寺南小路旁长着一株风姿绰约的桃松连理树。它们似同根异株，枝叶连理。我也曾见过多种连理树，但桃松连理还是第一次看到。

扎西岛,一部被美丽包围着的传奇。

(四)

中午,在路旁小镇匆匆地吃过午饭,汽车沿尼洋河继续行驶。此时的尼洋河,水面宽了许多,近山一侧河道中出现了许多沙洲。沙洲上,青草萋萋,不畏微寒的秋季花朵竞相开放,而一两头牦牛懒懒地徜徉在花草之中——是它们,共同相约雕琢着尼洋河的美丽图画。车近八一镇,公路变得平直,而公路两侧巨木成林,枝丫相搭,遮天蔽日。小朱说,此段公路太美,夏天是绝好的避暑去处。我抬头隔窗前望,果然,笔直的公路被密密匝匝的枝叶遮掩,宛如看不见尽头的绿色长廊。

过八一镇,大雨忽至,汽车在雨中行驶,增加了几分情趣。根据安排,下一个游览目的地是鲁朗林海。

林芝,地处喜马拉雅山、念青唐古拉山和横断山怀抱之中,有人称之为"西藏江南",也有人称之为"西藏瑞士",还有人称之为"太阳的宝座",总之,这是个魅力四射的地方。而鲁朗林海,则位于林芝的色季拉山中,有人叫它"龙王谷",因为那里林木葱茏,草甸平阔,春天杜鹃盛开,宛如天然花园,它是林芝地区旅游的绝佳之地。

汽车开始吃力地爬山,道路险峻而弯曲,转弯急陡处几盘旋360度。路旁往往是断壁,从车窗向下能看到远方的山谷——这就是著名的川藏公路,也叫318国道。川藏公路以崎岖高险闻名,但风光优美,许多旅友禁不住大自然的诱惑,常以乘车游览川藏公路沿途风景为自豪。此段公路两旁的山坡上长满林木,蓊蓊郁郁。山下生长着低矮灌木,而山上生长着一望无际茂密高大的松、杉。杉树性喜群生,棵棵伟岸孤直,枝叶挺拔,俨然像躲进深山隐居的伟丈夫。然而它们常常被如丝的松萝缠住,从树顶一直缠到树根。有时松萝丝密密地倒挂在枝上,像垂在树叶间的丝帘。松萝是一种寄生植物,往往会吮干杉树的所有养分,直到杉树枯死——这真是个大自然中的恐怖绞杀!我们看到密林中有不少干枯的杉树,上面还飘荡着松萝的缕缕枯丝。

汽车喘着粗气爬坡,透过林木之间的空隙,我们还可以看到断崖对面慢坡上平铺着的大片草地,它们平展得就像内地半缓地带绿茸茸的高尔夫球场。但不同的是,这平展的草地上偶有树木,草场一侧还稀疏地分布着几座房屋。而草场中散放的牛羊在悠然地闲逛,看到这些,一下子就让人想起内地田野上在夕阳中倒背着手享受生活的老人。这种恬静的艺术意境,或许能在西方艺术家描绘的瑞士风光油画中找到。

车过色季拉山口,这里已经海拔4515米,我们又身处高原地带了。这时的天阴沉沉的,不紧不慢地下着雨,只有五色经幡在雨中随风抖动。导游小朱说,如果是晴天,站在高处还能看到远处高高耸立的南迦巴瓦雪峰,那样的景色会更有情味。但我不拒绝细雨蒙蒙的诱惑,因为它能带给我许多雨中遐想。

汽车在被雨水打湿的公路上行驶了一个多小时,来到了鲁朗林海观景台。下了车,我不顾雨水淋在身上,一头钻进冰冷的雨雾里。尽管天色晦暗,但雨景有雨景的韵味,兴致和林间阴雨舒适感激发了人们的情绪。身边飘着的雨雾,远处峰顶飞动的层云,密密匝匝地覆盖着山体的森林,偶尔林间透露出的金黄色草场和时而从云隙中露出的一抹蓝天,就像一幕幕灵动的画面扰动着人们的审美感受。大家很快被美景陶醉。许多游者摆出各种造型拍照。最让我感动的是一位少女,她并不在意身边人的目光,高举着双臂,大声呼叫:"我来了——"人类就是这样,在大自然面前都会变得年轻,有时像个天真的孩子。

观景台是个圆形石砌圈体,有石阶相通,人们可凭栏远眺。因为观景台群山环绕,远望会感觉到山涛滚滚奔涌而来,扑入怀抱;而群山四合的下面

是森林覆盖的幽深谷地。说这里是林海名副其实，登上观景台看到的都是满眼的森林，满眼的绿色。除此，就是雨天为鲁朗林海滋润壮色的漫天层云，因为雨，故而浓，故而厚，故而浮动得迟缓。然而，当山风吹破一块浓云现出蓝天时，漫散光披在林海上，那一抹亮色更昭显出云的妖娆美。

切莫说雨中鲁朗游"美中不足"，其实它更有兴味。因为鲁朗林海的雨是缠绵的，云是娇柔的，林是浓厚的，草甸是恬静的。鲁朗林海，充满生机活力而不乏厚重，淳厚深沉是对鲁朗林海美景的最好解读。

（五）

离开鲁朗林海，我们乘车下山。在导游的带领下走进了鲁朗镇一个普通藏族家庭，感受藏家的生活意趣。这时已是傍晚6时，天，也有了一丝暗意——这可能是今天旅行的最后一个节目了。

这家居住的是一座在林芝地区普遍存在的硕大砖木结构两层楼，楼下有很大的院子，楼房前脸涂满了白、棕交替的厚重彩绘，显得坚固而富丽——这种颜色是大多藏族同胞居屋追求的效果。打开楼门，一层迎门是楼梯，左转是一个足可容下数十人的大客厅兼餐厅，后面是厨房；客厅里摆放着藏族常用家具和饰品。楼二层前面是宽宽的走廊，站在走廊上可以眺望远山。而走廊一侧则是家人分住的一排十余间居室。

女主人热情迎接了我们，并郑重地给每个人带上一条洁白的哈达。大家分坐在一楼客厅，女主人致辞后拿出自制的酥油茶、奶茶、风干肉让客人品尝。酥油茶、奶茶，我们还能接受，但由于饮食习惯不同，吃风干肉却实在勉为其难，一口之后再也无人敢问津。交流中，主客意相随，情相依，欢声笑语不绝于耳，大家都沉浸在融融的快意之中。藏家才四五岁的小男孩忙不迭地凑趣，在游人间窜来窜去，他的天真可爱让天南地北的各色小吃很快填满了他的口袋，而他也忙着从这个阿姨怀里钻到那个阿姨怀里，慨然领受着爱意的无私赐与。

有女同胞在女主人的帮助下穿上藏族服装、戴上藏族服饰，男士则挎上藏刀，共同邀请与主人合影，这时的主客除了语言差别并无二致。

当我们在浓浓的夜色中回到宾馆餐厅吃晚饭时，时钟告诉我们已是夜里10点多钟了。

值得一提的是，一路上我遇到了许多北京游客。我奇了怪了，北京人竟这么爱旅游。但凡著名景区，无论春夏秋冬都能看到北京人的身影。不信？就在我们这个旅游团队中，除了我，还有三位北京游客：一位青壮小伙，两位结伴女士。一路上，我很快和青壮小伙结成了对子：我用他的尼康，他用我的佳能，照片拍得相益得彰。不过，那位青壮小伙从北京就加入了旅游团队，来到拉萨"散拼"，害得他扛着自己硕大的背囊到处乱跑。他说，从林芝回到拉萨，还要"散拼"，接站的还不知是谁。他下一站是喜马拉雅山大本营，如何走？不得而知。而那两位结伴姐妹，做派颇为风雅，拍照时摆出的造型有模有样，俨然是两个业余模特也未可知……

此夜回住八一镇。

2011年9月19日（星期一）多云转阵雨

雅鲁藏布江　南依沟

（一）

天未亮，简单梳洗及早餐后，即出发赶往位于林芝县米瑞乡的雅鲁藏布江中心码头，以乘游艇游览雅鲁藏布江。摸黑出发，到达码头时天已大亮。

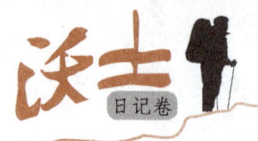

这时，不少游览车正从四面八方赶来汇集在这里，一时间，码头上车水马龙，喇叭声声，人声鼎沸。

游艇不大，只能坐十余名游客。我登上游艇，选一个靠窗口的位置坐下，以便更地好观看雅鲁藏布江两岸风光。

船开了，两岸风光从船侧缓缓地向后倒退，雅鲁藏布江峡谷美景渐渐地在眼前展开。

我们乘游艇游览的雅鲁藏布江大峡谷位于林芝县米瑞乡和米林县派镇之间，长约50多公里，属雅鲁藏布江中游末段。过派镇，雅鲁藏布江才真正进入下游。雅鲁藏布江中游海拔已降到4500米以下，由于地势缓陡不同，此江段水面宽窄相间，遥望状如串珠。较宽江段风景饶阔，水势平缓，常见江水漫滩，在江边乘车即可见到江水与金黄沙洲共同构成的美丽画卷。若登山远望，江分数缕，似藏家女扎着多条金丝带的发辫。而窄江段往往两岸山势险峻，地势陡峭，水流湍急，江水奔腾咆哮。

我们乘艇游览的江段水势较为平缓，河面宽阔，流慢风微，两岸青山夹峙，坡缓林绿，顶峰时有云遮雾笼。由于此日为多云天气，故时阴时晴，山色亦时明时暗，景色变幻无定。

据介绍，此行沿途景观有曲角吾寺、佛掌沙丘、迎客松等，远观还可见到山峰雪顶。虽曲角吾寺距江岸不远，但我们一时沉醉于两岸山光水色，加之游艇匆匆，以致无暇顾及寻觅曲角吾寺。

而一眼即收的是佛掌沙丘。佛掌沙丘地处米林县丹娘乡雅鲁藏布江北岸江畔，沙丘以形如合十佛掌得名。沙丘的形成在当地有一个美丽传说，但实际上是沙丘地处江湾地段，因枯水季节江风吹送江底沉沙堆积而成。乘船观景，江涛滚滚，在满眼碧绿山色中陡现半坡金黄沙丘，提神壮气，给人以突兀之感。

我最希冀的当然是江中乘船远眺雪山顶峰。来西藏之前，我在内地旅行最冀盼的是看高山流云，因为变幻的云往往酿成奇观——她层铺时像波涛滚滚的海，她孤处时又如飘绕的丝带，她漫散时还似变幻的梦境。因此，每到青山连绵处，我总关注群山风雨，云起云飞。在西藏，我所见的山峰层云虽未如名山云海的壮观，但也不乏魅力。不同的是藏区云海随处可见，遂习以为常。然而，看雪山不同。因为雪山会给你带来一种新的视觉震撼——她圣洁，高大，孤傲，沉静，如少女般美丽，它勾勒的美景就像从未曾谋面的九霄故事，荡涤心灵而令人迷恋。

印象中的雪山一般都很雄壮。但我在雅鲁藏布江看到的雪山峰顶却半隐在青山深处，而它的山脚却延绵伸展到江边；当你的目光穿越绿色达到山腰，会看见上面断断续续地飘着几缕时连时断的层云，就像系在仙女腰间的飘带；而雪山山顶的云，也飘着，弯着，连着，又断着，和山顶的雪顶融为一体，描绘成一峰洁白世界。那情景，就像飘浮在海中的蓬莱仙岛，立刻让人想起飘飘渺渺众神居住的仙境：那里有圣殿，有清歌，有仙乐，有袅袅升腾的香雾……有时，雪山山顶的云又厚积成一片，遮盖了山峰，和天上的云平铺成一片，风吹云动，偶尔会在云隙间露出银色的峰顶和斑驳的深色岩脊。

乘游艇看山，看云，看云雾半开，那是怎样一种心境呢？

我和新结识的西安旅友频繁地交换相机两边交替拍照，试图更多地留下雅鲁藏布江的记忆。

一个半小时后游艇到达码头，我们转乘景区观光车前往直白村雅鲁藏布江观景台。途中经过大渡卡村。大渡卡村，藏语"放马的地方"，为雅鲁藏布江大峡谷入口处。从这里向南到墨脱县的巴昔卡村，雅鲁藏布江在大峡谷中澎湃而下500公里后流出中国国境，进入印度，改称为布拉马普得拉河，

它继续前行，在孟加拉国与恒河汇流注入孟加拉湾。大峡谷两岸高山陡峭，平均深度5000米，最深处达6000米，是世界第一大峡谷。

我们在附近看到的雅鲁藏布江拐弯，并非通常意义的雅鲁藏布江"大拐弯"，而是雅鲁藏布江的一个弯道，当地人称之为"小拐弯"，也有称之为雅鲁藏布江"第一湾"的。此弯初为"S"形，流经面前澎湃转身后汹涌而去，遂隐没于大山之中。此地虽不是雅鲁藏布江"大拐弯"，但激流拍岸，波涛滚滚，也不失奔腾之势。

据说，大渡卡村至直白村之间的山上是3月的桃花、5月的杜鹃繁盛之地，每逢盛花时节，漫山遍野灿如花海，美若烟霞，惹得许多观花者留下眷念的脚步。然如今时序9月，两眼青山，惟有抱憾而已，只能另择时日一饱眼福了。

而不远处树龄1450年的大桑树或可聊补此憾。据说，这棵大桑树为文成公主由唐地带来的桑籽所植，如今依然生机勃勃，枝繁叶茂。站在大桑树之外远看，桑盖如云，碧绿横空；再站在大桑树之下仰视，则桑盖如伞，蔽日遮天。惟有盘根似铁，百般缠绕，粗大健壮，向人们展示着自己经历的弥久岁月。

更有"情比石坚"一景：一棵山桃长在巨石裂罅之间，却茁壮茂盛。有人比喻说，山桃象征坚贞的情感，竟撑裂了巨石，故名之曰"情比石坚"。也许感佩于美好诠释和善意附会寄托着坚贞的爱情故事，引来无数游人绕石膜拜。

此行最精彩的一幕莫过于直白村观景台眺望南迦巴瓦峰了，这也是诸多游人梦萦魂绕的景观。尽管今天多云，失却了几多在大渡卡许多景点观看南迦巴瓦峰的机会，但人们并没有放弃希望。观景台还能奉献南迦巴瓦峰的绝美风姿吗？人们翘首以盼。当人们站在观景台上放眼远眺时，南迦巴瓦出现了，但，她很吝啬，只露出了腰身，却把洁白美丽的头颅隐没在浓云里。

尽管如此，她还是很美丽：巨大的山体，山脚幽深的沟壑，深浅层次分明的绿色，山半白雪罅隙中的条条裸岩和几缕白丝带也似的云飘绕的腰身！再向上，就是白云遮盖着的雪峰……也许，那上面冰清玉洁，是仙境，如梦如幻？也许，那上面也裸漏着岩石，像直插九霄的锋刃？也许，那上面真像人们传说的那样坐落着琼楼玉宇，是佛界，吉祥安泰……那云，那顶，竟给了人们那么多的神游空间——尽管，从照片上欣赏过她的芳容，但还不忍放弃浪漫的联想……这正如印度的肚皮舞，她展示给人们的是美丽的身腰，人们也就不再沉迷她更多的美色。

残缺带给人的永远是浪漫猜想，是神秘，是期盼中的再一次……这也许正是南迦巴瓦的魅力。

几番回首之后，我们再沿着雅鲁藏布江回溯至派镇，这里也是雅鲁藏布江和尼洋河汇流处。

在这里，我们又看到"泾渭合流、清浊自分"的景象，但那不是陕西高陵，而是娘欧；那也不是"泾渭"，而是雅鲁藏布江和尼洋河。尼洋河是雅鲁藏布江中游主要支流之一，发源于米拉山西侧的错木梁拉，全长307.5公里。我们在旅途中早已沉醉于她的美丽：那翡翠色的河水，雪白的浪花，清澈的水质，凝成了尼洋河的灵魂。无论是穿过草原，还是穿过高山，她留给大自然的是玉女般的圣洁。而雅鲁藏布江则不同，它以激荡水流宣示自己的强悍，又以澎湃气势宣示自己的威猛，因为它流经的地域具有太多的崇山峻岭，太高的落差，连它的流响，都高唱着浑厚，它包容了自己切山啮岭席卷来的岩沙——似乎它只有用这些展示自己的力量。终于，跨过千山万水在这里汇合，虽清浊分明，但终于融为了一体。

地球就是这样，以自己博大胸怀包容着万物。

（二）

中午，派镇自助餐后汽车向南伊沟景区行驶。

南伊沟位于喜马拉雅山东段的米林县南部，距县城只有20公里，南北走向，纵深40余公里，其独特的珞巴族风情、茂密的原始森林、奔腾的南伊河水和绿草茵茵、牛羊悠闲的林间牧场共同营造了她的美丽。当我们经过南伊镇边境检查站进入南伊沟风景区时，一股难以抑制的期盼骤然涌上心头。

南伊沟迷人的风景沿着奔流的南伊河水徐徐地展开。南伊河，一条奔腾着无数风景并用美丽和宁静描绘两岸的河流，用自己的蜿蜒和清流把温润馈赠给原始森林和天边牧场，把这里装扮成人间仙境。我曾游览过长白山密林，曾为那里的美人松和茂密植被所迷恋；我也冒雪到过大兴安岭雪原深处，曾被那里的广阔林海激动；我也曾穿越过神农架，到过云贵高原的深山密林，被那里的翠竹和斑斓针阔混交林感染赞叹。但现在当我来到南伊沟时，竟被她洪荒般原始秘境倾倒而沉醉，那高大而挂着飘丝般松萝的松、杉，那横卧于树底并全身包裹着青苔的枯干，那横冲直闯、无孔不入努力占据一切空间的林木虬枝，以及激荡着林间清新气息的潺潺流泉都深深地打动了我，使我浮躁的内心世界得到平抚而归于安宁，我的一切欲望在此时消逝，只有全心全意对大自然的膜拜。

这是一种从未生发过的新奇体验。

更让我流连的是一片片被原始森林围裹着的草甸牧场。也许牧场不大，但森林似乎把自己所有绿色都挤压到这里，那草绿得逼眼，让人心醉。草甸牧场中央偶尔会冒出一两棵孤树，突兀雄奇；或草场边横卧着一根枯木，坐落着一栋木屋；或几头闲牛进入画面，打破了色调平衡，给绿色带来些微涟漪。于是，静谧有了层次，空间腾跃着生机。

我眺望过呼伦贝尔大草原，伴随那里的是辽阔，我也穿越过桑科草原，伴随那里的是连绵，惟独这里，带给我的是内心的闲适以及人类回归自然后的宁静。

喜马拉雅山东拉山口送来的印度洋暖风像一枝画笔，把色彩涂在这里，又给翡翠般南伊河挂上绿松石串珠，于是，藏药始祖传说风靡着的南伊沟，竟魔术般幻化成一谷神奇。这里，春夏花，秋冬彩，而珞巴族儿女千百年的日出而作，日落而息，结绳记事，刀耕火种，用艰难谋划着昔日的生存之路。但现在南伊沟已成为珞巴族的乐园，在这里，原始与现代编织梦想，传统与仙境营造画意。美丽是南伊沟的皇冠，而沙棘岛、天边牧场、阴阳树是隐藏在这条谷地里的明珠。

来到南伊沟请不要忘了来果桥，因为那里有着一群坚守着美丽国土的兄弟。虽然我们见不到他们，但在密林深处，在柏油路尽头，我们嗅到了他们的气息。

晚住八一镇。

2011年9月20日（星期二）阴转多云

八一镇　秀巴古堡

早六点半，在宾馆匆匆吃了早饭就出发了。按计划，今天返回拉萨，途中游览秀巴古堡。

坐在车上，我不由想起了昨天晚饭后在八一镇邮寄明信片的情景。

因女儿酷爱收藏明信片，曾受到过多家媒体关注，并做客中央电视台录制节目，《中国日报》海外版还专辟版面报道过她的收藏经历。所以我每到

一地,就把给女儿搜集、邮寄明信片作为必作功课。

此次也不例外。但此次邮寄明信片出了一点小意外。

昨晚我因要邮寄明信片四处打听邮局地址,宾馆旁边的派出所民警告诉我,八一镇邮局在宾馆北大街尽头拐弯处,距离较远。尽管这样,我还是要去。当路过邮电宾馆时,看见宾馆门前立着一个绿色信箱,我高兴极了,兴冲冲地把几张明信片一股脑都塞到信筒里。心想,这回不用跑远路,省了时间。

完成大事,心里踏实了,竟一路沿街闲逛起来。

街上水果摊很多,摊主大多是河南人和四川人。他们有的在这里已摆摊好几年。河南人和四川人智慧勤劳,在全国生意人大军中,各地都能见到他们的身影,去年我在广西边境小镇浦寨就遇到过来自河南商丘的饭馆老板。

逛完大街回宾馆路上,不放心,就走回邮电宾馆询问信箱情况。一位保安告诉我,信箱已经几年不用了!我大吃一惊,怎么会这样?围着邮箱转了几圈,实在没有办法。情急之下,又来到派出所,向民警求援。民警很热情,打了一通电话,但没结果,说,你们先走吧,该怎么玩就怎么玩,我们想想办法。

只能如此,听天由命吧。

思绪从昨晚回到现实中,因为我又看见了尼洋河——她流经这里,水面宽阔而美丽。

看见尼洋河,秀巴古堡就不远了。秀巴古堡又称格萨尔营地,位于工布江达县巴河镇秀巴村,紧邻被称为"风光走廊"的318国道,是尼洋河风光带中的一个景点。传说萨格尔王曾在此征战,为庆祝胜利而建,距今已有近千年历史。据资料,原有古堡7座,现保存较完好的有5座,其余遗存还有点将台、祈福宝塔等建筑。

今天天空阴沉,附近的山峰都带着云帽,较远的山顶却云形如带,竟飘成一道风景。

汽车沿旁边排满转经筒的山道爬坡,后停在秀巴古堡停车场。一下车就远远地看见一座古堡迎门屹立。整个景区湿漉漉的,昨夜像是下了一场大雨。走近细看,石砌古堡十二面,柱形,高大而崔嵬。到古堡内部参观得知,古堡中空,八角,墙厚两米,每层开有箭孔,顶部开口,可看到天空。古堡内容量较大,可纳数十人。

古堡之间有甬道相连,古堡旁空地上古树参天,树下芳草萋萋,时见牧牛悠游徘徊。

下午返回拉萨。中途到藏药、珠宝店参观购物。

2011年9月21日(星期三)晴

返京

上午再次到布达拉宫广场参观,留影。中午,登车返京。过那曲,雨;想来时那曲下雨,回时亦下雨,岂非天有情乎?

2011年9月22日(星期三)多云

返京途中

一夜无话。晨过格尔木,草原金黄,风景如画。上午10点,经青海湖,油菜花已结子矣。遥看青海湖,宽阔悬如天镜,水光接天。

此次列车到兰州后向北行驶,经皋兰、白银、景泰入宁夏,过中卫向南,经同心、固原、六盘山而至甘肃平凉,再一路向东南出甘肃而至西安。

此路我来时由平凉到兰州走过,但因夜行,外面风光一无所知。今日白

天经过，竟被它奇异的景观震撼了。窗外风光与绚丽的青藏雪域高原迥异：它地形破碎，林木绝少，草花稀疏，而由无数"墚""峁"形成的黄土丘陵却一望无际，到处是雨水冲成的沟谷、垄板。望着无垠的墚、峁、沟谷、垄板，一股苍凉之感涌上心头——我知道，这就是著名的陇西高原了，它是黄土高原的典型地貌。黄土高原，它的奏鸣是风沙吟唱，它的色彩是土黄色块，它的杰作是贫困。

然而，就在黄色的墚、峁、沟谷、垄板之间，我看到了另一股力量，那就是生命！自然界的生命是那样强大，几乎可以战无不胜。当几排坐落整齐、坚固墩实的房屋和几垅绿色庄稼一闪而过时，我不禁肃然起敬，敬佩宁夏人民智慧的伟大和战天斗地意志的坚强。

然而，大自然并非把黄土高原塑造得一无是处，在单调得令人困乏时，在苍黄的天底下，会傲然出现几座红色山体——那山体红得像一团正在熊熊燃烧的火，给黄土高原涂上一层亮色。难道黄土高原也有丹霞地貌？我不得而知，但就在途中诸多亮色里，亭台楼阁、古长城遗址不时在窗外闪现，尽管我不知那是哪里，但我知道，它们都是中华民族先民的杰作。

2011年9月23日（星期四）晴

凌晨列车进入河北，上午到京。

结束语

本次旅行从 9 月 1 日出发到 23 日结束，连路途共计 23 天。这 23 天主要行程集中在青藏高原。

青藏高原，被人们描述为充满神秘的地方，也是我梦萦魂绕的地方。通过这次旅行，她向我展示的是雄壮和美丽。她用自身魅力打动了我和每一位到过青藏高原的人。纯净的天空，白色的云朵，湛蓝的湖水，翡翠般纯净的河流，洁白的雪山，原生态的森林，金色的草原，至诚的藏民，丰富的文化，宏大的庙宇，神秘的传统宗教及朴质的生活方式都给我留下了深刻印象。她的自然和人文内涵向人们展示的丰富性和奇特性，足以让世界震撼。

旅行，我历来秉持这样的原则：能步行不乘汽车，能乘汽车不坐火车，能乘火车不坐飞机，能自由行不参加旅行团——我认为，只有这样，才能更好地近距离亲近大自然，贴近当地人民的生活，更深入地了解各地风俗习惯。但这次在青藏高原旅行，尤其在西藏，我没有秉持住这个原则——也许是因为我在交通还不十分发达的雪域高原面前缺乏更坚强的意志力。

在这次旅行收获多多之余，尚存有不少遗憾，也给此次旅行留下不少空

白。但也许正是这些空白将给我更多机会，让我在今后的日子里把旅行的脚步再次迈向雪域高原深处。

我期盼再次进藏，再次感受那里的美丽。

（2012年2月1日　北京）

畅游苏、皖、浙 · 2011 | 旅行日记

前 言

2011年5月10日至6月8日，我完成了今年的长江中下游之旅。说是长江中下游之旅，实则是一个大致概念。只是说，这次旅行的地域是以长江中下游为中心的大约范围内。而实际上，这次旅行的最北端在苏北，最南端到达温州，跨越淮河流域和钱塘江、瓯江流域，距长江直线距离已有数百里甚至千里之遥。虽如此，但从这次旅行的中期和后期看，景点大多集中在长江中下游地区和浙南地区，无论民风民俗、建筑风貌，还是地理特点，都具有长江中下游地域特色。

这次旅行原定于3月下旬成行，然由于各种原因推至天气渐热的5月份，使我再次体味到人在世间身不由己的滋味。正因为时间的后移，原计划中的有些景点不得不放弃，如原计划4月初到江苏的兴化看油菜花，游览淮阴等。计划的临时修订，却得到意外收获，使这次旅行线路一下子简单明晰起来，以致返京后回忆行程，竟与北京至温州101次列车线路重合或相近。此乃无意之为也。

此次旅行可分为三个阶段。

第一阶段：江北苏皖之旅。此段以游览楚汉垓下之战遗址为主，其他自然、人文景观为辅。此行第一站为徐州，然后从徐州至沛县、灵璧、固镇、蚌埠、滁县、和县，终致投鞭长江，驻足马鞍山。之所以选择徐州为这次旅行的第一站，因为徐州是我国历史文化名城，徐州地区集中了众多的汉代文化遗存，其中包括了九里山古战场遗址。

楚汉垓下之战距今已两千余年，由于历史风雨冲刷，旧迹大多不存，有的甚至只是满眼现代仿古建筑。但当来到这片土地时，我的心境竟如此不同！眼前景物一时皆变为背景，而脑海里则澎湃着史书记载的众多波澜壮阔的战争场面，千古英雄驰骋沙场的英姿及许多当时影响历史发展的豪杰气冲牛斗的胆略，立刻在胸中鲜活起来。沉浸于此情此景，那是怎样的感觉啊！

是的，跟着感觉走，也许是江北苏皖之行的主题。

第二阶段：长三角—太湖流域之旅。江南中下游地区集中了太多的风景，那里的民风民俗也处处散发着浓郁的文化气息。观赏江南美景和近距离品味江南民俗文化是我此行的又一落脚点。当你双脚一落在这片土地上，就会发现身心完全浸泡在深厚的历史积淀里。你会觉得自己生活在时代的风云中，咀嚼着现代的和历史的风韵。这里虽没有北方自然、人文景观的壮阔和豪放，但她绝不缺少深厚、细腻和精彩。她太多地集中了华夏历史的精华，令人一步一回首，一品一驻足。也许正是奔流不息的长江，把她流淌数千里的自然精华最终经过精雕细刻，沉淀在中下游这片秀美灵动的土地上。

如果说到达马鞍山是我江北苏皖之行的句号，那么，南通则是我江南水乡旅行的起始，虽然南通是江北城镇。也许是登狼山俯视江南诸州的气势，给我更多的南下动力。由此向南，经常熟、昆山、常州、吴江、嘉兴、湖州而至杭州，从而完成了我对江南诸多古镇的品味和江南民风的体察。在那里，我陶醉在江南水乡秀美如画的色彩里。在我走过的6个江南古镇中，共同的精彩凝集了江南人民的智慧。这些智慧，让华夏文化站在更高的层次上解析中华民族非同寻常的创造力及自然亲和力。

我多次到过江南，但能如此次旅行这样避开大城市，从更低的生活基点体验江南风情还是第一次，尽管这次体验还停留在走马观花和表象上，但这比以前的体验是大大地进了一步。即使这样，我还是被中华民族博大精深的

文化及包容、敦厚、坚毅的民族性格感动。

我每次到江南，凡距离较近、时间允许，我都要去杭州，而且都要到西湖沿堤漫步或小坐。这成了我的享受。这次也不例外。也许是王安石的忆江南给我留下太深的印象，使我反复品味词里表达的意境："江南忆，最忆是杭州。山寺月中寻桂子，郡亭枕上看潮头。何日更重游。"

我没有月中寻找桂子，因为此时正逢初夏白日；也没有去看潮头，因为那是秋日的风景，只是久久地坐在湖畔凝思、远望，觉得享受湖光舟影带给我的快乐和宁静就已足够了。只是离开西湖时，看着波澜不惊的湖面和碧绿的初荷，思绪还是给她抛下一句话："何日更重游？"

第三阶段：浙南之旅。离开杭州，我把脚步留给了德清、诸暨、温州。因为那里有莫干山，有西施故里，有五泄景区，有雁荡山，有楠溪江，就连瓯江的江心屿也同样令我迷恋。那里的瀑布、竹林和漂浮在山坳里的云海，令我惊叹和眷恋。

在此期间，我放浪于山水之中，寄情云海，精神轻松而舒展，尽情体验美的魅力。是美浸润着大自然，而大自然又造就了西施的美丽。美，是江南自然、人文之魂。同样，自然的、人文的美丽让人类享受生活，热爱生活。

浙南之旅，我的心灵在"美"中得到升华。

我到温州，杨梅恰熟。与杨梅的美味让我同时品尝到的是连绵梅雨。对温州的总体感觉是：滋味甜甜的，有些酸，让人回味。

于是，在连绵的阴雨面前，我再次修改行程，放弃了闽北之行，踏上归途。

归途中，温州到丽水的风景，不用刻意下车游览，即使在列车上，也如同身处画卷。满眼的青山碧水，挂在岩壁上飞泻的瀑布和漂浮在山坳里流云，宛若仙境。

此行让我震撼的还有长江中下游地域的巨变。在这里，城镇是一颗颗珍珠，四通八达的交通是条条丝线，丝线把珍珠贯穿起来，形成片片闪光的精彩画面。而一座县城就是一个繁华都市，一座村镇就是一个工商中心，经济的高度发展就是这些都市的亮色。如今用柳永夸耀杭州的"有三秋桂子，十里荷花"，"市列珠玑，户盈罗绮"已不能概括长江中下游地域诸多繁华的美景和人民的富足了。

毕竟时代不同了。

2011年5月10日（星期二）晴

北京站乘107次列车前往徐州。17点22分发车。

2011年5月11日（星期三）阴

徐州 · 九里山　龟山汉墓　楚王陵

早6点列车到徐州。

早饭后到龟山汉墓游览。但见汉墓结构深邃，规模宏大，遂惊叹不已。亦感在当时生产力不发达情况下，撅石凿山，且墓体结构测量之精确，建筑之精巧，布局之合理难以想象。

徐州之行之所以先到龟山，盖因此地与九里山相邻，一日可两游。

九里山，古战场也。据说，自春秋以来，发生在九里山及其附近的战争多达200余役。其中见诸史书者以春秋晋楚之役、秦末汉军伏兵击楚之役、唐末朱全忠和节度使时溥的夺城之役、明代朱棣对建文的演武亭之役、1927年北伐军对直鲁联军之役等最为著名。登九里山，满眼苍翠，参差错落；山

道弯弯，时断时续；白石殿顶，或将隐匿；怀古抚今，顿生感慨。沿诸峰山道觅现存旧时战争遗迹，或远观，或近看，遂见白云洞、磨旗石、曹参井、迫脏石、马场湖等。然细思，觉遗迹多为民间传说而已。真实与否，实难考证。

徐州，旧称彭城。而九里山位于徐州市西北部，是徐州的天然屏障，故历史战争多在此地发生。因九里山东北至西南走向长约9华里，故名。九里山共9座山峰，曰象山、团山、宝峰山、琵琶山、霸王山、三陡山等，而以团山最高，海拔181米，为九峰之首。

九里山山口有张爱萍将军题词："九里山古战场遗址"。旁刻有《水浒》第四回"赵员外重修文殊院　鲁智深大闹五台山"记录之挑夫所唱描述九里山古战场的山歌歌词。词曰："九里山前作战场，牧童拾得旧刀枪。顺风吹动乌江水，好似虞姬别霸王。"

楚汉相争至刘邦立国建汉距今已有两千余年历史，古战场遗迹多已淹没于沧海桑田之中。站在九里山眺望，高楼耸立，风烟渺渺，苍茫九里山横坐于天地之间。

徐州城居运河之上，江淮之北，黄河之滨，有良田之沃，通衢之利，北可直指齐鲁，南可俯视吴越，实乃带天下之势，旧为兵家必争之地。由于连年战争的浸染，其地积淀了深厚的战争文化，这在各种文艺形式中均有反映，其中包括诗歌、古曲、戏剧等。自古以来许多文人赋诗著文对古战场多有凭吊，描写九里山战争的诗歌不胜枚举，而真正有艺术成就的凤毛麟角。然《水浒》第四回记载的五台山挑夫所唱山歌是个例外，其语义平实，行文流畅；短短四句，却韵味无穷，即渲染出九里山深厚的战争积淀，也展示出作者抚今的情怀，以致凡到过九里山寻古者都要吟诵一番。

而音乐成就远远超过诗歌。最著名的有明代邳州人汤应曾弹奏的《楚汉》曲，在当时极负盛名，世人号之曰"汤琵琶"。再一就是清代《华氏琵琶谱》

中的《十面埋伏》。其中《十面埋伏》之"子房山小战"、"九里山大战"之曲，以急切激昂的音调生动地描述了楚汉数十万大军在九里山下厮杀的惨烈、恢宏场景。以致此琵琶曲至今为千百万人喜爱，成为中华民族的音乐瑰宝。

下午，到狮子山楚王陵，参观兵马俑；登狮子山，游竹林寺，赏松竹。

晚归。

2011年5月12日（星期四）晴

沛县 · 汉城 微山湖

早7点乘车去沛县。

沛县是西汉开国皇帝刘邦的故乡，县城建有汉城公园、高祖原庙、歌风台、汉街等，皆为仿汉式建筑，1996年开放。其中歌风台、高祖原庙高大壮丽，气势宏伟。

歌风台为纪念汉高祖刘邦《大风歌》而建。

据史载，公元前196年，汉高祖刘邦平定淮南王英布叛乱后还归故里，于沛宫置酒与家乡父老欢宴。酒酣中高祖慷慨高唱《大风歌》，以磅礴之气抒发了他一统天下后求贤守国的豪情壮志。

歌风台现收藏有《大风歌》刻文汉碑、元碑各一通。两碑原立沛县东南20余华里的沛宫遗址，后为更好保护，遂迁于歌风台。汉碑存刻文22字，下部断裂迷失；而元碑刻文仅可辨识十余字。另按旧碑形制摹刻一通新碑立于一侧。因新碑摹刻于1999年，时逢甲子，故称为"甲子碑"。

歌风台、大风歌碑现为省级文物保护单位。

返回车站，途中觅得一沛县狗肉专营店，购鲜香狗肉一斤。

因高祖参乘樊哙出身狗屠，遂使沛县狗肉名扬海内外，凡到沛县旅游者

无不品尝,并满载而归。沛县狗肉经营店多与樊氏攀亲,开店必挂樊氏名,以为时尚,如樊家狗肉店、樊氏狗肉店等。

近午,乘公交车到五段镇,再打车至码头,遂结伴数人乘船共游微山湖,逛水街。微山湖湖面辽阔,烟波无际。所谓水街,乃由渔船连接而成,如商业街然。船上设饭店、宾馆、超市、小学等,甚至村委会亦设在水街船上。行于水街,但见水街舟船熙熙攘攘,穿梭往来,甚为繁华。

中午,从微山湖返水街,小憩于一船上饭店。与饭店老板攀谈甚欢,老板遂盛情免费送我一餐。我三番婉拒,不应,只好从命。饭后上岸,老板亲自开奥迪送我,并相约秋季前来赏荷观月。

傍晚,返回徐州。

2011年5月13日(星期五)晴转多云

云龙山　云龙湖　淮海战役纪念馆

早登云龙山。游山上兴化寺、放鹤亭。于山顶观景台远眺,但见云龙湖水波不兴,烟波浩渺;东湖、西湖有一桥相连,周围诸山环绕。北望九里山历历在目。遂忆九里山楚汉大战,楚歌悠悠如在耳畔。传说高祖举义前曾隐藏云龙山中,人们曾见到天上有龙云紫气升腾——这也许是云龙山一名的由来吧?

山下在汉画像博物馆,偶遇一年老年北京女游者,称与在南京工作的众姐妹相约会于徐州,此为南北取中也。于山脚下松林中赏豫剧、吕剧等群众清唱,曲调皆入味。

下午,到凤凰山参观淮海战役纪念馆。

傍晚,乘车往安徽灵璧县。过磬石山此为周代制磬取石之地。

到灵璧时间尚早，遂游览灵璧石一条街。

2011年5月14日（星期六）晴

灵璧 · 虞姬墓　濠城 · 垓下之战故址

清晨，从灵璧县城乘4路公交车到虞姬墓。

虞姬，楚霸王之妃也。刘项垓下决战前项军四面楚歌，项王以为汉兵已尽占楚地。虞姬为项王舞，项王为之歌诗，曰："力拔山兮气盖世，时不利兮骓不逝。骓不逝兮可奈何，虞兮虞兮奈若何！"虞姬悲歌和之，曰："汉兵已略地，四方楚歌声。大王义气尽，贱妾何聊生。"（据《楚汉春秋》）遂自刎。

虞姬墓位于灵璧与泗县交界不远处。墓园完好。中一封土，前有立碑。碑文曰："西楚霸王虞姬之墓"。碑文外廓有一联对为"虞兮奈何，自古红颜多薄命　姬耶安在，独留青冢向黄昏"，横批为"巾帼千秋"。立碑时间为"中华民国十四年岁在乙丑冬月"。碑阴刻有《重修虞姬墓碑记》，记述重修虞姬墓经过，盛赞虞姬临难不叛的精神。墓旁另立有断碑一通，碑文已残，惟余"西楚霸王虞"五字，余字因碑断曼灭；碑阴刻记光绪二十七年杨某赋《虞美人》残诗一首，字迹亦不全。推断此为清光绪二十七年至民国十四年所用墓碑。

虞姬之死颇为壮烈，此亦历代文人盛赞虞姬原因。当地人云，此墓仅葬虞姬尸身，头颅已被霸王带走。

我参观时恰逢虞姬墓园大兴土木扩大规模，新建墓园门、享殿等诸多建筑以供游人参观祭奠。此亦是灵璧县利用旅游资源振兴经济的一个举措。但愿墓园建筑现代味不要太浓。

　　虞姬墓西北2华里有泗县所属阴灵山，当地人盛传有楚汉大战遗迹。西行近山查看，部分山体已被采石者挖平，有的地段深入地表被采为大坑，仅余积水而已。

　　上午10时，从灵壁乘车往县南30余华里的韦集镇。韦集镇之小徐家村金、银山，据说乃灵壁境内垓下古战场遗存。

　　韦集镇包车，与司机商定，先到金、银山，然后到小胡庄，最后到固镇县濠城镇霸王城。司机称，自己乃小徐家村金、银山附近大徐家人，路途熟悉，可作为向导。

　　金、银山在灵壁南50余华里的小徐家村村东。据司机介绍，为汉军瞭望台；亦有人称，为楚汉战死将士集体墓地。穿过麦田，登上金山山顶。金山高约20余米，黄土堆成，极类今日之墓园封土，上面及四周杨树成林，杂草丛生。土堆顶部一坑，司机称为盗洞。

　　银山在距金山约百米的东南方，有麦地相隔。银山少树，多杂草；顶部亦有一洞，司机云亦为盗洞。银山一侧竖有折断水泥标牌，上书"……保护单位"等字。司机称是灵壁县所立。

　　金、银山之东南数里皆为麦田，麦苗尚未吐穗，郁郁青青，放眼平展如砥；远处为白杨林带，密密匝匝，横为一线。司机指认，白杨林远处为沱河（古交河），它把金、银山与固镇濠城隔开，其实两地相距仅5华里。

　　此言信然。楚汉两军会于垓下，汉军30余万，楚军10万，方圆数十里战场是应有之义。

　　金、银山西侧百米即为小徐家村（现改名为金银山村）。此村有关楚汉战事传说甚多，不一而足。

　　离开小徐家村，前往小胡庄。西行10余里，见公路灯杆上皆高悬标志旗，上书："垓下古战场，霸王别姬处"。下公路不远，即见一横座石碑，上书："全县文物保护单位：垓下遗址"。落款为：灵璧县人民政府一九八九年十二月二十五日。

乘车到固镇濠城，路过沱河。沱河宽约百米，建有水闸。两岸嘉禾茂盛，满眼碧绿。惟河床广漫，浅水处芦苇丛生，富有野趣。

濠城镇路西不远处即霸王城。站在路口，就看见高高的石台上仡立着霸王石雕像。近看，石台上两剑斜锋相对，似为人字形；剑下立霸王石雕像一尊，雕像一手上扬，作招手状，一手抱虞姬尸体，似有所言。此雕像与其他霸王雕像不同，她传达更多的信息是霸王富有人情味的一面。按我理解雕像寓意应为"剑下人情"。

高台上有4石墩，分置东西南北，上各置一钟，以应四面"楚歌"之数。石墩正面皆刻诗一首，以和当年垓下楚歌之唱。另有两剑础，正面亦各刻诗一首。石墩刻诗曰："九月深秋兮四野飞霜，天高水涸兮寒雁悲呛！最苦戍边兮日夜彷徨，披坚执锐兮骨立沙岗。"另一首曰："汉王有德兮降军不杀，哀告归情兮放汝翱翔。无守空营兮粮道已绝，指日擒羽兮玉石俱伤。"又一首曰："白发倚门兮望穿秋水，稚子忆念兮泪断肝肠。胡马嘶风兮尚知恋土，人生客久兮宁忘故乡。"

诗用楚辞形式，拟垓下大战时情景而作，虽不算精彩，但意韵尚近。

濠城，史称垓下聚，位于古洨河（现沱河）南岸；城池椭圆形，四周有护城河。西、北部护城河为古洨河河道，东、南部护城河为人工开掘。四周城墙长三四百米不等。楚汉决战时，此地为霸王屯兵处，也是垓下之战的主战场。"四面楚歌"、"十面埋伏"、"霸王别姬"等都应发生在此地。高祖八年，因此地有洨河，故建立洨国。吕后之侄吕产受封于此。后汉武帝废国改洨县。东汉著名文字学家、《说文解字》作者许慎曾于此做过县令。

2010年发掘垓下古城时同时发现大汶口晚期城阙文化遗存，填补了大

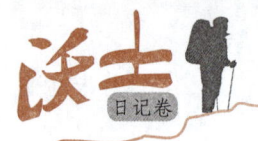

汶口文化有遗存无城阙的空白，获得国家文物局2010年考古十大发现入围提名，并被安徽省认定为省级文物保护单位。

盘桓西行进入垓下村，即见村东一段低矮土质残墙。旁有标示牌，上有文字：垓下遗址。顺残墙南望，古墙基蜿蜒起伏入树林而去。村西为考古发掘处。远方，也是一眼无际的麦田，麦田尽处，杨林横空，满眼绿色。面对空阔田野，遂浮想联翩，世事沧桑，天高地厚，惟余兴叹而已。

午后，因感司机辛苦，于濠城请司机吃饭，遂结为朋友。

饭后乘车到固镇县城，再转车至蚌埠。因计划不在蚌埠停留，故立即改乘火车直下滁州，并住滁州。

火车上遇一留守家庭之高三女生到南京考察大学录取情况，以决定自己报考志愿。她简装独行，说，因住校，未告知家里，所以吃、住皆未考虑，只准备了来回路费。我感其诚，怪其幼，赠百元相助。起初女生坚拒，后听说我曾为教师，乃受。

注：第二天下午，她从南京发来信息，说已登车返校矣。

2011年5月15日（星期日）晴

滁州 · 琅琊山醉翁亭

我之所以到滁州停步，就是为了寻找游览琅琊山自然景观的感受，品味醉翁亭带给人们的诗情画意，体验欧阳修在《醉翁亭记》里表达的那种似醉似醒的朦胧情怀。尽管我们和欧阳修生活的时代不同，所处的政治地位不同，个人的经历不同，但我相信，人与人之间总能找到相同自然环境里的相同触点，因为人类是自然产物，与生俱来都具有类似天性。

人都爱美，爱一切美好的事物，包括自然的或人文的。醉翁亭美，美得深厚，美得自然，它的"翼然"之翅美得让人浮想联翩；让泉美，美得清澈，美得甘甜，美得连它的名字都珍爱人与人之间的谦恭；苏碑字美，美得飞扬，美得遒劲，美得让人触摸到苏东坡的灵魂，以致"欧文苏字"铸就了千古美谈；菱溪石美，美得顽强，美得悠远，美得圆润间透出坚质，让人想起宇宙几番涅盘后提炼出的那些精华；古梅美，美得清香，美得隽秀，美得花朵里凝聚着无数雅士的情韵。它们美，共同造就琅琊山的美，就连山中的竹林秀树都沾染了琅琊古寺的灵气。

北宋庆历年间，欧阳修贬官出知滁州，在为政以宽、连年丰饶的境况下，其娱情山水，悠然自适也是一种美，一种追求自然的内心美，一种融于自然的精神美，一种安于平和的恬淡美。他为自己的精神之美和琅琊山的自然之美找到了最佳契合点。这个契合点就是《醉翁亭记》。

我眷恋行走在山道中的那片绿荫，眷恋伴我款款而行的山间清泉，眷恋茶楼里楚女清淡的浅笑和低眉漫语，眷恋茶杯中徐徐飘升的丝丝茶香……

入得琅琊山，谁人不醉翁？

傍晚出发到全椒，再转车至和县，住和县县城。

2011年5月16日（星期一）晴

和县 · 聚贤山　霸王祠　乌江

（一）

早晨，到距住处不远的聚贤山刘禹锡陋室公园。

聚贤山位于和县县城之内，山不高而树木葱郁，绿色浓厚，与《陋室铭》中所记"山不在高，有仙则名"句相符。临山，满目苍翠，又使我想起

杜牧"长安回望绣成堆"的句子。

刘禹锡,河南洛阳人。唐贞元进士,中博学宏词科,曾官监察御史,与柳宗元等人加入王叔文集团参加政治革新,失败后贬朗州司马,后任连州、夔州、和州刺史。其著名短文《陋室铭》应是在和州刺史任上所作。《陋室铭》短短81字,却意趣盎然,表现了作者志行高洁、安贫乐道的精神,是一篇不可多得的经典之作。

刘禹锡陋室在聚贤山西南侧。登桥跨河,翻坡依径而行,遂到陋室小院门前。

此时陋室小院大门紧闭。门前空地上,一群老年人腰缠红绸正练习腰鼓。问后得知,刘禹锡陋室正在修葺,扩大规模。果然,举目西望,刘禹锡雕像前方,一唐式大殿正在封顶,殿前牌楼也已成型。看来,以前和县"慢待"了这位文圣,现在要大兴土木,扩大规模,"提升"他的生活品位了。

找到工地负责人,想烦他开锁一游。但他说,钥匙在文物局。遂作罢。

登石从花墙空隙向里窥望,院落不大,有正厅、厢房数间,花木数棵,石狮一对,角亭一座。其余皆不得见。

(二)

从聚贤山返至和县汽车站,乘车去乌江镇。那里是垓下之战后项羽自刎的地方,建有霸王祠。

到乌江镇向西步行3华里,由于公路被载重汽车轧坏,故一路尘土飞扬,遮天蔽日。近霸王祠,路边一河,不宽,两岸皆成沼泽,芦苇丛生,顿发乌江及霸王当年误入沼泽之想。到后方知,因水位及水流不同,两千年前的长江及乌江河道已迁徙到数里之外了。

霸王祠坐落在凤凰山上，占地107亩。登上凤凰山，站在祠外石阶上，可俯视山下沃野。但见眼下晴翠如璧，青林似带，远村或隐入林间。据县志说，项羽兵败垓下，溃至乌江自刎而死，遗体被汉将裂分。当地百姓目不忍观，就地葬项羽残骸和血衣于凤凰山，名霸王衣冠冢。后人于墓旁建亭祭祀，即为项亭。霸王祠始建于唐初。唐上元三年（762年），也就是李白逝世的同一年，李白从叔、在长江对岸当涂县任县宰的书法家李阳冰来到此地，亲自给霸王祠篆写门额曰："西楚霸王灵祠"。

霸王祠经久屡损，历代皆有修葺。而现祠规模为1992年在胡耀邦的过问下扩建。祠中有项羽、虞姬、范增等人塑像，并汉阙、衣冠冢、墓道、乌江亭等十几个古迹和历代遗存石狮、旱船、钟、鼎、匾、碑等文物。现为安徽省省级重点文物保护单位。

自唐初霸王祠建成后，吸引了无数文人、政治家前来凭吊。唐文宗时李德裕罢相，后被贬为袁州长史，南下时曾"息驾乌江，晨登荒亭，旷然远览，因观太尉清河公刻石，美项氏之才"，遂叹"自汤武以干戈创业，后之英雄莫高项氏，感其伏剑此地，因作赋以吊之：登彼高原，徘徊始曙，尚识舣舟之岸焉，知系马之树，望牛渚以怅然，叹乌江之不渡……"。也许正是李德裕在政治生涯处于低谷时，于此间盘桓感慨，是楚霸王的豪气激励他鼓起了勇气，而至武宗时再登相位。

霸王祠内，一尊2.66米高、清同治七年重塑的黄杨木仿青铜霸王像迎门而立。雕像髭须横眉，手按剑柄，姿态颇为豪壮。此像正应了刘邦那句话："大丈夫当如此也。"惟面貌略类钟馗，岂非古时灵壁即有画钟馗之风而行于此祠乎？

塑像之上横匾书"叱咤风云"四字，为书法家田原手笔，笔意飞扬跋扈，颇得百姓心中霸王神髓。

大殿两侧山墙存有现代名人贺敬之、李准、刘绍棠、赵朴初、林散之、韩美林、范曾等诗文题书及楹联、匾额等。而壁存题咏有历代诗歌名家孟郊、李贺、杜牧、苏舜钦、王安石、李清照、陆游等人之作。

在众多诗词题咏中，我独爱毛泽东1939年2月22日手书之杜牧《题乌江亭》一诗，诗曰："胜败兵家事不期，包羞忍耻是男儿，江东子弟多才俊，卷土重来未可知。"此诗揭示了楚霸王失败的个人原因。

楚汉相争数年间，楚霸王屡战屡胜，而汉王屡战屡败。然刘邦在屡战屡败中能"包羞忍耻"，屡败屡战终于再起东山，统一天下，表现了刘邦包容天下、临难不惧的胸怀和不屈不挠的斗争精神，凸显帝王开国坚忍之心。而霸王屡战屡胜，惟垓下一役战败而不能"包羞忍耻"，在一线生机面前却耽于"无颜见江东父老"自刎。其心胸促狭如此，真非"男儿"也，何以君临天下？正应了孔夫子"小不忍则乱大谋"之语。

霸王的失败乃其性格使然，岂独天意！

清代卢润九《项王墓》诗叹曰："帝业方看垂手成，何来四面楚歌声；兴亡瞬息同儿戏，从此英雄不愿生。"

然而项羽逝后两千年来他的衣冠冢招得无数名士凭吊，不惟此地是古迹，更因为楚霸王身上凸显的英勇气概与视死如归的胆略豪气。李清照一首《夏日绝句》诗："生当为人杰，死亦为鬼雄；至今思项羽，不肯过江东。"即揭示了他人格自守、令人感慕的另一面，颇能代表崇项者的心理。

霸王"衣冠冢"位于霸王祠之后，一抔圆形封土下青石四围。墓前立有明万历和州谭之凤题"西楚霸王之墓"碑。霸王墓旁有墓道，墓道尽头置棺椁。

宋代乌江令龚相《项王亭赋》曾形容当年衣冠冢境况："墓四周古松数百章，怒涛汹汹常如大风雨至。"惜世事相隔，早已今非昔比；惟祠外青山如故，满眼葱郁而已。

凤凰山之侧，建有碑廊。其中廊壁四围，尽嵌刻碑，碑文或草或隶，或楷或篆，皆赚人眼目。围廊中更有一泓碧水，中植睡莲，花开正盛，红黄相间，环境幽静清雅。而历代诗词题刻，令人盘桓赏阅。尤其毛泽东手书杜诗刻碑伫立门旁，气势浑然，成为碑廊扛鼎之作。

日斜，出霸王祠返回乌江镇，再南行2华里到乌江。现在的乌江宽约数十米，水势静缓，远处有水闸，似已非昔日光景。乌江桥东北处，一高大广告牌巍然而立，上书：着力打造千年古镇乌江，彰显生态乌江，魅力乌江，和谐乌江。桥西北角建有乌江古街，沿街可见两旁店铺林立，招晃飘飘。石板路蜿蜒远去，渐隐于店铺之间。

返回和县县城，日已暮。

晚，品尝和县烧饼。

2011年5月17日（星期二）晴

从和县乘汽车轮渡长江，下午到马鞍山市。

2011年5月18日（星期三）晴

马鞍山 · 采石矶

早晨，乘车到采石矶。

和县霸王祠与马鞍山采石矶，仅一江之隔，但当登上采石矶面对浩瀚长江再回首凤凰山时，竟产生隔世之感——那是从汉初到盛唐几个世纪的时空跨跃。而盛唐，给了采石矶足够多的浪漫和辉煌。他们都是歌者，本身都富

有冲天才气。

在和县霸王祠，我体验的是凤凰山沉积的历史重负和人生传奇的悲怆。这时耳畔似正萦绕着垓下霸王身遭十面埋伏的绝唱："力拔山兮气盖世，时不利兮骓不逝，骓不逝兮可奈何，虞兮虞兮奈若何。"歌词恢宏而悲壮，充满英雄末路的胆气。也就是在霸王垓下绝唱数年之后，胜利者刘邦在自己家乡也慷慨高歌："大风起兮云飞扬，威加四海兮返故乡，安得猛士兮守四方。"此歌雄壮而宏阔，气势冲绝霄汉。谁都不能否认，霸气十足的这两首歌，字里行间都闪耀着艺术的光华。不同的是霸王宣示的是个人崇拜下的无奈，而刘邦歌咏的是图强的希冀。诗歌把刘邦放在了一个更广阔的空间，而只有胜利者才储备未来。

刘邦最后胜利了，这是对未来充满希望的胜利。

江北，有人对霸王祠项羽塑像的张飞模样持有异议。然而不管如何，才气，才是锻造真正勇士的土壤。

与其说垓下之战是实力的角逐，毋宁说是智慧和才气的决战。战争也张扬艺术。

长江，一边是凤凰山的霸王祠，一边是采石矶的太白祠。这两座祠堂是那样不同，但都充满盖世豪气。李白诗吟而尚剑，霸王万人敌而慷慨悲歌，他们的气质似有相通之处。

然而，就在距采石矶不远的当涂，诗人李白在经过一段颠沛流离的生活之后，吟着被郭沫若先生称为《临终歌》的诗句，结束了自己一生："大鹏飞兮振八裔，中天摧兮力不济。馀风激兮万世，游扶桑兮挂左袂。后人得之传此，仲尼亡兮谁为出涕？"所不同的是，当他们的灵魂安寝于祠堂时，霸王31岁，尚能"力拔山兮气盖世"；而李白62岁，已"中天摧兮力不济"了，但李白年龄长霸王整整一倍——他们生活的年代也相距了一千余年。

采石矶的临空远眺，奇崛俯视，都能孵化出意蕴深远的诗意，她让诗人的创作胸怀包容得更加深厚。

长江向东流去，汇入汪洋大海；那里是民族文化的渊薮，也是文化精神的皈依。

当我登上采石矶捉月台，神游在李白醉中捉月赴江的传说中时，我理解了长江对文化的尊重，她把李白的离世演绎得如此潇洒而浪漫。

但他们的离世总是悲壮的：无论江南还是江北……

晚，戴月而归。

2011年5月19日（星期四）晴

当涂 · 李白墓

早晨，于马鞍山汽车站乘车往当涂县，再倒车过太白镇，到青山李白墓园。

李白一生喜山恋水，故墓园面水而依山——以让他逝后的精神世界更加安适。

由于时间尚早，游览者仅我一人。我徘徊于花树亭阁之间，园区肃穆而寂静。然不久，在碑廊之间却意外结识了一位老者，他是我在墓园遇到的惟一游人。

他一身淡装，头戴遮阳圆帽，背着一台佳能500相机，文质而清瘦。当我向他问候时，他一口纯正得不能再纯正的"京片子"让我吃惊。他说，他84岁！

在游览太白祠和太白墓间，我了解了他的身世。他，北平人，曾在北平

师大附小读书，1937年日本侵华战争爆发，为躲避战乱举家逃难贵州。后曾在天津大学水利系读书，毕业时逢新中国初建，为支援西南建设放弃回京机会入黔。现膝下一对"金童玉女"——他幽默地介绍。

他是我一路遇到最年长的独行游者，并患有青光眼。

他说，他昨天刚到过和县霸王祠——我佩服老人的坚强和执着。这，竟成了我们一路的话题。

问他为何一人旅行时，他笑笑说："李白一生不也独自行游吗？"

我被深深地感动了。

走过太白祠、享殿、李白墓，徜徉在碧草翠湖之间，老人在"举杯邀明月"的李白雕塑前留影。老人不停地说，遇到我就有了留影的可能；坐车也成为简单的事——青光眼是他独行的障碍。

下午回马鞍山，我一直把他送到他下榻的旅馆。

太白祠有一副对联，曰：

既是诗仙又是酒仙浅酌低吟皓月应怜凌乱影；初为游客终为逐客凄怆潦倒蛟龙好获漂流魂。

享堂也有一副对联，曰：

扬波喷云雷落笔摇五岳；举杯邀明月垂辉映千春。

两联对得还算工整，但词意浅显直白，未能概括李白含蕴博大的一生和他伟大的艺术成就。

返马鞍山当天下午，逡巡于雨湖公园，沉醉于青山碧水之间。

接连几天，我脑海里总浮现出那位独自行游的老人。

傍晚，到常州。

2011年5月20日（星期五）晴转阴

常州 · 红梅公园　天宁寺

按原计划由马鞍山直抵南通，但不经意间常州竟成了我难忘之旅。

常州是座美丽清洁的城市，她有着悠久的历史；大运河的水网编织在这里，使常州多了许多温润和富足；常州人热情，这种热情不在词语堆砌中，而在不知不觉的语速词序体验里；常州人温文尔雅，交谈中让人领略到谦谦君子风范；这种风范引导你思考，品味那种蕴涵深切的生活滋味。

常州人会生活。走在大街上、公园里，都会看到常州人在认真地享受生活，咀嚼快乐，就连红梅公园里的京剧清唱都一板一眼有滋有味。而琴师半闭的双眼，摇头晃脑的仪态，让人捕捉到沉醉于戏情的内心体验。

红梅公园美，因为它有一个建于清代的红梅阁，及几多小巧玲珑的石桥，弯曲转折的回廊。红梅公园的树、花，都恰如其分地点缀在人们的视野里，使甬道变成一步一景的画卷，一步一回头的靓影。如果你无缘于初春梅放的芬芳美艳，定会邀约明年初春的期待。

站在湖畔，嘤嘤细唱，翩翩舞影，浸得你不醉都不行。尤其是沉入湖底的文笔塔塔影，伏在蓝天白云里不摇不动，就像安卧在玻璃体下的婴童，明澈而娇嫩。她从北宋太平兴国年间始建就会如此安宁吗？

红梅公园一旁的天宁寺，被称为"东南第一丛林"，整个建筑群富丽堂皇而雄伟壮丽。尤其萦绕殿顶的嘹亮僧众诵经声，透露出佛教徒的虔诚和庄重，以致传说多年前乾隆三次拈香的脚步曾盘桓在这里。

而太平天国的护王，竟能受封于如此福地！

常州的深厚并不影响它快速发展的脚步，无论走到哪里，人们都能嗅到

现代文明的气息。

常州，不缺少美丽，也不缺少凝重；不缺少娴静，也不缺少繁华；不缺少深厚，也不缺少灵动；不缺少积淀，也不缺少发展——她是个古老而富有生机的城市。

美丽与魅力和常州同在。

带着眷恋，不肯说再见；但，无论如何不能抵御狼山的诱惑。

下午，去南通。晚饭后在高温难当的月夜中游览南通濠河水景。

2011年5月21日（星期六）阴多风

南通 · 狼山

昨日下午离别常州到南通，中途乘轮渡还于江北。

旅行的各种机遇总是垂青于我，让我多方位感受行游乐趣，不断地给我新鲜感受。轮渡上，我眺望长江下游水势的浩瀚和视野的辽阔，品赏天地相接的豪壮。这时，我的胸怀像是博大起来，身上有搏击四野的无穷力量。

轮渡近南通，见江中巨轮游弋，港口塔吊林立，一片繁忙景象。同车的旅友不无自豪地说：如今的南通不再难通，有"小上海"之称呢。

今早即赴狼山。

我以为，狼山之重在三景：其一是骆宾王墓；其二是广教寺；其三是謇园。

骆宾王墓。说是骆宾王墓，其实是三墓相连。另两墓墓主一为宋金应将军，一为刘南庐。骆宾王幼年一首《咏鹅》诗即以神童闻名天下，壮年后以诗文跻身唐初四杰；其《讨武曌檄》慷慨激荡，词意丰阔，可谓绝世之文。

可惜的是骆宾王死后，他的尸骨直到明末才被无意中发现，清乾隆时期被埋葬狼山脚下。金应为文天祥时期抗金军将，善诗文，追随文天祥左右。而清人将后发现之骆宾王尸骨葬于金应之侧，令后人遐思。是无意为之，还是有意而为？一个讨武，一个抗金，岂非暗责武、金朝之伪？不得而知，后来者不好妄测。而作为一位布衣诗人的刘南庐葬此，据碑刻记载，与他发现骆宾王遗骨有关。

到狼山游者，香客居多，而游骆宾王墓者绝少。狼山不高而香火盛，山道不窄而众肩摩，且个个兴致勃勃，人人肩扛手提，登半山即见寺院香烟缭绕。以此观之，先贤冷落矣，怀思者更有几何？

广教寺远眺。登上广教寺，见支云塔直插云天。广教寺建筑大多建于唐宋，又经历代多次重建或修葺，可以说积沉深厚又别有余韵。山门有石刻对联一副颇具韵味，曰："长啸一声，山鸣谷应；举头四顾，海阔天空。"此联仅16字，但情景相通而韵味十足，可入佳联之列。因狼山之下长江江面最阔，故登高远眺，水天一色，遥无际涯，风光绮旎，自古此景被称为"江山胜览"。更有近年沿江注重绿色开发，更使景观增色。

謇园。狼山脚下东北一侧即为謇园，为清末状元、近代著名实业家张謇所建之避暑山庄。其中有赵绘沈绣之楼（以藏赵孟頫画和沈寿姐妹绣观音像得名）和林溪精舍最为经典，此园景观也最切我意：小桥，流水，闲亭，石刻，碧树，翠竹，小巧玲珑，别致典雅。该处游人罕至，盘桓其间，如醉于自然中，悠然忘归矣。

狼山位于江滨五山中心，其东为军山、剑山；其西为马鞍山、黄泥山。因剑山最近，故下狼山后而再登剑山。

午后返南通城区，住处服务员按规定以两苹果相赠。

2011年5月22日（星期日）阴有雨

常熟 · 虞山

早晨即登车赴常熟，车经南通长江大桥再回江南。

常熟，人杰地灵之地。政界、文学、艺术杰出人物辈出，如翁同和、黄公望、白朴等。游江南不到常熟诚为憾事。

午饭后登虞山。

至虞山脚下，游览仲雍墓。仲雍也名虞仲，周太王次子，虞山原称乌目山，为纪念虞仲而改现名。离仲雍墓不远处为言子墓，言子，常熟人，孔子七十二弟子之一，人称"南方夫子"，善文学，死后葬于此山。

从墓旁山道登山，至辛峰亭遇雨，遂冒雨举伞前行，过虞山城，结识了两位大学生同往。途遇两老外与国内向导走失，正无所适从，我们送之山道旁汽车站。

下午三时余到顶峰剑阁。

欲于剑阁前岩石处凭栏下望，风骤然大起，雨线斜下，周边一片迷蒙；附近藏海寺黄绿殿顶亦朦胧在白雨中。雨稍住，再登石远观，南山下为尚湖，湖面宽阔而飘渺，公路、绿树带影影绰绰皆在云雾中。此时，正有浮云由山下湖面升腾而起，翻飞踊跃，飘飘渺渺。

雨中游藏海寺。

虞山脚下有公交车直达峰顶。游后，乘4点多末班车返回山下。

2011年5月23日（星期一）雨转阴

沙家浜景区　尚湖

（一）

早6点饭后，乘市内公交车111路至沙家浜景区。

夏雨正酣，近景区时车中除司乘人员外，仅我一人而已。

沙家浜景区位于沙家浜镇数里之外的一片湖区内，是根据京剧《沙家浜》情节而设立的景点，现为全国爱国主义教育示范基地，也是华东地区较大的生态湿地。

我最欢喜湖区内芦苇荡景色，因为它能引发我许多联想。这里芦苇荡面积广阔芦苇稠密，芦苇粗干大叶，郁郁葱葱，茁壮颇似翠竹。它半陆半水，密密匝匝，随风摇曳，并时有鸥鹭从苇丛中窜出，掠空飞翔。

湖边修堤，堤上多树，水中多船，船因风雨多泊于港湾。沿堤徐行，湖水在风雨中泛起片片涟漪。

冒雨在景区中行走，恰逢广播播放京剧《沙家浜》阿庆嫂雨中惦记新四军伤员唱段，悠悠入耳。戏词曰："风声紧雨意浓天低云暗，不由我一阵阵坐立不安……"此段唱是慢板，曲调婉转，悠扬中略拖悲腔，是我最喜欢的唱段之一。由于环境与剧情相似，又同在芦苇荡中，更兼风雨飘摇，竟引起我情感共鸣。

行间，忽有大队人马蜂拥而至。问后乃知为北京某房地产单位组织旅游并进行爱国主义教育。高兴问讯之余，互相关照留影。

近午，到沙家浜镇老街。老街多饭店，店名多以与沙家浜、阿庆嫂相

关字眼冠之；镇中有大闸蟹批发市场多处。途与某饭店老板闲聊，得知每年10月是大闸蟹肥美时节，食客云集，往往每只大闸蟹一二百元。

（二）

中午返回常熟市，饭后再转车到尚湖。

尚湖面积较大，约17000余亩。站在尚湖边可观对岸虞山。

何称尚湖？据传因吕尚（俗称姜子牙）曾隐居于此得名。故进尚湖公园迎面可见吕尚雕像。

我最喜欢尚湖二景：一为拂水山庄，一为水上森林。

拂水山庄原址在虞山西麓拂水岩下，为明代末年学界领袖钱谦益祖居。现尚湖拂水山庄建筑包括明发堂、秋水阁、耦耕堂、朝阳榭、花信楼、梅圃溪堂等，系仿旧制，参考清人汪晋贤《小方壶文钞》卷一《自桐川抵虞山》描述建成：

"……循楼而南，为石径，多古柏老榆，下皆芰田，田之上即拂水山庄，皆乔木深竹，门以内为秋水阁，阁下有石桥，桥北为明发堂，堂东西多曲房邃宇，涧壑树石，人迹罕至，其东北书室尤僻寂。风从虚牖入，作窸窣声，其中则牧斋及河东君二殡在焉……"

我之所以喜欢山庄，一在其亭台楼阁皆浮于湖绕水抱之中，风景优美，别有情致；二在其蕴含的钱柳情事，曲折婉转，颇为动人。我多年前曾读陈寅恪先生之文言传记《柳如是传》，甚为柳氏才情、人情、气节感动。今游览拂水山庄，即使是仿古建筑，也别有一番滋味。至于钱氏行迹，文史各家多有说辞，过眼烟云权作笑谈；柳氏虽出身烟花但才情可叹可悯，而气节多为近人称道。至此，忽想起钱柳经历多与东林侯方域、李香君爱情故事相类似，两者都以悲情结局，令世人叹息。

而念及《柳如是传》作者陈寅恪先生，其在失明情况下，靠博闻强记、广征博引写得《柳如是传》，其学识及严谨的治学态度令人敬佩。

水上森林景观绝美，是我心仪的尚湖妙境之一。我曾游览过许多水上森林，包括贵州荔波小七孔的水上森林。但小七孔的水上森林生长的是杂树，呈现给人们的是原始味道。而尚湖水上森林生长的是单一树种——杉树，它笔直的树干，翠绿的针叶更让我沉醉。尤其树上群栖的白鹭，或结双而栖，或冲天而翔，或凭枝侧目，或悠闲磨喙，百态占尽，令人喜爱。遥望水中杉林，白鹭栖息，翠绿之间如缀点雪，静谧而美丽。而水中倒影，或树或鹭，如镜照影。

湖中原有竹排可供游人在水上林中穿游，无奈天色渐晚已近闭园，船工下班，故不能乘筏亲近鹭鸟。

游后返至园门，与一群游玩的大学生们谈起水上森林和白鹭时，他们竟游兴骤起，并不问日暮天晚，犹欣然前往。

尚湖其余景观，既有湖水辽阔处，也有亭台玲珑处；远可隔水观山，近可评说亭台，实乃游览佳境。

2011年5月24日（星期二）晴

翁同龢故居 · 彩衣堂　瓶隐庐　钱谦益墓

早晨，乘车到人民医院斜对面的翁同龢故居游览。

常熟翁家，清两代帝师：翁心存为同治帝师，其子翁同龢，亦为同治、光绪帝师，正所谓两代帝师师两帝。翁同龢历任刑部、工部、户部尚书，军机大臣兼总理各国事物大臣，力主自强抗战，于戊戌变法时，支持维新，积极荐才举能，成为帝党中坚。之后，遂遭慈禧忌恨并开缺还乡，变法失败后

再遭后党报复，受制于地方。

尽管有人对翁同龢变法、主战目的有所怀疑或指摘，但未能改变对其主战图强、支持维新的历史评价。

翁同龢故居位于古城区翁家巷门2号，占地面积6000平方米，建筑面积3000平方米，主要建筑包括彩衣堂、轿厅、玉兰轩、书楼阁、后堂楼、双桂轩、晋阳书屋、思永堂、柏古轩、明厅等共七进院落。据记载，此宅为桑姓大户始建于明代成化、弘治年间。清嘉靖年间张金吾居住。道光十三年，由翁同龢之父翁心存购得。它是一座具有典型江南建筑风格的宅第，主厅彩衣堂集雕、塑、绘于一身，包括明代包袱锦彩画116幅，艺术价值极高。

翁同龢少年时期曾在此居住，隔壁现已开辟为收藏市场。

翁同龢于光绪二十四年被"开缺"还乡后，遂在虞山脚下鹁鸪峰旁另构建院落以供晚年居住，并名之曰："瓶隐庐"。据说，翁同龢之所以将晚年住所定名"瓶隐庐"，乃寓"守口如瓶，不问政事"之意。该庐在抗战期间大部毁于战火，仅存几间厢房，现院落为2006年常熟政府出资重建。

离开翁同龢故居即乘车前往位于虞山脚下之"瓶隐庐"。

进园左侧有一茅亭，为在原物基础上重建。亭柱有联："意随流水远，心与白沤（原文）闲。"亭额横批："乾坤一草亭。"这副对联代表了翁同龢当时所希冀的宁静心态。

亭前不远处塑翁氏雕像。旁有一池绿水，中植莲花。亭侧不远处即为一片残瓦，据说是未毁厢房残迹。"瓶隐庐"共三进院落，一进为祠堂，二进为书房，三进即为"瓶隐庐"。二进院落有叩石，乃同治祭日翁氏向北祭拜处；院门外有谍井，为以备不测翁氏自裁处。

翁氏晚年自称"五不居士",即:不赴宴,不管闲事,不应笔墨,不作荐书,不见生客僧道。

我到"瓶隐庐"时已近中午,下车仅见两三位老年游人归去背影,而庐内仅我一人而已。

距"瓶隐庐"不远处鹁鸪峰脚下即为翁家墓地。沿牌坊左行即翁氏墓地封土。而右侧现已辟为旅游景区,建有高架木制甬道及群雕,群雕大部分是按翁同龢的少年故事雕成,其中有山道直达鹁鸪峰顶。

到"瓶隐庐"之前曾想看看钱谦益墓。据踪寻觅,几经打听,竟在拂水岩下一片荒林中觅到。墓地三堆封土,为其父母、原配葬处;封土间有明显的踏走痕迹。墓旁有隶书刻碑,曰:"钱谦益墓。"墓侧有旧碑数通。墓地有四柱石亭,其中正面两柱有刻,曰:"遗民老似孤花在,陈迹闲随旧燕寻。"据落款,乃知是钱牧斋生前旧作。

墓旁有一标识牌,注明钱墓与不远处柳如是墓同为江苏省文物保护单位。

钱谦益于明万历、天启初年为官,后遭罢黜,崇祯复官后不久罢归乡里,以藏书"绛云楼"为乐。南明时为礼部尚书。降清后为礼部侍郎,充任《明史》副总裁,不久又还乡,暗中进行抗清活动,其以诗、文、史、藏书闻名于世,东林党人领袖之一,晚年演绎与江南名妓柳如是的爱情故事。赵翼曾斥钱谦益晚年诗文:"借陵谷沧桑之感,以揜其一身两姓之惭,其人已无足观。"似过于偏颇。

钱谦益复杂的一生曾遭非议,墓地亦颇为萧条,似与其艺术成就不符。

傍晚,从常熟出发到昆山。

2011年5月25日（星期三）晴

昆山 · 周庄古镇

到周庄古镇。

周庄号称"江南第一古镇"，而我以前竟未去过，大有不识"金镶玉"之嫌。此行计划游览几个江南古镇，实为补课。

遥忆1998年夏，恰逢女儿暑假，家人相约南下，其中第一个节目即游览周庄。然由于我工作忙，只能数日后出发在杭州与之会合，竟与周庄擦肩而过。

之后几年，我垂青于太行山风光，把脚步留在太行八陉之中，竟慢待了江南古镇；直到去年略有觉悟，待重新把目光转向江南时，已然大大落伍，错过了许多精彩，诚惶诚恐决心补课。但谈何容易？路总要一步步地走。

江南古镇风格，大多为：街巷陈迹，小桥流水，行船倒影；庭院堆石，荷塘玲珑，古木芭蕉；宅堂高屋，巨柱精雕；陈设红木，玉石画屏——体现了江南人的精雕细刻风格及权贵人家既讲究实用又炫耀奢华的人文特色，即在有限的空间里，堆砌最精彩的荣华与财富。

江南古镇除各自的自然要素构成不同外，都有一家或数家名人权贵华丽宅院作为景点支撑。周庄宅院的经典之作在沈厅、张厅。

所谓沈厅，即沈万三后人沈本仁于清乾隆七年（公元1742年）建成的巨大宅院，它坐北朝南，有七进五门楼，大小房屋共有100多间，分布在100米长的中轴线两旁，占地2000多平方米。沈厅原名敬业堂，清末改为松茂堂，其规模为周庄之最，而木雕、砖雕之精细可谓妙绝之极。

沈厅之所以著名，除它的经典建筑外，论个人名声，不在建设者沈本仁，而在沈本仁祖上沈万三。沈万三作为一代富商，在周庄有着与他财富同样多的传奇：他曾出钱助朱元璋修建三分之一的南京城墙，还想大规模劳军。而劳军计划却使沈万三的辉煌走到尽头——他的敌国财富引发了朱元璋的醋意，结果，云南竟成了沈万三的飞魂之地。

  我走遍周庄，除了觅到现代人为他修造的纪念建筑外，并未找到属于沈万三的真正遗迹，但途中看到的却是沿街商铺到处摆放着红彤彤油汪汪的"万三蹄"——沈万三给周庄带来繁华，而周庄回报沈万三的是"万三猪蹄膀"的美名远播。

  周庄的风景在水街，水街的风景在水里，红红火火的情景在岸上：熙熙攘攘的是人流，笑口迎客的是店家；水中流荡的是游船，桥上流连的是观光客。在这里，你看不到宁静，因为这里到处覆盖繁华；找不到静谧，因为这里到处洋溢喧嚣。而使你走出喧嚣步入沉思的是陈逸夫的画展和苏绣的手工。陈逸夫画使你灵魂净化，苏绣手工使你精神升华。它们是点缀繁华的花朵，是拍打风景的浪花，更是中华文化的瑰宝，它们给世人带来的不只是情绪的一时激动，而是艺术蕴含无限魅力的永恒。

  我佩服周庄人身处闹市心如止水：身边是来往的过客，绣工却全神贯注于线中乾坤；耳畔是噪杂的喧嚣，手脚却灵动于牛角梳艺；眼前是闪烁的光影，意念却游走于笔墨精华。

  不要以为周庄只有浮华，当你从叶楚伧故居走出时，世事沧桑的凝重又会沉淀在心底：周庄，吸引你的不仅有小桥流水、雕梁画栋，还有给现代史加重的人物踪迹。

  周庄就是这样，既给你轻松，又给你愉悦；既给你喧嚣，又让你沉思。她把图画亮给你，却让你钩沉，捕捉画里的含义。

  不要抱怨周庄过分的商味儿，没有商味儿，哪来的周庄？如今又怎能承

载那么多的脚步？

品味，在你心里；怎么看，随你。

下午回昆山。

2011年5月26日（星期四）晴转多云

昆山·千灯古镇　顾炎武故居

上午赴千灯古镇。

我之所以到千灯古镇，因为千灯古镇有顾炎武故居；我之所以到顾炎武故居，不单因他是历史上著名学者，而且反清失败后曾到北京，住在报国寺——清末，为纪念顾炎武在报国寺西院辟"顾亭林祠"。那里，也是我工作的地方——寻找顾炎武足迹，成为我去千灯的理由之一。

千灯古镇朴素而不奢华，她有石桥，也有水街；有窄巷，也有高宅。但她没有刻意雕琢的商业氛围，原汁原味地保存着江南人民平静的生活。你来到这里，赢得的只是忙碌中人们欢迎的一瞥目光和他们低头从事自己实打实的生计。一切都是那样自然而平静。

千灯因顾炎武故居而扬名，顾炎武故居也因千灯而更显壮阔。

顾炎武故居坐落于千灯西侧之蒋泾南岸。老宅为顾炎武大祖父顾济所建，顾济子时任明嘉靖兵部侍郎，他逝后一年此建筑即为倭寇所毁；可能嘉靖帝感念顾济勋劳，特赐重建老宅。现宅院共五进，第四进"贻安堂"最为珍贵，整体为楠木建筑，而第五进院落即为顾炎武出生地。

顾炎武为母何氏所生，后又祠于王氏。清军破昆山，王氏瞩顾炎武"无仕异代"而殉。故康熙十六年，清廷曾授顾炎武博学宏词科，顾炎武尊母愿"以死力辞"，表现了他坚定的民族气节。

顾炎武早年加入复社从事反清活动。明亡后受家仆及仇家迫害变卖家产辗转北游。在北京时曾住报国寺。同时他十谒明十三陵及游览考察北京周边地区，写成《昌平山水记》。晚年他客居陕西华阴，后逝于曲沃，归葬千灯。其墓园现在故居老宅外侧，墓园不大但规整而肃穆。遥想亭林先生一生漂泊，逝后得以魂归故里，也是对他历史贡献的回报。

据介绍，现顾炎武故居为1997年昆山出资150万元按原风格旧地修复。

游览顾炎武故居，心境升腾，情绪浩然。这也许是我曾长期工作在报国寺顾亭林祠小院引发的精神共鸣。

顾炎武为近代伟大思想家、学者，在经学、史学、金石学、音韵学、方志学、天文水利等领域皆有杰出贡献，为明末清初一代伟人。然其并非独沉溺于学海，而是胸怀天下兴亡，百姓安危，其"天下兴亡，匹夫有责"名言曾在国家危难时刻激励着无数普通百姓、文人志士为国奋斗。

顾炎武故居后花园山水相依，亭台隔水而望，湖光山色、游云倒影皆在目中。尤感其中建筑命名意蕴深远，可谓大中含小，小中蕴大，可遥追先生精神境界，而建筑精巧玲珑，环境恬静，是游览的好去处。

其建筑细微处我最欢喜园门及其砖雕，风格较江苏各古镇更为细腻玲珑。顾炎武故居园门数十，而门式不一，花色各异；门楣题书互映，中规中矩，如一门楣题"知书"，对面门楣书"达理"等，皆极尽奇思妙想。门雕更精致细微，或花朵，或人物，或树木，或动物，神态不同，参差错落，交相辉映，夺人眼目，让人久久盘桓品味，踟蹰不行。

出顾炎武故居，途径李园。听说那里正举办古灯具展览，遂去参观。看展品介绍得知，此展竟是北京古代灯具收藏家殷小林藏品。殷小林是我的老作者，也是我的老朋友，在京时多有交往。可惜他此时回京，未能同游水乡。据服务人员说，他一年只来此数次。遗憾之余，遂叹其有择地之明：在

千灯展千灯，可谓一语双的。

游览延福寺。

在顾炎武故居游览时，竟遇一双黑龙江上海知青，与之交谈，下乡地点与我相去不远，近于五大连池。一时谈笑欢畅，皆大欢喜。

返昆山。傍晚，乘车到吴江；夜幕中赴吴江商业区观夜景。

2011年5月27日（星期五）多云转晴

吴江 · 同里古镇

早晨，去同里古镇。

同里古镇与周庄又有不同。同里古镇亮点突出，即宏观大气，微观精致。同里重点有三游，一曰珍珠塔，二曰退思园，三曰罗星洲。三游毕至，得同里精髓矣。

珍珠塔人们并不陌生。因为在她身上流传的故事已远播海内外，且情节生动感人。这个故事根据明代万历年间南京监察御史陈王道嫁女赠珍珠塔的历史事实演绎而来。

现实中的同里珍珠塔建筑群又名侍御古坊，是在历史遗迹方卿读书楼和小姐绣楼基础上参考故事情节开发修复的。景区分为东部、西部和北部。东部为陈御史府第两路五进院落；西部为后花园，亭榭楼台、曲廊碧树；北部为古祠堂、陈家牌楼和古戏台。文人们又根据不同季节所表达的意境推出不同景点，如锦园十景、紫薇琴韵、秋亭待月、清远荷风、翠舫听雨、北山深松、溪清虹影、茹古书声、碧筠藏翠等。

我们行走在珍珠塔景区，流连于亭台楼阁、曲桥水色之间，品味国人的良心和挚爱，会深深地为方卿和陈翠娥的爱情故事感动。如果说周庄给我们打造了一个经商巨富沈万三，而同里珍珠塔贡献给世人的则是忠贞爱情和信义的坚守者方卿和陈翠娥。明代，那个商市崛起的时代，世俗没有沉沦于金钱铜臭和身份地位之中，而是把持住了传统正义和品德操守的一方净土，这是需要怎样的精神支撑！

珍珠塔，不单由于她浪漫主义传奇色彩感动着无数国人，而且成为人们心目中的世俗精神之塔。

我虽不通晓越语，但素喜越剧唱腔。南方男子的平和，女子的温婉，被越剧演绎得淋漓尽致。此行有幸在珍珠塔戏楼聆听民间越剧演出，虽不是名家名剧，但也委婉动听。

退思园建于晚清，园主任兰生，字畹香，号南云。光绪十一年（公元1885年）落职回乡，花10万两银子建造宅园，取名"退思"。据说，意取《吕氏春秋》"进则尽忠，退则思过"一语。退思园设计者袁龙利用不到四亩，巧妙设计出了坐春望月书楼、琴房、退思草堂、闹红一舸、眠云亭等建筑。其中亭阁、长廊环水而建，形成独到特色。2001年退思园被列为世界文化遗产。

徜徉于退思园中，小桥流水，曲径雕廊，亭台飞檐，游鱼佳树皆扑入目中，心情为之娱悦，精神为之清远，可谓江南水乡秀色皆入怀矣。

星罗洲为水中一岛，位于同里镇东同里湖中，需乘舟而上。此岛景色绝佳，若非当地人提醒，恐擦肩而过——许多游人也确实未得一饱眼福。岛上建有代表释、道、儒的代表建筑观音寺、文昌殿、斗姆阁及曲桥、游廊等。乘舟隔水遥望，即见罗星洲如一块碧玉镶嵌在碧波之中。郁郁葱葱的树影里，观音寺、文昌殿、斗姆阁金碧辉煌掩映在晴空下。

更令人留恋的是，岛上有湖，湖中有莲，莲旁有游鱼。细风吹动，水面泛起阵阵涟漪，鱼戏莲摇，浮光掠影，汇成一幅水游图画。

据说，星罗洲初建于元代。

同里古镇美景众多，值得一游者尚有崇本堂、嘉荫堂、古风园、耕乐堂、松石悟园等。而水景经典在三桥，同里人节假婚娶皆登桥以求吉利。

同里镇还汇集了许多收藏经典在此展出，以弘扬中华文化。如松石悟园的奇石展、古风园的古床、木雕展等，可令游者在游览之余，领略博大精深的传统文化。

2011年5月28日（星期六）晴

嘉善·西塘古镇

早上，从吴江乘车到嘉兴。未出嘉兴汽车站，直接转车到西塘古镇。

西塘古镇位于嘉兴东侧的嘉善县，以典型江南普通民居名扬天下。嘉善县地处古吴越相交之地，人文底蕴深厚，素有"吴根越角"之称。

西塘，顾名思义，景观在"塘"；有塘则多水，水通而成河。其面积仅1平方公里，镇区竟九河相交，可谓河网密布。河多则桥多，桥多则景多，景多在舟多。西塘27桥，桥桥有景，而景景不同。在水中泛舟，看两岸民居，赏水中桥影，听耳畔叫卖，如置身画里。

西塘古镇不同于同里。同里妙在高屋深院，而西塘古镇绝在普通民居。登岸顺街缓行，你会被座座保存尚好的明清徽式民居吸引：条条逼仄幽深、仅通一人的小巷，光滑润泽的石板路，灰白相间的檐瓦马头墙，沿河曲折的烟雨长廊，横跨小巷的过街楼窗，都给西塘的美景编织出夺人的亮色。据统计，西塘纵横交错的弄堂有120余条。

西塘建筑美，且更具人性化。沿河行走，晴无日晒之虞，阴无雨淋之忧——水街沿岸建有总长度超过千米的廊棚。廊棚，不仅是一道风景，使人们享受自然的美好，且把游人揽在西塘怀里，让人们有了亲近感，同时也把镇民置于镇区同檐下，使邻里宛如一家享受和谐。千米廊棚下，人们看到的是游人的喜气和商家的和气。就连一张桌，一把椅，一壶茶，隔水观看戏台的免费演出，都让人们品味到大都市茶社里没有的温馨。

西塘以普通民居闻名，但并不缺少深宅大屋。

在数座深宅大屋中，我独垂青于西园。西园系明代朱氏别业，后出让给孙家。园内风景优美，树木、花草、假山、亭池齐备，自成一独立风景。最为闻名的乃东侧假山上之听涛轩茶室。茶室之所以能"听涛"，盖因假山一侧有白皮松，遇风而声如波涛。若能于轩中品茶听涛，也是人生一大乐事。大概风流倜傥的诗人柳亚子羡于听涛品茶的美妙意境，竟于1920年冬天来西园与西塘南社社友雅集，并照相留念题写了"西园雅集第二图"。

我之知道柳亚子先生，首先得益于《毛主席诗词》。在毛主席诗词中，有两首是和柳亚子先生的。其中1949年4月29日的《七律·和柳亚子先生》一首，给我们揭示了许多历史史实和他们的个人交往经历，使我对柳亚子先生及其诗词产生了浓厚兴趣。

柳亚子乃吴江人，我此行曾到吴江，却无暇寻找柳亚子足迹。今在西塘得到，实乃大幸。

值得一提的是西塘的深巷。我久生活在北京，只知北京有浓缩无数典故的幽深逼仄胡同，但当我面对西塘的石皮巷、灯蚀弄，看到巷内挂着串串红灯笼，不少倩男靓女争相留影时，才领略到西塘弄巷的魅力。

西塘著名建筑尚有醉园等，它们大多在举办收藏品展览。如瓦当展、纽扣展、木雕展等。尤其纽扣展，它不但展出不同历史时期的纽扣，还展示纽扣制作，让人们清楚地了解纽扣的制作全过程。

下午，返回嘉兴。

2011年5月29日（星期日）晴

嘉兴 · 南湖红船　烟雨楼　乌镇

早晨到南湖。

初次乘舟到南湖湖心岛，就被她的魅力吸引住了。南湖红船就停泊在湖心岛东侧湖水里，90年前，在这里，中国共产党光辉诞生。

现红船是根据当事人回忆，经老革命家、党的第一次代表大会的亲历者董必武确认后于1959年仿造的。建造以来，吸引了无数国内外游人参观，重温中国共产党由小到大、由弱变强的光辉历程。

红船，准确地说是画舫，长16米，宽3米，但在它身上却承载着中国90年不同凡响的由战乱到统一、由被侵略到独立解放、由贫弱到富强的历史。这90年历史，是中国人民自强不息的奋斗史，世界上还没有哪个民族为争取独立解放，追求幸福生活，经过那么长时间的前赴后继流血牺牲，付出那么巨大的代价——这是需要怎样的坚强意志力和民族凝聚力啊！这是中华民族自1840年以来最艰难、最英勇、最卓绝的选择。

可庆幸的是，从1949年新中国建立到现在，我们国家虽也经历过无数风风雨雨，但社会稳定进步，并日益强大起来，那种被列强宰割的日子一去不复返了。

就在我参观后不久，乘舟再隔水遥望，湖心岛东岸参观的队伍已拉成一线：这是中国人民对热血和生命写成的历史回念。

离开红船，登上烟雨楼。此时，艳阳高照，水波涟漪。虽烟雨楼未得烟雨，辜负了唐代大诗人杜牧《江南春》中的名句："南朝四百八十寺，多少楼台烟雨中。"然而，好在晴空万里和烟波浩渺一样渲染着诗境，更何况时有鸥鸟毫不吝啬地增加着游览的趣味。

烟雨楼，曾经历过几多烟雨。据载，她始建于五代后晋期间的南湖边。而湖心岛则为明嘉靖二十六年疏浚水道以泥堆积而成的。翌年，烟雨楼移建湖心岛。从此，湖心岛便和烟雨楼一起成为嘉兴胜境，吸引了全国的游人在这里驻足。现楼为1918年重建，其"微雨欲来，轻烟满湖，登楼远眺，苍茫迷蒙"一景与杜牧诗句中"楼台烟雨"的意境相合，无意之中前人为我们留下了浩渺的江南烟雨和无数沁人心脾的诗句。

湖心岛多树，若隔水遥望，但见郁郁苍苍，状如堆绣，而近看则绿色盈目，烟雨楼矗于绿树之中。烟雨楼高约20米，额题为董必武所书。四周有亭而多碑刻，碑刻以清乾隆碑最为著名。看来那位多情才子、浪漫帝王并没有忘记到南湖品赏一番，流连于杜牧描写的烟雨意境，用诗书留下自己游览的足迹。

登上烟雨楼，近可望茫茫湖水、盈盈莲花，远可眺渺渺市区、巍巍高楼。想象中的霏霏细雨，垂柳如烟，一定是绝佳景色。

从红船到烟雨楼，心境跨越千年，如南湖波涛起起伏伏，由喜而悲，由悲而喜。但一登上游船，那悲喜的心境就被壮阔所代替，心胸也随湖水一样伸张到远处。

当游船又在码头泊下，就会看到南湖纪念馆坐落在岸边。未进南湖纪念馆，就看见一队红衫英俊青年在那里列队宣誓：他们一定是后来者，正在这里温习传统呢。

纪念馆展览的是中国共产党的光辉历程，但不同的是，在这里增设了誓言墙，游人可以随意写下自己的誓言，其中精华者还可以得到展示。

……

南湖值得一游的还有位于湖水西侧的濠股塔和伍相祠。其实按现建筑布

局来看,濠股塔坐落在伍相祠中。相传古濠股塔北临城濠,其水以曲流如股得名,为古嘉兴胜境"七塔八寺"之一。现塔为近年重建,高46米,7层,阁楼式,四周回廊,可盘旋而登上塔顶俯瞰南湖和嘉兴全貌。若恰逢春秋季细雨霏霏,波澜不惊,登上濠股塔,领略杜牧"南朝四百八十寺,多少楼台烟雨中"的意境,恐较烟雨楼更高远,更壮阔,更有意蕴。其实即使现在,面前晴空万里,一碧万顷,远天浩渺,临风放眼,听塔上风铃清越,也别有风味。

伍相祠中纪念的伍相是春秋名臣伍子胥。关于他,即使现在也有许多戏剧都在演绎的他的事迹。他的忠贞,他的睿智,他的英勇,他的嫉恶如仇,足以感动古今中外的伍迷们。嘉兴是吴地故土,这里的人们对伍子胥怀有感念之情,也是理所应当的。

(二)

我来嘉兴,虽距端午节尚有时日,但著名的嘉兴粽子不能不品。嘉兴粽子,是嘉兴名品,米粽糯而不糊,肉粽肥而不腻,香糯可口,咸甜适中。尤其嘉兴鲜肉粽最为出名,被誉为"粽子之王"。粽子因携带、食用方便而备受广大旅游者喜爱,可随买随吃,具有"东方快餐"之称。故嘉兴粽子销量巨大,只要来到这里,没有不品尝的。

出南湖公园过马路不远,即有五芳斋粽店,遂购得各种口味粽子品尝。不意除豆沙、大枣、果料口味颇觉润泽香甜外,但凡涉嫌肉味的,皆油滑难耐,入口如吞脂膏,梗于喉头艰难不能下咽。待品过细想,非肉粽虚名,乃我久居北国,饮食习惯不同于江南使然。而南方及当地人皆喜食肉粽,视为珍品,并津津乐道如食甘点。

（三）

　　下午，由嘉兴赴桐乡乌镇。

　　乌镇，江南名镇，乃才子汇聚之乡。据资料记载，自古名人荟萃，学子辈出，从一千多年前中国最早的文选编选者南梁昭明太子萧统，到中国最早的镇志编撰者沈平、著名理学家张杨园、著名藏书家鲍廷博、晚清翰林严辰、夏同善等都为乌镇名士。更兼乌镇自宋至清千年时间里出贡生160人，举人161人，进士及第64人，另有荫功袭封者136人。而近现代政治活动家沈泽民、银行家卢学溥、新闻学前辈严独鹤、旷世巨才汤国梨、农学家沈骊英、漫画家丰子恺等都出于乌镇，为乌镇增色不少。

　　尤其是乌镇诞生了著名文学巨匠沈雁冰。他的作品《蚀》、《子夜》、《春蚕》、《林家铺子》等，在中国文坛具有巨大影响，更使乌镇名声大噪。

　　我上学时，即遍览茅盾（沈雁冰笔名）先生作品，被作品深刻的思想内容、丰富的知识内涵和高超的艺术手法感染。加上上世纪60年代初的一个国庆节，因了大舅的关系，有幸在北京香山公园与当时担任文化部部长的茅盾先生有一面之缘。因此，此行乌镇，到茅盾故居参观是我重要目的之一。

　　到乌镇安排好住处后，即往位于东栅的茅盾故居参观。

　　茅盾故居坐落在乌镇河东侧的观前街17号，是一座四开间两进两层木结构楼房，建成于清道光年间。其坐北朝南，为嘉兴迄今惟一的全国重点文物保护单位。故居分东西两个单元，是茅盾的曾祖父分两次购买的。老屋临街靠西的一间房是茅盾曾读过书的家塾。故居内部的布置简单，却散发着沈家世代书香特有的文雅之气。故居包括卧室、书房、餐厅等建筑，其家具与布置仍是先生当初居住时的样子。

　　陈列厅在故居东邻，与故居一墙之隔。该处原为"立志书院"，初创于

清同治四年(1865年),1902年改为初等小学,茅盾曾在其中就读。

漫步于先生故居所处弄巷,两侧高墙商铺林立,江南建筑风格及商业气息浓厚。也许正是这种环境,使茅盾幼年心灵孕育了丰富的文化和现代商业底蕴,为其日后的创作打下丰厚基础。

有旅游者说,乌镇之景重在西栅,因为西栅河道纵横,并有5万多平方米的天然湿地,据说,西栅共有古桥72座,河道密度和石桥数均为中国古镇之最。西栅由12座小岛组成,是72座小桥将这些小岛串连在了一起。尤其通济桥和仁济桥两桥直角相邻,站在哪一座桥桥边,都可以从桥洞里到另一座桥,故有"桥里桥"之称。当地人说,"桥里桥"是乌镇最美的古桥风景,堪称桥景一绝。

晚饭后,乘渡船到西栅观看夜景。果然,西栅小桥流水,游船彩灯,深巷闹市等,皆美不胜收。

2011年5月30日(星期一)晴

湖州 · 南浔古镇　嘉业堂　张石铭故居　小莲庄

早晨于乌镇汽车站乘车,上午9点余到湖州南浔镇。

我之所以去南浔古镇,缘于慕名名震一方的藏书楼嘉业堂。不想到南浔之后,方知了解嘉业堂藏书楼的藏书环境和背景,远比参观藏书楼本身意义和内涵深远得多。读懂南浔,犹如读懂了江南半部清末民初商业史。

南浔古镇与周庄、同里、千灯、西塘、乌镇又有不同。她不但体现出自有的江南水乡特色,更多的是向人们展示出了清末民初时的商业巨埠形象。也正因为此,她产生了许多近代产业史、政治史上值得一书的推动中国江南产业发展的商业巨擘和辛亥革命的推动者。

南浔商业发展巨富甚多，史上素有"四象八牛七十二金狗"之说。所谓"四象八牛七十二金狗"，皆为清末南浔巨富：家财达100万以上者称之为"象"；50万以上不足100万者，称之为"牛"；家产20万以上不到50万者称为"狗"。

具体说，"四象"为刘镛、张颂贤、庞云曾、顾福昌四家。上世纪30年代，根据"四象"各家的不同特点，南浔有民谣云："刘家的银子，张家的才子，庞家的面子，顾家的房子。"而值得一书的是张颂贤后人张静江，其早年曾跟随孙中山并捐资辛亥革命，成为国民党四大元老之一，深为孙中山称道。所谓"八牛"，为邢庚星、周昌大、邱仙槎、陈熙元、金桐、张佩坤、梅鸿吉、邵易森。

南浔商业起于湖丝，而旧时尤以产于辑里村的辑里湖丝最为著名，细、圆、匀、坚、白、净、柔、韧为辑里湖丝的八大特点。1851年，上海商人徐荣村用南浔辑里村产的生丝参加在英国伦敦举办的首届世博会，一举夺得金银大奖。据资料，南浔富贾因湖丝发家者不下百人。这些巨商由南浔走向上海，再由上海走向全国和世界。中国丝绸的成名，与这些富商的发展是分不开的。清末民初，上海91家丝行中，70%为南浔人开设。19世纪七八十年代到20世纪初，南浔商人积累了大量财富后，资金向缫丝、棉纺、面粉、金融、盐业、房地产领域拓展，有力地推动了湖州地区甚至江南民族工商业的发展，促进了地区经济的繁荣。

湖丝聚集了财富，而财富推动了文化的发展。因此，藏书楼嘉业堂的诞生就是顺理成章的事了。嘉业堂藏书楼，系"四象"之一的刘镛嫡孙刘承干于1920年所建，因清废帝溥仪曾赠"钦若嘉业"九龙金匾而得名。该楼规模宏大，藏书丰富，原书楼与园林合为一体，以收藏古籍闻名，是中国近代

著名的私家藏书楼之一，有人把其与宁波天一阁并列，现为国家级重点文物保护单位。解放后，书楼主人将藏书捐赠给了浙江省图书馆。

南浔古镇的水乡特色自成一格，凡体验江南古镇，游览水乡者，不可不到南浔。其可观者除嘉业堂外，尚有闻名遐迩的江南园林小莲庄，明清水乡建筑百间楼，江南第一巨宅张石铭故居等。

百间楼位于楼河两岸，因傍河建楼百间，河两岸架有长板石桥连接故称"百间楼"。其东起东吊桥，北至栅桩桥，长数百米。据载，为明代万历年间礼部尚书、南浔人董份所建。百间楼之间筑有骑楼，楼前皆有廊檐，因此夏无雨濯、晴无日晒之虞。人们闲可檐下弈棋，忙可廊中劳作。邻里饭间言语，谈笑问候，和谐相处，其乐也融融。廊檐下多筑燕巢，时有家燕飞窜，喃喃雏唱。楼顶之间封火墙有三叠式马头墙，也有琵琶式山墙，高低错落，极富情趣。各楼之间又有券门相隔相通，券门排列整齐形成一线。若站在廊端深望，券门层层叠叠，门门相套，大有纵深感。沿河有石砌埠头，可泊船，百姓亦可汲水洗菜淘米。

若傍岸遥望，两岸楼房参差，屋顶错落，长桥横跨，水影摇摇，真乃天然图画。故有诗赞曰："百间楼上倚婵娟，百间楼下水清涟；每到斜阳村色晚，板桥东泊卖花船。"好一幅江南秀丽景色和水乡风光！

沿百间楼前行不远可至张静江故居。我去时，恰逢修葺，遂不得入观。

折回，过九曲木廊桥。此桥通体木结构，古朴别致，坚固实用。登桥可望洪济桥和洪济桥桥下泊着的数艘小舟，景观宁静优美。洪济桥，单孔大石环桥，跨东栅河，清嘉庆二十六年重建，俗名新桥，为南浔名桥。1937 年，为阻止日寇沿水路攻打湖州，国民党军于 11 月 4 日夜炸桥而未毁。此桥高拱薄身，清雅秀丽；如风平波静，石孔与倒影合圆，形成独特景致。

再沿河向前，经通津桥、过泰安桥左转，再经湖笔人家、湖丝展馆至张石铭旧宅。

张石铭为"四象"之一的张颂贤嫡孙,张静江堂兄。其所建旧宅懿德堂被后人称为"江南第一巨宅",可贵之处在于其由典型的江南传统建筑格局和法国文艺复兴时期的西欧建筑结合组成,是一座中西合璧式楼群的经典建筑。它前临浔溪,坐西朝东,占地面积6500平方米,建筑面积7000平方米,尤其舞厅,其地砖及油画均从法国进口,墙面屋顶由红色砖瓦砌筑。从壁炉、玻璃刻花到克林斯铁柱等,均体现出欧洲18世纪建筑风格。

前行至象门街,过桥即小莲庄。

小莲庄,南浔园林经典景点,她的美丽令人难忘。小莲庄,又称"刘园",是晚清南浔"四象"之首、清末光禄大夫刘镛的私家花园及家庙所在地。其位于镇南鹧鸪溪畔,于清光绪十一年(1885年)由刘镛和次子刘锦藻前后费时40余年营建而成,1924年竣工。刘家因慕元宋书画家赵孟頫"莲花庄"而名之为"小莲庄",共占地面积17399平方米,其中荷花池5267平方米,建筑面积3809平方米。

小莲庄有外园和内园之分。外园以10亩荷池为中心。景点包括碑刻长廊、净香诗窟、扇亭、御赐牌坊、东升阁、刘氏家庙等。值得一提的是碑廊中《颜平原刘太守序》行书,是传说中之"宰相刘罗锅"刘墉所书。碑上盖有清乾隆皇帝"御赐仙筋"印章,南北二刘墉共留迹于小莲庄,乃一段趣事。

内园在外园一角,又称为园中园,置一月门与外园相通,其主体是一座用太湖石群堆砌环绕的土山。山上有亭,我去时正夕阳西下,有一年轻女子在亭上倚栏静读,夕辉之中恰似一金色雕像,与周围环境结合,便形成一幅静谧油画。内园有小池,池中有游鱼数尾游于睡莲间,甚为可爱。内园小池与外园湖水相通,一扇形窗透墙与外园小亭、荷花相望,袖珍美丽,

独成一景。

出小莲庄不远,即为藏书楼嘉业堂。

现嘉业堂既为古建筑可供游人参观,亦为浙江图书馆的一部分供人们学习阅读,可谓古为今用。

南浔镇有文庙,其中辟有当代作家徐迟纪念馆。

……

在湖州,我们看到的是先贤们在这片土地上打造的诸多美景和他们在历史框架里为后人聚集的财富,然而,他们为改变生活、为富强付出的艰辛努力,尤其在旧时民族资本为抗拒国外资本的吞噬而进行的自强不息斗争,是近代经济史上可歌可泣的一页。这些斗争有多残酷只有他们——那些历史的亲历者——自己知道。也许,这也是我们这些后来者最应珍视和继承的宝藏。

晚,赴湖州市。

2011年5月31日(星期二)多云

湖州 · 飞英塔 德清 · 莫干山

(一)

清晨打车到飞英塔。

飞英塔位于飞英公园内,其始建于唐中和四年。据载,因僧人云皎和尚自长安得到僧伽所授"舍利七粒及阿育王饲虎面像"而筑石塔藏之,并名之曰"上乘寺舍利石塔"。宋开宝年间,石塔"神光见于绝顶",故筑外塔笼之,遂形成目前塔中塔格局,并起名"飞英塔"。南宋绍兴二十年,塔遭雷火毁坏后重修。现外塔高 55 米，8 面 7 层，楼阁式砖身木塔，内有旋梯通顶，可登顶俯瞰湖州全景。内石塔残高 15 米，8 面 5 层，塔身雕 1048 尊石佛像。

现内外塔为 1982 年~1986 年重修，1988 年被国务院公布为全国重点文物保护单位。

飞英公园集中建仿了湖州大部古代建筑，蕴含着丰富的文化内涵。它们包括：南梁吴兴太守柳恽始建之西亭，南梁另一吴兴太守萧琛始建白蘋馆而后又被唐颜真卿改名之霅溪馆，宋吴兴太守孙觉建之墨妙亭及后人为纪念颜真卿携江东名士著《韵海境缘》而修建的韵海楼等。

走进飞英公园园门，迎面看见巍峨的飞英塔屹立湖畔，塔下有许多佛教徒正转塔祈福。而塔后即为荷花湖，荷叶亭亭玉立，碧绿夺目，对岸为宋式两层建筑韵海楼。湖水一侧为六客堂，以纪念宋代诗人张先和苏轼分别携六友游览、赋诗湖州的景况。

飞英公园位于苕溪之畔，湖水荡漾，荷花飘香，美丽而幽静，如今是湖州人民健体游玩及怀古的乐土。

似乎苏轼与湖州有独特感情，他在湖州为后人留下了 70 余首诗作。

（二）

离开飞英公园后遂乘车往莫干山。

莫干山，因春秋末年吴王派著名剑家莫邪、干将在此铸成著名雌雄双剑而各取二人名字第一个字名之。至今莫干山留有剑池一景。

莫干山以云、泉、竹闻名天下。

我以为莫干山景色在竹，缘于当天阴霾四合而未见云朵也。入山，绿色逼人，丛竹林立，郁郁葱葱。莫干山多毛竹、凤尾竹。毛竹直立，高竿插

天；而凤尾竹上部弯垂如凤尾，婀婀娜娜，娇姿柔美，若少女含羞。尤其漫山皆竹，垂叶如烟，登高远望，如临孙子宫妃阵前，整齐中蕴含几分娇嗔。

莫干山松树成林成片亦可一观。

莫干山多古迹，亦多壁刻。

正因为莫干山秀丽幽静清凉，一些历史政要、名流暑期常在此小住，这里至今保留着毛泽东、周恩来、蒋介石、张静江、孙叔通、杜月笙、张啸天他们居住过的别墅。

这里著名的景点有剑池、芦苇荡、怪石角、旭光亭、观瀑亭等，皆可登临。可惜我到时，恰逢多云转阴，且山间雾气升腾，不能远眺。

下山后，乘车到德清县；待转车到杭州，已晚7时矣。

2011年6月1日（星期三）阴

杭州 · 西湖

上午到西湖小坐，听涛，看船，赏荷，观山，静思，养神。须臾，顿觉心清气朗。

下午乘车到诸暨。沿途丘山献绿，碧田如画，风光美不胜收。

2011年6月2日（星期四）阴转晴

诸暨 · 五泄

早晨乘车到五泄。

五泄，诸暨著名景点，位于市区西北20余公里处，素有"72峰、36坪、25崖、10石、5瀑、3谷、2溪、1湖"之说。其名为"五泄"，其实是五级由上而下排列的山间瀑布。据介绍，五泄溪源于涵潊峰与碧云峰之间，后沿峡谷从千米高的天堂岗下泄，经紫阆、张家曲折奔腾而跌成五级瀑布。

由青口入山门前行，穿过紫藤长廊遂到五泄水库。五泄水库，景区之钥，游五泄必经之地，锁诸峰而带峡谷，地势险要奇特，需乘船而渡。乘舟行湖中，沿岸之元宝峰、鹫鹰峰、仙桃峰、杜鹃峰、老僧峰、仙掌峰等皆扑面迎来。尤其水中倒影，曲折蜿蜒，随波逐浪，呈临壑奇景。

沿溪北上，过遇龙桥即到永安寺。永安寺已有千余年历史，相传为五台山灵默禅师于唐元和三年（808年）所建。现寺左石壁刻有书画名家徐渭"七十二峰深处"题词，而寺中保存有明代画家陈洪绶书写的"三摩地"石刻门额和清刘墉题写的"双龙湫室"匾额。

山寺红墙灰瓦，隐于青山碧水之间，在太阳照耀下分外亮眼，远观别有一番情调。

五泄飞悬石壁间，各级瀑水落差、水流不同，其激流奔跃水势也不同：或如珠帘铺挂崖壁，或如水柱飞湍深谷，或如细缕就山势散卧匍匐，或如刀斧深切岩石，隐现于石罅。综观，实乃壁壁相异，泄泄不同。瀑布大观者或为"三泄"，由于瀑床平缓，故其瀑面宽泛，遇岩石受阻而分流小溪，随石坡缓缓而下者近百米，且水流有声，清朗悦耳，引得许多游客驻足留影。

由一泄继续上登，遂到东坪景区，其山色愈见青绿，山势愈见奇险，并时见泉流悬挂壁间。半山临崖有亭，遂小坐休憩，恰逢清风拂过，顿觉如沐山泉，遍身清爽；再放眼俯瞰，碧谷深远；而空中白云渺渺，顿觉心宽神远。

五泄风光绮旎，早在1400年前，北魏时期著名地理学家郦道元《水经

注》即有记载；而历代文人从宋代陆游、杨万里到明代徐渭、唐寅、袁宏道、徐霞客、宋濂、陈洪绶，清代刘墉，现代郁达夫等都到过这里吟诗撰文，构思作画，给后人留下许多佳作。

现在五泄被认为是浙江最古老的旅游景点，2002年被评为国家级自然风景区。

游间，我结识一位70余岁吉林市独游老者。他由吉林出发，经杭州而至五泄，正游兴深浓——其原籍绍兴，因当年吉林丰满水电站建设需要北调，数十年间乡音尽改。今年回乡看望兄妹，可谓"功德圆满"了。

2011年6月3日（星期五）阵雨

诸暨 · 西施故里　浣纱溪

上午到浣纱江（溪）游览西施故里。

西施故里位于诸暨纻萝山下，浣纱江畔。唐李白有诗云："西施越溪女，出自纻萝山。"溪畔有西施殿，系后人为纪念以身许国的绝代佳人西施修建的。

有关西施殿的最早记载见于李商隐"西子寻遗殿，昭君觅故村"诗句。但原殿无存，现存的西施殿为1990年落成的仿古建筑群，由门楼、西施殿、古越台、郑旦亭、碑廊、红粉池、沉鱼池、先贤阁等景点组成。建筑群背依纻萝山，登纻萝亭，即见浣纱江碧波和对岸金鸡山。

江对岸金鸡山和山下鸬鹚湾村，为西施的出生地，也是近年开发建设的旅游新区，包括古街区、乡村广场、古村落、戏台、茶楼、水塘、古井、宗祠等，游人可在此浏览、参观、购物、捕鱼；看越剧表演、品尝特色小吃。

值得一记的是飞詹亭阁，俗称浣纱亭，其位于浣纱江畔。出西施殿过马路，沿浣纱亭旁阶梯经"浣纱石"碑刻下到江边，遂见一块巨石立于江边，一半浸于水中，上镌"浣纱"二字。据传，此石曾是当年西施与范蠡互赠信物及私订终身之处，又名结发石。此石右上方有镶嵌于岸堤由著名书家沙孟海题写的"西施浣纱处"刻石。

盘桓此处，但见足下江流静缓，江水清碧，一浮桥横架，两岸蒲苇萋萋，中有钓者垂丝其间。浣纱石上时见当代西施携木桶前来"浣纱"，衣锤落处，珍珠飞溅，笃笃有声，令人顿生思古幽情。

到对岸参观历代佳丽事迹展览，游览鸬鹚村、范蠡祠。原鸬鹚村已搬迁，现村落俨然是一个商业区域矣。

见景细想，凡我国古代佳丽如西施、王嫱辈等留名于青史者，皆与国家命运有关。且多以一生幸福换取国家平安，故值得感佩。西施果真是佳丽？不得而知，后人也不必深究，然其行为足以彪炳千秋了。

下午乘火车往温州，晚10点至。

2011年6月4日（星期六）多云

温州 · 江心屿

原计划早晨从温州新南站乘长途车到雁荡山游览。然吃早饭时饭店老板告诉我，到雁荡山须到新城站乘车。当我改变计划转道新城站时，才发现犯了轻信的错误。待我再来到新南站，只有10点的车了。这意味着我到达雁荡山已是中午，只有四五个小时的游览时间了。

我不得不改变计划，先游览市内景点江心屿。

江心屿也是温州的著名景点，凡到温州的游人一定要到江心屿游览。江

心屿,顾名思义是穿流温州市瓯江上的一个小岛。她虽然小,但美丽。站在瓯江江畔的码头附近,我就被瓯江浩瀚的气势和丰沛的流量震撼了。我未曾想到,瓯江,这个很少被人们提及的南国之江,竟给我带来这么剧烈的心灵激动。

当我登上渡轮向对岸行进,望着瓯江澎湃宽阔的激流和几乎隐没于薄纱般白雾的江心屿时,才知道我眼前的水面仅是被江心屿分割的南流,瓯江的北流则在岛的另一面。放眼东望,江面辽阔,水天相接,一艘艘远舟,似飞翔在天地之间的鸥鸟——嗨,那是瓯江的出海口啊!

到达江心屿,第一眼看到的是江心屿码头斜对面的江心寺。据资料,旧时江中原有两个岛屿,两屿上各有普寂、净信二寺。两屿之间有江流相隔。宋绍兴七年,蜀僧青了奉高宗赵构命从普陀赴江心屿为二寺主持,为方便计,遂决定以土填江,将两屿合一;后又将江心寺重建于屿上,初名中川寺。眼前的寺院为清乾隆年间重修,近年又把它修葺一新,显得端庄古朴而又金碧辉煌。

江心屿有东西两峰,各有一塔矗立峰上,虽两塔造型不同,但已成东西对称之势。东塔建于唐咸通年间,西塔建于北宋开宝年间。双峰下文天祥祠、浩然楼、澄仙阁、海眼井分布岛上,各自讲述着自己不同凡响的故事,它们共同成为江心屿的精华,为岛增色。

似为保留当年两屿时的川流旧貌,现屿中多处凿湖蓄水,并修桥牧鱼,遂形成江水围岛,岛上蓄湖格局。岛上环湖植树铺草,栽竹育花,建亭修榭,其独特的湖光山色,俨然是一幅青山碧水图。难怪自宋以来,有人总结江心屿有十大美景,分别是:瓯江月色,春城烟雨,海淀朝霞,孟楼潮韵,远浦归帆,沙汀渔火,罗浮雪影,塔院风筠,海眼香泉。我因时间和当日天气关系,无缘观看十景,然闲来闭目幻想,皆天下绝景,足可啧啧称奇。

若有闲暇，可闲步于江心屿东端棕树林间，近可品味亚热带风情，远可眺望瓯江合流和奔涌向东的气势。那水天一色的景观，会让你心生壮阔之感。

如此景观，旧时洋人在江心屿上修建别墅也就不足为奇了。

2011年6月5日（星期日）雨转阴

雁荡山

（一）

早6点晨雨正酣，我已来到温州长途汽车站——新南站。等车1小时后，7点出发前往雁荡山。

因第二天全国进入端午小长假，故游者渐多；我在新南站即遇到北京医院一对年轻游者背负行囊等车——他们也是到雁荡山旅行的。

车行半途雨停，一小时后到雁荡山。

途中，一当地车友告诉我，下车后可乘当地公交车到雁荡山各景点，车费视远近而定，近者10元即可。下车后方知，所谓当地公交车，实乃私人面包车，待游人下车后车主争相包揽客人。因我只有一天时间，故决定包车旅游。

我向往雁荡山已久。据资料介绍，雁荡山形成于1.2亿年前，因山顶有湖，芦苇茂密，结草为荡，秋雁多集于此，故名雁荡山。其以奇峰怪石、古洞石室、飞瀑流泉著称于世，素有东南第一山之称。雁荡山景点较多，尤其灵峰、灵岩、大龙湫三景区最为著名，被称为"雁荡三绝"。

我素喜自然风光。初闻"雁荡三绝"中灵峰夜景和灵岩飞渡最胜，然而暗忖两景有人为之嫌，便有些不以为然；又因时间紧，遂与司机协商，舍去灵峰夜景，只游灵岩、大龙湫。根据司机建议，我同意增加方洞景区。

先到方洞景区。

司机说，乘车上山走景区后门，可直达景点，也可省去缆车费用。

遂依司机所说而行。景区门前又结识4位上海年轻游人，决定一齐游览并雇请一位当地导游。

据称，方洞是当地民众集资开发的新景区，全长1公里稍多。其主要景致有：皇榜岩、方洞、莲台峰、老寿星、关刀洞、梅花洞、螺丝洞、花瓶洞、冲云洞、铁索桥、仰天湖等。众人随导游依次而行。所谓导游，皆当地百姓，是否有导游证不得而知。

我从不喜欢山洞臆造神塑，皆走马而过；惟留意山峰、栈道、远村和轻云。当日阴翳，山雾升腾，远峰朦胧，景观皆半隐于薄纱轻雾中。尤其顺栈道前行不远，即见一山峰突兀奇崛，遂动我眼目，起我神采，阔我胸怀。栈道依山一侧，洞穴稍多，其中以所谓"倒挂金钟"一景或与众洞不同：顺洞向上仰望，洞顶有一圆形垂石，突起如古钟。前行，又见前方谷中突起一岩峰，直立如笋，其中山峰上有棵松树，它的树枝向栈道伸出，游人几乎伸手可触。半路，有洞可见对面山体如铁嶂横天，凌空绝地。

前面即吊桥，此为方洞重点景观。吊桥长近百米，横挂两峰之间，桥下为深涧，胆怯者皆惴惴停步。有游人故意在桥中摇晃，桥索上下颤动，如空中荡秋千。

桥已过，回望吊桥，如长天挂虹，渊深目惊；而斜望山下，村庄屋顶渺渺，参差错落。

欣赏之余，众人竟发现导游不知何时不见了。

仰天湖在方洞下一峰之侧。那山峰峰顶有亭，有山道逶迤相通。登亭，稍作休息。仰天湖不大，可在水中看行云倒影。

方洞多燕，时时群起欢鸣翱翔于峰峦之间。

（二）

离开方洞景区，前往灵岩。据司机介绍，灵岩景区有小龙湫，故当地人又称之为小龙湫景区，以对应大龙湫之称。

灵岩景区有16峰、12洞、22岩、5嶂、3瀑、3门、3谷之说，古人评灵岩为"雄壮浑庞"。而江南山多灵秀少雄壮，古人用此语评价，可见灵岩与江南其他景观不同。

入山门不久，即见山径两侧巨杉参天，蔽空遮日，旁边溪水淙淙；加之阵雨方霁，石径、空气一如浸水，加上白雾蒸腾，道路光滑而潮湿。道行不远，即见一标示牌写着：沿所指石阶攀登可到天窗洞。天窗洞原名天聪洞，因洞口小，里面大，时有日光射入，故曰天窗洞。多年前，一位中国历史上最伟大的旅行家曾来到过这里，这个旅行家就是徐霞客。当年，天聪洞在展旗峰石壁间，只有一道可通，崎岖峭峻，且天聪洞奇险幽深，以致连徐霞客也不得不两次登临才至，观后称之为"嶂左第一奇"。明代王光美叹曰："僻洞幽深间道通，吹风透日故曰囱。千层绝壁攀藤上，谁道崔巍不可穷。"

由此可见大凡奇景，大多隐于险绝之中，正所谓"无限风光在险峰"也。然现登山险道经整修后已成通途，游人无惊叹之忧，可轻松到达。

山旁展旗峰与天柱峰隔翠谷相对，中间杉树遍布，绿海相连，正可谓

"天柱擎天立,旗展飚风吟"。

过灵岩寺左行沿山道走近屏霞嶂,山景渐胜:但见绝壁幽谷,岩柱插天;缆车飞升,溜索穿云;流泉成湖,碧水鱼翔;栈道凌空,杂树横斜;飞泉溅珠,丛竹叠翠。临断肠谷深渊而悬崖景奇,看卧龙潭白雾而洞中神驰,令人流连忘返。

尤其小龙湫,水从峰顶凹处飞漱而下,山虽不高但激流飞涌,溅到崖下石上,如水帘迸裂,飞珠溅玉,身在近处如蒙在细雾之中。

小龙湫旁有岩石刻一"醉"字,面对此景生此情,怎一"醉"字了得!故徐霞客又称小龙湫为"嶂右第一奇"。

小龙湫景美动人,人流如潮。

沿道下山,身旁翠竹参天,郁郁葱葱,皆垂头比肩;此非古人所谓君子之态乎?

灵岩景区幽深秀美,峰、洞、泉皆瑰丽壮观,言其"浑庞",古人不失矣。

回到灵岩寺,已过午后。原定下午2时有飞天表演,但因时间太紧,遂赶往大龙湫。

(三)

湫,水池之谓;大龙湫,言瀑布水势修长如龙。或言水中有长龙在渊?众说纷纭,不得而知。景区以大龙湫景观取胜,为雁荡三绝之一。

大龙湫瀑高190米,为我国瀑布之最。据说,其与贵州黄果树瀑布、黄河壶口瀑布、黑龙江吊水楼瀑布并称中国四大瀑布。其发源于百岗尖,流经龙湫背,从连云嶂凹处飞流而下,有夺人之势。

沿山道穿林过岩,遥见大龙湫挂于连云嶂,净白如练。稍近,则闻水声激越,抬头望则又如银河决堤飞涌腾坠,初似奔流。落下时,水势稍宽,半空分缕成线,渐而为丝。待近嶂底,则飘散如银珠滑落潭水中,或似珍珠滚于水表。见状,潭边游人遂欢呼雀跃,更有年轻游人纷纷站立潭水裸岩上,任散珠打湿衣衫,迎瀑承沐,如浴天霖。

大龙湫奇观,清袁枚有诗赞曰:"龙湫山高势绝天,一线瀑走兜罗棉。五丈以上尚是水,十丈以下全是烟……"据说,大龙湫随着季节、水势不同景观会有不同变化,如袁枚所见"十丈以下全是烟",应是枯水季节,而我所见散瀑如帘如线如珠,是在 6 月。

大龙湫景区山峰与灵岩不同,沿途多奇峰,峻拔且多肖物。进门不远,即见两峰并立,侧望如剪,故曰剪刀峰。遂移步前行,望之又如啄木鸟附着巨干伸喙而啄。屏息再望,又如一企鹅昂首而立。石形随角度变化而变化,且惟妙惟肖,凭你海阔天空任意想象。

因长久盘桓于大龙湫景区,竟误了与司机约定的时间,错过直达温州的最后一班公交车,只得转道德清返回。

待返回温州,已是掌灯时分。

2011 年 6 月 6 日(星期一)阴有阵雨

永嘉 · 楠溪江　龙湾潭

早晨乘车到麻行码头,再乘渡轮过江,于瓯北汽车站换乘长途车往楠溪江。过江,即知已置身永嘉县了。我不由想起李白"三川北虏乱如麻,四海难奔似永嘉"之句。不同的是,李白诗写的是安史之乱时期人们纷纷南渡如晋代永嘉之状,诗中"永嘉"为晋代年号而此"永嘉"为地名罢了。宋苏东坡诗"自言长官如灵运,能使江山似永嘉",虽无溢美之词,却从侧

面表达了对永嘉山水的赞扬。诗中所说"灵运",自然是谢灵运,当时他任永嘉太守。正是永嘉的美丽山水感染了他,使他成为中国历史上山水诗派的创始者。

6月正是梅熟季节,多雨,然杨梅业已上市,只5元一斤,有许多小贩挑担沿街叫卖。

从瓯北车站出发,近两小时后就到岩头镇大岙村,遂往楠溪江狮子岩景区。

楠溪江贯穿永嘉县南北,逶迤曲折,盘桓300里后注入瓯江。楠溪江江水所及,形成优美的风景带,其以江美、涧曲、瀑多、潭碧、峰奇、岩秀、石怪、洞幽、树珍、村古著称,有"36湾、72滩"、"千岩竞秀,万壑争流"之说,是融自然景观、人文景观于一体的国家级山水田园名胜区。楠溪江两岸分布有七大景区,即楠溪江、大箬岩、石桅岩、四海山、陡门、水岩、北坑等。我因时间关系,此行只选择狮子岩景区、龙潭仙洞和龙湾潭国家森林公园景区游览。

此时楠溪江江水并不多,但很美丽,江水清浅,滩竹苍翠,舟排横江,危岩矗水。游人或乘舟排戏水,或卧沙滩嬉戏,追逐取乐。远处,江水弯弯,而狮子岩黛色突兀,立于碧绿之中,形成一幅瑰丽画面。

在楠溪江畔,我结识两对青年男女:一对为湖南籍大学生,在温州见习;一对为温州白领,利用休假到楠溪江旅游。我等遂结为一体,相约一起游览。龙潭仙洞距楠溪江最近,仅西行3公里,即决定步行前往。幸运的是,在龙潭仙洞门口,又结识4位福建福安市驾车游人。他们见我等徒步,遂相约返回时同车共载,我等欣然奉命。

龙潭仙洞是人工景点,其以人工开凿、制作的洞、瀑取胜。加以周边景色如画,故亦可一观。其景有湖,有瀑,有洞,并配以危岩,可谓人工景点中佼佼者。入门不远，即见一湖。湖不大而深，数亩而已。但湖中有岛，岛上有亭，湖水与山脚洞口相接，可乘竹排入洞。竹排在洞中曲折行游登岸后，遂沿洞中石阶盘旋而上。山洞深广，洞中有洞，洞中套洞，洞洞相连，层层叠叠。我疑心此洞可能是上世纪六七十年代为备战而开凿，现改为旅游休憩场所。辗转拾阶来到半山"天窗"处，即有飞瀑淋漓而下，在洞口形成水帘。水帘散在洞侧石壁上，银珠飞溅，哗哗作响。隔水帘望对面山峰，竹树交杂，翠绿欲滴。

出洞登山道可到峰顶。至山顶方知，山上瀑水原是半山一人工水潭放水所成。

从峰顶下到山门，福安四友正在车上等。遂上车同返狮子岩。因四友要返回福安，故与之辞别。我等在岩头镇包车前往龙湾潭。

龙湾潭景区，为楠溪江源头之一。到龙湾潭，天愈阴，云更沉。

龙潭湾景区多水，山岳秀美而灵动。进门沿山道上行不远，即见一桥飞架山谷两岩之上，通过桥洞即可见川字瀑在不远处山谷中腾跃。过桥登阶前行，川字瀑即在眼前。川字瀑顾名思义是一下泄瀑布为两块岩石所阻，分流为三股，遥望似一水流组成的"川"字，故名。

傍瀑流沿山道逶迤而行，过吊桥，登高远眺。此时恰逢云雾稍散，见远峰连绵，郁郁葱葱中偶有危岩耸立，秀美中蕴藉雄壮。高处，一峰雄踞于群峰之上，峰顶形同鹰首，昂扬立于白雾之中；一平台伸出峰顶，如鹰首伸喙，向前啄食。此景奇绝，引人赞扬，真乃大自然与人工共造的神妙之作。

此平台为观景台，为透明钢化玻璃制作，伸出绝顶，峰高300余米，立于观景台可饱览龙湾潭全貌。

待细看时，野云四合，浓雾笼罩，不久便大雨如注。我等急撑伞，上身

衣服已成半湿。

向前即为七叠瀑，此为龙湾潭的经典景观。可惜云雾缭绕，大雨滂沱。冒雨上行，惟见每叠瀑布飞腾于雨雾中，耳畔哗哗有声。远观，七叠全景则隐匿雨中踪影全无矣。

这时，温州两青年提议下山，而湖南青年坚持上行。我随温州青年下山，并相约山门见面。

待山门见到湖南两青年时，他们说，顶峰观景台浓云飞渡，如身处仙境，美则美矣，惟白云飘飘，雨丝遮目，无以所见。

此时山门外已无车，遂打电话给来时司机。半小时后，车来；一小时后返岩头镇。再两小时，乘公交车返回瓯北码头。

2011年6月7日（星期二）雨

返京

早上，到温州火车站试买返京车票，不意当天下午即能返京。遂决定即日动身。

车过丽水境时，见车外风景如画，遂决心他日再游。

按计划，我将从温州继续南下，到泰顺观桥，再入闽北，达周宁、寿宁看山水，登太姆山，渡海湄洲岛，从福州返回。然浙闽进入雨季，连日大雨，多有不便，无奈决定返回。

2011年6月8日（星期三）晴

到京。

结束语

从6月返京到现在已5月有余,《旅行日记·畅游苏皖浙·2011》才算写完。其间经历夏秋,现时序已入初冬,天气也渐渐地凉了下来。除了日常生活外,究竟忙什么,一时说不清。除去了一趟甘肃、青海、西藏还算得上理由外,再也找不出像样的搪塞借口了。

回想2011年的这次旅行,我收获的确很大。尽管一路下来行色匆匆,不免有走马之嫌,但对于我,则深化了对江南文化的了解和体验,这还是值得欣慰的事。江南之行使我体会到,当今任何现象的出现和事物的发展,都缘于历史的长期沉积,是历史积存在一定程度上决定了当今的现实走向。贫穷和落后,不是中华民族发展的历史必然,因为她深厚多彩的历史文化财富及民族性格的包容性、求前意识决定了一定会傲立于世界民族之林的前列。

有人说,读万卷书,行万里路。我虽未必能读万卷书,但行万里路对当代交通工具十分发达的今天已不是难事。随着行程的增加,我内心愈加强烈地感受到:地域的博大,文化的丰富,积淀的厚重,自然条件的多样性及山河的壮丽,这些有机结合在一起形成的完整结构本身就是奇迹。中国没有理由不巍然屹立于世界东方。

于是,我想起梁思成先生1932年说过的一句话,大概意思是,对建筑,要想保护她,首先必须要了解她。我的这次旅行就是要更深入、更广泛地了

解我们的国家，我们的民族。我不敢说这次旅行使我思想认识上产生了多大的飞跃，但旅行之后有所提高就是我最大的收获。

（2011 年 12 月 21 日　北京）

广西画里行 | 旅行日记

前　言

2010年10月9日早晨,乘火车从北京西站出发,开始了我为期近一个月的广西之行。

我首发广西兴安,游灵渠、观水街、逛秦城夜市。翌日即乘汽车至资源八角寨,览胜丹霞阴雨;后至龙胜大金坑,住瑶寨,登金佛顶,俯视龙脊梯田秋色;继而赴三江程阳,品味侗寨,听侗家歌舞,取暖侗家鼓楼,登风雨桥。

桂北盘桓数日后,遂赴桂林、下阳朔。重观桂林山水,泛舟遇龙江、漓江兴坪—杨堤段;骑车流连于十里画廊美景,放排大榕树下抒发刘三姐情怀。经4日,兴尽而南下柳州,上鱼峰山,拜柳侯祠,寻河东足迹,发思古之幽情。遂乘火车西行,过河池,达南丹,逾境广西至黔东荔波,观水大小七孔,胸怀澎湃于瀑布惊涛。继而返南丹转天峨,从龙滩码头乘舟逆行红水河近百公里,赏水景,观壮寨,沉溺于水光山色之中;到羊里,改乘汽车至乐业,途经白裤瑶区观民风民俗。后至乐业天坑群,登东峰俯视大石围天坑;下神木天坑坑底初探坑底景观。离乐业至凤山,乘船览三门海景区,于暗河晨昏中品天窗姿色;天将暮,南行宿于巴马坡月。坡月,景观腹地,北有三门海,南有巴盘长寿村、水波天窗,自有百魔洞,盘阳河穿村而过,风光绝世。尤其盘阳河两岸山水、稻田相依,景色秀丽,北京、广东、东北等多地候鸟族人多盘桓此地,或住数月,或一年,皆流连不归。

观光数日后,再由巴马经田阳、靖西、大新到德天,看跨国瀑布,领略中越边贸风情。

　　由德天转至南宁后，再赴北海，漫步银滩，访红树林，登冠头岭看落日，游老街夜市；遂又渡海周游涠洲火山岛。返南宁后乘兴发车凭祥，追史睦南关炮台、体察浦寨边贸村。此几日于桂南观景、体察边情兼而得之，胸怀舒，得益多多，给浪漫此行增加了几分严肃，真真别有情味。

　　11月3日，由南宁乘车北返，4日到京，只见京城北风瑟瑟，秋已深矣。天南地北，虽同为秋色，一个青山绿水、金黄遍地，一个落叶纷纷、秋鸿匿迹，俨然两重世界，遂叹我国地域广阔，天气两隔。

　　此次行游历时27天，归京后依然心旷体健，精神矍铄，未有倦意。

　　此行浪迹桂北、桂西、桂南，避开大城市，以图尽量领略原汁原味的自然风光和体察淳朴的民风民俗。其中虽绕行不少弯路，经历不少颠簸，但此愿得以实现，心中大快。

　　广西全区地质构造复杂，山地类型多样，但由于其喀斯特地貌遍布，故各地景观皆多姿多彩，风光如画。尤其桂南靖西、大新一带，山形各异，或雄壮，或突兀，或碧水环绕，芭蕉、翠竹、棕榈、甘蔗遍野，且韵致偶傥，风光不让桂林、阳朔而别有异样情趣，是亟待开发的好地方。

　　广西是少数民族聚集地区，以壮族分布为主而多族共存。各民族皆和谐相处，宛若兄弟。壮族、瑶族、侗族、布依族等风俗、服饰各具特色，观之，赏之，令人目不暇接。尤其白裤瑶族的朴实、热情、粗犷令人印象深刻。近几年，各族均发展较快，或贸易，或务农，家境殷实，已深深地融汇到中华民族大家庭经济发展的大潮中了。

　　德天、浦寨为边贸小镇，均与越南毗邻。两地异国百姓互生互通，互利互补，依存共赢，经济融汇，各得其利。两国边境市场繁荣，尤其我方境内游人云集，采购出手甚巨，引来众多越南商贩推销物品，揽客叫卖不绝。德

天54号界碑处越方市场已成为推销越南商品的窗口。越南人说的华语流畅，已与国人无异。

尽管旅游已在广西形成基础产业，但由于桂地多山，交通多有不达，边远地区、少数民族地区旅游业受到制约，许多地区有待进一步开发。如乐业天坑已评为世界自然遗产，但交通不便，严重影响了游人数量的进一步增加。

广西区的旅游尚有进一步开发空间，但觉其旅游政策需进一步调整、完善。尤其桂林地区的旅游政策存在自闭、自利、短视倾向，应引起地方政府注意。

2010年10月9日（星期六）阴

赴广西

早晨8点58分，从北京西站乘K21次列车出发，赴广西兴安。

2010年10月10日（星期日）阴

兴安·灵渠

近午11时到达兴安。吃完午饭，下午即乘兴安公交2路车前往灵渠。

灵渠，开凿于秦始皇三十三年，秦始皇为统一岭南，解决漕运，勾连长江和珠江两大水系而建，为世界最古老的运河之一，与我国都江堰、郑国渠并称古代三大水利工程。全长37公里。郭沫若称之为"与长城南北呼应，同为世界之奇观"。同是秦代对人类的重大贡献。现存郭氏题碑一通，立于南渠一侧。

灵渠工程由铧嘴、大小天平、泄水天平、南渠、北渠、陡门等组成。铧嘴将三分水经陡门汇入珠江水系的漓江，七分水汇入长江水系的湘江。靠大小天平、泄水天平等调节水量，设计极为科学。

灵渠旅游区现建有仿秦建筑和石雕。过陡门沿南渠而东，形成水街一景。南渠沿岸翠竹繁花，奇石碧树，并时有亭台楼阁与如虹小桥相映，水景古色不让秦淮。下石阶，水边时有系缆小舟及浣纱女临波弄水，倒影随形摇曳，趣味盎然。水街两岸，可谓江南水乡情致备至。更兼两岸店铺林立，酒旆飘飘，游人漫步，如置身南国"清明上河图"中。

水街夜市别具一格。街上灯火，水中光影相映，酒肆喧笑，熙熙人踪交杂，酒香南语扑鼻盈耳，真乃南国繁华之地。

兴安有灵渠而风光，广西有灵渠而增盛。兴安，兴安，既兴且安矣。

2010年10月11日（星期二）小雨

资源 · 八角寨

早晨7点40分从兴安出发，乘汽车3小时后到达资源。

初行，沿途丛竹碧水，葡萄连片，虽有小雨，景致更为佳丽。近资源，雨渐紧，汽车在山顶行驶，一会儿才出雨幕，一会儿又入云中，旁边悬崖绝壁，望之令人瑟缩。山道多急弯，车不敢快行。屡遇浓云骤涌，飞飘奔腾，人、车如在云中漂游，出15米即不见他物。望车中乘客，皆屏息缩手而叹。

住资源。时近中午，从城北汽车站乘公交车出发花5元至梅溪，再打一面包车每人10元到八角寨。同拼车游者有上海、南宁各两人。

八角寨，是琅山风景区核心景点之一，誉为琅山之魂，曾被评为中国最美丽的丹霞地貌。主要景点有八角寨、龙门、巴掌岩、云台寺、龙头香、鲸

鱼闹海、奕仙台、药王殿等，而以主峰龙头香为最奇绝。从山底仰望八角寨，昂首挺立的山峰分八座伸向八方，俗称八个龙头。主峰海拔高818米，是琅山景区的最高峰，因云涌峰浮而得名云台山。琅山，丹霞地貌，被联合国教科文组织评为世界自然遗产。

雨中登山，道陡路滑，两侧皆为绝壁，须抓紧铁索谨慎慢行，如登华山苍龙岭，黄山鱼脊背一般。偶然抬眼看云中山，影影绰绰，山峰、崖壁都依稀飘在云隙中，山形浑圆独立，山体颜色因阴雨幻成深赤。

步入生死谷，山道初为崖凹，后为栈道。崖凹为流水长期冲刷，于悬崖壁上形成的空凹，因石质相同，空凹相连成线，稍加修整，遂成行人步道。崖凹有高有低，高者数米，低者须弯腰通过。崖凹一旁为深渊，渺不见底。崖凹尽而栈道出，险处皆以钢筋横插渊壁之上，上铺木板以成桥。人战战兢兢而过，虽飞龙亦觉胆寒，故名降龙栈道。栈道窄处仅行两人，旁立水泥桩以为栏杆。警示牌上写到："上看穹庐遮天，下看无底深渊。"偷窥，渊深处云雾飘忽不定，绝壁下深不可测，岩壁惟有水迹而已。临涧，双手扶栏不敢斜视，其势可谓惊心动魄。

出一线天，雨霁，眼界渐宽。忽见山间云飞丹霞，雾罩青林，群山似海，浪奔涛涌。山道如登天之梯，身临则飘飘若仙，俨然置身东瀛三岛。

途中遇亭，众人休息，仅我与南宁一游友结伴登顶。过云台禅寺，小憩再行，到"鲸鱼闹海"景点云罩雾遮，无以所见。有人从顶峰下来，说上面被浓云锁住，对面不见人影。遂作罢。

沿山道下行，不想竟走了岔路，几乎到湖南地界，急返，与众友汇合。此时方知，八角寨八峰，六个在湖南，两个在广西。真可谓一景跨两省。

八角寨，景观奇峻，壮丽突崛，有惊无险。

晚6时乘车返资源。

2010年10月12日（星期三）阴转小雨

龙胜·龙脊梯田

清晨，从资源县出发，中午到龙胜。途中多橘多山多雨多深渊，一路景美道险更胜兴安。

龙胜县汽车站附近简单午饭后即登车，下午3点到金坑，雨住。同车中，半为瑶家，半为游客。游客中，半为国人，半为"老外"。途经龙脊景区大门，50元购得门票。龙脊梯田包括两大景区：平安壮族梯田和金坑·大寨红瑶梯田。有导游介绍说，龙脊梯田金坑最佳，气势宏大；到金坑，可窥梯田全豹。

平安梯田已开发20余年，而金坑·大寨红瑶梯田闻名于世是2007年以后的事。据说，是桂林的一位李姓摄影家发现并向世人推荐了她。后来这位摄影家病逝，家人和当地依遗嘱将其葬于金坑瑶山。

游者住瑶寨看梯田，以高为上。故，年轻有体力的游人多住在田头寨或西山韶乐、金佛顶等地，而中老年人多住在山下大寨，其实金佛顶才是看梯田最佳处。

我住壮界最高处一潘姓瑶家。壮界瑶家皆姓潘，属红瑶，也可简称潘瑶。主家在山坡上建有三层木楼，而我们就住在三层楼上，房间简单，但却很干净、舒适。推开窗子，漫山梯田皆在眼下。女主人说，近日多雨，稻子成熟却未能收割；你们若晚来一两天，赶上晴天，只能看梯田稻根了。

下午4点多，安排妥后当即登山出游，沿山道上行，脚下眼中到处梯田，顺山势层层叠叠，远近一片金黄。每片梯田皆随形，中黄而绿边，

正像镶了绿边的黄翡翠。山上偶有小凸,梯田就势围绕小凸开成团状,环环相绕,里面种着绿色蔬菜或庄稼,远看如一绿环碧月淹没在金黄海涛之中。

行至千层天梯观景台。登台放眼,远处浮云托着山峰,漂游弥漫。云下梯田层层,黄绿相接,低者沉在山脚,高者隐入云中。

登此台看景,如酒后观画,早已如痴如醉矣。

晚,浓雾骤起,遂归寨。

2010年10月13日(星期四)多云转阵雨

田头寨 金佛顶

清晨,闻鸡而起。推窗,但见眼前云雾缭绕,浮于半山;梯田黄金,铺于云下;瑶寨层楼,卧于雾中。此真是一幅壮美图画。

早饭后即决定去田头寨。田头寨,金坑瑶家大寨,坐落在半山山坳之中,许多游人住在这里。从壮界出发,行程将近一个小时,沿途是观赏梯田美景的佳处之一。行至千层天梯观景台,偶遇深圳两青年游客,男许女张。交谈后,言行甚和,遂决定相伴挑战金佛顶。

千层天梯与金佛顶两山相对,须由田头寨下行,及到对面半山,再寻路上登。出门时据东家介绍,金佛顶,乃金坑看梯田最精华处。登顶,金坑梯田及瑶家各寨将一览无余,景观尽收胸中,只是从壮界到金佛顶步行需三四个小时。

途中半阴半雨,岔路纷纭,忽密林,忽深壑,忽奔溪。我等择路而行,道虽艰难,然风景夺人,边赏景,边戏谈,竟不误时。更兼张女天性活泼,莺语可人,不觉疲劳已飘到九霄云外去了。

临近中午，登上金佛顶。方立足，忽觉眼前一亮，竟阴霾中分，云海四散。游云或退于峰后，或沉于山岫，惟余层层梯田扑入眼底。我等皆兴奋不已，遂屏息远望，眼前群山连绵，金黄遍野，层层梯田，天光一色。对面山上流云飘处乃千层天梯，环形梯田如星抱月，更像金黄中镶嵌的绿宝石。而山坳中的田头寨层层木楼飘飘渺渺，宛若飘浮于九霄的天宫。

我等喜不自胜，遂长揖天地，感谢上苍体恤我等爱山河之心。

兴奋之余，请瑶家就地置饭小酌。众友临空而坐，即当风把盏，共餐山河秀色。

饭后，野云四合，骤雨又至。遂乘兴顺瑶民所指，冒雨觅崎岖小路至"西山韶乐"而去。险行数小时，竟无遇一人。

下午4时，到"西山韶乐"景观。后再至田头寨，即与众友依依道别。到壮界，天色昏暮，已晚6点有余。

房东见归，如释重负。说，如不归，将找人寻去。

金坑瑶家，为人朴实热情而有礼，无论相识与否，见面必问好，且普通话极标准，胜兴安远矣。

2010年10月14日（星期五）阴

三江 · 程阳风雨桥　侗家鼓楼

晨，告别瑶家，乘车到龙胜，再转车到三江。三江城，干净、整洁，乃榕江、巴江、浔江三江汇流之地。下午2点余，由三江汽车站乘公交车到程阳侗寨，观看侗家歌舞，游览侗寨鼓楼及风雨桥。

程阳有侗家八寨，即：马安寨、平寨、岩寨、东寨、大寨、平埔寨、平

坦寨、吉昌寨。其中马安寨、平寨、岩寨、东寨、岩寨、大寨分布较集中，而平坦寨、平埔寨、吉昌寨相距较远。

下车即到侗寨景区，迎面看见永济桥。永济桥即人们所称程阳风雨桥，建于1916年，至今已于河上耸立近百年，不愧风雨桥之谓。

永济桥之奇在于五个青石桥墩上都建有廊屋，屋上又建五座阁楼。其中桥两端阁楼为歇山顶，桥中央阁楼为八角攒尖顶，其两侧阁楼又为六角攒尖顶。五座阁楼三种风格，真真别出心裁。她凝聚了侗家建筑精华，又吸收了中华古代建筑风格，可谓多民族艺术的结晶。五座阁楼与桥连成一体，气势磅礴而不失玲珑，其势壮观而秀丽。桥下流水，桥上行人，两岸丛竹、鲜花，俨然是一幅侗族风情画。

初至马安寨，即已闻笙歌袅袅——侗家正于马安鼓楼前载歌载舞，喜迎游客。侗家歌舞闻名已久，而侗族大歌更以其原生态多声部蜚声海内外乐坛，实乃中华艺术瑰宝。其乐亮丽而优美，为侗家世代相传。今竟能身临其境欣赏侗家歌舞，实乃大幸。歌舞将毕，侗家青年舞者与中外游客携手围圈联欢。顿时，场中笙歌骤起，裙带飘飘，尤其"老外"个个手足翩翩，舞得如醉如痴。

舞后，沿街并顺河而下，过万寿桥、合龙桥、喆济桥，后到岩寨新旧鼓楼。鼓楼乃侗族标志性建筑，就连三江县县城广场也修建了一座规模巨大的鼓楼，以志三江乃侗家之乡。提起侗族，自然想起鼓楼，看到鼓楼，自然想到侗寨。侗寨寨寨都有鼓楼，是寨民协商大事的场所。鼓楼大小视侗寨财力大小而定，而岩寨鼓楼料精，体大，结构严谨，远看雄伟壮观。我进鼓楼时，恰逢侗民们向火聊天，他们对游人并无理会——因每日游人太多，他们也就见怪不怪了。

程阳五寨相连（其余三寨较远），四面环山，一湾碧水流淌其间。寨间空地多种稻田，或青绿或金黄；田边、寨角散植芭蕉、丛竹，加上秋花点缀，真可谓秀美如仙境。

行至大寨，过桥而返。

天色将晚，回三江。饭后到县城广场看夜景。

三江侗家鼓楼以马胖鼓楼为最大，看岩寨鼓楼，余尽知鼓楼之妙。因马胖鼓楼距离较远，未去。

2010年10月15日（星期六）晴

桂林

早上，从三江出发乘汽车，中午到桂林。三江到桂林，除坐汽车外尚可坐火车，但火车站距三江县县城较远，以方便计，故选用汽车。

到桂林后下午即到象鼻山。

我多年前曾在桂林小住一周，自以为城市风貌及山水都很熟悉；今日再看，变化之大，恍若隔世。昔日象鼻山、七星岩、彩叠山、伏波山、独秀峰等皆无围栏，游人尽可随意攀登观赏；山下漓江碧水清澈，山影卧波，丛竹笼烟，宛如身在画中；而江中皆是舴艋小艇，或有鱼鹰站立船头，或有游人划船摇桨，一番自然景象。我等曾泛独木舟于象鼻山下，江底鱼儿漫游、水草摇曳、卵石历历可数。而今日漓江两岸高楼林立，飞桥如虹，江中巨型游艇、竹排往来如梭，一片繁忙景象；岸边巨树繁花，游人如织。尤其象鼻山、伏波山、独秀峰的都被围于公园之中，需购票才能看见，遂叹桂林发展之快、变化之大，今昔竟不同如此。

沿漓江步行，企图寻找当年印记，但踪影全无。

将晚，路经双塔公园，看双塔，观落日，披晚霞而归。

2010年10月16日（星期日）多云转晴

象鼻山　七星岩

早饭后，游象鼻山、七星岩、叠彩山、伏波山、芦笛岩等。下午归。

桂林山水甲天下，此言已久，引来国内外无数游者。这也要感谢非桂林人的著名诗人贺敬之，是他的诗句，使此言流传天下。

2010年10月17日（星期一）多云有阵雨

阳朔·十里画廊

从桂林乘汽车出发，上午9点多到阳朔。沿途风景如画。

近阳朔，见公路自行车群如蜂拥，如行云，密集成阵，呼啸而过。其中大部为青年学生，并有外国游人加入其中。问后得知，近年阳朔风行骑自行车旅游，旅馆家家皆备有自行车，且城内多有自行车出租门店，每辆每天收取费用5元。

我闻之大喜。

入住宾馆后即租车出行，并花20元请一壮族女向导开路，直向"十里画廊"挺进。

所谓阳朔"十里画廊"，即从阳朔县城的石马圆盘到高田镇之间的十余里公路两侧风景区。其中景点包括图腾古道、攀岩基地、蝴蝶泉、工农桥、大榕树、聚龙潭、水岩、月亮山等，而连接诸景点的公路两侧风光美不胜收。

途中身旁时有车阵澎湃而过，或数十，或上百，如江涛般汹涌。骑车融入其中，成为骑车族一员，颇觉心清气爽，畅快淋漓，真是别有一番滋味在心头。道路两旁水稻近熟，金黄遍地，稻田一侧山势突兀，峰峦重叠，可谓青黄相接。再看山峰如波，遂叹阳朔精致风韵奇绝。尤其看到异形山体，或憨憨如睡，状肖八戒；或层岩如赭，似大圣飞跃火焰山；或如圆蘑擎天，撑起扛鼎之力——真是千姿百态，各有特点。

中午至大榕树景点，在树下久久盘桓。

大榕树乃当年拍摄《刘三姐》电影时的外景地，是影片情节中刘三姐与阿牛的定情处。她巨大的树体、浓郁的树冠、数百年的树龄，引导着人们把思绪伸向对刘三姐的追思，仿佛树下流水还荡漾着昔日刘三姐悠悠的歌唱。

工农桥景观最为震撼。因为这里是公路和遇龙河的交汇处，《刘三姐》影片的许多外景都是在遇龙河拍摄的，且著名景点"骆驼过江"也在附近，故工农桥成了游人聚集的观景台。登上桥身，俯视遇龙河，青山，碧水，绿竹皆扑入眼中。青山如染，碧水如玉，绿竹如簇。水中常有竹排首尾相牵如长龙般游动，一时蓝天白云、轻舟、游人形成一河流动风景。人在桥上与其说是看景，不如说是在读画，更不如说是在桥上充当画中人。

骑车前行，游览聚龙潭、水岩，再赏月亮山姿色。之所以称为月亮山，就因为山上一洞形如半圆，透天观看，恰如一轮半月。

将到高田镇，向导说，前面没有更好的景致，于是折车而返。

晚上，在繁华闹市品尝阳朔啤酒鱼。吃到佳处，暴雨突至。

2010年10月18日（星期二）多云

遇龙河　漓江漂流

（一）

因昨晚和房东商定，由他和朝阳码头联系遇龙河竹排漂流一事，故码头派人来接，早7点30分即骑车启程，8点到码头时，已有竹排在等候。竹排每乘两人，由当地壮民撑筏。8点30分竹排出发，自行车由专车送往位于工农桥附近的下一个竹排码头。

朝阳码头到工农桥为遇龙河风景最精华河段。沿途经矮山门、金龟探头、五指山、同门山等景点，其中还需漂下数个水坝，惊险而且刺激。

随着竹排向前划动，遇龙河两岸风光就像缓缓打开的一幅山水画卷，青山碧水携着一丝晨风迎面扑来。画卷秀美而意境恬静，画意清纯而娇柔，就像轻雾下略含着几分羞涩少女的神情，朦胧中飘动着诱惑。遇龙河的水就像一河流动的碧玉，镶嵌在原野之间；而两岸青山则是碧玉的流波，她起伏飘荡的韵律舒缓而轻曼，欣赏她，一下子就像在我耳边飘起了贝多芬的田园交响曲，但又有不同，这是无声的乐曲，一切大自然因素都会在面前无声无息地划过。那些映衬在碧流中的倒影，又如深色画笔在宣纸上的精心皴染，铺在水中，荡漾着游人的悠悠情怀。

在遇龙河中漂流，不需要喧哗，不需要惊扰，只需要静静地观赏和细细地品味。她的一丛竹、一朵浪，都是镶嵌在碧玉间的颗颗宝石；她的一条坝、一个弯，都浸润着美丽娇娆的风韵。

这是一河流淌的诗、流动的画、曼妙的乐曲……

（二）

骑车由工农桥返回阳朔，即改乘汽车去兴坪古镇。如果说遇龙河是阳朔风光的精华，而兴坪古镇至杨堤漓江江段则是漓江山水的经典。兴坪码头，竹排如云，主航道游艇穿梭往来。漓江两岸一侧为丛丛翠竹，一侧为兀兀青山，秀美且壮观，正所谓未登舟，人先醉。

这里的竹排并非人撑，而是机动，上面安置了成排的坐椅，这有些像简陋的渡船。初登竹排时我有些失望，惟恐机动竹排扫尽我游江的兴致。但，很快，我就被如画风景吸引住了。

漓江风光美不胜收，但她与遇龙河有所不同。如果说遇龙河向人们展示的是阴柔隽秀之美，而漓江美则蕴含了些许大气和阳刚。漓江两岸也有山，但山多了几分突兀和峭拔；两岸也有竹，但竹多了几分丛密和俊挺；漓江水也碧如春潮，但她多了几分湍急，多了几朵浪花；漓江也有竹排，但她平添几多数量，而游艇成阵，也多了几分延绵和竞技展示。就连漓江竹排上游人的相互问候也多了几分热烈和豪气。如果说遇龙河风光需要人们屏息细品，而漓江山水需要人们热眼激赏。遇龙河带给人的是细腻和柔情，而漓江带给人的是激扬和歌呼。

漓江忽宽忽窄，行至宽处，翠竹夹岸，游艇竞逐。行至窄处，游人笑语可掬，摇手相招。漓江两岸山势忽高忽低，高者手可拿云，低者匍匐如翁。山间水上时有鸥鹭掠过。

从美女峰、黄布倒影到雄狮九马、八仙过江，从五指山、鸡笔山到童子拜观音、神笔峰，漓江有了几分河谷的壮阔和峻远。

3个小时后，竹排又回到了兴坪。登岸后的观街、购物，成了游览古镇

的必修课。

下午 5 点 30 分，回到阳朔。晚饭后，逛阳朔老街夜市。

遇龙河陶姓船工好学，他是桂林高田镇凤楼村人，壮族。我游览遇龙河间，他热情介绍当地民情，多次提到相关历史。但言谈多有谬误，游毕下船相诺，返京后即邮书相赠。

2010 年 10 月 19 日（星期三）晴

柳州 · 鱼峰山　柳侯祠

早晨 6 点 30 分从阳朔乘汽车出发，上午 10 点到柳州。

此为我第二次到柳州，柳州变化之大令人瞠目。

下车后，遂登鱼峰山，眺马鞍山，过柳江桥，访柳侯祠，寻访柳州旧迹，挖掘思绪中的旧时记忆。然而，由于第一次我到柳州已是 40 多年前的事，故而当时印象中的遗存已踪影全无。

多年前我第一次来柳州时，柳江仅有一座船载浮桥，今则有数座雄伟大桥贯通两岸；而欲寻找当年柳州米粉的浓香，竟也踪影无着，尝一碗当今米粉，味道轻薄肤浅，远不能与昔日相比。然而街头售卖的各式泡菜甚多，味道不错。

柳宗元曾官居并逝于柳州，因爱民声高，故有柳柳州之称。为纪念柳宗元，柳州建有柳侯祠，位于今柳侯公园西隅，此园 40 余年前我曾来过，其中茂密翁郁的植被我至今尚有印象。

柳侯祠原名罗池庙，（因建于罗池西得名），现改名为柳侯祠，柳侯祠内建有祠堂，祠堂大门上高悬的"柳侯祠"金字匾额乃当代著名文学家、历史学家郭沫若的手迹，字体豪迈奔放，苍劲挺秀。而门联则是由韩愈诗句集结而成，曰："山水来归黄蕉丹荔；春秋报事福我寿民。"该门联为清末永州知府杨翰所书。

柳侯祠内最著名的要算"三绝碑"了。

柳宗元没后，其好友韩愈作《柳州罗池庙碑》以祭之，碑文中有诗《享神诗》，诗文神采飞扬，感怀极深。北宋苏轼读其文，吟其诗，叹其事，思其人，遂挥笔亲书该诗，南宋年间由柳州匠人刻之成碑。碑文书法雄奇深厚，刀笔恣肆狂放，被世人推为东坡书法第一碑。该碑集三大家之韩文、苏书、柳事于一身，故称"三绝碑"。又因其诗首句为"荔子丹兮蕉黄"，故亦称"荔子碑"。

中午，吃木桶饭，甚有特色。

下午4时，乘火车往南丹。经河池，风景如画，山色不让漓江。

晚8时到南丹。

2010年10月20日（星期四）晴

荔波 · 小七孔

从南丹乘汽车出发，中午至贵州荔波小七孔。

我之去荔波，一为荔波距桂西乐业稍近，而我向往乐业已久；且荔波2007年6月被联合国教科文组织评为世界自然遗产，风景秀丽，并具有很高的原生态品质。二为到桂西欣赏红水河两岸风光。观览著名龙滩水库。

所谓小七孔，实因景观中一座建于清道光十五年（1836）之铜鼓桥有七个泄水孔而得名，此桥旧时为荔波通往广西的交通要道。小七孔景区为荔波众多自然景观中集大成者。其有四奇：一奇在瀑布，二奇在水上森林，三奇

在湖、潭，四奇在溶洞。

一奇在瀑布。小七孔景区瀑布众多，溪水从山上奔腾而下，遇岩则跳，遇谷则奔，遇崖则挂，遂形成形态各异的六十八级响水瀑布。瀑布忽宽忽窄，宽者成帘，窄者成柱，细者成线；低者成涌，中者成喷，高者成泄。而众多瀑布中以拉雅瀑布最为大观者。它从半山奔涌而出，随山势形成无数水屡，再跌落而下，水流遇石而绕，渐行渐宽，遥看似半山中飞悬的水网。其跌至山底形成一潭，水纷纷扬扬地溅起无数水珠，似雾非雾，挂在空中，阳光下散成五彩。而卧龙瀑布、叠彩瀑布各具特色，亦为可观。

二奇在水上森林。所谓水上森林，乃树林长在水中，溪水奔流树下，树林枝叶密密匝匝，遮天蔽日。水上森林水丰树茂，清爽宜人，是避暑纳凉的好地方。在其中行走，顿时让人想起美洲的亚马逊沼泽，只是这里更精整清爽而已。

三奇在湖、潭。小七孔最著名湖是鸳鸯湖，最著名潭为卧龙潭。鸳鸯湖有上湖下湖之分。两湖水皆碧绿如玉，并有水道通舟船，行于其间，景色如画。水道中野生植物茂盛，有水上生态长廊之称。卧龙潭以深湛为特色，其水幽蓝而四季不同，亦是小七孔经典所在。湖畔潭边，常见蝶群追逐飞舞，平添游乐。据说，上下两湖有暗流相通。

四奇在洞。洞即指金钟洞。广西多喀斯特地貌，岩洞甚多，且洞洞奇特，各有不同。而金钟洞钟乳琳琅，尤以其一石钟乳巨大如钟得名。

进入小七孔景区，即有观光电瓶车接送。

晚，归，住王蒙村布依族村民家中。王蒙村坐落漳江之侧，村民90%为布依族，布依族衣食几与汉族无异。

2010年10月21日（星期五）晴

大七孔　白裤瑶　天峨

（一）

早晨到大七孔。大七孔之名也因桥而得，距王蒙村不远，步行只20分钟路程。

大七孔与小七孔不同之处，在于它以森林、峡谷为主。山上原始森林茂密，谷底碧水奔流，并不时有瀑布奔泻。其中一段峡谷两侧峭壁压顶，栈道悬空，行于其间，使人陡生忧惧。因此处谷底岩陡水深，故名恐怖谷。

峡谷渐行渐深，景色愈佳，而绝景尤以天生桥附近为最。天生桥，高可达百米，她是连接两座山的一块窄长岩石，她横空跨谷，悬于两山之间。其两边山上林木茂密，郁郁葱葱，并有山径相通，但须过天生桥。桥下空谷石壁峭直，碧水幽深，阳光斜射，光怪陆离，此处并时有微风习来，身心皆爽。

由天生桥下沿山路上行不远即见三叠瀑水，瀑水虽不高而有势，虽不大而声震。右侧山崖稍缓，有巨藤盘树根而上，密匝诡谲。行至谷底，乃千尺悬崖壁立如墙，面前无路可通，惟余碧水奔流而下。栈道尽而神风洞出，只是洞口用铁栅遮蔽，游人禁止通行。抬头看，眼前峭壁上有数道泉水飞漱而下，遂形成奔涌溪流。

谷底忽见一枯叶蛱蝶款款飞来，又落于石上并翅而立，其形如一片枯叶，待其双翅展开后却凸现五彩，色艳而美丽——此乃蛱蝶为适应自然选择，长期形成的保护形态。由此可叹大自然无奇不有，神异绝妙。

中午时分返回王蒙村。饭后乘车返回南丹。沿途山高水长,风景秀丽,其中最钟爱少数民族耕作于山野中,犹如一幅山野图画。

(二)

从荔波到南丹,沿途乃少数民族集聚腹地,其中以白裤瑶族最多。恰车行至里湖镇停车休息一小时,使我有机会近距离接触瑶民。

里湖,被称为白裤瑶之乡。

白裤瑶,以男穿白裤,头裹黑巾外扎白布条为标志。而女下衣不同,皆穿浅蓝底色裙,彩色环格,下摆为红色,其头饰与男瑶相同。男女上衣皆黑色,敞领口,男领口镶宽大白边,女领口敞露横格条衣。一般外出,一家三口偕行,幼儿由男子背带。

白裤瑶家朴实憨厚,为人和善热情。大部住在半山木楼中。一些青年瑶民已不满足大山生活,开始外出经商或务工。里湖镇时见白裤瑶家开车、骑摩托穿梭往来,奔忙于城乡之间。

在里湖镇偶遇两位骑车旅游采风者。

(三)

下午到南丹,再转至天峨。

天峨县城,四面环山,红水河穿城而过。由于红水河的长期冲刷,河道山体深切,两岸陡峭,遂形成峡谷,城市建筑大都屹立于红水河两岸。到天峨时正值黄昏,远山迷蒙,河水墨绿,但见暗流争涌,盘旋流泻。登城中天峨桥远望,县城、红水河即是一幅美丽幽深的山水画卷。

红水河由北盘江和南盘江汇流而成,因其两岸土红、水红得名。然近年由于龙滩水库的沉淀作用,其水已成碧绿。红水河与柳江汇合为黔江,再与郁江、桂江合流入粤后称西江，并注入珠江。红水河以流经地地势险要，落差较大，水丰流急闻名，距天峨县城 15 公里处建有仅次于长江三峡拦河坝的龙滩水库大坝。

天峨景美人也美。我曾问路，一青年女子不知，竟打电话叫男朋友开车过来相告；一老妇人回家后让老伴多次打来电话，并再发来信息以方便我随时察看。

2010 年 10 月 22 日（星期六）多云转晴

天峨·红水河　乐业

早晨 7 时，打车从天峨县城出发，半小时后到红水河龙滩水库码头。途径龙滩水库大坝，大坝巍峨屹立，雄伟壮观，而码头就在距大坝上游不远处。

此行目的地为乐业，须先乘载 20 人的快艇到圭里，然后再转乘汽车赴乐业。

早 8 点半发船，于龙滩码头沿红河逆流而上，经羊里到圭里，行程 80 余公里，历时近 3 个小时。途中红水河两岸皆山，山势或伟岸陡峭，或舒缓延绵，因此红水河也忽窄忽宽，河水忽急忽缓。河窄处逆流乃湍行于两绝壁之下，河宽时乃舒游于苍山翠树之间。由于行间水势不同，感受也不同，心境或紧张，或泰然，皆乐在其中。其间风景优美自不待言，然乘船之趣，确会产生无限惬意。

沿途河中多置网箱，密密麻麻，遥无际涯——这也是沿河两岸农人致富之路吧，然我也担心是否会影响红河生态平衡。河边山下多生芭蕉，山上多生灌木，且都茂密葱郁。而山凹处偶见木楼，有乘客说，此乃山居瑶家——居水边者多为壮族，居半山多为瑶族，而汉族多居平川，盖与生活习惯有关

耳。我心闲散，坐于船尾甲板，沉迷于两岸风光，沐浴于阵阵谷风，久之，略觉寒意。

快艇将近羊里，有船客介绍说，此为广西、贵州界河，对面即为黔地。

中午 11 时余，船到圭里，河边已有至乐业客车前来接站。

圭里至乐业，大部为乡间公路，汽车时而爬行山巅，时而落于谷底，虽艰险异常，但沿途风光优美，民族风情浓郁，足以聊慰心情。一路颠簸蛇行，披尽尘土，直到下午近 4 时才到乐业。

乐业，典型的少数民族聚集地。路两侧，少数民族妇女穿着各式各样、花花绿绿的民族服装，提篮挑担，熙熙攘攘，谈生意，比物品，热闹繁华。面对此景，眼前虽无高楼大厦，只融融气氛，繁华街市，就让人感动。

我从圭里乘车，半途曾路过一个渔湾，司机下车从河中提上一条四五斤重的鲤鱼。一瑶族妇女遂用芭蕉叶蒙上鱼眼。见我怪而不解，她解释说，蒙上眼，鱼可延长生命。果然，两小时后车到乐业，鲤鱼还活着——此乃途中趣事。

南丹去乐业，也可到凤山转车。我因久羡红水河风光和龙滩水库，故转道天峨。

2010 年 10 月 23 日（星期日）乐业 · 多云转晴

乐业 · 大石围天坑　神木天坑　冒气洞

（一）

我之所以向往乐业，志在探赏大石围天坑群之雄奇。也因从北京出发之前听到乐业大石围天坑群被联合国教科文组织评定为世界自然遗产的消息，更增加了我前往乐业的兴致。

所谓天坑，一般的标准是，它必须具备陡峭而圈闭的岩壁和巨大的容积，从地下到地面的厚度大于100或数百米，与或曾与地下河相通或相连。到目前为止，全世界发现天坑共有94处，其中一大半在中国。世界上具备3个以上天坑分布的地域共有17处，且天坑数量均不超过10个。而分布在乐业大石围一带的天坑群却有28个天坑！其中又以大石围天坑最大最深。据说，大石围天坑群有"世界第一天坑群"之称。据当地记录资料，我国重庆奉节的小寨、重庆武隆的箐口、贵州紫云的德天、贵州罗甸的槽口天坑则分别排名世界第四、第五、第六、第七位。

从乐业县城到大石围天坑景区平时有公交车相通，早上7点，我就来到车站等车，将近一小时，公交车却迟迟不到。正着急时，一位好心摩的司机前来询问，是否到大石围？我心中暗喜，遂改乘摩的出行。路上闲聊，司机自我介绍说，他是大石围村人，可一直送我等到大石围天坑景区门口。并告诉我，回程有过路车，如赶不上就给他打电话。

进大石围景区，再乘景区电瓶车去景点，一路都有导游陪同。

（二）

第一个景点是流星天坑，坑口海拔1339米。登流星天坑观景台，可远观天坑雄姿。天坑实在太大，观景台只能看到天坑峭壁的上部和远处的群山。只此，陡直的灰色峭壁和延绵的远山就足以令人震撼。

大石围天坑与流星天坑不同，其坑口地势更高，需沿山路登上凹形坑口边峰才能看到。坑口一侧建有山亭，站在亭中俯视，也只能看到对面的陡峭山崖和生长在天坑半腰上的树木。大石围天坑的壮阔、陡峭，对面山峰的辽远，也是流星天坑所不能比拟的。

  观看大石围天坑最佳地点,是在它的东峰和西峰。它们也是大石围天坑坑口周围边峰的两个制高点,可居高临下俯视。蜿蜒登上海拔1486米的东峰,大石围天坑坑口一览无余。它就像一个吞天巨口,开向苍穹,坑口四周峭壁如同刀切斧剁一般直立,灰色的峰壁,像高大的桶墙,裹住深不可测的空间,幽幽坑底深不可测任你思绪翱翔遐想。而远方群山似涛,滚滚而来奔腾于坑沿周围,景象雄奇而壮观。远眺西峰,她与东峰遥遥相对,上面也建有一亭,远望渺渺如一斑点。东峰通至西峰的山道像一条飘带,蜿蜒透迤,穿山而去,其渐行渐远,依稀遮掩于苍茫之间。据导游说,去往西峰的山道虽已修好,但尚未正式开通,如开通,两峰来回也须大半天时间。面对渺渺西峰而不能攀登,澎湃于胸的只能是遗憾。导游介绍说,大石围天坑坑底是原始森林,植物种类繁多,并有两条地下暗河与之相通。

  东峰极顶竖有一块巨石,上面刻录着我国维吾尔族著名高空行走王子阿迪力2004年9月26日用1小时14分完成1094米从东峰到西峰走钢丝的冒险经历。在这里,他被人们称为"天坑雄鹰"。为纪念阿迪力的壮举,至今,当年他走过的、斜拉的钢丝绳依然横荡在天坑上空。

  虽登上东峰领略了大石围天坑的壮阔,但天坑太大太深,始终未能看到大石围天坑坑底的真实面目,如此而去,未免游意未尽遗憾而归。此时,我忽然想起过去见过的大石围天坑全景照,照片上坑底那郁郁葱葱的森林分布、坑壁清晰的岩脉纹理都历历在目。然而,这张全景照是乘飞机航拍完成的,不觉对航拍者心生艳羡之意。

  值得庆幸的是,神木天坑坑底之游可聊解游大石围留下的遗憾。但稍稍有些惋惜的是从大石围天坑下来,导游有接团任务,竟离我等而去,神木天坑也只能靠自己自导自游了。

（三）

从大石围天坑到神木天坑，中途需经冒气洞。

所谓冒气洞，实为地下河的地面通道。冒气洞地下与白洞天坑相通，而地面洞口直径宽处也仅十几米。临洞口凭栏而望，下面黑洞洞深不可测。据确切数字，此洞直上直下深410米，呈倒漏斗状，下有大厅，面积可达27600平方米。因阳光可由洞口斜射而下，故称阳光大厅。出于好奇，遂以碎石投试，碎石落下的声音很久才听到。

冒气是该洞特色。由于洞内外温差巨大，故形成气柱。气流上升时有白气冒出，气流下降时有气旋下吸。冒气洞幽深且危险，一般人是不能随意靠近的。按管理规定，只有具有资质的探险家才能下去探险。

从冒气洞西行不远，经未曾开发的白洞天坑，30余分钟后即到神木天坑。沿石阶下到天坑坑底，则见坑底犹如一巨碗碗底，地上植物茂密，杂木遮天，朽树横斜，古藤攀空。巨树枝干或如举手探空，虬根外露或如巨蟒卧地。藤树缠绕滋生百态，互持互生，森森茂茂，不一而足。沿林间石径慢行，浓绿遮眼，潮气扑面。近处树干皆生绿苔，其厚如裹。久行，坑底静无声息，屏吸可倾听滴水落叶哒哒作响。行间，偶有鸟儿鸣唱，其空谷回声，经久不绝。

更有引人之处，是多年前有有心者于坑底诸多岩石上雕刻了许多有关百家姓的文字，如今这些岩石上覆盖了一层厚厚绿苔，部分字迹也漫灭不辨，观之如面对远古之书，顿生沧桑感。我在天坑坑底行走，竟未遇到一人。

神木天坑有通往燕子天坑、苏家天坑的山路。因相距较远，渺无人迹，决定放弃不去。返回路上，看见山道两旁斜坡上开满兰花，且香气逼人，据说，乐业天坑景区的兰花也是天下一绝。

晚上，回到乐业县城方知，早晨之所以公交车久等不至，在于今天是1930年红七军和红八军乐业会师80周年纪念日，为组织纪念活动，当地政府征用了开往大石围景区的公交车。

晚饭吃罢，到广场观看纪念活动。

2010年10月24日（星期一）多云转晴

凤山 · 三门海 暗河

早7点从乐业乘汽车出发去凤山，在凤山县县城简单地吃完午饭后再转车到袍里乡坡心村的三门海景区。凤山县多喀斯特地貌，它的马王天坑在世界排名第9，和乐业天坑群一起被评为世界自然遗产，而三门海则是凤山著名景点。

凤山县地势结构复杂，以溶洞众多闻名。盘阳河流至凤山、巴马，有"四进四出"之说。所谓四进，实为河水四次进山入洞变为暗河；所谓四出，则为盘阳河又四次从山洞流出，变暗河为明河。而三门海则是盘阳河"第一进"。实际上，盘阳河由明河转为暗河，要多于所谓"四进四出"。

盘阳河虽在袍里坡心村第一次入山，由明河转为暗河，但它在三门海却遭遇了三个"天窗"，形成独特的暗河天窗景观。所谓"天窗"，实为天坑的不完全发育，其塌陷的坑口较小，未形成成熟的天坑结构。我等乘船沿盘阳河河道进入暗河洞口不久，洞里面渐渐由小变大，继而如厅堂一般宽阔无比，真可谓别有洞天。洞里河水两边坡度较缓，可容数十百人站立。据导游说，过去著名壮族领袖韦拔群闹革命时曾多次在此洞召集过会议。

乘船向里光线渐暗，到中间竟黑得伸手不见五指，两船妇仅凭导游手灯摸索行船。暗河里多岔洞，若不习水路几乎辨不清方向。凭手灯看到，洞壁悬有许多钟乳石，或如垂帘，或如狼齿，皆生动有趣。半路，忽听水声由远而近，拐弯后再定睛看时，黑暗中对面划来一船——此乃归舟也。洞中时有顶水下落，叮咚有声，抑扬顿挫。

约半小时后，前洞渐明。原来已到第一个洞口。船出洞观看，竟是一巨大天窗。洞口周围被许多下垂齿形钟乳包裹，竟像帘幕，它们大小参差不同，或有面目狰狞者，望之令人心悸。

天窗下，崩塌岩石堆上覆盖了很厚的一层泥土，泥土上长满了各类植物，这些植物长得翠绿蓊郁，并时有飞鸟上蹿下跳，引歌长鸣。

游船顺暗河由此向前，再进洞，出洞，如此者再三。直到进入第四洞时，半路因水位过高漫过暗河通道，船竟不可过。导游说，三门海共五个天窗，近日水大淹洞，只能看三个；其余两个只能待水退后才能行船。

无奈，自然不可违，竟悻悻而返。

由于游意未尽，下舟后遂又穿过林拿屯，登上天窗峰口。站在峰口下望，天窗内暗河静卧，河水碧绿如翡翠；再向远处眺望，盘阳河两岸一马平川，稻田平铺，一块块碧绿似毯，而远处稻田两侧山重叠嶂，风景如画。

林拿屯的居民都是壮族，民居以三层小楼为主，大多开有家庭旅馆。村中有一棵古银杏，巨大如盖。村中遇到一位老妇人抱着她两岁的孙子，高兴的是，她的孙子一看见游人就笑着咿呀唱歌，并手舞足蹈。我见而爱之，随即给他拍了几张照片。返京后又马上洗出邮去，其父不日竟来电致谢——这是后话。

临近傍晚，打摩的到月里村，再乘路过旅游车到巴马县坡月村。沿途风景迷人，一时冲动竟欲下车步行。

住坡月。

2010年10月25日（星期二）阴

巴马 · 坡月 · 百魔洞　长寿村

坡月为候鸟族的聚集地。因此地气候宜人，盘阳河傍村而过，风景如画。且此地素有长寿乡之称，国际自然医学会分别于1991年和2003年或命名或颁发证书，授予巴马县为世界长寿之乡。附近有著名景区百魔洞，故北京人、东北人、广东人等多有住此地越冬者。平时市间熙熙攘攘，大多为外地候鸟族人。在这里抬眼就可看到北京老乡三五成群逛市购物，只是大多为中老年人。

坡月原为一小村，因近几年旅游发展已扩村成镇。坡月众多宾馆可长租也可短住。长住每月房租600元到1000元不等；短住一天可六七十元。各旅馆房间都干净、豁亮，且空间较大，一般约30~40平方米。房间内设有洗手间可供洗浴；房内辟有小厨，其中备有电磁炉及炊具，可随意烹饪。

我住房间的对门即长住着一对航天部门退休的北京老乡。

我等早饭后步行20分钟即到百魔洞。"百魔"即壮语音译，意为"泉水出口"。当地管理者为增加其神秘性，故亦称百魔洞。到百魔洞口附近，果见盘阳河桥旁有一泉水奔涌，且流量巨大，有许多有心人围拢泉旁用塑料桶装水。

百魔洞有两进，内厅皆巨大无比，俨然像被掏空的山体工程，且厅内多生石钟乳。而两洞中间塌陷，遂形成一巨大天窗。一度我曾疑心整个山体中空曾是盘阳河河道长期冲刷所致，而天窗实际上是山体崩塌而成，似与天坑属于同一类型。而现在盘阳河从山旁流过，可能是河流改道的结果。天窗下的平地上，植物众多，且茂密成林，尤其生长有被称为古生物化石的桫椤和多种药材树种。它们郁郁葱葱，长势旺盛，说它是一个天然山腹花园亦不为不可。天窗空处多置条凳，许多候鸟族人买了百魔洞游览月票天天在此长坐或活动。据介绍，此洞具备"三好"：一为空气好。由于天窗常年有泉，有树，故空气湿润，富含高浓度负离子氧；二为水好。泉水中富含有利于身体的矿物质，为小分子团弱碱性水；三为地磁好。据说，经测这里有有利于身体的强地磁。

穿过天窗，进入后洞。此洞钟乳石琳琅满目，千奇百态，在各色灯光映照下异彩纷呈，远非语言所能表述。

从百魔洞出来时，适逢中央电视台在此录制节目，有一队身穿白绸衣裤的练功者正在洞里津津有味地打着太极拳。当地人说，盘阳河由百魔洞附近山体再次潜入地下成为暗河，此为"四进"中之第二进。

中午将至，遂赶往著名长寿村巴盘屯。

巴盘屯距百魔洞10余华里，位于盘阳河畔的一片坡地上。在去往巴盘屯的道路两旁，到处是绿水青山，翠竹葱簇，插秧不久的稻田一片绿色，公路两侧羊蹄甲花正在盛开。据说，巴盘屯仅有110户人家，而百岁老人就有7人，80以上老人20余人，年龄最大者竟115岁。

百岁老人多散居在坡上主街旁各家。其中以黄卜新老人年龄最大。拜访时，老人穿一身唐装，精神矍铄，神采奕奕，爽朗健谈。在巴盘屯，我等先后看望了黄妈干（108岁）、黄妈文（108岁）等老人，她们皆身体康健，幸福快乐。我等看望时，皆留赠红资以示贺意。

在街上，遇见一老婆婆背着一捆刚从山上打来的柴木健步而来，问年龄，她停步笑答：已八十有六了！面对如此健朗的老婆婆，我惊异不已，遂感慨：此为健康长寿之乡，名副其实。

在村中探访近 3 小时，直到下午才觉饥肠辘辘，急忙寻访一家农家院吃饭。

返回坡月时，因沿途风景太美，遂不忍倏忽而过，辜负了大好风景，遂决定步行返回。

有人介绍说，此地水晶宫景区熔岩甚美，建议前去游览。我因过去看过许多熔岩，遂决定不去。

2010 年 10 月 26 日（星期三）阴

百鸟岩　甲篆镇

早晨到百鸟岩。百鸟岩，又名水波天窗，距坡月 10 余里。百鸟岩景观似三门海，而岩洞、暗河更壮观、曲折，景色更秀丽，更具田园风光的神韵。在此地住，不枉画中仙人。只是距村落稍远，候鸟族人居住人少，较嫌冷清。

此地之所以称为百鸟岩，概因昔时暗河洞里栖有百鸟。然随着此地的旅游开发，如今洞里惟余蝙蝠而已。景区又名"水波天窗"，因其亦为天坑不完全发育，天窗更小，暗河行程更险。但洞前风光更美丽，可领略未出洞，先入画的意境。整个景观形成上天窗、下水波的迷人景观。

导游说，此为盘阳河"四进"中之第三进也。

值得一提的是百鸟岩景区的一个宣传单竟别出心裁，巧用美国总统奥巴马的名字加以句读，竟成"噢，巴马！"并用作封面文字。真是聪明的构思。

接近中午，返回坡月。饭后由坡月赶往巴马县城，途径甲篆镇。甲篆镇，是此地乡政府，坡月、巴盘均属于它的管理范围之内。甲篆镇附近有景区，盘阳河又由地上流入地下，据说，此为盘阳河"四进"中之"第四进"。

巴马城，干净整齐，景色秀丽。

转车至田阳。住田阳。

2010年10月27日（星期四）阴有雨

大新 · 回春河　德天屯

早晨7点乘车，10点到靖西。本欲去通灵大峡谷，因阴雨天寒，故决定放弃，直接去大新德天瀑布。遂于汽车站乘至崇左的公交车到硕龙镇下车。硕龙，距德天瀑布13公里，镇上即有私家车接站。

田阳—靖西—大新，沿途风景皆如仙境，惟交通不便，以致旅游业开发不足，深叹广西财力不足，徒闲置旅游资源。靖西至大新路上，阴雨绵绵，山野尽湿，颇觉寒气袭人。

近中午雨霁，车到硕龙。遂乘私家车到德天。中途过"绿岛行云"碑刻，司机停车，遂登上观景台，远望回春河。司机介绍，回春河对岸即越南境内。

硕龙至德天，沿途水稻将熟，青山之下一片金黄，令人神往心醉。

中午，到德天屯。德天屯为德天瀑布所在地。

德天瀑布是发源于我国靖西县的回春河流经德天屯中越边境时，遇山体多层断崖形成的多级瀑布，壮观而美丽。据说，她是我国最美丽的边境瀑布。而回春河的名字之所以充满诗意，实乃由于此河流入越南不远又回流我国境内，当地人认为此河出国又归国，对此河敬爱有加，故名之"回春河"。中越两国虽隔河相望，但景物一样，风情一样，远远眺望，并无差异之感。

安排好住处，已是下午，游览德天瀑布半天时间不足，遂决定明天游览瀑布，今天下午逛街。

德天屯不大，却干净整洁，街面建筑多以旅馆为主，楼下开有商铺。德天屯中间开辟广场，广场中间密密麻麻地排列着带遮阳伞的临时商铺铺位，这些铺位以销售红木小件、玉雕及越南产品为主，且价格适宜。平时，广场商铺前总是熙熙攘攘，到处拥挤着购买各色物品的游人。这里的商贩朴实而热情，中间不乏有许多内嫁越南女子。

此行本欲先到百色，再由百色到靖西而转德天。只因到田阳后觉距靖西、德天较近，故跳过百色直到靖西，但又因靖西天气不佳，故未作停留。此行因雨失之两地，可见天公难测也。

2010年10月28日（星期五）多云转晴

大新 · 德天瀑布　边贸集市

上午游览德天瀑布。德天瀑布与越南板约瀑布相连，为跨国瀑布；宽约208米，落差70米，纵深60米，为三级瀑布。据说，其年平均流水量为黄果树瀑布的3倍。

游览德天瀑布景区，一是要远观瀑布全景。只有远观全景，才能全方位把握瀑布整体面貌。二是乘竹排游览。乘竹排游览能近距离接触、多视角观看瀑布的壮观气势，感受瀑布的澎湃神韵。三是要到中越边境53号界碑。53号界碑附近集中了中越两国边贸集市，在那里不但能体验两国风情，还能在边贸集市购物。

从观景台拾阶而下，不远即是竹排码头。登上竹排向前，河中即有越南水上商贩划着竹排兜售商品。

竹排顺河水划近瀑布，即见我国一方的巨大瀑水和对岸越方的瀑水连成一片，瀑布宽阔而连远。待竹排渐渐地划到瀑布下面，首先让我们领受的是震耳欲聋的惊涛轰鸣和瀑水由上而下排山倒海般的奔泻。眼前，如无数飞窜直下的水柱粘结在一起，初见白茫茫一片；再细看，瀑前飘飞的是惊涛落潭溅起的空中飞雾，飞雾似雨非雨，濛濛星星，打湿了人的肌肤，打湿了人的衣裳，使人置身于水的世界中。若迎着阳光蓦然回首，还会看到一条弯曲的彩虹像飘带，斜挂在纷纷扬扬的细雾里，景象奇妙而美丽。

这时，船工正在水中奋臂操槁，用力将竹排向瀑布近旁撑去——他们想让游人近距离接近瀑水，感受瀑布奔泻的魅力，而瀑水激起的大浪却又拼命把竹排推向外方。这时，你一定会惊叹于自然力和人类智慧的角逐。

大约一个小时后，竹排渐渐地划离瀑布。登岸弃排从码头沿山道上行，就是德天瀑布的第二级和第三级。它们都汹涌而壮观，有的支流从岩石孔隙中涌出，如喷雪又如涌潮，汹涌而又美丽，但其规模已远不能与一级瀑水相比。

沿景观大道向前，即中越边境的53号界碑。碑下不远，一面是中国集市，一面是越南集市，两个集市相距不远，但都喧哗而热闹。走进越南集市，越南的小贩们会用熟练的汉语大声向人们推销商品——他们与国内的小贩并无区别，只是商品品种稍觉单调。

下午走出德天景区。3点半，与宾馆结账后乘车前往南宁。晚上，到南宁火车站购得明天上午去北海及11月2日返京车票。

2010年10月29日（星期六）晴

北海·银滩

上午乘火车去北海市。到北海后，沿街寻找，竟遇到一家山东聊城人开的宾馆。宾馆开张不久，小楼干净而舒适，我们就决定住在这里。一切安排就绪，下午即到闻名遐迩的银滩游览。

北海市并不像我们想象的那样繁华喧嚣，到处是购物的人群，其实，她只是一座整洁清静的城市。她滨海，常年吹着海风，长着许多近热带植物，就像一座美丽的大花园。若在这里修养，寻找舒适，的确是上选之地。

北海最著名的要算银滩。就广义而言，沿北海市南海岸线东西绵延长约24公里滩涂，皆可称为银滩。其沙细而白，其滩长而平，其水温而净，其浪柔而软。就狭义而言，或仅指银滩镇附近的海滨浴场。若沿银滩海滨而行，你就会看到，椰树、棕榈、蒲葵等绿色植物密集分布在海岸上，组成一条花开四季的热带植物画廊，其柔和的海风，湛蓝的大海，远方的泊船，加上脚下细白平阔的沙地，一切都美丽温润而诱人。人们来到这里，就是为了享受，享受大自然的给予，他们或搏击海浪，或席地沙滩，或沐浴阳光，或徜徉美景，感受大海的抚爱。

尽管时序已是深秋，天气微寒，但我面前几位初涉世事的少年男女，竟穿着衣衫，狂喊着扑向海浪，嬉、闹、喊、跳，宣泄着自己对大海的挚情。也许是受这些少男少女们感染，我等随即也邀船入海，感受大海午后落潮的魅力。

在海滩漫步或许是最深切的感受，看海，看船，看海浪，看弄潮儿……这时的心情，就像泊在海湾里的归舟，沉静而平稳。傍晚，日渐沉西，半天红透。而海中一道鳞波，由远而近，从夕阳下铺展开来。迎着鳞光看海中横卧的泊舟，或三或五。看远处行船曼驶，或一或二，展示给我们的是一片半静的海面。这时的海滩上，人们或漫步，或静坐，身形随日光飘移拉长，拉长，渐成剪影。

2010年10月30日（星期日）晴　风速四五级间六级

北海·涠洲岛

（一）

早晨，到北海国际客运港参加当地旅游团，然后乘快船跨海游览涠洲岛。

涠洲岛是广西最大、地质年龄最年轻的火山岛，以美丽著称。该岛位于北部湾中部，北临广西北海市，东望雷州半岛，东南与斜阳岛毗邻，南与海南岛隔海相对，西面面向越南。

我曾登上过辽宁兴城附近的菊花岛、浙江的舟山群岛，今日到北海，又将登上了涠洲岛，不知为什么，我的心情在企盼中又添加了些许激动。

进入港口后随导游一路疾行，直到登上渡船远望才发现，港湾密密麻麻地塞满了泊船，中型、小型，甚至远处停泊着几艘大型船舶，耳畔机声轰鸣，船笛声声，眼前航道上，船来船往，到处是繁忙景象——面对此番情景，我竟无法解释昨天在银滩上的静谧感受。直到此时我才明白，我的故见，遭遇到了颠覆，北海，还有她喧嚣的另一面。这，也许才是她的真实面貌——一个即将走向世界的繁华城市。

今天乘客满员——船员说——前几天因大风停航，游人都集中在今天出

海,故而人满为患。

途中依然风大浪急,远处,海船一艘艘地从天边而来又隐于天际而去,看到这些,我从中体验到海洋的辽阔,宇宙之博大。太阳渐渐地升高,她拉出的光尾铺在海面上,形成一片闪光的微澜,继而,微澜散发出热量,驱散了海风带给人们的阵阵寒意。

三个多小时后,渡船驶近涠洲岛。我首先看见的是一座长虹般跨海长桥,它由岛上伸出,远隐于波涛之中。一位船上新结识、住家岛上的教师告诉我,这座长桥直通海上的石油钻井平台,为中石油所建。

不久,船进入涠洲岛海面,一艘对开的快船迎面驶来,它乘风破浪,后面拖着一尾白线渐渐远去,须臾没于海天之间。渡船几经弯转,慢慢泊于涠洲岛南湾港,风浪也为之减弱。眼前的涠洲岛植被茂密,到处郁郁葱葱,而岛上建筑历历在目。回首,不远处的海面上,猪仔岭静静地矗立在风浪中。港口内外远近海面上,停泊着数艘大型轮船。

(二)

下船出港后有人接船,再登上汽车,于是,环岛游览就此开始了。

今天的旅行计划是先游览天主教堂,午饭后再游览火山口地质公园、滴水丹屏、石螺口海滩、灯塔、博物馆等景点。导游说,猪仔岭因涨潮,通岛小路还淹没在海水中,所以只能远看,不能近登。

天主教堂为法籍范神父于清同治八年(1869年)在圣堂村(今盛塘村),花了十年时间,用岛上特有的珊瑚石建造的,占地面积近千平方米。它独特的哥特式建筑风格,给涠洲岛带来了一丝域外风情。

围洲岛火山口到处分布着赭红色的礁石——这是火山喷发时的杰作。而礁石激起的崩天巨浪和震天轰响让我感受到了大海的力量。沿海边山道前行，垂岩而下一簇簇仙人掌，也让我惊异于大自然的神功造化。博物馆展出的出土实物和遍布岛上的一片片繁密的香蕉园，更让我看到了一个真实又富有浪漫情怀的岛屿历史和人们当今的生活方式……当我穿过林海，沿着登山步道登上岛屿最高处时，海风又赋予我更辽远的眼界和博大情怀。

在岛上，我看到了明代著名戏剧家、《牡丹亭》作者汤显祖登岛碑，上面记录着这位伟大剧作家登岛实迹。其实，我们并不知道汤显祖的登岛情缘，但他的诗作却给我们讲述了一个遥远的故事。同时也是他用诗作《阳江避热入海，至涠洲，夜看珠池作，寄郭廉州》抒发着自己的情怀：

春县城犹热，高州海似凉。地倾雷转侧，天入斗微茫。薄暮游空影，浮生出太荒。乌艚藏黑鬼，竹节向龙王。日射涠洲郭，风斜别岛洋。交池悬宝藏，长夜发珠光。闪闪星河白，盈盈烟雾黄。气如虹玉迴，影似烛银长。为映吴梅福，回看汉孟尝。弄绡殊有泣，盘露滴君裳。

黄昏，我们乘船望着夕阳披着霞光返回了北海。在船上，我想，这种情景，恐怕汤显祖是不会感受到的吧？

（三）

回到住处要途径四川路，在路口品尝石斑鱼、海虾等海鲜成了我此次北海之行惟一的餐饮纪念。这里的石斑鱼味道鲜美而价格便宜，尽管它们有可能是近海箱养。

这时，我忽然想起在去往涠洲岛的船上，同舱结识了一位当地农民。他朴实而善谈，他说，他是到北海市来看望当医生的儿子后返回涠洲岛的。近年生活提高了，他种植了1000余棵香蕉，收获后以每斤3角钱的价格卖给经销商，每年收入超过万元。但他为今年的收入担忧，他说，经销商收购香蕉每每压价，直至每斤仅两角。蕉农有风险，也辛苦，若逢12级以上台风，

香蕉园被毁,将分文无收——说这话时,他的语音变得有些低沉。

2010年10月31日(星期一)晴

北海 · 红树林　免税店　冠头岭

早晨8点余,打车到金海湾,观赏海上红树林。据介绍,金海湾海上红树林,1990年被国务院列为国家级自然保护区。

进园即有电瓶车载人行游,导游由司机兼任。凑巧的是,在门口,我遇到了几位北京老年人,交谈之后遂决定同行。车行不远,即见浅海中生长着一望无际的绿色树木,树木不高,似北方低矮的灌木丛。导游说,这就是红树林了。我们有些失望,红树林怎么不是红色?而且,红树林上空并不像资料介绍的那样白鹭成群翱翔——只不过时有鹭鸟掠过罢了。在大片低矮的绿色树木中间,高于水面横着一条条伸向红树林深处的木制浮桥,它们由海底木桩支撑着,显得坚固而平稳。远处,浮桥中间建有几座简单木亭供游人休息。

我们下桥,沿浮桥前行,一直走到红树林深处,老人们还是被一棵棵树的碧绿娇嫩打动了,在他们脸上不时流露出孩童般的微笑。

导游说,所谓"红树林",其实就是热带及亚热带沿海海岸潮间带自然生长的一种植物,是资源最富庶的生态系统,目前在我国共有18个红树林保护区。金海湾的红树林由白骨壤、桐花树、秋茄等树种组成,有趣的是,这些树种表皮绿色,里面却是红色,且是"胎生"!原来如此!它们的红色竟被绿皮裹在里边,我们一时被表面现象蒙骗了。同时,她的话引起我们极大兴趣,以前我们只知道哺乳动物胎生,未曾想树木居然也有胎生!尤其是"显胎生":即树的母体将种子中的胚芽孕育成活体幼树后才与之分离,而与之相对的是"隐胎生"则简单得多,母体只需把种子中的胚胎激活既可"放生"。没想到的是,自然界的植物也这样神奇!而更令我感动的是,这种神奇竟造就出了植物体的母爱!可见母爱不但人类、哺乳类动物有,就连植物也有,母爱是超越物种的吧?

有的浮桥颤颤巍巍,前面的几位老年人时有"险情"发生。还好,导游是位热情、细心的女士,她照顾得很周全。在桥上行走,眼前时有鹭鸟惊飞掠过,桥下浅水中还会发现小鱼小蟹,这些情景,竟引得老顽童们的阵阵惊叫。

导游说,金海湾栖息最多的是白鹭,但因季节的关系,今天见到的鹭鸟很少。

离开红树林,来到沙滩游乐场,几位老年人竟快乐得像些孩子,打秋千、躺吊床、玩翘翘板。有的竟双双卧在沙地上拍照,活泼得就像初恋的情人。

当我们离开金海湾已近中午,与几位老乡分手时心中竟产生了一丝恋意。

(二)

上出租车后,司机告诉我,北海有许多"免税店",打车到那里参观购物,车费由店家付给;且商品大多为进口货,由于免税,所以价格很便宜。我向来对这些话持怀疑态度,但又充满好奇。北海"免税店"是什么样子?决定去看一看。

来到所谓"免税店",里面商品琳琅满目,从摄像机到手表,从箱包到金银工艺品应有尽有。一款瑞士劳力士手表仅要价四五千元,按司机的说法,该款手表一千多元就可拿下。我不信,真正的瑞士劳力士竟如此便宜?

在我再三追问下，司机才被迫承认手表并非出自原厂，是瑞士一些小厂生产的——这使我立刻想起北京前几年充斥手表市场的仿造品。我不敢断定这些手表是否真像司机介绍的那样是瑞士的一些小厂生产的"真品"，但我的判断力告诉我，让我远离它们。

说来也巧，我在金海湾红树林遇到的几位北京老乡也被出租车司机拉到这里。闲谈间，一位老夫人看上了一只贝壳做的挂坠，问价，说要60元。经砍价后还要50元，并说低于此价不卖。我不知那位老夫人是否买了那个贝壳挂坠，但我后来在北海南珠市场看到的同样挂坠，要价仅20元。

下午，游览北海老街，然后直奔冠头岭国家森林公园，登上"海天一色"观景台。观景台的日落，绚丽而辉煌。我曾看过许多海上日出、日落，冠头岭的日落在我印象中，也是最美丽的日落之一。因为，在这里，波光粼粼的金色海面上，浮动着许多高高挂着风帆的渔船。

2010年11月1日（星期二）晴

南宁—凭祥　友谊关　浦寨小镇

早晨乘汽车从北海返回南宁。未出南宁站即登上开往凭祥的汽车，下午2点多到凭祥。稍事休息，即打车到友谊关。

友谊关初建于汉代，旧称雍鸡关、界首关、大南关、镇南关、睦南关等，1965年改名友谊关。它位于中越边境线上，现为我国一类口岸。其地势险要，关楼建于左弼山和右辅山（现名公鸡山）交界处，可谓"一夫当关，万夫莫开"，历代均为军事要地。关楼曾5次被外国侵略者占领，两次被毁，两次重建。此关楼为1957年重建。门额"友谊关"为陈毅元帅题写。

此地曾爆发过"中法战争"。1885年3月，在冯子才和苏元春率领下，清军取得了抗击法国侵略军的胜利——此也是近代史上我国取得的惟一一次御外战争胜利。现友谊关存有一法式小楼，它建于1914年，由法国人设计。此地原为清政府"镇南关分署"办公地点，当时该署负责边境外交事务和维持治安。

沿左弼山山道登顶，可到镇关炮台。此炮台中法战争后为镇守此地的苏元春所建，其与右辅山炮台呼应，形成坚固的军事防御体系。炮台下延绵与关楼相连者为明永乐年间修筑的单体城墙，墙下有砖铺阶梯。

沿关楼之西山道攀登可到达公鸡山炮台。炮台分为镇北台、镇中台和镇南台。1907年，革命先驱孙中山曾于公鸡山镇北炮台打响了反清第一炮，发动了著名的镇南关起义。

从镇关炮台下来本欲登顶鸡公山，因此时黄昏，落日西沉，人迹寥寥，故登至一半而返。遂改道到关楼南侧广场。广场西侧为口岸大楼，中越人员来往皆由此楼前大门出入。由广场东望，见偏南山林中有绿色碉堡式建筑，很像越南的军事设施，而山下公路上货车来往频繁，一派热闹景象。一军一商，形成鲜明对照。

在广场上遇一双东北父女，他们告诉我说，他们在凭祥办了旅游签证，准备明天赴越。

下午5点多，出景区大门，没想到来时乘坐的出租车司机依然在等。上车后，采纳司机建议，继续西行20公里，前往边境小镇浦寨。

司机说，浦寨原为边境小村，因中越边贸发展较快，故交易渐成规模，全国各地行商纷至沓来，在此地形成了较大的交易市场。初入浦寨，即见车水马龙，大型运输汽车来往不绝。吃晚饭的饭馆，竟是河南商丘人所开。老

板说，他的饭馆专门招待来自河南的司机和商人。此饭也是我入桂近一月来第一次吃到北方人爱吃的烙饼。

饭后，到街中大排档盘桓，见吃客熙熙攘攘，或秉灯而饮，或闲聊谈天；从拍档招牌显示看，全国各地风味小吃俱全。行至街西，遂见临街店铺鳞次栉比，招牌灯箱比比皆是，把小镇照得亮如白昼，商店内，玉石、木雕、工艺品等应有尽有，其中以越南等东南亚国家产品为多，但价格比德天稍贵。

回住处后，服务员说，此地各经销店许多商品是半夜偷渡入境的；外国商贩常常下半夜从山上小路背篓入境，交货后再返回，当地人称之为"飞虎队"。

果然，当天半夜酣睡中被一些"辟""啪"声惊醒，是鞭声？爆竹声？枪声？不得而知。

2010年11月2日（星期三）晴

凭祥—南宁

在越南母女开的包子铺吃完早饭，在浦寨乘上开往凭祥的汽车，2元钱即到凭祥火车站。9点上火车，经崇左等站，下午2点到南宁。凭祥是一座整洁美丽的城市，充满着浓浓的南亚风情，可惜因时间仓促，未能停留细看。在凭祥到南宁的火车上，我被沿途风景深深打动：山山皆是景，处处尽妖娆。

因多年前曾来过南宁，故这次未过多安排时间参观市容，只是安排就绪后，下午游览了市内的人民公园，逛了逛南宁夜市。虽如此，已感受到南宁的巨大变化，多年前的记忆早已踪影全无了。

2010年11月3日（星期三）晴

列车上

登上10点半开往北京西站的火车。车上遇到北京社科院果木研究所专家数名，与其笑谈不已；并兼及果木栽培知识，一路收获甚丰。

火车出广西，过两湖，入河南，穿河北，直至北京，气温也似从秋到冬，两日之间，温度迥异。

2010年11月4日（星期四）晴

下午2点多到京。

结束语

11月4日下午回到北京，我结束了近一个月的广西之行。在即将结束这次旅行时，就在南宁上火车的一刹那，我心中蓦然产生了一种恋情。我知道，短短一个月，我已深深爱上了广西这片土地。这次旅行，是我的快乐之行，我不情愿地过早结束这段精神愉悦的快乐之旅——尽管这此旅行在我诸多旅行中时间最长——但我还是为这次旅行感动。

如果说广西是秀美的，那就在她的秀美中，更多展示的是山水绚丽色彩；如果说广西是壮丽的，那就在她的壮丽中，更多展示的是山水妖娆的情态；如果说广西是深厚的，那就在她的深厚中，更多展示的是各族文化的多年积淀；如果说广西是热情的，那就在她宽厚的胸怀中，更多展示的是淳朴

真挚的情意。

　　一路走来，我走过广西的过去，走到广西的现在，尽情浏览广西的山山水水，在群山之巅眺望见到了她的未来。我深深地为广西的秀美惊叹，也深深地为她未能更多地把自己的身姿展现给世人，或世人没有更多地了解到广西的魅力遗憾。她的旅游资源是那样丰富，那样多彩，那样妖娆而美丽，这还有待于进一步开发。然而，她的管理者还应突破束缚发展的本土观念，进一步制定更开放的政策，让她秀美的胸怀拥抱更多的追美者。

　　我们热切期望着这一天。

沿黄河北上 | 旅行日记

前　言

2010年7月21日至8月10日，我携友人从北京出发至陕西韩城，再由韩城一路沿黄河北上，经宜川、黄陵、洛川、延安、延川、绥德、靖边、米脂、佳县、榆林而至内蒙古伊金霍洛旗、东胜、包头、呼和浩特市，盘桓数日后返京。此行先后20余天，领略了陕北高原风光及内蒙古包头、呼和浩特民间风情，实现我多年夙愿，可谓收益多多。

黄河朔行内蒙古后东流，继而折身南下，成为陕晋界河。在南下过程中，黄河穿山越岭，呼啸千里，澎湃之势锐不可当。黄河在这里，携走了泥沙，沉淀了文化，从而形成黄河中游独特的自然景观和沉积数千年的人文风貌。陕北，有着深厚的文化积淀，历史上许多伟大事件都与陕北有着关联。

陕北高原是我国历史上南北民族大融合的前沿，她饱受历史折磨但又深藏文化机缘。这里，蕴积着智慧的光辉。而当智慧光辉与文化机缘进行空间碰撞时，她迸发出的火花将是任何力量都无法抵御的。

陕北文化是黄河文化的一部分。她有着黄河文化的深邃性和丰富性。她的绚烂，她的多彩，她的高亢和深厚，只有在民间才有可能真正地探寻和品味到她的真谛。

此次陕北之行缘于一次闲谈。数年前，一位老者告诉我，陕北高原在她的形成过程中，尤其出现人类活动后的数千年里，形成了她独特的文化圈。她的惟一性、不可替代性只有当你身历其境后才能深切体会到。于是，陕北之行从这日起便在我心中萌动。另外，我一位陕北出身的好朋友的恋乡情结和丰富的文化知识也成为我出行的动力并为我提供了很好的借鉴。

至于此行第一站为何选择韩城，我是有考虑的。韩城，自古为文史之地，陕北，这块土地的魅力和她不可抵御的诱惑，还将吸引无数有兴趣的游子不断领略她的丰姿。

2010 年 7 月 21 日（星期三）晴

赴韩城

乘 1363 次列车于晚 19 点 03 分从北京西站出发，前往陕西韩城。

2010 年 7 月 22 日（星期四）多云

韩城 · 司马迁祠

下午 13 点 13 分到韩城。入住。小憩。遂乘车至司马迁祠。

司马迁祠坐落于韩城芝川镇南塬上，东依梁山，西畔芝水，居高临下，地势雄阔；其始建于晋永嘉年间，历朝均有增扩，现存四层台式建筑。

涉芝秀桥，过木坊；入古道，穿夹柏。再经朝神道，登 99 阶而抵山门。有两牌坊赫然题曰"河山之阳"、"高山仰止"，此语真为司马公之确论，后人应无异议。牌坊后有一院，苍柏参天，古碑林立——此即为宋建祠殿，殿内有司马迁塑像端立。

祠后有宋元时司马史公衣冠冢，传为元世祖忽必烈所立。冢顶生一古

柏，上分五枝，如巨手擎天；五枝皆枝繁叶茂，郁郁葱葱，但不知为何年所植。司马公自称《史记》"究天人之际，通古今之变，成一家之言"；而鲁迅则称之为"史家之绝唱，无韵之离骚"，后人争相效法，得益多多。

祠右侧路皆用磨盘石铺成。人曰：此象征司马公生前备受磨难也。登山上观景台下望，芝水细流如带，芝秀桥卧波如虹；牌坊、古道历历在目，皆笼罩在夕霞中；登梁山，举目远眺，天边莽莽苍苍，黄河东南而去，对岸，高塬如堵，亦绿亦黄，一弯长桥跨河飞架，势可横天——此为黄河公路桥。观此景遂叹：此真不枉为司马公身后雄踞之地。

冢后山上多石刻，盖历代文人墨客所题咏，但以现代名人居多。

意欲于台上静等，观落日西沉，无奈行将静园而末班车将到，不得已下山。

晚5点30分乘车归，乘务人员不无遗憾地说：你们如早来一日，即可与韩城人在禹庙同庆大禹生日！这时，我们才知昨日为大禹诞辰，一时竟错失良机，引为憾事。途中，见民居门楼皆在房屋一侧，且高而窄，俱施琉璃彩，门楣多嵌祥语，知为此地民俗。

2010年7月23日（星期五）多云转大雨

韩城 · 龙门　党家村　文庙　毓秀桥

上午到下峪口，再转车至龙门。此地亦名禹门口，传为大禹治水所凿。故《禹贡》有曰："导河积石，至于龙门。"

站在龙门黄河桥上，见脚下黄河水由龙门山峡谷澎湃滚滚而来，向北望，龙门山峡谷东西两侧山峰延绵不绝，对峙如削，黄河水谷中冲决跌宕，似天河奔突泻下。而峡谷延至龙门，收为一口，窄似门阙，河水奔挤争突，搅作无数巨漩盘旋飞转，而涡眼如巨口吞水，令人望而生畏。待东南回望，视野忽开，黄河过龙门即扑入平原，浩浩荡荡，遥无际涯。一时站在桥上，一南一北，一湍一缓，一张一弛，多种滋味瞬间体验。

龙门有三桥：旧有铁索桥，犹存，已废黜不用；铁路桥，通火车之用；另为公路桥，修建年代最近，人、车通行之用。桥西为陕西韩城，桥东为山西河津。一桥之隔，可谓"鸡鸣两省"。桥东原有禹庙，现不存；原址建有一亭，亭中有碑，记禹门旧事。

俗有"鲤鱼跳龙门"之说：言鲤鱼逆流跳过龙门即可成龙。欲寻龙门之跳，遂下桥南农家餐馆中，答云，龙门已少见大鱼，惟小鱼可食。遂罢。

桥北有铁皮船可逆流游龙门峡谷，因无法凑齐人数而作罢。在码头等船时，见一寻人启示曰，其子前日在壶口垂钓，不慎坠河。欲在下游寻尸，见者与某某联系等。遂叹。

上车，即大雨滂沱。

车行半路，即下车，入雨幕中游元普照寺。饭后再打车游览著名民居党家村，遂解昨日民居门楼高窄之疑：盖由党家村等古民居衍生所致。

返城，再游文庙（含城隍庙、东营庙）、毓秀桥（清康熙年建）。回到住地已晚 7 时。

韩城为历史文化名城，乃人杰地灵之所。司马史公之诞生地自不待言，而清乾隆时因为官者众多，竟有"朝半陕，陕半韩"之说。明清之际，仅举人就 1396 人，进士 119 人。

此行途径下峪口，但见烟雾弥天，气味刺鼻，经久不息（列车经山西河津时亦如此）。当地人介绍，盖因炼焦、化工、洗煤所致，遂叹淘汰落后生产力，实现低碳生活目标，实属不易！

2010年7月24日（星期六）雨转阴

宜川

中午，乘车往宜川，一路大雨。韩城至宜川为上山路，公路爬山越岭左右盘旋，至峰头，云在身边飘飞，如浓雾翻卷，稍远不见山、林。车过南康梁（植被保护区）下行。雨住。山陡，路面多铺石子以缓车速；行至薛家坪后，一河沿山脚蜿蜒奔流，渐次漫山皆绿，杨柳成行，浓色欲滴，林密如昔日于大兴安岭所见。山上多种花椒，农民以此为副业。由于近日接连阴雨，公路多有山上坠石，车须绕行。

近宜川，兰青（兰州至青岛）高速掠城而过。据介绍，今年"十一"通车。傍晚，到宜川。

宜川县城四面环山，仕望河穿城而过，城虽不大，但山青水秀，干净整洁，郁郁有灵气。

2010年7月25日（星期日）小雨转晴

宜川 · 壶口瀑布　洛川土林

宜川至壶口的私家车运行方式似已约定俗成：凡司机为游客代买门票，车费可免；而优待免票者（如70以上老年人等），车票价格和公交车相同，单程每人20元。游人在景点旅游时先不用买门票，浏览后景点再与司机结账。这是我第一次遇到的旅游收费形式。

宜川至壶口公交车每日一班，早8点30发车。由于公交车晚发，游人多包乘私家车，早6点30分即可成行。

早晨，天降小雨。因昨晚已与司机商定，故晨6点30分出发，一小时后就到达壶口。近壶口，已闻河水奔腾之声。雨住。

壶口瀑布乃黄河水急收窄于一河底石崖所致；其形如壶，故曰壶口。待顺台阶走近围栏，遂见壶口处巨流汇集，激荡翻腾，浊浪骤沉崖底，声震如雷。再细看，河水上下搅动盘旋，挤压喷跃，于石崖处飞湍狂奔，成一巨大水窟。其力千钧，如重锤灌底，势不可挡。由于落差之故，巨浪相互撞击溅落，击起细雾，蒙迷飘飞，几可遮天。其势轰鸣震撼，动人心魄。不多时，有游人不胜其涛其声，竟掩耳遮目而去。

近日连天大雨，水流大增，一壶口竟不胜其泻。故壶口之南，东（为山西吉县）西两岸又各生一瀑。西瀑窄而激，东瀑宽而稍缓，但都壮观惊魂。尤其东瀑，瀑水宽达数十米，急奔狂泻，飞短流长，其势汹涌。由于泄水口时有巨石隔绝，水瀑时飞时断，景观曼妙如黄果树瀑水，惟落差不如。

到壶口领略惊涛一跳之志可谓久矣，竟于今日得之！壶口看瀑，一为观其势，二为睹其滔，三为听其声，四为感其境。今日四感皆俱，心满意足。

忆昔日光未然观壶口瀑布而作《黄河大合唱》，遂成举国抗日之咏；遥想楚太子得枚乘《七发》而病体愈，想象若临壶口，仅惊瀑"一发"即可"涊然汗出，霍然病已"。

返回时，途经十里龙槽，登孟门山。孟门山乃黄河中心一巨石，长300余米。《吕氏春秋》记曰：龙门未辟，吕梁未凿……河出孟门，大溢逆流……禹疏通之。而《水经注》曰：孟门，龙门之上口也……。可见，黄河之水由此入山，龙门山峡谷如何不险？孟门山有跨河索桥可通，山上有禹像、祭坛及历代石刻，可见大禹在华夏地位之高。

回途半路，见一瀑布飞流山上。

午后，往黄陵。途径富县、洛川。富县、洛川遍地皆绿，尤以盛产苹果

著名,沿途百里果园绵绵不绝。汽车路过红军洛川会议旧址。

值得一提的是洛川土林,此为洛川独有景观,定为国家级黄土地质公园。其除真实记录第四纪以来古气候、古环境、古地理、古植被等信息外,观赏性极强。乘车俯视沟中土林,各种自然景观皆备:土山、土沟、土墙、土柱、土桥等,惟妙惟肖,真切可爱;各种造型顶绿身黄,如观远画。尤其土山、土柱、土壑、土崖、土笋,有的似华山之陡,有的似独秀峰之奇,有的似泰山之雄,有的似黄山梦笔生花之妙,有的似凤凰山牛脊背之绝,可谓集奇山绝景于一身;游洛川土林,华夏名山皆备。此地此景,壮丽秀美,不可不察。

近黄陵县,过萧山镇龙首村。近日发水,水漫至公路,庄稼被淹。今水退,见路边庄稼伏地,田野狼藉。

住黄陵,黄陵半市停电。

2010年7月26日(星期一)晴

黄陵 · 轩辕庙　黄帝陵　延安 · 宝塔山

黄帝陵历来多有争论,尤以河北涿鹿县最剧。两地皆以《史记》"皇帝崩,葬桥山"为据。然近代大多习惯上公认皇帝陵在陕西黄陵桥山。

黄陵有沮河穿城而过,近日多雨,河水汹涌。沮河远流后汇入洛河而再汇入黄河。

早晨至桥山东麓。遥望,山上遍植松柏,满目皆绿。桥山耸于沮河之侧,前有一人工湖,湖畔碧柳垂丝。轩辕桥穿湖过,登阶即可达轩辕庙山门。山门气势宏伟,须抬头仰视。轩辕庙以古柏称奇,轩辕柏高大奇伟,传为皇帝亲种,树龄5000余岁,可称众柏之冠。另有西阶下将军柏,苍古翁郁，相传汉武帝征朔方返回时曾挂金甲。

人文初祖殿为轩辕庙主殿，檐下悬 1938 年清明祭祀时程潜所书"人文初祖"匾额。内奉石雕浅刻线形皇帝石像。石像以山东武梁祠东汉画像石为蓝本雕刻。殿前两侧为碑廊，保存历代帝王及臣属拜祭黄陵颂词碑刻。殿前有亭，中立诸多历史名人题词或祭文石刻。

观石刻，遂有感而发：我华夏未有如皇帝陵具如此凝聚力者，以至明清汉满各帝、名人及民众皆来朝圣，甚或有一年两祭者。遥想抗日期间，国共两党捐弃前嫌，以同为炎黄子孙计，于轩辕庙前顿首相携，共赴国难；也惟有皇帝有如此之尊：中华儿女无以分高下、贫富、地域，皆同祖同宗也。

后为轩辕殿。

黄帝陵在轩辕庙西侧一公里处。有电瓶车通行。陵南有"汉武仙台"，传为汉武帝祭拜时所筑。土台两侧都可攀登，一侧 77 阶，一侧 78 阶。汉武仙台北面为黄帝陵。陵前有亭，亭中立碑，碑上刻文，旧文为"古轩辕皇帝桥陵"，清乾隆时陕西巡抚毕沅所立；现碑为郭沫若题"黄帝陵"三字。封土前有明代嘉靖碑，上刻"桥山龙驭"四字。

黄帝陵前轻烟袅袅，恭拜者络绎不绝。我等至陵下，敬仰之情油然而生，遂行三鞠躬礼。

黄帝陵古柏森森，共计 4 万余株。

返。中午 12 点 30 分从黄陵县出发，两小时后到延安。一路蓝天高远白云飘飘，心清气畅。

下午 3 点余到宝塔山。

宝塔山古称丰林山，宋时改为嘉岭山。上世纪三四十年代，这里成为红色革命摇篮。

未登宝塔山，先于山下浏览摩崖石刻。最著名者为宋范仲淹所写隶书"嘉岭山"三字，字体雄阔。相传旧字风化严重，明代将原刻加深，尚保留旧体，不失其态。有楷书古刻"胸中自有数万甲兵"，极赞范仲淹戍守延安时用兵如神。另有"高山仰止"、"出将入相"、"先忧后乐"、"重岗叠翠"、"云生幽外"、"嘉岭胜境称第一"、"泰山北斗"、"一韩一范"等古刻，竭尽颂咏之能事。还有近代名人题刻百余幅。其中"一韩一范"盖指宋时韩琦、范仲淹皆为陕西经略安抚副使，而名声显赫。

登宝塔山，到宝塔下仔细察看。宝塔有唐、明所建两说，盖莫相同。现宝塔一侧茶社为嘉岭书院（又称范公书院）旧址，初为范仲淹建。以此可见范公文武兼重也。

登烽火台、摘星楼。两建筑皆为范仲淹时按古遗存重建，其中摘星楼为望寇台遗址，望寇台，系观察敌情所用。登摘星楼遥望，苍山如海，延河自西北山中向东北成"L"字形流去，另一支流南川河自西南而来，于"L"拐角处与延河汇合，遂地势三分；而宝塔山、清凉山、凤凰山各占其一，成鼎足之势。原中央机关及陕甘宁边区政府、部门等遂散布于三山上下。现延安东北一带辟为新区，但见两岸高楼林立，公路笔直，昔日旧迹焕然一新。

昔日说延安，以为革命圣地必是山荒野岭中的一朵奇葩；今见延安，方知其为文化重镇，历史景观光辉灿烂。

晚饭，吃延安面皮。

旅友忽接北京家中电话，言新购房钥匙不得代领，其必须月底赶回。无奈，友人随即决定返京。询问火车，被告知陇海铁路灵宝段路基及桥被洪水冲毁，已停运。遂改乘飞机。民航说，机票近日紧张，29日票也仅剩两张了。

2010年7月27日（星期二）晴

延安 · 清凉山　凤凰山

早晨至神州国旅延安分部，以1300余元购得仅剩一张的29日至北京一等舱机票。旅友自嘲曰："若非钥匙，恐一生与一等舱无缘。"

事毕，由东坡登清凉山。登顶后又下至南坡，方知此为该山精华处。先见一段夯土残墙蜿蜒北上，此为肤施（延安旧名）故城。建于隋大业初年，直至北宋尚为州县驻所。宋庆历五年驻所搬至河西新城，旧城置岳胜寨，有军队驻防。范仲淹有诗曰：延水正中出，一郡两城雄。

山有万佛寺，以唐宋开凿万佛洞雕刻最为壮观。入洞，但见洞壁上佛、菩萨、力士等雕像排列密集，如同石阵，计共11114尊。雕像神态各异，栩栩如生。

万佛洞西侧尚有卢毗崖、三世佛洞、弥勒佛洞、释迦而不坠等景点，传说吕洞宾曾到此一游。而诗湾、水照延安、天下奇观、月儿井、印月亭、琵琶桥、撒珠坡、俊峰泉、插金岩、落星岩等胜迹也足以引人入胜。此处还有历代名人摩崖题刻真草隶篆50余处，皆笔意飞扬宏阔感人。

当年红军进驻延安后，卢毗崖下诸洞辟为制币厂、卫生所，而万佛洞等则为中央印刷厂、新华书店等所在地。

清凉山东侧为新华社、解放日报、新华广播电台旧址以及博古、丁玲、艾思奇等人旧居。

久久徜徉在亭台楼阁、摩崖真草隶篆之间，如在历史及精神世界中行走，令人深思、流连。新旧文化于上世纪三四十年代在清凉山相遇，竟形影互照、相得益彰，不觉感慨：清凉山实由华夏文化沉积而成，在此长期浸

润，可发博大之思，沉深邃之念，出惊人之语，开奇异之想。其胸怀必宽，心智必高，学养必厚，气魄必宏，目光必远。有此胸怀，何业不成？即使范仲淹之《渔家傲》也足以流芳百代！此文化浸润之力也。

清凉山为共和国建立做了文化上的铺垫；而凤凰山则集中了当时的党政机关，实为共和国雏形。说延安为红色摇篮，名副其实。

2010年7月28日（星期三）晴

枣园　王家坪

上午参观枣园、王家坪等毛主席及其他伟人旧居及展馆。枣园有延安师范试验小学三年级学生义务解说，极有趣。下午暑热，以明天出发计，休息为上。

2010年7月29日（星期四）晴

延川 · 乾坤湾

早饭后即出发。旅友打车去飞机场回京，我则到汽车北站去延川。挥手分别，离情依依。

中午到延川。沿途植被渐稀，土地渐贫瘠。小憩后咨询去黄河乾坤弯的班车。

到延川南站方知，每日下午4点只有一趟乾坤弯班车，我到时已开。细想去乾坤弯，须待明日，在乾坤弯住一夜后，后天才能返回；且不知乾坤湾住宿状况。如此，至少需延迟两天。遂决定放弃此行，明早直上绥德！

延川交通与宜川相似，公交车安排不利于旅游发展。

2010年7月30日（星期五）晴

绥德 · 扶苏墓　蒙恬墓　千狮桥　龙凤桥　天下第一楼

上午8点出发，近10点到绥德。因210和307国道交汇于绥德，故称陕北路港，交通四通八达。

住后即去千狮桥。千狮桥横跨无定河，1987年建，因栏柱雕石狮千尊，故名。桥前立宋代抗金名将、绥德人韩世忠雕像。

下午，与一司机商定，出租车除起价4元外，载我每游览一景点加费5元。先后游览近年所建天下第一楼（牌坊）、龙凤桥等；而扶苏墓、蒙恬墓司机茫然无所知，竟载我至革命烈士陵园。将错就错，遂向工作人员打听二墓去处，果然，司机再不误行：蒙恬墓在县一中后坡上，扶苏墓在绥德老城内疏属山县博物馆院中。往扶苏墓，途经昔日八路军三五九旅旅部。

蒙恬墓、扶苏墓皆破败，需要修整。

扶苏，秦始皇之子，因劝阻秦始皇暴政，发监蒙恬军，后被阴谋赐死。

山路陡，车费增至50元。

下山，时间尚早。遂又步行到千狮桥，再沿无定河至龙凤桥。途中，竟无意发现河边画廊石板雕画别具一格：每块石板雕画一幅，旁附民歌两句。雕画用夸张手法生动可爱，民歌歌词率真感人，皆以爱情为题材，读之让人不忍离去。其中一幅为一陕北装束年轻女子端坐吹箫。旁刻歌词曰："南山圪垯雾生云，难活不过人想人。"另一幅为河畔一少女低头作沉思状，似想念远去的恋人、河里有舟，有水鸟、对岸为沙漠。船身上方刻民歌歌词曰："花椒树上落雀雀，一对对剩下单爪爪。"赏石板刻画，品民歌歌词，香醇

似酒,甘美如泉。立刻令我想起孔子对《诗经》的评价:"诗三百,一言以蔽之,曰思无邪。"言之切切!

陕北民歌著称于天下,曲调高亢优美而不失缠绵。民歌歌词皆随口唱来,善比兴,多俚语,无掩饰,浓情蜜意。即使普通牧羊人也能于扬鞭之间,口若悬河,歌从心中流出。正所谓"自然天成"。陕北话喜用叠字,如想亲亲、拉呱呱之类,表达之中,渗透一种稚嫩美,给人以亲切感。

行至龙凤桥头,蓦见寨山石壁上遍布石刻,皆近代名家在他处题词。刻字大小错落延绵百米,字体或楷或草,变幻无端,颇有韵致。不知情者,俨然是一大型古刻石壁。

龙凤桥,原名十七孔桥。据说,当年毛主席转战陕北时曾由此桥过无定河,民间有多种传说。

绥德四十里铺羊肉最为有名,许多游人专门去那里品尝。

2010年7月31日(星期六)晴转阵雨

靖边

早晨出发去靖边。车直向西北,近靖边渐觉荒凉。司机说,已进入毛乌素沙漠了。沿途随处是沙丘,但植被尚好,与我想象的荒漠不同,固沙草格隐约可见。乘客说,近年退牧还草,实行飞播,沙漠植被大为改观。

遥望沙丘深处,悲壮情绪顿生。想古诗人不见黄河,诗格难得壮阔;不见沙漠,诗格难得苍凉。也许唐宋边塞诗词都是由此造就的吧。

阵雨。

欲往荆棘沙一游,由于路远无车,乃止。

2010年8月1日（星期日）雨转晴

靖边·统万城

清晨冒雨至靖边老车站。当地人说有车到红墩界，与统万城同一方向。到站才知，红墩界到统万城尚有数十里，况近日雨多，道路多被冲毁，车已数日不通。无奈，遂包车绕行，全程130元。

公路贯穿于沙丘荒漠之间，杨树、沙柳散见于路旁沙丘上；绿色中时有红紫小花点缀。司机说，此时正是沙棒花盛开季节。

雨停。过无定河上游红柳河。该河地表深切，仅宽1米余。但河水清澈。过河即到统万城，此已午时11点。统万城乃十六国时期大夏国都，位于鄂尔多斯高原毛乌素沙漠南缘，为当时大夏国统治者赫连勃勃发秦岭以北十万民工经5年建成，为我国仅存的匈奴国都遗址。后因大夏国统治集团内讧，建国仅15年后为北魏所灭，国都统万城也日渐荒废。统万城从修建至今已历1600余年。

登烽火台远望，大漠之中残墙累累，荒草萋萋，残墙上空时有群燕翻飞；旧时老城轮廓时隐时现，尚可辨出，但皆隐没于沙柳、白杨之中。城中尚存一点将台遗址，旧迹斑驳；由于风雨侵蚀，现只剩一巨大土堆。登烽火台，以手抚之，其质地坚如磐石。知建时以石英伴黏土、石灰而成，筑后反复夯砸，虽经1600年尚坚硬如初。远望，沙丘连绵，风烟渺渺，黄绿相间，远与天接。遥想当年赫连勃勃也算英气勃发，气吞千里，但随光阴流逝，历史烟涛已将其旧迹淹没。以此观之，人世沧桑，潮起潮落，岁月如白驹过隙，转瞬即逝。由此慷慨系之，苍凉之感顿生。

游间，结识西安某大学徐教授，相见甚为高兴。她建议我去大草原看

看，可宽胸怀，荡神气。

下午4时返回。靖边饮食羊肉居多，别有风味；茶饮多用茶砖，为咸味。靖边城市干净整洁。鞋破，购以换之。

2010年8月2日（星期一）晴

米脂 · 李自成行宫

从靖边出发，经恒山至米脂。过沙家店战役旧址。

小憩后，前往李自成行宫。

李自成行宫位于无定河北侧盘龙山上。据说为明崇祯十六年（1643年）李自成回乡省亲时所建，距今已有360余年历史。主要建筑由乐楼、梅花亭、捧圣楼、二天门、玉皇阁、启祥殿与兆庆宫等七大部分组成。建筑群依山就势分台而筑，错落有致。主体建筑修缮一新，颇具光彩。

李自成亦一代英豪，可惜功败垂成，终成千古之恨。郭沫若、姚雪垠各有评说。鉴于郭沫若《甲申三百年祭》一文的历史价值，1944年被纳入延安整风学习文件。

今日暑热，行宫内仅遇游客数名。

登行宫玉皇阁远眺，见对面山上有亭台楼阁，决定前去一游。后得知为娘娘庙。途中穿行于米脂老巷，巷内房屋虽显残旧，但旧貌犹在，一些大门砖雕木雕大气且精致，昔日辉煌可寻踪觅影，实应予以保护。

晚上，登无定河九龙大桥。见河水滔滔，与绥德河段不可同日而语。河畔灯火辉煌，为市民纳凉聚集之地，跳舞、歌唱，各得其乐。

2010年8月3日（星期二）晴

马氏庄园　姜氏庄园

（一）

清晨到县城转盘道一医院门口等车。米脂各乡、村皆有面包车跑交通，聊补公交不足。7点30分，乘杨家沟车去马氏庄园毛主席旧居。

车走下公路，曲行数十公里进入深山。见公路两侧沟壑连绵，村少人稀，遂叹当年党中央转战陕北之艰难。无怪乎胡宗南费尽苦心一无所获，如此沟长林密、深堑荒野之地，即使交通发达的今天也踪影难觅。

到马氏庄园时，尚无其他游客，我一人而已。

马氏庄园位于杨家沟扶风寨，是清同治年间开始营造的"明五暗四六厢窑倒座平房"窑洞式四合院。其围墙高耸，地道幽深，依山就势，层层分布；讲堂、祠堂、居舍应有尽有；供水、排水、粮仓一应俱全，是典型的窑洞庄园。1947年11月22日，中共中央领导机关和人民解放军总部来到杨家沟居马氏庄园，直至1948年3月21日离开东渡黄河到西柏坡，共历时4个月，并在此地召开了"十二月会议"，指挥了陕北和全国的解放战争。

毛主席和周恩来居住的马氏庄园新院，是窑主、留日学生马醒采用中西结合的建筑风格，亲自设计、监修的私宅。建筑采用石结构拱券门楼垛口，11孔窑洞平面凹凸交错，飞檐画栋，暗道取暖，三通纳凉，充分显示了陕北窑洞博大精深的建筑文化。

杨家沟马氏，号称"光裕堂"，是在陕北拥有十万亩土地的马氏家族地主集团。因家族有重视教育传统，故人才济济，遍布中外。

（二）

　　来时问司机，从杨家沟如何到姜氏庄园，司机说，两地相隔14公里，无车，可步行。杨家沟参观后，正欲步行，竟遇榆林公路局参观团。遂搭顺风车到姜氏庄园。

　　姜氏庄园位于米脂县城东南16公里桥河岔乡刘家峁村，由该村首富姜耀祖于清同治十三年动工修建，光绪十二年建成。前后用了10多年时间。建筑分上院、中院、下院、寨墙、井楼等部分。其中上、中、下院有暗道相通。大门青瓦硬山顶，门额题"大夫第"。下院外井楼壁皆用石块盘旋垒砌而成，水源引自山脚，水质甜美爽口。寨墙最高处砌有炮台，用来扼守寨门。正对中院门耸立寨墙，紧围庄园，有通后山门洞，上嵌"保障"石刻匾额。

　　姜氏庄园不但规模大，布局精巧，且砖雕、木雕、石雕艺术精湛，整座庄园可谓无处不雕，雕无不精。其中影壁砖雕廊心画，雕松林奔鹿、寿石鸣鹤。其中鹤首高昂，鹿头回望，甚为精巧。而鹿鹤呼应，则寓意福寿延年。为庄园雕刻精品。

　　刘家峁既有私家交通车至县城，遂谢过交通局领队，改乘交通车返城。到县城时正中午11时有余。

　　下午前往佳县。住佳县宾馆。

　　饭间结识香港友人肖先生，言谈恰切，遂决定结伴同游。

2010年8月4日（星期三）多云

佳县 · 白云山　香炉寺

（一）

早7点30分包车出发往白云山。由白云山山顶入白云观，应肖先生之议由山上向下参观。

白云山旧称双龙岭，雄踞黄河西岸，因山头常白云缭绕，又名白云山。据县志载，白云观于明万历三十三年由终南山道士李玉凤主持修建，清雍正二年曾扩建，现共有庙宇53座。白云观以真武祖师殿为中心，周围建筑有藏经阁、瑞芝阁、超然阁、七圣楼、玉皇楼、文昌楼、东岳庙、关帝庙、三灵庙、二斗祠、圣母祠、三清殿、三宫殿、白云洞、真人洞等。

白云观儒、佛、道、神兼容（故有人称之白云山庙），体现了我国博大精深的文化内涵。观内殿、庑，亭、阁、楼、台结构精严，雄壮而不失秀巧，都在苍松翠柏交映之中。观内有壁画1590幅；碑刻众多，大都记布施功德者姓名。

白云观香火甚盛，香客众多，香烟袅袅。

于文昌楼一侧可东望黄河，因晴日无云，故见河水波光粼粼，黄河弯如飘带。黄河对面山崖黄绿相间，层层错落——此乃古陆先沉积后隆起的杰作。

由三天门逐次而下，石阶斜陡，至黄河滩头大门有618级。

（二）

黄河扑入佳县，奔腾于群山峡谷之中。其奔泻激荡，造就了佳县黄河峡谷中无数危岩峭壁，而这些峭壁，引领出许多荡人心魄的奇地绝景。香炉寺就是这样的绝景之一。

中午，从白云山返回至香炉寺。

进香炉寺有两途径：一可从山下黄河大桥顺阶而登，二也可从山城老街择路而下。我选后者。

香炉寺免费参观。

香炉寺建于明永乐年间，坐落在县城东北绝壁上。其三面临空，一面地接山城，下可俯视黄河，高有千仞。寺中建有圣母正殿、配殿、山门、石牌坊等。东有奇傲亭，可居高临下看黄河东去。

香炉寺景观最憾人心目者，乃寺后奇柱、奇阁。寺后壁下一石柱突兀拔空而起，游离于悬崖之外，其势凌空，如劈如削。然最惊人心魄者，当为一小阁似凌霄而落，飞坐柱顶。旁观，兢兢然，恐石柱不堪其重，中折坠河，游人或为鱼鳖。而香炉寺石壁与阁只有一3米悬桥相通。登桥，顿觉疾风掣衣，深渊抚腿，双足惴惴而不敢下望。

寺中遇三位高中学生，他们说至今从无过过桥，恐桥坠也。

过桥后，我扶阁壁而望黄河。但见黄河奔于山间峡谷，弯成"S"形浩浩荡荡东南而去。其浩渺之气，阔人胸怀，远人耳目，激人志气，令人荡气回肠。

两小时后，返回宾馆。饭后，携肖先生同往榆林。

佳县一绝。每日必播两首乐曲：早6点播《东方红》，晚9点播《国际歌》，已坚持多年，以纪念《东方红》作者李有源。

2010年8月5日（星期四）晴

榆林·镇北台　红石峡　戴兴寺

因榆林住处近镇远门，故早晨在镇远门后身榆林老街吃早点，既品尝了榆林风味小吃，又欣赏了老街风情。

老街新明楼、万佛楼皆雄伟壮丽，可为建筑精品。

饭后往镇北台。其实，镇北台仅为明长城一烽火台，但因其规模大，又地处塞北沙漠边缘，故而为西北著名要塞。镇北台高三层，外观方形，端坐于城墙之上，全台皆以石块包裹，颇为坚固壮观。镇北台北额隽"向明"二字。为明万历巡抚涂宗濬书。台下立有涂宗濬碑，记载筑台缘由：实为战争间隙恢复"红山边市"贸易后以防边事突发也。涂宗濬曾登台远眺并赞之曰：其势"……若跻霄汉间，黄河如带，青山隐隐，唐张仁愿所筑三受降城在焉。美哉，山河之丽……"

今日登镇北台远眺，青山尚存，大漠亦在，而独黄河不见矣。是黄河改道还是涂氏虚言？不得而知。

一小时后，离镇北台前往红石峡。

红石峡距镇北台仅3华里，有公路可通，依肖先生之议步行而往。

红石峡原名雄石峡，因山石皆红色，且陕西共产党早期领导人曾于此活动，故改名红石峡。为榆林八景之一。

红石峡为明成化年间巡抚余子俊引水与无定河汇流而成的榆溪河小峡谷，后从清同治时期延榆道童兆蓉题刻桥壁"力争上游"四字创始，历代官吏、文人题写不绝。题刻真草隶篆各体不同，字体大小不一。笔力有行云流水者，有古拙苍劲者，风格各异，但都为名言佳句，足可流芳。如"还我河

山"、"力挽狂澜"、"大漠金汤"、"威震九边"等。

宋代曾于峡谷东壁凿洞十余孔,名为雄山寺,明代重修。沿山道拾级而上,有天门、地门之险,堪称奇绝。

登桥可望红石峡全景:全峡山石皆裸露,但见洞窟座座,刻字累累,颇为古雅壮观。

红石峡上有水库,下有吊桥成就交通之利。

去时见峡外正新修石壁。有人介绍说,留刻现代名家题字,新壁修在峡谷外,以分新旧之别而不影响红石峡旧观也。

中午,返城。小憩之后遂往无量寺。无量寺门前林立新富者修建的众多牌坊,而寺院旧迹全无;现为佛教文化普及场所和慈善场所,开有慈善食堂,为生活困难者免费提供膳食。

后参观建于明代之戴兴寺。戴兴寺距无量寺、城隍庙皆不远。

晚与肖先生共宴,品尝榆林风味佳肴,并话别。按计划他往宁夏,我往内蒙古。

2010年8月6日(星期五)晴

伊金霍洛旗 · 那达慕　成吉思汗陵　鄂尔多斯

早晨与肖先生车站握别,称今后可相约同游。我即乘车前往伊金霍洛旗成吉思汗陵。

此为路过车,路口下车后尚须负重步行3华里才到成吉思汗陵。

近陵,见一空阔草地遍布蒙古包,并且乐声悠悠。问,才知伊金霍洛旗正举办那达慕。略观,即往成陵大门。那达慕约似汉族过年庙会,但以蒙古族运动、贸易为特色。

成吉思汗陵供奉着相传为成吉思汗灵柩的八宝室。八宝室原在达拉特旗的王爱召，清初移至伊金霍洛。为保护八宝室，抗日战争时期内蒙古人民几经辗转，解放后才迎回原地，并新建陵园，每年公祭。成吉思汗陵由三座蒙古包式殿堂组成，有正殿、东殿、西殿、后殿，殿为八角形，内通柱，外重檐，上为蒙古包式穹窿顶。顶外部蓝色琉璃瓦砌云头，镶嵌黄琉璃砖，金色琉璃宝顶。整个建筑宏伟壮丽，金碧辉煌。中央纪念堂正中塑成吉思汗坐像。

　　据说，成吉思汗生前曾托葬此地，"伊金霍洛"蒙语即"主人陵园"之意。

　　成吉思汗陵分为景区与陵区两部分。因景区在路边，而陵区在景区后面，故一般游客皆花90元门票钱入景区。其实景区仅为根据蒙古族民族生活习惯塑造的雕塑实景和铺地石刻地图，再就是主建筑博物馆，展出蒙古族发展历程和生活、征战物品。由于景区面积大，故参观景区后游客大多已筋疲力尽。而后又忽见陵区在前，且规模宏大，即使想坚持再去，但已心有余而力不足了。故无持久体力者皆半途而废。

　　最佳选择是不入景区，从门前两侧绕行直至陵区。但这样亦需徒步或开车绕行四五华里；开车尚可，而徒步费时费力，许多游人竟兴叹而返。陵区门票110元。直入陵区者购票并无所谓，而先景区后陵区共200元花费，游者就要思量。其实，景区仅以博物馆为主体，雕塑实景亦应划为博物馆范畴。按国家规定，参观博物馆应免费。按目前规划，收费标准有失常理。而黄帝陵、昭君陵等皆与博物馆两者合一，博物馆免费。

　　游览后，在路边打车到新区，再乘车到伊金霍洛旗、东胜。在东胜逡巡数小时后，乘晚车到包头。

　　东胜为我国新兴工业城区，虽曾以产煤为主，但市容干净规整，建筑秀

丽，空气清新。据说今年被评为全国卫生城市。

公路穿过鄂尔多斯草原，乘车沿途可见规划之新牧区。其地牲畜圈养，新建居舍每院前后为居室，中空以圈养牛羊。

近包头，再过黄河。晚8点到包头。

2010年8月7日（星期六）大雨转阴

包头 · 五当召

上午大雨。冒雨到火车站买10日呼和浩特返京车票。并打听去五当召和美岱召的汽车。

据司机介绍，平日无雨时包头火车站即有至五当召直达汽车，但因近日连阴雨，河水暴涨，跨河桥为控制车流量及载重量，停运直达车。而去往石拐区的公交车则照常运营。五当召距包头市75公里，而石拐区距包头市中心38公里，稍近，并有私家出租车发往五当召。遂决定去五当召。美岱召在去呼和浩特市半途中，需乘长途汽车或火车而往。待定。

午饭后，雨停，退房，即乘公交车花10元到石拐区。

途经战国时期赵国北长城遗址。

近石拐，见大水将河堤冲毁，桥虽无恙，但限行：大型车已禁止通过，公路拥堵数里。为解决载重车司机吃饭问题，交警免费提供午餐，正逐车送饭。

于石拐车站乘去五当召出租车，往返80元。途中路旁河水仍汹涌，多泥沙，山间公路数处落石挡道，车须绕行。

五当召位于阴山山脉腹地大青山西段的五当沟。具当地人介绍，"召"即为寺，"五当"为蒙语，"柳树"之意。五当召宏伟壮丽，规模较大，原名巴达嘎尔庙，巴达噶尔藏语即莲花。最初为鄂尔多斯左翼前旗王公建于清康熙年间，乾隆赐汉名广觉寺，有房屋 2500 余间。建筑主要有苏古沁殿、洞扩尔殿、当圪希殿、却衣林殿、阿会独殿、日木伦殿、甘珠尔府、章嘉府、苏波尔盖陵等。五当召为典型的藏式寺庙风格，依山呈梯形排列。据说，此庙以西藏的扎什伦布寺为蓝本建成，是内蒙古惟一保存完整的喇嘛教庙宇；其经文、壁画、雕像、法器等皆精美绝伦，蕴含的藏传佛教文化博大精深。参观的各殿，皆宝器充盈，琳琅满目，为历代所积累。

尤其第一层建筑苏古沁殿和却衣林殿。苏古沁殿为五当召最主要建筑，其壁画、雕像、经文等内涵丰富而规模宏大，内设经堂，可容纳千人；旁边却衣林殿为佛教研学场所。

登殿台高处，可远看周围山上古松，棵棵树挺叶茂，虬枝探空如挠云然。

据五当召喇嘛说，现五当召活佛仅 17 岁，在青海塔尔寺学习。

五当召多遇北京游人，可见北京人热衷旅游。

返回包头已经 6 点。晚饭后乘火车往呼和浩特市，10 点到。

包头雨后天气凉爽，人们普遍长衣长裤，早晚还须加外衣。

2010 年 8 月 8 日（星期日）多云有阵雨

呼和浩特 · 昭君墓　大召　将军府　博物馆

早晨即乘车往昭君墓。此地为我到呼和浩特市的重点游览项目。

我去年秋 10 月曾到湖北兴山游览昭君故里，沿神农架香溪源头直到长江口，蜿蜒数百里，阅尽其壮美姿容；今又到呼市昭君陵，一年之间扫视昭君一生经历，可谓志得意满。想起昭君从汉庭远嫁到客死他乡，历尽大漠风

尘，把她一生都无私贡献给汉蒙和平事业。其以襟带之躯，成万古之事，名垂青史，令人佩服。她的事迹历代诗咏甚多，而以杜甫《咏怀古迹·群山万壑赴荆门》最为著名。

昭君陵又名"青冢"，前有石阶相连，上下均有亭。青冢东南向，以志昭君不忘故里及思念故乡之意。登青冢南望，见远处杨柳横郊，绿野满目，顿时感慨不已。

唐代杜佑《通典》即有青冢记载，历代多有诗歌赞颂，可见历史悠久。其建筑形式近于中原帝王陵，昭君在蒙汉各族人民心中地位可见一斑。

据说，入秋后塞外草黄，惟青冢绿色不减。不知确实否？

冢下有博物馆，展览蒙古族起源、发展及生活实物。博物馆对面有厅堂演奏蒙族音乐。

到昭君陵，途经小黑河沼泽公园、自然风貌或可一观。

午饭后到大召。大召与呼和浩特市同生共存，已历数百年。它们都是蒙古阿勒坦汗与夫人于明隆庆年间同时兴建，而大召于明万历八年建成。大召初名弘慈寺，后改无量寺，蒙名伊克召。清康熙年间扩建，大殿覆黄色琉璃瓦，供奉银铸释迦牟尼佛像。现为呼和浩特市最大的藏传佛教寺院。寺院收藏丰富，最著名的有银佛、龙雕、壁画，世称三绝。

门前有玉泉井，因水质甘甜，称为九边第一泉。

稍休息，遂至绥远将军衙署旧址。此为清雍正年间建，为清代及民国时期衙署所在地。

下午近4点，到博物馆。博物馆建筑宏丽，式样新颖，恢宏气势中不乏时代气息。

参观中，乌云压城，雷声顿起，大雨骤至。急返。

2010年8月9日（星期一）晴间多云

呼和浩特 · 大青山　乌素图召　公主府

今日是此行的最后一天，极想一睹大青山容貌——此念缘于上初中时学唱过的一首歌曲，其中有"大青山啊山连山，连绵不断望不到边"句，印象极深。而"敕勒川，阴山下，天似穹庐笼盖四野"和"天苍苍，野茫茫，风吹草低见牛羊"的意境，更深化了我的北行情结，以致惦念至今。

按昨夜设想：先到清公主府，再到大青山下的乌素图国家森林公园，下午去五塔寺。早晨吃完早饭即向清公主府出发，但到达时公主府尚未开门——来早了。遂改变计划，先到乌素图！没想到，到了乌素图还是早班，整个公园静悄悄的，游者惟我一人而已。

进大门穿湖上山，树深林密，晨鸟欢鸣，偶闻远村犬吠。行山道间，忽遇两位采花老妇飘飘而来。神耶？仙耶？行至虎头岩，才初见山下面貌：此地已是远郊，呼市建筑皆已淹没晨霭之中。

坐山顶亭中远眺，亭东、西、北三面群山连绵不绝，而坡上浅草半掩，山体虽绿犹黄。而山下碧树成林，葱葱郁郁，覆盖山麓，只有林木稀疏处偶见远村——以此看此地称为"大青山"，信然。但昔日"风吹草低见牛羊"的景象已成过眼烟云。抬头，天空深阔无垠，湛蓝如海底。青山蓝天，好一个纯净世界！凝视中，忽觉天幕色彩太单，如有白云飘飞岂不更好？

再回首南望，见山下有寺，疑为乌素图召，遂翻山出园而去。经左冲右突，越岭跨河，入西乌素图村才知那是菩萨庙——乌素图召还在半山腰。

急登，穿松林，过半坡草地，忽见一山顶松柏掩映处敖包突现，四周经幡牵挂无数。来到山顶敖包旁下望，才见乌素图召全貌。整个建筑群亭台错落，屋瓦交映，白塔矗立，其面对平原，背依高山，相形之下，势如玩偶积木。待下山，忽见远处白云片片从山后飞来，须臾弥漫天际；真是天随人愿，想云云到，顿觉宇宙神妙之极。

下山经战国时赵国北长城遗址，过万寿塔，到乌素图召前。

其实，乌素图召乃整个建筑群统称。它由五座庙宇组成：庆缘寺、广寿寺、长寿寺、法禧寺、罗汉寺。其中庆缘寺建寺最早，建于明万历十一年，现总监各寺；而法禧寺保存较为完好，结构精巧。

乌素图召现为内蒙古佛教学院所在地，并非每日接待游客。

此地坐落着两个村庄：东乌素图村和西乌素图村。山下水草丰美，树林茂密，是国家级自然保护区。乌素图除丰富的人文景观和秀丽的自然景观外，我国近代许多重大历史事件与之相关。1945年8月，时任晋察冀军区司令员的聂荣臻和绥远军区司令员的贺龙曾在这里指挥绥远战役。解放前夕，傅作义将军也曾在这里部署和平起义事宜。由此可见，历史就是这样神密，把不同时代的历史事件耦合在一起。

乌素图空气清新，沿途皆采用绿色照明。

下山，乘车到清公主府。公主府整个建筑为五进院落，曾为清顺治帝四公主、康熙帝六公主府第，雍正帝重建，旧时格局依稀可见。公主府是满蒙通婚见证，它为边境稳定和民族和谐做出过贡献。据统计，满清皇族格格与蒙族通婚者就432人。

出公主府，欲再到五塔寺，但已下午5时。遂作罢。

呼和浩特市诸多景点未到，权作遗憾，以为挂怀之想，待后补不迟。

2010年8月10日（星期二）晴

返京途中

上午10点即登返京列车，晚9点到京。

结束语

此次旅行从7月20日出发到8月10返京，共用去20天的时间。这次沿黄河北行，尤其延安以上，几乎诸县游览；除清涧、神木两县外，其余各县著名景点凡力所能及，都留下脚步——因为这里的人文景观浓缩了千百年来广大人民的智慧，是陕北人民对现实世界的集中解读和丰富想象；而自然景观则是自然力的杰作，留下陕北地域自然变幻中无与伦比的精彩。总之，这些景观从不同方面体现了陕北大自然和人民精神风貌，它们是留给后来者汲取智慧的源泉。

陕北是我向往已久的地方。因为她有着与众不同的独特魅力——无论人文的还是自然的，历史的还是现代的，精神的还是物质的。她的魅力足以动心魄，撼灵魂。

回京后有友人说，此次旅行可谓是"深度游"。但——非也。仔细想来，此行所见所闻只是点水而已。不要说全国，就是陕北，以其地域之辽阔，文化之精深，蕴含之博大，区区一介，仅以聊聊数日，何能将浮云之旅美之为"深度"？所领略者仅为皮毛。

但此行给我留下的精神财富是巨大的。其实,读黄河,就是读历史;读陕北,就是读文化。尽管这次阅读是如此肤浅,但黄河是中华民族的母亲河,她创造的文明已深深地沉淀在华夏文明的沃野中,渗透到中华民族百折不回的性格里。

本次出游于7月,想在丰水期亲身感受一下黄河久已失却的澎湃气势,使心灵再经历一次震撼,因为震撼是诱发激情的源泉——这,我感受到了,尤其在壶口——那浪涛的冲腾激荡,那震天水吼足以令人振聋发聩,热血沸腾。在壶口,在白云山,当面对大自然的雄阔壮丽气势时,我顿觉神清气爽,浑身充满活力。固然,7月,是令人难忘的季节,她让我领教了陕北骄阳火辣辣的热情,甚至这种热情一直持续到我进入鄂尔多斯。

这次北行,使我深切感受到近年陕西的发展速度。陕北,已不再只是黄土和荒沙的记忆,而是绿野日益繁荣的现实。内蒙古洁净的蓝天和草地,绘制了丰美的今天,并给我们留下更为广阔的想象空间,并绘制着未来。这些自然的和人文的,时间把她们编制在了一起,让文明的天空更深邃。

同时,我们也看到了一些地方与发达地区的差距。这些地方的基础建设和文化发展还相对缓慢。增加基础设施建设和文化教育投入是必要的。同时,强化地方自我开发意识和主动开发意识,也许会使经济发展更快。

(2010年11月北京)

世博 旅行日记
——重新阅读上海

前 言

2010年6月18日晚至20日，参加了为期两天的上海世博行。此行虽说早在20天前即已通知，且上海于我并不陌生，但那天真正到来时，还是抑制不住内心的兴奋。此行虽只安排了两天，但收获却远远超过了时间含量。两天里，我们参观了举世瞩目的世博会；并在第二天的自由活动中，独自又去了南京路、外滩和城隍庙——我再次去这些地方，是想通过微缩上海变化的敏感地域，快速体验东方大都市几年间前进的轨迹。

果然，这次上海之行没有让我失望，我看到了与几年前不同的上海。从她的快速变化中，我深切感受到，在当代中国用"年"的概念丈量变化似乎太长了；尤其是上海，她和任何激变时代一样，永远走在历史发展的潮头。

2010年6月18日（星期五）晴

动车 · 向上海进发

晚21点46分，从北京南站出发，乘动车去上海。

2010年6月19日（星期六）晴

世博园

早晨7点55分车到上海。入住良友大厦。早餐后，乘车直达世博园。

接站、住宿、乘车皆事先安排好。

世博园人流和当天的天气一样，窜升到最高值。参观英国、西班牙、俄罗斯、法国、德国等热门场馆的长队令人咋舌，而日本、韩国、马来西亚等场馆队伍也令人生畏。如何分配一天的参观时间，并把它安排到最佳，是颇费心思的难事。最后决定，忍痛割爱退而求其次，把眼光投向队稍短，人稍少的场馆。于是，在滚滚热浪中，我们一行数人领略了南美、非洲风情和太平洋岛国风光及物产。

我曾多年垂青俄罗斯和北欧风光，想用世博会机会一览风姿，但酷热的天气和望不到头的队伍投了反对票——无奈之下只能任由它们擦肩而过。

于是，塞尔维亚成了我们第一个光顾的国家馆。之后，安哥拉、斯洛文尼亚、摩洛哥、洪都拉斯、智力、阿尔及利亚、突尼斯、古巴等国家馆留下我寻知的目光和流连的脚步。

到底没有抵住热馆的诱惑，下午，我们坚持排了近两个小时队进了美国馆。在那里，我们观看了介绍美国风情、国情和表达对中国人民友谊的三个"大片"。半个多小时后，在同伴的催促中走出大门。即使这样，三个"大片"的制作水准和表现视角还是给观众留下印象。

世博园最幸福的还要算儿童。当大人们一圈圈在烈日下走队时，他们则在队伍形成的圆圈中心安闲地坐在马扎上吃着冰激淋。

走出印尼馆，夜色降临。肚皮的高唱敲打着我们：除了早餐和不停地饮水，我们竟一天没有进食！于是，我们走进为参观者准备的园内城隍庙小吃店。

饭后，我们再进世博主题馆。这里展示的内容具体而丰富，生动而翔实，它历史地展现出了世界从工业化到现代科学发展的轨迹，并引导人们把目光和梦想投向未来。

当我们再次走上大街时，一场视觉盛宴正在精彩进行——化妆彩车行游

伴随着悠扬的乐曲缓缓地行进在世博大道上。美丽而充满活力的青春，浪漫而饱和梦幻的情境，明艳而富丽堂皇的服装、道具都在这里亮世——她要告诉世人，世博会，留给参观者的不单是纷繁错综的现实，更重要的还有梦幻般的美好——只有美好，才孕育动力。

当我们走出世博园大门时，时钟已指向午夜。不无遗憾地回到住处，细查，我的"护照"竟盖了30多个国家馆纪念章。

城市的绿色主题，把世界凝聚在上海，把友谊定格在黄浦江畔——面临生存，人类应是兄弟，而不是对手。

2010年6月20日（星期日）雨转多云

南京路　外滩　豫园城隍庙

早餐罢，即乘车前往人民广场。

南京路还是那样繁华。她的这种繁华不只是体现在如潮的人流和商品的陈设上，也不只是表面虚浮，而是整体释放出的一种浓厚的商业文化气息。这种商业文化气息，不用细细体味，只要看一眼就能领略到她的韵味。且这种韵味不是一过性的，她耐人推敲、思索。她不是刻意的人为雕饰，而是商业品质的自然流露。这种商业品质一定厚积于先天，创意于后天，并蕴含当今商者不留痕迹的智慧。总之，她是上海商业文明发展到今天的历史结晶。

我的这种体验只曾在天津劝业场附近的商业区中萌生过，但不似今日这样强烈。

建筑：南京路的建筑有老有新，但老建筑中释放出蓬勃；新建筑中传承着积淀；新老建筑在商业精神和商业文化中充分融合——以至雕琢到精微，皴染到深层，她们给人以厚重感。只不过老建筑略重于陈设，新建筑略重于装饰，她们在历史定位和统一格调中找到契合点。

标牌：这条街的商业标牌（包括霓虹灯）是横与竖、大与小、色彩上的明与暗、新与旧的杰作，尽管她还有许多不足，但足以渲染出浓浓的商业氛围。它们纷繁而不杂乱，机巧而不媚俗，在千姿百态中体现出整体和谐，尤其是整体格调绝不同于一些城市新兴商业街突显的浅薄。

绿岛：步行街有许多供游人休息的"绿岛"（我叫它绿岛）。这些"绿岛"花树大都不是盆栽花的造型摆放，而是在大组织里的泥土栽种，这更给人以天然的生命信息和厚重感。每组花树都经过设计考虑，植物的搭配，种类的选择，整体的造型都颇有算计。在这里，我看见了丛竹、铁树、藤萝。设计者试图在繁华的街市里，给休息者打造一个身心俱闲的优美小环境及轻松愉快的享受氛围。这些"绿岛"及其设计者并没有欺骗游人的感官，而是充满了人文精神和审美情趣——这是成功商者的别样思考。

南京路到外滩，精彩在继续；黄浦江在这里演绎出从商业到金融的转换。两岸就此分野，同样是奇迹，但一边是历史，一边是现代；它们都在书写时代，但现代更精彩。旧有的金融大楼还残留昔日风华，而如今建筑航母的雄姿更昭示未来。

黄浦江是上海的精华，精华自然要做精彩的文章。外滩比我以前所见宽了许多，对岸的精彩都耸立在黄浦江的一拐之中——那力的转合往往凝聚精彩——拐弯往往使激流趋于平缓，在平缓中平添突兀。任何事务都在一拐中凸显美丽。

但黄浦江两岸还有许多空白需要描画。

由外滩到豫园，由豫园到城隍庙。豫园在私家园林中"东南之冠"美誉名副其实，而城隍庙的小吃同样令人难忘。我摒弃再一次品味绿波廊私房菜的诱惑，登上湖滨美食楼。美食楼小吃的精彩不只在吸允汤包时沁人心脾的

美味,且在于美食楼上的幽静和开轩的一瞬:清风,水塘,莲荷,游禽以及小轩窗一角展示的江南古建特有的飞檐和楼下熙攘的闹市——她让我一下子想起《清明上河图》的意境——这一切都融入城隍庙小吃的味道。

晚 8 点余赴机场。10 点半至京。

结束语

上海之行虽只有两天,但收益颇丰。

在上海世博园,我参观了世界;而在黄浦江,我眺望了中国。上海告诉我,中国正在融入世界,世界也在适应中国。而一个具有强烈自身特点的中国在世界则更有力。没有特点,就堕入平庸;而平庸,迟早被世界遗弃。

(2010 年 6 月 23 日)

沉醉在永定河谷 | 旅行日记

前　言

　　永定河为北京西、南部重要河流，属海河水系。如今有人说，永定河是北京的母亲河。但无论如何，她在历史上名气很大，曾名为桑干河、浑河等，直到清代康熙年间才钦定名为永定河——这也寄托着人们对她的殷切希望。永定河上游为两支：一支是桑干河，一支是洋河。两条河流至官厅水库汇流而出后统称永定河。永定河历史上曾是害河，她时旱时涝，然而涝多于旱，尤其一旦大水漫滩，"人或为鱼鳖"，给两岸人民带来巨大灾难。以北京门头沟区三家店镇为例，旧时人们因惧怕水灾而祈求上天保佑，仅河神庙就修建了多处。但她又是利河。永定河流入北京山区后，给当地人们带来了水灌之利。人们离不开她，用她灌溉农田、树木，以致滋养了两岸人民的生活。如今，永定河经过多年治理，已变得温顺，成为北京市人民离不开的生命河。

　　同时，也由于河水千百年的切割作用，沿途形成了百里河谷。这条河谷呈现给人们的是绿色群山和碧水蓝天。当我们在这条河谷里漫步时，就会在群山深处欣赏到飞泉瀑布，怪石奇峰。也正是永定河的浸润，河谷形成了壮丽的自然景观和身后的文化积淀。可以说，永定河造就了百里河谷风光带和具有永定河特征的文化积累。多少年来，她也以自己的旖旎风光吸引了许多文人骚客游览吟咏。

　　说到永定河，就要提及位于北京市门头沟区的三家店镇。就她的地理位置而言，她扼群山之喉而俯视平原，永定河由此出山，开始澎湃于华北平原，宛平城和卢沟桥就是她出山不久的杰作。

卢沟桥——金代燕京八景之一，以卢沟晓月闻名于世；同时也是历史上抗日战争的爆发地。1937年7月7日，也就是从这里开始，中华民族开始迸发出活力，以自己前所未有的力量，凝聚在抗战的旗帜下，走入太行，走向全国，最后取得胜利。永定河裹挟百里精华，千年风流至此凝集成靓丽一笔。

游览永定河万不可不观卢沟桥和宛平城。没有它们，风景将失去色彩，时间将会断裂，这里是永定河浓墨重彩的画卷。

近年，永定河风光再展，游人渐多，同时也激发了我游览兴致。2009年~2010年冬，北京先后下了10场雪，这10场雪将永定河装扮得更加壮丽，于是北国风光的魅力张开宽阔双臂，拥抱前来抒怀的人们。而3月14日北京的第10场雪激发出激情，于是，永定河河谷百里画廊的首旅便从这里起步⋯⋯

因为多种原因，永定河之旅不定时，不定日，随兴而始，随兴而止，并无起止定规。

2010年3月14日（星期日）雪

卢沟桥

昨日天气预报说：夜里有雪，并将延迟至今日白天。早晨起床凭窗下望，果然正在下雪，但雪不大，仅楼顶覆盖着薄薄一小层。至中午，雪居然下得大了起来，纷纷扬扬，地面皆白，以致铺了厚厚的一层。见雪愈下愈紧，心中竟陡升赏雪念头，到哪儿呢？卢沟桥最近，且交通方便，不用倒车，遂约友人同往。

　　下午两点到了抗日雕塑园，它在永定河畔。没想到北京西部雪更大，整个雕塑园竟被白雪覆盖。尤其松树，披了一身白雪，树枝下坠，像是将被累倒的老汉。远望松林，树树皆白，立如素塔。树林间平地无人行走，雪平如砥。雕塑园北侧隔一条马路即是宛平城城墙，城墙延绵巍峨，上下皆白。

　　这时，雪大如席，渐迷人眼。走到卢沟桥桥头，再回望宛平城楼，已半掩于飞雪之中。卢沟桥也被大雪覆盖，两侧桥栏望柱上面积了厚厚的一层雪，由近及远整齐排列，极目处几乎汇合在一起。最有意思的是，每个望柱上都蹲着一尊或几尊石狮，它们形态各异，或翘首，或侧望，或凝神，或呈娇。时有两狮并立，时有幼狮娇卧母狮脚下，时有两狮凝神上下对望，玲珑可爱。并有三狮立于一柱者，皆栩栩如生，活灵活现。再加上每尊石狮头上都堆积着一小撮白雪，更显得娇态可掬，天真有趣。尽管石狮经光阴磋磨常有破损，但雪中娇态，竟显得玲珑隽秀。

　　旧日京城有歇后语说：卢沟桥的石狮——数不清。极言桥上狮多难计。但近年经查，卢沟桥望柱石狮大狮有281只，小狮211只，共计492只。另加桥上卧狮、华表狮，总共有498只。说卢沟桥石狮为雕狮艺术集大成者，毫不为过。无怪乎马可·波罗曾说，卢沟桥是世界上"独一无二的桥"。

　　卢沟桥建于金代大定二十九年，虽历800余载风雨，但经明清及近代多次修葺，雄姿依旧，巍峨坚固。如站在桥头侧望，11个不等跨度的圆弧石孔俯卧在寒波之上，遇雪更显得苍苍茫茫。以前，卢沟桥为出京西向的必由之路，但为更好地保护它，近年已经停用。在卢沟桥两侧建了几座桥梁以供交通通行，如桥南建了公路桥，桥北建了铁路桥，它们横贯东西，成了连接祖国南北的交通大动脉。

　　而近年为恢复"卢沟晓月"景观，桥下放水，春秋季节一片波光粼粼；若是晴夏早晨，晓月斜空，东曦垂辰，长虹卧波，倒影含天，真是京城的一大亮丽景观。只可惜今日大雪,远处半冰半水,都隐于雪幕之中。

桥有石碑4通,最著名者要算乾隆"卢沟晓月"诗碑,以记金章宗燕京八景之一也。

下卢沟桥,进宛平城,但见街道两侧房屋古色古香,充满了京风京味儿。宛平城城墙保存完好,而昔日宛平县衙及驿站几经迁移倾覆,已经不复存在了,而现在的建筑则是2004年参考旧制重新修建的。

由于全国抗日战争在卢沟桥附近爆发,故城内建有抗日战争纪念馆。数年前我曾登上宛平城城楼,沿城墙绕行,昔日日军弹痕犹历历在目。

现在,宛平城和卢沟桥已成为青少年爱国主义教育基地。

2010年4月17日(星期六)阴有雾

三家店　琉璃渠　水闸

过卢沟桥沿永定河溯行10余里,即到三家店水闸。闸区为永定河河道北京段现存较大四季不涸水面,水深闸宽,两侧傍山。现在水闸定期来水,每逢水浅,永定河河水便从官厅水库奔腾泻下,经百里山谷汹涌而来。水闸东踞三家店,西盘琉璃渠,娴静时,水波不兴,如天悬一镜。尤其夏日,明丽而清爽,水中常有水禽嬉戏,如天赐瑶池一般。

(一)

今晨微风,有雾,先乘车到水闸东侧之三家店镇。昔日,三家店乃京西重镇,西扼永定河之喉,南俯华北大平原,是进山出山的交通要冲,京西燃煤多由此集散出山,而日用商品由此辗转进山,更兼此地为妙峰山古香道南路起点,故昔日商贾聚集,香客络绎,实为百业形胜之地。

我沿街深行，见道路两旁生长着多棵古槐，它们虽已中空，老枝横斜，却卓然挺立，英姿勃发。我十几年前曾访问过镇中的数位八十老者，都说这些古槐足有几百年树龄，他们少年时代都曾在老槐空心中躲藏玩耍。而今老槐仍然茂盛，自己却已成了耄耋老者，说话中不免带有感叹之意。三家店街上常见有长大宽门与众不同，据说，此为旧年煤场大门，门口宽阔是为了方便煤车出入。一路走来，竟发现巷子深处尚存多家老宅，宅门下都安放着石墩，石墩虽外表斑驳，但上面的雕花坐兽却精雕细刻分外抢眼。

深巷里还坐落着多间老屋，它们虽凋零破旧，但昔日风华犹存，尤其门上砖雕精致美观，其中花朵、走兽、人物皆栩栩如生。其中有一门上砖雕引起我们的注意，上面盖上的泥痕还没有完全剥落，揣度可能是"文革"期间"破四旧"时把它当做"毒草"用泥盖上，但它无意中被保存了下来。行间，我们在两扇老式大门上竟发现了一副刻联，一扇门上刻着："路为义"，而另一扇门上则刻着"礼为Ⅹ"（不清）。由此可以看见三家店煤商文化发展的一些端倪。

三家店为千年古村。据专家考证，此地三国时期称山陕店，辽代叫三家村。那时就有了简易水利工程。据说，以前三家店以张、曹、牛为大姓，而张姓最古，其宗可谓源远流长。之后才有山西侯家、山东殷家陆续迁入。据资料，现三家店村成村应在唐代以前，各家都以经营煤炭、粮食、棉布、丝绸、药材等业为主，又兼营骆驼店以资运输之用。现在留存的殷家天利煤厂等古旧经典建筑，大多是这几个大户的旧有资产。街中心的三家店小学，乃是过去山西会馆旧址。由此可知，旧时镇中各地商客来往频繁，而山西人占了大多数；更兼街上商铺鳞次栉比，招晃飘空，车马来往不绝，驼队绵延相接，三家店呈现出一片繁盛景象，贸易之盛可见一斑。

三家店为妙峰山古香道西线起点。有老人言，旧日每逢4月初一至十五妙峰山庙会期间，经此进香者云集，社火繁盛，舞狮、耍幡、习武者塞满道路。路边多搭建茶棚，赊粥、赊饭、赊茶，以方便进山香客。

煤碳等商业及进香香客，共同铸就了三家店的旧日繁华。

三家店旧有马王庙、树神庙、三清观、五道庙等庙宇十余处，供奉佛、道、神30余位。今经维修重建保存完好者尚有：白衣观，龙王庙、铁锚寺、二郎庙等。而龙王庙规模最大，供奉也与其他龙王庙不同，除东西南北四海龙王外，还供奉永定河龙王——这当然与三家店地处永定河畔有关。

（二）

中午，我等穿镇而过，经西六环上行，至永定河河心岛。岛四面无水，却见岛上人工鼎沸，机声隆隆。问施工者，说：岛上正建设水上公园，公园包括运动场、花园等，明年三月份完工。竣工后这里将成为京西休闲览胜之地，成为永定河中又一水上明珠。

下午，由岛越荒滩登大坝西行，过铁路桥洞，即至琉璃渠村。顾名思义，琉璃渠村当与琉璃有关。果然，在村头抬眼看见一座雄伟的琉璃过街楼巍然屹立着，过街楼的老城砖底座宽厚而敦重；阁楼歇山顶上都覆盖着黄绿琉璃瓦，楼脊镇以飞龙等吉祥神物。过街楼券洞门额上也镶嵌着琉璃，上题"带河"二字，与其相对，过街楼背面则为"砺山"，以此彰显琉璃渠村乃地理形胜之地。过街楼前立有一通1995年题写的石碑，详细记载着琉璃渠村村史及过街楼修造经过。

这通石碑写道：

"清乾隆年初，工部琉璃窑厂由京城迁至京西九龙山麓永定河畔，琉璃局在此烧造宫廷建筑琉璃。乾隆二十一年秋，创建过街楼，供奉文昌等帝君，亦称三官阁。光绪、民国年间重修过街楼，建筑精美，琉璃脊饰造型别

致，色彩绚丽，是琉璃烧造业的历史见证。

"过街楼1985年被门头沟区人民政府公布为第二批文物保护单位，1990年北京市人民政府公布为第四批文物保护单位……"

由此可知琉璃窑厂自乾隆初年即迁于此地，而北京城里的琉璃厂则只留空名。其实，琉璃渠烧造琉璃始于元代，以其附近坩子土为原料，由山西榆次迁来之赵家技工主持窑作，为当时北京四大窑厂之一，清代皇家园林圆明园、万寿山、玉泉山、承德避暑山庄、故宫三大殿等琉璃制品皆出自琉璃渠窑厂。因此琉璃渠村是名副其实的琉璃之乡。

九龙山雄踞琉璃渠村之西，有山峰名瞅儿岭，京北至张家口铁路由村头穿越而西。据老人们说，瞅儿岭实为"求儿岭"。原岭上一庙，凡村民无子求之必验。经久便以讹传讹，误为瞅儿岭。旧时琉璃渠村亦为妙峰山进香南道必经之地，至今后街北涧沟尚存有万缘同善茶棚遗址。

目前，村内尚有正在生产的琉璃厂3家。

琉璃渠村历史积淀深厚，自然环境优美，干净整洁，空气清新，有许多艺术家已选择在琉璃渠之南中国林业科学院华北林业试验中心一侧别墅区内定居。

（三）

午后3点多出村，由琉璃渠村到水闸。

水闸之北水面宽阔，一片汪洋；微风荡起涟漪，此时虽为4月，但碧波犹寒。现时序深春，但气温尚低，岸柳丝绦初发，鹅黄乍显；且滩涂蒲苇尚枯，虽迎春花已经吐黄，但河滨冷风吹来，令人顿生"秋风生渭水"临秋之感。

站在岸边遥望，见水面宽阔，六环路斜拉桥横亘水上，旁边，两座高大的铁路桥交相跃水面而过，其景象也可称为雄壮。

水闸南面有一旧公路桥横卧河上，几个巨型石拱由西至东依次排列桥下，颇为壮观。此桥 1921 年为法国工程师设计，京兆尹公署斥资 30 万大洋由华洋义赈会法商承建，1923 年竣工。由于该桥建造时间较早，为北京第一座钢筋混凝土公路桥，且造型新颖，构造独特，因此在我国桥梁建筑史上占有重要地位。

其实，水闸共建有近代或现代 8 座桥梁：其一是由詹天佑主持建于清光绪三十四年的京张铁路支线的京门铁路桥，其二是建于 1921 年的京门公路桥（见上文），其三是建于 1954 年的丰沙铁路桥（只余桥墩），其四为 1956 年配合修筑水闸建造的公路桥，其五是上世纪 70 年代修建的丰沙铁路复线铁路桥，其六是 1985 年修建的大秦电气化铁路桥，其七是 2002 年修建的京门公路桥。如再加上近期新建成的六环路公路斜拉桥，共有古今八座桥梁汇集于水闸地区。其景观独特，可称为近现代的桥梁博物馆了。

三家店地区集人文与自然景观、现代与近代于一身，可谓灵杰之地。

傍晚，云稍散，远山落霞，近水渺渺，我等沉迷山水之间，几乎忘返。

2010 年 5 月 15 日（星期六）多云转晴

韭园 · 马致远故居　牛角岭关城　古道　摩崖石刻

（一）

由三家店沿永定河上行，随河道左右盘旋 10 余公里，即到达石古岩村——这是一个我结缘数年而未到、又不得不说的地方。

六年前，京西古道名噪一时，经了解石古岩距古道最近，遂与一山友相

约乘兴一游。途中,恰遇绿野网汇集二三十位驴友同车,于是山友坚持与他们同行:竟误过石古岩而到王平镇向西走去,一路翻越数座大山,艰难跋涉数十里,经北岭而至潭柘寺;行程一整天过几座废弃荒村却始终未找到京西古道!及日昏天暗,山友累乏几欲不行。所幸当时距潭柘寺不远,遂于潭柘寺门前乘末班车披月悻悻而归。

此后,数年弹指一挥间,几欲再走古道而始终无缘,直至今日才遂我愿,故而站在古道旁扼腕叹息!

另外,古道之行令我数年挂怀的原因还在于我的马致远故居情结。因马致远是我国元代著名剧作家,又是元贞书会的中坚人物。他的《汉宫秋》一剧早就闻名于世,小令《天净沙·秋思》更因言简意赅,境界清远而脍炙人口。据说,他在此住过的故居就位于古道旁边的韭园村,因此到马致远故居一游竟也成了我的夙愿。

石古岩分东、西两村,而西石古岩村位于永定河故道之北,顺西石古岩村村南公路西行数里就可到韭园村。我等沿公路一路走来,两侧山清水秀,鸟语花香。沿途公路两侧的每一个电杆上都挂着彩旗,上面印着:"京西古道,马致远故居"几个醒目大字。

韭园村坐落在九龙山麓,由4小山村组成:即韭园村、东落坡村、西落坡村、桥耳涧村。由于4个小村落一个党支部,故人们习惯上将4个山村统称韭园村。其中每村仅数十户人家。韭园景致在落坡两村,而落坡两村景致在山泉。过去,全村不足百户人家竟有6眼山泉:九龙泉、卧龙泉、东坡泉、龙泉、涝洼双泉、饮泉池。因此,至今全村无井,都使用泉水。泉水从村中不同部位汩汩冒出,在农家门前汇成一条小溪,因此住家想过溪先建桥,这就形成村中一大独特景观:家家流水,户户通桥。从中也可见马致远"小桥流水人家"言符其实。

由于多年天旱，现村中仅剩 3 眼泉水供村民使用。而最可观者集中在九龙一泉。如今，九龙泉周边修建成一处景观，即泉下一池碧水，两只仙鹤，半圈古柳。景观虽简单，却能让人蓦地想起华北平原村头塘边的一片浓夏。卧龙泉位于村中心的位置，泉畔长着一棵百年老楸树，我等去时，恰逢楸树开花，站在树下，只见花满枝头，遮天蔽日，旁边生长一柳，却垂丝成荫。由于这里有泉有树有花，自然形成了小小交易市场。见几家农妇席地而坐：一捆韭菜，几把香椿，数语往来，交易即成，简单而平和。

马致远故居就坐落在卧龙泉下。一个四合院，几间陋石屋；一溪流泉，一座小桥。女解说员虽无绵软吴音，倒也引经据典，给人以遐想，让人相信这里的"小桥流水"曾是马致远晚年隐居怀思过的地方。

西落坡村尚有大寨、碉楼残迹。传说大寨与碉楼有暗道相通，曾是囚禁过北宋钦徽二帝的地方。但据了解，实际上大寨曾是山大王割据之所，它三面悬崖，一面通村，是个难攻易守的地方。

（二）

桥耳涧村有涧无水，村里的大部分房屋都坐落在涧边，并有石桥通衢，令人顿时想起旧时的丰水年代。

韭园名重在古道，古道名重在关城。其实，桥耳涧村才是此段古道的发端。这条京西古道是西山大道北段，缘于古时煤碳及日用品等与山西及河北诸地的商贸往来，明代曾经扩修过。登至山顶俯瞰，古道蜿蜒如蛇，在山间忽隐忽现；若在古道上行走，顿觉脚下铺路石高低不平，艰苦难行。尽管石面被光阴打磨得圆润光滑，但深浅不同的脚窝蹄痕却让人望而生畏。

当我沿古道延绵而上穿过牛角岭关城时已是傍晚，站在牛角岭上，但见残关横亘，草蔽荒坡，一切都笼罩在残阳夕照之中。回首向韭园方向眺望，

群山如海，轻雾渺渺，而山村半隐，似万般景象都在诉说着岁月沧桑。

关城，顾名思义乃戍守之城，后增加了收税功能。此处关城，曾被人称为"京西古道第一关城"，其实这里是明清时期捕衙南乡与王平口巡检司分界处，也是西山古道上重要的收费关隘，今为妙峰山镇与王平镇分水岭。牛角岭关城是西山大路自东向西第一隘口，现残损城券仍在。

牛角岭下一亭，名"永远免夫亭"。亭中一碑，名"永远免夫交界残碑"。亭碑所记，乃乾隆四十二年永远免夫吏治善举。碑额题曰："名垂永久。"碑文曰：

"……西山一带，村墟寥落……石厚田薄，里人走窑度日。一应夫差，家中每叹糊口之艰，距京遥远，往返不堪征途之苦。是以雍正八年间，司主阮公具详上宪，乞免夫差，幸赖县主王公心存抚字志笃，鞠谋恩准王平、齐家、石港三司夫役尽行豁免。于是，黎民佩德，百姓衔恩……"

2007年北京地方税务局和门头沟区地方税务局感于碑记先贤爱民之心，特建碑亭，将此碑立于亭下。并于2003年在北京率先免除农业税，2005年全国免除农业税后，于碑旁另立"永远免夫亭记碑"，以纪此事，并表爱民之意。

"永远免夫"为清雍正年间事，而乾隆年间记之；乾隆年间立碑所记事，又于今日免除农业税后建亭立碑再记之。可见"爱民，立国之本"，为历代贤达共识。此善举，实民之福也。

另一块碑是清同治十一年所立"重修西山大路碑"。碑文中记载了同治十年暴雨成灾冲毁道路，民间举善修复道路的情况。此碑共刻两块，另一块存于三家店白衣观音庵内。

由牛角岭东行，古道蜿蜒直下水峪嘴村。此时正值二月兰盛开季节，此段古道上盛花铺路，游香沁人。不能不令人想起白居易《赋得古原草送别》中"远芳侵古道，晴翠接荒城"一句，景象令人感慨。

水峪嘴村东即为永定河。

韭园得天地之利，崇尚"绿色"，饮用，洗涤，园田灌溉皆用泉水；并施用有机肥。所产韭菜、樱桃、京白梨、香椿、核桃等名贯京西。

（三）

其实，石古岩村也有古道，据资料，古道形成不晚于唐代。而石古岩村实为两村：一为东石古岩村，一为西石古岩村。东石古岩村建村久远，不晚于明代，而西石古岩村则建于清代中期，据说是因外地人为避战乱而成村。古道穿西石古岩村而过，委蛇于石佛岭间，随山就势，蜿蜒辗转。而半路却是在悬崖堆砌石块打上基础，又凿壁铺路，地势更雄奇，地理更险要。行于此道，远可眺望群山，近可俯视永定河谷。只可惜末段毁于采石之中。现石佛岭（石窟崖）古道壁上尚存有佛像和4块刻于明代万历六年的摩崖碑，一块记古道修筑旧事，其他三块镌刻捐资人名。

回城车上，低头回想，遂得小诗一首：

春风忽渡夏，江河绿来迟。残关锁山涛，古道接秋思。神飞碑亭外，意追悯农时。遣兴问行友，此怀君可知？

2010年6月9日（星期三）多云

安家庄 · 清凉界　十八潭

（一）

由石古岩沿永定河上行，经王平、落坡岭、清水涧而至安家庄。永定河流至落坡岭受阻于大坝，开始静卧山谷，碧绿缓。落坡岭河谷山势陡峭，裸

石悬空,雄奇而诡异;河过清水涧,首尾弯如游蛇。而安家庄之南向西两岸平宽,水势渐平缓,以致滩阔石圆,水清天蓝。安家庄坐落于永定河之北,丰沙铁路及京拉公路分别从两端村头坡上穿过,可谓两夹之地。

安家庄明代成村,以姓取名,但可惜现在安姓不多。

顺公路穿过铁路门洞入村,村容简朴而洁净,可用庄静人稀,一尘不染形容。虽房屋老旧,石墙板瓦,却碧树掩映,绿荫连片。坐在树荫下,清风徐来,大有身处桃花源之感,安家庄西街,两株古槐与众不同,主干粗大而枝细叶茂,颇具沧桑。街心一棵老树下,数名老妪悠然自得,坐在盘石上,俚语打诨,相近相亲。近中午,妪散,看中间所坐巨石圆如碾盘,石面平滑光整,温润如玉——如没有上百年厮磨不能光滑如此。

如今全村共200余户,且多剩年长老者。据说,村中年轻人都已进城打工去了。

安家庄有着一段光荣御外斗争史:安家庄民众清末曾重创八国联军,抗战时期又奋起反抗,前赴后继,并多有牺牲。如今,村北老虎嘴山顶残存的日本炮楼上建有"王平地区人民抗日纪念碑",以记录抗日战争时期该村人民可歌可泣的斗争事迹。

老虎嘴山下种满了枣树。6月上旬,嫩叶初发,枣林一片翠绿。枣林旁即是永定河一弯碧水,由于此时水浅,狭窄的河道几乎隐没于茂盛的芦苇之中,景象很像河北省的白洋淀苇丛。远处河岸平阔,苇丛旁柳盖如伞,浓荫铺地,有数名渔者正在垂竿野钓。河上建有一座水泥桥,平直多孔,桥下绿波荡漾,很像旧时记载的安家庄村东南大漩古渡。

进入此地,清风抚面,暑汗顿消,正所谓"清凉界"也。

（二）

清凉界以前是一个旅游景点，因游客不多而逐渐荒废。

清凉界位于永定河西岸一山谷中。过河入山，即见谷口中分两道，右宽者为古道。此道翻越著名的清水尖主峰再从东南山梁下山，经北港沟连接京西古道——即京西大道。而左道稍窄直通谷底。整个山谷长约2华里有余，山道崎岖难行，途中奇峰险峻，怪石嶙峋，而谷底一瀑布由山顶飞流直下，拉成一线。水流中途遇突出岩石撞击而飞珠溅玉，激越有声。瀑布在山崖下汇成一个水潭，潭水清澈甘凉。此瀑布虽水势不大，但景观自成一格。

距清凉界2里北面即是十八潭。所谓十八潭就是一股泉水从山上流下，中途就山势形成多个水潭，"十八"是概数，指水潭数量之多。十八潭景区也位于永定河西侧的一个山谷中，沿公路行走进入十八潭须跨过永定河。

十八潭与清凉界最大的不同是水量较大，尤其两潭之间落差较大还形成了飞流直下的瀑布。据说，十八潭瀑布有三，目前只开发了两个，剩下一个由于地势陡峭则隐藏于深山留待将来开发。最可观者为第一瀑布。此瀑布瀑水初落时散如扇面，下泄时渐渐集成一股；此股瀑布途中因有岩石阻挡而扭转流向，转弯后再坠落谷底，谷底竟积成一潭。因瀑布弯曲如龙，故有人称此潭为龙潭。龙潭潭壁光滑规整，潭水"清且涟漪"。潭水四周有巨石环绕，也成为游人休憩纳凉之地；当地人说，若雨季瀑水陡增，龙潭可扩至数倍，游人只能登桥观看。龙潭右侧有石洞，石洞有一股泉水汩汩而出。

6月我入潭时，黄栌、野丁香、野茉莉等花开正盛，满山皆香，令人沉

醉。10 月游人可绕行到观景台,俯瞰河谷群山,秋林红叶。

清凉界、十八潭都属于安家庄地界。

2010 年 6 月 26 日(星期六)阴转晴

河南台

河南台,顾名思义是永定河南岸的台地。实事正是如此。河南台村位于永定河南岸台地之上,背靠西麋角山,居安家庄村西北。永定河之绕西麋角山,随山就势即形成"几"字形大拐弯。而河南台村就位于"几"字形大拐弯顶端一横处,它三面环水,一面靠山,其势形如半岛。故此村老人云,此为风水宝地。此村皆王姓,与雁翅村之"王"同宗,成村于明代。据说,村民皆源于山西洪洞大槐树下。

下 109 国道,河南台永定河风光即入眼中。但见远雾轻笼,满目皆绿;高山耸峙,连绵不绝。远处,永定河破空而来,又劈山而去。河两岸杨林成簇,垂柳飘烟;河水清浅,沉石似鳞。时见河畔怪岩突兀,蒲草吻风,水禽轻飞,柳燕和鸣。观此景,神驰情飞,心胸怡朗。其境正如桥头彩门上所书:"仙台山水园",入此园,如置身江南山水画中,不禁叹曰:真乃登仙台也。

水畔杨柳下早有先行者垂丝野钓,中流不深,有青年男女举网捞虾,撩水嬉戏。

过桥穿林道而行,沿岸棚亭寂然,酒旌飘飘,轻烟曼起——此为农家院正举晨炊也。又见水边竹篱豆架,锄光闪闪,黄花阵中,俚语喝呼——此为农人晨种苛锄而归也,河畔枣林茂密,花香阵阵,随风入脾,数里清新——此为枣花正盛也,而轮碾浓荫,笛鸣山野,主人笑,宠物跳——此为游人驱车又至也。

沿山道上行，登河南台村之"台"。此台雄居村中高地，上可仰视西糜角山，下可俯视永定河水，站在此地，村中屋顶半在脚下，而河畔诸景皆收怀中。台上也有一棵数百年古槐，其盖如伞，遮天蔽日。村委会、邮电所等都建在树旁，树下放置着一个磨盘，四周有数把长椅环绕，村中翁妪无事，多聚集树下闲话。由此可见，此树下乃村中乡议、休闲中心，也是信息集散地，家长里短多在此盘桓，不出半日，全村遍知矣。

河南台村现有一百余户，山多地少；以前有"户不过六十"之说，现在已大大突破了。山村住户布局，老户在上，新户在下，河畔居民大多为后来者。

将近中午，云散日出，骄阳似火，惟此台阵风习习，静爽扑面，坐在此处，清凉浸身，意闲神定，如沐仙风，胜香山"阆风亭"远矣。

沿河下行，过麻地、石古岩头而入柳林漩。永定河至此向东而去。拐弯处，青山如堵，巨石嶙峋。石下因河水长期打漩，遂冲成一潭。站在石上俯视，潭水黑绿，顿觉深不可测。然而对岸却碧柳成行，浓荫匝地——柳林漩也因此景得名，为河南台村游览热地之一。

天将暮，沿河西向望雁翅而去。河畔草滩罗列蒙古包数座，有散马闲饮夕照中。遐想此景，如阴山远牧。

2010年7月11日（星期日）雨转阴

下马岭　太子墓

昨晚天气预报曰：今日有雷阵雨。果然，早晨，车行至野溪急雨骤至，山色皆湿；正惊叹时，天公有意，雨至王平镇乃止。此时心中稍生憾意，雨停故然好，但河畔柳下"观涛听雨"的愿望，竟成了泡影。车过雁翅而西北

行，永定河水面渐宽河滩渐平，水流平缓，两岸青山经雨后郁郁葱葱，绿色愈浓——这也许是永定河河谷风光最佳时刻。

下马岭和太子墓两地地名取得都很浪漫。据传，清乾隆微服私访骑马曾到此地山顶，遇一巨洞而不得过，只能牵马步行。故乾隆过后称此地为下马岭，并特为御赐。太子墓的传说美妙而神奇。明永乐年间，有明太子巡幸此地，渴而吃山果，山果肉沙且甜，但怨其太小，遂命与苹果嫁接。嫁接之树人称"太子木"。太子恋此地果甜，故愿死后葬于此地，文人也遂改"太子木"为"太子墓"。太子墓村苹果至今享誉京西，每逢秋天，果园门前车水马龙，采摘者云集。而果农售台高筑，大筐小蓝道旁数里相接。此时也是永定河、太子墓秋日最繁华景象。

下马岭和太子墓两村各有村民一百余户，山村民居古朴，依山坐落，随山势步步升高。尤其太子墓村街巷皆窄而长，有的窄巷仅能对行两人，且弯弯绕绕，东折西拐，在窄巷中行走，如坠迷魂阵中。村里主街虽较宽，也仅能对行三人而已。笔者在窄巷与一搬门板者对行，只得退至墙凹处避让。

太子墓多彭姓，据说也来自山西洪洞县大槐树下。

我国农村村中多自发形成一村民聚集处。下马岭村骤集处在村口大柳树凉亭下；而太子墓村与众不同，在国道旁连接村庄之阶梯矮墙上。夕阳西下，矮墙垛口老人们个个斜座，随墙自然成排，或老翁，或老婆，都白发苍苍，面对马路，就像盼望久未归来的儿子一样。

两村民居朴实，然而街上照明灯却早已实现"绿色"了。

永定河流过下马岭，河道窄而水少，几乎成为几个相连的小池塘。水过吊桥南而蒲草丛生，浮萍连片。此时适逢7月，蒲草举棒，浮萍花开，蒲绿花黄，蝶飞蜂舞，又是另一番山野景象。举目远望，碧水轻流，青山如黛，正所谓：一天垂绿一谷风，半河蒲草半河萍。南望两座半山之间，沙丰铁路桥跨空飞架，如飞虹横亘峡谷，突兀壮观。过铁路桥向西南，水中蒲、萍骤无，代之以芦苇，一丛丛一墩墩，随风摇曳，沙沙作响，与流水声相唱和——此为典型的北国风光。此段河床水畔生长着许多杨树，高大而茂密，沿岸数十百米皆在其荫护之中。杨树对岸即山，山下多怪石，由于常年河水冲刷，石体圆润，石纹清晰，多姿多彩，此也成为永定河一景。

由于此段河道多蒲草、浮萍、芦苇，因此成为垂钓者的乐园。树下，苇旁，蒲边，时见臂举丝飞，频频开竿。一时，钩舞上下，彩漂沉浮，无论男女，多有收获。

山上多荆花，放蜂人家在此处安营扎寨——一座帐篷，数十蜂箱，几群蜜蜂，人来蜂往，款款嗡嗡，颇为热闹，这也在寂静山谷中绘成一景。空谷中时有游人揣罐携瓶，前来购买蜂蜜。

下午，天上轻云散尽，归京时一片彩霞。

晚5点到家。遂成小诗一首曰：

一天垂绿一谷风，半河蒲草半河萍。
飞丝钓得峰托月，沉鱼化作穿柳鲸。

2010年9月12日（星期日）晴

付家台　髽鬏山

永定河由东北向西南澎湃而来，于青白口与清水河会合后又折身东南而去。于此，永定河阻于高山进而流转，遂呈U字形大拐弯。付家台村位于大拐弯的河东岸，而京藏公路却直向西北，在这里与永定河分道扬镳。

永定河沿岸村庄多有××台之称，而它们又大多建立在岸边台地上，这与昔日永定河经常泛滥不无关系。如付家台、河南台等。付家台明末成

村,现有 300 余户人家,为附近老村、大村,故雁翅镇政府设在此地。村中存有明末所建关帝庙、古宅各一座,古树数棵。付家台多付姓,老人们说,付姓也来源于山西洪洞县大槐树下,分为东大门下和西大门下。

付家台村村东、村西皆有石阶通台地村上。沿村西石阶攀至台上一柳树下,恰逢村中男女围拢在一起,在售货车周围买卖物品,交接说笑之声不绝于耳——这里也是村民聚集地,大多在此贸易、叙闲。

此台正东即村庄主街,宽仅 3 米余。村中老屋、古树、关帝庙皆在此巷中。村中基督徒较多,并有传教士,每逢作礼拜时相聚在一家,摆设神坛,祈祷诵经。

由于付家台村位于永定河大拐弯处,流水不畅,昔日常有洪水泛滥,故兴修水利是村中大事。现村中存有一通石碑,上面记录着清光绪二十九年始修,民国二十二年修成,共用了 30 年才完成的一项水利工程建造始末。其中可歌可颂人物事迹跃然碑上。此工程在几起几落、艰难困苦中完成,蕴含着付家台人始终不渝的奋斗精神。现在此工程依然盘山穿洞,源源不断地输送着永定河水,灌溉着付家台村的良田和果园。

由村西北穿丰沙铁路桥而东,沿永定河畔公路蜿蜒 2 里余,便是付家台村修建的"河滩公园"。这里河水清浅,水草摇曳,水中睡莲卧盆,群鱼戏于莲下。此时正是莲开季节,莲花浮在水面,引得蝶飞蜓舞,驻足观看,情趣盎然。沿河岸上行数十米,河水浅处便有跳岩可达对岸,少男少女吃罢烤串相约跳过,到对岸爬山寻趣。

此处永定河对岸傍山,就山势形成一弯,山崖陡立数丈,仅有羊道可通。而崖下河水澈绿,深不可测。村中顽童将此地当做水上乐园,时见三五成群嬉戏水中,更有勇敢少年攀上对岸石壁飞身跳水,惊险刺激得令人心跳。

沿岸上行不远，便见芦苇丛生，立刻令人想起白洋淀之芦苇荡。是时芦花正开，芦苇荡一片雪白，花穗随风飘舞，如雪浪翻滚。

付家台村河对岸有一峡谷，直通髽鬏山。峡谷中有黄岩、刘公二沟，景色迷人，大可一观。而髽鬏山则是卫立煌将军激战日寇处。老人们说，至今山上尚能找到战时所遗弹壳。髽鬏山上风景如画，泉水潺潺，是很好的旅游风景区。现已有水泥路铺至山下，不久将向游人开放。

据《宛署杂记》称，髽鬏山乃"西山之祖"。

2011年6月19日（星期）晴

斋堂镇 · 斋堂水库

（一）

早晨，与初中同学兼山友老徐乘公交车到斋堂镇。

我和老徐到斋堂镇后，遂决定步行去斋堂水库。先西后北逶迤而行，中途在养蜂人居所休息一次，一个小时后到达水库。彼时，已时近中午，虽在山区，但暑热难耐。

沿水库一侧公路上行，几经选择，终于看中公路旁的一处平台，遂决定止步，于此处眺望水库全景。此处平台地势虽高，但库边长满杂树，故只能在杂树空隙影影绰绰看到库水一角。正觉遗憾，忽听库下有人喊叫，初以为是顽童嬉水，无以为意，后喊声渐哑，并绝望中带有哭腔，遂急忙下行查看。果然，树罅间见一年轻女子在大坝下水中挣扎，并高声喊叫，从挣扎状中可见她似乎体力不支。此时我和老徐才意识到情况不好，急忙夺路寻找水库大门。来到水库门前顿时失望——铁门高大且紧上锁——看来，库中无

人。无奈,我和老徐一边打 110 报警,一边寻找水库工作人员。这时,一辆小型卡车在水库门前戛然停住,司机说他住在水库对面村中,须开车从大坝过去。他留有大坝人员电话。我说明情况后,司机急给大坝人员打电话。数分钟后,人员到,开锁,见女子已不再喊叫,立身浮于水面,头低垂浸在水中。须臾,警车、救护车到,开始救人。

我和老徐见人员忙于救人,方觉浑身疲惫,老徐患有心脏病,不能久晒,遂离开水库望斋堂而去。

究竟年轻女子是否得救,不得而知。

(二)

我和老徐返回斋堂镇已是下午 3 时,遂穿街走巷游览斋堂镇貌。现在的斋堂镇已发生巨大变化,与昔日老镇格局大不相同,历史遗迹几乎消失殆尽。失望之余,加上疲惫、暑热,遂粗粗浏览一番后到公交车车站等车准备返回。

斋堂镇位于永定河支流清水河北岸,是京西重镇。斋堂之名缘于昔时此地是香客朝拜建于唐代贞观年间之北山灵岳寺食宿之所,故称斋堂。从中也可见它成村历史的悠久。而后,明代沿河城守备李化龙,为防备蒙古铁骑来犯,也于万历二十五年主持修建了斋堂城,遂与沿河城形成犄角之势。到此时,京西形成了以沿河城、斋堂城、大寒岭关城、黄草梁 7 座楼等为代表的明代内长城防线。据说,斋堂城修建坚固,四门挺拔。可惜的是,斋堂城在抗日战争中被日寇毁坏。

斋堂又是一座具有光荣传统的城镇,在抗日战争中,这里曾是京西抗日根据地中心。1938 年,肖克将军曾在斋堂川建立了冀热察挺进军,同年,八路军邓华支队又进入斋堂,建立了京郊第一个民主政权,北京市原市长焦若愚同志曾担任过民主政权第一任县长。

后来，随着人口的增长和村落发展，斋堂被分为东斋堂和西斋堂，现在已成为京西旅游和商贸重镇。

2012年12月6日（星期四）多云

慈善寺

冬月，天寒地冻。我与山友从香山北侧防火道攀至香炉峰后山，遂西行，过瞭望塔2里许下道，经一太监墓，再沿小路逶迤而至慈善寺。

慈善寺，我来过数次。第一次已是十几年前。彼时，从五里坨东行，过垃圾填埋场，沿途脏乱，塑料袋挂满树梢。后入天台（泰）山，山道崎岖，碎石遍地——据说，此路为冯玉祥将军之女冯理达募捐修筑。路之将尽，忽见古松郁郁，山门隐隐，颇有奇异之处——此乃慈善寺也。入山门，东行一里，方见一侧建筑掩于古槐间，但寺院房屋已破败，几乎顷圮，惟有清泉从山岩石罅涌出，尚有几丝生机。进寺，惟有残垣败瓦而已。

返回路上，从来时山道回头望，见山门及殿宇分别建在两个石崖上，两相对峙，地势奇崛；山路和寺院之间一个山沟横亘，惟有山脚下一路连通。

以后多次游览，多从香山之西山路行走。

2008年，北京市出巨资依照旧制重建，成如今东佛、西道、外民间诸神格局，全寺共38座殿宇，150多间房屋，焕然一新。现被石景山区辟为书院。

慈善寺位于北京石景山区天台（泰）山，故旧时又称为天台寺，始建于明代万历年间，寺院集佛、道及民间诸神于一体，每年农历正月十八开庙。民国时期，著名爱国将领冯玉祥曾分别于1912年、1917年和1924年三次

到此。后两次尤其1924年"北京政变"后曾在寺中长住,山上多处石崖上留有亲笔题刻,如"勤俭为宝"、"农耕"等。1924年冯玉祥避居期间,爱国将领张学良等曾到此访问。

新建的冯玉祥居住处小院外墙上题写有冯将军诗《我》一首:

平民生,平民活。不讲美,不讲阔。只求为民,只求为国。奋斗不懈,守诚守拙。此志不移,誓死抗倭。尽心尽力,我写我说。咬紧牙关,我便是我。努力努力,一点不错。

2013年2月7日(星期四)晴

灵水村

小雪后气温骤降,寒风如鞭。约三友乘车同往灵水村。到桑峪口下车,沿岔路过桑峪村,北行5里而至灵水村。

灵水村,位于永定河支流清水河之北,北京古村落之一,因晚清光绪二十一年该村村民刘增广于京师得中举人,及村中有三义堂院刘明政五子雍正中举传说,故也称举人村。该村以民居、古寺闻名。其地处偏僻,旧时建筑保存较好。

我等到灵水已近中午。村中人迹了了。据村民说,时下已近春节,村民大多进城过年了。入村,果见家家闭户,门门上锁,惟闻深巷苍苍古树间声声犬吠。村口偶有车辆开进,是来给少数留守者拜年的。

村中昔日建有文昌庙、魁星楼等,现只存残迹。惟举人宅院之五进院落和村中戏台等尚存。民居建筑多为石材,古拙朴实,基本保持旧时风貌。

灵水村有八景之说,即:东岭石人、西北莲花、南堂北眺、北山翠柏、柏抱桑榆、灵泉银杏、举人宅院、寺庙遗址。其中"寺庙遗址"中即可见

"北山翠柏"、"柏抱桑榆"及"灵泉银杏"三景。

灵水村之灵在水。昔日村中多泉,现多已干涸。村中"寺院遗址"为其亮色,据说,灵水村旧有古寺17座,最早的灵水禅院起于汉,明代《宛署杂记》即有记载。

我等从村西坡沿山麓逶迤右行,经龙王庙、灵水禅院而至三圣庙。众庙皆破败顷圮,然惊人眼目者则为古柏。尤其龙王庙之"柏抱桑"、"柏抱榆"两棵,皆合围数抱,刚毅苍劲,虬枝曲如游龙;虽深冬枝叶不茂,而更显苍古神态。依我鄙见,惟陕西黄陵之轩辕庙诸柏,河南嵩阳书院之将军柏方可与之媲美。

过灵水禅院之银杏树,即遥见三圣庙古柏,其斜立崖上,奇傲突崛,雄奇苍劲。沿山路北行,愈见其伟。至前,顿觉古柏傲风孤伫,俨然一奇迹也。

有同伴说,此景甚熟,似电视剧《最爱》之境。问村民,果然如此。

灵水村重教育,故旧时多文人。行深巷中,偶见一墙有未涂掉之旧时标语云:"生女不读书,不如养头猪。"此言虽不雅,聊可证村中倡学之风。

下午返回,遇村中一车,将我等免费送至车站。

2013年2月19日(星期二)晴

苇子水村

我等乘车至芹峪口,下车步行12华里而到苇子水村。沿途壁立千尺,危岩斜生。站在公路高处远眺,苍山如海——此即大峡谷也。此路由芹峪口109国道东北岔行,经苇子水、田庄、松村、高台、淤白、泗家水而至昌平

地界，前行再经菩萨鹿可到高崖口。全长50余华里。

此路清静平整，车辆稀少，然景观绝佳。山体时呈赭红色，沉积岩、泥岩等叠生，可推测远古时此处山体应为海基抬升、板块相撞挤压所致。

苇子水村，位于永定河东北，乃北京市又一古村落。据说，此村昔时由雁翅村民搬迁而成村，具体年代已不可考。此村与灵水村不同，房屋就山势而建，散布于多个沟岔之中，远望，高低错落，沟梁掩映，别有一番情趣。村民有"九沟八岔"之谓。旧时村中多泉，一条山溪顺山而下，沿溪各家多建石桥，桥式各异，遂成一景。现村中尚存各种小桥12座，望之油然而生古意。村中有古树数棵，有"一榆二槐四古柏"说法。

昔时因交通闭塞，故老屋保护较好，至今尚有明清四合院及房屋数处。

村中盛产香椿，家家户户栽有香椿树。据说，去年春天，香椿卖至30元一斤。

苇子水村西北有拦洪坝一座，因此时较旱，库中无水，沿途河道竟成养鸡场场地。

抗日战争年代，该村为根据地，部分房屋曾为日寇所焚毁。

2013年2月27日（晴）

黄岭西村

我等数人相约到黄岭西村。黄岭西村，位于永定河西北部，距斋堂镇10华里有余，属斋堂乡管辖。我等先乘车到斋堂镇，本欲步行，不意有车揽客，遂打车而往。司机说，进黄岭西须买和川底下村捆绑门票，打车门票可免。果然，车沿小峡谷行至半路，景区门卫见司机是熟人，未阻而入。

黄岭西村，位于小峡谷尽头，三面环山，仅一道相通，道尽而村现。道旁多花椒树，据说是黄岭西村特产。村中房屋依然故我，土墙灰瓦，石道柴门，数棵老树斜立村头巷尾，陡增几丝古朴景象。然村民寥寥，惟有几处深巷向阳墙根有数位村民在晒太阳，静寂中偶闻几声鸡鸣犬吠。村东北半山坐落一灵泉庵，山门朝西，虽红墙褐瓦，但大门紧闭——从锁可见，已久无人朝拜了。

登村西南山顶下望，惟见压压屋顶，寥寥枯树，而村四周半山上梯田层叠成片——可惜此时冬季，惟层层裸土而已。若逢春夏季节，绿涨青山，或可红花入眼，翠色逼人，梯田层层奉秀。

黄岭西建村已500余年，昔日以煤业为主，为保护环境，坑口现已关闭，改以发展旅游为主打产业。若远离闹市喧嚣，沉淀情绪，寻找净化心灵之地，黄岭西不失为最佳选择。

我等入村，即遇一可爱小狗与村童戏谑，人称笨笨。笨笨见我等前来，即从村口相随，穿街走巷，带路警示，形影不离。中午吃饭时分，竟不见了踪影。饭后继续前行，忽见笨笨隐卧于一巨石后等候。我等走，它又站起来带路。众友大奇且怜爱之，皆以为聪慧与别犬不同，竞相将美食掏出喂它。小狗乖巧，遂摆尾以示谢意。

行至村头，笨笨竟对一车狂吠。细看，车上悬挂一牌，上写"高价收购猫狗"，车载木笼中已关猫狗十余条只。我等登上西南山顶下眺，笨笨依然围车狂吠示愤不已，直至笼车驶离。

眺望间，笨笨忽爬至山顶，穿梭山友间，摇尾低吟，颠扑跃跳，扒腿摩肩，极尽亲近欢悦之能事。山友即有人将其揽于入怀中，抚首搔身，爱不释手。

我等返途出村，奔奔随后跟去几次逐之不离。行至一山前，忽见半山有三只小野山羊斜立岩上。一山友欲拍笨笨与小山羊合影，示意笨笨前往。笨笨即飞奔而去，竟于岩下咬住一小野山羊后尾不放。于是，空谷羊号，往返回荡，哀痛不已。我等急将笨笨召回，大加呵斥。笨笨知错，遂眼光游移，垂首夹尾半匍地上。

行 3 里有余，山友有担心笨笨不能回村者。恰此时，有小轿车迎面驶来，笨笨立在道路中央岿然不动。及车轮将至，笨笨一闪，车竟擦身而过。

山友皆为笨笨捏一把汗。

一会儿，又一小轿车迎面驶来，笨笨依然立于道路中央不动。山友大声呵斥，笨笨竟置之不理。车到，轮将轧，忽急煞，车骤然停于笨笨身前。门开，笨笨转身一跃，跳上车，回眸一瞟，竟乘车扬长而去。

我等皆惊怪木然——小狗竟有如此聪慧者。

2013 年 5 月 7 日（星期二）阴有阵雨

东山村

今年初曾许诺山友，今春一定要到东山村看梨花。但 3 月，忽有到东南亚旅行机会，遂推迟东山村计划。5 月初回京，遂重约山友践行东山村之诺，按原定周四出行，但一山友有事，而今年北京气温低，东山梨花或许未落，早去一天就增大一份可能，遂改今日成行。

东山村位于门头沟区东侧，隶属军庄镇，因地理位置在军庄镇东侧山麓，故称东山村，以盛产京白梨扬名京畿。东山村建于明代，可以算是古村了。

东山村梨园与大兴梨花村梨园不同，大兴梨花村梨园地处北京南部永定河畔沙地上，虽片大树多，但有风则沙起，尘土飞扬，影响观瞻。东山村地处北京西北，三面环山，西望军庄，南通香山，虽亦距永定河不远，但此段永定河为山谷地带，无风沙之虞。梨园位于东山村村东，依沟谷南侧随山势一层一层铺开，如山间梯田。每逢谷雨前后，梨花竞相开放，花团锦簇，遍山雪白，若偶清风徐来，阵阵清香沁人心脾。

我等沿香山北侧防火道上行，经过街塔，在老望京楼西顺古道下行，穿打鹰洼数里即到。此条古道旁有一巨岩，人称大岩根。大岩根巍然耸立，岩顶突出，在岩下可遮阳避雨。大岩根下立有一通功德碑，从几近漫灭的字迹中依稀可辨出，此碑刻有清乾隆年间重修这条古道时民间捐助名单和捐献数字。由此可见，这条古道存在至少也有数百年历史了。据说，过去京城人到妙峰山进香，也多走这条古道。

大岩根东侧有一股山泉。我二十年前到东山村经过这里时，但见泉水从岩上流下，如丝如缕，遂在岩下形成一潭，潭水清冽甘凉，人们多在此休息。而今泉水尚存，只是昔日流泉已涸成滴水了。大岩根下行不远还有一泉，泉水从岩间汩汩流出，也形成一潭。与大岩根泉不同的是，此泉冰冻常年不化。今天已是 5 月，虽泉水势小，但冰冻犹存，很像我在海螺沟看到的冰舌——只是要小得很多很多。

这条古道不宽，沿途树木茂密，蓊蓊郁郁。春天山花夹道，花香莺唱；夏日浓荫匝地，清爽宜人；秋季金风浸染，满目斑驳；而古道两侧怪岩高耸，时见壁立百尺，山友有人称之为"小桂林"。今日春深，一路山花夹道，鸟鸣空谷，众人交口称赞景观与别处不同。

我等到东山村梨园时，梨花已谢，花托下雏梨俨然已青小如豆了。坐在林间树下，远山连绵，碧绿满目，莺啼蜂舞，清风扑面，尽享大自然美趣，众人竟久坐不归。

2013年5月22日（星期三）晴

爨底下村

我知道爨底下村是在上世纪90年代。那时的《北京晚报》曾介绍过它，说它是明末形成的古村落。且由于爨底下村位于驻军粮道一侧，故商贸也随之发展起来。后随着粮道衰落，爨底下村也渐渐隐没于群山深处，直至上世纪80年代其以独特的结构和原汁原味的明清民居建筑风格及朴质的民风被建筑学家和艺术家们重新发现。

从那时起，我就有心到此一游。但光阴荏苒，转眼已二三十年过去了，诸事缠身，直至今日才得以一游，说起来实在惭愧。

今早约9友同往，先乘公交车到斋堂，再包车到爨底下村。经司机介绍，我们住在了1990年至1994年曾担任过此村支部书记的韩怀生老汉家里。

韩怀生老汉今年70多岁，高高的个子，看起来身体很健康。他是位烈属，父亲是抗日游击队员，牺牲于1942年的反日本鬼子扫荡战斗中。那时，他还小。

下午游览。游览爨底下村，不可不细看；不可不登高。细看，可领略房屋的四梁八柱、四角硬的墙体、双坡硬山清水脊和房脊两端翘起的蝎子尾，及工字锦、灯笼锦、大方格、龟背锦、满天星、一马三箭的窗棂变化及大方格、斜方格、水波纹或花卉吉语等繁多的石雕图案。登高，可远眺全村整体风貌，领略以村后龙头为圆心，以南北为轴线呈扇面形展开两侧，和依山而建、高低错落、形如元宝的村庄布局。

有人说，爨底下村讲究左青龙、右白虎、前朱雀、后玄武的建筑风水；

还有人说，爨底下村都姓韩，明代由山西洪洞县大槐树下移民而来；更有人说，爨底下的"爨"字，为兴字头、林字腰、大字下面加火烧——大火烧林，越烧越兴旺，越烧越热火，而爨底下村人都姓韩，寒（韩）热中和互补，故而爨底下村和谐发达。

游览爨底下村须平和心境，而游览"一线天"则会让你怦然心动。

一线天在村西2里，当地人说，一线天是旅游后起的名字，过去叫"爨里安口"，人、车出村进村都要经过这里。一线天长约百米，走在里面，就像走在顶端开了一条线的山洞里，山洞从山腹中穿过，里面七弯八拐，空间忽宽忽窄，光线忽明忽暗，幽暗变幻，气氛诡异神秘，独自行走，就像被包裹在崖壁之中，只有顶光一线透隙而下，令人心悸。据说，一千年前，这里就是一处军事要地，名叫"南暗口"，宋代《契丹国志》记载，是金军攻打辽都燕京的战道之一。北宋宣和四年十二月，金大将粘罕曾经此道直打到燕京城下。

从一线天回到村中，已是黄昏时分。

晚饭我们是在韩家小院吃的。房檐树下，一张方桌，四条长凳，几瓶酒，数盘菜，绿色而香醇。约韩老汉同饮，他说，不胜酒力。遂坐在一旁闲聊。他颇自豪地告诉我们：现在生活好了，村里人比你们城里人提前进入了小康。

他说，他当书记时，改革开放，爨底下村正搞旅游，他也因此认识了许多专家、名人。问他的小院何时盖的？老汉毫不掩饰地说，上世纪90年代。但为了修旧如旧，盖房都是从承德拉来的旧砖——那时正赶上承德旧城改造。

老人喜怀旧，说，上世纪50年代末60年代初大锅饭吃食堂的一天，全村150号人只剩下一斤半粮食。没办法，号召各家挖野菜，凡交野菜的

可到食堂吃饭，没交野菜的只能饿肚子。问他现在每年收入多少？老汉笑而不答。

2013年5月23日（星期四）小阵雨转晴

马栏村

天亮即起，原本要登山看日出，或侧光居高临下拍爨底下村全景，但登至半山，天上忽淅淅沥沥地下了一阵小雨。其他山友下山，我与两友则冒雨继续攀登，登顶后雨停而返。但可惜的是由于光线不理想，无法拍照，遂绕道观景台后匆匆下山回到住处。

收拾行装告别韩老汉，随即赶往车站等车准备返回北京。

在车站等车时遇到一个私家车司机，他建议我们到距此不远的马栏村看看。此言一出正中下怀——我早有到马栏村一游的计划。我友殿成说，抗日战争时期，邓拓曾在马栏村工作并居住过；他女儿邓小岚为怀念父亲，感谢当地人民的养育之恩，近几年常驻马兰村支教，与那里的民众结下了深厚友情。在与众山友商议后，决定前往马栏村。

马栏村曾是以肖克将军为司令员的冀热察挺进军司令部所在地。在这里，肖克将军领导了冀热察地区的抗日战争。如今，马栏村已成为青少年爱国主义教育基地。我们到马栏村后直接去纪念馆参观，纪念馆展出的照片和实物深深打动了我——由于我父辈大多参加过抗日战争，所以对那些在抗日战争中浴血奋战的战士怀有深深的敬意。

在纪念馆问询有关邓拓同志的斗争事迹时，解说员说，邓拓同志工作的马兰村不在这里，而是在河北省易县。

马栏村村貌干净整洁，但不如爨底下村富裕。据说，马栏村村西正在营建森林公园，景区内有瀑布，有森林，还有令旅友青睐的"六棱木"。

回家后，我急忙查找有关邓拓和马兰村的资料，得到了如下结果：

邓小岚的父亲邓拓是中国新闻史上的一代英才，曾担任《晋察冀日报》、《人民日报》总编、社长。她的母亲丁一岚也是《晋察冀日报》的老报人，是1949年开国大典的播音员、北京人民广播电台第一任台长。

马兰村位于阜平县城南庄镇西部深山区，曾是《晋察冀日报》报社所在地。当年，邓拓任报社主编，在敌人扫荡中一边打游击，一边办报纸，没有一天停止过，曾创造了"用八匹骡子办报"的奇迹。

1943年，邓小岚出生于阜平县易家庄村，出生后被寄养在离马兰村很近的麻棚村老乡家里生活了3年。缘于个人身世、父辈情结及对这片土地的热爱，邓小岚一直把这里视为第二故乡，她说，"我就是马兰人"。是"吃着阜平老乡的奶长大的"。大学毕业后，邓小岚分配到山东工作，1995年调回北京。

1997年，邓小岚第一次回到马兰村，看到村里的情况，觉得应该为马兰村做点儿事情。她每年的退休金3万多元，有2万元用来帮助马兰村。

1999年邓小岚退休以后，回到马兰村住下来，默默地为村里做事，先后帮助该村翻建学校、修路种树、改建水冲式厕所、救助贫困户和贫困学生、发展旅游等。她还为马兰小学捐献了小提琴、手风琴等乐器，义务为学生们上课，教他们学习乐器、绘画等。功夫不负有心人，经过邓小岚的悉心指导，现在孩子们已经能够演奏复杂的乐曲，唱功也明显提高。2010年8月，马兰村小乐队出席了在北京举行的第四届中国优秀特长生艺术节开幕式，孩子们表演的器乐合奏《美丽的家园》和《欢乐颂》，赢得了在场所有观众的热烈掌声。

今日之记,实乃借马栏村之地,述马兰村之事,可乎?

2013年5月30日(星期四)晴

沿河城　沿河口　一线天　碣石村

(一)

到沿河城和碣石村游览是我的多年夙愿,而知道"一线天"和幽州大峡谷则是近几年的事——它得益于好友李殿成的网上搜索。前几天,当我提出要组织一次沿河城之旅时,众山友皆雀跃赞成,遂决定开两辆汽车自驾游览。

早晨,两车在苹果园地铁站聚齐后沿109国道一路向西北进发,途经模式口、三家店、琉璃渠、雁翅、青白口、东西胡林而至白虎头口右行,过白虎头、牛战、石河、林子台、王龙口、沿河口而至沿河城。

因急于到沿河城游览,故经沿河口时未曾停车,以致下午到"一线天"游览时再度从沿河城折返。

沿河城村,位于斋堂镇东北永定河畔,因此地为刘家峪沟、石羊沟和王龙沟交汇处,故历史上曾名三岔村。

同时,三岔村地处京西断裂带中。京西断裂带俗称京西大裂谷,因地势险要,自古为兵家必争之地。据明代万历十九年由山西提刑按察司副使冯子履所立《沿河口修城记碑》记载,之所以修建沿河城,是因为:"国家以宣(宣化)云(大同)为门户,以蓟为屏,而沿河口当两镇之交,东望都邑,西走塞上而通大漠,浑河(永定河)荡荡,襟带其左,盖腹心要害处也"。"虏阑入塞,民闻警溃散……百姓未能贴席而卧也"。而历史上秦灭燕、金灭辽、元灭金,皆是由此而发攻打居庸关破城的。因此朝廷决心于此处修建守御城池。几经努力，遂于明代万历六年（公元1578年）"凡数月成事"。而之前所建之沿河口守备公署，下辖沿河水口、东小龙门口、石巷口、天津关口等17个隘口80里防线，及附近七座楼同属沿河城管辖，由此可见沿河城在防御北方外族入侵中的重要作用。有人评价说："周视关城，未有沿河口之壮者也。"自沿河城修建之后，百姓搬入城中"人人自坚无忌，西扼房，东辅诸君国，燕台易水之间可高枕无忧矣"。

明万历六年所建沿河城，当时隶属于明代长城内三关之一的紫荆关管辖，是塞外通往北京的要冲之一。此城因临永定河而建，故沿河口改称沿河城，而沿河口一名则赋予了今日的河口村落住户。沿河城内城长约1华里，宽约半华里，分东西两门。东门名"万安门"，毁于上世纪50年代，现只残存城墙和门洞。东门附近立有石碑一通，记载明万历六年御史中丞张卤督建城防始末。西门则为砖石结构，称永胜门，直至今日安好如初。

沿河城南北侧各有一座水门。

从灵山至南口一带的京西峡谷，处于被地质专家称为京西大裂谷中，这条大裂谷的成因，与距今1.6亿年前的燕山造山运动有关。据说，那时从地球赤道向北漂移的华北板块与后来居上的华南板块相碰撞，巨大的撞击力使华北板块地层变形，遂形成了今日的地质大断裂带。这条断裂带由西南向东北贯通，南可通紫荆关，北可达居庸关，沿途敌台密布，故亦是历史上著名的军事通道。在此一线，军事设施密布，遗迹亦隐约可见。据载，北宋时期居住在燕山北部的奚族皇太妃曾下令修建商贸及军事通道，其中一段即经黄草梁南麓的燕家台、天津关、刘家峪、龙门口而至沿河口，与明代内长城的军事防线重合。

游览罢沿河城已是中午，于是决定在距沿河城一旁的永定河畔稍事休息、加餐，午后再前往刘家峪村。

沿河城下之永定河，虽河水不湍，但水面宽阔，河水清澈，芦苇茂盛，加上岸边杨柳阴翳，巨石布岸，清风徐来，顿觉满目清爽，浑身舒畅。此时，河中正有农人撒网打鱼，看河景，沐清风，不愧是休闲佳境。

（二）

告别沿河城，我等遂折回沿河口，再下道右行至刘家峪村。刘家峪村据龙门口村不远，因久旱无水，村民都已迁居沿河口村了，村中惟余空屋残墙而已。

之所以到刘家峪，缘于我友李殿成建议去拍摄村落遗迹。来到刘家峪村遗址，果见石墙黛瓦，旧窗断棂，满目沧桑。然而断墙之间，残院之中，独香椿树翁翁郁郁，一片繁盛，透露出昔日的一片生机。然而这一切，残破的或生机的，都记录着农家已逝的岁月。

离刘家峪东行经龙门口而至"一线天"。"一线天"旧称"瓮瓮儿"，位于京西大裂谷腹地龙门沟沟口。我等驱车沿山道前行，忽被一座大山阻挡，正欲寻觅道路，蓦见大山中裂，一条缝隙如刀劈斧剁而开。裂缝两边山峰插天，峭拔陡直，抬头仅见蓝天一线。然进入沟口，山腹忽宽，道路豁朗，竟阔如广场。我忽想起"一线天"旧称"瓮瓮儿"，以此形容此段山谷上窄下宽如水瓮一般，细想此语最为贴切。

遥望几位友人站在陡崖下仰头赏析山景，竟小如虫蚁，忽让我想起国画《山居图》中断崖下站着的几个人物，顿时画中意境浮于脑际。我抬头仰望断崖，忽见苍鹰、野鸽点点，冲天飞翔。此时山谷中凉风飒飒，浸人骨髓，暑热顿时消尽。再前看山谷百米之外，沟腹忽收，竟窄如瓶口，只有一线光缕从山顶斜射而下，人形顿时变得影影绰绰。

出"瓶口"进入下一个谷地，山势又有不同。山谷两侧立崖渐缓，常见青草茵茵，裹得山体圆润秀美。崖上偶有流泉沿山岩裂隙侵润而下，点点滴滴落入崖下小潭——此景虽不如流泉飞漱壮美，也给人带来一股清润之感。再入谷底，山岩竟变得层层相叠，斜矗向上——此乃沉积岩受挤压变形所致。据专家说，此为不同地质时期的石层，被认为是京郊重要的自然遗产。遂感大自然鬼斧神工，造就千奇百怪的自然景观，这些景观常出人意表，巍峨震撼。

道边有一立碑，上写到："100公里徒步路线·38公里。"想见我在入口见到40公里的路标，判断我们已走2公里了。此时，有车从后面赶来，上载由于闹肚子而不能行走的李殿成竟擦身而过，遂感慨自然的博大，人类的渺小。稍等，车回，李殿成说，前面山谷还远，但山势精彩不如前面两沟。遂亦登车返回。

据说，"一线天"以独特的魅力吸引了许多电影编导，《三国演义》、《投名状》等数部影片把此地选为外景拍摄地。

从"一线天"返回，觉此道之所以重要，与其卓绝奇险的地形不无关系。

（三）

乘车从"一线天"折回沿河城，意欲从沿河城翻山到碣石村。而碣石村到青白口有公路可直达109国道，然后可沿109国道返回城里。

沿河城到碣石村，须翻越近50里大山，沿途都是盘山水泥路，坡陡道窄，艰险曲折，崎岖难行。坐在车上下望，但见脚底沟壑纵横，深渊陡峭，而远方群山连绵，苍茫如海——此处为我除到灵山外，在京郊第一次乘车行驶在如此幽深的大山中。此山与北京近郊山体不同，山脊、沟梁轮廓硬朗，棱角分明，彰显出险峻风貌。

车行至山顶，忽见一村立于崖上，叠石为基，垒石为屋，房屋布局错落有致。问道中行人，谓此为东村。忙查看地图，上未见东村，只标有东岭一名，我颇为疑惑，岂非该村已经与他村合并？不得而知。

驱车转过山头，忽见前面水泥路面为堆石所阻，有一挖掘机正用巨铲搬运石头。与司机商议，能否清理路面让车通过，不想司机竟慨然允诺。我等等候半小时后，路面誊清，车顺利通过，遂感山区百姓热情淳朴。

由此下行，半小时后到达碣石村。碣石村头，公路两侧由碎石垒砌的石墙整洁坚固，护住墙里梯田；公路两侧种满核桃树，枝叶茂盛，叶子闪光油亮，顿觉村容村貌与其他村落又有不同。

碣石村原名"三叉村"，成村于明代，现被认定为门头沟区民俗古村落。据说，旧时村中主要由高、何、于三大姓氏组成，有"高知府，何知县，于家三翰林"之说。因村前沟里有很多躺着的大石头，根据"立石为碑、卧石为碣"的说法，故村名又叫"碣石村"。碣石村以交错分布着72眼古井著名。众古井造型富于变化，风格各异，据说很多古井都蕴含着一段动人传说，被中国城市建设研究院确定为"京西井养第一村"。

我等入村得知，古井虽遍布村中，但以大峪沟最为集中。遂顺小路西行进入大峪沟，即见路旁就有3眼古井。而左侧菜地中，更分布着许多还在使用的古井，各水井上皆置辘轳，用桶即可摇辘轳打水。水井另一集中地则在村东，村东最著名的要算韩家井了，据说，此井已有200余年历史。现在韩家井旁塑有数尊人物塑像，有老有少有男有女，有的塑像像在打水洗菜，有的塑像似在叙说古井故事。韩家古井后墙上画有八卦图。

我等离开碣石村已经黄昏6点。车子驶入109国道即开始加速，过十八潭稍事休息后继续前行，到家已晚9点有余了。

2013年8月15日（星期四）多云

燕家台 · 龙门涧

我等一行7人早7时从苹果园出发，原本想赶9点斋堂开往燕家台的公交车到龙门涧，但车到斋堂时已近10点，无奈之下，只得每人10元打车前往。

此行参加者有我过去在学校工作时的同事大夏和他爱人大尹——大尹退休后还在北京商业学校代体育课，现正放暑假，所以此次特邀她参加。

龙门涧，分东龙门涧和西龙门涧，两条山涧同为南北向，位置一东一西，涧口在燕家台附近汇合。两条龙门涧都位于京西大峡谷中，西面是灵山，东面是黄草梁，山涧尽头都分别有通往灵山和黄草梁的山道。西龙门涧无水，景点较少，而东龙门涧此时水势正盛，是旅游的大好时机。

我们下车后，遂直到东龙门涧。

东龙门涧景点有大将军石、二将军石、一线天、谷中谷、乌龙峡、黑龙潭瀑布等，而最可一看的是一线天、谷中谷和黑龙潭瀑布。

大将军石和二将军石实际上就是两块与大山裂开而又紧紧依傍在山侧的细长岩石，而谷中谷和一线天则不同。谷中谷是溪流在龙门涧山谷又冲出的一条小型山谷。山谷虽小，但岩石毕露，水痕依依，溪声清越，狭窄而润湿。而一线天景色更奇，不说峡谷两面对峙的山体高大狭窄遮掩得头顶不见天日和峡谷中间淙淙的流水激曲冲荡，最令人惊叹的则是两旁对峙的岩石是由无数绵长的条形石层层相叠而成，远看，就像横卧在一起的山体沟壑。这些条形石常年被流泉冲刷和长期滋润在山间湿气之中，外表浑圆且包裹着一层青苔。山岩上方向阳处偶然还会长出了几片碧绿碧绿的小叶，就像石罅中

向外悄悄窥望的醒眼。

我之所以青睐黑龙潭瀑布，缘于我即将走到狭窄而奔腾着一条溪水的乌龙峡谷尽头时，忽然发现走在我前面的两个旅友竟影影绰绰包裹在一团白色细雾里。细看，那团细雾内部竟是不断搅动的气团，任凭蒸腾翻卷，却始终保持圆形，人站在里面，就像包裹着一个生命体的蜜蜡。根据经验判断，有细雾，毕竟会有产生细雾的瀑布或山洞。果然，走几步，小溪拐弯处猛地出现一挂瀑布。瀑布虽不大，只有十几米的样子，但它飞落的瀑水却被封闭在不宽的峡谷弯道中，而弯道上方，则横竖斜生着密密的树枝树叶，把谷口覆盖得严严实实，难怪，飞瀑溅起的细雾都被密封在不大的空间里。

其实，黑龙潭瀑布古时就名扬遐迩，据元代《析津志辑佚》记载："龙门涧在宛平县燕家台天津岭，上名九山，下有潭，祈雨必灵。先于通天观居上，次可至潭所。"而《宛署杂记》有诗赞曰："白雨遥从白日来，黑云压映黑龙台；空思玉鲤临渊叹，未掣金鳌跨海回。"

《析津志辑佚》记载的"通天观"，就位于黑龙潭瀑布上方的一个平台上，昔日人称祈雨台，昔日的通天观踪影全无，现在上面只矗立着近年所建的一个凉亭，可供游人休息。而《宛署杂记》的诗赞，正是站在瀑布下的感受。

离开凉亭向前，道路泥泞，弯弯曲曲都淹没在杂草之中，遂返。

近日天气酷热，城里人多到山区避暑；山区村民也惧热，多到高山峡谷中避暑。我在龙门涧就遇见燕家台村一老妪携孙女在谷中纳凉，祖孙二人坐在石台上，相依相偎，读书消夏。

傍晚，出龙门涧而止于燕家台村。住农家院，小饮。

2013年8月16日（星期五）多云转晴

黄草梁·天津关

与司机商定，他早6点到燕家台来接，送我等到黄草梁爬山。

黄草梁，海拔1732米，其西有京西大峡谷与灵山相隔。我等到山下后方知，黄草梁并不像当地人所说的是一座野山。它的山下建有健身步道，即使上面山道上，每隔一段山路路边也立有一个编号标志灯杆，并附有应急电话号码（只是山上无信号，原来杆下可能安装着报警电话，现已无）。

其实，黄草梁山路为古道，旧时曾为运兵、粮草和运输商品及民间交通之用。古道北接河北怀来麻黄峪，南经刘家峪沟到沿河城，翻过天津关后，入柏峪，过爨底下村进斋堂，后直抵京西。

昔日从京北进京一般走两条路：一条走延庆八达岭、居庸关、关沟进京；另一条就是从河北怀来麻黄峪经刘家峪沟、沿河城、柏峪、斋堂从京西古道进京。因延庆道自古城池森严，并有重兵把守，历史上北方民族进犯京城多采用偷袭方式走京西古道，而京西古道从怀来麻黄峪到斋堂必经黄草梁。因此，黄草梁也就成为重兵把守之地，它的关隘就是著名的天津关。据资料称，天津关关隘雄踞黄草梁之上，昔日敌台密布，城墙连绵，其中有沿字6-11号敌台和一座巨大方形石砌敌台，被称为"七座楼"。天津关又是柏峪村和沿河城之间的一个山口，突破天津关，就可毫无遮拦地进入柏峪村而达沿河城。故天津关在明代被称为"紧要"外口，它位于进京古道和内长城的结合部，是西山防御西北来犯之敌的第一道边关，隶属沿河城衙署管辖。明代军队在这里建有高关险阻，并在黄草梁制高点上加筑了烽火台。至今昔

日关口、长城大部颓圮，然遗迹尚存。

我等登山不久，即见天津关遗迹。现关口旁尚存有百米方圆石墙围绕的驻兵遗迹。

沿古道攀登，两侧树林茂密，阴翳不见天日，由于海拔高度不同而树种不同。半山以上，桦木、柞树增多而山势越发崔巍，道路越发崎岖，怪石嶙峋，枯木横卧，并常有峭壁悬空。

黄草梁顶部为高山草甸，成半环形展开，两侧为悬崖峭壁，其方圆10里，故人称十里坪。十里坪芳草萋萋，野花铺地，红黄白绿交映，蝶舞蜂飞，就像一个满眼绿色的大花园。草甸上分布有成片的白桦林和柞树林，形成另一番景色。试想，若到深秋，桦林成金，柞树橙黄，草甸斑驳，定会美不胜收。

古道从东南方插入草甸，又从西北方延出，经龙门沟（向阳水）而直通河北怀来的麻黄峪。草甸东南和西南方则是黄草梁十里坪风光精华所在。站在十里草坪西南方的悬崖上眺望，群山如海，古道似带，一片莽莽苍苍。远处山沟里村镇影影绰绰，屋盖点点，该不就是斋堂吧？

面对辽远而美丽的自然风光，我无论如何也无法与昔日的战争场面联系在一起。

在下山走到一处类似古长城关口的地方休息时，我们遇到一位年轻的独行者——他说，他从灵山走到这里，用了8个小时。他要下午3点前赶到爨底下村乘开往苹果园的直达公交车回城。

真是个不畏艰险的勇敢年轻人。

结束语

从 2010 年到 2013 年，我用近三年的时间盘桓于永定河畔，以寻找和体验永定河带来的美丽和魅力。三年，是人生不可忽视的时段，因为她意味着 1000 多个日日夜夜。就在这 1000 多个日夜里，我始终没有忘记她——永定河。当然，不可否认的是，这期间我还去了其他的地方，或出国旅行，或去国内其他省份旅行，但我始终挂念着永定河，永定河成了我心中挥之不去的情结。说"挥之不去"倒不是说我正在写着的有关永定河的旅行日记，而是她是北京的母亲河，在她的流域里沉淀着说不完的故事。

我不知大自然和历史将怎样评价永定河和她的冲积平原，但延绵城墙、巍巍敌楼、隆隆铁骑和刀光剑影早已认定了她的存在价值。

历史上的几个朝代既然都选择了北京作为国都，自然有着它们自己的选择理由。她的自然条件和人文条件是重要因素，而几朝国都的形成和发展过程，则又为历史沉淀出更多更丰富的文化底蕴。这些丰富的文化底蕴积累到今天，就又成为我们或挖掘或享受的物质的或精神的财富。数朝国都，这个沉甸甸的名词词组，将无法躲开永定河澎湃水流的激荡。

永定河河谷很美，以致当今的人们称之为"画廊"，尽管她的流水现在已不似当年那样汹涌澎湃，但她给我们展示的却是另一种美丽——既和缓，又妖娆；既妩媚，又明丽；既清婉，又深沉。可以说，现代的她，从不同视角展示了自己的魅力。永定河千万年流淌，把她的魅力拓展到了流域的角角落落，从山峦到峡谷，从田野到村庄，我们到处可以看到她文化的、历史的、军事的、农业的浸润痕迹。永定河文化浸润着北京西部的每一寸土地，

这里，到处都展示着她的独特魅力。随着时间的发展，永定河文化的深厚和博大日益彰显出她取之不尽的永久价值。

永定河，是一条永不干涸的河，是一条充满生机的河，在她身上深藏着说不尽的故事。

（2013年8月26日北京）

神游鄂湘黔 | 旅行日记

前 言

2009年11月13日，我愉快地结束了今年的第三次旅行。

此次旅行行程之远，时间之长，收获之丰，心绪之畅为近年少有。10月22日，我从北京出发，经鄂之襄樊、松柏、红坪、大九湖、木鱼、兴山、茅坪、宜昌，至湘之吉首、张家界、凤凰、怀化，达黔之凯里、镇远，再入湘之娄底、湘潭、韶山、衡山，最后抵达长沙，盘桓数日后由长沙返京。期间共游览古隆中，襄阳古城，米公祠，檀溪，真武山，神农架，大九湖高山湿地，昭君故里，三峡大坝，张家界，凤凰古城，凯里西江苗寨，镇远古城，舞阳河风光，韶山；登衡山，岳麓山；游岳麓书院，赏爱晚亭，观涛橘子洲头。一路精神矍铄，心旷神怡，若非长沙连日淫雨霏霏，几乎乐不思归！只得留下洞庭之憾，岳阳之叹更作他日游。

此次入鄂、湘、黔，源于今年秋日的一次北京门头沟双龙峡之行。那次，我遇到了7位前来旅游的女同志。她们大者72岁，小者65岁。她们说刚从武当山、神农架回来。看她们兴奋的样子，着实令人感动。感染之下，我顿生游心。另外，此次行游也为聊补近年之憾。近年来，我因沉醉于太行山，南方省份的一些名山大川竟一次未览；想到此，常常耿耿于怀；再就是，我曾多年多次过湘而未入湘，也算一憾——这也是我此行在湖南时日之长的原因，也算还了多年的游债吧。此行路线设计主旨是，自然景观与人文景观结合，现代景观与历史遗迹结合，在体味祖先创造的诸多辉煌给随意带来的一些肃穆外，还要尽情欣赏旖旎风光给心绪带来的那份清净和浪漫。

此次旅行遇到许多北京旅游者，这些旅游者有独行，夫妻行，父子、母女行，多人结伴行，不管人数多少，形式如何，但旅行之乐皆溢于言表——他们凭着自己的见多识广而大多选择了自助游，可谓一张地图走遍天下。在游历的人员构成中，中老年人居多。

此次旅行承蒙上天垂爱，二十余天，仅在神农架刘家屋场、张家界、长沙遇小雨外，其余时间都天高日朗，秋阳高照。况雨景自有雨景之乐，神农架刘家屋场的雨景呈现给我们的是另一番景象。

也许正是旅行中过多的天高日朗，在返京途中却遇到老天的格外"恩赐"，北方11月份的雪灾，使我们乘坐的火车途中延误十几个小时：郑州、石家庄和一些无名小镇，都覆盖在白茫茫雪野里，这，也使我有机会欣赏华北地区少见的大雪。这也是人生的一种经历，一种体验，一种财富，她让我知道了什么叫生活的多样性，什么叫生活的丰富多彩。

2009年10月22日（星期四）晴

下午15时余，登车南行到襄樊。

2009年10月23日（星期五）晴

襄阳古城 · 夫人城　檀溪　真武山　米公祠

时近中午，车到襄樊。安排好食宿后，下午游览襄阳古城。

襄樊市为汉江所分，江北为樊城，江南为襄阳。据载，此地春秋时为楚国北津戍，东汉置荆州牧所。古城虽经历代毁建，但今日建筑却沿用明制。

襄阳古城城墙上有"夫人城",传为东晋朱序之母所建。有资料记载,朱序,河南唐河东南人,在任职梁州刺史镇守襄阳时,前秦军队攻城,他率军固守,其母则率妇女补筑新城,号为"夫人城"。

登上古城,汉江一脉皆入眼底。但见江水浩浩荡荡,吞东南而去。望江水流淌,遂产生许多遐想:凡大江大流,必孕育大气魄,大胸怀,大才气;演绎大情节,大故事。因此,历史上汉江流域曾出现过许多著名人物,也发生过许多轰轰烈烈惊心动魄的大事件。站在夫人城向下俯视,眼底是辽阔的护城河——经改建的河面,水宽似湖,而水畔芳草萋萋,杨柳依依,河水波光粼粼。这与我1992年来时所见之荒芦野草,旧屋残垣迥然不同。有当地人夸赞说,经过改造的护城河为全国最宽的护城河。

下午3时许,步行前往檀溪。相传此地为三国时蔡瑁追杀刘备处,现檀溪依在,而流水却大不如昔日所记。檀溪侧畔所围石上留有刘备坐骑"的卢"马蹄印窝,以致宋代著名词人辛弃疾《破阵子》词中有"马作的卢飞快"一句。以上旧事《三国志·蜀志·先主传》有记载。

距檀溪不远即真武山。真武山地势巍峨突崛,绝壁横空,上建有真武殿。当地有谚说:先有真武殿,后有武当山——极赞真武殿历史之幽长。但现在的真武殿却是1994年新建的。登真武山,山道弯弯,翠竹夹道,一片茂盛景象。几番流连于山景,待日暮而返。

回程行至汉江大桥,见大桥及古城、附近建筑物皆灯火辉煌,遂驻足步行,徘徊两岸,流连夜景。

襄樊区域与三国故事牵扯最多,仅《三国演义》120回文字中就有24处。人们熟悉的如马跃檀溪、三顾茅庐、水淹七军等。

2009年10月24日（星期六）阴转多云

古隆中　米公祠

上午游览古隆中。古隆中位于襄阳西部隆中山东侧，距襄阳市区13公里，以三国时诸葛亮曾居住此地躬耕十年及刘备三顾茅庐著名。而著名的《隆中对》一文，则是刘备在此三顾茅庐时孔明所对。从此，刘备遂定蜀汉"天下三分"及"跨有荆、益，保其岩阻，西和诸戎，南抚夷越，外结好孙权，内修政理"伺机统一中原恢复汉室的策略。

古隆中景区有三顾堂、武侯祠、三义殿、草庐亭、抱膝亭、六角井等景点，据介绍，皆为清代所建。距大门不远，有一块"躬耕田"，据说诸葛亮曾躬耕于此，为复现当时情景，令人产生联想，景区在此遍植花草。隆中，山明水秀之地，苍松翠竹拥绕，风景妖娆。在其间行走，昔时刘备三顾茅庐意象如浮云萌于脑际，惟季节不同而已。

诸葛亮助刘备三分天下，坐拥汉蜀，可谓殚精竭虑。然最终"出师未捷身先死，长使英雄泪满襟"，卒于定军山下。诸葛亮为政则呕心沥血，为军则战无不胜，几近神机妙算。用鲁迅的话形容就是"多智而近妖"。然而，最终未能实现隆中对中制定的复汉大业，其原因是多方面的，但封闭锁国，阻塞言路，导致川中乏人，是无可辩驳的事实。三国时期另一大政治家曹操却不同，他广开言路，广纳人才，招揽天下英雄，以致他人才济济，兵多将广，这为最后三国归晋做了组织上的准备。但凡成大事者，遇事必举重若轻。反之，诸葛一生惟谨慎，成也亲躬，败也亲躬，以致"朝中无大将，廖化作先锋"。

2005年春，我曾造访南阳卧龙岗。卧龙岗地势壮阔，林木葱笼，旧时

建筑遗存历历在目,并多有名家题咏。有人说,诸葛亮故居在南阳卧龙岗。究竟襄阳耶?南阳耶?众说纷纭,两地久争不下。然清末南阳知府、襄阳人顾嘉蘅曾为诸葛题联曰:"心在汉室,原无分先主后主;名高天下,何必辨襄阳南阳。"却心怀豁达,深得历史精义。其实,历经千余年,诸葛亮早已凝练成一种精神象征,受到人民的尊重,无论襄阳还是南阳,其要宣传的精神要义是一样的。

下午,再游襄阳古城,随后乘舟横渡汉江到米公祠,并流连于祠中石癫东苑。

2009年10月25日(星期日)晴

鱼头溪　水库　神农架·松柏镇

早晨5点半分乘汽车由襄樊出发去松柏镇。去松柏镇的目的就是去神农架;到了松柏镇,就是到了神农架。

汽车入山,顺鱼头溪委蛇前行,几十分钟后即深入到群山腹地。这时,溪渐宽,水渐绿,流渐湍,转眼呈现出澎湃之势,小溪也变成了大河。水中时见渔舟竞流,竹筏飘渡,并有钓者坐在船头披蓑戴笠垂竿静钓。鱼头溪沿岸满眼翠绿,偶见芭蕉、翠竹点缀其中,别有生趣。前行,又见一水库横卧深山,水面宽阔,坦荡如明镜。司机说,那是鱼头水电站。行程过半,汽车忽上行,忽下驶,公路弯急坡陡,两侧时为悬崖,时为绝壁,乘客不觉手心浸汗。

沿途村落农家皆为小楼,只有大山深处偶见草屋。近年农村渐富,草屋已不多见;然而,游客更喜欢原生态,看见草屋反而产生回归自然的感觉——要富还是要草屋?这就是矛盾的两个方面,何不富了再建草屋?两全其美，旅游发生质变，百姓生活得到提升。

下午近2点到松柏镇。松柏镇为神农架林区区政府所在地。她上下三条横街，小巧而繁华，秩序井然。我居住的宾馆开窗见山，山下有溪，溪前有树，树下有田；更兼流水潺潺，陡增诗情画意。

下午4时，赶往神农架博物馆参观。

晚上，与宾馆老板商定日后包车及旅游路线：第一天，游览燕天垭景区；第二天，神农顶景区（部分）及大九湖高山湿地保护区；第三天，神农顶游览区（部分）及香溪源游览区。车是上海华普轿车，共3天，每天200元，送达目的地为木鱼镇。

游览神农架还可走另一线路线，即由十堰乘车到木鱼镇，再短途打的至神农架保护区大门。门旁有保护区组织的大巴一日游，车费每人90元（不含门票）。

松柏镇今夜稍凉，有云。不见星空。

2009年10月26日（星期一）小雨转阴

燕天垭　古犀牛洞　红坪画廊　野马河叠瀑　刘家屋场

（一）

早晨5点钟，闻鸡而起，偶闻深巷犬吠。窗外，小雨纷纷。

司机到来后，遂登车。经娑罗树、黑龙洞至燕子垭、天门垭等景点。娑罗树，距公路稍远，况有雨难行，未去。而黑龙洞为人工景点，多妖魔鬼怪造型，令人生厌，惟恐避之不及，岂有游览之理？

汽车刚出镇入山，神农架秋色即扑面而来。虽阴雨中，但红黄斑驳之色

不减。国人形容色彩，喜用赤、橙、黄、绿、青、蓝、紫，而神农架秋光只染赤橙黄绿青，不涂蓝紫；尤其雨后，即使雨幕朦胧，但更透湿，洁净。回想每年秋天在北京香山看红叶，不觉哑然自嘲：虽香山叶红，但辽阔磅礴之气不可与此相比。

（二）

神农架燕子垭、天门垭以野趣制胜。除在燕子垭偶遇几个游人外，天门垭也林深竹密，静无声息。此处多生箭竹，茂密繁郁；而松树高大粗壮，枝长叶盛。林间最美丽的要数那些不知名的杂树，她们的叶子有的赤红，有的焦黄，相互交缠，色彩缤纷。再向前走，随着山深林密，石道苔厚路滑，日光幽暗。虽不离山道，又有旅伴同行，但也不免惊骇。穿行于密林间，枝叶滴水清脆，叮咚可闻。山道尽处有"野人洞"，洞口高悬在石崖上，石崖凿有攀登石窝，两边设置铁链，人们可登石窝，攀铁链而上。我等攀至野人洞，洞里空空，并不像人们所说有野人出入迹象等那样神秘。

彩虹桥、飞云渡、凤冠台雨后云海最为壮观。只见浓云翻飞，忽如海浪层层叠叠铺满天野，忽如瀑布从高天飞流下泻，忽如花朵横空不动，忽如棉团飞腾翻涌，挤压吞噬，真是瞬息万变，幻化无穷。拍照时只恨相机反应太慢，云形光怪陆离，眨眼即逝。

（三）

中午在红坪镇吃饭。红坪镇，是神农架腹地大镇，虽规模无法和山外相比，但一般到神农架旅游者都要到红坪镇吃住。饭后司机休息，我等游览犀牛洞。犀牛洞位于高山草甸之上，有石阶相通。据说，早年曾在这里发现犀牛化石，遂辟成景点。所谓景点，实迹上是在草甸旁边山脚，雕几尊石犀牛像,凿几个山洞而已。

虽犀牛洞景观平平,但她一侧的剪刀峰却美丽动人。剪刀双峰,不大,不高,但直上直下,峭壁奇陡,双峰耸立如微微开张的刀剪。而双峰峰顶突兀,山道险恶难登,绝壁栈道仅容一人上下。站在顶峰,如双脚腾空,向下一望,头晕目眩。但可眺望红坪镇全景。剪刀峰绝顶矗立一石雕犀牛像,石像引项昂头,如远望红坪镇。

剪刀峰矗立公路旁,为红坪镇咽喉。剪刀峰山下有溪,溪水碧绿清澈;溪旁有一片枫树,树树叶红如火。

红坪镇红坪画廊最美。其实,红坪画廊就是一个环形山谷,山谷两侧山岩美丽奇幻,尤其山岩上端,岩石直立,有绿树点缀,围成一段俏丽风景。我去时,因景点管理员回家吃饭,只在门口留下一个手机号码。我等无奈,只在附近眺望一番,并未进入景区做环形旅行,故全景未能细看。这也是我神农架旅游的一大遗憾。

路过野马河,停车看野马河叠瀑。叠瀑之间巨石嶙峋,河水激石,隆然有声。

(四)

傍晚,住宿刘家屋场。刘家屋场位于公路边,只十余户人家,人口不足百人。屋场面山,家家小楼,人人富足。一般人家楼下做生意,楼上开旅馆,安详而洁净。刘家屋场人人好客,精明热情。这里人做生意以草药、松籽、奇石为主。

晚饭前,我到屋场闲逛,一户人家主人指着屋里木架上摆满的石头说,他做奇石生意,石头都是自己上山采的。问及旅游情况时,主人介绍,热天长假时游人最多,冬天游人也络绎不绝,还有城里人特地跑到深山来看雪景

或过年的。他说，城里人图清净，图原生态。此地常有野兽出没，但看见人就跑开。

入夜，天竟下起雨来。晚风袭来，顿生寒意。

店主人遂邀我等到二楼灶堂取暖。灶堂正中砌一砖台，砖台中空有灶，上盖一张铁板，灶中放进木块，点上火，吃饭时将铁桌放在烧热的铁板上，饭菜经久不凉，人也暖和。灶堂放一台电视，冬天或其他季节寒冷时，全家或邀请客人围灶而坐，吃饭，谈天，看电视，其乐融融。

2009年10月27日（星期二）阴

忘忧台 · 三省台 · 大九湖高山湿地

（一）

早8点出发前往大九湖高山湿地，途经神农顶景区部分景点。

行至忘忧台，汽车骤停，司机指着山谷惊呼："快看！"我等立刻下车登台急望，见山谷中云飞雾涌，上下翻腾。而远山山脚被云海遮住，只露出几座峰顶，就像是云海中飘浮的仙岛。"仙岛"随云层变化，忽隐忽现，飘飘渺渺。因云飞风疾，云海时有变化，转瞬之间形状不同。刚才还涌如海潮，转瞬又铺成平絮；刚才还是雾罩群山，一会儿又变成玉带缠腰……须臾之间云海变化莫测，袅袅娜娜，如梦如幻。这种景象我以前只在照片中见过，今日亲眼看到，才相信大自然果然神奇。司机说，他来过数次，都无缘此景。只因昨夜一场秋雨，又遇今晨秋风，才形成如此奇观，可谓天赐有福之人。

忘忧台，忘忧台，登此台何忧之有？

沿途一路风景，景观迷人——草地，红杉，桦树，翠竹，山溪，飞瀑；赤红，浅红，金黄，淡黄，青绿，翠绿……整个神农架都晕染在彩色秋光之中。

到三省台，下车再看云海。云海较忘忧台厚重远阔，而灵秀变幻未及。三省台乃湖北、四川、陕西三省交界处的一个观景台。

（二）

不久，车到坪阡，由此进入大九湖高山湿地保护区。过小九湖时，湖水潋滟，而路旁山体岩石上却留有冰川擦痕，看来在古生代这里曾是冰川地带，不知那时的冰川对现在的地貌有何影响？一会儿，车过帅字号营寨，据传说，这里历史上曾是薛刚反唐的驻军之地，就是现在当地还留有当时驻军的编号及有关名称，如卸甲套、马鞍山、九灯河、点将台、小营盘、擂鼓台、鸾英寨、八王寨等。我们来到九湖镇已是中午，遂决定在九湖镇吃午饭。中午饭较简单，三菜一汤；因为九湖镇正在建设之中，就像一个大工地，到处飞尘滚滚，蔬菜供应短缺。然而，镇上肉贵蛋贱，炒5个鸡蛋只要价10元；肉菜就不同了，只要见肉，一道菜就要价30元以上。

大九湖乃国家级湿地公园，位于神农架林区西北，是川、渝、鄂三省交汇处，平均海拔1730米，具有明显高山草原风光特色。这里日照时间短，气候温凉，无霜期短，冬长夏短，春秋气候几乎相同，是典型的亚高山沼泽湿地气候。据介绍，其湿地生态系统主要包括亚高山草甸、泥炭藓沼泽、苔草沼泽、香蒲沼泽、紫茅沼泽以及河塘水渠等湿地类型，在全国湿地中具有典型性、代表性、稀有性和特殊性。据专家考证，湿地区内有丰富的高山草甸和湿地蕨类植物，还有鹳、鹤、梅花鹿等珍稀动物，具有极高的科考、旅游价值。

大九湖地区居民以土家族为主。

下午,我们进入湿地景区腹地。腹地四面环山,怀抱浅水湖,而黑水河汇集了这里的积水。据说,黑水河是人工河流,源于山间泉水,又汇集了这里的沼泽积水,可以调节水量,利于旅游的发展。黑水河水流清澈,因其与泥炭涵养的水体交融而呈现黑色,而非游客想象的那样为污染所致。据管理处同志介绍,此地雨季山洪泛滥时,水深可一直没到山脚,旱季积水由"落水孔"潜入地下暗河,遂成现在的沼泽地貌。为方便游客行走,湿地周边建有环形木制栈道,即使雨季发水,栈道也不会被淹没。

我们来到一处辽阔的湿地草甸,它被栈道包围着,四面山丘长满桦树林和杉树林,经秋风点染后,一片火红。在栈道入口处,有一片漏斗式洼地,据说,这就是"落水孔",洪水就是通过这个"落水孔"进入地下暗河的。

游走间,遇到地方的一位宣传部长,聊天中得知,他正在陪同一个官方考察团考察,他力邀我们随他同行。这样,他可以向我们详细介绍大九湖湿地的保护情况。

湿地远处,山间水面常见乱云飞渡,形成沼泽地独特的云海风景。天上,常见飞过队队雁阵——这让我忽然想到,现在正是北雁南飞的季节。我们来前这里刚下过几场大雨,一片片草地和灌木丛还半淹在水里,行间,常遇到一群群雉鸡惊起而飞掠过水面。来到土家村落,土家人虽大多已居住砖瓦房,但其间还坐落着一些木棚草屋。就因为木棚草屋的存在,才彰显着原生态的传统风格,游人看了,顿生亲近感。在宽阔的土家院子里,家家都停着手扶拖拉机——这是他们赖以生产运输的主要工具。

途中,秋风吹近水,粼粼起寒波;浅湖半淹树,花草覆丘坡。而远山、浮云、秋林、雁阵,勾画出一副典型高山湿地画图。山地草原散放着许多牧马、群牛,再加上山麓零散分布的土家族村落,不由得不让人想起北方草原上的独特风光。

当晚，宿于大九湖高山湿地核心地九湖镇。

2009年10月28日（星期三）多云转晴

太子垭　迷人垱　神农谷　瞭望塔

早晨6点摸黑早行。司机说，早起，景点人员还没上班，进入神农架可以逃票。7点天大亮，再入神农架时，景区人员早已上班。后来细想，恍然大悟，原来今天是游览神农架的最后一天，司机想早点结束行程，早点回家。

一路看秋山、流泉、奇峰、云海。游太子垭、板壁岩、凉风台、迷人垱、风景垭（神农谷）、瞭望塔、神农源、金猴岭（金猴谷）。

太子垭为原始林区，苍松蔽日，箭竹遍地，杜鹃遮野，一派莽莽林海。司机说，你们到景区游览，我开车在下面出口等候。

（一）

我等来到林间栈道，才看见前面是一片林海，林海中大多数是松树。松林一望无际，松下被杂树遮得密不透风，而每棵松树都高大粗壮，须多人合抱；松林稀疏处，数缕阳光从天空泻下，形成束束光柱，林间不断传来阵阵鸟鸣；山间岩石下偶有山泉迸出，汩汩有声。鸟鸣、泉响和微风摇动竹、树枝叶的声响，竟如大自然的合奏。走着，路旁时而看见指示标牌，上面写着："此地常有野猪、熊、毒蛇出没，须快速通过。"因时间太早，一片雾色朦胧，太子垭景区未遇到一个游人。看到指示标牌，竟打破我刚才平静的心

情——虽我们行走从没离开过栈道，但山野空谷不免令人心悸，以致加快了脚步。走在栈道上，看到两侧茂密的箭竹，一时竟想，传说神农架曾有人看到过大熊猫。这是有可能的，因为这里具备大熊猫的生存条件。

（二）

板壁岩景区生长着几堆高大岩石，这些岩石形状奇异，大多怪异嶙峋，如禽似兽，或人们根据一组岩石形状演绎成民间故事、神话传说。但无论如何，每个或每组岩石都灵动神奇，几近传神。而出现在一些岩石中的岩洞，也幽深怪异。这些怪异的岩石上生长着许多奇松怪柏。

迷人垴是一片神奇的高山草地，她的上面长满了白茅。白茅草地一直延伸到迷人垴山顶，一望无际。草地上，偶然生长着一丛丛白桦或红桦树。她们成了风景的点染，这被大自然精心围裹的景观令人神醉。在迷人垴坡后建有观景台，观景台上也可远望云海。这里的云海雄奇壮美，厚重奇特，与忘忧台、三省台相比又有不同。

风景垭的景观最奇。她的风景集中在下面的山谷里。登上观景台俯视，深谷中有数座奇峰相依而立，高高低低，但形状都犹如初笋。看到她们，不由得令人想起桂林的峰丛，只不过这里的规模要小得多。这不禁让人产生联想，若有浮云萦绕，也许她的景象堪比仙境。此景作为神农架标志性景物，曾多次被印刷在宣传品上。

神农源流泉最盛，溪中绿苔又长又厚，包着树根，裹着岩石，极富野趣。金猴岭原始林区与太子垭相似，但游人较多。下面金猴谷最美丽的景观在她的三叠瀑布，瀑布飞流直下，抛珠溅玉，引人入胜。

瞭望塔是神农架公路最高的地方，视野也最为远阔，东南可眺望神农顶，西北可俯视原始林谷，除神农顶，其他山峰都匍匐脚下，有"一览众山小"之感。看看路旁，竟有一石矗立着，上面刻有"此处为神农架公路最高处，海拔 2980 米"等文字。

大龙潭是我游览神农架的最后一处风景，她一溪，一亭，水边坐落着几座厅堂，供游人休憩。

（三）

汽车开出神农架大门，这意味着三天的神农架之行就要结束了，由此，也多少产生了几分留恋之意。

不远处即香溪源景区。顾名思义，为香溪之源。在香溪源不远处吃饭，饭后遂与司机告别。同行三日，岂能无情？遂相互留名，留地址，牵手依依握别，相约后会有期。

下午，游览香溪源，盥手洗药池。洗药池，传说是神农炎帝洗药之处。

晚上，宿于木鱼镇。香溪源距木鱼镇不足一公里。

2009 年 10 月 29 日（星期四）晴

昭君故里　茅坪　宜昌

早 7 点钟从木鱼镇出发，9 点到达位于兴山县的昭君故里。

王昭君，名嫱，汉族，西汉南郡秭归（今湖北省兴山县）人。汉元帝宫女，后远嫁匈奴呼韩邪单于阏氏，忍辱负重，为汉匈和平作出了杰出贡献。据说，昭君美色，有诗赞曰："娥眉绝世不可寻，能使花羞在上林"。晋朝为避司马昭讳，改称"明妃"。

昭君故里位于香溪河畔纱帽山麓，名宝坪村，原名烟墩坪，又叫王家湾或称明妃村。下车从香溪桥头步行至宝坪村须 20 分钟。村内有楠木井，娘

娘庙、梳妆台、望月楼等，多散见于村中；现参观主体是一组仿汉建筑，为1979年开始国家逐年拨款维修并重建，由昭君宅、昭君纪念馆、长廊碑林、汉白玉昭君塑像等组成，形式皆承汉制。除解说外，景点还设置一些少女作即时表演，如抚琴、织布等。我参观时，恰逢湖北省昭君研讨会召开，与会代表前来参观，景点特地组织了现场表演，以复原昭君离家时的情景。

历代吟咏昭君故里及赞扬昭君诗文甚多，我以为，以杜甫《咏怀古迹五首》之三最为著名，正所谓"群山万壑赴荆门，生长明妃尚有村……"。历代旧诗多斥责画师毛延寿的点痣毁容行为，对昭君的遭际及贡献多有同情和褒赞。

离开昭君故居赴茅坪的路上，沿途看到香溪顺山蜿蜒远去，忽想起当地香溪桃花鱼乃昭君泪珠所化的传说，不免悲从心来。见景生情，遂成小诗三首：

（一）

荆楚云气笼画屏，
香溪遥望托远峰。
千载吟歌萦纱帽，
只缘君王误芳容。

（二）

汉家和亲本无伦，
休怨画笔点痣痕。
但使飞将豪气在，
不叫青冢向黄昏！

（三）

> 碧草天涯漠为家，
> 塞上烽烟战如麻。
> 若今五湖谐一统，
> 何用巾帼净胡沙？

车转道高阳，再至茅坪。

一路上汽车伴香溪而行。香溪绿波荡漾，两侧青山滴翠，自是一番美景。沿路山下遍种橙橘，绿树之间挂满金黄果实。时将11月，橙橘近熟，果农喜气洋洋。问当地乘客，说，此为脐橙，多汁而甘甜，成熟后销往全国各地。他又补充说，香溪原来水势不大，自从长江大坝拦水后。遂成江河舟楫之利，香溪和长江汇合峡口有客船直达宜昌。若柑橘成熟，船载顺流而下，可直达沪宁。

汽车到郭家坝乘轮渡过香溪。此时香溪已非彼时香溪，俨然蓄成一条大江，水面宽约数百米。当时正逢雾锁水面，看江口汇合处，两岸高山耸峙，一片飘飘渺渺。想我自神农架香溪源开始，一直沿香溪而行直到汇入长江，她从涓涓细流成为能托舟载轮的大江，一路吞流冲荡，绵绵百里，可谓风华占尽，而我此行也可称为阅尽香溪风光的全景之旅。

此地旧属秭归，也是屈原故里；因听说屈原故居正在维修未能成行——忆昭君浣纱之咏，遂起屈子踏歌之叹，顿生沧桑感。

在茅坪，我遇到湖北宜昌的两位画家由当地文化馆同志陪同前来采风，遂相约同游秭归仿古公园后，一起赶往宜昌。

2009年10月30日（星期五）多云有雾

长江大坝　张家界

上午到宜昌近郊，登山，雾中看长江大坝；午后乘火车前往湖南张家界。因我1993年曾到过宜昌，其他景点如三游洞等都已游览过，故此行不去。

火车上遇到一苗家小妹，热情而好客。她说自己正在上学，专业为导游。张家界下车后她主动带路，晚上与我们共进晚餐。

晚饭后，漫步于张家界市澧水之滨。

2009年10月31日（星期六）阴有雨

张家界·点将台　天书宝匣　定海神针　摘星台

早晨乘车到张家界景区。为近距离观赏张家界风景，遂决定不乘缆车徒步行走。一路上，我们欣赏了杉林幽径、罗汉迎宾、雄狮回首、点将台、天书宝匣、定海神针、南天门、南天一柱、摘星台、六奇阁等景点。

张家界景区风景如画，既有千姿百态的喀斯特岩溶地貌奇观，又有举世罕见的砂岩峰林异景。其山体由于长期受风雨剥蚀，形成形态不一的奇峰，真是千山千面，变化无端。山峰或独立，或双立，或林立。山体陡直如刀劈斧剁，岩裸石露，山顶上时常点缀着几棵异形苍松，形状古怪而枝干前伸，远看如蛟龙探海。有的峰体峭直挺拔，精巧隽丽，就像天造盆景，美不胜收。若遇石岩林立成壁，参差错落，高低不同，遂感叹即使画作也远远不及她的壮美。

由于海拔较高，张家界诸峰常有白云浮在山巅，远望渺若仙境。这里的云又与神农架云不同。神农架景观壮阔，青山为衬，重在看云；而张家界景奇，云为衬，重在看山。

下午游览金鞭溪时实遇大雨滂沱，众人落荒而逃，但衣服依然湿透，惨若落汤。

晚上住在武陵源。

2009年11月1日（星期日）晴

十里画廊　太子山　贺龙公园

晨早起，饭后旅游的第一个景点是十里画廊。十里画廊实际上就是一条山谷，山谷里流淌着一条小溪，小溪一侧建有步行栈道。在栈道徒步既可欣赏沿途风景，又可呼吸新鲜空气。此行我依然未乘游览车而选择了徒步。

十里画廊是张家界的一个著名景点，山谷两边山峰峭拔，由于大自然的作用，峰顶岩石呈现出各种造型，人们根据造型给她们各自取了有意思的名字，如锦鼠观天、采药老人、姐妹峰等。我尤喜"采药老人"一景，只见山峰一石，如人形直立，远看似一山野老者弯腰驼背，负筐而归——人在深山当然是采药，筐中所装当然是药材，而背筐之人当然就是采药老人。"采药老人"之称当然名至实归。

其他诸峰岩石也姿态皆妙，形容皆肖，令人称奇叫绝。

十里画廊紧连着太子山景区，从南天门沿山道攀登可到。太子山乃张家界风光之精华，因其海拔1250米，地势较高，站在山上眺望，周围美景可尽收眼底，因此被人称为"秀绝天下。"人在其中游，如融山水画中。太子

山以石林见胜,而石林中每一石、每一峰都奇,并自成一景,合景成林,遂为胜境。太子山其松绝,其峰秀,互为映衬,蔚成大观。御笔峰以峰顶似笔夺爱。大观台下石林集诸峰于一体,奇、秀、险、怪俱备,不枉"大观"之名……

太子山主要景点有:御笔峰、西海、天子阁、神堂湾、大观台、仙人桥、将军岩、神兵聚会等。以我之见,张家界可称为"仙家界"。纵观其山,其水,其树,其林,其景,美绝天下,面对此情此景不为仙家居而何?

太子山山道滑竿很多,这给老人妇女带来许多方便。我初登时即有滑竿询问,知我不坐后竟追随上山——以为我半路必坐。见我步健,转而尾随他人,一直接近山顶而止。午饭后至贺龙公园。公园内矗立着一尊贺龙元帅铜像,以纪念元帅早年在此创立过红色政权。

张家界原居民以土家族为主,少年男女皆称阿哥阿妹。我见人试称,果然如此。中午饭后下山乘车到张家界市,傍晚乘火车至吉首。吉首火车站站前有开往凤凰古城的大巴等候,乘车一小时后到凤凰古城。

在凤凰古城选择了一家面江宾馆住下。登上所住房间阳台即可观看凤凰古城及沱江夜景。

2009 年 11 月 2 日(星期一)晴

凤凰古城 · 老街　虹桥　熊希龄故居　沈从文故居

清晨,鸡鸣,鸟鸣,捣衣声,声声入耳,惊我残梦。急开窗登阳台而望,外面天已大亮,清澈的沱江水就在楼下缓缓地流淌,江中数名泳者已在中流击水,岸边苗家商女也已设摊唱卖,而游人三三五五已在两岸款款行走——楼下江边一片安详平和景象。

城乎？画乎？

（一）

凤凰古城实为一座小城，始建于清康熙年间。与其说小城以回龙阁古街为中轴，连接无数小巷，沟通全城，毋宁说是沱江造就了沿江古街甚至小城的风景。站在沱江江畔远望，跳岩、水车、虹桥风雨楼扑入眼底。风雨楼为凤凰古城标志性建筑，而江中游船、石墩木桥、古城门、小巷商铺则是凤凰标志性景观。这些建筑、景观历经300多年的风雨沧桑，还洋溢着古貌古风。现昔日的东门和北门古城楼雄姿犹在。而青石板街道、木结构吊脚楼以及朝阳宫、古城博物馆、杨家祠堂、沈从文故居、熊希龄故居、天王庙、大成殿、万寿宫等建筑，则共同描绘出了小城的如画风景。

上午，我沿沱江漫步，细品两岸风光和江中成群结队的游船及水畔吊脚楼展示的独特风景。再傍码头，登古城东门，沿城墙行至北门，穿过老街，遂至虹桥风雨楼。

其实，虹桥就是一座美丽的廊桥，但廊桥上建楼，于是，宏伟气势磅礴而出，加上她瑰丽的内部雕饰，竟成了建筑的经典之作。风雨楼内广置商户，一时间，风雨楼内商机繁盛，平时百姓来往不绝。据说，虹桥及风雨楼始建于明洪武年间，现楼为民国三年湘西镇守使田应诏重修，桥头有题刻为证。

出楼不远江湾处，是沱江最富魅力的风景。她不但造就了轻缓水流的曲线，同时对岸原汁原味的吊脚楼更向人们展示出原住苗家民居的独特韵味。这时有一位老人走来问我：你知道黄永玉吗？我说，当然知道。那老人遂不无自豪地介绍说，这里就是著名画家黄永玉常来写生的地方。是他，用自己的画笔，向人们描绘出了沱江吊脚楼的美丽。

告别老人，我沿着沱江湾一路下行，过万寿宫、万民塔（有人称万名塔，为民众集资所建），来到一个竹排码头，遂乘竹排泛于江中。这里的沱江，水流清浅，透过清水，江底水草清晰可见。我坐在竹排上，向掌排人要得一桨，遂双手轻摇，感受擎桨划水，竹排悠悠徐行的快乐。

（二）

登上江岸，遂沿江岸行至老街。老街狭窄而深长，石板路，店铺林立，游人熙熙攘攘。老街大多是临街商铺，又大多经营时尚商品或纪念品，也可称琳琅满目。商品或纪念品大多是当地苗族用品；也有的商户前店后场，或干脆现场制作，即时买卖，这样的商品更赢得游人信任，商品销售也更顺畅。沿街时见木结构百年老铺，装饰古色古香，显露出一股高贵浑厚气质。

凤凰小城盛产姜糖，几乎每三五家就有一家是制作姜糖的商户。虽如此，但姜糖特色不同：有的稍辣，有的稍甜——我想，可能是姜糖配料比例不同而已。凤凰城姜糖以文星街刘氏名声最著，说是当地老字号。买一斤尝尝，果然与众不同，不但甜辣适度，而且味道醇厚。

中午饭我们吃了当地风味名品凤凰血粑鸭，也许我们就餐的餐馆并非正宗，所以并未品出让人回味的味道。

倒是下午参观的熊希龄和沈从文故居给我留下深刻印象。

沈从文的小说我是最爱读的，他的作品自然清新，随手拈来而令人回味无穷的风格赢得无数读者青睐。他的小说《边城》虽已面世数十年，但重新阅读，还一样迸发出诱人的魅力。尤其其中塑造的翠翠这一人物形象，至今令人不能忘怀。走在沈先生的故居里，顿时让我感叹先生的曲折命运。

同样，熊希龄先生故居给我的印象是深刻的。熊希龄，由于他是凤凰人，故有人称他为"熊凤凰"，他在民国时期，曾创办并主持过位于北京香山脚下的慈幼院，为中国的教育事业做出过杰出贡献。同时，他也是一位爱国者，积极支持、参加我国的抗日战争，并在香港逝世。上世纪，他的遗体由香港迁至北京香山脚下，实现了他的生前遗愿。我曾多次到香山参观过他的故居双清别墅——现为毛主席故居；也曾多次到过慈幼院旧址和熊家墓地拜谒。

在他创办的北京香山慈幼院中，我大舅幼时在该校学习过，上世纪末曾长期担任过慈幼院联谊会会长。到此参观，自然也就想起大舅，心中不免生出一丝悲凉。

令人难忘的还有凤凰古城的缤纷夜景，来到凤凰，千万不要嗜睡，辜负了凤凰的大好夜景。

2009年11月3日（星期二）晴

怀化　凯里

下一站计划到凯里千户苗寨。经询问，须转道怀化，再乘车进入贵州凯里。

一路平安，惟一的遗憾就是急于到怀化而未转道铜仁游览梵净山。

路上，遇见一年轻奇女子。我等在凤凰汽车站上车后，坐在侧后的一位年轻女子随即再三催促司机开车——她预先买好了上午9点30分从怀化开往昆明的火车票——她要赶火车。她说，她是山东青岛的一位支教志愿者，去年支教结束后返回了山东。今年较闲，特地请假到云南去看她的学生，并转道凤凰古城游览。现已早7点多，怕赶不上火车。而汽车司机以乘客未满为由不肯开车。经再三做工作，汽车终于启动，但半道还要加油。

眼看火车将晚,女子急不可耐,竟要下去打的。我及乘客多人好言相劝:一是山区无车可打,二是火车票一般有两天有效期,到怀化车站说明情况签字后延是可能的。女子不听,竟匆匆下车背包而去。一会儿,车加好油后开动,竟从女子身边疾驶而过。

看着年轻女子,我想,荒郊野外,女子该如何是好?

近中午,车到怀化,并转火车往贵州凯里。晚住凯里"大十字"。

凯里民风淳朴,过马路都走人行横道,很少见到违规乱闯红灯者。我正在车站看站牌,立刻有人过来问我到哪儿,并热情指路。而我在宾馆询问景点交通车时,女服务员竟多次用手机给家里打电话细问,其情可敬。

2009年11月4日(星期三)晴

西江千户苗寨 · 吊脚楼

早晨到凯里洗马河车站乘车去西江苗寨。

西江苗寨,因苗族户逾千家,故又叫千户苗寨,她是贵州也是我国最大的苗寨,她由十多个依山而建的自然村寨组成。

去时,因公路多在雷公山上盘旋,险要难行,故从凯里到千户苗寨36公里的车程汽车竟走了两个多小时。车停后,站在位于半山的寨门向下眺望,只见吊脚楼的褐色屋顶密密麻麻地分布在一条山谷北侧的山坡上,谷底,是一条弯弯曲曲从寨南流过的小河;而山谷南侧坡地上是几片被分割成各种形状的梯田,刚放过水的梯田在阳光照射下,像无数面明晃晃的镜子拼凑在一起闪闪发光;向东眺望,是被远山包裹着的山谷,那条小河蜿蜒着流向谷底深处,里面分布着一望无际的水田——这一切,磅礴且美丽。

350

顺公路来到河边，听人说，这条河叫做白水河。连接白水河两岸的是一座美丽的廊桥。廊桥三座石拱，桥面上坐落着三亭阁。三亭阁歇山顶，兼取汉苗两族建筑风格相糅而成。

进入寨中，街道两侧大多是新式木楼建筑——过去盛行的吊脚楼早已被取代，楼上居住，楼下行商。商户鳞次栉比，有蜡染房、银饰店、饭馆、纪念品商店等。值得一提的是千户苗寨拥有远近闻名的银匠村，银匠村的银匠们专门手工制作苗民生活用各种银饰银品，银饰银品外形美观大方，精致细密，具有很高的工艺水平。

我们来到街道中心，这里排列着许多长桌，旁有数家拍档。据说，这里是苗寨进行长桌宴的地方——长桌宴是苗家旧俗，一直保持到今天。每逢苗节或喜庆日子，寨里的人们就会欢聚一堂在此共宴欢饮。

长桌下面的中心广场中心树立着一个木柱，上面雕饰着一些图案，很显然，那就是苗家图腾柱。

将近中午，寨子里举行了盛大文艺演出。随着音乐响起，苗族青少年男女演员身着盛装走上舞台，他们载歌载舞，欢迎游客的到来。舞蹈中有群舞，有独舞。最吸引人的是芦笙舞，芦笙管竟长达数米，拿在苗家舞人手里，轻巧而灵动，他们边吹边舞，舞姿优美音乐动听。苗家女吹叶对歌是这里的传统技艺，她们模仿鸟鸣，并婀娜作态，让人忍俊不禁。最后，演员与观众围圈共舞使演出达到高潮。苗家妹子大都亭亭玉立，说话细声漫语，但一旦跳起舞来却热情奔放，火辣辣的情感撩动着游客的激情。圈舞把游客和苗家连在一起，到处是歌声、笑声，这时，即使再拘谨的汉子也被感染得手舞足蹈起来。

据说，西江苗寨居住的是苗族"西"氏，寨中至今还保留着苗王制度。西江苗寨的人们过去都身穿长袍，头包巾帕，一身黑色，所以也称为"黑

苗"、"长裙苗"。现在苗寨的男子们大概为方便劳作多穿汉装，只有苗家女子才披金戴银身着苗装，而且头上戴花。有人介绍说，苗家女头上的花可不是乱戴的，这与她们的年龄及身份有关系。

下午4点，参观完西江苗寨博物馆后，匆匆登上公交车准备返回凯里。车上，遇到一位来自山东淄博的游客。他说，刚从黎平过来，自己每年都要走一段长征路，而黎平会议是红军长征中的一次重要会议，是必去的。又说，黎平人口音与我国北方话差别不大，为什么？他解释说，当地人都说自己先人是北方人，是明清时期皇家建造宫殿砍伐木料军人的后代。

看来，我国无论苗族还是侗族，他们都与汉族有着长时间的历史姻缘，祖祖辈辈都与汉族生活在一起，相互融合，和谐相处，有着天然亲切感是必然的。

2009年11月5日（星期四）晴

镇远 · 舞阳河漂流　青龙洞　夜景

早晨，由凯里乘上火车，一个多小时后到达镇远古城。找到一家位于舞阳河畔的宾馆住下。所住宾馆房间，窗下就是舞阳河，白天，可见河水潺潺，游船荡漾，夜间，可凭窗观看舞阳河灯火辉煌的夜景。

早听说舞阳河漂流的魅力，于是，一住下就前往长途汽车站乘车前往舞阳河景区。

景区大门至漂流码头，步行要二十分钟的路程，但还好，因为途中的如画风景冲淡了一路风尘，使我们的行程轻松了许多。

码头位于相见河上——这是舞阳河的一条小支流。游船离开码头开动，先由三剑锋谷口进入河道，然后经展旗峰、雄狮峰，再过金鸡叫金门、鸳鸯湾、五老峰、将军柱等景点，就到了进入舞阳河主河道的龙王峡。进入峡谷，景观为之一变，这里的山更陡，水更绿，锋头更奇幻。舞阳河两边山峰滴翠，绿竹掩映，一路乘舟，风光画卷徐徐展开。穿过峡口，山谷忽然平阔，河水清澈碧绿，风缓流平，波澜不惊，两岸山峰峰影斜峙，都倒映水中。说峰影斜峙，是因峡谷两岸山峰忽如直壁，忽如翠笋，忽如凤头，忽如卧狮，千姿百态，无奇不有。山脚平缓时，有绿竹斜探水中；山峰直立时，壁绝处有苍松虬枝斜在半空。

游船前行，有时看前面似绝壁挡路，忽又转弯顿时谷阔天开。航行中，不时有水鸟惊飞，从船侧掠过；港湾里，蓦然见有渔夫垂钓，悠闲自在。船继续向上游航行，鼎足峰、匏瓜村、水帘洞、黄石潭等历历在目，两岸山上不时有泉水如垂线如泻珠，由峰顶飞入江中，淙淙有声。

风景最经典处莫过孔雀一峰。游船转过一弯，就看见一峰柱豁然出水，柱顶草树俨然似孔雀头；旁边又有一峰柱稍高，突兀直插天空，就像雀尾上翘——绝似一孔雀岛游于水中，可谓美轮美奂，妙不可言。若不是亲眼所见，不会相信天工竟如此绝妙！

舞阳河十八公里游程，由龙王峡、诸葛峡、西峡组成，风光壮美奇绝，而山谷流水犹如深隐于群山峻岭中的一块碧玉。游者称似小三峡而胜小三峡。据介绍，峡谷水深平均40米，最深处竟达80余米。

舞阳河原称潕水，发源贵州瓮安县，流400公里后注入洞庭湖。

我们漂流时，忽听有人呼救。回头看，一小机船（宽仅一人）疾赶而来，细看，来船船舱已进水欲沉。游船急忙停下，把来船救起。询问才知，船上来人是该乡党委书记，独身一人到匏瓜村检查工作，返回路上误乘漏船，险遭不测。

下午返回镇远，游览青龙洞。青龙洞位于中和山上。中和山三面临水，

山上怪石绝壁，古树穿空。山上有明嘉靖年间修建的朝元阁、紫阳书院、考亭祠；清代增建的万寿宫、大佛堂、玉皇殿、吕祖殿、老君殿、藏经殿、望星楼、莲花亭、六角亭等建筑群。青龙洞集释、道、儒建筑群于一山，蔚为大观，但又风格各异。尤其经重修后，可谓金碧辉煌，宏伟壮丽。楼阁依壁而建，远看似悬空，又似贴壁；较恒山悬空寺，无立柱支撑而规模更为宏大。建筑细微处，如砖雕、木雕做工皆精妙，景致、人物、禽兽栩栩如生。

登高凭栏远望，舞阳河穿镇远古镇而去，两岸仿吊脚楼建筑参差错落；祝圣桥跨河跃水，上建祝圣楼巍峨宏秀，至为壮观。此时，恰逢夕阳西下，天上浮起一片红霞。霞光辉映群峰，莽莽苍苍，可谓"苍山如海"、红光万道；景观映入水中，风情万种、一派诗境。水中忽有扁舟徐徐飘来，划破水面，拉着水线悠悠而去。此时真如身堕画中。

晚上，回宾馆路上，一路欣赏镇远古镇及舞阳河两岸夜景。镇远夜景灯火辉煌，与凤凰古城夜景相比，凤凰彩灯多直线连缀，而镇远彩灯多曲线环绕，更兼善用"灯笼串"点缀，显得更丰富多彩。

镇远古镇住处干净而便宜，青龙洞一带面河房间也仅三四十元。

途中，遇河道管理人员说，今晚为最后一天观看夜景，明天凌晨就开始抽水清理河道。

阿弥陀佛，真真天助我也。若晚一天来就会无功而返，不亦冤哉？

2009年11月6日（星期五）晴

湘潭

清晨为赶火车早起。看舞阳河时，水已被抽干。

从镇远镇出发先到娄底，然后转车到湘潭，目的地是毛主席故居韶山。

晚，住于湘潭。

2009年11月7日（星期六）晴

韶山　南岳镇

早晨乘汽车到韶山，参观毛主席故居及周围景点。韶山已成景区，乘景区内部公交车可去任何一个景点。

毛主席故居门前国内外游人排队竟达数百米，等候两小时后才得以进入。参观后遂上山，参观毛家墓地。

下午回湘潭。在长途汽车站乘车，晚上到南岳镇。

南岳镇地处衡山脚下。街旁店铺林立，家家卖香。南岳镇大型饭店价格极贵，一天动辄数百近千元。衡山香火之盛竟如此摧发南岳经济！据说，除江浙、福建数省外，江南诸省香客多到衡山朝山。

香客多是生意人，常住沿街家庭旅馆。

2009年11月8日（星期日）多云

衡山 · 南天门　祝融峰

早晨，乘免费班车到衡山大门。衡山市内开通免费班车为方便游人，这在全国是个个例。

衡山门票票价100元。门前有景区旅游车，可直达衡山半山亭。我等沿山道步行，途中观水华严湖，听泉梵音谷。到半山亭后，竟与同住一宾馆之娄底夫妻相遇，他们上香后即返，可谓"高效"。他们说，只上香，不观景——关心的只是发财。

  半山亭本有缆车直通南天门,因检修停运遂开通景区旅游车。我等乘车到南天门,见师祖殿旁有石刻,上镌"寿比南山"四字。有人说,"南山"为衡山,可知衡山也是长寿。另一说认为,"南山"为陕西终南山;而衡山在我国南方,也对。

  南天门可遥望衡山主峰祝融峰,中隔一条峡谷,有山道可绕行。过南天门牌坊,须登望日台,方至祝融峰。祝融峰海拔 1200 米,传说火神祝融逝后葬于此。峰下有"天半祝融"、"乾坤胜览"等石刻。登上祝融峰向下眺望,群山起伏,皆似卧于足下;远山云雾缭绕,朦胧辽阔。途中有开元祠,石壁铁瓦,为清时重建。

  衡山香客成群结队,络绎不绝,且不乏外国友人。衡山香客请香大都成包成捆,肩扛手提,更有单人用扁担挑上来或两人用木棍抬上来的。我曾到过许多名山名寺游览,但有如衡山如此大规模朝拜的,实为罕见。据山下一商户讲,一般香客购香动辄上千元或上万元;凡遇到购香上万元的游客,商户都免费陪同上山充当向导。

  因衡山地处南国,所以保留着许多民国时期遗迹。其中忠烈祠,是 1942 年为纪念抗日将士而建,造型仿南京中山陵形制。半山亭石道上有"蒋介石先生纪念林"一处。

  衡山多松,且松柏品种与北方不同。我们乘车到南天门时,松柏夹道,浓郁葱茏,印象极为深刻。

  下午下山,路上参观南岳大庙。晚上,在广场观看由衡阳市风华花鼓戏剧团上演的送戏下乡剧目。

2009年11月9日（星期一）阴有雨

长沙 · 湘江橘子洲

早晨乘汽车从南岳出发，临近中午到达长沙。途中遇雨，下了一路。

开车不久，就经过位于湘乡境内的曾国藩故居。曾国藩，清道光进士，咸丰朝为官，标榜崇尚理学，曾创办湘军，镇压太平天国和捻军起义。后又与李鸿章倡办制造局，并派留学生出国，成为洋务派首领。在直隶总督任上，查办天津教案，因屈民媚外，受到众遣。他一生饱受争议，但他的《曾文正公文集》受到政治家青睐。

到长沙后随即购得11日返京火车票。

下午雨停，遂往橘子洲游览。闻名橘子洲源于毛主席诗词《沁园春·长沙》中"独立寒秋，湘江北去，橘子洲头"句。40余年前往返广州，曾几经长沙而未能下车，成为憾事。因此，此行长沙，橘子洲是我的首选。

原以为橘子洲只不过湘江一小岛，登岛后才知橘子洲竟长达近10华里。据说，橘子洲因"上有美橘"而得名，《水经注》中即有记载。旧时，橘子洲上曾有水陆寺、江心楼等建筑，现已无存。游岛时，见民国时期著名风云人物唐生智别墅也在修葺之中。

江畔信步，昔日"百舸争流"景象犹在（多为载货机船），但已不是"漫江碧透"了。虽也是秋季，但水势与昔时不可同日而语。今年湖南大旱，湘江水位严重下降，主河道也仅能行船而已；而橘子洲西面支流已经断水，更无航可通。但岛上景色依然美丽：碧草匝地，美橘压枝；丛竹滴翠，繁花娇艳。更没想到的是，岛上竟有湖泊——尽管湖泊不大，但湖水潋滟；绿树

簇拥着屋角,游廊连接着亭阁。暮霭中,沐浴江风,放眼远望,遥忆毛主席青年时期指点江山之慷慨,心胸顿觉壮阔。

沿江岸行至"橘子洲头",恰逢施工,据说是在安放毛主席巨型半身石像。

返回时,已是华灯初放,沿岸彩灯流光溢彩,变幻闪烁。而在灯火辉映中,登岛看湘江及橘子洲夜景的人竟络绎不绝。

晚上,电视新闻播发华北大雪的消息。看后心中一紧,默念:但愿回程一路平安。

2009年11月10日(星期二)阴有雨

岳麓山 · 爱晚亭 岳麓书院

到长沙必登岳麓山,似乎是天经地义。早晨急匆匆赶到岳麓山后,才发现岳麓山竟沉淀着如此深厚的文化底蕴,即使乘上园内游览车到了岳麓山顶,也忘不了再回首途中经过的禹王碑。

下游览车沿路标指示的山道向前,一路先后游览了古炮台、观景长廊、黄兴墓、蔡锷墓、云麓宫、麓山寺、麓山寺碑等景点。麓山寺碑乃唐代著名书法家李邕所书,笔力雄健苍劲,为历代书家所推崇,并尊为法书。全文一千四百余字,历述晋至唐麓山寺演变。因李邕曾任北海太守,因此又称北海碑。云麓宫为道教所在,旧迹已毁,现建筑多为清代遗存,除三清殿外,其右侧还有一座望湘亭。

望湘亭由亭名字面就可揣测,身在望湘亭自然可居高临下俯视湘江及长沙市。但可惜的是,今日天阴小雨,山下雾气迷蒙,虽身在望湘亭而不得望湘,这是一大遗憾。但望湘亭最著名的则是清人黄道让题写的一副对联。对联曰:"西南云气来衡岳,日夜江声下洞庭。"此联毛主席上世纪五六十年代在给周世钊的信中曾引用过,可见其影响之大。仔细品味,对联用语平易却字字宏伟,气势夺人;由衡岳而至洞庭,可谓囊括山河,包容千里,内存浩然之气。读望湘亭对联,观亭外参天古木,木棉花开正盛,见景生情也就是自然而然了。

昔闻岳麓山之名,今见文化积淀之厚,果然名不虚传!岳麓山民国时期遗迹存留甚多,如黄兴、蔡锷、陈天华等多名志士都葬于此,可见湖南及长沙在辛亥革命时期地位的重要。有人说,湘文化自成系统,虽不能领天下之先,然而湘人执著而深刻,故成就大事业者大有人在。

走岳麓山盘山路,也是一大享受。路上,我曾遇到多名长沙健身者,他们说,走盘山路,可健身,可观景,可悦情怀——可谓一语中的。山道两侧古樟蔽日,枝叶遮天,有竹有花,风景宜人。正如先人所说:岳麓山"碧嶂屏开,秀如琢玉",面对此情此景,我边走边感叹:有如此宝地,长沙人足矣。

岳麓山美名,美在爱晚亭。

爱晚亭原名爱枫亭,坐落于岳麓山下东面清风峡谷旁小山上。因山上多枫而秋美,故名。传说清代著名学者袁枚曾访问岳麓书院,为秋景所动,遂手书晚唐杜牧《山行》一诗,故意将"停车坐爱枫林晚"句题为"停车坐枫林",缺"爱""晚"二字。有人明其意,遂改爱枫亭为爱晚亭。而现在亭额"爱晚亭"三字则为毛主席生前所书,字体飞扬,一派豪迈之气。爱晚亭为两层,飞檐绿瓦,亭内六柱,前两为石柱,上刻"山径晚红舒,五百夭桃新种得;峡云深翠滴,一双驯鹤待龙来"联。亭下有小溪,名曰兰涧,溪上有桥曰青枫桥。溪中多红鲤,悠游而乐。爱晚亭侧后还有一亭,名放鹤亭。

居亭观山景，真乃"坐在爱晚亭，方怨来亭晚"。

爱晚亭美名，美在书院。

爱晚亭不远即是岳麓书院。岳麓书院为北宋开宝九年潭州太守朱洞所扩建。南宋著名理学家张栻、朱熹曾在此讲学，清末改为高等学堂，民国时期和现在是湖南大学所在地。岳麓书院历代皆有名士题咏。书院前厅两壁现存朱熹书"忠孝廉节"石刻及清乾隆所题"道南正脉"四字。而校训"整齐严肃"为清乾隆年间御史欧阳正焕所书。讲堂匾额"实事求是"四字，隶书，抗日期间曾作为延安抗大校训，毛主席为之题书——由此可见岳麓书院对中国社会影响之广之深之长之大。

书院门侧两柱有"惟楚有才，于斯为盛"联。观此联，忆往昔，顿觉此联不虚。只近代岳麓书院就人才辈出，最著名的有王夫之、陶澍、魏源、左宗棠、曾国藩、郭嵩焘、唐才常、沈荩、杨昌济等。

出岳麓书院时恰逢湖南大学学生下课，见校园内年少学子熙熙攘攘，个个风华正茂，真是"于斯为盛"矣。

晚归，中途游天心阁。

长沙古迹较多，开通有游1、游2、游3路公交车以方便游者，使人游兴大增；惟站名多不标景点而标地名，让游者摸不着头脑，不如扬州游1、游2路站牌，景点明确，一目了然。

2009年11月11日（星期三）雨

长沙　洞庭湖

上午雨大，温度也骤然下降。我到处购物，为返京做准备。

下午一点多火车开，我眷恋一路风景，长时间不曾离座。火车行至洞庭，天气依然淫雨霏霏。坐在火车上，时见路旁丛竹、农屋、浅湖、残荷皆在细雨飘摇中；而远处浓云飞渡，近处湖中孤舟野钓，顿时起了宋代范仲淹从未到过洞庭湖而将洞庭湖描写得如此美丽，我想，人是需要想象的。看来，江南景色即使阴雨也有令人感动处。一时我竟忆起1966年秋到广州经过洞庭湖时的情景。那年9月，也是阴雨，多风，且湖水涟漪。车对面坐着一位铁路工人，他告诉我说，洞庭若遇黄梅季节，阴雨可连续下两三个月。虽然那天天气不佳，但我还是盼望着能看到久闻大名的岳阳楼。铁路工人又告诉我，岳阳楼还远，坐火车是见不见的。听他如是说，我那天的心情有些失落，或者说有些悲凉。我记得，那天车上看到的洞庭水似乎比现在更大，湖面更辽阔……今天又过洞庭，又恰逢阴雨，40多年前情景历历在目，但时光荏苒，斗转星移，已非往日矣，那位铁路工人恐早已驾鹤仙逝了吧？

晚9点车到信阳。

2009日11月12日（星期四）雨·雪

郑州 · 石家庄大雪

凌晨3点，火车行至郑州南谢庄站停驶。早晨5点醒来，天微明，车未开，还在待命，加前面晚点时间，共计已近3小时。打开窗帘看车外，居然白茫茫一片——雨一下子变成了大雪。看见雪景，我一时睡意顿消，急从卧铺上跳下，拖拉着鞋来到车门口向外张望，只见路灯亮处，雪花纷纷扬扬地还在下着。

问列车员为何停这么长时间？列车员说，外面雪大封路，车长已给调度打了电话，还得等线路。

少待,天已大亮,望车外,大雪迷茫,漫天皆白,小小车站都已覆盖在雪里。

近日江南连雨,而华北化作雪灾,电视中时常有列车被困的报道。这才11月份,按往年时令,应没有这样的大雪。但今天却应了那句话:天有不测风云。没想到列车竟滞留在郑州南。

我素喜雪。在北京时,每年冬天都要冒雪到西山观赏。此时逢雪,自然喜不自胜,看沿途田野、村庄、河流、树林白茫茫一片,自慰"今日得宽余"。即使在车上,还是能看到我的同道端着照相机下车到外面拍照情景。

时间随着降雪一小时一小时地过去,其他列车也一辆一辆地从身边开过,人们开始不安起来。早饭、中饭时间过去,车上传出餐车储备食品将要销售殆尽的流言。一时不少旅客纷纷到餐车购买方便面等食品。火车上的用水也出现了紧张。直到这时,我的赏雪兴致才慢慢地消退,不得不面对现实——开始关注火车上的生存问题。我重新检查了"储备粮",心一时放下。还好,要感谢在长沙的半天时间,使我储备的食品还能坚持一天。

火车终于启动。有列车员说,车长是位有经验的领导,在几次三番给车站调度打电话申请线路无效的情况下,竟借旅客之口痛斥调度玩忽职守,并表示要集体上告;直到这时,调度知道了问题的严重性,安排了线路,火车才得以向前行驶。这个消息确否人们似乎并不十分关心,火车一开,人们有了希望,情绪自然稳定下来。

列车穿过被大雪覆盖的大桥、村庄,沿途不时见到许多解放军战士及铁路员工、民众挥铲举锹清雪,以保证列车通行。坐在车上,许多乘客无不深受感动。

列车先后在谢庄、小李庄、郑州南因雪滞留数小时后,又在石家庄站停留了数小时,直到入夜才从石家庄站开出。

2009 年 11 月 13 日(星期五)晴

北京

凌晨 2 点车到北京。我们终于到家了,一路的疲倦和担心一下子抛到了九霄云外。仔细算来,这次列车共晚点 16 个小时。

结束语

此次旅行时间稍长,但精神甚爽,体魄甚健,收获甚大。不仅领略了祖国的大好河山,也为中华民族深厚的历史积淀和文化多样性震撼。尤其一路目睹近年来的巨大变化,由衷地感叹我国文明的进步,节约意识增强和社会的发展进步。

出发时,正逢华北平原大田秋灌。以前那种大水漫灌不见了,取代的是滴灌技术的应用。于是我感叹,科学进步在农村又找到了一个具体落点。但文明还要大步迈进,还需抚平大田里孝道占据的土地,给先人寻找到一个更永固更合理的归宿……

无处不通的路网,任由人们走到天涯海角;村镇的茅屋已很少见,取而代之的是独家小楼。无论是繁华的城市,还是偏僻的山村,给人们最深的感受是发展的勃勃生气。

不同地域、不同民族的民风民俗,描绘出一幅幅多彩的图画,让这个国

度既有刚毅,又有柔美;既有雄壮,又有清越。

　　面对绚丽的美景,人们没有理由不享受愉悦;那些隐匿于大地和山野中更美好的东西,等待更多人们灵魂的触摸……但愿让大自然多些原生态,少些人工雕饰;古迹多些原貌,少些随意改建;人文多些深厚,少些浮躁。

　　——以上种种,旅行就算在世界经济危机中给自己的国家拉动内需做一点贡献吧。其实,应换一个角度,因为世界尤其是我国经济已开使复苏,这应需更多国民的共同努力。

辽宁七日 | 旅行日记

前 言

2009年8月12日至18日,我用一周时间游历辽宁的丹东、沈阳、兴城和葫芦岛。这是我第四次去辽宁。第一次到辽宁是我1973年在黑龙江上学期间,那是暑假从北京返回黑龙江,决定由塘沽乘船取道大连。第二次是1974年夏。那时我已在黑龙江工作,也是暑假返回黑龙江;由于一位同学来京办事,在京见后相约在辽宁兴城聚齐——因为他要到那里外调。而1976年7月我由黑龙江调京时,曾经在沈阳下车一游,聊补空白之憾——那是我第三次到辽宁。

时光荏苒,转眼30多年过去了。期间,我忙于工作和生活事由,就再也没有机会赴辽。当这次双脚再次踏上辽宁的土地时,我内心竟生发出许多感慨。

此次赴辽一为避暑,二感于挚友力劝。正所谓箭在弦上,不得不发。为何第一目的地选在丹东,实因几年前的一个凤凰山电视宣传片引发了我到此一游的想法。此行本欲还要到抚顺、本溪、鞍山,但人在尘世,有时身不由己,时间则成了我此次旅行的必然考虑。而游览葫芦岛则是我意外的收获。

出发时,热带风暴莫拉克已进入黄海。我一度曾想,丹东地处渤海北端,热带风暴可能掠过,到那时,丹东必多雨且凉爽,因此行李中还带了几件御寒夹衣。但没想到的是,热带风暴莫拉克打了个盹,竟停步黄海不知所终。于是,丹东的酷热甚至超过了北京。由此,此行遂改变了性质,由避暑变成了处暑，囊中夹衣也竟成了笑柄！当地人对我说：你真的来着了，赶上了50年不遇的大热天！

虽然如此，但我的游兴依然不减。鸭绿江，凤凰山；海滨，海岛；古城，古迹，都成了吸引我的目的地。

丹东地处中国与朝鲜交界处，这里明显弥漫着朝鲜族气息。这，当然包括着吃、穿、住及风俗习惯。在丹东，由于有了异族风情，便又使我的这次旅行充满了情趣。

丹东，是一个美丽又充满魅力的城市。而接下来我在辽宁其他地方的旅行，由于她地域的广阔，大自然景观的丰富多彩和民情民风的多样性，使我进一步加深了对她的了解。

辽宁，一片去了就忘不了并还想去的地方。

2009年8月12日（星期三）晴

燕山　承德

中午12点20分，我等乘2251次列车赴丹东。

本有快车沿京沈线直达丹东，但我恋山，很久以来就想了解北京北部的地貌，所以特地选择此趟列车北行，穿过燕山山脉，经怀柔、承德、朝阳、阜新一线再一路东行。果然，燕山山脉与北京近郊山区不同，列车进入怀柔向北，虽山体连绵，但满目葱郁，山间时有清溪涌流。列车在群山腹地行驶，令人荡气回肠。

车近承德，山形为之一变，峰峦由平缓变得突兀，并时有石柱插天。石柱或独立，或并列成林，形态各异，颇为神奇。我以前到过承德，只知有一棒槌山孑然独立，是承德景观一绝，但没想到的是，群山之中形

立如棒槌者，大大存在。看山景，细琢磨，此景乃石灰岩经自然力长期浸蚀所致。

2009年8月13日（星期四）晴

丹东 · 鸭绿江　虎山长城　一步跨　鱼迟岛　孔明灯

（一）

上午10点到丹东，车晚点二十分钟。住下后日已近中午，问老板，老板说，吃饭要到三经街。

三经街南北走向，是朝鲜族风味餐馆聚集之地，朝鲜人、韩国人以及本地人开办的餐馆沿街林立。我先到路东，路东有两家门面相当的餐馆。两餐馆服务人员见我到来，同时出来笑脸迎接。定睛细看，才发现是一家韩国餐馆与一家朝鲜餐馆比邻而居。韩国餐馆服务员着汉装，一口本地话；而朝鲜餐馆玻璃门上贴着中国国旗和朝鲜国旗，服务员着朝鲜装，一口朝鲜语。由于语言相通，故定在韩国餐馆就餐。

坐定，我点了朝鲜冷面。一会儿，服务员上来摆下八碟特色小菜，两盅豆粥，一瓶冰镇酸梅汤。吃后，服务员上冷面。仔细观察，冷面与面汤分上，冷面比京城餐馆略细，量稍小。面中有数片牛肉，汤中有瓜片。品尝一口，味道尚好。冷面之外另置两小碟，分装蔗糖、白醋——以备食客自己调味之用。

结账时以为很贵，但只收10元。小菜及粥、酸梅汤是免费的。

（二）

吃完中饭，遂迤逦寻至鸭绿江畔。站在江畔眺望，觉江面较宽，水流轻缓。对岸朝鲜村庄、设施历历在目。远处，一座铁桥横跨两岸，但未见有车通行，桥面略显冷清。此景与我以前所见的其他口岸繁华景象不同。铁桥一旁还有一断桥并行，据介绍，那是老桥，为上世纪五十年代抗美援朝时期美机所炸。现断桥竟成一收费景点，登桥参观每票20元。

鸭绿江上有游船行驶，可浏览鸭绿江两岸风光，票价50元。

我决定登船游览。游船行至中流，朝鲜一方村镇、房屋、树、行人、码头、船舶皆历历在目；岸边时有军人成队行进，浅滩上有群童戏水。据称，中朝边界与别国以主航道划界不同，两国以河岸分界，不上对岸即不为越界。对岸是朝鲜新义州工业区码头，码头上矗立着许多老式吊机。

（三）

下午，到虎山长城游览。

虎山长城脚下即是鸭绿江，江中一岛名鱼迟岛，将鸭绿江一分为二。靠朝鲜一方江流较宽，我方江流较窄。一到旱季，我方江流水少，一处竟窄如瓶颈，一步即"跨过鸭绿江"到朝鲜，故此处被当地人称为"一步跨"。

下午，来"一步跨"游览的游客很多。我在"一步跨"时，恰逢两个韩国旅游团和一个欧洲旅游团同时来游，一时景点人满为患。"一步跨"旁有游船码头，可乘船沿鸭绿江江流游览，每条船租费80元。

欧洲人不拘小节，我竟看见三位年轻金发碧眼女游客跨过"一步跨"踏上朝鲜领土拍照。幸而当时朝方无人，几分钟后，几个欧洲女游客得以安全

返回。

码头旁立有一巨石,上面刻有明代开国皇帝朱元璋的诗句。

(四)

出"一步跨"即登上虎山长城。据说,专家考证虎山长城为明长城起点,现在长城即是近年在明长城残迹基础上新建的。登上虎山山顶可俯视长城、鸭绿江及鱼迟岛全貌。虎山长城,虽无北京八达岭长城之绵长,亦不失雄伟一态。站在虎山向前远望,见江水环抱之中,鱼迟岛展示给人们的是一片广袤绿野,可称之为一马平川。随不同农作物高低、颜色深浅不同,远近层次分明,它们相隔相拥,明晰可辨。

(五)

在三经街吃罢晚饭后,信步来到鸭绿江边。

其实,鸭绿江夜景十分美丽,大可一观。鸭绿江畔小广场的钢制雕塑下,常是人们的汇集之地,当夜色降临,人们三五成群纷纷集中到这里。小广场上有一巨大音乐喷泉,当音乐响起,喷管中的水柱就会随着音乐强弱忽高忽低变幻喷涌起来,有的水柱高可达十几米,喷涌低的不到一米,形成不同图案。鸭绿江沿岸我方一侧还装饰着许多彩灯,彩灯忽明忽暗,异彩纷呈,向人们展示了一个充满魅力的魔幻世界。

丹东人喜欢夜飘许愿灯。所谓许愿灯,其实就是孔明灯俗称。人们用布或塑料制成口袋,再用十字铁丝固定一块酒精固定在袋口上,放灯时只需点燃固体酒精,灯就凭热汽向天空升腾。

入夜时,人们纷纷涌向鸭绿江边,花三五元即可买到一盏许愿灯。许愿灯有红、绿、黄等各种颜色,等彩灯慢慢地升天随风漂移,渐行渐高渐远时，天上星星点点就像无数眼睛在夜空闪烁。

沿江还分布着繁华夜市，夜市上最受欢迎的就数成对的微型鲜族鼓。其实，微型鲜族鼓体积要比观实中小得多：其中一只叫长寿鼓，另一只叫平安鼓。韩国人讲究边敲鼓，边祈福，只有这样人们才能走大运发大财。

2009 年 8 月 14 日（星期五）晴

凤凰山

早晨乘车到凤凰山站，再转景区车辆花 10 元即到凤凰山园门。进景区大门不久，即看见一条山溪奔流而下，水势颇湍急，但水质清冽。山路逆水势而上，坡度平缓，绿树成荫。行不远处即遇一泉，泉水甘凉可口，饮之心清神爽。有许多游客围着打水，也有当地百姓提桶特意打水的。

缆车车站位于解放纪念塔附近。在上缆车之前即可到解放纪念塔瞻仰。缆车上站才是凤凰山经典景点的开始。

当我们路过缆车上站沿小路逶迤而上时，迎面而来的第一个经典景点是兔耳峰。远望，兔耳峰乃两巨石斜插而立，翘翘然如兔耳。兔耳双峰巍然耸立，峰体光滑峭直，细看，为花岗岩构成。道旁巡山人员说，要保持体力，凤凰山著名景点都在兔耳峰上面。

沿凤凰山山道攀登，时见奇松，虽为数寥寥，但老干虬枝，常如伸臂探海，如用苍古形容更为准确。走过几道山路，或直立，须凭铁链拉拽艰难上攀；或陡滑，须凭半脚石窝吃力登进。直到此时方觉凤凰山应以"险"字称之。同行有几个旅伴，因山道陡峭艰险，竟止步不前在此等候。

来到老牛背，顿时被它的奇险惊呆。说叫老牛背，实际乃一山脊，两侧

悬崖绝壁，深不可测，下望令人目眩；而山脊奇窄，仅容一足，人过要拉紧两侧铁索，否则大有下坠之虞。

我曾登过黄山鲫鱼背，华山千尺㠉、苍龙岭，均无凤凰山"老牛背"道路惊险。过老牛背时，我双手紧拉铁索不敢有丝毫懈怠，并将脚挡在铁索立柱旁才不得下滑。因老牛背地势空旷，时有狂风卷过，顿觉身体飘摇，毛发飞扬，令人胆战心惊。

在老牛背下遇到一当地老人，他说是陪同朋友登老牛背的，他不敢让朋友单独登山。并说，自己年轻时也曾来过"老牛背"。当时老牛背上并无铁索保护，大多数人到此就折道而返了。惟有胆壮者，须脱鞋赤脚而上——怕鞋滑坠崖；或有人骑在老牛背上一点点挪行。那时也有称勇好强的，在老牛背上站立而行，但许多都摔下悬崖粉身碎骨。

下得老牛背，身上衣服已被汗水浸湿。再往前走，就是有名的"天下绝"、"百步紧"、"老虎口"了。乍听山道名称，不用看，就知前路的艰险程度。

"百步绝"艰险、陡峭不让老牛背。只不过"百步绝"在山一侧，也凿于绝壁之上，道窄仅容一人，且危岩陡峭超60度。两人前后攀登，后人头必顶前人脚跟。所谓"道"，实为悬崖上人工开凿的卧脚小磴。石壁光滑突兀，寸草不生。峭壁两侧都有铁索相连，以供人扶握。

"老虎口"乃一崩塌石罅，人从石缝中钻行，下有危岩，上有巨石压顶，须侧身弓腰方过，略肥胖者必卡在石缝间。过了老虎口，不多远就到达了景点"箭眼"。所谓"箭眼"，当地人盛传为唐时薛礼征东射箭所留遗迹。及攀至峰顶，乃知箭眼实为一巨大方形石槽，而箭眼峰为凤凰山最高峰。

因有旅伴在兔耳峰下等候，故未选择前行下山，而是原路返回。我等与旅伴汇合后，从缆车上站走另道，聊补上山观景之缺：经将军峰、罗汉峰、烽火台而至山下。下山山道也险陡秀美，比来时艰难许多。

凤凰山"地无三尺平"，"一步一险"；道道连索，真可谓"无索不成道"也。

下到山下，已无汽车返回丹东，遂打摩的到凤城县城，改乘火车而归。

2009年8月15日（星期六）晴

丹东 · 乐购超市　柞丝　鸭绿江畔　沈阳

因下午要乘火车到兴城，恐半天不及，原定游览大孤山、青山沟等景点的计划只得放弃。

过去曾听说丹东柞丝闻名于世，干脆去商铺寻找柞丝制品。遂穿行于乐购超市及周边地区，但半日无果。人们说，现柞丝制品因手工价格太贵，久已无人问津，一些名牌厂家也纷纷倒闭，要想在丹东寻找到柞丝制品是不容易的。想此听此，立有民族传统名牌式微之叹。

中午再到鸭绿江畔，做辞行之旅。

原计划购得今日到兴城车票，买时我也未曾细看，不想车站竟误发了明日车票；几番争执无果，只得退票再重购今日车票改道沈阳，再由沈阳赴兴城。此所谓沈阳之行是个意外者也！

乘上火车下望，见沿途嘉禾遍野，遂感叹辽东之地真是沃野千里。车经虎山、塔山时，忽记起辽沈战役之两场阻击战即在此两地进行，东北人民为全国解放立下万世不朽之功。

晚上车到沈阳，宿于沈阳军区金山宾馆。

2009年8月16日（星期日）晴

沈阳 · 故宫　帅府

上午先游览故宫，后游览帅府。

据历史记载，后金天命十年三月，努尔哈赤将都城由东京迁至沈阳中卫城，同年开始在沈阳中卫城中心东南角修筑宫殿，即现存的大政殿和十王亭，作为理政和朝贺场所。而努尔哈赤则居住在原沈阳城北门——安定门。皇太极继位后，用5年时间对皇宫进行改建，并增建了大内宫殿，将原沈阳中卫城的十字街道系统改为井字街道系统，将皇宫置于城池中央。1636年，皇太极称帝，改国号为清。满清入关后，改沈阳故宫为行宫，康熙和乾隆东巡祭祖时曾在此居住。

帅府位于沈河区朝阳街少帅府巷48号，是奉系军阀张作霖和其子、著名爱国将领张学良将军的官邸和旧居，旧时又先后被称为"大帅府"、"少帅府"。是1914年张作霖当北洋军阀陆军27师师长时兴建的仿王府式建筑。帅府分为东、中、西三座院落，共包括仪门、会客厅、书房、花园、大青楼、小青楼、赵四小姐楼、胡仙堂、边业银行等建筑。近代史上许多惊心动魄的故事都发生在这里，有的往事已拍成影视剧在电视台热播。

我1976年曾来过沈阳，也到过故宫。那次到沈阳故宫是我由东北调入河北省时路过，特地下车游览的。那次游览，我身边还带着一位东北同事的弟弟——他是四川人，在东北哥哥家住了一些时日后要返回四川，故与我同行。那次沈阳之行，由于时间匆忙，我们没有来得及到帅府参观——现想起往事，转眼已30余年了。30余年后的今天，不知我的那位东北同事今日境况如何？他的四川弟弟是否安好？想到此，遂心绪澎湃，起伏难平。

下午乘车到兴城。下车后,立即到火车站售票处购得 18 日返京动车车票。然而此趟动车是由沈阳北站发至北京的,兴城不停,但晚 18 点 53 经过葫芦岛。无奈之下,只得 18 日再北返至葫芦岛上车。

在沈阳上车时,座位旁边曾有一位老者送女儿和外孙返回锦州。车将开,老者随即下车走到窗口,竟对外孙唱起李白诗"天生我才必有用……"来,歌声虽并不婉转,但老者深情难掩,表面却神态自若,而外孙在车上听得津津有味。女儿坐在旁边泪如雨下。老者送别强作欢颜,作态欢唱,可见豁达襟怀!父亲爱女,深埋心中;女儿爱父,以泪洗面!父女情深,表现形式不同。

2009 年 8 月 17 日(星期一)阴有雨

兴城 · 海滨 菊花岛 袁崇焕 兴城三奇

(一)

早晨到兴城海滨,130 元购得游览菊花岛船票及岛上各景点门票。

兴城海滨我曾到过,那是在 1973 年暑假期间,算到现在转眼已 30 余年了。那年,与同学相约兴城,他办事,我游览。记得一天,下着小雨,我遂坐汽车到兴城海边,一路上看到的只是满眼荒野。那时的海滨,也只有沙滩、礁石,再就是远处孤零零的几座房子。那天,我在海滨并没有待多久,只是细雨中只身站着,面对着大海和排空的浊浪。而今天再来,沿途看到的是宽阔的马路,林立的高楼,大片的绿地和茂密的树林。两相对比,天壤之别,真不可同日而语。

在码头等半小时后，遂登船前往菊花岛。由于今天阴天，海上风浪很大，游船上下颠簸不定，巨浪拍打着船身，发出啪啪的声响。

菊花岛距陆地 10 公里左右，乘船一个小时即可到达。当游船接近菊花岛时发现，菊花岛两头大，中间凹，呈哑铃形状。

菊花岛上建有环岛公路。这条环岛公路连接着岛上的各个景点。岛上主要景点有隋井、古菩提树、龙宫寺（遗址，后建）、鳄鱼石、怪石滩等。刚登岛时，阴云密布、雷声阵阵，一会儿，竟下起雨来。雨中看岛，山与浓云连在一起，顿生压迫之感。山峰上彤云密布，翻飞蒸腾；海面上风起云涌，波浪滔天。

行不远即见隋井、古菩提树。雨中菩提树枝叶繁密，茂盛蓊郁，一旁古井寂然而幽深。穿过雨幕，远处可以看见葱茏之中时隐时现的寺院殿角。

行至龙宫寺，雨渐滂沱。无奈，只得淹留数刻，直到雨停才出寺前行。

步行至鳄鱼石。鳄鱼石，因一巨石形似鳄鱼得名。其实真正可观赏的乃一探海岩石，其状如舌。此刻，狂风涌起，激起冲天浪花，浪花发出隆隆巨响。

行至怪石滩时风住雨小，一会儿，海上就有渔船出海。但见机船摇动起伏穿风破浪，船上红旗猎猎，远处望，更有风帆点点在浪中忽隐忽现。面对此景，让人即刻记起毛泽东词《浪淘沙·北戴河》中的句子："大雨落幽燕，白浪滔天，秦皇岛外打渔船。一片汪洋都不见，知向谁边？"

各个景点游览后赶回码头。码头一侧有许多岛上渔民在兜售海蟹。海蟹有大有小，10 元一袋，大约三四斤的样子。我买一袋后到旁边餐厅加工，蒸熟一吃，竟觉味道鲜美异常。

菊花岛昔称大海山，唐时又称桃花浦或桃花岛，明清时称觉华岛。相传战国时燕太子丹曾避祸于此，因岛上遍生菊花得名。

（二）

下午游览兴城古城。

兴城古城呈正方形，有城门四座，东春和门、南延辉门、西永宁门、北威远门。城门上皆筑有箭楼，门内侧沿城墙修有登道。城四角修筑有炮台，用以架设红夷大炮。当年明清宁远之役，清太祖努尔哈赤就是被红夷大炮击中，身负重伤，回盛京不久身亡。

古城中心有一座雄伟壮观的钟鼓楼，它凌空而立，气势巍峨，登楼可眺望全城风光。城东南角有魁星楼，两层八面八角，建筑精良。城内有东、南、西、北四条大街呈十字相交。

整整一下午，观牌坊，登鼓楼，拜文庙，谒袁崇焕统军衙门（正在恢复中，尚未正式开放），兴城古城尽印在心中。据说，原兴城古城（旧称宁远卫）旧时曾为地震所坏，此城为明代著名将领袁崇焕重建。然而可惜的是，明末袁崇焕为奸佞所害。

城中文庙为明代所建，建筑风格与老城相互映衬。文庙内古松苍劲，挺拔高耸；大成殿虽规模不及曲阜宏大，但形制古朴，环境清雅。

兴城城墙是目前我国保护最完整之古城墙之一。1973年我初来时，遇电影"平原游击队"重拍，城门下铁丝网及城墙上仁丹广告历历在目。据传，这里也是老电影"三进山城"的拍摄外景地之一。

更令人感叹的是，出东门时，竟路过我1973年曾住过的旅店。时隔30余年，旅店依然安在，当年情景顿时浮现眼前。睹物思人，顿生亲近之感。

晚归，有感袁崇焕旧事，遂吟诗三首：

（一）

古城巍峨气犹虹，

四门钟鼓入九重。

沧海揾尽将军泪，

不枉碧血吞东陵。

（二）

槐下翁妪说旧明，

煤山不识真英雄。

若步唐宗信宁远，

世道沧桑算不同。

（三）

苍天不负有明多，

大器皆可揽山河。

独叹金銮无英主，

遂下豪气入蹉跎。

2009年8月18日（星期二）晴

葫芦岛·海滨

早7点多乘火车往葫芦岛。下车并在火车站寄存小件后，于车站广场乘1路汽车去龙湾海滨。

少年时代曾看过有关辽沈战役的回忆录，对葫芦岛留有较深印象——辽沈战役溃败后，一部分国民党军队从葫芦岛乘船南逃。印象中葫芦岛应该是一个军港。等到了葫芦岛才知道，葫芦岛并非是一个地理意义上的岛屿，而是一个半岛；这里确实是军港，现在也成了旅游城市。

路途中，在车上看到的葫芦岛市区，感觉建筑、街道与其他城市并没有什么两样。但随着汽车前行，我的感觉竟发生了变化：汽车愈接近海滨，愈觉得葫芦岛是一座清洁、雅静、优美与众不同的城市，堪与张家港、威海、大连、扬州等新区媲美。她到处生长着绿树，盛开着花朵，平铺着草地……我眼中的葫芦岛市竟是如此美丽。

我来到海滩，精神一下子变成了另一种状态，心胸变得辽远，双眼变得清朗，情绪变得舒张……这里海滩平阔，波起微澜；洋面无垠，远舟依天……站在这里，我的心也像随着海风飘到了天际，感受到了海阔天空的博大。

葫芦岛龙湾海滨十分宽阔，她的浅海线甚至一直延伸到远处的山丘。龙湾海滨的泳者很多，我站在浅水中，看他们或逐浪，或嬉戏，或捡拾贝壳，或冲浪远游，各得其乐……海边人们的欢愉情绪一直感染着我。

浅海近处有个简易码头，那里，停泊着几条机帆船。如你肯花30元钱，就可以坐船徜徉到大海深处，看远方的海浪，沐远方的海风，欣赏大海深处的风景，目睹渔人辛苦的劳作……

当我们乘船返回海滩时，收网的渔民同时也从深海带回了收获——他们披着海风归来。据说他们半夜下网，凌晨起网，上午又把收获带给在岸边等候的人们。

在海滩上逡巡的渔家妹子总是用好看的花巾围住自己的面庞——她们不是在拒绝阳光，而是在保护美丽；她们不是在遮掩羞涩，而是释放含蓄。她们是大海的儿女，即有浪花的澎湃，也有远海的深沉。

遮阳伞在沙滩排列着,一个个盛开成圆形花朵。那些穿着花花绿绿泳衣泳裤、戴着各色泳帽的泳者,或男,或女,都隐藏在伞底,把自己的好心情撒落在沙滩,融入沙粒,释放给海浪……

龙湾海滩就是这样,辽阔,喧嚣,富有情趣。

下午,我们回到车站,取了存件,再转车 21 路车到葫芦岛北站,乘 7 点 53 分的动车向北京驶去。

晚上 10 点 34 分回到北京。

结束语

此次辽宁之行历经一周,之所以集中在辽宁游览,除为了圆我多年前到丹东凤凰山游览的梦外,实际上还缘于我的东北情结。我在东北生活了 7 年,严格地说,是在黑龙江生活了 7 年,这 7 年,我深深爱上了东北这块黑土地。调回北京后,我很少有机会再踏上东北的土地;即使有时间,可利用的也就是那短短的数日——黑龙江是不能去的,因为需要花费较长的时间。无奈之下,我选择了辽宁——因为辽宁同样属于东北,在辽宁,同样可以欣赏到东北的自然景观和风土人情,另外,最重要的是她距北京近,我足可节省下赶路时间,安排更多行程。除兴城和大连外,以前我几乎再也没有到过辽宁的其他地方。更深入地了解辽宁,也是我此行的出发点之一。

我曾在前文中说过,原本计划除丹东凤凰山外,还想要到丹东新区,即正在建设中的丹东港走走,看看那里的发展变化;还想到抚顺大伙房水库、本溪水洞、鞍山千山旅游——我之所以计划去大伙房水库，因为水库四周分布着众多文物古迹，尤其那里曾是明末著名萨尔浒战役的战场——尽管它已淹没在水底；而千山风景秀丽，是辽宁四大名山之一（千山、凤凰山、药山、五女山）。这些行程的失去，不由得使我想起《红楼梦》里曲子词"终身误"中的一句话："叹人间，美中不足今方信……"

无论如何，短短7天，我收获了风景，收获了健康，收获了愉悦，即使回到北京后，我也长时间地沉浸在这次旅行的亢奋里。尤其对兴城的故地重游，偶遇昔日曾住的宾馆，让我想起了很多往事，想起昔日的山，昔日的海，昔日的城，昔日的友人和昔日的故事。由此，我心生感慨——弹指30余年，现在已物是人非，可见光阴如梭，时不我待！这启示我，让我更珍视时间，更有价值地生活。

我在兴城时，看到了明代的一些历史遗存，这让我想起了那个时代，想起了那个时代的人和事。于是，感慨弥漫着我的心，支配着我的感情，以致回到宾馆还慨叹不已。思绪到处，竟吟出两首感怀小诗来。

近年来，随着全民族文化素质的提高，历史知识的普及，不少事件受到人们的关注。品味历史，享受倾注历史给我们带来的那份快乐，似乎已成为时尚。我喜欢历史，即使我对历史并没有深入研究，但我曾长期沉浸在回顾历史的享受里，这也许已成了一种旅行方式。回到北京后重读我的那两首小诗，似觉得心中尚有话要说，未尽之言不吐不快。遂于近期一天的旭日未升之际聊补了一首。也就是说，我在日记中记载的三首诗中的第三首是回京后补写的。

然而，毋庸讳言，这次旅行也有憾事。这包括我看到的令人不满意的社会现象。近年来，我国经济取得飞速发展，旅游也就成了拉动内需、提升地方经济发展的重要增长点。旅游的看点之一就是当地具有地方特色的历史遗

存和自然景观。然而，让人不解的是，许多地方给遗迹蒙上了时尚衣装，让我们祖辈留下的遗产显得不伦不类。因此，在发展经济的同时，提高国民的文化素质实乃当务之急。

我们需要时尚，同样，我们更要尊重历史，因为历史和自然的东西才是最丰富、最美丽的，也是最有生命力的。

江南半月行 | 旅行日记

前 言

2009年4月26日到5月9日,我从北京出发到江西鹰潭,先游览龙虎山、三清山、婺源,途径安徽黄山市后,再到浙江建德、绍兴、杭州等地。跨三省,历半月,饱览江南水乡暮春之美。精神得以愉悦,身体得以颐养,审美得以满足,是近几年难得的得意之旅。

原有一伴同行,可惜行至江西玉山生病,至三清山休整一天不见起色后,于婺源分手,他遂到淮南姐姐家调养,惟我独行。我游兴不减,一人随心所欲,乐则行,困则止,信马由缰,骋心悦目,直至兴尽而返。初行时,依我计划先到江西景德镇,再到婺源、三清山、龙虎山,由鹰潭乘车北上,不意同行者竟持异议,至使景德镇之行化为泡影。当时以成行计,只得依他先到鹰潭。

此次旅游,每到一处,不顾鞍马劳顿,每晚必简略记下行程,以备来日之需。现将记录按日程稍加整理,遂记于下。

2009年4月26日 晴

去鹰潭

中午11点半由北京西站出发,去鹰潭。有一旅伴同行。

2009 年 4 月 27 日　晴

鹰潭　·　龙虎山

翌日早晨到鹰潭，于车站广场改乘汽车直往龙虎山。

据载，东汉中叶，第一代天师张道陵来此肇基，炼九天神丹，"丹成而龙虎见，山因以名"。龙虎山自号"道教第一山"，实为道教正一派祖庭。《水浒传》第一回记述"洪太尉误走妖魔"即演绎于此，当时属"信州"。其历史悠久可见一斑。

龙虎山系丹霞地貌，山色丹丽，水碧动人。历代吟咏龙虎山风景者不乏其人。宋王安石也有诗赞曰："一弯苔径引青松，苍石坛高近晚风。方响乱敲云影里，琵琶高映水声中。"而《水浒传》中洪太尉眼中的龙虎山也十分壮美："千峰竞秀，万壑争流。瀑布斜飞，藤萝倒挂。……恰似青黛染成千块玉，碧纱笼罩万堆烟。"

龙虎山前有一水，名曰泸溪，溪水清澈而流速静缓，两边翠竹夹岸，十分美丽。龙虎山精华景点沿泸溪分列，乘轻舟或竹筏顺流而下赏沿岸景致不啻为最佳选择，因此泸溪漂流就成为龙虎山旅游的首选。

若论龙虎山景观，我以为水岩最佳。水岩屹立泸溪河边，一侧浸在水里。沿山路委蛇而行，遂至山间栈道。沿栈道攀援而上，顿觉身体凌空而出，头上是陡壁，脚下为悬崖。或低头下望，见山下河水如带，水中竹筏悠悠，遂成就龙虎山优美图画。

再寻别路上山，登栈道，随山势弯转，竟到飞云阁。飞云阁依壁矗立水边，水中有石阶相通，以利游客下船登阁。飞云阁原建于唐，后历代皆有修葺。上有多通石刻凿于壁上，"玉壁凌空""半天仙境"等题刻，行笔圆润，

气势磅礴。抬头望,又有一条栈道从飞云阁后面悬空拔起,直通半山崖洞,栈道危绝几成垂立。

据工作人员说,水岩悬崖上每天下午都有悬棺表演。然而由于时间紧,我等没有更多时间等候。果然,当我们站在仙女岩旁,仰头观望,峭壁上竟有数具悬棺挂在那里。

与游友商议后,决定渡河,游览对岸象鼻山,进入龙虎山腹地。去象鼻山路上遇一湖,湖水碧绿清澈;湖畔建几座草屋,草屋围几丛翠竹,竹外有几亩水田,田里有几位农人正弯腰插秧……看农家,赏倒影,近有天光竹影,远有青山映衬,简直在欣赏一幅天然画图。

龙虎山多樟树,工艺品小件多以樟木雕成,小巧玲珑,价廉物美。

几小时后,暮色渐起,忙返回鹰潭。

傍晚,到鹰潭公园散步。公园一山,一侧是信江,江面宽阔,水量丰沛;岸边有三五游人垂钓,自得其乐。园中一潭,水光潋滟,清可鉴人,四周几棵老樟合围。人称,昔日常有苍鹰栖于树上,故此潭名为"鹰潭",这也是鹰潭市名字的由来。

2009 年 4 月 28 日 晴

玉山

早晨由鹰潭乘火车赴玉山——盖因三清山位于玉山境内。中午到玉山后,同伴称身体不适,遂决定下午休息半天。为方便,应同伴之约,10 元住进街头鸡毛小店。

晚饭后到玉山广场散步。玉山广场巨大,超出我的想象,夜晚,市民多集中广场游乐歌舞,可谓玉山一景。

2009年4月29日　阴

三清山

早晨6点30分，乘车直往三清山。沿途风景优美，一条小河蜿蜒伴路而行，同伴竟发出"能乘车看景也知足"的感慨。

两小时后车到三清山。安顿住下后，即由店主开车送我们到景点大门。不想同行者忽提出要择小路步行上山。店主说，三清山地域较大，无人带路恐会走失，可帮助找一付费向导。同伴见此，竟踌躇起来，转而又决定回宾馆休息。

为抓紧时间，我决定独自乘缆车上山。

三清山，因玉京、玉虚、玉华三峰峻拔，如道教三清列坐山顶而得名。三座山峰中以玉京峰为最高，海拔1819.9米，是江西第五高峰，也是信江源头。三清山是道教名山，以风景秀丽闻名天下。

进景区大门，我即为三清山美丽风景倾倒。为不走冤枉路，我先后跟随三个旅游团旅游。第一个为蚌埠某设计院旅游团。该团导游热情耐心，当他知道我独自旅游，中途随团后，竟主动给我讲解景点来由，并帮我拍照留念。午饭后跟随第二个旅行团，此为北京东城区工商局旅游团。见面后乡亲之情溢于言表，一边行走，一边聊天，一路看景。行至一岔路口，该团要走"阳光海岸"景点，抄近路返回；而我游兴正浓，岂有舍弃之理？况前面就是三清宫，遂告别离团而去。

此时已下午，行人渐希，一时不见人踪。正踌躇盘桓时，忽遇见一位20多岁昆明女子独行，遂相约与她同游。一路闲聊、拍照，意趣融恰。行栈道，赏风景，过三清宫，直至分手竟不知姓甚名谁。仅凭一声"再见"了

结旅缘。

之后又邂逅一香港旅游团,委蛇同行直至索道口。

三清山奇峰怪岩遍布,突兀耸绝,或如蛇首怒立,或如伶童侍书,或如企鹅啄天,各争风流,千姿百态。而苍松生于岩壁,怪状奇形,或如神猿探臂,或如天杖飞空,或如虬龙闹海,蔚为观止,令人嗟叹。如黄山始信峰之怪松者不胜枚举。论奇秀,可与黄山媲美,或有过之。三清山一路栈道,如在绝壁间行走。看走投无路如坠谷中时,不想峰回路转,绝处逢生。远山则苍茫如雾里看涛,近前则危岩凌空。其间松柏迎送,山涛滚滚,经悬岩常提心吊胆,遇美景而赏心悦目。

有人称,三清山经典景区在南清园和西海岸。信然,我有幸全部游过:可谓一步一景,景景皆有变化;一石可咏一诗,一松可为一赋,令人久久流连不忍离去。

天色将暗,独自乘缆车下山。路上,心旷神怡,顿觉看天下美景为生活中极大乐事。

返回宾馆,竟见同伴依然在房中沉睡!惜哉,三清山之行也。

2009 年 4 月 30 日　晴

婺源·江湾

早晨乘汽车,中午已到婺源。同行者称病决定分手,他将转道黄山市到淮南姐姐家休养。我只得独行。

中午安顿好,下午即到江湾游览。

江湾以她的美丽赢得"中国最美丽乡村"称号。她坐落于群峰碧河之间:北部有山,山脉绿色葱茏,逶迤东去;南面有水,梨园河由东到西蜿蜒流过；中间有湖，水波潋滟，荷花盛开；镇中有园，乡贤园刻碑雕塑精巧肃穆。

江湾历史上曾文风鼎盛，群贤辈出。据载，从宋至清先后考取状元、进士、官宦等38人；保留传世著作92部，其中15部161卷被收入清代巨著《四库全书》。江湾镇中还有保存尚好的御史府宅、中宪第等明清时期官邸和徽派民居滕家老屋、培心堂等。村落四周坐落着东和、南关、西安、北钥等四座古门亭，而岳飞桥、剑泉井等更以其传奇故事吸引着游人目光。同时，江湾也是江泽民同志祖居地，乡贤园生长着一些现任国家领导人所植纪念树。

我整个下午，浏览江湾美景，徜徉湖光山色，徘徊老宅深巷，品赏民风民俗，心中漾起怡然之气。江湾商家多销售樟木镇纸，上刻有名家名言，用以彰显村民尚学古风。我以15元购得一副镇纸，上以启功体书法刻有一联，曰：立身苦被浮名累；涉世无如本色难。然而可惜的是，镇纸竟是柞木制作。

返回路上，见有大片油菜分布于山脚、路旁。婺源油菜花以分布广，色彩艳名扬天下，可惜此时花谢，油菜已长出长荚。据当地人介绍，每年3月中旬为看花的最好时节。

2009年5月1日　晴

李坑　彩虹桥

（一）

上午游览古镇李坑。

之所以村叫李坑，盖因村中居民都姓李之故。村落虽不大，却巨宅

众多，景色宜人。因该村历来重视文化，故名流辈出。据介绍，从宋至清，仕官富贾多达百人，村中文人留下传世著作29部，南宋还曾出过一位武状元。

村中有一河，九曲十弯，成为李坑靓点，一切风景都在小河两岸展开。河不宽，两岸石砌，流水缓缓，有扁舟、鸭群点缀，可谓一幅乡间民俗图画。有一石板路铺在小河一侧，沿岸人家房屋分列两岸，隔水各家皆有小桥贯通。小桥或石或木，小巧玲珑，成为村中一景。小河环村流淌，凡岔路都有石桥拱洞通水。在水滨行走，常见妇女河边举棒捣衣。小河虽不宽，但水流清澈，扁舟来来往往，一派悠闲平和景象。

村中心坐落一亭，灰瓦飞檐，许多游人在附近桥上拍摄古亭倒影。李坑民居多为徽式建筑：骑马墙，白房山，黑屋顶。可以说，李坑景观以小桥流水，轻舟短棹，石径深巷，巨宅老屋为其特色。

近年来，有人将李坑景观总结为六大看点，分别两涧清流、柳碣飞琼、双桥叠锁、焦泉浸月、道院钟鸣、仙桥毓秀等。

（二）

下午，乘车到彩虹桥。

彩虹桥实为廊桥，长140米，桥面宽3米有余，4墩5孔，由11座廊亭组成，廊亭中放有石桌石凳，游人可在廊亭石凳上品茶闲坐，观赏沿河风光。据载，廊桥建于南宋，距今已有八百多年历史，是古徽州最古老、最长的廊桥。此桥之所以名为"彩虹桥"，因她体态俊美，静柔如虹，遂取唐诗"两水夹明镜，双桥落彩虹"古意以溢美之。此桥不但美丽，而且建筑科学，桥墩采用半船形，以利于洪水分流。

彩虹桥一侧桥头建有水车，为舂米、磨粉水碓作坊提供动力。据说，作坊已建千年，虽屡废，但至今尚存。彩虹桥周围景色优美，青山如黛，碧水涟漪。作坊水旁石壁上刻有"小西湖"三字，传为明代篆刻大家文彭所书。大概旧时文彭曾于水中泛舟，感于眼前景色优美，堪与西湖相比，故提笔手书，以作赞美。

廊桥下水中有浅坝，有跳岩，凡来此旅游者，皆由廊桥而来，由跳岩而去。故"跳岩人流"形成一道亮丽风景。

站在桥上，上可远眺笔架山，下可观赏碧波泛舟，实乃一幅天然图画。

廊桥附近有一村落，闲适幽静，由于游人多不进村，故村中不似李坑喧嚣，常见农人扛犁荷锄在田间往来，一幅自然之态。故静水与村落相得益彰，自然和谐，无雕琢之感。据说，这里曾是电影"闪闪的红星"的外景拍摄地之一。

路遇一青年夫妇，欲约我共同包车到大鄣山峡谷旅游，但因时间太紧我未能应允。

婺源产茶，据当地人说，彩虹桥所产茶尤好，心动，购得当地所产绿茶一斤。

返回婺源路上，见公交车售票员每人一副扑克，问后得知，售票员与司机用扑克记账：每收一乘客车费，售票员都将与钱数相同的扑克牌递与司机，然后到总站两相对账，以避免差错。

我住宾馆标间，4月30日还50元一天，5月1日长假来临竟涨至200元，无奈，200元也得住，幸运的是，店家给了优惠价150元。

早晨出门，昨日还空旷的马路，今天轿车已停得满满当当——两天相差如竟此之大！

2009年5月2日　雨

黄山市

早八点半从婺源出发,中午赶到黄山市。车出婺源不久,就被一美丽景致吸引:路边河中一岛竟弯如弦月,四周碧水环绕,波浪不兴,安如明镜;浅水中芦苇、蒲草丛生,充满野趣。以致引得数辆旅游车停在水边,旅人纷纷下车拍照。

我忽然想起,婺源有月亮湾景区,此非就是?

中午抵达黄山市时,竟遇倾盆大雨。我曾多次登上过黄山,故此次出行计划到黄山市只游览齐云山。但因大雨作罢。无奈,在房中闲度半日。

晚上,接到表姐安宏丽"五一"祝节电话。

黄山女儿相貌大都显得比实际年龄小。白天,我乘车遇到一女生,以为她才上小学,后知已上高三;另车又遇一女生,以为上中学,后知已上大二。黄山少女面相娇小或与当地水土有关?车上闲谈中问及将来志愿,两女学生竟都说,将来愿到电视台工作。可见电视台对学生的吸引力有多大!

2009年5月3日　晴

建德 · 新安江

早晨从黄山市出发,中午到建德。本想到淳安游览千岛湖,可惜无公交车可通。然建德亦在千岛湖湖区,同样可游,只是将来再到绍兴需要绕行。

黄山到建德,沿途汽车所经地域风光旖旎。我印象最深的是三溪峡谷。她即称为峡谷,必然有水,而水色碧绿;必然有山,而山色青翠;必然有花，而山花烂漫；必然有树，而绿树醉眼。这里的一切，都清爽养神。

更让我没想到的是，沿途到处是制砚人家，路旁院落门前砚石堆遍，据说一些城市中的商店许多歙砚都出于此地。但不知砚石品质如何？稍晚，汽车行至桐庐境内，这是富春江最美丽的江段，它一下子就让我想起黄公望的《富春山居图》，同时，眼睁睁地看见富春江畔严子陵钓台擦肩而过，竟无可奈何。

车上听说，黄山市到建德还有另一条路——从黄山市先到淳安千岛湖，然后再由淳安乘车到建德。

建德历史悠久，山川秀丽。境内有众多古迹，江、湖、岩、洞、瀑、雾等自然景观丰富多彩。尤其上世纪新安江水电站建成后，遂形成新安江畔瀑高百丈、飞珠散玉的"葫芦飞瀑"，青山滴翠、春水碧波的"七里扬帆"，虚无缥缈、如梦如幻的"白沙奇雾"，以及人称江南第一悬空寺的"大慈岩"等景点，这些景点融入秀丽的新安江风光，被誉为黄金旅游线上的璀璨明珠。

初到建德，马上就感受到了她的魅力。建德县城不大而整洁繁华。下午到新安江畔散步，竟被她清澈的江水、丰沛的流量、凉爽的气温慑服。晚饭后，再乘船漂流看新安江夜景。一路，两岸灯火辉煌，五彩缤纷，没想到建德竟有如此美丽夜景。在船上，江风透骨，衣不胜寒，船行至"农夫山泉"而返。

2009 年 5 月 4 日　晴，晨多雾

建德 · 千岛湖　绍兴

清晨 4 点多竟被阵阵鸟鸣惊醒，情绪随欢愉的鸟鸣而亢奋，遂早起，会齐昨日认识的旅伴，一起动身到千岛湖游览情人岛、好运岛。据说，情人

岛、好运岛是私人承包，是建德境内的千岛湖景点。由于来的早，工作人员还没到齐，故此我们在大门等候近1小时后才进入景区。

上码头，登船，驶往好运岛和情人岛。

好运岛上饲养着许多各色孔雀，我等上岛后，孔雀竞相开屏。饲养员兴奋地说，孔雀已多日未开屏，今日竟然同时开屏，可见你们福气不浅。

沿山道迤逦前行，遂登上好运岛顶峰。在一亭上俯瞰新安江大坝。这时的坝区水面，薄雾缭绕，大坝竟半隐在水雾之中。少待，日高，薄雾散尽，大坝容颜初露，我们被她的巍峨身姿感动。大坝两边风景决然不同，一边碧波万顷，一边江流逶迤；两边落差之大不可同日而语。一时我们都被眼前的壮丽风光倾倒。

好运岛距情人岛不远，乘船只需几分钟。情人岛上有情人谷，情人谷景色颇佳，山路旁泉流淙淙，翠竹夹道；而山上植被茂密，遍地竹笋。只可惜时间太短，中午还要乘车赴绍兴，我们只得半路返回码头约渡船过江。

因学生时代曾闻新安江大坝宏伟，又因大坝拦截江水而堰塞成千岛湖，遂使中国多一壮丽景观。况学生时所用本册插页有大坝彩照，对新安江充满好奇，所以建议司机再绕道去坝下看看，所增车费由我一人承担。司机同意后，遂开车行至坝下，得以近距离观看大坝雄姿。而我的同伴们都忙着拍照留念。

车回建德后，遂与同行的几位旅伴分手。有同行者不忍我独自出车费，遂赠我建德特产酥饼若干，大有我不收他们不走之意，不得已，我笑纳之。

中午坐上长途汽车，下午3点到绍兴，并在绍兴火车站预先购买了8日由杭州返京的火车票。

2009年5月5日 晴

绍兴·大禹陵 鲁迅故里 沈园

绍兴，中国著名历史文化名城，有很深厚的人文积淀，历史上也曾是经济高度发达的都市，以水、桥、酒、名士而闻名天下，是一座具有2400多年历史的文化名城。在绍兴土地上，沉积着无数历史遗迹，史书上记载着数不清的历史典故和兴衰更替。只是以前我曾多次路过绍兴，都无缘驻足。这次旅行，把绍兴纳入观光重点。

绍兴自然和人文景观独特，不但要用眼睛看，用耳朵听，更要用心灵感受。

（一）

原来计划上午游览大禹陵，下午参观鲁迅故里、沈园。但一个小意外，竟把我推上了距大禹陵不远的香炉峰，同时也游览了炉峰寺。

香炉峰，亦称天柱山，是会稽山诸峰之一，相传上古时，山上有"金简玉字之书"，大禹看后受到启发，得"知山河体势"，终于治平洪水。香炉峰，又因顶峰形似香炉而得名，是一处佛教寺院与自然景观相互融汇的游览胜地。据说，每逢云雨天气，山顶雾气迷朦，云霭缭绕，故有"炉峰烟雨"称谓，为越中12胜景之一，南宋王十朋有"香炉自烟"的名句。

香炉峰山势颇奇伟，尤其山顶地势突崛，岩石屹立，山道两侧悬崖峭壁，从下面仰望，愈显雄伟壮观。香炉峰上有殿宇坐落，四周有景点分布，其中山脊有半月岩、一片石、云门石、飞来石等自然景观，东侧建有佛塔。

香炉峰下炉峰寺为近代华侨捐资重建，红墙黄瓦，金碧辉煌，颇为壮丽；寺外有碧水环绕。若有闲情，旅客可坐看如镜碧水中云卷云舒，光影变幻。

（二）

中午下山，独往大禹陵，正烈日当头。大禹陵从山门到祭台沿途披满黄黑挂帐。据工作人员介绍，4月20日是大禹公祭日，公祭当天规模盛大，八方来客云集，庄严隆重。

大禹陵为大禹墓穴，背负会稽山，面对亭山，前临禹池。池岸建有青石牌坊一座，由通道入内，旧有陵殿，现已废。今有1979年重建的大禹陵碑亭一座，飞檐翘角，矗立于通道尽头，内立有明人南大吉书"大禹陵"巨碑。碑亭四周古槐苍郁，松竹交翠，清静幽雅。亭南有禹穴辩碑和禹穴碑，是前人为考辨禹墓所在地而建立。明洪武年间，大禹陵被钦定为全国36座王陵之一。

大禹陵规模宏大，庄严肃穆。我少时即知大禹治水三过家门而不入的秉公故事，今日到陵禹一游，更生敬仰之情。华夏历史上天灾很多，中华民族也正是在与大自然的斗争中生生不息，繁衍壮大的。所谓与天斗，实际上是与水斗；大禹治水，象征着中华民族不屈不挠的斗争精神；公祭禹陵，实际上是展示中华民族对大禹精神的崇尚。

会稽山山顶矗立一座大禹石雕立像，远望，顶天立地，高大雄伟。

（三）

日偏西，到鲁迅故里。

鲁迅故里地处东昌坊口19号周家新台门内，约建于19世纪初叶，鲁迅童年、少年都在这里度过。鲁迅故居后园叫百草园，原是周家与附近住户共有的菜园，现在这里虽无特异之处，但儿时的鲁迅却在此获得极大乐趣。东昌坊口11号是私塾三味书屋，12岁至17岁的鲁迅曾在此读书。来到这里，不由人不想起《从百草园到三味书屋》一文，脑海里顿时浮现出鲁迅小时在百草园玩耍和在三味书屋读书的情景。

人少年时代能健康成长，一在读书，二在大自然熏染。鲁迅笔下，不乏批判旧教育制度笔墨；同时他肯定自然熏陶对儿童少年的必要性，也就是只有培养乐趣，才能令儿童健康成长。这也正是先生日后提倡白话文和新式教育的模式。我素喜鲁迅，尤在小说。鲁迅小说，语言简洁而表述生动。他的社会洞察力犀利深刻，是许多同代名家远远不能企及的。

（四）

从鲁迅故居出来时间尚早，顺小河信步来到不远的沈园。沈园因陆游、蒋琬的爱情故事和陆游词作《钗头凤》而知名天下。现沈园小巧玲珑，遍植花木；园中一池碧水，四周亭台楼阁，幽静清雅。此园虽为后人重建，供人参观，但睹园思人，却能让人想起一些旧文中记载的陆游和蒋琬的那段凄楚故事。因此，在此园寄托文人情思也是应有之义。

游览沈园，忽想起我在河北固安工作时，曾有一同事创作有关此段情缘的剧本，他反复修改数十次，不知如今成功否？

2009年5月6日　晴

柯岩　兰亭

上午游览柯岩，鉴湖，鲁镇；下午游览兰亭，蔡元培故居。

（一）

　　柯岩景区精华应为云骨。云骨是一立式奇石，高30余米，底围4米。此石风骨奇秀，直立插天，形体上宽下窄如倒塔，顶端生有古柏，虬枝横斜苍翠，据说树龄已逾千年。柯岩以云骨为奇，号称天下第一奇石，是隋唐以来采石形成的一大奇观。相传米芾见云骨而癫，有现代书法家启功题字为证。

　　柯岩诸石分列水边，亦突兀雄壮，石上遍布古刻题词。

　　柯岩西侧为柯岩石佛，石佛面庞巨大，慈眉善目，传为唐代僧人根据岩石形状雕刻而成。

　　除此以外，整个柯岩景区融水乡风情、古采石场遗迹、山林生态于一体，也是人们休闲的好地方，历史上即为越中名胜。景区景点较多，包括云骨、石佛、莲花听音、圆善园、越中名士苑、镜水湾、东汉笛亭、南洋秋泛、五桥步月、葫芦醉岛等。景区附近有鲁镇、鉴湖等景区。

　　柯岩与鉴湖、鲁镇景区相连相通，有游船可往。

（二）

　　由柯岩到鉴湖时，经古采石场，见有石壁直如刀削——这是古人采石开凿的证据。古采石场周边山林花草青翠欲滴，遂感叹：自然、人工，可谓咫尺两重天。观赏笛亭后，再从五桥步月码头泛舟至古纤道旁，经古纤道行至葫芦醉岛——相传绍兴黄酒即源于此。岛上设有多个饮酒处，游人可免费品尝。

　　乘游船到鲁镇码头。沿途赏鉴湖水景，水面微风抚而涟漪起。鉴湖较大，更因秋瑾扬名。秋瑾乃一代女中英豪，从她的诗中，足可品出她的铮铮傲骨。

（三）

到鲁镇登岸，上奎文阁。

鲁镇是根据鲁迅《狂人日记》、《祝福》、《阿Q正传》等小说情节而仿建的建筑群，其亭台楼阁间穿插着许多鲁迅小说中描述的故事情节和出现过的人物。我不知景区为何建造出如此一处村落，也许重现鲁迅著作内容，可能是规划者的初衷，但可惜，此地已被纯商业化了。

（四）

从柯岩景区出来到兰亭。

兰亭位于绍兴城西南的兰渚山麓，据传，春秋时越王勾践曾种兰于此，东汉时建有驿亭，因此得名。兰亭更因书圣东晋王羲之在此书写下了著名的法帖《兰亭序》而闻名古今中外。

兰亭布局以曲水流觞为中心，四周环绕着鹅池、鹅池亭、流觞亭、小兰亭、玉碑亭、墨华亭、右军祠等景点。据说，东晋永和九年三月三日"修禊日"，王羲之和当时名士孙统、孙绰、谢安、支遁等41人，曾宴集于此。他们列坐于曲水之滨，酒觞于清流之中，即兴饮酒赋诗。期间26人得诗作37首。有人建议集诗成集，王羲之则欣然命笔为之写序，序凡324字。这就是有"天下第一行书"之称的王羲之书法代表作《兰亭序》。

我曾想，被人们称为"天下第一行书"的王羲之《兰亭序》帖之所以是书者于欢饮中一蹴而就名扬天下的作品，除作者深厚的功底和超人才华外，与他当时所处的环境和精神状态有很大关系——但凡伟大之作，都是在作者思维极大活跃，才情亟须宣泄和身心处于最放松、最自然的状态下挥洒成功的。这也正如杜甫在《醉中八仙歌》中描写的"李白一杯诗百篇"

的创作状态。适量醉酒,也许是人们放松心情、处于自然状态的选择。然而,有人只看到作者狂傲中的成功而忽略艰辛中的努力,这也是极大偏见。

景区有两亭,一为骋怀亭,一为信其乐也亭,取名用词都来自《兰亭序》中的名句。"曲水流觞"一景与我的想象不同:她是一湾曲水,两岸却杂树乱草丛生,一直蜿蜒流至鹅池——也许,这里的"曲水流觞"更接近于自然状态,更符合当时的历史真实,可信性更大。但令人不解的是,曲水旁却伴有几位古装少女,她们虽为增加时代氛围而设,但在我看来却似蛇足,不如没有。

我素爱竹,去江南每到一处见竹必细赏。兰亭一隅,生有龟甲竹,竹表面纹路一如龟背,由于这是我第一次看到的异纹竹,故颇觉新奇。

游中结识一广东清远县书法爱好者,遂一路同行,并一起参观了蔡元培故居后分手。

2009年5月7日 晴

东湖 府山 青藤书屋

上午游览东湖,坐乌篷船;下午游览绍兴老街、府山、塔山、青藤书屋、秋瑾故居、周恩来祖居等。

东湖位于绍兴城东箬篑山麓,面积不大,但景色旖旎动人。据说,因昔日秦始皇东巡至会稽,因此地供刍草而得名。自汉代以来,箬篑山成为采石场,人们在此挖石不止。到隋朝,越国公杨素为修筑越城更于此地大举开山。箬篑山经古人千年开凿,无意间山体一侧竟形成悬崖峭壁、奇潭深渊奇观。其中陶公洞、仙桃洞皆为古人开凿"成果",也最富情趣。陶公洞直立通天，空间狭小，洞口仅容一艘小舟出入，游人入洞如坐井观天。而仙桃洞则以一巨型岩石开口水中倒影成桃形得名。由于此地景物奇绝，古人争相游览题壁，故此洞壁上有许多名家石刻。但值得注意的是，要想领略洞中千秋，必须乘船方可。

东山景区碧潭岩影，空谷传声，景色奇绝，有人称其为"天下第一水石盆景"。

因爱怜东湖山水，我盘桓其间往返三次。第一次，在岸上步行看水景。第二次，沿古道登上箬篑山。山顶有茶园、毛竹，并能居高临下遍览东湖全貌。第三次，乘乌篷船感受水中情味，并游览陶公洞、桃花洞。三次往返，三种感受，皆各得其乐。

我素喜鲁迅作品，爱屋及乌，也就久想坐坐乌篷船，但都因各种原因未能实现。略算行程，东湖不坐绍兴便再无机会，遂与其他游客合租一船。遂于船上看山，看水，看花，看竹，过桥，过洞，拨青山倒影，破花丛柳色，听舟子轻声漫语，诗情画意，况味无限。

下船，遂口占一绝。曰：

但爱东湖美，水光潋滟奇。立壁藏二洞，轻舟过桥西。

府山越王台正在修葺，因此不得参观；在山上慢行，竟过文种墓。而青藤书屋为明代书画大家青藤画派首领徐渭旧居，现仅存一老藤，她弯弯盘绕，曲折攀架，虽经岁月磨砺但依然青绿可爱。据说，除此藤为徐渭所植外，故居遗迹皆不存，三间展室虽在原址，但实乃新建筑。

待参观秋瑾旧居、周恩来祖居后，已是掌灯时分。

2009年5月8日 晴

杭州·西湖　孤山　曲院风荷

早起即至附近戒珠寺寻找书圣行迹，访得王右军戒珠故事。从右军故事可见，凡人都会有误会，关键在于明智者常能以误会警醒日后。王右军可谓明智者。

早饭后乘8点半分火车一个多小时后到杭州。因返京是夜车，故尚有空余时间，遂决定寄存小件后，到西湖一游。在路上结识一淄博小伙同行，到西湖分手后，独自闲坐小孤山下。后行至放鹤亭附近，于湖畔长椅坐看柳树夹岸，天鹅嬉水，约三小时有余，感受西湖的自然情趣与宁静。

感受西湖自然情趣，自然就会想起在此居住过的和靖先生和他的词《长相思》。他在词中写到：

"吴山青，越山青，两岸青山相对迎，争忍离别情。君泪盈，妾泪盈，罗带同心结未成，江头潮难平。"

此词前几句表述的和靖先生心情是宁静的，惟美的，但后面词调却发生了变化，变得缠绵凄婉——因为他描述的是一对情侣的深切思念之情。可见，人的宁静心绪是不易保持的。也因为这首词，引起人们对和靖先生"梅妻鹤子"终生不娶身世的怀疑。其中杭州作家王旭烽曾在《绝色杭州》一书里写道："都说林和靖终身不娶，方有'梅妻鹤子'之说，我却终有疑惑：那个终身只爱草木禽羽的人，果然能写出《长相思》来吗？"而且还有人引用林正秋教授的话，说和靖先生并非终生不娶，他不但有情有家还有后代，且目前国内外广有分布。不管此话确否。然而，作为浙江大学教授、历史都城研究专家林正秋先生我是知道的，因为我曾给他的研究著作《宋代生活风俗研究》一书做过责任编辑。

此行恰逢杭州市为拉动内需而出台公园门票免费政策不久，此政策于我虽无多大关扯，但对于旅游者来说不啻是一喜。

我曾多次到过杭州，但感受最深的还是湖畔美景给人们带来的那份闲适和宁静。上世纪60年代我曾来过杭州。那时，西湖游人稀少，人声难觅，沿苏堤或白堤行走惟闻浪花拍岸，鸟儿啼鸣而已。即使在园中漫步，也只可见石罅细泉静静溢出。那时在西湖感受的是自然的宁静。上世纪80年代我也来过西湖，也曾和同事闲坐苏堤椅上，面对浩瀚的湖水，无语，无想，无辩，感受的却是喧嚣下的宁静。这次来杭，却独坐放鹤亭外，只凝望，只感受，看绿树，看游船，看天鹅，看夕阳，看旅人嬉戏，神驰心宽，感受的是心灵的宁静。

黄昏即近，遂挪步畅游"曲院风荷"景区。顾名思义，曲院风荷以风荷、园景为上。然而此时时序尚早，风荷是秋季的事。但她为西湖八景之一的大名，我是知道的。虽几次到西湖，但都匆匆而过，无缘游览，今日竟能在此尽情盘桓，也了却了我远赴西湖的一大心愿。有风荷之名即有水。我所欣赏的是这里的绿树和湖水以及小桥，她的花朵，和由它们组合成的充满野趣的自然图画。这里的湖面不大，多被陆地分割成小潭，然而小潭却出奇的美丽。我尤其喜欢这里的自然和趣味：小湖有碧树合围，故显得静影如镜；而每一小潭则由小河相连通。小河则流水和缓，花草夹岸，蒲苇葱翠；小桥或如拱月，或如弯虹，厚重精致。绿树中，夕阳丛中透一点，春叶绿里染几枝；而晚亭幽幽，涟漪粼粼，醉人心脾。

离开曲院风荷,已是夕阳西下。沿湖畔行走,只见湖水波光粼粼,拖着一条夕阳长长的光尾,炫色里又如泼金撒银。一时,我竟想起白居易"一道残阳铺水中,半江瑟瑟半江红"的诗句。

慢慢的,圆月初上。

我多次来杭州,这是第一次看到西湖圆月,感受西湖水中圆月倒影的美丽。我沿着堤岸前行,晚风拂面,涟漪微微,月色皎皎,夜舟闲泊,更有一番诗情画意。

西湖,你是停泊心灵的港湾。

离开西湖来到火车站,已是夜里 10 点钟。途中又结识一返京林学博士同行。

晚饭后,少待,乘 10 点 58 分火车返京。

2009 年 5 月 9 日　阴

返京路上

火车经一夜零多半天行驶,午后 2 点半到达北京站。

结束语

  此次行程前后半月，所到景点不可谓不多，大有点水之虞。好在我行前看了一些资料，有了思想准备，即人文景观带着疑问游，自然景观带着欣赏心境游。况每日在旅游之余能动笔简略记下行程和感受，以求加深印象，为日后所用。此次旅游略感行程安排紧，景点参观太密集。今后再行，时间应保持在一星期到 10 天为宜，景点每天一两个为好，也可在一处做数日深度游。

  此次旅游身体很争气，可见平时锻炼的重要。此次出游一是坚持吃素，少吃肉；二是不吃辣（江西、安徽尚辣），食物要清淡，尽量多吃青菜、水果，多喝水；三是不饮白酒；四是结伴、结善伴，多交流，谦恭慎行，游后即散；五是多和亲友、朋友联系，每到一处，都要及时通报行踪；六是避开节假日旅游高峰；七是简单记录，或纸笔，或相机，或录音等都可以，以备日后选用。

  我旅游宗旨以自然景观为上，历史遗迹、人文景观次之，当地特产又次之，除不得已，不逛市场，力争做到轻装简行。旅行要放松心情，以欣赏、享乐心态融入情境，尽情享受大自然给我们带来的丰厚馈赠。

  因此，回京后不但不觉劳累，反觉神清气爽，心宽体健。

  多问，多走，多看，多收集资料很重要，对了解当地民风民俗民情大有补益。这也是旅游效应的延长，也是长期积累的精神财富。

　　此次行前南方多雨，而我并无顾忌。成行后，半个月仅在黄山市一天遇雨，余皆天空晴朗。返京后看天气预报说江南数日大雨，顿感此行幸运，同样要感谢上苍的垂爱。

(2009年5月北京)

后记 | 旅行日记

　　我这个人生活得很清淡,也很简单,不抽烟,不喝酒,对食品味道反应迟钝;喜欢音乐,也只知欣赏别人而自己五音不全;喜欢运动,但又安于沉静。最后,可真正称为爱好的也就只剩下了读书和旅游了。

　　读书不说,因为它太深奥。惟一可简单一谈的就是旅游——因为旅游,说复杂也复杂,说简单也简单,有时可复杂到追本溯源,引经据典;有时却又简单到用一双脚,一双眼,一张嘴,就可以行遍天下。于是,我选择了简单,同时选择了旅游。

　　说起旅游,我有时觉得自己可笑,把简单的事办得过于复杂化了。每次出行之前还要作旅行计划,即现在青年人所说的路书;并且,旅行中每天还要作一些简单的记录,回京后再详加整理。这,简直是糟践自己。然而,痴情不改,本性难移,于是,旅行日记就这样在懊恼中产生了,并数年来还养成了习惯。再于是,从2009年到现在的涂抹乱画,居然还先后积累了十余篇。

　　这些旅行日记有长有短,有的记录景点,有的记录观感,而有的则更像是嚼不出滋味的流水账,只记录行程。这些文字,似泛滥的江河水,有波澜,也有泥沙;有浮生物,也有被卷来的异品,但它们,几经漂流,最后风平浪静后沉淀为淤泥……我想,沉淀成淤泥也许是好事,因为中国农民早就有用湖泥或河泥作肥料的习俗,敝帚自珍,如果它能成为沃土,滋养高粱白薯之类也算是一件好事吧?

在这些旅行日记的内容中,包括了我平时看书到积累的资料,也包括了平时在网上查到的参考信息,总之,它们对我的旅行都大有补益。我用它们增长见识,提高认知,开阔眼界——它们成了我的沃土。

尤其值得一提的是,现在的网络所提供的信息几乎无所不包,有的信息可以精细到一个路口,一个电话,一家旅馆,一个司机和一个饭店老板的姓名。我们不得不承认的是,这一切给我们带来了许多方便。

总之,这些东西究竟能不能最终成为我企望的沃土,用中国的一句老话说,就是:骑驴看账本——走着瞧。

(2013年5月20日北京)